H. Potonié

Illustrierte Flora von Nord- und Mittel-Deutschland

H. Potonié

Illustrierte Flora von Nord- und Mittel-Deutschland

Unveränderter Nachdruck der Originalausgabe von 1887.

1. Auflage 2023 | ISBN: 978-3-36860-995-5

Verlag: Outlook Verlag GmbH, Zeilweg 44, 60439 Frankfurt, Deutschland
Vertretungsberechtigt: E. Roepke, Zeilweg 44, 60439 Frankfurt, Deutschland
Druck: Books on Demand GmbH, In de Tarpen 42, 22848 Norderstedt, Deutschland

POTONIÉ,

ILLUSTRIERTE FLORA

von

NORD- UND MITTEL-DEUTSCHLAND.

ILLUSTRIERTE FLORA

VON

NORD- UND MITTEL-DEUTSCHLAND

MIT EINER EINFÜHRUNG IN DIE BOTANIK.

VON

Dr. H. POTONIÉ.

DRITTE WESENTLICH VERMEHRTE UND VERBESSERTE AUFLAGE.

BERLIN.
VERLAG VON MORITZ BOAS.
1887.

Aus dem Vorwort zur ersten Auflage.

Eine Aufgabe der vorliegenden Flora besteht darin, das Auffinden des wissenschaftlichen Namens, also die „Bestimmung" der Pflanzen so leicht wie möglich zu machen, weshalb die Diagnosen auch fast ausschliesslich mit Rücksicht auf diesen Zweck abgefasst wurden; da nun aber das Bestimmen für den Anfänger mit ganz besonderen Schwierigkeiten verknüpft ist, weil ihm noch die Anschauung fehlt, so wurden dem Text zahlreiche Abbildungen eingefügt, wobei in erster Linie die besonders schwierig erscheinenden Gruppen Berücksichtigung fanden.

Eine andere wichtige Aufgabe, welche sich diese Flora stellt, ist die, den Freund unserer Pflanzenwelt in das Studium der Botanik überhaupt einzuführen, und zwar sind diejenigen Erscheinungen im Baue und aus dem Leben der Pflanzen vornehmlich herangezogen worden, welche sich ohne grössere Schwierigkeit an dem zugänglichsten Material und in der freien Natur nachbeobachten lassen.

Wie üblich führt diese Flora neben den Phanerogamen auch die Pteridophyten auf, lässt dagegen die Algen, Pilze mit den Flechten und die Moose unberücksichtigt. Behandelt sind die Gewächse Nord- und Mitteldeutschlands mit Einschluss Nordböhmens, sodass etwa der 50. Breitengrad die südliche Grenze unseres Gebietes bildet. Es ist in besonderen Fällen auch das unmittelbar anstossende westliche Gebiet noch mit in Betracht gezogen worden, sodass eine ganz bestimmte Grenze nicht ängstlich innegehalten worden ist.

Berlin, im April 1885.

Dr. H. Potonié.

Vorwort zur dritten Auflage.

Die vorliegende dritte Auflage ist nicht nur verbessert sondern auch wesentlich erweitert worden. Fast sämtliche Abschnitte des „allgemeinen Teiles" wurden vermehrt und verbessert, besonders das Kapitel über Pflanzengeographie, in welchem ausserdem die Listen alphabetisch angeordnet worden sind. Die wichtigsten Neuerungen im „speciellen Teil" wurden veranlasst durch Revisionen resp. Neubearbeitungen von Bestimmungs-Tabellen und beziehen sich ausserdem auf die Einfügung von Varietäten, die Erweiterung von Diagnosen, die Hinzufügung der Dauer der Arten, sowie auf die Berücksichtigung namentlich

der Linnéschen Synonyme.   Auch die Beschreibungen der
physiologischen Beziehungen der Pflanzen wurden vielfach vermehrt.   Zu den schon bisher aufgeführt gewesenen Zierpflanzen
sind in dieser Auflage noch etwa 70 der in Anlagen, Gärten
und Parks häufiger anzutreffenden und meist im Freien bei
uns gut aushaltenden Gehölze hinzugefügt worden, ebenso wie
auch noch einige einjährige und Stauden-Gartenpflanzen des
freien Landes.

Das Register ist bedeutend vermehrt worden und enthält
nicht nur die systematischen Namen mit Varietäten und
Synonymen, sowie die deutschen Volksnamen, sondern auch die
botanischen „Kunst"-Ausdrücke, sodass die Erklärung derselben
im Texte leicht aufzufinden ist.

Besonders zu Rate gezogen wurden für den systematischen
Teil u. A. die Floren von D. J. Koch, Garcke, Ascherson und
Fiek, für die übrigen Abschnitte die Werke von Darwin, Eichler,
Engler, Kerner, Loew, Hermann Müller u. s. w.

Unterstützungen sind mir in reichem Masse zu Teil
geworden. So wurden vollständig neubearbeitet resp. revidiert
von den Herren *Dr. G. Beck* die Orobanchen, *Prof. Dr.
R. Caspary* die Nymphaeaceen, *Dr. H. Christ* die Gattung Rosa,
Dr. W. O. Focke die (schon in den früheren Auflagen von
demselben bearbeitete) Gattung Rubus, *J. Freyn* die Batrachien,
Prof. E. Hackel die Gattung Festuca, *Prof. C. Haussknecht* die
Epilobien, *Prof. Dr. G. Leimbach* die Gattung Orchis, *Dr.
F. Pax* die Gattung Acer, *Dr. A. Peter* die Hieracien und
Prof. A. Zimmeter die Gattung Potentilla.   Ferner hat
Herr *Prof. Dr. P. Ascherson* im pflanzengeographischen Ab-
schnitt die Liste der Ankömmlinge zusammengestellt, sowie
überhaupt im allgemeinen Teil zahlreiche Verbesserungen veranlasst, Herr *Prof. Dr. L. Wittmack* die Futtergräser bezeichnet und
Herr *Oberstabs-Apotheker Dr. W. Lenz* die medicinisch-pharmaceu-
tischen Pflanzen (im Anhange) bearbeitet.   Es sind mir ausserdem
noch Verbesserungen und Ratschläge von den Herren *Prof. Dr. F.
Buchenau* (Juncaceen betreffend), *Dr. W. O. Focke*, *J. Freyn*,
Dr. E. Koehne (Lythraceen und Auswahl der Ziergehölze betreffend) zugegangen.   Herr *Schulamtskandidat F. Hoffmann* hat
mich bei einigen Revisionen und den Korrekturen unterstützt. —
Ihnen allen sowie auch Herrn *Prof. Dr. A. W. Eichler*, der das
Buch an der Berliner Universität eingeführt hat, meinen tief-
gefühltesten Dank, mit der Bitte ihr Wohlwollen der Flora zu
bewahren!

Meinen besonderen Dank möchte ich an dieser Stelle auch
dem Herrn Verleger aussprechen, der bereitwilligst nicht nur
eine grosse Anzahl neuer guter Illustrationen bewilligte,
sondern auch viele nicht so gut gelungene Abbildungen der
vorigen Auflage durch vorzügliche neue ersetzte.

Berlin, den 1. März 1887.   **Dr. H. Potonié.**

Inhaltsübersicht.

Praktische Winke.

Jedem wahren Freunde des floristischen Studiums kann die An-
legung einer **Pflanzensammlung**, eines **Herbariums**, nicht genug
empfohlen werden. Beim Sammeln bedient man sich seit langer Zeit
der „**Botanisier-Trommel**", in die man gut thut einen grossen, feucht
zu haltenden Bade-Schwamm hineinzulegen, um die Pflanzen frisch zu
erhalten. Die Farbe der Trommel ist nicht gleichgültig: Man lasse sie
weiss (nicht grün) lackieren, da dunklere Farben die möglichst fern-
zuhaltenden Wärmestrahlen stärker absorbieren, gleichsam aufsaugen.
Sehr bequem ist als Transportmittel eine im Rücken breitere **Mappe**
mit Papier (Zeitungspapier), zwischen welches die Pflanzen oder Pflanzenteile an Ort und Stelle sofort einzulegen sind. Hierbei braucht man den
Pflanzen eine nur einigermassen schickliche Lage zu geben, ohne besondere
Mühe auf sorgfältiges Auseinanderbreiten der einzelnen Teile zu verwenden.
Zu Haus legt man mit mehr Sorgfalt die gesammelten Pflanzen zwischen
trockenes Papier, sodass die einzelnen Pflanzenlagen durch ziemlich dicke
Papierschichten geschieden werden. Die letzteren müssen alle Tage
mindestens einmal so lange gegen vollkommen trockene Papierlagen
gewechselt werden, bis die Pflanzen ganz trocken sind. Ein so zubereitetes,
nicht zu dickes Pflanzenpacket wird entweder gelinde beschwert oder
zwischen zwei **Draht-** oder **Holzgitter** gebunden. Bei der letzteren
Einrichtung kann man die Packete leicht in der Sonne oder an luftigen,
trockenen Orten aufhängen. Kommt der Florist spät Abends von einer
Exkursion nach Hause, so braucht er die Pflanzen nicht sogleich um-
zulegen, wenn er die Vorsicht gebraucht, seine Pflanzenmappe in einem
feuchten Keller etwa auf dem steinernen Fussboden aufzubewahren. Man
kann auch zur Aushilfe die Mappe für die Nacht dicht über einem Behälter
mit Wasser aufhängen oder aufstellen; jedenfalls muss sie feucht liegen,
ohne dass jedoch die Pflanzen hierbei auch nur im geringsten nass
werden dürfen. Sehr fleischige Arten taucht man entweder einen Augenblick mit Ausnahme der Blüten in kochendes Wasser, oder man legt dieselben vor dem Trocknen auf kürzere oder längere Zeit in eine gesättigte
Auflösung von schwefeliger Säure in vier Teilen Wasser und einem
Teil Spiritus.

Für jeden Standort einer Art verfasst man einen besonderen Zettel nach folgendem Vorbilde:

Wissenschaftlicher Name der Art (und Volksname, wenn vorhanden).

Genaue Angabe des Fund- und Standortes.

Datum der Exkursion.   Name des Sammlers.

Wer seine getrockneten Pflanzenschätze vor Insektenfrass zu schützen wünscht, muss dieselben vergiften. Wer letzteres nicht vornimmt, dem werden bald genug, vornehmlich von der Larve eines kleinen Käfers, des Kräuterdiebes (Ptinus fur L.) die Pflanzen zerfressen. Das Vergiften geschieht am besten in der Weise, dass man in etwa 80 Gewichtsteilen eines starken Alkohols einen Gewichtsteil Quecksilberchlorid (Sublimat) auflöst und die bereits vollständig getrockneten Exemplare in diese Lösung eintaucht. Die Giftflüssigkeit wird in ein flaches (nicht metallisches) Gefäss gegossen und die zu vergiftende Pflanze vermittelst einer grossen Hornpinzette eingetaucht. Einige vergiften ihre Pflanzen durch einfaches Bespritzen derselben vermittelst eines mit Giftlösung getränkten Pinsels. Das nochmalige Trocknen der Pflanzen geht schnell von statten, da der Spiritus leicht verdunstet. Es wird auch empfohlen — wenn man sich die angedeuteten Umstände nicht machen will — das Herbariumpapier in eine konzentrierte Alaunlösung zu tauchen. Bespritzen des Herbarium-Papieres mit Petroleum oder zeitweilige Anwendung von Schwefelkohlenstoff vertreibt den Kräuterdieb ebenfalls. Sehr praktisch ist zur Abhaltung des unliebsamen Gastes die Anwendung von Naphthalin. Am besten bringt man diese Substanz in flache Papierkapseln, wie etwa Briefenveloppen, die sich zwischen die Bogen des Herbariums hier und da gut unterbringen lassen und, da das Naphthalin allmählich verdunstet, hin und wieder erneuert werden müssen. Es ist übrigens nicht nötig alle Arten zu vergiften. Gräser und überhaupt grasartige Gewächse und merkwürdiger Weise auch Farnkräuter leiden nur wenig durch Insektenfrass; am ärgsten mitgenommen werden u. a. die Composíten, Umbelliferen, Euphorbiaceen und Salicaceen. — Die Anordnung der gesammelten und getrockneten Arten geschieht am allerzweckmässigsten nach dem natürlichen System, und zwar ist es gut, sich nach einem bestimmten Buche, welches man dann gewissermassen als Katalog seines Herbariums behandelt, zu richten. Die getrocknete und mit vorschriftsmässigem Zettel versehene Pflanze wird entweder lose und zwar jede Art und jeder Fundort in einen besonderen Bogen Papier gelegt, auf dessen Aussenseite in einer Ecke an der Rückenseite der wissenschaftliche Name gesetzt wird; oder man klebt die Spezimina mit ihrem Zettel vermittelst schmaler geleimter Papierstreifen auf einzelne Papierblätter in Folioformat. Die letzte Methode hat den wesentlichen Vorteil, dass man schnell durch einfaches Blättern seine Schätze bei einer Vergleichung durchsehen kann und schützt überdies vor dem Herausfallen von Zetteln oder Pflanzenteilen. Samen und kleinere Dinge überhaupt thut man in Papierkapseln, die ebenfalls dem Bogen angeklebt werden. Die Arten einer Gattung werden zusammen in einen Bogen gelegt, der wiederum in einer Ecke an der Rückenseite den Namen der Gattung trägt. Sind die Arten nicht aufgeklebt worden, so legt man die Artenbogen mit ihren Rücken nach rechts, die Rücken der Gattungsbogen nach links, durch welche Einrichtung ein schnelles Auffinden ermöglicht wird und überdies ein Herausfallen der in den Bogen befindlichen Dinge erschwert wird.

Die fertig käuflichen Pflanzenstecher sind gewöhnlich durchaus unbrauchbar; es bleibt einem daher nichts übrig, als sich für den ernsten Gebrauch ein solches Instrument selbst anfertigen zu lassen. Am besten giebt man dem Stecher, der aus gutem Stahl bestehen muss, die Form einer kleinen Brechstange von etwa 35 cm Länge und 5 cm Umfang, denn gerade diejenigen Bodenarten, welche Pflanzen mit charakteristischen (oft für die Bestimmung notwendigen) unterirdischen Organen tragen, sind häufig von einer ungemeinen Festigkeit. Nicht selten kommt man auch auf steinigem Boden in die Lage, die in den Ritzen wachsenden Pflanzen vollständig ausheben zu müssen, wobei auch gelegentlich ein Auseinanderbrechen von Felsstücken vermittelst eines brechstangenähnlichen Werkzeuges sehr wünschenswert erscheint. Der Spitze des Stahlstabes giebt man eine spatelige, langherzförmige Form und schärft dieselbe etwas an. Es ist jedoch besonders darauf zu achten, diesen spateligen Teil des Stechers nicht zu flach zu gestalten, sondern ihm eine gehörige Dicke zu belassen, um den Brechstangen-Charakter zu wahren. Erscheint er zu dünn, so bricht er leicht durch, wobei die Spitze verloren geht, und fehlt diese, so kann man nicht mehr in festen Erdboden und in Ritzen hineindringen. Das andere Ende versieht man mit einem hölzernen Griff, durch dessen ganze Länge der sich nur wenig verjüngende Stahlstab hindurchgehen muss, sodass derselbe am Gipfel des Heftes zum Vorschein kommt, wo er durch Vernietung oder durch eine Schraubenmutter wie beim Knauf eines Degens oder eines Stossfechtels befestigt wird. — Der Transport des beschriebenen Instrumentes geschieht zweckmässig in einer Lederscheide, die man sich an einem bequemen Gurt umhängt.

Soll ein bereits getrockneter Pflanzenteil untersucht werden, so empfiehlt es sich oft, wenn derselbe z. B. eine Blüte ist, ihn längere oder kürzere Zeit in Wasser aufzuweichen oder aufzukochen. Öfter sind harte Samen zu durchschneiden, und auch in diesen Fällen ist es nicht selten anzuraten, dieselben aufzuweichen oder mit heissem Wasser zu behandeln.

Bei der Untersuchung vieler Verhältnisse erscheint die Anwendung einer drei- bis fünfmal vergrössernden Handlupe notwendig; zuweilen ist eine stärkere, etwa

Fig. 1. Präpariermikroskop in $^1/_2$ der natürlichen Grösse.

zehnmalige Vergrösserung erforderlich. Es ist in vielen Fällen praktisch, ein Lupenstativ, Präpariermikroskop, von der Form der beigefügten Abbildung zu verwenden[1]). Bei der Zerlegung des auf das

---

[1]) Die vorzügliche optische Werkstätte von Carl Zeiss in Jena liefert ein Lupenstativ von der Form der Abbildung mit Lupe von 5- und 10 facher Vergrösserung nebst zugehörigen Backen (Präparierfuss) zum Preise von 11 Mk.

Tischchen desselben gelegten Objektes ruhen die Hände auf sogenannten — auf der Abbildung fortgelassenen — Backen, welche an den beiden Seiten des Stativtischchens angebracht sind, während die Arme bequem auf dem Arbeitstisch aufliegen.

Zum Freipräparieren der Organe unter der Lupe sind einige, wenigstens zwei mit einem Heft versehene Stahl- (Präparier-) Nadeln erforderlich, von denen die eine am vorteilhaftesten spitz wie eine Nähnadel, die andere abgerundet spatelförmig und scharfschneidig zu wählen ist. Weiterhin sind namentlich zur Anfertigung von Querschnitten durch junge Früchte u. dergl. ein scharfes Messerchen, Skalpell, und ein Rasiermesser zu empfehlen. Pinzette nebst Schere mit einer feinen, gebogenen Spitze sind oftmals sehr nützlich. — Derjenige, der sich eingehender mit unserem Gegenstande zu beschäftigen denkt, thut vielleicht gut, sich ein kleines anatomisches Besteck mit den erwähnten Instrumenten zu besorgen.

Allgemeiner Teil:

Notwendige Vorbegriffe für den Floristen.

I. Aus der Morphologie.

Man pflegt im allgemeinen unter Morphologie in den organischen Wissenschaften diejenige Lehre zu verstehen, die sich mit der Betrachtung des Baues der Organismen und ihrer Apparate zu jeder Zeit ihrer Entwickelung befasst. Die Morphologie sondert sich

1. in die **Organographie** und
2. in die **Wissenschaft von den Homologieen, Morphologie im engsten Sinne, theoretische Morphologie.**

Die **Organographie** beschäftigt sich ausschliesslich mit dem Bau und dem Werden (der Entwickelung) der einzelnen Pflanzenteile; sie stellt nur Betrachtungen am Individuum an.

Die in der Organographie in Anwendung kommenden Ausdrücke beziehen sich ausschliesslich auf Thatsachen.

Die **Wissenschaft von den Homologieen** hingegen hat Betrachtungen an den Generationen zum Gegenstande. Um dies verständlicher zu machen, müssen wir darauf hinweisen, dass nach dem heutigen Stande der Wissenschaft fast allgemein angenommen wird, dass die organischen Wesen durch Umbildung aus anders gestalteten Vorfahren hervorgingen. (Vergl. weiter hinten „Aus der Systemkunde".) Die einzelnen Organe haben dabei ihre Verrichtung, Funktion, und als notwendige Folge hiervon auch ihre Gestalt geändert, oder umgekehrt. In manchen Fällen mag auch eine Gestaltänderung vorkommen oder vorgekommen sein, ohne dass hierbei die Funktion eine andere oder wesentlich andere würde. Die Betrachtung aller dieser Formenänderungen im Laufe der Generationen bildet nun den Inhalt der Wissenschaft von den Homologieen oder der Morphologie im engsten Sinne, und wir können diese Disziplin auch — wenn wir von den Fällen einer Formänderung ohne Funktionswechsel absehen — als die Lehre von den Wechselbeziehungen zwischen den Gestaltänderungen der Organe und dem Funktionswechsel derselben bei den aufeinanderfolgenden Generationen bezeichnen.

Nach dem Gesagten wird mit den Hauptbegriffen dieses Gebietes ein theoretischer Inhalt zu verbinden sein.

Hier ist nun Folgendes ganz nachdrücklich zu beachten.

Nach der erwähnten Abstammungslehre haben sich die höher
organisierten Pflanzen, d. h. diejenigen, welche am kompliziertesten
gebaut sind, bei denen die Verteilung der zum Leben notwendigen,
mannigfaltigen Arbeiten auf viele verschiedene Organe stattgefunden
hat, am meisten in ihrem Baue geändert. Da eine Veränderung
natürlich immer im Anschluss an das bereits bei den Vorfahren
Vorhandene geschieht, so wird sich oftmals wahrscheinlich machen
lassen, dass ein bestimmtes Organ durch Umbildung aus einem anderen
bestimmten Organ hervorgegangen ist, d. h. eine Metamorphose[1]
erlitten hat. Man nennt in diesem Falle die beiden Organe homolog,
und mit dem Aufsuchen solcher Homologieen beschäftigt sich die
theoretische Morphologie. Wenn wir also sagen: die bei einer bestimmten
Art vorhandenen Ranken, welche bekanntlich schwächlich gebaute Gewächse an widerstandsfähige Teile zu befestigen vermögen, sind in
theoretisch-morphologischem Sinne Blätter resp. Teile von Blättern,
oder, was dasselbe heisst, sind metamorphosierte Blätter, und bei einer
anderen Art wie beim Weinstock u. s. w. metamorphosierte Sprosse, so
soll das nach dem Gesagten ein kurzer Ausdruck für die Meinung sein,
dass die Vorfahren der fraglichen Pflanzen an Stelle der Ranken Blätter
resp. Sprosse getragen haben, sodass also die Ranken im Laufe der
Generationen aus diesen Organen hervorgegangen wären. Sage ich
jedoch, Ranke und Blatt oder Ranke und Spross sind einander homolog,
so bleibt es ungewiss, welches von den beiden Organen aus dem
anderen hervorgegangen ist. In diesem Falle kann man jedoch Gründe
für die ersterwähnte Auffassung beibringen, indem Ranken den Pflanzen
nicht allgemein zukommen und die am kompliziertesten gebauten Arten
vorwiegend später entstanden sind als weniger hoch organisierte. Den
Rankenbesitzern ist in den Ranken ein Organ mehr gegeben als ihren
rankenlosen Verwandten, und sie werden dasselbe erst später erworben
haben. — Jedenfalls ist bei den theoretisch-morphologischen Fragen
immer zu beachten, welches von den homologen Organen aus dem
anderen hervorgegangen sein wird.
    Es kann vorkommen, dass ein bei den Vorfahren nützliches Organ
später zum Leben unnötig wird, wenn die Lebensbedingungen andere
werden und es kann dann allmählich seine charakteristische Ausbildung
und seine Grösse verlieren oder auch ganz verschwinden. Von diesen
Gesichtspunkten aus spricht man im ersten Falle von verkümmerten,
rudimentären, im zweiten Falle von fehlgeschlagenen, verschwundenen, abortierten Organen.

    Bei der Bestimmung der Arten kommt nur die Organographie in
Frage und im folgenden sind die für den Floristen aus diesem Gebiete
unumgänglich notwendigen Kenntnisse zusammengestellt.

Organographisches über die inneren Pflanzenteile (Anatomie).

    Durchschneiden wir einen beliebigen Stengel oder ein Blatt oder
sonst ein pflanzliches Organ und betrachten wir die Querschnittsfläche
unter einer starken Vergrösserung, also mit dem Mikroskop, oder wählen
wir ein Holzsplitterchen zur Betrachtung, so sehen wir ohne weiteres,
dass diese Objekte aus zahlreichen, allseitig geschlossenen Kammern

---

[1] Unter Metamorphose wird übrigens oft etwas anderes verstanden.

bestehen. Um zu sehen, dass diese Kammern wirklich allseitig umschlossen sind, muss man die anatomische Betrachtung natürlich nicht
auf einen Querschnitt beschränken, sondern auch auf einen Längsschnitt ausdehnen, und ein solcher zeigt in der That, dass die Kammern
auch oben und unten Scheidewände besitzen. Die Wandungen der in
Rede stehenden Kammern bestehen — wie man bald erkennt — aus
festerer Substanz, während ihr Inhalt eine flüssigschleimige Beschaffenheit
aufweist. In der Wissenschaft bezeichnet man diese Kammern als
Zellen, Fig. 2, und zwar versteht man unter einer Zelle nicht die
Kammer allein, sondern es wird auch der Inhalt der Kammer mit
inbegriffen. Und wenn einmal — wie das zuweilen beobachtet wird —
der Inhalt einer Zelle allein für sich, frei, ohne von einer schützenden
festeren Hülle umgeben zu sein, vorkommt, so wird dieser in über-
tragenem Sinne ebenfalls als Zelle bezeichnet.

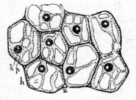

Die Grösse und die Form der Zellen
ist je nach ihrer Funktion ausserordentlich
mannigfaltig. Ihr Inhalt besteht meist
aus einer wässerigen Flüssigkeit, dem Zellsaft, und, wie wir schon sagten, aus
einer schleimigen Substanz, weche die Zell-
kammern entweder ganz ausfüllt und dann
für den Zellsaft keinen Raum übrig lässt,
oder die Wandung nur als eine dünne Schicht
bekleidet. In dem letzten Falle durchsetzen
Stränge der schleimigen Substanz den mit
Flüssigkeit gefüllten Zellraum. Diese Substanz
ist das Protoplasma oder Plasma, der
wesentlichste Teil der Zelle, welcher den
eigentlichen lebenden Körper derselben darstellt. In dem Protoplasma finden sich fast

Fig. 2. Stark vergrösserter
Querschnitt durch 8 Zellen
eines jugendlichen Gewebes.
h = Zellhaut, p = Plasma,
k = Kern mit dem Kern-
körperchen, s = Zellsaft,
z = Zwischenzellraum.

immer ein, selten mehrere bestimmt geformte Teile desselben, welche
eine etwas festere Beschaffenheit aufweisen und als Zellkerne bezeichnet werden, die ihrerseits gewöhnlich ein oder mehrere Kern-
körperchen umschliessen. Andere häufig vorkommende, festere Aus-
gliederungen des Plasmas sind die sehr formreichen Chlorophyllkörper,
welche die Ursache der grünen Farbe der pflanzlichen Organe sind.

Das Protoplasma, der Hauptträger des Lebens, ist seinem Wesen
nach gänzlich unbekannt. Beobachtet man unter günstigen Umständen
eine lebende Zelle aufmerksam unter dem Mikroskop, so sieht man die
Substanz des Plasmas in beständiger Bewegung, welche durch die in
ihr vorhandenen Körnchen sichtbar wird.

Was die Zellwandung anbetrifft, so ist diese entweder einfach und
glatt, oder aber sie weist einen besonderen Bau auf, je nach der Aufgabe,
der Arbeit, welche der zugehörigen Zelle im Gesamtorganismus zufällt.

Einesteils leben die Zellen einzeln für sich, ohne Zusammenhang
mit ihresgleichen, wie dies sehr häufig bei vielen nicht hoch organisierten Algen vorkommt, die daher als einzellige Pflanzen bezeichnet werden, oder sie vereinigen sich zu losen Kolonieen; anderen-
teils bleiben die Zellen fest miteinander verbunden. Letzteres ist bei
sämtlichen „höheren" Pflanzen der Fall: sie sind mehrzellig. Bei
ihnen stehen die einzelnen Zellen im Dienste eines Ganzen, und sie
bilden dann einen Zellenstaat. Diese Bezeichnung ist insofern gerecht-
fertigt, als sich die Zellen bei den kompliziert gebauten (hoch differen-

zierten) Gewächsen in die für das Ganze zu leistenden Arbeiten teilen: ein Teil derselben übernimmt die eine, ein anderer Teil eine andere Verrichtung, und dieser Arbeitsteilung entspricht eine den verschiedenen Arbeiten angepasste Form und Beschaffenheit der einzelnen Zellen. Solche Zellen, denen eine gemeinsame Aufgabe zufällt und welche daher auch gewöhnlich gleichgeformt sind, werden in ihrer Gesamtheit als ein Gewebe (Fig. 2) bezeichnet. Diejenigen Zellen, welche also z. B. der Pflanze einen mechanischen Schutz gewähren, welche für eine genügende Festigkeit sorgen, stellen das Skelettgewebe dar. So werden aus den Zellen die einzelnen Apparate der Pflanzen, Gewebesysteme, oder — wie man die Apparate der Organismen speziell zu bezeichnen pflegt — Organe zusammengesetzt. Gerade so wie nun ein kompliziertes physikalisches Instrument aus vielen verschiedenen einfacheren Instrumenten zusammengesetzt sein kann und womöglich selbst nur einen Teil in einem umfangreicheren Apparate darstellt, ebenso verhält es sich mit den Organen der lebenden Wesen. Die Gewebesysteme werden aus Elementarorganismen, den Zellen, gebildet, während die Gewebe selbst, in Verbindung mit anderen Geweben, Organe höheren Grades zusammensetzen. Ein Laubblatt z. B., eins der wichtigsten Pflanzenorgane, wird aus vielen Gewebesystemen zusammengesetzt. Die Ausdrücke Organ, Apparat, Instrument und System sind also relative Begriffe, die in vielen Fällen miteinander vertauscht werden dürfen.

Bei den einzelligen Pflanzen, also den Pflanzen, die nur aus einer einzigen Zelle bestehen, von kugeliger, schlauchförmiger oder scheibenförmiger Gestalt, und solchen, die aus lauter gleichartigen Zellen zusammengesetzt werden — also bei den äusserst einfach organisierten Lebewesen — ist von einer Gliederung ihres Körpers in verschiedene abgegrenzte Organe nichts zu bemerken. Die Zellen sind — wie gesagt — alle gleichartig und besitzen einfache Zellwandungen, welche das Protoplasma nach aussen hin schützen und dem Pflanzenleib eine genügende Festigkeit gewähren. Jede einzelne Zelle hat in solchen Fällen alle für das Leben der Pflanze notwendigen Arbeiten zu verrichten. Anders ist es bei den differenzierteren Gewächsen. Bei diesen treten Teile von mannigfaltigster Gestalt, Organe mit verschiedener Funktion als innere Differenzierungen und als räumliche Gliederungen des Pflanzenkörpers hervor, deren Lebensverrichtungen sich gegenseitig ergänzen. Je weiter diese Teilung der Arbeit bei den Gewächsen geht, je differenzierter sie sind, um so „höher" — wie man sich auszudrücken pflegt — stehen die Pflanzen im natürlichen System, während man die einzelligen und die aus lauter gleichartigen Zellen gebildeten Lebewesen, wie die Algen und Pilze, als „niedere" zu bezeichnen pflegt.

Wir wollen nun versuchen, uns eine allgemeine Übersicht über die den Pflanzen vorkommenden Gewebesysteme zu verschaffen.

Seitdem Schwendener durch seine eigenen Arbeiten und durch die seiner Schüler die Erkenntnis der Funktion der Gewebe-Arten für das Leben der Pflanzen ganz wesentlich gefördert hat, teilt man von einem allgemeinen Gesichtspunkt ausgehend die Gewebesysteme am besten ein in

1. Systeme des Schutzes, 2. Systeme der Ernährung und 3. Systeme der Fortpflanzung.

1. Die Systeme des Schutzes dienen, wie ihr Name sagt, dazu, die Pflanzen vor den schädlichen Einflüssen der Aussenwelt zu schützen. Gerade ebenso wie sich bereits eine einzellige Pflanze durch

Bildung einer Zellhaut gegen ihre Umgebung schützt, ebenso und in noch höherem Maasse bedürfen die vielzelligen, sehr differenzierten Gewächse eines Hautsystems zum Schutze ihrer zarteren Gewebe und Organe. Während jedoch die einzelligen und die aus gleichartigen Zellen bestehenden mehrzelligen Pflanzen in ihren festen Zellhäuten eine genügende Festigungsvorrichtung besitzen, ist es für das Gedeihen der höheren Pflanzen eine der wichtigsten Voraussetzungen, einen Apparat von Einrichtungen zu besitzen, welche die Festigung aller ihrer Organe und ihres wechselseitigen Zusammenhanges zur Aufgabe haben. Je höher differenziert eine Pflanze ist, je vielgestaltiger und zahlreicher ihre einzelnen Organe sind, um so leichter werden natürlich mechanische Eingriffe jeder Art den Aufbau und die Gestaltung der Pflanze schädigen. Die mechanischen Eingriffe äussern sich in verschiedener Weise; sie bewirken bei ungenügender Festigkeit ein Zerbrechen, Zerreissen, sowie ein Zerdrückt- oder Zerquetschtwerden der Pflanzenteile, und gegen solche Beschädigungen haben sich die Pflanzen zu schützen, indem sie ihre Organe je nach Bedürfnis, d. h. je nach ihrer vorwiegenden mechanischen Inanspruchnahme bald gegen Zerbrechen biegungsfest, bald gegen Zerreissen zugfest u. s. w. ausbilden müssen. Die Pflanzen erreichen dies dadurch, dass sie an passenden Stellen in ihrem Körper festes, aus dickwandigen Zellen (Stereïden) gebildetes Skelettgewebe (Stereom) entwickeln.

In die 2. Kategorie gehören, wie wir sahen, die Systeme der Ernährung. Diesen fällt die Aufgabe zu die Nahrung, das Material für den Aufbau der Pflanzen, aufzunehmen und es in eine für die weitere Verwertung passende chemische Zusammensetzung umzubilden. Die Systeme der Ernährung zerfallen wieder in das Absorptionssystem, welches vermöge der Wurzeln Wasser und die im Erdboden befindlichen gelösten Nährstoffe der Pflanze aufnimmt und ihr zu nutze macht, ferner in das Assimilationssystem, welches namentlich in den Blättern, aber auch in anderen, nämlich allen grünen Organen entwickelt ist und die Fähigkeit besitzt, gasartige Nahrung zu verarbeiten, indem es aus der in der Luft enthaltenen Kohlensäure den Kohlenstoff entnimmt, und in solche Verbindungen überführt, welche der Pflanze das nötige Material zu ihrem Aufbau liefern.

Zu den Apparaten der Ernährung gehört auch noch ein System, welches die Aufgabe hat, die bereits aufgenommenen und zubereiteten Nährstoffe und das Wasser nach den Stellen des Verbrauchs hinzuleiten. Dieses Leitbündelsystem durchzieht den Pflanzenkörper gewöhnlich in Form von Strängen, wie man an den sog. Blattnerven sehen kann, welche solche Leitbündel darstellen. Letztere haben für die Pflanze dieselbe Bedeutung wie das Blutgefässsystem für die Tiere. Während jedoch das letztere ein einfaches Röhrenwerk darstellt, in welchem sowohl Wasser als auch Nährstoffe zusammen transportiert werden, findet die Leitung der Nährstoffe und des Wassers in der Pflanze in gesonderten Systemen der Leitbündel statt. Das Wasser wird in besonderen Wasserleitungsröhren, die durch Auflösung der Querwände übereinander befindlicher Zellen entstehen, geleitet (dem Hydrom), und daneben finden sich in den Bündeln noch zwei weitere Arten von Geweben, von denen das eine (das Amylom) im wesentlichen die stickstofflosen (nämlich Kohlenhydrate: Stärke, Zucker u. s. w.), das andere (das Leptom) die stickstoffhaltigen (nämlich Eiweissstoffe) Nährmaterialien den Verbrauchsstellen oder Speicherorten zuführt. Die leiten-

den Elemente der Bündel, also Hydrom, Amylom und Leptom, werden
als Mestom zusammengefasst.

Für Fälle der Not und für Zeiten besonders eifrigen Wachstums
werden in besonderen Speisekammern immer zur Verfügung stehende
Nahrungsvorräte angehäuft, die in günstigeren Zeiten erworben wurden.
Eine solche Speicherung, und zwar gewöhnlich von Stärkemehl, wird
ausnehmend häufig beobachtet, sodass das Speichersystem, unter
welche Rubrik die hierher gehörigen Gewebearten zusammenzufassen
sind, eine grosse Verbreitung im Pflanzenreich aufweist. Für die
Menschen ist das Speichersystem der Pflanzen von ganz hervorragender
Wichtigkeit, weil sie sich diese Speisekammern zu nutze machen. Es
mögen als Beispiele nur die Kartoffel und die Früchte unserer Getreide-
arten erwähnt werden, um die Bedeutung dieses Systems für uns ins
genügende Licht zu setzen.

Endlich ist im Anschluss an die Betrachtung der Ernährungs-
apparate das Durchlüftungssystem anzuführen, welches den Gas-
austausch zwischen dem Innern der Pflanze und der Aussenwelt zu
vermitteln hat, und zwar nimmt es einerseits die gasförmige Nahrung
der Luft, die Kohlensäure, auf und steht andererseits zu den Geschäften
der Atmung in Beziehung. Die Eingänge zu diesem System bilden
die namentlich an den Blättern auftretenden Spaltöffnungen, entstanden durch Spaltungen in den Wänden benachbarter Zellen, welche
zu den Zwischenzellräumen (Intercellularen) (Fig. 2, z) führen.

Als 3. grössere Kategorie wurden die Fortpflanzungsorgane
bezeichnet, deren hohe Bedeutung ohne weiteres klar ist. Hierher gehören die bei den weniger differenzierten Pflanzen auftretenden Apparate, welche dazu dienen, Zellen abzustossen, die befähigt sind, neue
Pflanzenindividuen zu erzeugen. Bei den höheren Gewächsen stellen
die Blüten und die Blumen diese Fortpflanzungsorgane dar, da es
ihre Aufgabe ist, die Samen zu bereiten, um für eine Nachkommen-
schaft zu sorgen.

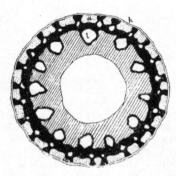

Fig. 3. Vergrösserter Querschnitt
durch den Stengel (Halm) eines
Grases (Molinia coerulea). — Beschreibung im Text.

Als Beispiele, wie die Gewebesysteme in den Organen angeordnet
sein können, geben wir nachstehend
in Fig. 3 u. 4 die Abbildungen zweier
Querschnitte.

1. Fig. 3 stellt einen solchen
durch einen röhrigen Grasstengel dar.
Das schwarz angegebene, auf dem
Querschnitt als Ring (körperlich ge-
dacht als Röhre) erscheinende Gewebe
ist das Skelett, in welchem grössere
und kleinere, auf ihren Querschnitten
weiss gelassene Leitbündel *l* eingebettet
sind. Aussen ist der Skelettcylinder
in unserem Falle mit Längsrippen
besetzt, welche bis an das Hautsystem
h heranreichen. Das zwischen Hautsystem, Skelett-Rippen und -Cylinder
punktiert angegebene Gewebe *a* gehört
dem grünen Assimilationssystem an, welches die Kohlensäure der Luft

als Nahrung für die Pflanze nutzbar macht. Das innerste, geradlinig schraffierte Gewebe dient als leichte Füllung und wohl auch vorübergehend der Speicherung von Nährstoffen.

Wir machen besonders darauf aufmerksam, dass in dem beschriebenen Fall das Mestom und Stereom vollständig gesondert auftreten. Die Leitbündel bestehen hier ausschliesslich aus leitenden Elementen.

2. Viel komplizierter ist der Stengel- oder Stamm-Bau unserer in die Dicke wachsenden Pflanzenarten, den wir seines besonderen Interesses wegen näher betrachten wollen.

Unsere Laub- und Nadelbäume und sonst noch viele Pflanzen besitzen in der Jugend mehrere in einem Kreise angeordnete Leitbündel, die seitlich fast aneinanderstossen (Figur 4).

Ausserhalb derselben liegen später meist abfallende Skelettstränge oder ein Skelettcylinder. Die Bündel werden durch einen Hohlcylinder von Teilungsgewebe — wie wir es nennen wollen, da es zur Bildung neuer Zellen bestimmt ist — in eine äussere und eine innere Partie geschieden. Wegen des ringförmigen Querschnittes nennt man ihn auch den Verdickungsring v. Dieser setzt nun sowohl nach aussen als auch nach innen neue Leitbündelelemente, also leitende Zellen, an die alten an, von denen jedoch die nach innen abgeschiedenen (nämlich Amylom und Hydrom) reichlich mit Skelettzellen vermengt sind, häufig so reichlich, dass diese die Hauptmasse der nach innen abgeschiedenen Elemente ausmachen. Die letzterwähnten, innerhalb des

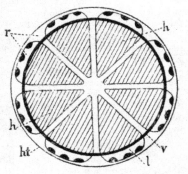

Fig. 4. Schematischer Querschnitt durch einen in die Dicke wachsenden Stengel. Es sind 8 Leitbündel angenommen, die durch den Verdickungsring v in eine innere und äussere Partie geteilt erscheinen. Die innere mit Skelettgewebe untermengte Partie, das Holz h, ist schraffiert worden; die schwarzen Teile in den ausserhalb des Verdickungsringes befindlichen Bündelelementen des Leptoms l sind lokale Skelettstränge. r = Rinde. ht = Hautgewebe.

Verdickungsringes liegenden Teile der Bündel bilden das Holz, h. Da nach aussen vorwiegend Leptom ohne Skelettzellen abgeschieden wird oder letztere hier doch nur in verschwindender Menge gebildet werden, um lokal die zarten Gewebemassen zu schützen, so bleibt das aussen vom Verdickungsring gelegene Gewebe, welches in seiner Gesamtheit als Rinde bezeichnet wird, verhältnismässig weich. Bei den Nadelhölzern, denen ein spezifisches Hydrom fehlt, dienen die mechanischen Zellen nebenbei noch der Wasserzirkulation und als Wasserreservoire; sie besitzen aus diesem Grunde grössere Höhlungen, als sie sonst Skelettzellen aufweisen, und zeigen auf ihren Wänden eine besondere Art Tüpfel, (d. h. durch dünne Membranen geschlossene Poren), welche den Verkehr erleichtern. Wir nennen diese Art von Zellen, da sie 2 Hauptfunktionen haben, Hydro-Stereïden.

Die innersten Partieen üben später auf das Leben eines Baumes keinen Einfluss aus; dies lehrt schon die Erfahrung, dass hohle Bäume durchaus die gleichen Lebenserscheinungen zeigen wie noch unversehrte Bäume. Es werden nämlich von dem Verdickungsring alle Jahre mit neuem

Skelettgewebe Mestomelemente derselben Art abgeschieden wie früher, sodass auch die inwendig hohl gewordenen Bäume dann noch alle zum Leben notwendigen Gewebesysteme besitzen. Wie man daher leicht sieht, werden die in den ersten Jahren gebildeten zentralen Skelettmassen nach der Bildung neuer von aussen hinzugekommener für die Pflanze nicht mehr die mechanische Bedeutung haben, wie in den ersten Jahren.

Die Jahresringbildung beruht darauf, dass der seine Thätigkeit im Frühjahr wieder beginnende Verdickungsring zunächst Zellen abscheidet, die dünnere Wandungen und grössere Innenräume besitzen, als die später — namentlich im Herbste — gebildeten Zellen. Die Grenzen zwischen dem Herbstholz des einen Jahres und dem Frühlingsholz des folgenden Jahres geben sich durch die Jahresringe zu erkennen.

Im Gegensatz zu dem erstbeschriebenen Fall bestehen die Leitbündel bei unseren in die Dicke wachsenden Pflanzen neben den leitenden Elementen (in ihren nach dem Zentrum der Stengel zu gelegenen Teilen) — wie wir sehen — auch reichlicher aus Skelettgewebe: Stereom und Mestom durchdringen sich also hier und stellen das Holz dar. Je nach der grösseren oder geringeren Menge von Mestomelementen, die dem Stereom des Holzes beigemengt ist, ist das Gefüge desselben lockerer oder fester. Die Güte eines Holzes steht um so höher, je mehr Stereïden, welche eben die Festigkeit bedingen, in demselben vorhanden sind.

Wenn wir nun die aufgezählten und kurz charakterisierten pflanzlichen Apparate mit denen der Tiere vergleichen, so sehen wir, dass den Pflanzen — soweit wir wenigstens bis jetzt wissen — mehrere Arten von Organen fehlen, deren Besitz die höheren Tiere ganz besonders auszeichnet. Es sind dies vor allem das Nervensystem mit seinen für die Tiere so wichtigen Endapparaten, den Sinnesorganen, und die die Bewegungen der Tiere vermittelnden Muskeln. Diese beiden Systeme können daher den übrigen, welche auch bei den Pflanzen vorkommen, als spezifisch animalische Systeme gegenübergestellt werden, während jene Apparate, die auch bei den Pflanzen zu finden sind, als vegetative bezeichnet zu werden pflegen. Den Pflanzen fehlt also ein Nervensystem und der Muskelapparat, während das Haut-, Skelett-, Ernährungs- und Fortpflanzungssystem den Pflanzen und den Tieren gemeinsam zukommen.

Organographisches über die äusseren Pflanzenteile.

Da den äusserlich an den Pflanzen bemerkbaren Organen, wie den Blüten, Blättern, Stengelteilen, die Merkmale zur Unterscheidung vorzugsweise entnommen sind, müssen wir uns, um die in den Beschreibungen, Diagnosen, angewendeten Ausdrücke genau zu verstehen, mit diesen Organen etwas näher beschäftigen.

Die ersten Pflanzen, welche unsere Erde bevölkerten, waren höchst wahrscheinlich einzellig, aus denen sich bald Arten herausbildeten, die aus lauter gleichartigen Zellen zusammengesetzt waren. Mehrzellige Pflanzen, an denen keine besondere äussere Gliederung wahrnehmbar ist, finden sich vielfach unter den Algen. Organographisch wollen wir den Leib solcher Pflanzen als Urkörper, Phytom, bezeichnen. Die Vorfahren unserer Pflanzen waren gewiss Urkörperpflanzen. Der Körper derselben kann sich durch Teilung der Arbeit sondern 1. in einen Teil, welcher besonders befähigt wird, die vom Erdboden oder vom Wasser gebotene verflüssigte Nahrung aufzunehmen und in vielen Fällen die

Pflanze an dem Boden zu befestigen: dann erhalten wir W u r z e l n, und 2. in einen nicht zur Wurzel gewordenen Teil des Urkörpers, welcher L a g e r, T h a l l u s, genannt wird. Das Lager ist im Gegensatz zur Wurzel imstande, gasförmige Nahrung — nämlich die Kohlensäure der Luft — für den Aufbau der Pflanze zu verwerten und erzeugt vor allen Dingen die Fortpflanzungsorgane. Lager sind bei den niederen Gewächsen sehr verbreitet, aber auch bei den höheren kommen sie vor. Die meisten Arten der Wasserlinsen z. B., welche wegen ihres sonstigen Baues den höheren Gewächsen zugerechnet werden, bestehen aus Wurzeln — die bei einer Art sogar fehlen können — und einem, solange er nicht blüht, in allen seinen Teilen gleichartigen Lagerteil. Trägt das Lager unterschiedene Anhangsgebilde, so bezeichnet man dieselben als B l ä t t e r, P h y l l o m e, und den Träger derselben als S t e n g e l, Stamm u. s. w., C a u l o m. Urkörper, Wurzeln, Lager und Stengel können seitlich Wiederholungen ihrerselbst, Z w e i g e, erzeugen, welche in Beziehung zu ihren M u t t e r - o r g a n e n, die sie hervorbrachten, T o c h t e r o r g a n e heissen. Da man oft in die Lage kommt, den Stengel mit seinen Blättern begrifflich zusammen-zufassen, so werden beide zusammengenommen als S p r o s s bezeichnet. Die Begriffe Spross und Stengel sind also auseinanderzuhalten. Alle die genannten Teile können H a a r e, T r i c h o m e, tragen. Nach dem Gesagten würden wir folgendes Schema erhalten:

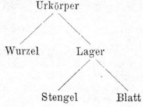

Bei der Bestimmung einer Art handelt es sich nun im allgemeinen um das V o r h a n d e n s e i n oder F e h l e n, um die A n z a h l, die g e g e n - s e i t i g e S t e l l u n g und um die F o r m der genannten Organe, und es soll im folgenden auf das in dieser Hinsicht Wichtigste eingegangen werden.

A. Die Wurzel

tritt in den mannigfaltigsten Gestalten auf. Man unterscheidet eine H a u p t w u r z e l, welche die direkte Fortsetzung des Stengels bildet, und dem Erdmittelpunkte zuwächst (positiv geotropisch ist), und S e i t e n - oder N e b e n w u r z e l n, welche sich sowohl seitlich an den Hauptwurzeln als auch an Stengelteilen entwickeln können. An den Wurzeln unterscheidet man den W u r z e l k ö r p e r, der nur in der Nähe seiner Spitze mit Haaren, W u r z e l h a a r e n, R h i z o ï d e n, besetzt ist, welche die verflüssigte Nahrung des Bodens aufnehmen, während der Wurzelkörper im wesentlichen die Leitung der Nährstoffe übernimmt und gleichzeitig gewöhnlich die Pflanze an ihren Untergrund festigt. Oftmals entwickeln sich die Wurzeln zu Speicherapparaten, Speisekammern; sie verdicken sich dann und werden fleischig. W u r z e l k n o l l e n (Fig. 120—122) nennt man dicke, fleischige, oft kugelige oder anders gestaltete Nebenwurzeln, welche den Sommer über Nahrung — meist in Form von Stärke — in ihren Zellen für die im nächsten Frühjahr erwachsende Pflanze in sich aufhäufen. Kugelige, speichernde Hauptwurzeln werden, abweichend vom gewöhnlichen Sprachgebrauch, rübenförmige genannt, wie die Wurzel des Radieschens, während die Möhre oder Mohrrübe eine möhren- oder spindelförmige Hauptwurzel besitzt u. s. w. Bekanntlich macht sich der Mensch diese pflanzlichen Reservestoffbehälter oft zu nutze.

Auch

B. Der Stengel,

an welchem Knoten, die Ansatzstellen der Blätter, und Zwischenknotenstücke, Stengelglieder, Internodien, unterschieden werden, kann Speicherapparate für Nährstoffe entwickeln, und er ist dann entsprechend dieser Funktion — wie die betreffenden Wurzelteile — in den Partieen, welche die Speicherung übernehmen, ebenfalls fleischig verdickt. Man nennt sie daher auch Stengelknollen, zu welchen z. B. die Kartoffeln gehören. Dass diese keine Wurzelknollen sind, erkennt man mit Leichtigkeit an den sog. Augen derselben: kleinen Rändern, die Rudimente von Blättern, in deren Achseln sich die Anlagen von Sprossen finden. Zwiebeln, deren Erwähnung am besten hier angeschlossen wird, sind Speicherorgane, gebildet aus Stengelteilen mit sehr stark verdickten, fleischigen Blättern, welche die Speicherung übernehmen. — Sind die Stengel, die gewöhnlich im Gegensatz zur Hauptwurzel vom Erdmittelpunkt hinweg wachsen (negativ geotropisch sind), keine typischen Nährstoffreservoire, so sind sie gewöhnlich langgestreckt. Sie können dann sein:

aufrecht, wenn sie sich von der Wurzel ab senkrecht in die Luft erheben,

windend, wenn sie, um Halt zu gewinnen, spiralig um eine Stütze wachsen,

rankend resp. kletternd, wenn sie vermittelst Ranken oder anderer Haftorgane an anderen Pflanzen oder Gegenständen emporklimmen,

aufsteigend, wenn ein verhältnismässig kleiner Teil ihres Grundes auf dem Boden liegt und der andere Teil senkrecht emporsteigt,

kriechend, wenn ein grösserer Teil am Boden liegt und womöglich an den Knoten Wurzeln bildet,

rasenbildend, rasig, wenn viele Stengel von einer gemeinsamen organischen Grundlage ausgehend dicht zusammenstehen,

auslaufend, wenn sie von einem Mutterstengel ausgehend kriechen und sich von diesem lösen können, um neue Pflanzen zu erzeugen. Solche Ausläufer können ober- oder unterirdisch sein. — Unterirdische Stengelteile überhaupt werden (obgleich sie mit einer Wurzel nichts zu thun haben) als Wurzelstöcke, Rhizome, bezeichnet.

C. Die Blätter.

1. Die Blattbildungen.

Die Blätter werden, von der Wurzel nach der Spitze des Stengels fortschreitend, nach ihrer Stellung und ihrer Ausbildung unterschieden als

a) Keimblätter, Samenblätter, Cotyledonen, welche die ersten beim Keimen erscheinenden Blätter sind,

b) Niederblätter, welche kleine schuppige, meist nicht grüne Gebilde darstellen, und

c) Laubblätter, oder schlechtweg Blätter im engeren Sinne, welche die grössesten, grünen, meist besonders gegliederten Blätter sind. Die obersten Blätter, die sich oftmals in ihrer Gestaltung von den darunter stehenden unterscheiden, werden, wenn dies der Fall ist, als

d) Hochblätter besonders klassifiziert, welche überhaupt alle, oft schuppigen Blattorgane zwischen den typischen Laubblättern und den

e) Blütenblättern umfassen. Die letzteren setzen die Blüten der höheren Pflanzen, das sind Fortpflanzungsorgane, zusammen.

Bei einer einzelnen Art kann diese oder jene oder auch mehrere der erwähnten Blattregionen fehlen.

Ein Blatt kann sich gliedern in eine Scheide (Vagina) mit oder ohne Nebenblätter (Stipeln), in einen Blattstiel (Petiolus) und in eine Blattspreite (Lamina). Blattachsel oder -winkel ist der Stengelteil unmittelbar über der Ansatzstelle eines Blattes, resp. der Raum zwischen Stengel und Blatt.

Ein Blatt, in dessen Achsel ein Spross steht, wird das Deckblatt oder Tragblatt desselben genannt, während Vorblätter die ersten, oft schuppenförmigen Blätter an einem Zweige sind.

2. Die Blattformen.

Für die Unterscheidung der Arten sind die verschiedenen Formen, welche die angeführten Organe und Organteile, namentlich die Blätter, in jedem einzelnen Falle besitzen, oft als Unterscheidungsmerkmale massgebend, und da man bei der Beschreibung derselben mit den Ausdrücken des gewöhnlichen Lebens nicht auskommt, und überdies die Floristen bestimmte Ausdrücke in besonderer Weise brauchen, so müssen wir uns hier mit den gebräuchlichsten derselben beschäftigen.

Die Blätter können zusammengesetzt sein oder einfach. Im ersteren Falle nennt man sie

a) gefiedert, wenn das ganze Blatt in mehrere getrennte Teile, Blättchen, derartig zerschnitten erscheint, dass dieselben an zwei Seiten der Mittelrippe — oder des gemeinsamen Blattstieles, wenn man lieber will — verteilt erscheinen. Unpaarig-gefiedert sind die Blätter, wenn ein einzelnes Endblättchen an ihrer Spitze vorhanden ist, paarig-gefiedert, wenn das Endblättchen fehlt. Unter einem leierförmigen Blatt versteht man ein unpaarig gefiedertes Blatt mit sehr grossem Endblättchen, und unterbrochen gefiedert heisst es, wenn ein grosses Blättchenpaar mit einem oder mehreren kleinen Paaren abwechselt. Von doppelt gefiederten Blättern spricht man, wenn die Blättchen ebenfalls gefiedert sind, von 3fach gefiederten Blättern, wenn die Blättchenabschnitte nochmals gefiedert erscheinen u. s. w.

b) Gefingerte oder handförmige Blätter sind solche, deren Abschnitte oder Blättchen strahlig von einem Punkte ausgehen.

Die Blattspreiten resp. Blättchen können sein:

a) lineal, wenn sie etwa 4- oder mehrmal länger als breit sind und mehr oder minder parallele Ränder besitzen,

b) lanzettlich, wenn dieselben 3- bis mehrmal länger als breit sind, indem sich von der Mitte aus die beiden Enden verschmälern,

c) keilförmig, wenn sie in der Nähe der Spitze am breitesten sind, und sich nach dem Grunde zu verschmälern,

d) spatelig, wenn dieselben oben verbreitert und abgerundet sind und sich nach dem Grunde hin sehr allmählich keilförmig verschmälern,

e) eirund oder eiförmig, wenn sie — wie der Längsdurchschnitt eines Hühnereies — etwa 2 mal so lang als breit und dabei unterhalb der Mitte am breitesten sind,

f) verkehrteirund oder verkehrteiförmig, wenn dieselben eiförmige Gestalt besitzen, die breiteste Stelle jedoch oberhalb der Mitte liegt,

g) nierenförmig, wenn sie kreisförmig bis quer-oval sind und am

Grunde einen tiefen Einschnitt zeigen, zu dessen beiden Seiten sich 2 gerundete Abschnitte befinden. — Ausdrücke wie

h) kreisrund u. s. w. sind selbstverständlich.

Es lassen sich natürlich alle Benennungen, welche sich ausschliesslich auf Formen beziehen, auf die verschiedensten Organe übertragen, so wird z. B. nicht nur ein Blatt als gefingert bezeichnet, sondern man könnte etwa auch von einer fingerartigen Stengelverzweigung reden.

Inbezug auf die Anheftung der ungestielten, d. h. sitzenden Blätter an ihrem Stengel unterscheidet man:

a) herablaufende Blätter, wenn sich die Blattfläche auf den Stengel mehr oder minder weit fortsetzt,

b) stengelumfassende Blätter, wenn der Blattgrund den Stengel umfasst,

c) durchwachsene Blätter, wenn die den Stengel umfassenden Blattlappen auf der der Blattfläche entgegengesetzten Seite des Stengels miteinander verschmelzen.

Auf die Ausbildung des Blattgrundes beziehen sich ferner die Ausdrücke:

d) herzförmig, wenn die Blätter am Grunde einen spitzen, einspringenden Winkel besitzen, dessen Halbierungslinie vom Blattstiel eingenommen wird, wenigstens wenn es sich nicht um schiefherzförmige Blätter handelt, bei denen die rechts und links von der Hauptrippe liegenden Blattspreiten-Teile verschieden gross entwickelt sind; die beiden rechts und links vom Blattstiel befindlichen Blattlappen sind abgerundet. Blätter mit herzf. Grunde sind meist von breit-eirunder Gestalt. — Sind die beiden Blattlappen des Grundes spitz, so erhält das Blatt einen

e) pfeilförmigen Grund, der zum

f) spiessförmigen wird, wenn die beiden Zipfel wagerecht abstehen. In diesem Falle ist der einspringende Winkel gewöhnlich stumpf oder der Grund ist flachbuchtig.

Ist der Rand der Blätter resp. Blättchen nicht ganzrandig, so kann er sein:

a) gesägt, wenn er derartige Einschnitte zeigt, dass sowohl die Buchten der Einschnitte als auch die Spitzen der Zähne spitz sind,

b) buchtig, wenn sowohl die Spitzen als auch die Buchten abgerundet sind,

c) ausgeschweift oder geschweift, wenn er, eine leichte Schlangenlinie bildend, mit sehr seichten bogigen Einschnitten und Vorsprüngen versehen ist, während er

d) gekerbt heisst, wenn die Buchten spitz, die Spitzen der Abschnitte jedoch abgerundet erscheinen. Endlich kann der Blattrand noch sein

e) gezähnt, wenn zwar die Spitzen der Abschnitte spitz, die Buchten jedoch abgerundet sind.

Doppelt gezähnte, gekerbte u. s. w. Ränder kommen zustande, wenn die Zähne, Kerben u. s. w. ihrerseits wiederum Zähne u. dergl. tragen.

Sind die Abschnitte so gross, dass die Einschnitte oder Buchten höchstens bis zur Mitte der Blattflächenhälften hinausgehen, so spricht man von spaltigen, gespaltenen oder gelappten Blättern; gehen die Einschnitte bis über die Mitte der Blatthälften, so erhält man teilige, geteilte oder zerteilte Blätter, und reicht der Schnitt bis zur Mittelrippe, so werden sie oft zerschnitten genannt.

Gewimpert heisst der Blattrand, wenn er mit stärkeren, oft borstigen Haaren besetzt ist.

Stachelspitzig erscheint ein Blatt oder irgend ein anderes Organ, wenn demselben ein besonderes, deutlich abgesetztes Spitzchen angefügt ist. Ein Blättchen u. s. w. kann am freien Ende stumpf, dabei aber stachelspitzig sein.

3. Die Stellung der Blätter und Sprosse.

Die gegenseitige Stellung der Blätter und Sprosse, welche letzteren meist in den Achseln der Blätter entstehen, kann an ihrer gemeinsamen Mutterachse entweder sein

a) wechselständig, wenn die seitlichen Organe, eine Spirale bildend, in ungleicher Höhe einzeln an ihrer Achse verteilt sind, oder

b) gegenständig, wenn 2 dieser Organe sich an ihrem gemeinsamen Mutterorgan in gleicher Höhe gegenüberstehen, oder endlich

c) quirlständig, wenn mehrere der seitlichen Organe in gleicher Höhe in einem Quirl rings um ihren Mutterstengel stehen.

Gegenständige Blätter nennt man gekreuzt, wenn wie fast immer (Ausnahme: Potamogeton densus) jedes Paar mit dem vorhergehenden und folgenden einen rechten Winkel bildet.

D. Blüten

nennt man die aus Blättern zusammengesetzten geschlechtlichen Fortpflanzungsorgane der Phanerogamen, während man die einfacher gebauten Geschlechtswerkzeuge der Kryptogamen nicht als Blüten bezeichnet. Die Blüten sind aus folgenden wesentlichsten Organen zusammengesetzt:

1. den **Kelchblättern,** den Kelch, Calix, bildend, ⎫ Blüten-
2. den **Blumen-** oder **Kronenblättern,** die Krone, ⎬ decke,
   Blumenkrone, Corolla, bildend, ⎭ Perianth.
3. den **Honigbehältern,** Nektarien,
4. den **Staubblättern** oder **-gefässen,** die männlichen Geschlechtsorgane, das Andröceum, darstellend,
5. den **Fruchtblättern,** Carpellen, die weiblichen Geschlechtsorgane, das Gynöceum, darstellend.

Jede Blüte enthält nicht in jedem einzelnen Falle alle die genannten Teile, sondern es können einzelne oder mehrere dieser Organe fehlen.

1. und 2. Die Blütendecke.

Fehlt einer Blüte der Kelch oder die Krone, so bezeichnet man die alleinige aus mehr oder minder gleichartigen Blättern oder Teilen zusammengesetzte, oft kronenartig erscheinende Blütendecke als Perigon. Die Blütendecke fehlt zuweilen ganz. Wie die Blätter überhaupt, können natürlich auch die Blütenblätter die verschiedensten Gestalten zeigen; insbesondere sind hier die als Nagel bezeichneten verschmälerten, stielartigen Teile zwischen der Kronenspreite, der Platte, und dem Blütenboden zu erwähnen. — Die gefüllten Blumen unserer Zierpflanzen kommen entweder durch Vermehrung der Kronenblätter zustande (z. B. bei Fuchsia) oder die neu hinzukommenden Blumenblätter finden sich an Stelle fehlender Staubblätter. Bei den Compositen (z. B. der Sonnenblume) jedoch nennen die Gärtner die Blumen gefüllt, wenn sämtliche Kronen zungenförmig werden und bei der Hortensie, wenn alle Blumen eines Blütenstandes unfruchtbar sind (vergl. daselbst).

3. Die Honigbehälter

fehlen den Blüten häufig, sie nehmen entweder, wie z. B. bei den Cruciferen, bei Parnassia und vielen Ranunculaceen u. s. w., gleichwie auch jeder andere Blütenteil einen bestimmten Platz des Stengelteiles der Blüte,

des Blütenbodens, ein und stehen dann zwischen der Blütendecke und
den Staubblättern oder zwischen diesen und den Fruchtblättern, oder
aber sie befinden sich an bestimmten Stellen der anderen Blütenorgane.
Beim Veilchen z. B. bilden die Honigbehälter spornartige Verlängerungen
am Grunde zweier Staubblätter und bei anderen Gattungen, z. B. Fritillaria,
finden sich dieselben an Teilen der Blütendecke.

4. Die Staubblätter

oder die männlichen Geschlechtsorgane erzeugen in Kammern, die am
Ende eines gewöhnlich vorhandenen Staubfadens, eines Filaments,
sitzen und zusammen den ein- bis mehr-, aber meist vierfächrigen Staubbeutel, die Anthere, zusammensetzen: Zellen, Blütenstaub oder
Pollen genannt, der — nachdem er die nötige Reife erlangt hat —
durch Löcher oder Spalten entlassen wird, die sich, wie Jordan spezieller
zeigte, im allgemeinen nach der Seite hin öffnen, wo die Nektarien stehen,
jedenfalls aber immer so, dass die Öffnungen den die Nektarien besuchenden
Insekten zugekehrt sind, wie dies für die leichte Bestäubung der Tierchen
mit Pollen am zweckmässigsten ist. (Vergl. p. 23 u. ff.)

Wie die Nektarien sich an anderen Blütenteilen entwickeln können,
ebenso finden auch die Staubblätter Platz an anderen Blütenorganen;
häufig sitzen sie z. B. der Krone an. Während man jedoch die Nektarien
als metamorphosierte Teile der Organe betrachtet, an welchen sie sich
entwickeln, hält man die Staubblätter, wie schon ihr Name sagt, auch
dann für Blätter, wenn sie nicht direkt am Stengel sitzen; es wird dann
angenommen, dass sie im Laufe der Generationen mit den Organen, an
welchen sie auftreten, verwuchsen.

Fehlen in einer Blüte die männlichen Organe, so bezeichnet man
sie als weiblich, umgekehrt als männlich. In diesen Fällen sind
also die Blüten eingeschlechtig, zweibettig, diclinisch. Besitzt
eine Blüte sowohl männliche, als auch weibliche Organe, so ist sie zweigeschlechtig, zwitterig, hermaphroditisch, oder einbettig,
monoclinisch. Im ersten Falle können sich männliche und weibliche
Blüten auf derselben Pflanze, auf demselben Stock, finden und dann ist
die betreffende Art einhäusig, monöcisch. Besitzt jedoch der eine
Pflanzenstock nur männliche, der andere nur weibliche Blüten, so liegt eine
zweihäusige, diöcische, Art vor. Monöcische oder diöcische Arten
endlich, die sowohl männliche als auch weibliche und daneben auch Zwitterblüten tragen, heissen vielehig, polygamisch. Zuweilen verkümmern
die Geschlechtsorgane der Blüten vollständig, sodass die letzteren geschlechtslos werden. Geschlechtslose Blüten haben meist prächtig
entwickelte Blütendecken, während gewöhnlich die in ihrer unmittelbaren
Nähe befindlichen geschlechtlichen Blüten eine mehr unscheinbare Blütendecke besitzen. In solchen Fällen liegt eine Teilung der Arbeit unter verschiedenen Blüten vor, indem die einen sich ausschliesslich auf die Anlockung der für die Befruchtung der Pflanzen so notwendigen Insekten
beschränken, während die anderen ausschliesslich für die Samenbe-
reitung sorgen.

Die Staubblätter werden in den Diagnosen auch als Männchen,
die Fruchtblätter als Weibchen bezeichnet, indem man z. B. von einer
Blüte mit 3 Staubblättern als 3männig spricht.

5. Die Fruchtblätter

oder die weiblichen Geschlechtsorgane erzeugen an den Samenleisten,
Placenten, in Kammern die Eichen, Ovula, aus denen nach der

Befruchtung die Samen hervorgehen, welche neuen Planzenindividuen das Dasein geben.

Eine Blüte kann ein oder mehrere freie oder mit einander verbundene Fruchtblätter besitzen. Man unterscheidet an den freien Fruchtblättern oder an dem aus mehreren Fruchtblättern hervorgegangenen weiblichen Geschlechtsorgan, dem Pistill oder Stempel, am Grunde (1.) den Fruchtknoten, das Ovarium, mit den Eichen, welcher (2.) oft durch einen Griffel, Stylus, mit der an seiner Spitze befindlichen (3.) Narbe, dem Stigma, verbunden wird. Letztere ist durch ihre klebrige, rauhe oder behaarte Beschaffenheit vorzüglich geeignet, durch Vermittelung des Windes, seltener des Wassers (bei Windblütlern resp. Wasserblütlern, mit Blüten im engeren Sinne, die sich durch eine unscheinbare Blütendecke charakterisieren) oder der Insekten (bei Insektenblütlern, mit Blumen, die sich durch eine für die Tiere weithin sichtbar gefärbte Blütendecke und meist auch durch den Besitz von Nektarien auszeichnen) den Pollen aufzunehmen. Dieser erzeugt, auf die mit Fangvorrichtungen versehene Narbe gebracht, einen durch den etwa vorhandenen Griffel bis zu den Samenanlagen wachsenden Schlauch, der denselben etwas von seinem Inhalte abgeben, d. h. die Eichen befruchten muss, wenn sie zu keimfähigen Samen werden sollen. Die Fruchtblätter einer Blüte mit den reifen Samen und etwaigen anderen Teilen der Blüte und ihrer Umgebung, die sich gelegentlich nach dem Verblühen während der Samenreife besonders ausbilden, nennt man eine Frucht. Bestehen die Früchte aus mehreren, äusserlich gegliederten Teilen, sei es, dass die einzelnen Fruchtblätter nicht miteinander verwachsen, sondern frei bleiben, sei es, dass die Frucht sich in anderer Weise in mehrere Teile spaltet, so nennen wir diese Teile Früchtchen.

Die **Hauptfruchtformen** lassen sich in zwei grössere Abteilungen bringen:

1. Die **Trockenfrüchte.** Zu diesen gehören:
   a) Die Schliessfrüchte (in besonderen Fällen als Nüsse, Caryopsen, Achänen bezeichnet), welche einsamig sind und in Zusammenhang damit nicht aufspringen. Die Fruchtwandung liegt dem Samen meist lückenlos, dicht an. (Haselnuss, Gerstenkorn).
   b) Die Kapseln, welche gewöhnlich mehrsamig sind und daher fast immer aufspringen (Ausnahme Peplis). Die Samen ragen frei in die Höhlung der Frucht hinein (Mohnkapsel).
2. Die **saftigen, fleischigen Früchte,** die wir einteilen in:
   a) Steinfrüchte (Drupen), welche Schliessfrüchte mit fleischiger äusserer und holziger oder doch harter Innenschicht vorstellen (Pflaume, Kirsche; die Brombeerfrucht wird aus Steinfrüchtchen zusammengesetzt) und
   b) Beeren, die (meist) mehrsamig sind. (Apfel, Stachelbeere.)

Die Samen, welche der Regel nach an den zusammenschliessenden Rändern der Fruchtblätter sich entwickeln und das Wesentlichste in den Früchten sind, weisen den verschiedensten Bau auf. Bevor wir jedoch auf denselben etwas näher eingehen, müssen wir einiges über Anheftungsweise und Gestalt der **Eichen** (Samenknospen) sagen. Diese (Fig. 5—7) können nämlich erstens derartig der Placenta ansitzen, dass die mit den Eichen oft durch ein Stielchen (Nabelstrang, Funiculus) verbundene Anheftungsstelle des Eichens dem Orte gegenüber-

2*

liegt, an welchem die das Eichen umgebenden Eihüllen, die Integu-
mente, eine Öffnung, die Mikropyle, für den Durchtritt des Pollen-
schlauchs zum Embryosack besitzt. In diesen Fällen ist das Eichen gerad-
läufig, orthotrop, atrop: Fig. 5. Meist zeigt das Eichen eine
andere Gestalt und Anheftungsweise; es ist dann entweder derartig gebogen,
dass der Eikörper gekrümmt ist, und es erscheint dann als krumm-
läufig, campylotrop: Fig. 6, oder das Eichen selbst ist wie im
ersten Falle gerade, aber seine Basis (Chalaza) liegt der Anheftungsstelle
desselben an der Placenta gegenüber, sodass Mikropyle und Anheftungsstelle nebeneinander liegen. Im letzten Falle wird das Eichen umge-
wendet, gegenläufig oder rückläufig, anatrop, genannt: Fig. 7.

Fig. 5. Vergrösserter
Längsschnitt durch
ein geradläufiges
Eichen. —
e = Embryosack;
m = Mikropyle;
i = inneres,
a = äusseres Inte-
gument; c = Chalaza;
n = Nabelstrang.

Fig. 6. Vergr. Längs-
schnitt durch ein
krummläufiges Ei-
chen. — Buchstaben-
Erklärung wie bei
Fig. 5.

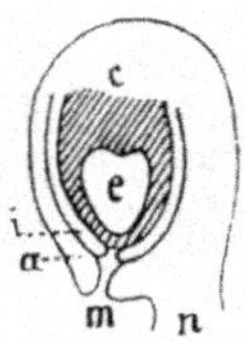

Fig. 7. Vergrösserter
Längsschnitt durch
ein gegenläufiges Ei-
chen. — Buchstaben-
Erklärung wie in
Fig. 5.

Der wesentlichste Teil des **Samens** nun ist der im Embryosack entstehende Keimling, der Embryo, aus welchem durch Weiterentwickelung
eine neue Pflanze hervorgeht. In seltenen Fällen stellt er ein einfaches Gebilde von dem Bau eines Urkörpers dar (Monotropa, Orobanche); meist ist
er gegliedert und zeigt bereits die Anlage zur Wurzel, das Würzelchen,
die Anlage des Hauptsprosses und in besonderer Ausbildung die
Anlage zu dem ersten (Monocotylen) oder den beiden ersten (Dicotylen)
Blättern, welche, wie wir schon sagten, Cotyledonen, Keimblätter,
heissen. Bei den Gymnospermen sind meist mehr Keimblätter vorhanden.
Meist wird dem Keimling von der Mutterpflanze eine gewisse
Menge von Nahrung — gewöhnlich in Form von Stärke — mitgegeben,
welche er in der allerersten Zeit seiner Entwickelung verbraucht. Diese
Speicherung findet entweder in den Organen des Keimlings selbst statt,
wie z. B. bei den Erbsen, Bohnen, Linsen u. dergl., wo die Keimblätter besonders fleischig entwickelt sind und als Speichergewebe des
Keimlings vorgebildet erscheinen, oder aber die gespeicherte Nahrung
findet sich in einem besonderen Gewebe, dem Eiweiss, im Samen
neben dem dann kleineren Keimling niedergelegt. Zu seinem Schutze
wird der Same von einer aus den Integumenten hervorgehenden
Samenhaut umkleidet.

6. Stellung der Blütenteile zu einander.

Der Stengelteil der Blütenregion, an welchem die Blütenorgane
sitzen, der Blüten- oder Blumenboden (Torus), zeigt die mannig-

fachsten Formen. Ist er becherartig entwickelt oder überhaupt verbreitert, sodass im Grunde des Bechers resp. in der Mitte des Torus die Fruchtblätter und, wie Fig. 8 zeigt, am Rande die anderen Blütenorgane stehen, so nennt man die Blüte umständig, umweibig (perigyn). Der becherartige Stengelteil kann vollständig mit dem Fruchtknoten verschmelzen, sodass man nicht mehr imstande ist, zu unterscheiden, wie weit der Stengel und wie weit die Fruchtblattteile zur Bildung des Organes beigetragen haben. Es gewinnt in vielen solchen Fällen das Aussehen, als ob die Blütendecke und die Staubblätter auf der Spitze des Fruchtknotens ständen; solche Blüten — Fig. 9 — haben einen unterständigen, unterweibigen (hypogynen) Fruchtknoten, die anderen Organe sind dann oberständig.

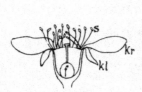

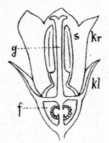

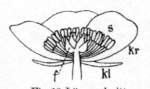

Fig. 8. Längsschnitt durch eine perigyne Blüte (Prunus). — *kl* = Kelch, *kr* = Krone, *s* = Staubblätter, *f* = Fruchtblatt.

Fig. 9. Längsschnitt durch eine Blüte mit unterständigem Fruchtknoten (Campanula). — *kl* = Kelch, *kr* = Krone, *s* = Staubblätter, *g* = Griffel, *f* = Fruchtknotenfächer.

Fig 10. Längsschnitt durch eine Blüte mit oberständigem Gynöceum (Ranunculus). — *kl* = Kelch, *kr* = Krone, *s* = Staubblätter, *f* = Fruchtblätter.

Die theoretischen Morphologen nehmen im allgemeinen an, dass die Vorfahren solcher Pflanzen einen nicht verwachsenen Stengelbecher und noch früher überhaupt keine becherförmige Achse besassen. Sind die Blütendecke und die Staubblätter an der Achse unterhalb der Fruchtblätter eingefügt, so nennt man die letzteren oberständig, oberweibig (epigyn), die ersteren unterständig — Fig. 10 —. Oft unterscheidet man für Zwischenbildungen noch halboberständige, mittelständige Organe, Ausdrücke, die sich nach dem Vorausgehenden von selbst verstehen.

7. Form der Blüten.

Die Blüten können äusserlich betrachtet strahlig, actinomorph, oder 2seitig-symmetrisch, zygomorph, gebaut erscheinen. Im ersten Falle besitzen die sämtlichen gleichnamigen Teile, namentlich diejenigen der Blütendecke, dieselbe Gestalt, während im anderen Falle die gleichnamigen Teile unter einander verschiedene Ausbildung zeigen, doch so, dass eine durch die Längsachse der Blüte gelegte Ebene dieselbe in nur zwei Spiegelbilder teilt.

8. Blütenstände.

Für die Unterscheidung vieler Gruppen und Arten mit Blüten, die zu einem Ganzen zusammengeordnet sind, ist der Bau der entstehenden Blütenstände wichtig. Ein Blütenstand wird bezeichnet als:

a) eine Ähre, wenn an einer Hauptachse seitlich ungestielte Blüten sitzen,

b) eine Traube, welche gestielte Blüten besitzt, sonst der Ähre gleicht,

c) eine Rispe, wenn die Zweige einer Traube wiederum Trauben sind, jedoch so, dass meistens die unteren Verzweigungen reichlicher und länger als die oberen sind,

d) ein Kopf, wenn mehrere, meist ungestielte Blüten dicht zusammenstehen,

e) eine Dolde, wenn mehrere Blütenstiele von demselben Punkt ausgehen; die Blüten liegen meist in einer Ebene.

Ausdrücke wie Doldentraube, Doldenrispe verstehen sich eigentlich von selbst. Im ersten Fall ist ein traubiger, im zweiten Fall ein rispiger Blütenstand gemeint, dessen untere Blütenstiele jedoch so lang sind, dass die Blüten sämtlich fast in einer Ebene stehen.

Bei der Trugdolde schliesst die Hauptachse mit einer endständigen Blüte ab und trägt unter derselben mehrere Blütenstiele, die ihrerseits wiederum mit einer Blüte abschliessen und sich wie die Hauptachse verzweigen. Dies kann sich an den jüngeren Verzweigungen öfters wiederholen. Auch in diesem Falle kommt ein Blütenstand heraus, dessen meiste Blüten mehr oder minder in einer Ebene liegen.

Die erläuterten einfachen Blütenstände können in der verschiedensten Art vereinigt, zusammengesetzt, vorkommen. So können — wie dies bei den Gräsern im engeren Sinne oft der Fall ist — die letzten Endigungen der Rispen Ähren, besser Ährchen, sein.

Unter Doppelähre, Doppeltraube (Rispe), Doppeldolde versteht man Blütenstände, deren von der Hauptachse abgehende Zweige sich genau so verhalten wie die Hauptachse zu ihren Zweigen, sodass also letztere bei der Doppeldolde z. B. wiederum Dolden, dann Döldchen genannt, darstellen.

Scheinblütenstände, also z. B. Scheinähren, Scheintrauben sind solche, welche — oberflächlich betrachtet — einen der oben beschriebenen Blütenstände dem äusseren Ansehen nach vortäuschen, sich jedoch bei näherer Untersuchung als zusammengesetzt herausstellen.

II. Von den Lebenserscheinungen (Physiologie).

1. Lebensdauer der Pflanzen.

Die aus dem Samen erwachsenden Pflanzen gebrauchen häufig nur wenige Monate vom Frühling bis zum Herbst, um zur Fruchtreife zu gelangen: Sommerpflanzen, oder die Keimung beginnt im Herbst, die Pflanzen überwintern und erlangen im nächsten Herbst Früchte: Winterpflanzen. Solche Gewächse nennt man einjährige, obgleich sie meist nicht 12 Monate zu ihrer Entwickelung bis zur Fruchtreife gebrauchen. Sie sind immer leicht an ihrer senkrecht in den Boden hinabsteigenden einfachen Hauptwurzel mit mehr oder minder zahlreichen Nebenwurzeln zu erkennen, die sich leicht aus dem Boden ziehen lässt. Sind bis zur Fruchtreife mehr als 12 Monate erforderlich, und zwar so, dass die Keimung im Frühling vor sich geht, im ersten Sommer jedoch nur Laub- und Stengelteile gebildet werden, welche für die erst im zweiten Jahre erblühende Pflanze Nahrung sammeln und unterirdisch aufspeichern: dann ist die Pflanze zweijährig. Manche Arten brauchen mehrere Jahre, ehe sie blühreif werden: mehrjährige Pflanzen, und zwar blühen dieselben entweder in ihrem ganzen Leben nur einmal: eine verhältnismässig seltene Erscheinung (Orobanche), oder sie blühen alle Jahre: sie sind ausdauernd. Die ausdauernden Arten sind entweder krautig und dauern nur mit unterirdischen Teilen aus: Stauden (Convallaria, Orchis, Primula, Solanum tuberosum), oder es bleiben daneben im Winter auch die holzigen, oberirdischen Teile am Leben: Holzgewächse (Bäume und Sträucher).

2. Ernährung der Pflanzen.

Während im allgemeinen die höheren Gewächse von unorganischer Nahrung leben, indem sie erstens vermittelst ihrer Wurzeln aus dem Boden mineralische Stoffe und Wasser aufnehmen und sich zweitens durch Vermittelung ihrer grünen Laubblätter und der grünen Pflanzenteile überhaupt die Kohlensäure der Luft zu nutze zu machen wissen, von welcher sie den Kohlenstoff abspalten und zum Aufbau ihres Leibes gebrauchen, so giebt es doch unter ihnen auch Arten, welche organische Nahrung zu verwerten imstande sind. Es sind dies
1. die sog. insektenfressenden Pflanzen (vergl. Drosera, Aldrovandia, Lathraea, Pinguicula, Utricularia),
2. die Schmarotzer, Parasiten, welche sich auf dem Körper lebender Organismen festsetzen (vergl. Cuscuta, Gratiola, Alectorolophus, Lathraea, Orobanche, Santalaceae, Loranthaceae, Monotropa) und endlich
3. die Humus- oder Fäulnisbewohner, Saprophyten, welche auf toten Organismen gedeihen oder doch von verwesenden organischen Substanzen leben (vergl. Monotropa, Epipogon, Neottia, Coralliorrhiza).

Gedeihen die Pflanzen ganz oder fast ausschliesslich durch Aufnahme organischer Nahrung, so fehlen ihnen meist die grünen Laubblätter, welche — wie wir sahen — in erster Linie die anorganische Kohlensäure als Nahrung aufnehmen; mitunter jedoch besitzen sie einen in Gestalt grüner Laubblätter wohlentwickelten Kohlensäure-Assimilationsapparat (vergl. Loranthaceae, Santalaceae).

3. Die Bedeutung der Blüten und Blumen.

Wir hatten bereits auf p. 19 Gelegenheit anzudeuten, dass man Blüten im engeren Sinne (Wind- und Wasserblüten) und Blumen (Insektenblüten) unterscheidet.

Die Befruchtung pflegt mit Ausnahmen nur dann einen in bezug auf die Entwickelung der Samen günstigen Effekt hervorzubringen, wenn Fremdbestäubung, Kreuzbefruchtung, stattfindet, d. h. wenn die Narbe mit Pollen aus der Blüte einer fremden Pflanze bestäubt, befruchtet, wird. In vielen Fällen ist der Pollen einer und derselben Blüte als Bestäubungsmittel der weiblichen Organe, wenn also Selbstbefruchtung (Selbstbestäubung) stattfindet, fast unwirksam. Durch die Einrichtungen, welche die Blüten aufweisen, wird nun die Selbstbefruchtung vermieden und die, sei es durch Wind oder Wasser, sei es durch Tiere vermittelte Kreuzbefruchtung begünstigt. Wie dies im einzelnen geschieht, soll in den bemerkenswertesten Fällen bei ʹder Betrachtung der einzelnen Gruppen im speziellen Teil dieses Buches kurz erläutert werden. Hier sei nur auf das Allgemeinste hingewiesen.

Häufig ist eine Selbstbestäubung (wenigstens der nämlichen Blüte) schon deshalb unmöglich, weil die Staub- und Fruchtblätter derselben Blüte zu verschiedenen Zeiten ihre Reife erlangen: in den befruchtungsfähigen Zustand eintreten. Solche Blüten werden im Gegensatz zu denjenigen, bei welchen Staub- und Fruchtblätter gleichzeitig funktionsfähig sind, als dichogam (getrennt-ehig) bezeichnet. Erlangen die Staubblätter vor den Fruchtblättern die Reife, so spricht man von protandrischen, im umgekehrten Falle von protogynischen, oder von »erstmännlichen« resp. »erstweiblichen« Blüten, welche letzteren Ausdrücke wir anwenden wollen. Werden die weiblichen Organe empfängnisfähig, so verwelken die Staubblätter bei den erstmännlichen Blüten, während bei den erstweiblichen die Staubbeutel sich erst dann zu öffnen beginnen, wenn die Narben ihre Empfängnisfähigkeit bereits verloren haben. Die dichogamen Windblütler pflegen erstweiblich, die dichogamen Insektenblütler erstmännlich zu sein. Bei zweihäusigen Pflanzen ist eine Selbstbefruchtung natürlich ebenfalls unmöglich.

Die Windblütler — mit Blüten im engeren Sinne — besitzen keine auffallende Blütendecke. Sie blühen meist zu einer Zeit, in der stetige Winde vorherrschen, also im Frühlings-Anfang, einer Jahreszeit, die für diese Arten noch insofern von Vorteil ist, als dann die Pflanzen noch keine Belaubung besitzen, die leicht der Verbreitung des Pollens ein störendes Hindernis entgegensetzen würde. Die Windblütler zeichnen sich noch dadurch aus, dass namentlich diejenigen Teile, welche die männlichen Organe tragen, besonders beweglich mit dem übrigen Pflanzenkörper in Zusammenhang stehen. Der Wind ist hierdurch in den Stand gesetzt, die leichten, trockenen, in ungeheurer Menge erzeugten Pollenkörner, die bei den Nadelhölzern sogar besondere Flugorgane in Gestalt kleiner Luftsäckchen aufweisen, leicht davonzuführen, wobei es höchst wahrscheinlich ist, dass ein Teil derselben von den grossen, oft federig ausgebreiteten Narben, oder bei den Nadelhölzern von einer ausgeschiedenen Flüssigkeit der weiblichen Organe aufgefangen wird. (Vergl. z. B. Urticeae, Rumex, Thalictrum.)

Im Gegensatz zu den Windblütlern besitzen die Insektenblütler — mit Blumen — ein durch besondere Färbung auffallendes und grosses Perianth, durch welches die Insekten angelockt werden.

In den bei weitem meisten Fällen ist das Perigon oder bei Vorhandensein zweier Blütendeckenkreise die Krone allein zu einem Schauapparat entwickelt, seltener Kelch und Krone zusammen, oder wie bei einzelnen Blumen des Blütenstandes von Hydrangea vorwiegend der Kelch. Zuweilen wirken auch daneben andere Blumenorgane als Aushängeschilder für die Insekten, wie dies z. B. bei den Narben von Iris und den Staubblattnektarien von Asclepias syriaca der Fall ist. Auch Organe ausserhalb der Blumen können Schauapparate darstellen, und als solche sind die mehr oder minder auffallend gefärbten und gestalteten Hochblätter bei Ajuga pyramidalis, Astrantia, bei einigen Bupleurum-Arten, Calla, Cirsium oleraceum, Cornus suecica, Euphorbia, Helichrysum, Melampyrum arvense und nemorosum, Salvia Sclarea, Tilia (?), Xeranthemum zu betrachten. Bei Limodorum, Lathraea und manchen Orobanche-Arten sind sogar sämtliche Blätter prächtig gefärbt: diese Pflanzen bedürfen grüner Laubblätter nicht, da sie Schmarotzer sind. Bei Arum zeigt die Spitze des Stengelteiles, welcher die Blüten trägt, eine eigentümliche Färbung und dient den Insekten als Wegweiser; der ganze Blütenstand wird hier ausserdem von einem grossen — wenn auch nicht gerade sehr auffallenden — Hochblatt umgeben. Collectiv-Schauapparate bilden die Blüten- oder besser Blumenstände. Stehen die Blumen jedoch einzeln, so sind sie oft von bedeutender Grösse, wie dies unsere Nymphaeaceen und meisten Papaveraceen deutlich zeigen. Endlich ist zu erwähnen, dass bei manchen Pflanzen, wie bei den früh blühenden Obstbäumen, Acer platanoïdes, Cornus mas, Daphne Mezereum und Salix die Bildung des Laubes erst nach der Blütezeit erfolgt, sodass die Schauapparate ganz unverdeckt in die Augen fallen können. Cercis blüht, während die Laubblätter sich entwickeln, und zwar sitzen die Blumen an älteren, keine Laubblätter mehr tragenden Stengelteilen; es leuchtet ein, dass auch diese Einrichtung die Schauapparate möglichst sichtbar macht.

Wie schon der Entdecker und Begründer der angedeuteten Beziehungen zwischen Insekten und Blumen, Christian Konrad Sprengel, 1793 nachwies, erscheinen die Pflanzenarten in ihrem Blumenbau bestimmten Insekten angepasst. Die letzteren finden an besonderen Stellen der Blumen (bei den „Honigblumen") Nektarien, deren Ausscheidung sie zum Besuch der Blumen veranlasst; in anderen Fällen begnügen sich die Insekten jedoch mit dem Pollen und zwar besitzen solche „Pollenblumen" im Gegensatz zu den Honigblumen gewöhnlich eine grosse Zahl pollenreicher Staubblätter, wie z. B. die Gattungen Adonis, Anemone, Clematis, Helianthemum, Hepatica, Hypericum, Papaver und Rosa zeigen.

Nicht selten leiten im Aussehen von der allgemeinen Blumenfarbe abweichende Saftmale, welche von den aussen leicht sichtbaren Teilen der Blütendecke bis zu den Nektarien reichen, die Insekten an die Honigquelle. Beim Sammeln des Nektars nun vermitteln diese Tierchen unbewusst die Kreuzbefruchtung, indem sie durch besondere Blüteneinrichtungen bei dem Aufsuchen der Nektarien genötigt werden, die Staubbeutel resp. Narben zu streifen, wobei sie an bestimmten, durch Behaarung u. s. w. besonders angepassten Körperstellen den mehr oder minder klebrigen Pollen aufnehmen, den sie beim Besuch einer anderen Blume unbewusst an die klebrige Narbe abgeben.

Ausser dem auffallenden Perianth, nach dem Gesagten gleichsam ein Wirtshausschild für die Insekten darstellend, bilden auch die Düfte der Blumen Anlockungsmittel für die Insekten, und zwar kann man oft wahrnehmen, dass unscheinbare oder mehr im Verborgenen befindliche Blumen, wie die der Reseda (Reseda odorata) und des Veilchens (Viola odorata) besonders stark duften. Namentlich machen sich auch die von Nachtinsekten, Nachtschmetterlingen, befruchteten Blumen durch starke Gerüche, neben bleichen und hellgefärbten, meist weisslichen, allerdings auch grünen und missfarbigen Kronen bemerkbar, durch welche Mittel sie in der Nacht leichter aufzufinden sind. Saftmale, die in dem schwachen Licht nicht gut zu sehen wären, fehlen den Nachtblumen vollkommen, wie z. B. der ihre intensiv gelben Blumen besonders abends öffnenden Nachtkerze (Oenothera), ferner der Platanthera bifolia und der Lonicera Caprifolium.

Die Blumendecken schützen im ganzen, oder indem bestimmte Teile eine geeignete schirmartige und andere Ausbildung erfahren, oft einerseits die Staubbeutel und andererseits die Nektarien vor dem Nasswerden

durch Regen und Tau: ein Schutz, der sehr geboten erscheint, da der
Pollen und der Honigsaft durch Nässe und Feuchtigkeit leicht verderben.
Solche Arten von Schutzvorrichtungen für die Nektarien sind die S a f t -
d e c k e n, welche die Blumen übrigens oft auch vor einer Ausnutzung durch
sog. u n b e r u f e n e G ä s t e unter den Insekten wirksam schützen. Die
letzteren, wenigstens die aufkriechenden, werden nicht selten durch besondere Vorkehrungen (vergl. Viscaria, Vicia, Dipsacaceae, Lactuca virosa)
ganz von den Blumen abgehalten.

Eingehenderes über Blumeneinrichtungen findet sich im speziellen
Teil bei den Orchidaceen, Paris, Calla, Violaceen, Lythraceen, Aristolochia,
Primulaceen, Labiaten.

Das A u f b l ü h e n der Arten ist meist an bestimmte Zeiten geknüpft.
Eine jede Art pflegt, wie wir schon bei den Windblütlern angedeutet,
dann zu blühen, wann die äusseren Verhältnisse für das Befruchtungs-
geschäft am günstigsten sind.

4. Die Verbreitung der Samen

wird entweder direkt von der Mutterpflanze übernommen oder — je nach
der Ausbildung des Samens oder der Früchte — durch den Wind, das
Wasser oder durch Tiere bewerkstelligt. Bei der Selbstaussaat werden
zuweilen die Samen durch eigene Vorrichtungen der Frucht weit fort-
geschleudert, wie bei den Balsaminaceen. Die durch Wasseraussaat verbreiteten Samen oder Früchte sind gewöhnlich leichter als Wasser, also
schwimmfähig und besitzen sogar in manchen Fällen besondere Schwimm-
apparate. Die durch den Wind transportierten Samen und Früchte sind
mit Flugorganen und Fallschirmen ausgestattet, und diejenigen endlich,
welche durch Tiere fortgeführt werden, besitzen Haftorgane, vermittelst
welcher sie sich z. B. in den Haaren der Tiere festzusetzen vermögen,
wie die Klette, bei der sogar der ganze Fruchtstand davongeführt wird.
Auch die saftigen, fleischigen Früchte und Samen werden meist von den
Tieren verbreitet. Sie werden als Nahrung gesucht und wegen der mit
der Verbreitung in Beziehung stehenden oft auffallenden (A p p e t i t -)
Färbung auch leicht gefunden. Was die spezielle Art ihrer Verbreitung
anbetrifft, so ist zu unterscheiden, ob die Beute von den Tieren, z. B.
von Vögeln, nur anderswohin getragen wird, um dort ungestört ver-
zehrt werden zu können, indem die hartschaligen, grossen und daher
ungeniessbaren Samen liegen bleiben, oder ob sie — wegen ihrer
Kleinheit — mit hinabgeschluckt und unverdaut mit dem Auswurf, der
für die Keimpflanze zugleich Dünger liefert, wieder abgegeben werden.
Die äusserste Oberfläche der hier in Rede stehenden Samen kann bei
dem Durchgange durch den Darm zwar etwas angegriffen werden, allein
ihre widerstandsfähige, feste Hülle schützt den Keimling in der aus-
giebigsten Weise. Manche Früchte, wie z. B. die von Castanea, Corylus,
Fagus, Juglans, Quercus u. s. w. werden zwar ebenfalls gern von Tieren
verspeist, ohne dass jedoch ein Vorteil für die Pflanze hierbei in Betracht käme, da in diesen Fällen der Keimling selbst das Opfer wird.
Diese Früchte zeigen dann auch keine Appetit-, sondern zeichnen sich
vielmehr durch eine Schutz-Färbung aus. Am Mutterstock sind sie
grün und im reifen Zustande, wenn sie auf dem Boden liegen,
meist bräunlich. Überdies sind sie zuweilen noch durch Stacheln
(Castanea) oder eine unangenehm schmeckende äussere Bedeckung
(Juglans) geschützt.

III. Aus der Pflanzenvorwesenkunde (Phytopalaeontologie).

Im Folgenden soll von den sogenannten „vorweltlichen" Pflanzen die Rede sein, d. h. von denjenigen, welche in früheren Zeitepochen unser Gebiet bewohnten und jetzt ausgestorben sind. Hiermit ist schon verraten worden, dass das schöne, grüne Kleid, welches jetzt unsere Wälder, Wiesen und Felder ziert, nicht zu allen Zeiten dasselbe gewesen ist, sondern gewechselt hat, ebenso wie das Kleid des Menschen im Verlaufe seiner Entwickelung sich ändert. Ja, ebenso wie der Mensch einst ohne jegliche künstliche Bedeckung die Wälder durchstreifte, so nahm auch die Erde einst kahl und tot ihren Weg durch die Himmelsräume: keine Pflanze und kein Tier belebte ihre Einöden. Wir müssen dies annehmen, weil sich unter den Spuren, welche die sich abspielenden Vorgänge in jenen ältesten Zeiten hinterlassen haben, keine solche finden, die von lebenden Wesen herrühren. Erst später, als die Erde schon ungemessene Zeitepochen hinter sich hatte, begann sich auf derselben das Leben zu regen.

Erhaltungs- und Entstehungs-Weisen vorweltlicher Pflanzen-Reste und Spuren.

Bevor wir jedoch auf die Betrachtung der vorweltlichen Pflanzen oder vielmehr ihrer uns überkommenen Reste und Spuren näher eingehen, wollen wir uns über die Art der Erhaltung und Entstehung der letzteren eine Anschauung verschaffen.

Dickere Organteile, wie z. B. Hölzer, können in seltenen Fällen eine nur oberflächliche Umwandlung erlitten haben; meist jedoch ist mit den Pflanzenteilen eine vollständige Veränderung vor sich gegangen. Entweder sind dann die Gewächse verkohlt, d. h. sie haben bei ihrer Verwesung fast alle Stoffe mit Ausnahme der Kohle verloren, sodass die letztere als mehr oder minder festes „Gestein", wie bei der Steinkohle, der Braunkohle und dem Torf, zurückbleibt; oder die Organe, namentlich dickere Teile — wie Stengel, Früchte u. dergl. — haben im Laufe der Zeiten eine vollständige Umwandlung erlitten. Bei diesen ist der ursprüngliche organische Stoff ganz verloren gegangen und durch eine kieselige oder andere mineralische Masse ersetzt worden, sodass wir echte Versteinerungen erhalten, die jedoch die organischen Formen oft getreu wiedergeben. Sehr wichtige uns hinterbliebene Spuren sind Abdrücke von Pflanzenteilen in eine ursprünglich weiche und knetbare, nach und nach steinfest gewordene sandige, thonige oder kalkige Schlammmasse, also ebenso entstanden wie die Abdrücke der Former und Giesser. Solche pflanzlichen Abdrücke wurden in den schlammigen Ablagerungen der Gewässer gebildet. Die z. B. im Herbst auf der Oberfläche eines Sees befindlichen abgeworfenen Blätter verbleiben zuerst schwimmend oben, saugen sich jedoch voll Wasser und sinken alsbald zu Boden. Sie werden hier mit den bereits am Boden befindlichen anderen Pflanzen-Bruchstücken von den durch einen Wasserzufluss herbeigeführten und abgesetzten schlammigen, erdigen Teilchen bedeckt, indem diese Schlammmassen sich allen Unebenheiten anschmiegend ein getreues Abbild der Blätter liefern. Nach und nach erhärtet der Schlamm und wird zu festem Gestein, welches uns nun — wenn wir es zerschlagen — die schönsten Abdrücke und Modellierungen zeigt. Zur Entstehung dieser Dinge ge-

hören aber, wie man sich denken kann, besondere, günstige Bedingungen,
und da diese nur hier und da zusammentreffen, so ist ersichtlich, dass
die Aufbewahrung der Organismen oder im letzten Falle der blossen
Abdrücke ihrer Blätter oder sonstiger Teile in der beschriebenen Weise
von Zufällen abhängig ist, und wir werden leicht begreifen, dass uns
im Vergleich zum Vorhanden-Gewesenen nur ein ganz verschwindend
kleiner Teil erhalten bleiben konnte.

Die geologischen Zeitepochen.

Wie man von vornherein sieht, ist es für die Geschichte der Entwickelung des organischen Lebens auf unserer Erde von grosser Wichtigkeit zu wissen, welche von den durch Ablagerungen des Meeres und der
Gewässer überhaupt entstandenen Gesteinschichten der Erde, in denen die
erwähnten Reste sich finden, die ältern und welche die jüngeren sind:
kurz, das relative Alter derselben richtig zu beurteilen. Da nun die
jüngeren Ablagerungen, wenigstens dort, wo keine vollständigen, nach-
träglichen Umwälzungen (Verwerfungen) stattgefunden haben, natürlich
die älteren überlagern, also die oberen Schichten immer jünger sein
müssen als die darunter befindlichen, so ist die Entscheidung hinsichtlich
ihres Alters leicht zu treffen, und wir können somit — mit den ältesten
Gesteinen beginnend, indem wir die pflanzlichen Reste und Abdrücke
in denselben einer sorgfältigen Betrachtung unterziehen — die ehemalige
Gestaltung der nunmehr verschwundenen und von anderen Arten ver-
drängten Pflanzendecke in ihrer Entwickelung von Anbeginn bis jetzt
in unserer Phantasie wieder erstehen lassen.

Die Geologen teilen die verschiedenen Zeitepochen nach den während
derselben in der angedeuteten Weise entstandenen Gesteinsablagerungen
ein, und in der Übersicht auf Seite 29 nennen wir die aufeinanderfolgenden
geologischen Zeiten resp. Schichten (Formationen) mit ihren wissenschaftlichen Namen in ihrem Verhältnis zum Pflanzenreich. Wir beginnen
mit den jüngeren Formationen, um ein der Natur entsprechendes Bild
zu geben, in welcher ja auch — abgesehen also von etwaigen nach-
träglichen Verwerfungen — die jüngeren Schichten die oberen, die
älteren die unteren sind.

Die Pflanzenwelt von der Urzeit bis zur Braunkohlenzeit.

Wenn wir nun, mit den ältesten Gesteinen beginnend zu den
jüngeren aufsteigend, dieselben noch so fleissig durchsuchen, so ist es
doch unmöglich festzusetzen, wo denn nun das pflanzliche und organische
Leben überhaupt beginnt. Die Morgenröte desselben ist für uns in
tiefstes Dunkel gehüllt: wir wissen nicht, wann und wie es entstand.
Vielleicht sind der Diamant, welcher krystallisierte Kohle ist, und
der zu Bleistiften verwendete Graphit (Reissblei), aus Krystall-
schüppchen von Kohle bestehend, vielleicht sind diese beiden Mineralien,
das letztere sogar sehr wahrscheinlich, Reste der ersten organischen
Wesen. Beide finden sich schon in Gesteinen der Urzeit, die sonst
noch keine Spuren eines Lebewesens aufweisen.

Erst in den Gesteinen aus späteren Zeiten finden sich spärliche,
zufällig erhaltene und obendrein recht kümmerliche Spuren von einfach
gebauten Wasserpflanzen, von Meeres-Tang, Algen, während
Reste von Landpflanzen noch nicht auftreten. Da auch in Deutschland
solche Gesteine aus dieser Zeit anstehend mit Algen-Spuren vorkommen,
so geht daraus hervor, dass in der Zeit, von der wir reden, unser

(Zu Seite 28: Die geologischen Zeitepochen.)

Zeitalter	Formation	Unterabteilung	Epoche
4. Zeitalter: Die Neuzeit. (Kaenolithische Formationen.)	Aufgeschwemmtes Gebirge oder Quartärformation.	Alluvium. Diluvium. (Eiszeit).	Epoche der zweikeimblättrigen Pflanzen (Dicotyledonen). / Epoche der bedecktsamigen Pflanzen. (Angiospermen.)
	Braunkohlengebirge oder Tertiärformation.	Pliocän. Miocän. Oligocän. Eocän.	
3. Zeitalter: Das Mittelalter. (Mesolithische Formationen.)	Quadersandsteingebirge oder Kreideformation.	Senon. Turon. Cenoman. Gault. Neocom. Wealden.	
	Oolithengebirge oder Juraformation.	Weisser Jura (Malm). Brauner „ (Dogger). Schwarzer Jura (Lias).	
	Salzgebirge oder Triasformation.	Rhät. Keuper. Muschelkalk. Buntsandstein.	Epoche der nacktsamigen Pflanzen. (Gymnospermen.)
2. Zeitalter: Das Altertum. (Palaeolithische Formationen.)	Perm- oder Dyasformation.	Zechstein. Rotliegendes.	
	Steinkohlengebirge oder Carbonische Form.	Produktive Steinkohlenformation. Untere Steinkohlenformation (Kulm, Kohlenkalk).	Epoche der verborgen-ehigen Pflanzen. (Kryptogamen.)
	Oberes Grauwackengebirge oder Devonische Form.	Oberdevon. Mitteldevon. Unterdevon.	
	Unter. Grauwackengebirge oder Silurische Form.	Obersilur. Untersilur. Cambrium.	
1. Zeitalter: Die Urzeit. (Archolithische Formationen.)	Urschiefergebirge oder Huronische Form.	Thonschieferformation. Glimmerschieferformation.	
	Urgneisgebirge oder Laurentische Form.	Gneisformation.	

Gebiet von einem Meere bedeckt gewesen sein muss, und da nun auch
später Norddeutschland ganz oder zum Teil noch zu wiederholten
Malen vom Wasser bedeckt und wieder frei gelegt wurde, indem sich
das Land abwechselnd senkte und hob, so ist unsere später auftretende
Landflora mehrmals vernichtet worden und durch Einwanderung aus
der Nachbarschaft wieder erstanden. Hätten auch diese zeitweiligen
Sintfluten nicht stattgefunden, so würde dennoch die damalige Landflora
unseres Gebietes im Wesentlichen keine andere gewesen sein als die
der umgebenden Länder; denn ein Hauptfaktor, welcher besonders eine
Verschiedenheit in der Zusammensetzung der Floren bedingt, nämlich
das Klima, dieses zeigte in den älteren Epochen im allgemeinen noch
keine solche Unterschiede in den einzelnen Ländern des Erdballes wie
heute. Wir können daher getrost bei der Betrachtung der älteren
Zeiten ein grösseres Gebiet ins Auge fassen.

Also die ersten Gewächse, die bei uns und überhaupt lebten, waren
niedere Wasserpflanzen, während Landpflanzen erst vom Ober-
silur ab auftreten. Diese ersten und auch noch die in späteren
Epochen erscheinenden Gewächse waren jedoch von denjenigen, welche
jetzt bei uns leben, durchaus verschieden. Bevor wir es aber versuchen,
uns ein allgemeines Bild der Landflora, namentlich zur Steinkohlenzeit zu machen, wollen wir bei dem grossen Interesse, welches die
Steinkohlen für uns besitzen, einiges über die Entstehung dieses
wichtigen Gesteins vorausschicken.

„Versetzen wir uns im Geiste — sagt de Saporta — in diese
entfernte Vergangenheit (nämlich in die Steinkohlenzeit), so sehen wir
von beweglichem, wasserdurchtränktem Boden gebildete Uferniederungen,
die kaum erhaben genug sind, um den Meereswellen den Zugang zu
den inneren Lagunen zu verwehren, über welche sanfte, von dicken
Nebeln häufig verschleierte Hügel hervorragen, die sich in weiter Ferne
verlieren und einen ruhigen Wasserspiegel von unbestimmter Begrenzung
mit einem dichten Grün umgürten. Das war die Wiege der Steinkohlen; tausende von klaren, durch unaufhörliche Regengüsse gespeiste
Bäche flossen von allen benachbarten Gehängen und Thälern diesen
Becken zu. Die Vegetation hatte damals auf weitem Umkreise alles
überdeckt; wie ein undurchdringlicher Vorhang drang sie weit in das
Innere des Landes vor und behauptete auch den überschwemmten Boden
in der Nähe der Lagunen". Von der Gewaltigkeit der damaligen
häufigen wässerigen Niederschläge können wir uns kaum eine Vorstellung machen: die stärksten Wolkenbrüche in den Tropen erreichen
dieselben nicht im Entferntesten.

Es ist daher erklärlich, dass unter solchen besonderen Bedingungen
bei der grossen Fülle pflanzlichen Materials das Wasser Trümmer von
Stämmen, Stengeln, Blättern, Früchten u. dergl. ohne weitgehende
Vermischung mit Gesteinsteilchen des Erdbodens in bedeutenden An-
sammlungen zusammenzuschwemmen vermochte, aus welchen dann also
eine verhältnismässig reine Steinkohle hervorgehen konnte. Vieles
deutet darauf hin, dass ein solcher Transport meist nicht weit vom
Ursprungsorte der Pflanzen weg stattgefunden haben kann; ja am
häufigsten treten die Steinkohlen in einer Weise zwischen dem übrigen
Gestein auf, welche die Erklärung erfordert, dass die Steinkohle nur
an der Stelle sich gebildet haben kann, wo auch das pflanzliche
Material zu derselben gewachsen ist. Denn gewöhnlich erstrecken sich
die Steinkohlenlager viele, in Amerika sogar hunderte von Quadrat-

meilen weit in verhältnismässig reiner Beschaffenheit, ihre Unterlagen
enthalten meist Wurzeln in einem Material, welches man versteinerten
Humus nennen möchte, während sich die oberen Teile der baum-
förmigen Pflanzen — wie z. B. Blätter — vorzugsweise in den das
Lager bedeckenden Schichten zeigen, und endlich findet man aufrecht-
stehende Stämme.

Die Steinkohle tritt keineswegs an den Orten, wo sie sich findet,
in nur einem Lager auf, sondern es wiederholen sich übereinander die
Schichten, „Flötze", in verschiedener Dicke, „Mächtigkeit", indem
Schichten von Sandstein und Schieferthon mit ihnen abwechseln. Diese
eigentümliche Erscheinung deutet offenbar auf mehrmalige Hebungen
und Senkungen der betreffenden Strecken zur Zeit der Bildung der
Steinkohlenformation, welche eine ebenso oftmalige Wiederkehr gleicher
Existenz-Bedingungen zur Folge gehabt hätten. Nach jeder Senkung
bis unter dem Niveau des Gewässers wäre dann die Vegetation von
später erhärteten Schlamm- und Sandmassen bedeckt worden.

Betrachten wir nun mit geistigem Auge die Flora der in Rede
stehenden Formation, so wird uns das Fehlen eines jeglichen Blumen-
schmuckes am meisten auffallen. Die Organe, welche inbezug auf ihre
Lebensthätigkeit mit den Blüten vergleichbar sind, waren wegen ihrer
Kleinheit sehr unscheinbar, um so mehr, als ihnen wahrscheinlich auch
jegliche Farbenpracht fehlte. Die äusseren Gestalten dieser längst
ausgestorbenen Gewächse erscheinen uns, verglichen mit denen, die
wir zu sehen gewohnt sind, abenteuerlich und fremd; sie machen im
ganzen einen düsteren Eindruck auf uns. Die vorherrschenden Arten,
wie die Calamarien (z. B. die Gattung Calamites) und Lepido-
phyten (z. B. Lepidodendron, Sigillaria), hatten eine grosse Ähnlichkeit,
erstere mit unseren Schachtelhalmen, letztere mit den Bärlappen, nur
müssen wir uns — abgesehen von sonstigen Abweichungen — dieselben
in Baumform vorstellen. Farnkräuter in vielen Arten waren häufig
und auch diese zeichneten sich durch besondere Grösse aus. Bei den
genannten Gewächsen wird der Befruchtungsakt durch Vermittelung des Wassers vollzogen. Es finden sich während der
Steinkohlenzeit zwar auch schon einige Windblütler aus der Abteilung der Gymnospermen, aber zahlreicher treten diese erst später,
nämlich in der Dyas, hinzu. Die Hauptentwicklung der Gymnospermen reicht bis zur unteren Kreide. Dicotyledonen, und
zwar unter diesen zunächst vorherrschend ebenfalls Windblütler und
erst später Insektenblütler, finden sich erst vom Cenoman, also
von der mittleren Kreidezeit, ab.

Wie uns die erhaltenen Überbleibsel und Abdrücke der Pflanzen
lehren, herrschte von der Steinkohlen- bis zur mittleren Kreidezeit auf
der ganzen Erdoberfläche von den Polen bis zum Äquator ein gleich-
mässiges und zwar tropisches Klima, wir finden daher während dieses
gewaltig langen Zeitraumes auf dem ganzen Erdball eine Pflanzenwelt
von dem Charakter derjenigen, wie sie heute nur noch unsere heissesten
Erdstriche bevölkert. Allmählich begannen sich die Erdpole abzukühlen
und die Pflanzen zogen sich nach Maassgabe der Wärmeabnahme nach
und nach gegen den Äquator zurück. Aber noch zur Braunkohlenzeit, während welcher klimatische Verschiedenheiten anfingen sich
bemerklicher zu machen, zeigte unser Gebiet doch immer noch fast
halbtropisches Klima und die Gewächse besassen daher noch immer
mehr oder minder ein entsprechendes tropisches Gepräge. Die Braun-

kohlen sind Reste jener Flora, und der Bernstein, welcher besonders im Samlande in Ostpreussen gewonnen wird, ist das damals von einer ausgestorbenen Fichtenart, der *Picea succinifera* Conwentz, reichlich ausgeschwitzte, erhärtete Harz. Während nun die Arten, welche früher lebten, die mit der Erde vorgegangenen Wandlungen nicht zu überdauern vermochten und wohl alle vom Erdboden verschwunden sind, sodass sie uns — wie wir gesehen haben — nur durch kümmerlich erhaltene Reste bekannt geworden sind, helfen vielleicht manche Arten der Braunkohlenzeit noch heute die Erde beleben. Wir rücken eben unserer Jetztzeit näher, und in ihrem äusseren Ansehen erscheinen uns auch die in dieser Epoche vorhandenen Arten nicht mehr so fremd, indem sie schon oft auffallend an jetzt lebende Gewächse erinnern.

Die Pflanzenwelt seit der Eiszeit.

Der Grad der Temperatur nahm also, wie schon angedeutet, allmählich ab; aber schon gegen Ende der Braunkohlenzeit war ungefähr der jetzige Wärmegrad bei uns erreicht und ist nun nicht etwa bis heute der gleiche geblieben, sondern nahm immer weiter ab, und zwar soweit, dass unsere Heimat zur Diluvialzeit schliesslich ein eisbedecktes, vergletschertes Gebiet wurde, sodass eine — allerdings durch eine oder mehrere wärmere Zeiten unterbrochene — Jahrtausende während Eiszeit eintrat, deren hinterlassene Spuren, da sie verhältnismässig jung sind, sich in unserem Flachlande vielfach und auffallend kund geben. Es sind durch Nathorst aus der unmittelbar auf die letzte Eiszeitperiode folgenden Epoche Pflanzen-Reste bekannt geworden, welche Arten angehören, die jetzt vornehmlich nur noch in kälteren Gegenden anzutreffen sind, wie Betula nana, Dryas octopetala und verschiedene Zwergweiden-Arten. Aber es ist annehmbar, dass auch während der Eiszeit, trotz der Eisdecke, die das Land damals bekleidete, einige günstige Örtlichkeiten einem — im Vergleich zu früher freilich spärlichen — Pflanzenwuchs im Sommer ein Dasein gestatteten. Auch das heutige eisbedeckte Grönland, welches uns die beste Vorstellung von dem damaligen Aussehen Norddeutschlands giebt, besitzt zerstreut über das sonst tote Eisfeld, namentlich an höher gelegenen Punkten, (wie die Wüsten) Oasen mit Tieren und Pflanzen. Wollen wir uns ein Bild der Flora der Eiszeit machen, so brauchen wir nur die Pflanzenwelt der Alpen und des hohen Nordens anzusehen. Hiermit sind wir aber zu Arten gelangt, die — zum Teil wenigstens — noch heute bei uns leben: ihre Betrachtung gehört in das Gebiet der Pflanzengeographie.

IV. Aus der Pflanzengeographie.

Die Hauptursachen, welche das Vorkommen gerade der jetzt vorhandenen Arten und ihre augenblickliche Verteilung über unser Gebiet zur Folge haben, sind zu suchen

1. in den Veränderungen, welche die Erde in vorhistorischen (geologischen) und historischen (recenten) Zeiten erlitten hat, also in geologischen und historischen Erscheinungen,

2. in den jetzigen klimatischen Einflüssen und

3. in den Eigenschaften des den Pflanzen als Untergrund dienenden Bodens.

1. Abschnitt. Geologisch-historische Bedingungen der Pflanzenverbreitung.

Wenn wir unsere pflanzengeographische Betrachtung mit der Periode beginnen, während welcher zweifellos unser Gebiet von zum Teil jetzt noch hier lebenden Arten bevölkert wurde, so müssen wir — wie schon pag. 32 angedeutet wurde — mindestens zur „Eiszeit" zurückgreifen. Die mutmassliche Flora jener Zeit: Glacialflora, müssen wir in zwei Gruppen zerteilen. Einerseits sind nämlich diejenigen Arten zusammenzufassen, welche heutzutage fast ausschliesslich nur noch die höheren Gebirge und den hohen Norden bewohnen, also echte boreal-alpine Pflanzen sind, andererseits bilden, worauf Engler aufmerksam macht, diejenigen Gewächse eine Gemeinschaft, welche auch noch heute in unserem Gebiet sowie in anderen gemässigten Klimaten häufiger sind, auch zum Teil als Begleiter boreal-alpiner Arten auftreten und daher mehr oder minder in wesentlichen Lebens-Erscheinungen mit diesen übereinstimmen. Was insbesondere die zur ersten Gruppe gehörigen Arten anbetrifft, so wurden diese bei dem Übergang der Eiszeit in die wärmere, alluviale Zeit zum Rückzuge nach dem Norden und den höheren Gebirgsregionen veranlasst; aber an vereinzelten Stellen, welche den nachdrängenden Einwanderern keine zusagenden Lebensbedingungen boten, wie auf den nasskalten Torf-Moorflächen, den kältesten Orten des Flachlandes, dort liess diese Flora einige Vertreter bis auf den heutigen Tag zurück. Da die letzteren also jetzt bei uns meist selten sind, und wegen ihres oft eigentümlichen Baues erscheinen uns diese specifischen Arten der Eiszeit wie Fremdlinge, und man wird verführt das gemeinsame Auftreten mehrerer Arten an demselben Standort als eine Kolonie zu bezeichnen, während doch gerade diese Gewächse von den jetzt bei uns lebenden diejenigen sind, welche am längsten unser Gebiet bewohnen: es sind lebende Zeugen einer längst verschwundenen Zeit; sie stellen gleichsam ein Stück Vorwelt dar unter den Pflanzen der Gegenwart.

Unter den nach der Eiszeit über die östliche Grenze in Norddeutschland eingewanderten Arten sind besonders die aus den stellenweise mehr oder minder Steppen-Charakter tragenden russischen Gebieten aus der Umgegend des schwarzen Meeres, wie Kerner sie nennt, der pontischen Provinz, bemerkenswert. Wie unter den Glacialpflanzen die boreal-alpinen eine charakteristische Gruppe bilden, so zeichnen sich auch unter den pontischen Pflanzen unseres Gebietes gewisse Arten besonders aus, insofern als dieselben in ihrem Aussehen ganz an typische Steppenpflanzen erinnern und letzteren auch in bezug auf ihre Anforderungen an die Bodenbeschaffenheit und an das Klima ähnlich sind oder gleichen. Wenn wir bei uns nach solchen Steppenpflanzen suchen, so werden wir daher erwarten, sie am ehesten an trockenen und sandigen Stellen zu finden. Tragen wir uns nun die Standörter mit Kolonieen der typischsten dieser Pflanzen in eine Karte unseres Gebietes ein, so nehmen wir bald wahr, dass sie sich vorwiegend an den Ufern der Weichsel und in einem Striche angesiedelt haben, welcher von der Weichsel der Bromberger Gegend über Frankfurt a. O. bis Magdeburg nach dem Westen durch Norddeutschland hinzieht und an anderen grossen Thälern, die der vorbezeichneten Linie etwa parallel gehen. Wir können noch heute in auffallendster Weise sehen, dass diese sich von Osten nach Westen erstreckenden Thäler die Betten von alten, mächtigen Urströmen

darstellen, welche gegen Ende der Eiszeit die jetzigen Thäler der
Weichsel, Oder und Elbe miteinander verbanden und welche ursprünglich
die gewaltigen Wassermassen des abschmelzenden Eises nach Westen
in die Nordsee führten. In diesen von Osten nach Westen sich hin-
ziehenden Thälern bauen wir heute unsere Kanäle, und Berlin z. B.
liegt in dem Thale des einen dieser Urströme und zwar an der engsten Stelle. Längs der noch erkennbaren Thäler dieser Urströme also
finden sich die Steppenpflanzen unseres Gebietes in bedeutenderen An-
sammlungen, und es wird durch die Untersuchungen Loews aus diesem
Grunde annehmbar, dass diese Gewächse die Ufer dieser grossen Ströme
als Heerstrasse bei ihrer Einwanderung benutzt haben. Allerdings
lässt sich nicht leugnen, dass manches gegen diese Anschauung spricht.
So finden sich einerseits Steppenpflanzen in unserem Gebiete nicht
selten auf Sandhügeln, welche oft als Dünenbildungen anzusehen sind,
jedenfalls keine alten Ufer darstellen, und andererseits fehlen zuweilen Arten
dieser Gruppe von Pflanzen dort, wo man sie erwarten sollte; auf der Strecke
zwischen Bromberg und Landsberg an der Warthe sind Steppenpflanzen z. B.
nur ganz sporadisch verbreitet. Aschersons Meinung geht deshalb dahin,
dass diese Pflanzen vorwiegend durch den Wind verbreitet wurden, und
es kann nicht Wunder nehmen, dass sie vornehmlich die alten Stromufer
bewohnen, weil gerade diese ihnen die günstigsten Bedingungen
bieten. — Eine andere Kolonie pontischer Pflanzen in der Gegend
zwischen dem Harz und Thüringen im Westen, und Magdeburg und der
Saale im Osten ist auf einem ebenfalls noch heute erkennbaren Wege
aus Südosteuropa über Ungarn und Böhmen eingewandert.

Auch aus dem Süd-Westen und Westen, den lieblicheren Gefilden
zwischen dem atlantischen Ocean und dem westlichen Mittelmeer
wanderten Arten ein: die atlantischen und westmediterranen
Pflanzen, die sich naturgemäss am zahlreichsten in dem von ihnen zuerst
besetzten westlichen ("atlantischen") Teile unseres Gebietes finden, sodass
die Vegetation, welche westlich von der Elbe etwa auftritt, sich von der
östlich dieses Stromes (des "baltischen" Gebietes) deutlich unterscheidet.

Eine weitere Epoche begann mit dem Eindringen der Niederungs-
flora, welche die jetzigen Flussthäler als Heerstrassen benutzte. Endlich
müssen wir noch die Flora der Ankömmlinge (im weitesten Sinne)
erwähnen, welche sich erstens aus verwilderten Nutz- und Zierpflanzen,
zweitens aus Arten, die, wie die meisten unserer gemeinen Acker-
Unkräuter, in das Gebiet durch Verschleppung z. B. mit Kulturpflanzen
gelangten und endlich aus Arten, die in geschichtlicher und auch
schon vorgeschichtlicher Zeit selbständig einwanderten, jedenfalls der
letzten Periode in der Entwickelung unserer Flora angehören. So ist
eine der häufigsten Pflanzen des östlichen Norddeutschlands, die Wucherblume (Senecio vernalis), erst in den zwanziger Jahren unseres Jahr-
hunderts, wo sie sich zuerst in Schlesien und der Provinz Preussen
zeigte, aus dem Osten zu uns eingedrungen und wird dem Landwirt durch
ihr massenhaftes Auftreten schädlich. Überhaupt breiten sich gerade die
zu allerletzt eingewanderten Gewächse nicht selten in grosser Individuen-
zahl und sehr schnell aus; sie verdrängen gern die ihnen verwandten einheimischen Arten und erscheinen uns dann oft wie längst bei uns eingebürgert. Häufig sorgt der Mensch durch unbewusste Verschleppung von
Samen, die sich in tausend Schlupfwinkeln verbergen, für eine Einführung
von Ankömmlingen und solcher Weise hat unsere Flora neuerdings manche
Bereicherung namentlich an nordamerikanischen Arten erfahren. —

Die vollständig eingebürgerten Arten werden als wilde, die Ankömmlinge, so lange sie noch unbeständig an den Standorten erscheinen
und verschwinden, als verwilderte Arten bezeichnet. — Wie wir sehen,
ist die Flora unseres Tieflandes als eine Mischflora zu bezeichnen, als „eine
Vereinigung von Gewächsen der verschiedensten Heimat" (Grisebach).
(Vgl. jedoch am Schluss dieses Abschnittes p. 38 das über Endemismus
Gesagte.)

I. Glacialpflanzen. A. Boreal-alpine-Arten. Die bei weitem
meisten boreal-alpinen Arten sind mit ihren unterirdischen Organen
ausdauernd (in den Alpen nach Kerner 96 Prozent) und zeichnen sich
durch auffallend niedrigen Wuchs aus. Die Gründe für diese Erscheinung liegen darin, dass eine einjährige Art, die doch erst die
unterirdischen Organe ausbilden muss, von der Keimung des Samens
bis zur Fruchtbildung meist mehr Zeit gebraucht als eine ausdauernde,
bei welcher mit dem Beginn der Vegetations-Periode die unterirdischen
Teile — oft schon mit den Anlagen für Blätter und Blüten — bereits
da sind. Die boreal-alpinen Arten müssen in kurzer Zeit zur
Fruchtreife gelangen, wenn sie überhaupt Nachkommen erzeugen sollen,
da während der längsten Zeit im Jahre die Kälte und die Bedeckung
des Erdbodens mit Schnee und Eis, welche höhere Pflanzen nieder-
brechen würde, das Pflanzenwachstum hemmen. Sie erzeugen daher nur
eine kurze Spross-Unterlage und schreiten dann sofort zur Bildung der
Blüten. Dass die letzteren speziell bei den Insektenblütlern — im Vergleich
mit den Blumen bei den nicht boreal-alpinen Arten — besonders lebhaft
gefärbt erscheinen und ausserdem (wenn auch nicht absolut, so doch verhältnismässig) meist auffallend grösser als diejenigen der übrigen Gewächse
sind, hat nach Nägeli seinen Grund darin, dass die Insekten in der alpinen
Region spärlicher vertreten sind, weshalb die Pflanzen in der Konkurrenz
miteinander ihre Aushängeschilder so augenfällig als möglich gestalten.
Würde doch auch ein sorgsamer Wirt an einer spärlich besuchten Strasse —
namentlich wenn sich Konkurrenten in nächster Nähe finden — dafür
sorgen, sein verlockendes Schild so auffallend als möglich anzubringen.

Jetzt noch in unserem Gebiet zurückgebliebene, typische boreal-
alpine Arten, von denen wir die borealen, wenigstens nicht in den
Alpen vorkommenden, durch den Buchstaben *B* kennzeichnen, sind:

Andromeda calyculata *B.* — Aspidium
Lonchitis. — Betula humilis u. nana. —
Carex chordorrhiza, heleonastes, irrigua
u. pauciflora. — Cornus suecica *B.* —
Empetrum. — Eriophorum alpinum. —
Gentiana verna. — Juncus filiformis. —
Ledum *B.* — Linnaea. — Malaxis. —
Microstylis. — Polygonum viviparum. —
Primula farinosa. — Rubus Chamae-
morus *B.* — Salix myrtilloides u.
nigricans. — Saxifraga Hirculus. —
Scheuchzeria. — Scirpus caespitosus. —
Stellaria crassifolia u. Friesiana *B.* —
Sweertia. — Toficldia u. s. w. — Man
kann wohl sagen, dass viele dieser Arten
jetzt im allmählichen Verschwinden aus
unserem Gebiet begriffen sind. Eine
zu den Rosaceen gehörige Art, Dryas
octopetala (Fig. 11), die heute in Deutschland nur noch an felsigen Abhängen der
Alpen vorkommt und mit den Flüssen

Fig. 11. Dryas octopetela
(eine Rosacee).

3*

gelegentlich in die bayrische Hochebene herabgeschwemmt wird, soll z. B. vor noch nicht gar langer Zeit mit Rubus Chamaemorus auf dem Meissner in Hessen gewachsen sein.

B. **Die übrigen Glacialpflanzen.** Neben den genannten spezifischen Arten der Eiszeit lebten also, wie schon angedeutet, gewiss noch viele andere auch noch jetzt bei uns zum Teil häufigere Pflanzen. Unter diesen sind besonders solche zu erwähnen, welche früh blühen, also Frühlingspflanzen sind und nur kurze Zeit zur Entwickelung ihrer Früchte brauchen: Eigenschaften, durch welche sich Pflanzen auszeichnen müssen, die in Gegenden mit kurzen Sommern wohnen. Auch in anderen Verhältnissen zeigen sie oft Übereinstimmung mit den echten boreal-alpinen Gewächsen, von denen sie sich übrigens nicht immer scharf abgrenzen lassen, sodass von den in der folgenden Liste hierher gerechneten Arten wohl einige ebenso gut auch in der vorigen Liste hätten untergebracht werden können:

Aira caespitosa, Ajuga pyramidalis, Alchemilla vulgaris, Andromeda polüfolia, Androsace septentrionalis, Anemone-Arten, Arabis hirsuta u. petraea, Arnica, Betula alba, Caltha, Campanula rotundifolia, Cardamine pratensis, Chrysosplenium, Cochlearia anglica, danica u. officinalis, Comarum, Corydalis - Arten, Cystopteris fragilis, Dentaria, Drosera, Epilobium angustifolium u. palustre, Equisetum arvense u. variegatum, Eriophorum polystachyum u. vaginatum, Euphrasia officinalis, Festuca ovina u. rubra, Galium silvestre, Gnaphalium dioicum u. silvaticum, Herminium, Hieracium Auricula u. Pilosella, Hierochloa borealis, Hippuris, Honckenya, Lathyrus vernus, Listera cordata, Lobelia Dortmanna, Luzula campestris u. pilosa, Menyanthes, Molinia, Nuphar luteum, Parnassia, Pinguicula, Pirola chlorantha, minor, rotundifolia u. uniflora, Pirus aucuparia, Plantago major u. maritima, Poa pratensis, Potentilla anserina, norvegica u. procumbens, Polygonum Bistorta, Primula acaulis u. elatior, Ranunculus acris, aquatilis u reptans, Rubus saxatilis, Rumex Acetosa, Sagina nodosa, Saxifraga granulata, Sedum villosum, Senecio paluster, Taraxacum, Thesium alpinum, Trientalis, Trollius, Vaccinium Myrtillus, Oxycoccos, uliginosum u. Vitis Idaea, Veronica officinalis u. serpyllifolia, Viola palustris.

II. **Steppenpflanzen.** Das gemeinschaftliche Gepräge dieser Pflanzen charakterisiert sich im allgemeinen durch ihren schlanken aber steifen Aufbau und durch die schmale, oft lineale, aufrechte und starre Gestalt der Blätter resp. Blattteile, welche bei dem Eintritt grösserer Trockenheit verhältnismässig widerstandsfähig sind, da sie durch ihre eigentümliche festere Bauart besonders gegen Verschrumpfung und vollständiges Austrocknen geschützt sind. Unter den echten Steppengewächsen sind im Gegensatz zu den boreal-alpinen mehr einjährige (nach Kerner speziell in den Steppen an der unteren Donau z. B. 56 Prozent) als ausdauernde Gewächse anzutreffen, da die klimatischen Verhältnisse denselben vom Keimen bis zur Samenreife mehr Zeit als den Glacialpflanzen lassen. — Loew rechnet zu den typischsten Pflanzen dieser Art in unserem Gebiet:

Adonis vernalis, Alyssum montanum, Anemone silvestris, Aster Linosyris und Amellus, Campanula sibirica, Carex obtusata, Euphrasia lutea, Hieracium echioides, Inula hirta, Oxytropis, Scorzonera purpurea, Silene chlorantha, Stipa, Thesium intermedium, Thymelaea. — Eine Liste pontischer Pflanzen findet sich im klimatischen Abschnitt p. 45.

III. **Westmediterrane und atlantische Arten** besitzen im Gegensatz zu den Steppenpflanzen im allgemeinen deutlich flächenartig ausgebreitete Laubblätter, wie Pflanzen feuchterer Klimate solche überhaupt meist zeigen.' — Vergl. die Listen westm. und atl. Pfl. im Abschnitt 2: Klimatische Einflüsse auf die Arten-Verteilung.

IV. **Von Niederungs- und Flussuferpflanzen,** von denen manche ebenfalls aus dem Südosten Europas stammen und Steppenpflanzencharakter zeigen (z. B. die mit *S* bezeichneten), erwähnen wir, wobei die wenigstens im märkischen Gebiet als Stromthalpflanzen auftretenden Arten eingeklammert wurden:

Achillea cartilaginea, Allium acutangulum, (Allium Schoenoprasum und Scorodoprasum), Arabis Gerardi, (Arabis Halleri in der Ebene fast nur verschleppt), (Artemisia scoparia *S*), Asperula Aparine, (Biscutella laevigata), ʻ(Carex nutans), Chaiturus Marrubiastrum, (Clematis recta *S*), Cucubalus baccifer, Cuscuta lupuliformis, Cyperus Michelianus, Dipsacus laciniatus, (Dipsacus pilosus u. silvester), (Draba muralis), Euphorbia lucida u. palustris), (Eryngium campestre), E. planum *S*, (Erysimum hieraciifolium), (Galium Cruciata *S*), (Hypericum hirsutum), (Lathyrus Nissolia), Lycopus exaltatus, Mentha Pulegium, Nasturtium austriacum *S*, Petasites tomentosus, (Peucedanum officinale), (Scilla bifolia), (Scirpus radicans), Scutellaria hastifolia, Senecio saracenicus, Silene tatarica, (Sisymbrium strictissimum), (Thlaspi alpestre), (Verbascum Blattaria), Veronica longifolia. — Vergl. auch im klimatischen Abschnitt p. 47 die Liste der Stromthalpflanzen.

V. Zu den **Ankömmlingen** gehören aus nahe liegenden Gründen ausser den oben (p. 34) genannten Arten-Gruppen auch ausschliesslich in Gemeinschaft mit Kulturgewächsen auftretende, wie überhaupt solche Arten, die nur an Örtlichkeiten sich finden, die vom Menschen erst geschaffen oder doch umgeschaffen worden sind. Solche Orte sind z. B. Wegränder, Strassen, Eisenbahndämme, Mauern, Zäune, Schuttplätze, Gärten, Weinberge, Äcker, Brachen u. s. w., und es sind daher auch viele Ruderalpflanzen (vergl. p. 49) Ankömmlinge. — In die folgende, von Herrn Prof. Ascherson für unsere Flora zusammengestellte Liste wurden nur die typischen Ankömmlinge aufgenommen. Die nur auf Äckern und Brachen vorkommenden Unkräuter wurden durch den Buchstaben *U*, die verwilderten Gartenpflanzen mit *G* gekennzeichnet; die übrigen Arten sind meist durch Verschleppung, nur wenige durch eigene Wanderung in unser Gebiet gelangt. Manche von den angeführten Arten sind übrigens in Teilen des Gebietes einheimisch und also nur in Beziehung auf das übrige Gebiet Ankömmlinge.

Alyssum petraeum *G*. — Ambrosia *U*. — Ammi *U*. — Anthemis mixta *U*. — A. ruthenica. — Anthriscus Cerefolium. — Antirrhinum majus *G*. — Artemisia austriaca. — A. Abrotanum u. pontica *G*. — Aster brumalis, frutetorum, Lamarckianus, leucanthemus, Novi Angliae, Novi Belgii, parviflorus u. salicifolius. — Blitum *G*. — Bunias. — Carduus tenuiflorus. — Caucalis leptophylla u. orientalis. − Centaurea solstitialis *U*. — Centranthus *G*. — Cheiranthus Cheiri *G*. — Cochlearia Armoracia *G*. — Collomia *G*. — Colutea arborescens *G*. — Corispermum hyssopifolium. — Coronopus didymus. — Cornus stolonifera *G*. — Corydalis lutea *G*. — Cotula coronopifolia. — Crepis nicaeensis u. setosa *U*. — Cuscuta racemosa u. Trifolii *U*. — Delphinium Ajacis u. orientale *G*. — Dianthus barbatus *G*. — Diplotaxis muralis. — Doronicum Pardalianches. — Echinops *G*. — Echium plantagineum *U*. — Elodea. — Elssholzia *G*. — Endymion *G* (ob in NWDeutschland wirklich wild?). — Epimedium *G*. — Eragrostis *U*. — Eranthis *G*. — Erigeron canadensis. — Erodium moschatum *U*. — Erucastrum. — Ervum Ervilia *U*. — Erysimum orientale u. repandum *U*. — Euphorbia Lathyris u. virgata. — Fagopyrum esculentum. — F. tataricum *U*. — Festuca procumbens u. rigida. − Fumaria capreolata, densiflora, muralis u. rostellata *U*. — Galinsogaea. — Galium saccharatum *U*. — Gaudinia fragilis — Geranium

macrorrhizum *G.* — *G.* pyrenaicum (wohl im Gebiet ·nur verschleppt vorkommend). — *G.* ruthenicum u. sibiricum *G.* — Gnaphalium margaritaceum *G.*
— Helminthia *U.* — Hemerocallis flava u. fulva *G.* — Hesperis matronalis *G.*
— Hypecoum pendulum *U.* — Hyssopus officinalis *G.* — Impatiens parviflora *G.* — Inula Helenium *G.* — Iris germanica, pallida, pumila, sambucina
u. squalens *G.* — Lavandula officinalis *G.* — Lepidium Draba u. sativum.
— Linaria Cymbalaria *G.* — Lolium multiflorum. — Lonicera Caprifolium
u. tatarica *G.* — Lycium barbarum *G.* — Lysimachia punctata *G.* —
Malva moschata. — Marrubium creticum u. pannonicum *G.* — Matricaria
discoidea *G.* — Medicago arabica, Aschersoniana u. rigidula. — M. hispida *U.* — M. sativa. — Melilotus parviflorus *U.* — Melissa officinalis *G.*
— Mimulus *G.* — Muscari racemosum *G.* — Myagrum *U* — Myrrhis
odorata *G.* — Nepeta grandiflora *G.* — Nicandra *G.* — Nigella damascena *G.*
— Oenothera biennis *G* u. muricata. — Ornithogalum Bouchéanum u.
nutans *G.* — Oxalis corniculata u. stricta. — Physalis *G.* — Polycarpon *U.*
— Platycapnos *G.* — Portulaca *G.* — Potentilla recta *G.* — Rapistrum
rugosum *U.* — Rosa cinnamomea, lucida, lutea, pomifera, turbinata *G.* —
Rudbeckia hirta u. laciniata *G.* — Salvia Aethiopis u. Sclarea *G.* —
S. silvestris u. verticillata. — Sambucus Ebulus *U.* — Scilla amoena *G.* —
Scopolia *G.* — Scrophularia vernalis *G.* — Sedum album u. dasyphyllum *G.*
— S. Anacampseros *G.* — Sempervivum soboliferum u. tectorum *G.* —
Senecio vernalis — Sherardia *U.* — Sicyos *G.* — Silene conica, gallica,
hirsuta *U.* — Silybum *G.* — Sinapis alba. — Sisymbrium Sinapistrum. —
Solidago canadensis, lanceolata, procera u. serotina *G.* — Specularia
Speculum *U.* — Spiraea salicifolia *G.* — Stenactis *G.* — Syringa vulgaris *G.*
— Tanacetum macrophyllum u. Parthenium *G.* — Telekia speciosa *G.* —
Torilis nodosa. — Tragus racemosus. — Trifolium resupinatum *U.* —
Tulipa silvestris *G.* — Urtica pilulifera *G.* — Valerianella carinata u. coro-
nata *U.* — Verbascum Blattaria u. phoeniceum. — Veronica Tournefortii *U.*
— Xanthium italicum? — Xeranthemum annuum *G.* —

Wir haben als Anhang zu diesem Abschnitt noch den Endemismus in der deutschen Flora zu berühren. Als endemische Arten bezeichnet man solche, die in einem bestimmten Gebiet ausschliesslich
einheimisch sind. Wenn auch die Vegetation Norddeutschlands eine
aus anderen Gebieten eingewanderte ist, so giebt es doch — abgesehen
von neu entstehenden Bastarden — Formen, die nur aus unserer Flora
bekannt sind, und die also erst in unserem Gebiet durch Variation aus
anderen Arten entstanden sein müssen. Es sind dies z. B. die Arten
oder, wenn man lieber will, Varietäten:

Aira Wibeliana (an der Unterelbe), Potentilla silesiaca (im nordwestl.
Schlesien u. den benachbarten Strichen von Posen u. Brandenburg) u. in
den Sudeten: Hieracium-Arten u. Viola porphyrea (Rabenfelsen bei Liebau).

2. Abschnitt. Die klimatischen Einflüsse auf die Arten-Verteilung.

Die klimatischen Einflüsse, welche die Verteilung der Arten über ein
Gebiet bedingen, werden in erster Linie von dem Grade und der jährlichen
Menge der Wärme, des Lichtes und der Feuchtigkeit geboten.

Die Verschiedenheit der klimatischen Verhältnisse in den einzelnen
Teilen unseres Florengebiets ist eine wesentliche Ursache, dass die aus
verschiedenen Richtungen in Norddeutschland eingewanderten Pflanzen-
gruppen sich nicht gegenseitig vollständig durchdrungen und miteinander vermischt haben, sondern dass eine ansehnliche Anzahl Arten
jeder Gruppe nur ein bestimmtes, durch sie charakterisiertes Gebiet
erobert resp. behauptet hat. Die meisten Arten konnten ihr Areal
nicht einmal bis zur klimatischen Grenze ihrer Lebensfähigkeit aus-

dehnen, sondern sie mussten schon die Striche meiden, in denen das Klima die Existenz anderer Arten mehr begünstigt als ihre eigene; sie gedeihen auch in diesen Gebieten sehr wohl, wenn man die Konkurrenz der rivalisierenden Pflanzen fern hält. Ein Beispiel für eine Art, deren Verbreitungsgrenze mit der Grenze des möglichen Vorkommens zusammenfällt, ist Ulex europaeus.

Die Verbreitungsgrenze einer Art kann entweder eine Vegetationslinie oder eine Höhengrenze sein, erstere wird durch den Einfluss der geographischen Breite und den etwa hinzutretenden des Ozeans bestimmt, letztere durch den der Meereshöhe. Nach der Häufung von Vegetationslinien unterscheidet man bestimmte pflanzengeographische Provinzen, nach dem Zusammentreffen von Höhengrenzen bestimmte Regionen.

I. Regionen und Höhengrenzen.

Was die Regionen anbetrifft, so ergeben sich bei uns hauptsächlich drei. Die tiefste Region umfasst die Ebene und das niedrigste Gebirge, dann folgen eine montane und endlich eine alpine Region.

1. Die unterste Region, die der Ebene und des niedrigsten Gebirges — bis etwa 450 m Höhe reichend — ist durch das Vorwiegen der Getreidekultur — Weizen gedeiht nur in dieser Region — und den Weinbau in ihren wärmsten Strichen charakterisiert.

2. In der montanen Region — etwa von 450 bis 1200 m — ist der Wald vorherrschend; sie sondert sich in eine

Buchenregion — bis 680 m — mit Eichen- und Buchenwald, in der auch noch Getreide- und Obstbau in umfangreicherer Weise getrieben wird, und eine

Nadelwaldregion, in der die Laubhölzer sehr zurücktreten, und nur noch Hafer, Gerste und Kartoffel gedeihen, doch auch nur in den untersten Partieen derselben.

3. Die oberste Region endlich, die alpine — über 1200 m — ist durch das Verschwinden des Waldes und das Auftreten vieler alpiner Pflanzenformen ausgezeichnet. Knieholz findet sich nur in dieser Region.

II. Pflanzengeographische Provinzen und Vegetationslinien.

A. Nördliche Vegetationslinien.

I. Die wesentlichste Schranke für ihre Verbreitung fanden die meisten der aus dem Süden eindringenden Arten an der Nordgrenze des mitteldeutschen Berglandes. Weniger eigentlich rein klimatische Ursachen setzten der Weiterwanderung sehr vieler Pflanzen hier eine Grenze, als vielmehr der Mangel günstiger Wohnplätze in der Ebene.

1. Folgende Arten erreichen in Mitteldeutschland ihre Nordgrenze. — Die mit N bezeichneten finden sich auch, wiewohl selten, in der Ebene bis nach Öland und Gotland, den letzten Vorposten südlicher Vegetation, die mit O und W angemerkten sind südöstlichen resp. südwestlichen Ursprungs.

Achillea nobilis. — Adonis flammeus. — Alectorolophus angustifolius. — A. hirsutus. — Ajuga Chamaepitys. — Allium rotundum. — A. sphaerocephalum (Frankfurt a. O.). — Alopecurus agrestis (nördlich nur verschleppt). — Alsine verna (auch im Hochgebirge). — Althaea hirsuta. — Amelanchier vulgaris. — Anagallis coerulea (im Norden wohl nur verschleppt). — Andropogon Ischaemon. — Androsace elongata N. — Anthemis austriaca O. — Anthriscus trichosperma N (wild?). — Arabis auriculata. — A. Halleri N. — A. pauciflora. — Artemisia pontica O. — Aruncus silvester. — Asperula arvensis. — A. glauca. —

Aspidium aculeatum. — Asplenium adulterinum. — A. Serpentini. — Aster alpinus (auch ein alpiner Standort im Gesenke). — Astragalus exscapus *O.* — Atriplex oblongifolium (im nördl. Gebiet nur eingeschl.). — Atropa *N* (ob wild?). — Avena tenuis. — Biscutella laevigata (auch als Stromthalpflanze in der Ebene). — Brunella alba. — Buphthalmum salicifolium. — Bupleurum falcatum *N.* — B. rotundi-folium. — Calamagrostis varia (Gotland). — Carduus defloratus. — Carex brizoides *N.* — C. Davalliana *N* (Seeland u. nordöstl. bis Esthland). — C. hordeistichos. — C. Michelii *O.* — C. nitida. — C. secalina *N, O.* — C. umbrosa *N.* — Centaurea Calcitrapa. — C. montana. — Cerinthe minor *O, N.* — Ceterach officinarum *N.* — Chaerophyllum aureum. — Clematis Vitalba *N.* — Cirsium bulbosum *N, W.* — C. eriophorum. — Colchicum *N.* — Cornus mas. — Coronilla montana. — C. vaginalis *O.* — Crepis foetida *N* (verschleppt?). — Cynoglossum germanicum. — Cytisus sagittalis *N.* — Daphne Cneorum. — Dianthus caesius *N.* — D. Seguierii. — Dictamnus. — Doronicum Pardalianches.;— Epipactis microphylla *N.* — Erica carnea. — Ervum gracile *W.* — Erysimum crepidifolium *O.* — E. odoratum. — E. orientale. — E. repandum *O.* — E. virgatum. — Euphorbia amygda-loides. — E. falcata. — E. Gerardiana. — E. procera (Mittelrussl.). — E. stricta (Breslau). — E. verrucosa. — Fumaria Schleicheri. — Gagea bohemica. — Galeopsis angustifolia (Möen, Christiania). — Galium Cruciata (als Elbthalpfl. bis Lenzen u. in Preussen). — G. parisiense. — G. rotundi-folium *N* (Gotl., Öland). — G. tricorne. — G. vernum *O* (in Schles. auch in der Ebene). — Gentiana acaulis (ein apokrypher Standort bei Freiburg a. U) — G. ciliata. — G. germanica. — G. lutea. — G. obtusi-folia *O* (Finnland?). — G. pyrenaicum (auch in Norddeutschland eingewandert). — G. rotundifolium. — Glaucium corniculatum. — Globularia Willkommii. — Gypsophila repens. — Helian-themum Fumana (Gotland). — H. oelandicum (Öland). — Helleborus foetidus *W.* — H. viridis. — Herniaria hirsuta *N.* — Himantoglossum. — Hippocrepis comosa. — Hymenophyllum *W.* — Hypericum elegans *O.* — Inula Conyza *N* (Dänemark selt.). — I. germanica *N, O.* — I. media. — Iris bohemica *O* (Breslau). — I. sambucina. — Juncus sphaerocarpus. — Knautia silvatica. — Lactuca perennis. — L. quercina *O.* — L. saligna. — L. virosa. — Lathyrus Aphaca. — L. hirsutus. — L. Nissolia (auch als Elbthalpfl. bei Magdeburg u. Wittenberge). — Lepidium Draba (nach Norddeutschl. nur verschleppt). — Ligustrum vulgare *N* (südöstl. Norweg., Bohus). — Lilium bulbiferum *N* (verw.). — Linaria spuria *N.* — Linum tenui-folium. — Lithospermum purpureo-coeruleum. — Luzula angustifolia (in Norddeutschl. u. Südskandin. selt.; daselbst wild?). — L. silvatica *N* (Süd-westskandinav. selt.). — Medicago denticulata *W* (am Rhein auch in der Ebene). — Melica nebrodensis. — Melittis *N.* — Mespilus germanica. — Mus-cari (alle Arten). — Nepeta nuda *O.* — Nonnea pulla *N, O.* — Onobrychis viciaef. (im nördl. Gebiet nur eingeschl. [bei Lyck wild?] u. öfter eingebürgert). — Ophrys apifera *N*? — O. aranifera. — O. fuciflora *N.* — Orchis globosa (montan: Curland). — O. pallens. — O. purpurea *N* (Möen, Fridericia). — O. tridentata *N.* — Orlaya grandiflora. — Orobanche Cervariae *N.* — O. Epithymum *N.* — O. flava *O* (montan). — O. Kochii *O.* — O. loricata. — O. minor (Fühnen). — O. Picridis *N* (Dänemark sehr selt.). — O. Rapum Genistae *W.* — Papaver hybridum. — Peucedanum alsaticum. — P. officinale (als Elbthalpfl. bis Havelberg). — Phleum asperum. — Physalis *N* (verw.). — Phyteuma orbiculare *N.* — Pinus montana *N.* — Pirus domestica. — P. torminalis *N* (dänische Inseln selt.). — Polygala amarella *O.* — P. Chamaebuxus *O.* — Podospermum laciniatum. — Polycnemum majus. — Potentilla thuringiaca. — P. pilosa. — P. recta *N.* — Prenanthes purpurea *N.* — Prunus Chamaecerasus *O.* — Ranunculus illyricus *O* (noch auf Öland). — R. nemorosus *N* (Gotland). — Rapistrum perenne *O.* — Reseda lutea *N* (verschleppt). — Rosa gallica (in der Ebene nur in Schlesien). — Rubus bifrons u. tomentosus. — Ruta graveolens (bei uns wild?). — Salvia silvestris *O.* — Sambucus Ebulus (im Norden nur verwild.). — S. racemosa *N*

(Mittelrussland). — Sclerochloa dura. — Scolopendrium *N* (Arendsee; Skandinav. sehr selt.). — Scorzonera hispanica. — Sedum Fabaria (auf der Babia Gora alpin; dieselbe Pfl.?). — Senecio crispatus *O* (in Oberschles. auch in der Ebene). — S. Fuchsii *N*. — S. nemorensis. — S. spathulaefolius. — Seseli Hippomarathrum *O*. — Siler trilobum. — Sisymbrium austriacum. — Specularia hybrida. — S. Speculum. — Spergularia segetalis *N*. — Spiranthes aestivalis. — Stachys alpina (auch alpin in den Sudeten). — Stellaria viscida (Schles. Ebene). — Succisa australis (Schl. Eb.) *O*. — Tanacetum corymbosum *N*. — Teucrium Botrys. — T. Chamaedrys. — T. montanum. — Thlaspi alpestre (selten, meist nur mit den Strömen in die Ebene geführt; in Südschweden selten). — T. montanum. — T. perfoliatum *N* (Skandinav. selt.). — Thesium montanum. — Th. pratense. — Thymelaea Passerina *N*. — Tordylium maximum *N*. — Torilis infesta (Freienwalde a. O. u. Oderberg). — Trifolium ochroleucum (bei Bahn in Pomm.). — Turgenia latifolia. — Verbascum Blattaria (in Norddeutschl. nur Stromthalpfl.) — Veronica anagalloides. — V. spuria *O*. — Viburnum Lantana.

2. Von südlichen, meist südwestlichen Arten sind die folgenden in unser Gebiet nur bis in das rheinische Bergland eingedrungen:

Acer monspessulanum, Aceras anthropophora, Allium nigrum, Alopecurus utriculatus, Alsine Jacquini, Anarrhinum bellidifolium, Androsace maxima, Arabis Turrita, Armeria plantaginea, Barbarea intermedia (auch weiter östlich), Bromus arduennensis (in Belgien endemisch), Buxus sempervirens, Calamintha officinalis, Calendula arvensis, Calepina Corvini, Carex binervis (Paderborn) u. laevigata, Carum Bulbocastanum u. verticillatum, Centaurea nigra (bis Münden) Cheiranthus Cheiri, Chlora perfoliata u. serotina, Crassula rubens, Crepis pulchra, Cynodon Dactylon (in Norddeutschland durch den Weinbau eingeführt), Cyperus badius, Digitalis lutea, media u. purpurascens, Epilobium lanceolatum (Höxter), Erica cinerea, Ervum monanthos u. Ervilia, Festuca rigida (verschleppt), Filago gallica, Fumaria parviflora, Gentiana utriculosa, Heliotropium europaeum, Helosciadium nodiflorum, Herniaria incana, Iberis amara u. intermedia, Iris germanica u. spuria, Jasione perennis (früher auch bei Halle), Kochia arenaria, Lepidium graminifolium, Limodorum, Luzula Forsteri, Malva moschata (bis Thüringen u. s. w.), Oenanthe peucedanifolia, Onosma arenarium, Ornithogalum sulphureum, Orobanche amethystea, Hederae u. Teucrii, Parietaria ramiflora (sonst nur selten u. wohl nicht wild), Peucedanum Chabraei, Polygala calcarea (bis Hessen), Potentilla micrantha, Prunus Mahaleb, Pulmonaria montana u. tuberosa, *Rubus Lejeunii, Schlickumi u. ulmifolius, Rumex scutatus (verwildert),* Scrophularia aquatica, Sedum aureum, Sempervivum tectorum, Silene conica (wo anders hin viel verschleppt) u. Armeria (letzte ausserdem öfter verwildert), Sinapis Cheiranthus, Tamus, Trinia glauca, Valerianella eriocarpa, Verbascum montanum u. pulverulentum, Veronica acinifolia, Vicia lutea.

3. Folgende südöstliche Arten haben die Grenzen Böhmens nicht oder nur wenig überschritten. (In Südböhmen treten noch mehrere andere zu den angeführten hinzu):

Achillea setacea (Magdebg.), Alsine setacea, Alyssum saxatile (Sachsen), Amarantus silvestris, Anthemis austriaca, montana u. ruthenica, Astragalus austriacus u. Onobrychis, Atriplex tataricum (sonst nur verschleppt), Bifora radians (eingeschleppt), Carex stenophylla, Ceratocephalus orthoceras, Cyclamen, Cytisus austriacus, Dracocephalum austriacum, Erythronium, Euphorbia virgata (oft verschleppt), Euphrasia coerulea, Lactuca viminea (Dresden), Lathyrus pannonicus, Linum austriacum u. flavum, Loranthus (Sachsen), Lysimachia punctata (oft verschleppt), Melampyrum subalpinum, Pastinaca urens, Podospermum Jacquinianum, Quercus pubescens (Jena), Scorzonera parviflora, Senecio aurantiacus, Seseli glaucum, Silene italica (Sachsen), S. longiflora, Trifolium parviflorum (Halle), Trigonella monspeliaca, Thalictrum foetidum, Triticum glaucum (Halle), Xeranthemum annuum.

II. In Norddeutschland erreichen ihre nördliche Grenze:
Acer campestre (bis Schonen u. Westpreussen), A. Pseudoplatanus,
Adonis aestivalis, Ajuga genevensis (Schonen s. selt., Livland), Aldrovandia
(zugleich Westgrenze), Allium fallax (Schonen, Mittelrussl.), Alsine tenui-
folia, Alyssum montanum (Kurland, Ösel), Amarantus retroflexus, Ana-
camptis (Öland, Gotland, Möen u. s. w., Ösel, Livland), Anthericum
Liliago (Öland, Bleking, Schonen, Mittelrussl.), A. ramosum (Öland,
Gotland, Schonen, Dän. Inseln, Mittelrussl.), Apera interrupta, Asarum
(in Skandinavien nur verwildert, sehr selten), Arum (Dänem., Schonen),
Asperula cynanchica, Aster Linosyris (Öland), A. salicifolius (Dänem.),
Astragalus Cicer, Atriplex nitens (Nord- und Westgrenze), A. roseum
(Mittelrussl.), Avena caryophyllea (Dänem., Schonen), Batrachium fluitans,
Betonica officinalis (Schonen, Dänem., nordöstl. bis Finnland), Bidens
radiatus (Dänem., Petersburg ziemlich häufig, Nischnij-Nowgorod), Bromus
inermis (Upland selt.), B. patulus (in Schonen [u. Norddeutschland?] nur
verschleppt), Calamagrostis Halleriana (in den Sudeten auch alpin),
Campanula Rapunculus (Schonen selt., Dänem.), Carex Buekii (zugleich
Westgrenze), C. humilis, C. obtusata (Var. spicata auch auf Öland),
C. pendula, C. tomentosa (Gotland, Öland), Carpinus Betulus (Dän.
Inseln, Südschweden, Kurland), Caucalis daucoides (Möen), Centaurea
maculosa (zugleich der Westgrenze nahe), Cephalanthera grandiflora (Got-
land selt., Möen, Seeland), Cerastium brachypetalum (Südskandinav. selt.),
Ceratophyllum platyacanthum, Chaerophyllum bulbosum (in Norddeutschl.
bes. Stromthalpflanze, nordöstl. bis Livland), Chamagrostis minima, Cheno-
podium ficifolium (östlichen Ursprungs, im Norden u. Westen nur
sporadisch), Chondrilla juncea, Cnidium (Ost-Smaland, Öland, Seeland,
Fühnen), Colchicum (Schottl., südl. Dänem., Litauen), Coronilla varia,
Corrigiola (Jütland; zugleich Ostgrenze), Crepis virens (Öland, Dänem.),
Cuscuta Epithymum (Schottl., Dänem.), Cyperus flavescens (bis Livland),
C. fuscus (Dänem., Schonen, Livland), Dianthus Carthusianorum, Digitalis
ambigua (nordöstl. bis Livland), Dipsacus pilosus (in der norddeutschen
Ebene fast nur in den Thälern der Hauptströme; Dänem., Mittelrussl.),
D. silvester (in Norddeutschl. bes. Stromthalpfl.; Dänem., Norw. s. selt.),
Elatine Alsinastrum (nordöstl. bis Süd-Finnland), E. triandra, Epilobium
Dodonaei (Schottland, Island), E. Lamyi (in Schweden nicht selten),
Equisetum maximum (Dänem., Mittelrussl.), E. ramosissimum, Euphorbia
Cyparissias (Südschweden, wild?), E. dulcis (im Osten am weitesten nördl.),
E. platyphyllos, Euphrasia lutea, Fagus (die Nord[ost]linie geht vom
südlichen Skandinavien durch Preussen [einen grossen Teil von Ostpreussen
ausschliessend] nach der Krim), Falcaria (Gotland, Schonen selt., Dänem.
selt.), Festuca myurus, F. sciuroides (Dänem., Schonen selt.), Fragaria
elatior (in Skandinav. wohl nur verwild.), Gagea saxatilis, Galanthus
nivalis, Gentiana cruciata (nordöstl. bis Petersburg), Gnaphalium luteo-
album (Südskandinav. selt., Mittelrussl.), Gratiola (Dänem. s. selt., Mittelrussl. bis zum 58°), Helianthemum guttatum, Helosciadium repens (Fühnen,
Nordostgrenze), Heracleum Sphondylium (Dänem.), Hieracium silvestre
(Dänem.), Hordeum murinum (Dänem., Südschweden), Illecebrum (Falster;
auch der Ostgrenze nahe), Juncus obtusiflorus (Dänem., Schonen, Gotland),
J. Tenagea, J. tenuis, Koeleria cristata (die typische Form, Dänem. selt.,
nordöstl. bis Petersburg), Lamium maculatum (nordöstl. bis Petersburg),
Lemna arrhiza, Leucoïum aestivum u. vernum, Lilium Martagon (nordöstl.
bis Livland), Limnanthemum, Linari aarvensis, Lindernia, Lythrum Hyssopifolia, Medicago minima (Schonen s. selt., Dänische Ins., Mittelrussl.),
Mentha rotundifolia (Bornholm, wild?), Mercurialis annua (Dänem.; Nordostgrenze), Moenchia erecta, Najas minor, Narcissus Pseudonarcissus, Nigella
arvensis, Orchis coriophora, O. palustris (Gotland), Ornithogalum umbellatum
(im Norden wohl nur verwild.), Orobanche caryophyllacea, O. elatior
(Dänem., Schonen), O. rubens, Oryza clandestina (Seeland, Südschweden,
nordöstl. bis Petersburg), Panicum ciliare, P. Crus galli u. filiforme (beide
in Südskandinav. u. Mittelrussl. wohl nur eingeschleppt), P. sanguinale,

Parietaria officinalis (Dänem., Schonen selt., Mittelrussl.), Petasites albus (Südnorw. selt., Schonen, Dänem., Mittelrussl.), Peucedanum Cervaria, P. Oreoselinum (Schonen, Öland, Bornholm, Mittelrussl.), Phelipaea arenaria (zugleich Nordostgrenze im Gebiet?), Ph. coerulea, Ph. ramosa, Plantago arenaria, Polycnemum arvense, Portulaca oleracea, Potamogeton decipiens (Südschweden selt., zugleich bei uns Ostgrenze u. auch südl. von unserem Gebiet nur isoliert), P. densus (Dänem., Halland selt., Mittelrussl.), P. plantagineus (Gotland, Schonen), P. trichoides (Falster, Gothenburg), Potentilla alba, P. sterilis (Dänem., Litauen), P. supina (Dänem. s. selt., nordöstl. bis Esthland), Primula elatior (Schonen, Dänem.), Pulmonaria angustifolia (Südschwed. u. Dänem. selt., Mittelrussl., zugleich der West-grenze nahe), Ranunculus lanuginosus (Dänem., Mittelrussl.), Rumex conglomeratus (Dänem., Schonen, Livland), Salvia pratensis (Upland selt.), Sanguisorba officinalis (noch im südl. Norweg., Gotland, Livland, Island angegeben, ob wirklich unsere Pfl.?), Saponaria, Scabiosa suaveolens (Schonen, Dänem. s. selt.), Schoenus nigricans (Jütland, südöstl. Norwegen, Mittelrussl.), Scirpus Holoschoenus, Sc. mucronatus, Sc. ovatus, Sc. supinus, Scrophularia Ehrharti (Dänem., Schottland selt., Kurland), Senecio erraticus, S. erucaefolius (Schonen, Dänem., Mittelrussl.), S. paludosus (Halland, Schonen, Dänem. selt., Mittelrussl.), Seseli coloratum, Setaria glauca (Falster, Livland), S. verticillata. Silaus pratensis (Schonen, Mittel-russl.), Silene gallica, S. Otites (westl. Dänem., Mittelrussl.), Solanum miniatum (Dänem., Schonen, Mittelrussl.), S. villosum (Schonen, Mittelrussl.), Sonchus paluster (Dänem., Mittelrussl.), Spergula pentandra, Spiranthes autumnalis (Dänem., Bornholm, Petersburg), Stachys annua (Bornholm, Falster), St. germanica, St. recta, Sweertia (Mittelrussl.), Tilia platyphyllos (Dänem., Mittelrussl.), Tragopogon major u. orientalis, Trapa (Schonen s. selt., Mittelrussl.), Trifolium alpestre (Schonen s. selt., Dänem., Mittel-russl.), T. elegans, Tulipa silvestris (in Skandinav. u. wohl auch in Nord-deutschl. nur verwild.), Ulmus campestris (Öland, Gotland, Dänem.), U. effusa (Öland; beide auch nordöstl. bis Finnland angegeben), Vaccaria parviflora, Valerianella rimosa, Verbascum Lychnitis (Schweden s. selt.), V. phlomoides (Südskandinav. selt., Mittelrussl.), Verbena (Schonen, Mittelrussl.), Veronica montana (Dänem., Schonen), V. prostrata, V. Teucrium (Mittelrussl.), V. Tournefortii (in Norddeutschl. erst neuer-dings, Dänem., Schonen), Vinca (in Dänem. wahrscheinl. nur verw.), Viola elatior (Öland u. nordöstl. bis Esthland), Xanthium strumarium (Mittelrussl.).

III. Die folgenden karpatisch-alpinen Arten finden sich in der alpinen Region der Sudeten und zum Teil auch auf den höchsten Punkten anderer mitteldeutscher Gebirge wieder, gehen aber nicht weiter nördlich. — Die Arten karpatischen Ursprungs, die den Alpen fehlen, sind mit *K*, die im Alpengebiet selten sind mit (*K*) bezeichnet:

Achyrophorus uniflorus. — Adenostyles albifrons. — Agrostis alpina. — A. rupestris. — Alchemilla pyrenaica. — Alectorolophus alpinus *K*. — Allium Victorialis. — Audrosace obtusifolia. — Anemone narcissiflora. — Arabis alpina (auch montan). — A. hirsuta Var. sudetica *K*. — Avena planiculmis (*K*) (auch in Schottland?). — Campanula barbata (Norw.). — Cardamine Opizii *K*. — C. residifolia. — Carduus Personata (auch tiefer). — Crepis sibirica (*K*). — Cystopteris sudetica *K*. — Delphinium elatum. — Doroni-cum austriacum. — Epilobium trigonum. — Euphrasia coerulea (Westpreussen). — Festuca varia. — Gentiana asclepiadea. — G. punctata. — Geum inclinatum u. montanum. — Verschiedene sudetische Hieracium-Arten. — Homogyne. — Laserpitium Archangelica. — Leontodon hastilis Var. opimus — Lonicera nigra (auch tiefer). — Meum athamanticum (noch bei Dresden, auch im südwestl. Norw., aber s. selt.). — M. Mutellina. — Pinus Mughus. — Pirus sudetica. — Plantago montana. — Potentilla aurea. — Primula minima. — Pulsatilla alpina. — Ribes petraeum. — Rosa alpina (auch montan). — Rumex alpinus u. arifolius. — Salix silesiaca *K*. — Saxifraga bryoides. — S. moschata. — Sedum rubens. — Scabiosa lucida. — Tozzia alpina. — Valeriana montana. — V. tripteris. — Veronica bellidioides. — Viola lutea.

B. Südliche Vegetationslinien.

Ihre Südgrenze dagegen erreichen bei uns folgende nordische Arten. — Die mit *N* bezeichneten finden sich nur in unserem nördlichsten Gebiet:

Andromeda calyculata (Ostpreuss.). — Atriplex calotheca *N*. — Bulliarda (vorgeschobene Standorte in Süd-Böhmen, Österr. u. Mähren). — Calamagrostis Hartmaniana (Ostpreuss.). — C. neglecta (isoliert in der Bodenseegegend). — Callitriche autumnalis (die in Südeuropa angegebene Pfl. gehört zu C. truncata Guss.). — Carex globularis (Ostpreuss.). — C. loliacea *N*. — C. microstachya *N* (früher in Schlesien). — C. Siegertiana (bei Canth in Schles. ein ganz isolierter Standort dieser Nordostpfl., zunächst wieder bei Petersburg). — Cornus suecica *N*. — Cotoneaster nigra (Ostpreuss.). — Erythraea linariifolia (Südwestgrenze). — Euphrasia verna *N* (isoliert bei Saarbrücken). — Glyceria remota (Ostpreuss.). — Hierochloa odorata (isoliert in der Schweiz u. bei München). — Lamium intermedium. — Ledum (Südwestgrenze; auch in Kärnten). — Malva rotundifolia. — Najas flexilis. — Pirus suecica *N* (die Pfl. des Jura u. der Pyrenäen ist von der unsrigen wohl verschieden). — Potamogeton nitens. — P. praelongus (Kärnt.). — Rubus Chamaemorus *N* u. ·Sudeten. — Rumex domesticus *N* (Chemnitz, wild?). — Scolochloa festucacea. — Senecio campester (Südwestgrenze). — Stellaria crassifolia (isoliert in Würtemberg). — Viola epipsila (Salzburg) u. V. uliginosa (beide, bes. letztere, mit Südwestgrenze).

Dazu kommen noch folgende boreal-alpine Arten der Sudeten, die den Alpen fehlen:

Carex hyperborea, rigida (in den Alpen sehr selten) u. sparsiflora. — Pedicularis sudetica. — Saxifraga nivalis.

C. Östliche und westliche Vegetationslinien.

Die längs der Meeresküste in Deutschland eingewanderten atlantischen Arten stehen in Gegensatz zu den von Südosten gekommenen, erstere sind an ein ozeanisches Klima gebunden, letztere lieben ein kontinentales, wenigstens gilt dies in den Breiten Norddeutschlands. Eine Anzahl sonst atlantischer Arten ist freilich durch Oberitalien auch nach Istrien und Kroatien gelangt und ist zum Teil selbst in die ausgeprägt kontinentalen Gebiete Ungarns und Südrusslands eingedrungen. Die atlantische Vegetation (ein grosser Teil derselben zur Formation der Heiden vereinigt) hat Nordwestdeutschland besetzt: den ebenen Teil der Rheinprovinz und Westfalens, Hannover mit Oldenburg (aber mit Ausschluss von Göttingen und Hildesheim), die Altmark und Priegnitz, Mecklenburg, Pommern und Schleswig-Holstein. Eine schon ausgeprägt südöstliche (pontische) Flora andererseits findet sich in Böhmen, und zum Teil auch in Posen und Preussen. Die Grenzen beider Gebietsteile, besonders des kontinentalen, lassen sich nicht allzu scharf bestimmen, und die Vegetation der dazwischen liegenden Zone zeigt bald mehr östlichen, bald mehr westlichen Charakter; die Flora der ebenen Lausitz z. B. weist mehrfach Beziehungen zur nordwestdeutschen Vegetation auf, die Berge Thüringens und der anliegenden Striche dagegen, sowie die Ränder der grossen (diluvialen) Stromthäler sind, wie wir p. 33 sahen, mit Vorliebe von einer pontischen Flora (Steppenflora) besiedelt.

I. Die charakteristische Vegetation Nordwestdeutschlands setzt sich wie folgt zusammen:

Aira discolor, Alisma ranunculoides, Anagallis tenella, Anthoxanthum Puelii, Batrachium hederaceum (Lausitz), B. hololeucum, Carex ligerica,

C. punctata, C. strigosa, Cerastium tetrandrum, Cicendia (Lausitz), Cirsium anglicum, Cochlearia anglica, Convolvulus Soldanella, Corydalis claviculata, Cotula coronopifolia (eingeschleppt), Endymion (ob wirklich wild?), Erica Tetralix (Lausitz), Galeopsis ochroleuca, Genista anglica, Helianthemum guttatum (Lausitz), Helosciadium inundatum, Hypericum elodes, Ilex, Isnardia (Lausitz), Lepturus filiformis, Myrica Gale (Lausitz), Myriophyllum alterniflorum (Westpreussen, Böhmerwald), Narthecium ossifragum, Oenanthe Lachenalii, Pilularia (Lausitz), Plantago Coronopus, Polygala depressa, Potamogeton polygonifolius u. spatulatus, Primula acaulis, Rubus Arrhenii, chlorothyrsos u. Lindleyanus, Scirpus Duvalii, S. fluitans, S. multicaulis (Lausitz), S. Pollichii, S. pungens, Scutellaria minor (Sachsen), Tillaea (Jüterbog), Ulex europaeus, Wahlenbergia hederacea.

Pflanzen der Seestrandflora, ebenfalls ein Bestandteil der atlantischen Vegetation, sind in einer Liste im 3. Abschnitt p. 49 über den Einfluss des Bodens aufgeführt worden.

II. Die pontischen Pflanzen unseres Gebietes sind in der nächsten Liste zusammengestellt. Unter ihnen tritt besonders die Frühlingsflora des Laubwaldes hervor, deren hauptsächliche Entwickelung auf die kurze Zeit bis zur Belaubung des Waldes beschränkt ist, und die deshalb für diese Periode günstige Wetterverhältnisse verlangt. Der zwar später eintretende, aber deshalb und wegen der minder starken Bewölkung wärmere kontinentale Frühling bietet ihnen dieselben, wenn er auch zugleich bei der allerersten Vegetation Unempfindlichkeit, auch der Blüten, gegen etwaige Fröste voraussetzt. Die nach Nordosten zunehmende Verkürzung der Vegetationszeit zieht vielen südöstlichen Pflanzen zugleich eine nordöstliche Grenze. — Die Arten, die nordöstlich die Prov. Preussen (oder seine Breite) nicht mehr erreichen, sind mit *S* bezeichnet, Arten, die nur im ausgesprochen kontinentalen Gebietsteil, besonders also in Böhmen, Schlesien, Posen und Preussen vorkommen, mit *K*, solche, die nur in Oberschlesien vorkommen, mit *O*.

Abies alba *S*. — Achillea setacea *S*. — Achyrophorus maculatus. — Aconitum variegatum. — Adenophora *K*. — Adonis vernalis. — Allium sphaerocephalum *S*. — A.strictum *S*. — Alsine verna *S*. — Alyssum montanum. — Anacamptis. — Anemone silvestris. — Anthemis ruthenica *S*. — Arabis pauciflora *S*. — Artemisia campestris. — A. scoparia (*K*) (in Preussen nur an der Weichsel). — Asperula Aparine *K*. — Aster Amellus. — Aster Linosyris. — Astragalus Cicer. — A. danicus (auch im südl. Skandinav.). — A. exscapus *S*. — A. Onobrychis *S*. — Astrantia. — Betonica officinalis. — Bromus arvensis. — B. mollis. — B. tectorum. — Bupleurum longifolium. — Campanula bononiensis. — Cardamine trifolia *S* (im Gebiet nur im mittelschles. Vorgebirge). — Carex cyperoides (vorherrschend östlich, nördlich bis zum Ladogasee, aber auch in Nordwest-Frankreich). — C. nitida *S*. — C. pediformis *K* (N.W.-Grenze: Tirol — Niemes — Nimptsch — Ingermannl.; Skandinav.). — C. pilosa (*K*). — C. stenophylla. — Carlina acaulis. — Centaurea austriaca *K*. — C. scabiosa. — Chaerophyllum aromaticum. — Ch. hirsutum. — Cirsium canum (*K*) *S*. — C. pannonicum *K*, *S*. — C. rivulare (*K*). — Coronilla varia. — Crepis praemorsa. — C. rhoeadifolia *S*. — C succisifolia. — Crocus banaticus *S* (Sudeten). — Cytisus austriacus *S*. — C. capitatus *S*. — C. nigricans *S*. — C. ratisbonensis *K*. — Dentaria enneaphyllos *S*. — D. glandulosa *O*. — Dracocephalum austriacum *S*. — D. Ruyschiana. — Echium vulgare. — Erysimum canescens. — Euphorbia Gerardiana *S*. — E. procera *K*, *S*. — E. verrucosa *S*. — Evonymus verrucosa *K*. — Fragaria collina. — Gagea minima (Skandinav.). — Galega officinalis *O* (auch in Böhmen). — Galeopsis pubescens. — Galium aristatum *K*. — Geranium divaricatum *S*. — Gladiolus imbricatus. — G. paluster. — Glyceria nemoralis (*K*). — Gymnadenia conopea. — Gypsophila fastigiata. — Hacquetia *O*. — Helianthemum Fumana *S* — Herniaria incana *S*. — Hieracium cymosum (Dänem. selt., Norw.). — H. echioides. — H. floribundum. — H. pratense (Dänem. s. selten). — H. stoloniflorum *S.* — Hierochloa australis (*K*). — Inula hirta. — Iris graminea *O.* — I. sibirica. — Isopyrum *K.* — Juncus atratus. — Larix *O.* — Laserpitium prutenicum. — Lathyrus heterophyllos (südl. Skandinav.). — L. luteus (Ostpr.). — L. pisiformis *K.* — Lavatera thuringiaca. — Ligularia sibirica *K* (im Gebiet nur in Böhmen, nordöstl. bis zum arktischen Russland, südwestl. bis zu den Pyrenäen). — Linaria genistaefolia *K, S.* — Lunaria rediviva. — Luzula campestris. — (L. flavescens *O*). — L. pallescens. — Lythrum virgatum *O.* — (Marsilia *O.* —) Nonnea pulla. — Omphalodes scorpioides. — Orchis coriophora, — O. Rivini. — O. tridentata. — O. ustulata. — Ornithogalum Kochii *S.* — Orobanche coerulescens. — O. pallidiflora *K.* — Oxytropis pilosa (auch in Südschweden). — Panicum ciliare. — Picea excelsa?. — Pleurospermum austriacum. — Poa bulbosa. — Potentilla alba. — P. canescens. — P. cinerea. — P. collina. — P. opaca. — P. rupestris. — Pulsatilla pratensis. — Ranunculus cassubicus *K.* — R. illyricus. — Salix incana *O.* — S. livida (*K*). — S. myrtilloides *K.* — Salvia glutinosa *O.* — S. verticillata. — Salvinia. — Scabiosa suaveolens. — Scorzonera purpurea. — Scrophularia Scopolii *O.* — (Selaginella helvetica *O*). — Sempervivum soboliferum. — Senecio campester. — Seseli glaucum. — Silene chlorantha. — S. longiflora. — S. viscosa. — Sisymbrium Loeselii. — S. Sinapistrum. — Spiranthes autumnalis. — Stellaria Friesiana. — Stipa capillata. — St. pennata. — Streptopus (*K*) (in Europa nicht arktisch, aber in Nordamerika und Nordostasien). — Symphytum tuberosum (*K*), *S.* — Thesium intermedium. — Tofieldia. — Tragopogon floccosus. — Trifolium alpestre. — Trollius. — Ulmaria Filipendula. — Valeriana polygama *K.* — Verbascum Blattaria. — V. Lychnitis. — V. phoeniceum. — Veronica austriaca (dentata) *K.* — (Vitis vinifera *S* ; nördlichster Punkt ausgedehnterer Kultur zum Zweck der Weinbereitung: Grüneberg i. Schles.). — u. s. w.

III. Neben diesen Südost- und Nordwestlinien finden sich auch r e i n e Ost- und Westlinien in der deutschen Flora, die sich klimatisch vielleicht durch die ungefähr von Nord nach Süd verlaufenden Isochimenen, d. h. Linien gleicher Wintertemperatur, erklären lassen.

1. In der folgenden Liste von Arten, die u. a. in Deutschland ihre W e s t g r e n z e erreichen, bedeutet *P,* dass die so bezeichneten Arten nur in der Prov. Preussen vorkommen und *O,* dass sie kaum die Oder überschreiten.

Achillea cartilaginea *O.* — Agrimonia pilosa *P.* — Androsace septentrionalis (fehlt in Frankr.). — Arenaria graminifolia *P.* — Artemisia laciniata u. rupestris (das Hauptverbreitungsgebiet beider in Sibirien, in Europa nur an der Nordgrenze von Thüringen u. auf Öland, A. rupestris früher auch im Lüneburgischen u. auf Gotland). — Aspidium Braunii. — Astragalus arenarius. — Botrychium Matricariae. — B. rutaceum. — Botrychium simplex (zugleich Südgrenze). — Botrych. virginianum *P* (Schweiz). — Bryonia alba. — Campanula sibirica *O.* — Cenolophium Fischeri *P.* — Centaurea austriaca. — Cerastium silvaticum *P.* — Chimophila (bis z. Weser). — Cimicifuga foetida *P.* — Cirsium heterophyllum (Veget. Lin.: Nordengl. — Schlesw. -- Erfurt — Schweiz — Dauph. — Pyren.). — Conioselinum tataricum *P* (Gesenke). — Dianthus arenarius *O.* — Geum strictum *P.* — Gymnadenia cucullata *P.* — Hieracium echioides (zugleich mit Nordgrenze im Gebiet). — Hydrilla (bei uns die westlichsten Punkte ihres grossen Areals, geht östlich bis China u. Indien). — Jurinea (zugleich mit Nordgrenze im Gebiet). — Lappula deflexa. — Linaria odora *P* u. Hinterpommern bis Köslin. — Melilotus dentatus. — Microstylis (fehlt in Frankr.). — Ononis arvensis. — Ostericum (zugleich mit Nord- u. Südgrenze im Gebiet). — Potentilla cinerea (fehlt in Frankr.). — P. norvegica (fehlt in Frankr.). — P. opaca (in Frankr. sehr selt.). — Pulsatilla patens *O.* — P. pratensis. — P. vernalis. —

Ranunculus illyricus. — Rumex ucranicus *P.* — Senecio campester (W.-Grenze: Jütland — Harz — Piemont — vorgeschob. in Engl.). — S. vernalis (vor 50 Jahren westl. der Weichsel s. selt., jetzt bis über die Elbe gewandert). — Silene viscosa. — Struthiopteris (fehlt in Frankr.). — Thesium ebracteatum. — Tragopogon floccosus *P.* — Trifolium Lupinaster *P.* — Veronica opaca (fehlt in Frankr.). — Vicia villosa.

2. Mit östlichen Vegetationslinien treten in Deutschland u. a. auf: Digitalis purpurea, Rubus rudis u. vestitus,Scutellaria minor, Teucrium Scorodonia.

Meist biegt sich die Grenze nach Osten vor: Bryonia dioeca, Carex tomentosa u. ventricosa, Hypericum pulchrum, Lysimachia nemorum, Nasturtium officinale, Pulicaria dysenterica, Senecio aquaticus, Thrincia hirta.

D. Niederungspflanzen.

I. Von den Stromthalpflanzen erreichen ihre Nordgrenze in Deutschland:

Allium acutangulum (Mittelrussl.), Allium Schoenoprasum (die Ebenenform; die Gebirgsform auch in Skandinav.), Arabis Gerardi (Gotland u. nordöstl. bis Esthland), Carex nutans, Chaiturus (Laaland), Clematis recta (Mittelrussl.), Cucubalus (nordöstl. bis Livland), Cuscuta lupuliformis (fehlt fast ganz westlich der Elbe), Cyperus Michelianus, Dipsacus laciniatus, Eryngium campestre, Euphorbia lucida (Westgrenze an der Oder und in Böhmen), Lycopus exaltatus (zugleich Westgrenze), Mentha Pulegium (Nordostgrenze), Nasturtium armoracioides (desgl.), N. austriacum (fehlt fast ganz westlich der Elbe), N. pyrenaicum, Scilla bifolia, Scirpus radicans (nordöstlich bis Petersburg, Telemarken in Norw.), Senecio saracenicus (westlich nur bis Lothringen), Sisymbrium strictissimum.

II. Die Südgrenze erreicht im Gebiet:

Petasites tomentosus.

III. In die westliche Vegetationslinie treten ausser den schon angegebenen Arten:

Eryngium planum u. Silene tatarica, erstere zugleich mit Nordgrenze. — Veronica longifolia (fehlt in Frankreich).

3. Abschnitt.　Einfluss des Bodens auf die Verteilung der Arten.

Was den Einfluss des Bodens, der Unterlage, betrifft, so ist dieser sehr auffallend. Einerseits kommt die stoffliche, chemische, Zusammensetzung, andererseits die physikalische Beschaffenheit des Bodens inbetracht.

Zieht eine Pflanze eine bestimmte Bodenart einer anderen vor, ohne jedoch ausschliesslich auf dieser vorzukommen, so ist sie bodenhold; wenn sie also kalkliebend ist, kalkhold, thonliebend, dann thonhold u. s. w. Kann sie ohne Unterschied auf den verschiedensten Bodenarten wachsen, so ist sie bodenvag. Bodenstete Pflanzen sind solche, die nur auf einer bestimmten Bodenart angetroffen werden, z. B. auf Kalk, dann sind es kalkstete, oder stets auf reinem Quarzsande, dann sind es kieselstete Pflanzen.

Es sind hier auch die Salzpflanzen anzuführen, welche am Meeresstrande und an salzigen Orten, z. B. Salinen und salzigen Quellen des Binnenlandes auftreten, sowie die Pflanzen der Schutt- und Mauerflora, Ruderalflora, die eine besondere Vorliebe für das Vorhandensein einer grösseren Menge von Ammoniak oder von Nitraten verraten, und daher vornehmlich die Nähe menschlicher Ansiedlungen aufsuchen.

Die Wasserpflanzen und die eine grössere Feuchtigkeit verlangenden Gewächse müssen in diesem Abschnitt der Vollständigkeit wegen wenigstens erwähnt werden.

I. Kalkliebende Arten sind:
Allium fallax, Anacamptis, Anemone silvestris, Anthemis tinctoria, (Anthericum ramosum), Asplenium viride, Aster alpinus u. Amellus, Astragalus danicus, Astrantia, Biscutella laevigata, Brunella grandiflora, Buphthalmum, Bupleurum longifolium, Carduus defloratus, Carlina acaulis, Centaurea montana, Cephalanthera grandiflora u. rubra, Cotoneaster integerrima, Coronilla montana u. vaginalis, Cypripedium, Epipactis microphylla u. rubiginosa, Erysimum crepidifolium u. odoratum, Galeopsis angustifolia, Gentiana cruciata u. verna, Globularia, Gymnadenia conopea, Gypsophila repens, Helianthemum Chamaecistus u. oelandicum, Helleborus niger u. viridis, Hepatica, Hieracium praealtum, Himantoglossum, Hippocrepis comosa, Lactuca perennis u. Scariola, Laserpitium latifolium, Limodorum, Onobrychis, Ophrys, Orchis purpurea u. Rivini, Phegopteris Robertianum, Polygala Chamaebuxus, (Rubus saxatilis), Saxifraga Aizoon, Sesleria, Teucrium montanum, Thymelaea, Tofieldia, Viburnum Lantana, Vincetoxicum officinale u. s. w.

II. Thonliebende Pflanzen, die am besten auf thonigem oder lehmigem Boden gedeihen, sind unter vielen anderen z. B.:
Antirrhinum Orontium, Bromus arvensis, Carum Bulbocastanum, Equisetum arvense, Euphrasia Odontites, Falcaria, Lactuca Scariola, Lappa tomentosa, Lathyrus tuberosus, Sherardia, Tussilago Farfara, Veronica opaca u. Tournefortii.

III. Arten, die sich gern auf kieseligem, sandigem Untergrunde ansiedeln, wären:
Alchemilla arvensis, Anchusa arvensis, Arnoseris, Astragalus arenarius, Avena caryophyllea u. praecox, Carex arenaria, ligerica, obtusata u. praecox, Chamagrostis, Dianthus arenarius, Erophila, Festuca ovina u. rubra, Filago minima, Helianthemum guttatum, Helichrysum arenarium, Herniaria, Hieracium Pilosella u. umbellatum, Hypericum humifusum, Hypochoeris glabra, Jasione montana, Luzula campestris, Myosotis arenaria, Ornithopus perpusillus, Panicum filiforme, Plantago arenaria, Pinus Mughus u. silvestris, Rumex Acetosella, Salsola, Scleranthus, Sedum acre u. boloniense, Senecio silvaticus, vernalis u. viscosus, Spergula, Spergularia rubra, Stachys arvensis, Teesdalea, Trifolium arvense, Veronica verna, Viola arenaria u. tricolor, Weingaertneria u. s. w. — Vergl. hierzu die Liste der Sandstrandflora.

IV. Was für eine einzelne Art das Wesentliche ist: ob die stoffliche Zusammensetzung des Bodens oder die physikalischen Eigenschaften desselben, ist mit Bestimmtheit für die meisten Fälle nicht ausgemacht. Ob z. B. bei den Salzpflanzen der Salzgehalt des Bodens selbst das Maassgebende für ihr Auftreten an solchen Örtlichkeiten ist oder ob diese Arten vielleicht nur die Feuchtigkeit lieben und sich vor anderen einzig dadurch auszeichnen, dass sie einen grösseren Salzgehalt vertragen können, der ihnen vermöge der hygroskopischen Eigenschaften der Bodensalze einen stets feuchten Untergrund sichert: dies sind noch der Erledigung harrende Fragen. — Bei den Salzpflanzen muss man unterscheiden, ob sie 1. sowohl an der Meeresküste als auch an salzigen Stellen des Binnenlandes auftreten, 2. nur an der Meeresküste und 3. ausschliesslich im Binnenlande zu finden sind. Im letzten Falle stammen die Arten meist aus dem Steppengebiet. In der folgenden Liste wurden dementsprechend die zur 1. Gruppe gehörigen Arten durch Beifügung der Abkürzung *M.* u. *B.* gekennzeichnet, die zur 2. Gruppe gehörigen durch *M.* und die zur 3. Gruppe gehörigen durch *B.*

Althaea officinalis *M.* u. *B.* — Apium graveolens *M.* u. *B.* — Armeria maritima *M.* — Artemisia maritima *M.* u. *B.* — A. laciniata u. rupestris *B.* — Aster Tripolium *M.* u. *B.* — Atriplex laciniatum u. litorale *M.* — Bupleurum tenuissimum *M.* u. *B.* — Capsella procumbens *B.* — Carex extensa *M.* — C. hordeistichos u. secalina *B.* — Chenopodina maritima *M.* u. *B.* — Cochlearia anglica *M.* — C. officinalis *M.* u. *B.* — Echinopsilon hirsutus *M.* —

Euphrasia verna *M.* u. *B.* — Festuca distans *M.* u. *B.* — F. thalassica *M.* — Glaux *M.* u. *B.* — Hordeum maritimum *M.* — Juncus balticus u. Gerardi *M.* u. *B.* — Lactuca saligna *B.* — Lepturus incurvatus *M.* — Lotus tenuifolius *M.* u. *B.* — Melilotus dentatus *M.* u. *B.* — Obione pedunculata *M.* u. *B.* — O. portulacoides *M.* — Plantago Coronopus u. maritima *M.* u. *B.* — Salicornia herbacea *M.* u. *B.* — Samolus Valerandi *M.* u. *B.* — Scirpus parvulus, rufus u. Tabernaemontani *M* u. *B.* — Spergularia marginata u. salina *M.* u. *B.* — Statice Limonium *M.* — Tetragonolobus siliquosus *M.* u. *B.* — Trifolium fragiferum *M.* u. *B.* — Triglochin maritima *M.* u. *B.*

V. Nicht gut zu den salzliebenden Arten zu zählen, aber doch auch (vergl. p. 45) von den echten kieselholden und kieselst<eten Arten zu sondern sind die Arten der Seestrandflora. Diese wachsen auch oft an sandigen, meist salzfreien Örtlichkeiten des Binnenlandes. — *M.* bedeutet in der folgenden Liste von Seestrandgewächsen Meeresstrand, *B.* Binnenland.

Agrostis stolonifera *M.* u. *B.* — Ammophila arenaria *M.* u. *B.* — A. baltica *M.* — Asparagus officinalis *M.* u. *B.* — Atriplex Babingtonii *M.* — Cakile maritima *M.* — Carex trinervis *M.* — Cerastium tetrandrum *M.* — Cochlearia danica, Sandstrand u. Wiesen der Küste. — Convolvulus Soldanella *M.* — Corispermum intermedium *M.* — Elymus arenarius *M.* u. *B.* — Eryngium maritimum *M.* — Erythraea linariifolia *M.*, sowie Wiesen u. Sandstellen des *B.* — Hieracium linariifolium *M.* u. *B.* — Honckenya peploides *M.* — Lathyrus maritimus *M.* — Linaria odora *M.* — Phleum arenarium *M.* u. *B.* — Sagina maritima *M.* u. *B.* — Salsola Kali *M.* u. *B.* — Tragopogon floccosus *M.* — Triticum acutum, junceum, strictum u. pungens *M.*

VI. Die Pflanzen der Schutt- und Mauerflora oder Ruderalflora im weiteren Sinne, sowie die Ackerflora weisen das Gemeinsame auf, dass sie gern einen durch menschliche Hand geschaffenen Untergrund als Standort wählen. Die Ruderalflora im engeren Sinne ist vornehmlich am Rande der Städte und Dörfer oder auch, wenn nur irgend ein günstiges Plätzchen da ist, in Ortschaften selbst anzutreffen, denn gerade an diesen Örtlichkeiten finden die hierher gehörigen Schuttpflanzen am ehesten stickstoffhaltige Substanzen in reichlicherer Menge. Sie beziehen mit ganz besonderer Vorliebe Schuttablagerungen, bebaut gewesene, brach liegende Stellen und Wegränder. Die Mauerflora, die man mit hierher rechnen kann, ist in manchen Fällen ebenfalls stickstoffliebend, aber wohl auch kalkliebend, lässt aber wie auch die Ackerflora dadurch stets eine Übereinstimmung mit den eigentlichen Ruderalpflanzen wahrnehmen, dass sie wie diese gern einen durch menschliche Hand geschaffenen Untergrund und zwar erstere zumal alte Steinbauten aufsucht, soweit diese einem Gewächs einen geeigneten Boden zu gewähren vermögen. Schutt-, Mauer- und Ackerflora zeigen also, geologisch gesprochen, ganz recente Bildungen an. — Es wurde schon p. 37 darauf aufmerksam gemacht, dass viele Ruderalpflanzen zu den Ankömmlingen (*A*) gehören. Mit *M* wurden in der folgenden Liste die Arten der Mauerflora, die echten Ruderalpflanzen mit *R*, die charakteristischen Acker- und Brachen-Unkräuter mit *U* bezeichnet. Die nicht mit einem von diesen 3 Buchstaben angemerkten Arten kommen ausser an Ruderalstellen auch an anderen Orten vor. — Vergl. hierzu die Liste der Ankömmlinge; das dort von dieser Gruppe Gesagte gilt auch hier. —

Adonis aestivalis u. flammeus *A*, *U.* — Aethusa Cynapium. — Albersia Blitum *A*, *R.* — Agrostemma Githago *A*, *U.* — Allium vineale. — Althaea hirsuta *A*, *U.* — Amarantus retroflexus *A.* — Anagallis arvensis u. coerulea *A*, *U.* —

Anchusa arvensis *A*? *U.* — Anthemis arvensis, austriaca u. ruthenica *A*, *U.* — Anthemis Cotula. — Anthriscus vulgaris *R.* — Antirrhinum Orontium *A*, *U.* — Apera interrupta *A*, *U.* — Aristolochia Clematitis *A.* — Artemisia Absinthium *A*. *R.* — Asperula arvensis *A*, *U.* — Asplenium Ruta muraria *M.* — Atriplex calotheca *A*?, *R.* — A. hastatum *R.* — A. hortense *A*, *R.* — A. oblongifolium u. patulum. — A. roseum *A*, *R.* — A. tataricum *A*, *R.* — Avena brevis, fatua, strigosa *A*, *U.* — A. sativa *A.* — Ballota nigra *A*, *R.* — Bifora *A*, *U.* — Blitum virgatum *A.* — Brassica Rapa *A.* — Bromus arvensis, brachystachys, commutatus, patulus, secalinus *A*, *U.* — B. tectorum. — Bryonia alba *R.* — Bupleurum rotundifolium *A*, *U.* — Calendula arvensis *A*, *U.* — Camelina dentata u. sativa *A*, *U.* — Carum Bulbocastanum *A*, *U.* — Caucalis *A*, *U.* — Centaurea Cyanus *A.* — Cheiranthus Cheiri *M.* — Chenopodium album. — C. bonus Henricus. — C. Botrys *A.* — C. ficifolium *U.* — C. glaucum, hybridum. — C. murale *R.* — C. opulifolium *A.* — C. polyspermum u. rubrum. — C. urbicum u. Vulvaria *R.* — Chrysanthemum segetum *A*, *U.* — Cirsium arvense. — Conium maculatum *R.* — Coronopus. — Cotula coronopifolia *A.* — Crassula rubens *A*, *U.* — Cuscuta Epilinum *A*, *U.* — Datura Stramonium *A*, *R.* — Delphinium Consolida *A*, *U.* — Echinops sphaerocephalus *A.* — Euphorbia exigua, falcata, helioscopia, Peplus *A*, *U.* — Festuca distans. — Filago gallica *A*, *U.* — Fumaria officinalis u. Schleicheri *A*? — F. parviflora *U.* — F. Vaillantii *A*, *U.* — Galeopsis Ladanum *A*, *U.* — G. bifida. — G. pubescens *R.* — G. Tetrahit. — Galium spurium u. tricorne *A*, *U.* — Geranium rotundifolium *A*, *U.* — Hedera *M* (wild in Wäldern u. an Felsen). — Hordeum murinum *R.* — Hyoscyamus *A*, *R.* — Lamium album *R.* — L. amplexicaule, hybridum u. intermedium *A*, *U.* — L. purpureum *U.* — Lathyrus Aphaca u. hirsutus *A*, *U.* — Leonurus Cardiaca *R.* — Lepidium ruderale *A.* — Linaria Elatine u. spuria *A*, *U.* — Linaria minor. — L. striata *A.* — Lolium remotum u. temulentum *A*, *U.* — Malva neglecta u. rotundifolia. — Marrubium *R.* — Matricaria discoidea *A.* — Melampyrum arvense *A*, *U.* — Mercurialis annua. — Nepeta Cataria *A*, *R.* — Neslea *A*, *U.* — Nigella arvensis *A*, *U.* — Orlaya *A*, *U.* — Ornithogalum umbellatum *A*, *U.* — Orobanche minor *A*, *U.* — Panicum Crus galli u. filiforme. — P. sanguinale *A*, *U.* — Papaver Argemone, dubium, hybridum u. Rhoeas *A*, *U.* — Parietaria officinalis *A*, *R.* — P. ramiflora *A*, *M.* — Phelipaea ramosa *A*, *U.* — Plantago major. — Poa annua. — P. compressa *M.* — Polycnemum *U.* — Polygonum aviculare. — P. Convolvulus *A*, *U.* — Pulicaria vulgaris. — Raphanistrum Lampsana *A*, *U.* — Rumex obtusifolius. — R. scutatus *A*, *M.* — Setaria glauca u. viridis *U.* — S. verticillata *A*, *U.* — Silene noctiflora u. conoidea *A*, *U.* — Silybum *A.* — Sinapis arvensis *A*, *U.* — Sisymbrium austriacum *M.* — S. Loeselii *A*, *R.* — S. Irio *A.* — S. officinale *A.* — S. Sinapistrum *A.* — Solanum nigrum u. villosum *R.* — Sonchus asper u. oleraceus *A*, *U.* — Specularia *A*, *U.* — Spergularia segetalis *A*, *U.* — Stachys arvensis *A*, *U.* — Stenactis *A.* — Tanacetum Parthenium *A.* — Torilis infesta *A.* — Triticum repens. — Urtica urens. — Vaccaria parviflora *A*, *U.* — Valerianella dentata, eriocarpa u. rimosa *A*, *U.* — Verbena officinalis *R.* — Veronica agrestis, opaca, peregrina, polita *A*, *U.* — V. hederaefolia. — Vicia lutea *A*, *U.* — V. sativa *A.* — Xanthium strumarium *A*, *R.*

V. Aus der Systemkunde (Systematik).

Woher kommen die organischen Wesen? Diese Frage nach dem Ursprung der Arten hat schon die mannigfaltigsten Lösungen gefunden. Wie bereits p. 5 u. 6 angedeutet wurde, nehmen die heutigen Naturforscher an, dass die Lebewesen leiblich von einander abstammen, also alle miteinander „blutsverwandt" sind. Während diese in die neuere Naturwissenschaft besonders durch Lamarck (1801, 1809, 1815) eingeführte Abstammungs-Lehre (Descendenz-Theorie) 1859 eine um-

sichtige Begründung durch C. Darwin erfahren hat, der dieselbe daher
zur allgemeinen Anerkennung brachte, ist der Ursprung des ersten oder
der ersten Organismen, der Urerzeuger der übrigen, bisher unerklärt
geblieben, und wir müssen diese daher bei einer descendenz-theoretischen
Betrachtung als gegeben annehmen. Der Inhalt der „Darwin'schen
Theorie" speziell ist kurz der Folgende:
      Es ist eine Erfahrungs-Thatsache, dass das Kind den Eltern niemals
in allen Punkten vollkommen gleicht, d. h., dass die organischen Wesen
die Fähigkeit besitzen, in ihrer Gestaltung von der ihrer Erzeuger ab-
zuweichen, zu variiren; es ist jedoch ebenso bemerkbar, dass gewisse
Merkmale von den Eltern auf die Kinder vererben. Die Lebewesen
ändern in dieser Weise nach allen möglichen Richtungen hin ab, aber
nur solche bleiben am Leben und vermögen die neu gewonnenen Merkmale zu vererben, welche mit der Aussenwelt in keinen Widerstreit ge-
kommen sind. Diejenigen Organismen, welche unzweckmässige, d. h. mit
den Aussenbedingungen nicht in Einklang stehende Abänderungen aufweisen, gehen zu Grunde. Um so vorteilhafter die einzelnen Arten gebaut sind, d. h. je angepasster sie den Verhältnissen erscheinen, um
so mehr Aussicht werden dieselben auch haben, in dem Wettstreit um
das Leben den Sieg zu erringen. Dass ein solcher Kampf um das
Dasein zwischen den Wesen notwendig ist, geht schon daraus hervor,
dass immer mehr Einzelwesen erzeugt werden, als auf der Erde bestehen
bleiben können. So hat A. Braun berechnet, dass z. B. ein Bilsenkraut-
stock von mittlerer Grösse bereits nach 5 Jahren eine Nachkommen-
schaft besitzen kann, welche die ganze Erde derart bedecken würde,
dass auf jedem Quadratfuss festen Bodens etwas über 7 Stöcke Platz
nehmen müssten. Da nun jeder Stock im Durchschnitt 10000 Samen
erzeugt, so ist ersichtlich, dass von nun ab die meisten Samen zu Grunde
gehen müssen, da nun je einer von 10000 hinreicht, um die Erde in
gleicher Weise zu besetzen. Es überleben die den Umständen am besten
angepassten, d. h. die mit nützlichen Abänderungen versehenen Individuen.
Durch diesen Kampf wird eine Auswahl unter den Organismen getroffen
und somit eine natürliche Zuchtwahl (Selection) eingeleitet.
      Die sich gleichenden Pflanzenindividuen fasst man zu Arten,
Species, zusammen und die Arten, welche einander am ähnlichsten,
also auch verwandtesten sind, werden in Gattungen zusammengefasst,
denen ein wissenschaftlicher, meist der lateinischen, aber auch griechischen
Sprache entlehnter Name gegeben wird. Um eine bestimmte Art einer
Gattung zu kennzeichnen, wird dem Gattungsnamen noch ein Artname
beigefügt. Die Gattung Veilchen, mit wissenschaftlichem Namen Viola,
besteht aus mehreren Arten, z. B. dem Sumpfveilchen, V. palustris, dem
Ackerveilchen, V. tricolor u. s. w. Hinter dem Namen der Art pflegt
man in abgekürzter Form den Autor anzugeben, welcher sie benannt hat.
Es ist das Letztere unter anderem deshalb wesentlich, weil es nicht
selten vorgekommen ist, dass verschiedene Autoren verschiedenen Arten
denselben Namen gegeben haben.
      Die allermeisten Arten führen mehr als eine Benennung, zuweilen
dadurch, dass mehrere Systematiker unabhängig von einander arbeiteten,
meistens jedoch durch Versetzung von Arten in andere Gattungen. Bestehen mehrere Artnamen, so ist man bestrebt den der Zeit nach zuerst
veröffentlichten als den eigentlichen gelten zu lassen. Natürlich können
auch andere systematische Einheiten, wie Familien u. dergl., mehrere
Benennungen (Synonyme) erhalten haben. Einige Autoren fügen

dann, wenn eine bereits bekannte Art in eine neue Gattung gestellt
wird, nicht allein den Autor an, der die Umstellung vorgenommen hat,
sondern auch denjenigen, der die Art zuerst benannte. So bedeutet
Tunica prolifera (L.) Scop., dass die von Linné Dianthus prolifer benannte
Pflanze von Scopoli als zur Gattung Tunica gehörig betrachtet wird.
Erzeugt eine Art Nachkommen, welche von den Eltern in der Gestaltung mehr oder minder abweichen, so nennt man diese Nachkommen
A b a r t e n, Unterarten, Subspecies, Varietäten, Spielarten,
R a s s e n oder auch wohl F o r m e n der Stammart. Diese werden nicht
selten von den Autoren wie Arten („kleine oder schlechte Arten") behandelt. Man kann überhaupt die Arten weiter oder enger umgrenzen.
Rechnet man zu einer Art noch verschiedene andere Formen hinzu, die
der Autor der ersteren als besondere Art oder Arten betrachtete, so
deutet man dies dadurch an, dass man hinter den Autornamen „e r -
w e i t e r t" setzt; spaltet man jedoch eine Art in mehrere kleinere, so wird
dies, wenn man für letztere keine besondere Benennung anwendet, durch
Hinzufügung von „z u m T e i l" angedeutet. Aus rein praktischen Gründen
ist eine nicht zu enge Fassung der Arten vorzuziehen; man kann ja
dann immer — will man alle Formen berücksichtigen — eine solche
Art in Varietäten zerteilen. Man sieht, dass die Umgrenzung der Arten
zum guten Teil dem Takte des Autors überlassen bleibt und von seinen
Kenntnissen und seinem Standpunkte abhängt.
    Unter einem B a s t a r d resp. M i s c h l i n g versteht man eine Pflanze,
welche durch geschlechtliche Vermischung zweier verschiedenen Arten
derselben oder auch verschiedener (Lolium $\times$ Festuca) Gattungen resp.
Varietäten entstanden ist. — Im allgemeinen wird es zwei Formen von
Bastarden zwischen zwei Species geben:
    1. solche, die durch Befruchtung der ersten Art mittelst des Pollens
        der zweiten und
    2. solche, die durch Befruchtung der zweiten Art mittelst des Pollens
        der ersten entstehen.
Man giebt eine Pflanze als Bastard zu erkennen, indem die beiden Eltern-
arten durch das Zeichen $\times$ verbunden werden. Also z. B. Senecio
vulgaris $\times$ vernalis. Gewöhnlich halten die Bastarde in ihrem Ansehen
die Mitte zwischen den Merkmalen der Eltern, doch finden sich auch
mehr oder minder grosse Annäherungen an eine der Stammarten.
Selbstverständlich wachsen unter normalen Verhältnissen die Bastarde
immer in der Nähe der Eltern und zwar meist in geringerer Anzahl
als diese. Anfänger thun gut, sich zunächst mit den typischen Arten bekannt zu machen, und sollte ihnen eine Form begegnen, auf welche
die Arten-Diagnosen nur zum Teil passen, die Pflanze zurückzulegen bis
sie die Arten der vorliegenden Gattung kennen gelernt haben und dann
selbst die Bastardnatur erkennen können. Manche Gattungen wie Salix,
Hieracium, Rubus, Cirsium, Carduus, Pulsatilla zeigen zahlreiche Bastard-
bildungen unter ihren Arten und erschweren oft die Bestimmung der
Formen. Es soll auch ternäre Bastarde, durch Kreuzung dreier Arten
geben (z. B. Cirsium Ersithales $\times$ oleraceum $\times$ palustre). In den
bei weitem meisten Fällen blieben die Bastarde im speziellen Teil
unberücksichtigt.
    Die ähnlichsten, also nächst-verwandten Gattungen werden zu
F a m i l i e n vereinigt und die ähnlichsten Familien in O r d n u n g e n oder
R e i h e n. Darauf folgen als höhere Gruppen die K l a s s e n und dann
noch weitere Hauptabteilungen. Jede einzelne Gruppe kann wieder je

nach Bedürfnis in mehrere Untergruppen, also Unterfamilien, Unter-
gattungen u. s. w. zerlegt werden.

Um eine Übersicht über den ausserordentlichen Artenreichtum, den
die Erde bietet, gewinnen zu können, muss das vorhandene Material
irgendwie geordnet, d. h. in ein System gebracht werden. Während
nun die Pflanzensysteme früher „künstliche" waren, indem beliebig
herausgegriffene, besonders geeignet erscheinende Merkmale der ganzen
Einteilung zu Grunde gelegt wurden, ohne dass man sich hierbei um
die übrigen Merkmale kümmerte, sind die neueren Systematiker bestrebt,
das Pflanzensystem zu einem „natürlichen" zu gestalten, indem bei
der Aufstellung desselben möglichst alle Organe berücksichtigt werden
und man die in ihrem ganzen Aufbau ähnlichen Arten zusammenbringt.
Allerdings steht auch bei den heutigen natürlichen Systemen, ebenso
wie z. B. bei dem künstlichen des Linné, die Betrachtung der Blüte im
Vordergrunde, und insofern haftet auch den jetzt gebräuchlichen natürlichen Systemen immer etwas Künstliches an.

Geschichtlich bemerkenswerte Systeme sind die von J. P. de
Tournefort (1693), C. v. Linné (1735), A. L. de Jussieu (1789),
A. P. De Candolle (1813), S. Endlicher (1836—40), A. Brongniart (1843),
A. Braun (1864).

1. Das künstliche System von Linné.

Als Beispiel einer ganz künstlichen Pflanzeneinteilung möge diejenige von Linné in dahin abgekürzter Weise nachstehend folgen, dass
von ihren Ordnungen nur diejenigen angeführt werden, die in Deutschland Vertreter besitzen. Linné teilte das Pflanzenreich in 24 Klassen
mit Unterabteilungen, Ordnungen, wie folgt, ein:

I. Klasse **Monandria** mit Zwitterblüten, die nur 1 freies Staubblatt
    besitzen, also 1 männig sind.
    1. Ordnung Monogynia mit nur einem Griffel resp. einer Narbe
        in jeder Blüte.
    2.   „   Digynia mit 2 Griffeln.
II. Klasse **Diandria** mit zwitterigen, 2 freie Staubblätter enthaltenden,
    also 2 männigen Blüten.
    1. Ordnung Monogynia.
    2.   „   Digynia.
III. Klasse **Triandria** mit Zwitterblüten, die 3 freie Staubblätter
    besitzen, also 3 männig sind.
    1. Ordnung Monogynia mit einem Griffel.
    2.   „   Digynia mit 2 Griffeln.
    3.   „   Trigynia mit 3 Griffeln.
IV. Klasse **Tetrandria** mit Zwitterblüten mit 4 freien, untereinander
    gleich langen Staubblättern.
    1. Ordnung Monogynia.
    2.   „   Digynia.
    4.   „   Tetragynia mit 4 Griffeln.
V. Klasse **Pentandria** mit Zwitterblüten, die 5 gleich lange Staub-
    blätter enthalten.
    1. Ordnung Monogynia.
    2.   „   Digynia.
    3.   „   Trigynia.
    4.   „   Tetragynia.
    5.   „   Pentagynia mit 5 Griffeln.
    6.   „   Polygynia mit vielen Griffeln.

VI. Klasse **Hexandria**. Blüten zwitterig, mit 6 freien, unter einander gleich langen Staubblättern.
  1. Ordnung M o n o g y n i a.
  3.   „   T r i g y n i a.
  5.   „   P o l y g y n i a.
VII. Klasse **Heptandria**. Zwitterblüten mit 7 freien Staubblättern.
  1. Ordnung M o n o g y n i a.
VIII. Klasse **Octandria**. Zwitterblüten mit 8 freien Staubblättern.
  1. Ordnung M o n o g y n i a.
  2.   „   D i g y n i a.
  3.   „   T r i g y n i a.
  4.   „   T e t r a g y n i a.
IX. Klasse **Enneandria**. Zwitterblüten mit 9 freien Staubblättern.
  3. Ordnung H e x a g y n i a mit 6 Griffeln.
X. Klasse **Decandria**. Zwitterblüten mit 10 freien Staubblättern.
  1. Ordnung M o n o g y n i a.
  2.   „   D i g y n i a.
  3.   „   T r i g y n i a.
  4.   „   T e t r a g y n i a.
  5.   „   P e n t a g y n i a.
XI. Klasse **Dodecandria**. Zwitterblüten mit 12—20 freien Staubblättern.
  1. Ordnung M o n o g y n i a.
  2.   „   D i g y n i a.
  3.   „   T r i g y n i a.
  4.   „   D o d e c a g y n i a mit 12 Griffeln.
XII. Klasse **Icosandria**. Zwitterblüten mit 20 oder mehr freien, oberständigen, oder — wie Linné sich ausdrückte — auf dem Kelchrande stehenden Staubblättern.
  1. Ordnung M o n o g y n i a.
  2.   „   D i - P e n t a g y n i a mit 2—5 Griffeln.
  3.   „   P o l y g y n i a mit 6 oder mehr Griffeln.
XIII. Klasse **Polyandria**. Zwitterblüten mit 20 und mehr freien, unterständigen Staubblättern.
  1. Ordnung M o n o g y n i a.
  2.   „   D i - P e n t a g y n i a.
  3.   „   P o l y g y n i a mit vielen Griffeln.
XIV. Klasse **Didynamia**. Zwitterblüten mit 4 freien Staubblättern, von denen 2 länger als die anderen sind.
  1. Ordnung G y m n o s p e r m i a mit 4 Schliessfrüchtchen und einem Griffel, der aus der Mitte der 4 Früchtchen hervortritt.
  2.   „   A n g i o s p e r m i a mit Kapselfrüchten.
XV. Klasse **Tetradynamia**. Zwitterblüten mit 6 freien Staubblättern, von denen 4 länger als die beiden anderen sind.
  1. Ordnung S i l i c u l o s a. Kapseln wenig oder nicht länger als breit.
  2.   „   S i l i q u o s a. Kapseln mehrmal länger als breit.
XVI. Klasse **Monadelphia**. Zwitterblüten, deren Staubfäden miteinander zu einem Bündel verschmolzen sind.
  1. Ordnung P e n t a n d r i a mit 5 Staubblättern.
  2.   „   D e c a n d r i a mit 10   „
  5.   „   P o l y a n d r i a mit vielen Staubblättern.
XVII. Klasse **Diadelphia**. Zwitterblüten, deren Staubfäden in 2 Bündel verwachsen sind.
  2. Ordnung H e x a n d r i a mit 6 Staubblättern.
  3.   „   O c t a n d r i a mit 8   „
  4.   „   D e c a n d r i a mit 10   „
XVIII. Klasse **Polyadelphia**. Zwitterblüten mit 3 oder mehr Bündeln verwachsener Staubblätter.
  1. Ordnung P o l y a n d r i a mit vielen in 3, 5 oder 6 Bündeln vorhandenen Staubblättern.

XIX. Klasse **Syngenesia.** Staubbeutel zu einer Röhre verwachsen, während die Staubfäden frei sind. Blütenstand meist kopfig, mit gemeinsamer Hochblatthülle.

1. Ordnung Polygamia aequalis. Alle Blüten des Kopfes sind zwitterig.
2.   „   Polygamia superflua. Die randständigen Blüten des kopfigen Blütenstandes sind weiblich, die übrigen zwitterig.
3.   „   Polygamia frustranea. Randblüten des Kopfes unfruchtbar, die übrigen zwitterig.
4.   „   Polygamia necessaria. Randblüten weiblich, die übrigen männlich.
5.   „   Polygamia segregata. Die ein- bis mehrblütigen Köpfchen sind zu Köpfen vereinigt.
6.   „   Monogamia. Blüten einzeln, ohne gemeinschaftliche Hochblatthülle, jede besonders gestielt und mit besonderem, deutlichem Kelch.

XX. Klasse **Gynandria.** Staubblätter und Griffel miteinander verwachsen.

1. Ordnung Monandria mit 1 Staubblatt.
2.   „   Diandria mit 2 Staubblättern.
5.   „   Hexandria mit 6 Staubblättern, die rings um die Spitze des Fruchtknotens stehen.

XXI. Klasse **Monoecia.** Männliche und weibliche Blüten finden sich auf derselben Pflanze.

1. Ordnung Monandria mit 1 Staubblatt.
3.   „   Triandria mit 3 Staubblättern.
4.   „   Tetrandria „ 4   „
5.   „   Pentandria-Polyandria mit 5 bis vielen Staubblättern.
9.   „   Monadelphia. Staubfäden und auch zuweilen die Staubbeutel miteinander verwachsen.

XXII. Klasse **Dioecia.** Männliche und weibliche Blüten auf verschiedenen Pflanzen.

1. Ordnung Monandria mit 1 Staubblatt.
2.   „   Diandria   „ 2 Staubblättern.
3.   „   Triandria   „ 3   „
4.   „   Tetrandria „ 4   „
5.   „   Pentandria „ 5   „
6.   „   Hexandria „ 6   „
7.   „   Octandria „ 8   „
8.   „   Enneandria „ 9   „
9.   „   Decandria „ 10   „
10.   „   Dodecandria „ 12—20 „
11.   „   Polyandria mit vielen   „
12.   „   Monadelphia. Staubfäden einbündelig verwachsen.
13.   „   Syngenesia. Staubbeutel verwachsen.

XXIII. Klasse **Polygamia.** Pflanzen, die sowohl zwitterige als daneben auch männliche und weibliche Blüten tragen.

1. Ordnung Monoecia. Alle 3 Blütenformen auf demselben Stock.
2.   „   Dioecia. Zwitterige und eingeschlechtige Blüten auf verschiedenen Stöcken.
3.   „   Trioecia. Jede Blütenform auf einem besonderen Stock.

XXIV. Klasse **Kryptogamia.** Pflanzen, deren Befruchtungsorgane mit blossem Auge nicht sichtbar sind.

1. Ordnung Filices.
2.   „   Musci.
3.   „   Algae.
4.   „   Fungi.

2. Das natürliche System von Eichler.

Das Eichler'sche System, nach welchem auch unsere Flora eingeteilt
ist, folgt hier in einer übersichtlichen Zusammenstellung, wobei die
Familien resp. Abteilungen, von denen im speziellen Teil dieses Buches
keine Vertreter erwähnt werden, eingeklammert worden sind.

A. Kryptogamae.

(Abt. Thallophyta.)
(Klasse Algae.)
  (Gruppe Cyanophyceae.)
  („ Diatomeae.)
  („ Chlorophyceae.)
   (Reihe Conjugatae.)
   („ Zoosporeae.)
   („ Characeae.)
  (Gruppe Phaeophyceae.)
  („ Rhodophyceae.)
(Klasse Fungi.)
  (Gruppe Schizomycetes.)
  („ Eumycetes.)
   (Reihe Phycomycetes.)
   („ Ustilagineae.)
   („ Aecidiomycetes.)
   („ Ascomycetes.)
   („ Basidiomycetes.)
  (Gruppe Lichenes.)
(Abt. Bryophyta.)
  (Gruppe Hepaticae.)
  („ Musci.)

Abt. Pteridophyta.
a) Klasse Equisetinae.
  I. Fam. Equisetaceae.
b) Klasse Lycopodinae.
  II. Fam. Lycopodiaceae.
  („ Psilotaceae.)
  III. „ Selaginellaceae.
  IV. „ Isoëtaceae.
c) Klasse Filicinae.
1. Filices.
  Filices leptosporangiatae.
  V. Fam. Hymenophyllaceae.
  VI. „ Polypodiaceae.
  („ Cyatheaceae.)
  („ Gleicheniaceae.)
  („ Schizaeaceae.)
  VII. „ Osmundaceae.
  Filices eusporangiatae.
  („ Fam. Marattiaceae.)
  VIII. „ Ophioglossaceae.
2. Rhizocarpeae (Hydropterides).
  IX. Fam. Marsiliaceae.
  X. „ Salviniaceae.

B. Phanerogamae.

I. Abt. Gymnospermae.
  (Fam. Cycadaceae.)
  „ Coniferae.
  („ Gnetaceae.)
II. Abt. Angiospermae.
A) Klasse Monocotyleae.
1. Reihe: Liliiflorae.
  I. Fam. Liliaceae.
  II. „ Amaryllidaceae.
  III. „ Juncaceae..
  IV. „ Iridaceae.
  („ Haemodoraceae.)
  V. „ Dioscoreaceae.
  („ Bromeliaceae.)
(Reihe: Enantioblastae.)
  (Fam. Centrolepidaceae.)
  („ Restiaceae.)
  („ Eriocaulaceae.)
  („ Xyridaceae.)
  („ Commelinaceae.)
2. Reihe: Spadiciflorae.
  (Fam. Palmae.)
  („ Cyclanthaceae.)
  („ Pandanaceae.)

  VI. Fam. Typhaceae.
  VII. „ Araceae.
  VIII. „ Najadaceae.
3. Reihe: Glumiflorae.
  IX. Fam. Cyperaceae.
  X. „ Gramineae.
(Reihe: Scitamineae.)
  (Fam. Musaceae.)
  („ Zingiberaceae.)
  („ Cannaceae.)
  („ Marantaceae.)
4. Reihe: Gynandrae
  XI. Fam. Orchidaceae.
5. Reihe: Helobiae.
  XII. Fam. Juncaginaceae.
  XIII. „ Alismaceae.
  XIV. „ Hydrocharitaceae.
B) Klasse Dicotyleae.
  Unterklasse Choripetalae
  (incl. Apetalae).
1. Reihe: Amentaceae.
  I. Fam. Cupuliferae.
  II. „ Juglandaceae.
  III. „ Myricaceae.
  IV. „ Salicaceae.
  (? „ Casuarinaceae.)

2. **Reihe: Urticinae.**
 V. Fam. Urticaceae.
 VI. „ Ulmaceae.
 ?VII. „ Ceratophyllaceae.
3. **Reihe: Polygoninae.**
 (Fam. Piperaceae.)
 VIII. „ Polygonaceae.
4. **Reihe: Centrospermae.**
 IX. Fam. Chenopodiaceae.
 X. „ Amarantaceae.
 („ Phytolaccaceae.)
 XI. „ Nyctaginaceae.
 XII. „ Caryophyllaceae.
 („ Aizoaceae.)
 XIII. „ Portulacaceae.
5. **Reihe: Polycarpicae.**
 (Fam. Lauraceae.)
 XIV. „ Berberidaceae.
 („ Menispermaceae.)
 („ Myristicaceae.)
 („ Monimiaceae.)
 XV. „ Calycanthaceae.
 XVI. „ Magnoliaceae.
 („ Anonaceae.)
 XVII. „ Ranunculaceae.
 XVIII. „ Nymphaeaceae.
6. **Reihe: Rhoeadinae.**
 XIX. Fam. Papaveraceae.
 XX. „ Fumariaceae.
 XXI. „ Cruciferae.
 („ Capparidaceae.)
7. **Reihe: Cistiflorae.**
 XXII. Fam. Resedaceae.
 XXIII. „ Violaceae.
 XXIV. „ Droseraceae.
 („ Sarraceniaceae.)
 („ Nepenthaceae.)
 XXV. „ Cistaceae.
 („ Bixaceae.)
 XXVI. „ Hypericaceae.
 („ Frankeniaceae.)
 XXVII. „ Elatinaceae.
 XXVIII. „ Tamaricaceae.
 („ Ternstroemiaceae.)
 („ Dilleniaceae.)
 („ Clusiaceae.)
 („ Ochnaceae.)
 („ Dipterocarpaceae.)
8. **Reihe: Columniferae.**
 XXIX. Fam. Tiliaceae.
 („ Sterculiaceae)
 XXX. „ Malvaceae.
9. **Reihe: Gruinales.**
 XXXI. Fam. Geraniaceae.
 XXXII. „ Tropaeolaceae.
 („ Limnanthaceae.)
 XXXIII. „ Oxalidaceae.
 XXXIV. „ Linaceae.
 XXXV. „ Balsaminaceae.

10. **Reihe: Terebinthinae.**
 XXXVI. Fam. Rutaceae.
 („ Zygophyllaceae.)
 („ Meliaceae.)
 XXXVII. „ Simarubaceae.
 („ Burseraceae.)
 XXXVIII. „ Anacardiaceae.
11. **Reihe: Aesculinae.**
 XXXIX. Fam. Sapindaceae.
 XL. „ Aceraceae.
 („ Malpighiaceae.)
 („ Erythroxylaceae.)
 XLI. „ Polygalaceae.
 („ Vochysiaceae.)
12. **Reihe: Frangulinae.**
 XLII. Fam. Celastraceae.
 („ Hippocrateaceae.)
 („ Pittosporaceae.)
 XLIII. „ Aquifoliaceae.
 XLIV. „ Vitaceae.
 XLV. „ Rhamnaceae.
13. **Reihe: Tricoccae.**
 XLVI. Fam. Euphorbiaceae.
 XLVII. „ Callitrichaceae.
 XLVIII. „ Buxaceae.
 ?XLIX. „ Empetraceae.
14. **Reihe: Umbelliflorae.**
 L. Fam. Umbelliferae.
 LI. „ Araliaceae.
 LII. „ Cornaceae.
15. **Reihe: Saxifraginae.**
 LIII. Fam. Crassulaceae.
 LIV. „ Saxifragaceae.
 („ Hamamelidaceae.)
 LV. „ Platanaceae.
 (? „ Podostemaceae.)
(**Reihe: Opuntinae.**)
 (Fam. Cactaceae.)
(**Reihe: Passiflorinae.**)
 (Fam. Samydaceae.)
 („ Passifloraceae.)
 („ Turneraceae.)
 („ Loasaceae.)
 („ Datiscaceae.)
 („ Begoniaceae.)
16. **Reihe: Myrtiflorae.**
 LVI. Fam. Onagraceae.
 LVII. „ Halorhagidaceae.
 („ Combretaceae.)
 („ Rhizophoraceae.)
 LVIII. „ Lythraceae.
 („ Melastomaceae.)
 („ Myrtaceae.)
17. **Reihe: Thymelinae.**
 LIX. Fam. Thymelaeaceae.
 LX. „ Elaeagnaceae.
 (? „ Proteaceae.)
18. **Reihe: Rosiflorae.**
 LXI. Fam. Rosaceae.

19. Reihe: Leguminosae.
LXII. Fam. Papilionaceae.
LXIII. 　„　Caesalpiniaceae.
(　„　Mimosaceae.)
20. Anhang zu den Choripetalen:
Hysterophyta.
LXIV. Fam. Aristolochiaceae.
(　„　Rafflesiaceae.)
LXV. 　„　Santalaceae.
LXVI. Fam. Loranthaceae.
(　„　Balanophoraceae.)
Unterklasse Sympetalae.
1. Reihe: Bicornes.
LXVII. Fam. Ericaceae.
(　„　Epacridaceae.)
2. Reihe: Primulinae.
LXVIII. Fam. Primulaceae.
LXIX. 　„　Plumbaginaceae.
(　„　Myrsinaceae.)
3. Reihe: Diospyrinae.
(Fam. Sapotaceae.
(　„　Ebenaceae.)
LXX. 　„　Styracaceae.
4. Reihe: Contortae.
LXXI. Fam. Oleaceae.
LXXII. 　„　Gentianaceae.
(　„　Loganiaceae.)
LXXIII. 　„　Apocynaceae.
LXXIV. 　„　Asclepiadaceae.

5. Reihe: Tubiflorae.
LXXV. Fam. Convolvulaceae.
LXXVI. 　„　Polemoniaceae.
(　„　Hydrophyllaceae.)
LXXVII. 　„　Asperifoliaceae.
LXXVIII. 　„　Solanaceae.
6. Reihe: Labiatiflorae.
LXXIX. Fam. Scrophulariaceae.
LXXX. 　„　Labiatae.
LXXXI. 　„　Lentibulariaceae.
LXXXII. 　„　Gesneraceae.
LXXXIII. 　„　Bignoniaceae.
(　„　Acanthaceae.)
LXXXIV. 　„　Selaginaceae.
LXXXV. 　„　Verbenaceae.
LXXXVI. 　„　Plantaginaceae.
7. Reihe: Campanulinae.
LXXXVII. Fam. Campanulaceae.
LXXXVIII. 　„　Lobeliaceae.
(　„　Stylidiaceae.)
(　„　Goodeniaceae.)
LXXXIX. 　„　Cucurbitaceae.
8. Reihe: Rubiinae.
XC. Fam. Rubiaceae.
XCI. 　„　Caprifoliaceae.
9. Reihe: Aggregatae.
XCII. Fam. Valerianaceae.
XCIII. 　„　Dipsacaceae.
. XCIV. 　„　Compositae.

Specieller Teil.

Vorbemerkung.

Nachdem wir in dem allgemeinen Teil das Wichtigste über den Bau und aus dem Leben der Gewächse kennen gelernt und uns mit den notwendigsten wissenschaftlichen Ausdrücken und sonstigen Vorkenntnissen vertraut gemacht haben, dürfen wir es wagen, an die Bestimmung einer Art zu gehen. Mit Zuhilfenahme der für die verschiedenen Abteilungen des natürlichen Systems im folgenden gegebenen Beschreibungen hat man nun, mit den höchsten Abteilungen beginnend und zu den kleineren hinabsteigend, natürlich immer diejenige Abteilung zu wählen, von der die Beschreibung auf die zu bestimmende Pflanze passt. Zunächst hätten wir also zu untersuchen, ob eine Pflanze eine Kryptogame oder eine Phanerogame sei: ist letzteres der Fall, so wäre weiter zu ermitteln, ob wir es mit einer Gymnosperme oder mit einer Angiosperme zu thun haben. Angenommen, es wäre eine Angiosperme, so müssten wir uns auf Grund der Beschreibungen weiter vergewissern, ob die Pflanze zu den Monocotylen oder zu den Dicotylen gehört. Während nun im ersten Falle zunächst die Reihe (Ordnung), dann die Familie, endlich die Gattung und zuletzt die Art bestimmt wird, haben wir — gemäss der Disposition unseres Buches — bei der Untersuchung einer dicotylen Art sogleich zur Tabelle für die Bestimmung der dicotylen Familien überzugehen und dann mit Benutzung des Registers oder der in den Seitenüberschriften angegebenen laufenden Familiennummern die herausgefundene Familie aufzusuchen, um hier die Bestimmung fortzusetzen. Eine im Verlaufe solcher Untersuchung gefundene Zahl rechts verweist auf die gleiche Zahl links derselben Tabelle.

Noch wollen wir bemerken, dass unvollständige Pflanzen-Exemplare, welche die in den Beschreibungen erwähnten Teile nicht bieten, sich natürlich nicht bestimmen lassen; und will sich der Anfänger Enttäuschungen ersparen, so thut er gut, vorerst überhaupt nur solche Objekte vorzunehmen, die ihm ganz vollständig mit Blüte und Frucht und oft auch mit den unterirdischen Organen frisch zur Verfügung stehen. Zur Übung im Pflanzenbestimmen empfiehlt es sich, den Anfang mit bereits dem Namen nach bekannten Arten zu machen.

A. Kryptogamae.

Verborgen-ehige Pflanzen, d. h. Pflanzen mit mikroskopisch-kleinen Geschlechtsorganen.

Wir betrachten von den Kryptogamen nur eine Abteilung, nämlich die

Pteridophyta, farnartigen Gewächse.

Die hierher gehörigen Pflanzen erzeugen aus Sporen, welche einzelne, abgestossene, fortpflanzungsfähige Zellen sind, ein kleines grünes, mehrzelliges Gebilde, den Vorkeim, meist in Form eines Läppchens, auf welchem männliche und weibliche Geschlechtsorgane einhäusig oder zweihäusig entstehen. Dieser Vorkeim stellt die 1. Generation dar. Nach der durch Wasser vermittelten Befruchtung geht aus der Eizelle des weiblichen Organes eine 2. Generation hervor, die sich durch besondere Grösse und Auffälligkeit hervorthut und die Sporen erzeugt. Diese 2. Generation wird im folgenden allein berücksichtigt.

0. Die Sporen entstehen in Sporenbehältern, Sporangien, die entweder zu mehreren als Sporangienhaufen, Sori, zusammenstehen od. sich an besonderen Blättern, Trägern, zusammenordnen. 1

„ Die Sporangien stehen einzeln in den Blattachseln. Nicht selten kann man zweierlei Sporenformen unterscheiden. In den Achseln der unteren (Selaginella) resp. äusseren (Isoëtes Fig. 14) Blätter nämlich finden sich dann Sporangien mit grossen Sporen, Grosssporen, aus denen weibliche Vorkeime hervorgehen, während in den Achseln der oberen resp. inneren Blätter Sporangien mit kleineren Sporen, Kleinsporen, anzutreffen sind, welche die männlichen Vorkeime erzeugen. Bei der Gattung Lycopodium (Fig. 13) sind nur einerlei Sporen bekannt. . . . . . . **b) Lycopodinae.**

1. Die Sporangien finden sich zu mehreren an der Unterseite schildförmiger Blätter, Träger (Fig 12²), welche an der Spitze des Stengels ährenförmig angeordnet sind (Fig. 12¹) **a) Equisetinae.**

„ Die Sporangien sitzen entweder in Gruppen auf der Unterseite od. am Rande der Blätter (Fig. 15—26). Die Sori setzen zuweilen besondere Sorusstände zusammen (äusserlich ähnlich den Blüten- und Fruchtständen) (z. B. Fig. 27, 28). In manchen Fällen sind die Sporangien zu sog. Früchten vereinigt (Fig. 29 u. 30) . . . .
. . . . **c) Filicinae.**

a) Equisetinae.

Diese Abteilung enthält nur die

I. Fam. Equisetaceae,

welche auch nur eine Gattung aufweist, nämlich

Equisetum, Schachtelhalm. Sd.

0. Der Stengelteil mit den Sporangienträgern, den wir kurz Sporenähre nennen wollen, ist am Gipfel mit einer kurzen Stachelspitze versehen 6

„ Sporenähre nicht stachelspitzig 1

1. Der Sporen erzeugende Stengel ist dem unfruchtbaren sehr un-

ähnlich, indem der letztere tannenbaumartig
verzweigt erscheint, während der erstere einfach ist 2

„ Sporenstengel (meist anfangs braun) und
unfruchtbare Stengel zuletzt gleichgestaltet
und gleichzeitig erscheinend 4

2. Sporenstengel früher als die unfruchtbaren
Stengel erscheinend 3

„ Sporenstengel gleichzeitig mit den unfruchtbaren Stengeln erscheinend 5

3. Sporenstengel mit genäherten, bauchig-trich-
terförm., unten hell-, oben dunkelbraunen
Scheiden, mit 20-30 pfriemlich-borstenförm.
Zähnen. Unfruchtbarer Stengel dick u. weiss,
frisch ungefurcht. Seltener trägt auch der
verzweigte Stengel eine Ähre (Varietät:
serotinum A. Br.). — Feuchte, schattige Orte,
sehr zerstreut. Apr., Mai. — . . . . .
. . *E. (Telmateja* Ehrh.) *maximum* Lmk.

„ Sporenst. mit meist entfernten, glockigen,
weisslichen Scheiden mit 8-12 lanzettl.-
spitzen Zähnen. Die unfruchtbaren Stengel
mit 12—18, selten mit 3 (Var.: *boreale*
Ruprecht) Zähnen. — Auf Sand- u. Lehmboden, gemein. März, April. — . . . .
. . . . Fig. 12, *E. arvense* L.

Fig. 12.
Equisetum
arvense.
1. Oberer Teil
eines frucht-
baren
Stengels.
(Natürliche
Grösse.)

2. Ein Spo-
rangienträger
von der Seite
gesehen.
(Vergr.)

4. Scheiden mit 12-20 kurz zugespitzten, breit-lanzettl. Zähnen.
Stengel einfach .verzweigt. — Feuchte, schattige Orte, zerstreut.
Mai, Juni. — . . . . *E. pratense* Ehrh.

„ Scheiden in 3—6 länglich-lanzettliche, stumpfliche, je aus 2-4
verwachsenen Zähnen zusammengesetzte Abschnitte gespalten.
Stengel mit Zweigen, welche ihrerseits wieder verzweigt sind. —
Feuchte, schattige Waldorte, nicht gerade selten. Mai, Juni. —
. . . . *E. silvaticum* L.

5. Scheiden kurz-cylindrisch, anliegend, mit 15-18 dreieckig-pfriem-
lichen Zähnen. — Sümpfe, Gräben, Teiche, häufig. Mai, Juni. —
. . . . *E. limosum* L.

„ Scheiden cylindrisch, oben trichterförm., mit 6-10 dreieckig-
lanzettlichen Zähnen. — Nasse Wiesen u. Sandplätze, häufig.
Mai, Juni. — . . . . *E. palustre* L.

„ Die gelblichen Sporangienträger an der Spitze der Sporenstengel
trennen sich nicht von einander. — Seltener Bastard, z. B. bei
Berlin u. Breslau. Mai-Juli. — *E. arvense* X *limosum* Lasch.

6. Stengel einfach 7

„ Stengel verzweigt. Zweige einzeln od. in Quirlen zu 2—9. —
Sandboden, selten. Juli, Aug. — . . *E. ramosissimum* Desf.

7. Stengel 7-20rippig. Zähne der Scheiden in eine besondere,
lanzettl.-pfriemliche, häutige, sich bald kräuselnde u. abfallende
Spitze endigend. Bei Var. *Schleicheri* Milde der Stengel 8-18-
rippig und die Scheiden-Zähne wenigstens der mittleren Scheiden
ganz fehlend, wo vorhanden schwarzbraun, glatt. — Feuchte u.
schattige Orte, nicht gerade häufig. Juli, Aug. — *E. hiemale* L.

„   Stengel-6-8rippig. — Sandige Orte, sehr selt.: z. B. bei Kattern unweit
Breslau; Glindow b. Potsdam. Mai-Juli. — *E. variegatum* Schleich.

b) Lycopodinae.

0. Landpflanzen 1
„   Wasserpflanzen. . . . . **IV. Isoëtaceae.**
1. Sporangien von zweierlei Gestalt . . . . **III. Selaginellaceae.**
„   „   „   einerlei   „   . . . . **II. Lycopodiaceae.**

II. Fam. Lycopodiaceae.
Lycopodium, Bärlapp, Schlangenmoos u. s. w. Sd.

0. Sporangien einzeln in den Achseln von Blättern, die nicht an den
Stengelspitzen ährenförmig angeordnet erscheinen. Var. *recurvum*
Kit.: Blätter zurückgeschlagen. — Feuchte, schattige, oft felsige
Orte, sehr zerstreut. Juli, Aug. — . . . . . *L. Selago* L.
„   Sporangien mit ihren Tragblättern zu ährenförm. Organen ver-
einigt 1
1. „Sporenähren" einzeln, sitzend 2
„   „   je 2-6 von einem gemeinsamen Stiel ausgehend. 4
2. Blätter 4reihig dem Stengel anliegend. — Grasige Gebirgs-
kämme, selten; z. B. im Riesengebirge, im mährischen Gesenke.
Juli, Aug. — . . . . *L. alpinum* L.
„   Blätter 5reihig, sparrig-abstehend 3
3. Sporangientragblätter so lang od. länger als die Laubblätter. —
Auf feuchtem Sandboden, zerstreut. Juli, Aug. — *L. inundatum* L.
„   Tragblätter der Sporangien kürzer als die Laubblätter. — Schattige, feuchte Waldstellen, zerstreut.
Juli, Aug. — . . . . *L. annotinum* L.
4. Blätter schraubenlinig am Stengel angeordnet, alle
untereinander gleichgestaltet, lineal, an der Spitze
mit langem Borstenhaar. — Besonders in Nadelwäldern, nicht selten. Juli Aug. — . . . . . .
. . . . Fig. 13, *L. clavatum* L
„   Blätter in deutlichen Längszeilen stehend, schuppenförmig. Die einen Zeilen mit lanzettl., die anderen
mit kleineren, pfriemlichen Blättern, od. alle Blätter
unter einander gleich (*Chamaecyparissus* A. Br.).   *Fig. 13.*
— Kiefernwälder u. s. w., zerstreut. Juli, Aug. — Lycopodium cla-
. . . . *L. complanatum* L. vatum. (Verkl.)

III. Fam. Selaginellaceae.
Selaginella. Sd.

0. Blätter schraubenlinig angeordnet, gleichgestaltet. — Selten, an
grasigen u. felsigen Orten höherer Gebirge, z. B. im Riesengebirge, sehr selten auf Moorboden der Ebene. Juli, Aug. — .
. . . . . . (*Lycopodium selaginoides* L.), *S. spinulosa* A. Br.
„   Blätter 4reihig angeordnet, 2gestaltig. — Unweit Troppau u. auf
der hohen Venn. Juli, Aug. — . . . .
. . . . . (*Lycopodium helveticum* L.), *S. helvetica* Spring.

IV. Fam. Isoëtaceae.
Isoëtes, Brachsenkraut. Sd.

0. Blätter pfriemlich. Die Grosssporen in den am Grunde der
äusseren Blätter sitzenden Sporangien mit leistenartigen, gebogenen

Höckern besetzt. — Sehr zerstreut, auf dem
sandigen od. steinigen Boden von Land- od.
Gebirgsseen; fehlt z. B. in der Rheinpro.
Juni-Sept. — . Fig. 14, *I. lacustris* L.
„ Blätter fein zugespitzt. Die Grosssporen
mit dünnen, stachelartigen, zerbrechlichen
Wärzchen besetzt. — In Teichen bei Lock-
stedt in Holstein u. in Westpreussen.
Juli-Sept. — . *I. echinospora* Durieu.

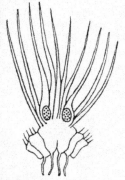

c) Filicinae.

0. Sori auf der Unterseite der Blätter, zuweilen in der Nähe des Randes derselben,
selten auf dem Rande selbst, od. aber
besondere Sporenstände bildend. **1. Filices.**
„ Kugelige, compliziert gebaute Sporenkapseln
am Grunde der Blätter. **2. Rhizocarpeae**.

Fig. 14. Isoëtes lacustris.
Längsdurchschnitt durch
die ganze Pflanze; in den
Blattachseln 2 Sporangien
zeigend. (Verkl.)

1. Filices, Farnkräuter.

0. Sori auf dem Rande der zarten, fast durchscheinenden Blätter. **V. Hymenophyllaceae.**
„ Sori nicht auf dem Rande der Blätter; wenn sie am Rande (also
in der Nähe des Randes) sitzen, so befinden sie sich immer auf
der Blattunterseite 1
1. Sporangien auf der Unterseite von Blättern, welche nur selten etwas
in ihrer Gestaltung von den unfruchtbaren Blättern abweichen .
. . . . **VI. Polypodiaceae.**
„ Sori besondere Stände bildend 2
2. Oberer Teil des Blattes einen rispenartigen Sporenstand bildend.
. . . . **VII. Osmundaceae.**
„ Blatt sich in einen fruchtbaren u. einen unfruchtbaren Teil gabelnd.
. . . . **VIII. Ophioglossaceae.**

V. Fam. Hymenophyllaceae.

Hymenophyllum. Sd.

Feuchte Sandsteinfelsen im Uttewalder Grunde (sächs.
Schweiz) u. bei Bollendorf u. Echternach unweit Trier.
Aug. — . . . . . Fig. 15, *H. tunbridgense* Sm.

VI. Fam. Polypodiaceae.

0. Sporentragende Blätter von den unfruchtbaren verschieden 1
„ Sporentragende Blätter den unfruchtbaren äusserlich
gleich 3
1. Sporangienhaufen mit einem Schleierchen bedeckt. 2
„   „   ohne Schleier, vom umgerollten Blattrande bedeckt . . . . **12. Allosorus.**
2. Alle Blätter einfach fiederteilig . . . . . . **10. Blechnum.**
„ Blätter trichterförmig zusammengestellt, die äusseren unfruchtbar,
2fach fiederteilig, die inneren fruchtbar, einfach fiederteilig . . .
. . . . **13. Struthiopteris.**
3. Sori auf der unteren Blattfläche, nicht unmittelbar am Rande. 4

Fig. 15. Vergr.
Blattzipfel mit
Sporangien-
behälter von
Hymeno-
phyllum tun-
bridgense.

„ Sori auf `der Unterseite, am Rande der Blattzipfel, von dem um-
gerollten, häutigen Blattrande bedeckt . . . . . 11. Pteris.
4. Sori ohne Schleier 5
„ „ von einem hinfälligen Schleier bedeckt 7
5. „ lineal . . . . 1. Ceterach.
„ „ kreisrund 6
6. Blätter einfach gefiedert . . . . 2. Polypodium.
„ „ mehrfach „ . . . . 3. Phegopteris.
7. Sori länglich od. lineal mit 1seitig angeheftetem Schleier . . 8
„ „ rundlich 9
8. Blätter ganz . . . . 9. Scolopendrium.
„ „ geteilt . . . . 8. Asplenium.
9. Schleier nur an einem Punkt in der Mitte angeheftet . . . 10
„ „ „ „ einer Stelle des Randes angeheftet, bald verschwindend . . . . 7. Cystopteris.
„ Schleier vielfältig zerschlitzt . . . . 4. Woodsia.
10. Schleier kreisförmig, im Mittelpunkte angeheftet . 5. Aspidium.
„ „ nierenförmig, „ „ „ , aber an einer
Seite bis zur Mitte eine Bucht . . . . . 6. Polystichum.

1. Ceterach. Sd.

Fehlt in Norddeutschland. Sehr zerstreut in Felsspalten u. auf Mauern
in Mitteldeutschl. u. Nord-Böhmen. Juni-Okt. — . . . .
. . Milzfarrn u. s. w., (*Asplenium Ceterach* L.), *C. officinarum* Willd.

2. Polypodium. Sd.

Var. *auritum* Willd.: Unterstes zuweilen auch
folgendes Fieder-Paar mit einem zuweilen mehreren
eiförmigen Anhängseln: Öhrchen. — Schattige
Abhänge, Wälder, Mauern u. s. w., häufig. Die
Sporen reifen im Winter. — . . . . *Fig. 16.* Vergr. Blatt-
. . . . . . Fig. 16, Engelsüss, *P. vulgare* L. zipfel v. Polypodium
vulgare mit 5 Sori.

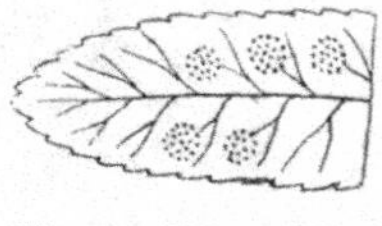

3. Phegopteris. Sd.

0. Blattspreite gefiedert, mit tief fiederspaltigen Fiedern. — Feuchte
Wälder, häufig. Juni-Aug. —
. . . . . (*Polypodium Phegopteris* L.), *P. polypodioides* Fée.
„ Spreite 3fach zusammengesetzt 1
1. „ kahl. — Wälder u. Felsen, häufig. Juni-Aug. — . . . .
. . . . . . (*Polypodium Dryopteris* L.), *P. Dryopteris* Fée.
„ Spreite drüsig-weichhaarig. — Zerstreut, in Wäldern, auf Felsen
u. an Mauern. Juni-Aug. — . . . *P. Robertianum* A. Br.

4. Woodsia, Fig. 17. Sd.

0. Fiedern gegenständig. — Felsige Gebirgsabhänge,
selten. Juli, Aug. —
. . (*Acrostichum ilvense* L.), *W. ilvensis* R. Br.
„ Fiedern wechselständig. — Nur im Riesengebirge
in der kleinen Schneegrube u. im Kessel im
Gesenke. Juni-Aug. — . *W. hyperborea* R. Br.

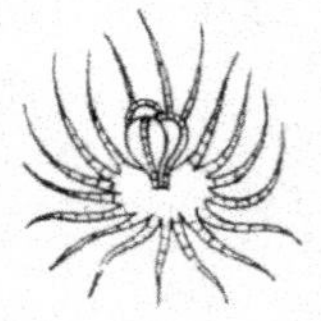

5. Aspidium. Sd.

Fig. 17. Ein vergr.
Sorus v. Woodsia.

0. Blattspreite einfach gefiedert. Fiedern am Rande
dornig gesägt. — Selten, an schattigen Gebirgsabhängen Mitteldeutschlands, in der Ebene bei Prenzlau. Die Sporen reifen wie

bei den folgenden im Juli-Aug. — . . . .
. . . . (*Polypodium Lonchitis* L.), *A. Lonchitis* Sw.
„ Blätter 2 fach od. fast 2 fach gefiedert. 1
1. Blätter lederig, starr, am Grunde sehr verschmälert. — Zerstreut,
besonders an waldigen Gebirgsabhängen. — . . *A. lobatum* Sw.
„ Blätter mehr häutig, schlapp, am Grunde weniger verschmälert. 2
2. Fiederchen spreuartig, kurzgestielt.
Schleier gross. — Sehr selten, nur am
Rhein unweit Hönningen und im
Neanderthal bei Düsseldorf sowie am
Schlossberge bei Zuckmantel in Österr.-
Schles. — . . . . Fig. 18, (*Polypo-
dium aculeatum* L.), *A. aculeatum* Sw.
„ Fiederchen ziemlich gross, fast sitzend,
Schleier klein. — Selten, in schattigen
Gebirgswäldern, namentlich Schlesiens
u. der sächs. Schweiz. — . . . . .
. . . . . *A. Braunii* Spenner.

Fig 18.
Vergr. Blattzipfel von
Aspidium aculeatum mit 8 Sori.

6. Polystichum. Sd.

0. Spreite 2 fach gefiedert; Fiederchen scharf
dornig gesägt. Bei *dilatatum* Hoffm. die
Blätter 3-4 fach gefiedert im Ganzen
3 eckig eiförm. — Wälder, häufig. Juli,
Aug. — Fig. 19, *P. spinulosum* D. C.
„ Spreite gefiedert, mit fiederspaltigen
Fiedern 1
1. Fiederchen fast ganzrandig . . . 2
„   „   fiederspaltig 3
2. Die Sori am Rande auf der drüsenlosen
Unterseite, vom umgerollten Blattrande
bedeckt. — Nasse Wiesen u. Wälder,
zerstreut; in Thüringen sehr selten. Juli,
Aug. — . (*Polypodium Thelypteris u.
Acrostichum Thel.* L.), *P. Thelypteris* Rth.
„ Blätter unterseits drüsig, am Rande etwas
zurückgerollt. — Schattige Wälder u.
Sumpfränder, zerstreut. Juli, Aug. —
P. (*Oreopteris* D. C.) *montanum* Rth.
3. Hauptachse des Blattes, Mittelnerv, mit
trockenhäutigen, spreuigen Schuppen besetzt. Bei *remotum* A. Br. die Blätter
doppelt gefiedert od. doppelt-gefiedert-
fiederspaltig; Fiederchen tief-einge-
schnitten od. am Grunde fiederspaltig. —
Häufig, namentlich in Wäldern. Aug.,
Sept. — . Fig. 20, Wurmfarn, (*Polypodium Filix mas* L.), *P. Filix mas* Rth.
„ Mittelnerv ohne Spreuschuppen. — Zerstreut, namentlich in Waldsümpfen. Juli,
Aug. — . . . . (*Polypodium cristatum* L.), *P. cristatum* Rth.

Fig. 19.
Polystichum spinulosum.

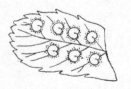

Fig. 20. Vergr. Blattzipfel
von Polystichum Filix mas
mit 7 Sori.

7. **Cystopteris.** Sd.

0. Spreite länglich, 2 fach gefiedert. —
Zerstreut, an schattigen Abhängen,
Hohlwegen u. s. w. Juli, Aug. —
. . . . Fig. 21, (*Poly-
podium fragile* L.), *C. fragilis* Bernh.
„ Spreite 3 eckig od. eiförmig, fast 3 fach
gefiedert. — Nur an mehreren Stand-
orten des mährischen Gesenkes. Juli,
Aug. — *C. sudetica* A. Br. u. Milde.

Fig. 21. Vergr. Blattzipfel von
Cystopteris fragilis mit 12 Sori.

8. **Asplenium.** Sd.

0. Blatt aus 2-4 gestielten Läppchen zusammengesetzt. — In Felsritzen, an Mauern, häufig in Mitteldeutschland, in der Ebene nur
hier u. da. Juli, Aug.— (*Acrostichum sept.* L.), *A. septentrionale* Hoffm.
„ Spreite einfach gefiedert 1
„ „ 2 — 3fach gefiedert 2
1. Blattstiel u. Mittelrippe glänzend schwarzbraun. — Nicht selten,
an Baumwurzeln, in Hohlwegen und Felsritzen oder an Mauern.
Juni - Aug. — . *A. Trichomanes* L.
„ Blattstiel u. Mittelr. grün; selten der
Stiel glänzend schwarzbraun u. nur an
der Spitze grün (*adulterinum* Milde).
— Sehr zerstreut, in Felsritzen u. an
waldigen Abhängen, namentlich der
mitteldeutschen Gebirge. Juli, Aug. —
. . . . *A. viride* Huds.
2. Das unterste Fiederpaar des Blattes
ist das grösste 3
„ Die unteren Blattabschnitte kleiner als
die mittleren 5

Fig. 22. Vergr. grosses Fiederchen von Asplenium
Adiantum nigrum mit 6 Sori.

3. Schleier zerschlitzt. — Meist häufig,
an schattigen Mauern u. in Fels-
spalten. Juli-Sept. — . . . . .
. . Mauerraute, *A. Ruta muraria* L.
„ Schleier nicht zerschlitzt 4
4. Blattstiel grün, am Grunde braun. —
Sehr zerstreut, in feuchten, schattigen
Porphyrfelsspalten Mitteldeutschlands,
sonst nur bei Strassburg in der Ukermark
u. in Mecklenburg. Juli, Aug. — . .
. . . . *A. germanicum* Weiss.
„ Blattstiel braun, am Grunde schwarz.
Bei einer Varietät in Schlesien auf
Serpentin (*Serpentini* Tausch) sind die
Fiederchen kleiner u. entfernter als bei
der typischen Form, u. die unteren
sind tiefer lappig. — Sehr zerstreut,
an felsigen schattigen Orten Mitteldeutschlands. Juli, Aug. — . . .
. . Fig. 22, *A. Adiantum nigrum* L.
5. Sori fast kreisrund. — Selten, an schattigen Gebirgsabhängen. Juni-Aug. —
. . . . *A. alpestre* Mett.

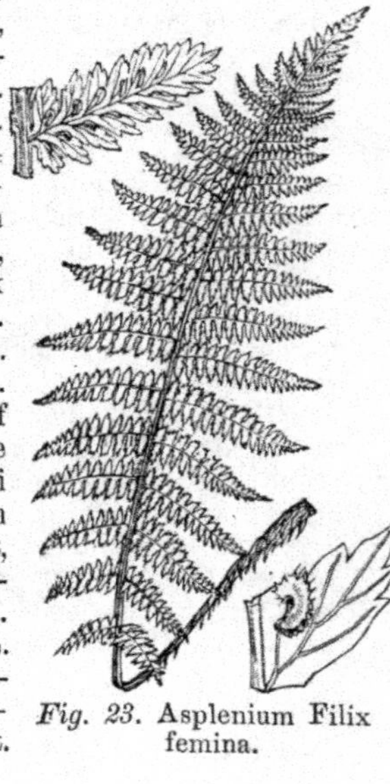

Fig. 23. Asplenium Filix
femina.

„ Sori länglich 6
6. Blattstiele mit wenigen Spreuschuppen besetzt. Schleier gewimpert.
  — Häufig, in feuchten Wäldern. Juli, Aug. — . . . . . .
  Fig. 23, (*Polypodium Filix femina* L.), *A. Filix femina* Bernh.
„ Blattstiel kahl. Schleier ganzrandig. — Moselthal bei Trier.
  Juli-Sept. — . . . . *A. fontanum* Bernh.

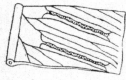 

Fig. 24. Vergr. Blattstück
von Scolopendrium vulgare.

Fig. 25.
Vergr. Fieder von Blechnum Spicant.

9. Scolopendrium. Sd.

Meist zerstreut, in feuchten Felsspalten u. Ziehbrunnen Mitteldeutschlands
u. Mittelböhmens. Juli, Aug. — . . . .
Fig. 24, Hirschzunge, (*Asplenium Scolopendrium* L.), *S. vulgare* Sm.

10. Blechnum. Sd.

Zerstreut, an schattigen, etwas feuchten Waldstellen. — . . . . .
. . . . Fig. 25, (*Osmunda Spicant* L.), *B. Spicant* With.

11. Pteris. Sd.

Bei einer Var. die Spreite unterseits sparsam
kurzhaarig od. kahl, zuweilen dichtwollig behaart (*lanuginosa* Hooker). — Häufig, in
trockenen Wäldern. Juli-Sept. — . . . .
. . . . Fig. 26, Adlerfarn,
(*Pteridium aquilinum* Kuhn), *P. aquilina* L.

Fig. 26. Vergr. Fiederchen
von Pteris aquilina.

12. Allosorus. Sd.

Nur in Felsritzen bei Goslar u. an 3 Standorten des Riesengebirges,
z. B. in den Schneegruben. Juli-Sept. — . . . .
(*Cryptogramme crispa* R. Br., *Osmunda crispa* L.), *A. crispus* Bernh.

13. Struthiopteris. Sd.

An den Ufern schattiger, besonders steiniger Bäche, sehr zerstreut. Juli,
Aug. — (*Osmunda Struthiopteris* L., *Onoclea*
Struthiopteris Hoffm.), *S. germanica* Willd.

VII. Fam. Osmundaceae.

Osmunda. Sd.

Zerstreut, namentlich in feuchten Wäldern.
Juni, Juli. — Fig. 27, Königsfarn, *O. regalis* L.

VIII. Fam. Ophioglossaceae.

0. Der unfruchtbare Blattteil ganz . . . . .
. . . . **1. Ophioglossum.**
„ Der unfruchtbare Blattteil gefiedert . . . .
. . . . **2. Botrychium.**

Fig. 27. Verkl. Blatt von
Osmunda regalis.

5*

1. Ophioglossum. Sd.

Zerstreut, meist auf etwas feuchten Wiesen. Juni, Juli. —
. . . . . Fig. 28, Natterzünglein, *O. vulgatum* L.

2. Botrychium.

0. Pflanze kahl 1
„ Der unfruchtbare Blattteil trennt sich vom sporen-
tragenden nahe am Boden. Die Stiele beider Teile
sind behaart. — Sehr zerstreut, fast selten, an
feuchten Sandstellen u. steinigen Bergabhängen.
Juli, Aug. — . . . . . . *B. Matricariae* Spr.
1. Abschnitte des unfruchtbaren Spreitenteils ganz
od. fingerig eingeschnitten 2
„ Abschnitte eiförm. od. länglich, gezähnt bis fiederig *Fig. 28.* Verkl.
gespalten od. geteilt . . . . 3 　 Blatt von
2. Der unfruchtbare Blattteil trennt sich etwa in der 　Ophioglossum
Mitte der Pflanze vom fruchtbaren. — Zerstreut, auf 　vulgatum.
mehr trockenen Wiesen. u s. w. Juni, Juli. — . . . .
. Allermannsherrnkraut, (*Osmunda Lunaria* L.), *B. Lunaria* Sw.
„ Die 2 Blattteile trennen sich am Grunde von einander. — Grasige
Triften, an wenigen Standorten in der Osthälfte des Gebiets.
Juni. — . . . . *B. simplex* Hitchcoock.
3. Unfruchtbare Blattspreite dick, fleischig, längl. od. eif., Fiedern
längl., fiederspaltig gelappt. — Sehr zerstreut, namentlich auf
trockenen Wiesen. Mai, Juni. — . . . . . *B. rutaceum* Willd.
„ Spreite dünner, dreieckig-eif., Fiedern eif. — Grasige Orte, lichte
Waldstellen; Zimnawoda u. Corpellener Forst in Ostpreussen,.
sowie an der Schwedenschanze bei Eichwalde im Kr. Neidenburg in
Westpreussen. Juli, Aug. — . . . . . *B. virginianum* Sw.

2. Rhizocarpeae.

0. Pflanze im od. am Wasser, im Boden wurzelnd . . .
. . . . **IX. Marsiliaceae.**
„ Pflanze frei auf dem Wasser schwimmend. **X. Salviniaceae.**

IX. Fam. Marsiliaceae.

0. Blätter borstenförmig . . . . **1. Pilularia.**
„ 　„ mit flacher, 4teiliger Spreite . . **2. Marsilia.**

1. Pilularia. Sd.

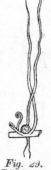

Selten, in Teichen u. Sümpfen, namentlich in der westl. Hälfte
des Gebiets. Aug., Sept. — . . Fig. 29, *P. globulifera* L.

2. Marsilia. Sd.

Fig. 29.
Pilularia
Im Teiche vom Hammer nördlich von Rybnik in Ober- globuli-
Schlesien. Aug.-Oct. — . . . . . . *M. quadrifolia* L. fera.
(Verkl.)

X. Fam. Salviniaceae.

Salvinia. 1j.

Zerstreut, auf stehenden u. langsam fliessenden Gewässern, namentlich

zwischen Flossholz; fehlt z. B. in der Rheinprovinz. Juni-Aug. — . . . .
Fig. 30, (*Marsilia natans* L.), *S. natans* All.

Fig.30. Salvinia natans.(Vkl.)
Der gerade Strich deutet den
Wasserspiegel an.

B. Phanerogamae.

Offen-ehige Pflanzen, d. h. Pflanzen, die mit blossem Auge deutlich sichtbare Geschlechtsorgane (Blüten) haben.

Hierher gehören vor allen Dingen alle Pflanzen mit auffallenden
Blumen, aber auch viele, die Wind- (selten Wasser-) Blüten besitzen.
Die in den Früchten nach der Befruchtung entstehenden fortpflanzungs-
fähigen Teile, die sich vom Mutterkörper loslösen, sind — wie ein feiner
unter dem Mikroskop betrachteter Schnitt zeigt — vielzellige Gebilde,
die man als Samen (vergl. p. 20) bezeichnet.

Eine in den Samenanlagen des Fruchtknotens sich bildende Zelle
ist homolog den Grosssporen, die Pollenzellen der Staubblätter sind
homolog den Kleinsporen der Farngewächse. Der aus den Pollenkörnern — wenn ein Griffel vorhanden — durch diesen wachsende
Pollenschlauch, der die weibliche Samenanlage zu befruchten hat, wird
als das Homologon des Vorkeimes der Kleinsporen angesehen. Die
weibliche Grossspore, gewöhnlich hier als Keimlingssack, Embryosack, bezeichnet (Vergl. Fig. 5—7, e), weil darin der Keimling,
also der Same entsteht, bildet nur in der Abteilung der Gymnospermen
einen Vorkeim. Bei diesen Pflanzen ist auch der Vorkeim der Kleinsporen (Pollenkörner) deutlich mehrzellig.

I. Gymnospermae, nacktsamige Gewächse.

Diese Windblütler sind Bäume oder doch baumartige Sträucher mit
entweder kleinen, immergrünen, d. h. mehrjährigen, schuppenartigen
oder nadelförmigen, selten einjährigen, flächenförmig (Fig. 32) entwickelten Blättern. Die
Blüten sind eingeschlechtig; die männlichen
(Fig. 31²) stellen kleine Zweige dar, an denen
sich Staubblätter befinden, die meist mehr als
2 Pollensäcke (Kleinsporenbehälter) tragen; sie
ähneln den Trägern der Sporenbehälter bei den
Equisetaceen (Fig. 12²). Die weiblichen Blüten
sind meist „zapfenförmig", d. h. die Fruchtblätter,
welche die Samen nicht umschliessen, sondern
nackt tragen, besitzen derbe, holzige Beschaffenheit und stehen zu vielen meist in Schrauben-
linien an der Blütenachse. Besitzt die weibliche
Blüte nur wenige Fruchtblätter, so werden sie oft
fleischig und verwachsen zu einer Beere. Selten
stehen die Samen ganz nackt (Fig. 31¹) und
lassen kein dazu gehöriges Fruchtblatt erkennen;
sie scheiden an einer besonders vorgebildeten

Fig. 31. Taxus baccata.
— 1. Eine Zweigspitze
mit 2 reifen Samen. —
2. Eine männl. Blüte,
deren Spitze einen
Kopf 4- od. 5fächriger
Staubbeutel trägt, und
deren Grund von
schuppigen Hochblät-
tern umgeben wird.

Stelle zur Zeit ihrer Empfängnisfähigkeit Flüssigkeit ab, welche den
etwa vom Winde hingebrachten Pollen festhält.

Fam. Coniferae, Nadelhölzer.

0. Blätter resp. Nadeln schuppenförmig, klein 1
„   „   deutlich nadelförmig 3
„   „   breit-flächenartig, 2lappig . . . . 1. Gingko.
1. Die jüngeren Zweige flach, mit deutlichen Schuppenblättern . 2
„ Die jüngeren Zweige rund, mit sehr kleinen einfachen od. mehr
od. minder nadelförmigen Schuppen. Die Früchte sind Beeren
. . . . 4. Sabina.
2. Fruchtblätter einfach-schuppenförmig . . . . . . 5. Thuja.
„   „   schildförmig . . . . 6. Cupressus.
3. Nadeln kurz, in 3zähligen Quirlen . . . . . . 3. Juniperus,
„   „   einzeln od. zu 2-5 zusammenstehend 4
„   „   an sehr kurzen, kleinen Zweigen, „Kurztrieben", büschelig
zusammenstehend, weniger starr. Im Herbst abfallend . 11. Larix.
4. Nadeln einzeln stehend 5
„   „   zu 2 od. 5 an Kurztrieben vereinigt . . . . 8. Pinus.
5.   „   4kantig, spitz, mehr rings um die Zweige abstehend . .
. . . . 10. Picea.
„ Nadeln flach, in 2 seitlichen Reihen kammartig vom Zweige abstehend 6
6. Die Früchte stellen Zapfen dar 7
„   „   „   sind beerig und sind am Ende sehr kurzer Zweige
stehende Samen, welche von einem roten, saftig-fleischigen Mantel
umschlossen werden. Nadeln flach u. spitz, oberseits sehr dunkel-,
unterseits hellgrün . . . . 2. Taxus.
7. Nadeln unterseits mit 2 bläulich-weissen Streifen, mehrjährig. Zapfen
länglich . . . . 9. Abies.
„ Nadeln unter- u. oberseits hellgrün, bespitzt, in fiederiger Anordnung
an jungen Zweigen sitzend, mit denen sie zusammen im Herbst
abfallen. Zapfen kugelig . . . . 7. Taxodium.

a) Taxineae.
1. Gingko. B.
Seltener Zierbaum aus Japan und China. Sommer. —
. . . . Fig. 32, G. biloba L.
2. Taxus. B. od. Str.
Sehr zertreut u. vereinzelt, in Wäldern, aber oft an-
gepflanzt. März, April. —
. . . . Fig. 31, Eibe, T. baccata L.

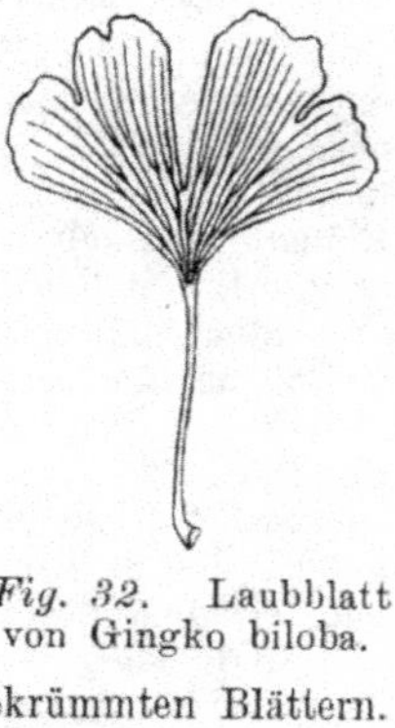

b) Cupressineae.
3. Juniperus, Wachholder. Str.
0. Strauch aufrecht, mit lineal-pfriemlichen, weit-
abstehenden Blättern. — Namentlich häufig
in Nadelwäldern. Apr., Mai. — . . . .
. . . . (Gemeiner) W., J. communis L.
„ Strauch niederliegend, mit lanzettl.-linealen, gekrümmten Blättern.
— An einigen Stellen auf den Kämmen des Riesengebirges u. des
mährischen Gesenkes. Mai, Juni. . . . . . . J. nana Willd.
4. Sabina. B. u. Str.
0. Stamm aufrecht. Blätter in abwechselnden 3zähligen od. 2zähl.
Quirlen. — Zierbaum aus Nordamerika. Apr., Mai. — . . . .
. . . . . . Fälschlich Ceder genannt, S. virginiana Antoine.

Fig. 32. Laubblatt von Gingko biloba.

„ Strauchig, mit niederliegendem Stamm. Blätter 4 reihig. — Zierpflanze aus Süddeutschland. Apr., Mai. — Sadebaum, *S. officinalis* Grcke.

5. Thuja. Lebensbaum. B.

0. Die an den breiten Zweigflächen stehenden Blätter auf dem Rücken mit einem Buckel. — Häufiger Zierbaum aus Nordamerika. Apr., Mai. — . . . . *T. occidentalis* L.

„ Blätter nicht gebuckelt. — Häufiger Zierbaum aus China. Apr., Mai. — . . . . *T. orientalis* L.

6. Cupressus, Cypresse. B.

0. Blätter sehr klein, angedrückt. Zapfen aus 6-8 in der Mitte ihres flachen Gipfels kurz bespitzten Fruchtblättern zusammengesetzt. — Zierbaum aus dem westl. Nordamerika. Som. — *C. Lawsoniana* Murr.

„ Blätter etwas grösser, die auf den Kanten der Zweige befindlichen meist etwas mit ihren Spitzen abstehend. Zapfen aus 4-6 Fruchtblättern gebildet, die in der Mitte ihres flachen Gipfels mit einer mehrere mm langen Spitze besetzt sind. — Zierbaum aus dem westl. Britisch-Nordamerika. Som. — . . *C. nutkaensis* Lamb.

c) Taxodineae.

7. Taxodium. B.

Zierbaum aus Nordamerika. Sommer. — Sumpf-Cypresse, *T. distichum* L.

d) Abietineae.

8. Pinus, Kiefer. Str. u. B.

0. Nadeln zu 5 beisammen stehend. — Häufiger Zierbaum aus Nordamerika. Mai. — . . . . . Weymouths-Kiefer, *P. Strobus* L.

„ Nadeln zu 2 beisammen stehend 1

1. Nadeln bläulich-grün, 5-7 cm, sehr selten nur 1-2 cm lang und dann die Äste dünner (*parvifolia* Heer.). Zuweilen die Schuppenblätter der Kurztriebe und männliche Blüten rot (*rubra* Mill.). — Häufigster Waldbaum. Mai. — Kiefer, Kiene, Föhre, *P. silvestris* L.

„ Nadeln eher dunkelgrün 2

2. Nadeln etwa 4 cm lang 3

„ Baum mit mindestens 8,5 cm langen Nadeln. — Nicht häufig angepflanzt, stammt aus Österreich. Mai. — . . . . Schwarzkiefer, *P. Laricio* Poir.

3. Stamm aufrecht od. aufsteigend. Zapfen unsymmetrisch. — Selten, Torfmoore der westl. schlesischen Ebene u. im schles. Vorgebirge; zuweilen in Parks angepflanzt. Mai, Juni. — . . . . (*P. montana* Mill. z. T.), *P. uncinata* Ram.

„ St. sich am Grunde in niederliegende u. bogig aufsteigende Äste zerteilend. Zapfen symmetr. — Hochgelegene Moore u. feuchte Kämme u. Lehnen des Riesengebirges, im mährischen Gesenke sehr selten, ferner im Erzgebirge. Juni, Juli. — . Knieholz, Legföhre, (*P. montana* Mill. z. T., *P. Mughus* Wimm.), *P. Pumilio* Haenke.

9. Abies, Tanne. B.

0. Nadeln an der Spitze ausgerandet, über 20 mm lang 1

„ „ „ „ „ abgerundet, im Durchschnitt etwa 12 mm lang. — Selt. Zierbaum aus Nordamerika. Mai. — Canad. Hemlockstanne, Schierlingstanne, (*Tsuga canadensis* Carr.), *A. canadensis* Mich.

1. Nadeln meist unter 25 mm lang 2

„ „ im Durchschnitt über 25 mm lang. — Zierbaum aus dem Kaukasus. Mai. — . . . . *A. Nordmanniana* Link.

2. Nadeln 15-22 mm lang, undeutlich nach 2 Seiten gerichtet. —
Seltener Zierbaum aus Nordamerika   Apr., Mai. — . . . . .
. . . . Balsam-Tanne, *A. balsamea* L.
„ Nadeln im Durchschnitt 25 mm lang, deutlich nach 2 Seiten
gerichtet. — Wälder in den niederen Gebirgen bildend, selten in
der Ebene, aber häufiger Zierbaum. Mai. — . . . .
. . . Weiss- od. Edeltanne, (*Pinus Picea* L., *Pinus pectinata*
Lmk., *Pinus Abies* Du Roi, *A. pectinata* D. C.), *A. alba* Mill.

10. Picea, Fichte. B.

Während die Nadeln vorwiegend kammartig nach beiden Seiten und
auch nach oben hin gerichtet abstehen, divergiren dieselben bei einer
Var. (*nigra* Loudon) deutlich nach allen Seiten hin ab und stehen
dichter. — Häufig, in Gebirgswäldern u. im östl. Teil des Gebiets in
der Ebene. Wohl meist gepflanzt. Häufiger Zierbaum. Mai. — . .
. Rot-Tanne, Weihnachtsbaum (*Pinus Abies* L., *Pinus excelsa* Lmk.,
Pinus picea Du Roi, *Abies picea* Mill., *Abies excelsa* Poir.), *P. excelsa* Lk.

11. Larix. B.

Häufig angepflanzt; stammt aus den Alpen.   Apr., Mai. — . . . . .
. . . . Lärche, *L.* (*europea* D. C.) *decidua* Mill.

II. Angiospermae, bedecktsamige Gewächse.

Pflanzen, die zwar wie die Gymnospermen hin und wieder ebenfalls nadelförmige oder schuppenförmige Blätter besitzen können, dann
aber weder Bäume noch grosse Sträucher sind. Meist stellen die
Laubblätter flächenartige Gebilde dar. Die Blüten pflegen mit einer
Blütendecke versehen zu sein und die Samen werden — abgesehen
von ganz seltenen Ausnahmen bei der Gattung Reseda — allseitig von
den Fruchtblättern umschlossen.

A. Monocotyleae, einkeimblättrige Pflanzen.

Die Blüten besitzen gewöhnlich ein Perigon; die gleichnamigen
Organe derselben sind meist in der Dreizahl oder in Multiplen der
Dreizahl (d. h. in 2 × 3, 3 × 3 u. s. w.), seltener in der Zwei- oder
Vierzahl vorhanden. Die Laubblätter sind meist parallelnervig und
einfach, selten geteilt oder lappig.
0. Zygomorphe Blumen, deren einfächeriger Fruchtknoten die vielen,
sehr kleinen Samen an 3 Längsleisten der Innenseite seiner Wandung trägt; meist 1 männig, selten 2 männig. Staubblätter mit der
Spitze des Fruchtknotens verwachsen. . . . . **4. Gynandrae.**
„ Actinomorph od. zygomorph gebaute Blumen, od. Windblüten mit
meist wenigstens 3 Staubblättern 1
1. Meist landbewohnende, grasartige Windblütler, deren zwitterige
od. eingeschlechtige Blüten mit oberständigen, einsamigen Fruchtknoten von gewöhnlich kahnförmigen Hochblättern, Spelzen,
umgeben werden. Wenn ein Perigon vorhanden ist, so erscheint
es äusserst unansehnlich . . . . **3. Glumiflorae.**
„ Wasserpflanzen od. Landpflanzen mit meist deutlichen und ansehnlichen Blumen u. mehreiigen Fruchtknoten 2
2. Meist actinomorph gebaute, zwitterige Blumen mit röhrig verwachsenen Perigonblättern oder mit 2 mehr od. minder gleichartigen, 3 blättrigen Perigonkreisen, 6 od. 3 Staubblättern u. ober-

od. unterständigem, 3fächrigem Fruchtknoten mit mittelständigen Samenleisten. Die Fruchtfächer sind mehrsamig. . **1. Liliiflorae.**

„ Blüten oft eingeschlechtig, mit meist sehr unscheinbarem od. fehlendem Perigon, in oft kolbenartigen Ähren od. in Köpfen angeordnet, die zuweilen am Grunde ein auffallend grosses Hochblatt besitzen. Fruchtknoten oberständig. Hierher gehören ausser anderen Wasserpfl. die auf der Oberfläche des Wassers schwimmenden, kleinen, grünen, sog. Wasserlinsen . **2. Spadiciflorae.**

„ Die zwitterigen od. eingeschlechtigen, actinomorph gebauten Blüten mit Kelch u. Krone od. Perigon; wenn ein Perigon vorhanden ist, so erscheint es sehr zart, oft unscheinbar u. hinfällig. Die Blüten besitzen mehrere ein- od. mehrsamige, oberständige Fruchtknoten od. einen aus 3 — 6 Fruchtblättern gebildeten, unterständigen Fruchknoten . . . . **5. Helobiae.**

1. Liliiflorae. (Vergl. oben.)

I. Fam. Liliaceae.

Blumen meist mit 3 + 3, d. h. in 2 Kreisen stehenden Perigonblättern und 3 + 3 Staubblättern. Fruchtknoten dreifächrig, vieleiig. Pflanzen oft mit Zwiebeln.

Diese Familie zerfällt in 3 Unterfamilien:

a) Lilieae.

5. Der Staubbeutel sitzt derartig an seinem Faden, dass seine Längs-
   richtung in die Verlängerung des Fadens fällt. Ein Griffel fehlt.
   . . . . **1. Tulipa.**
„ Der Staubbeutel sitzt wagebalkenartig mit der Mitte einer seiner
   Langseiten dem Faden auf, sodass er einen Querbalken (T) bildet.   6
6. Blütenstand vor dem Blühen von einem scheidigen Hochblatt umschlossen . . . . **9. Allium.**
„ Blütenstand vor dem Blühen ohne umscheidendes Hochblatt .   7
7. Staubblätter am Grunde dem Perigon eingefügt . . **8. Scilla.**
„   „   dem Blütenboden eingefügt . . **7. Ornithogalum.**
8. Staubbeutel die Verlängerung des Fadens darstellend . **2. Gagea.**
„   „   als Querbalken (T) dem Faden aufsitzend . . .   9
9. Honigbehälter kreisrund od. längl.; Narbe 3 spaltig.   **3. Fritillaria.**
„   „   eine Furche darstellend. Narbe 3 eckig.   **4. Lilium.**
10. Perigoneinschnitte höchstens bis zur Mitte gehend 11
„   „   bis über die Mitte gehend 12
11. Griffel kurz mit ungeteilter Narbe   . . . . **12. Hyacinthus.**
„   fadenförmig 13
12. Blumen blau, selten weiss.   3 Staubblätter dem Perigon angeheftet,
   die anderen frei. . . . . **10. Endymion.**
„ Blumen rotgelb . . . . **14. Hemerocallis.**
13. Narbe 3 lappig. Krone kugelig od. walzenförmig.   Blätter lineal.
   . . . . **11. Muscari.**
„ Narbe einfach.   Krone trichterig.   Blät. breit-eif. . **15. Funkia.**

Fig. 33. Tulipa silvestris.   *Fig. 34.* Gagea lutea.

1. Tulipa, Tulpe.   Sd.
0. Staubfäden am Grunde bärtig behaart. — Gartenpfl. aus Südeuropa,
   verw. in Baumgärten, auf Wald- u. Grasplätzen u. in Weinbergen.
   Apr., Mai. — . . . . Fig. 33, *T. silvestris* L.
„ Staubf. kahl. — Häufige Zierpflanze aus Südeuropa. April, Mai. —
   . . . . *T. Gesneriana* L.
     2. Gagea. (*Ornithogalum* L. z. T.), Gelb-, Goldstern.   Sd.
0. Pflanzen mit nur 1 Zwiebel.   Grundständiges Laubblatt breitlineal,
   an der Spitze mützenartig zusammengezogen, zugespitzt. — Zerstr.,

I. Liliaceae. 75

in Gebüschen u. schattigen Wäldern. Ende März-Mai.— . . .
. . . . Fig. 34, *G. lutea* Schult.
„ Pfl. mit mehreren Zwiebeln 1
1. Zwiebeln zur Blütezeit frei. Das unter dem Blütenstande befind-
liche Blatt denselben sehr selten mit breit-eif. Grunde einschliessend
(*spathacea* Parlatore). Pfl. 10-15 cm hoch, zuweilen niedriger
und grossblumig (*Schreberi*, Rchb.). — Häufig, auf Äckern, an
Wegrändern u. s. w. Ende März-Mai. — . . . .
. . . . (*G. stenopetala* Rchb.), *G. pratensis* Schult.
„ Zwiebeln zur Blütez. von einer gemeinschaftlichen Haut umschlossen. 2
2. Nur 1 grundständiges Laubblatt. Perigonbl. lineal-lanzettl., zugespitzt.
— Hin u. wieder auf Grasplätzen u. unter Gebüschen; fehlt in
Westfalen u. in der Rheinprovinz. Ende März-Anfang Mai. —
. . . . *G. minima* Schult.
„ 2 grundständige Laubblätter 3
3. Das unterste Blütendeckblatt grösser als das darauf folgende, mit
breitem Grunde den Stiel des Blütenstandes umfassend. — Hin
u. wieder auf Wiesen u. in feuchten Wäldern; fehlt z. B. in Schlesien
u. in der Rheinprovinz. Apr., Mai. — . . *G. spathacea* Salisb.
„ Die 2 unteren Blütendeckblätter etwa gleich gross 4
4. „ 2 „ „ gegenständig. — Besonders auf
Äckern; in einigen Gebieten häufig, in anderen selten: in Prov.
Preussen z. B. nur bei Danzig. Ende März-Mai. — *G. arvensis* Schult.
„ Die 2 unteren Deckblätter wechselständig 5
5. Die 2 grundständigen Blätter fadenförm.; Fruchtknoten mit ziem-
lich gewölbten Flächen. — Hin u. wieder, namentlich an kiesigen,
sandigen, besonnten Stellen; fehlt in der Rheinprovinz. März,
Apr. — . . . . *G. saxatilis* Koch.
„ Fruchtknoten mit ziemlich grossen Vertiefungen auf den äusseren
Flächen. — In Böhmen bei Prag u. Leipa; Buckau bei Magdeburg.
März, Apr. — . . . . *G. bohemica* Schult.

3. Fritillaria. Sd.

0. Stengel 1-2blumig. Perigon mit
roten, eckigen Flecken. — Hin u.
wieder, auf feuchten Wiesen; fehlt
z. B. in Schlesien u. in der Rheinprovinz. Apr., Mai. — . . .
Fig.35,Schachblume, *F.Meleagris* L.
„ Stengel vielblumig. Perigon rotgelb.
— Zierpflanze aus Persien. April.
— Kaiserkrone, *F. imperialis* L.

4. Lilium, Lilie. Sd.

0. Blumen weiss. Perigon innen glatt.
— Zierpfl. aus Südeuropa. Juni,
Juli. — Weisse Lilie, *L. candidum* L.
„ Blumen gelb od. rot 1
1. Blätter wechselständig . . . . 2 *Fig. 35.* Fritillaria Meleagris.
„ Blätter gewöhnlich quirlständig. Blumen nickend mit zurück-
gerollten Perigonblättern, lila od. fleischrot, braun punktiert. —
Zerstreut, in Wäldern, fehlt jedoch im Nordwesten des Gebiets.
Auch in Gärten. Juni, Juli. — Türkenbund-Lilie, *L. Martagon* L.
2. Perigonblät. genagelt, gelb bis orangerot, braun punktiert. In den

Achseln der Laubblät. mit kleinen Zwiebeln. Blumen trichterig, aufrecht. — Sehr selten, auf Gebirgswiesen; fehlt in der Rheinprovinz. Oft in Gärten. Juni, Juli. — Feuerlilie, *L. bulbiferum* L.

„ Perigonblät. aussen behaart, orange-scharlachrot, innen schwarzpurpurn punktiert, Zipfel nach aussen gerollt, mit bräunlichen Warzen besetzt. — Zierstaude aus China u. Japan. Juni-Anf.Aug. — . . . . Tigerlilie, *L. tigrinum* Gawland.

5. Erythronium. Sd

Bei Prag. Apr., Mai. — . . . . *E. Dens canis* L.

6. Anthericum. Sd.

0. Blütenstand unverzweigt, eine einfache Traube. Kapsel eiförmig. spitz; Griffel aufsteigend. — Zerstreut, in trockenen Wäldern u. auf Hügeln, fehlt jedoch z. B. in Posen ganz u. ist in Schlesien zweifelhaft u. in Preussen sehr selten. Mai, Juni. — *A. Liliago* L.

„ Blütenstand verzweigt, selten einfach-traubig (*fallax* Zabel). Kapsel kugelig, stumpf; Griffel gerade. — Zerstreut, in sonnigen Wäldern u. auf Hügeln, fehlt in Westfalen. Juni, Juli. — *A. ramosum* L.

7. Ornithogalum. Sd.

0. Staubfäden zahnlos 1
„ „ oben neben den Staubbeuteln mit Zähnen . . . 3
1. Blumen gelb. — Nur dicht ausserhalb der Grenze des Gebiets unweit Saargemünd. Mai, Juni. — *O. sulphureum* R. u. Schult.
„ Blumen weiss in Doldentrauben 2
2. Die unteren Fruchtstiele wagerecht abstehend. Perigonbl. stumpf. — Sehr zerstreut, auf Wiesen, Äckern u. s. w. Apr., Mai. — *O. umbellatum* L.
„ Die unteren Fruchtstiele aufrecht-abstehend. Perigonbl. spitzlich. Blumen kleiner u. Blätter schmäler als bei der vorigen Art. — Nur an einigen Standorten in Oberschlesien, sowie bei Halle u. Prag. Apr., Mai. — . . . . . . *O. Kochii* Parlatore.
3. Staubfäden 3zähnig. Perigonbl. auf der Innenseite mit schwach grünen Streifen. — Wie folg.; Fehlt z. B. in der Rheinprov., sonst auch nicht gerade häufig, namentlich als Unkraut in Gärten. April, Mai. — . . . . (*O. chloranthum* Sauter), *O. Bouchéanum* Aschs.
„ Staubfäden 2zähnig. Perigon innen weiss. — Stammt aus dem Orient u. war früher Zierpflanze, als solche ist sie verwildert u. findet sich nicht selten auf Wiesen u. Äckern u. besonders als Unkraut in Gärten. Apr., Mai. — . Fig. 36, *O. nutans* L.

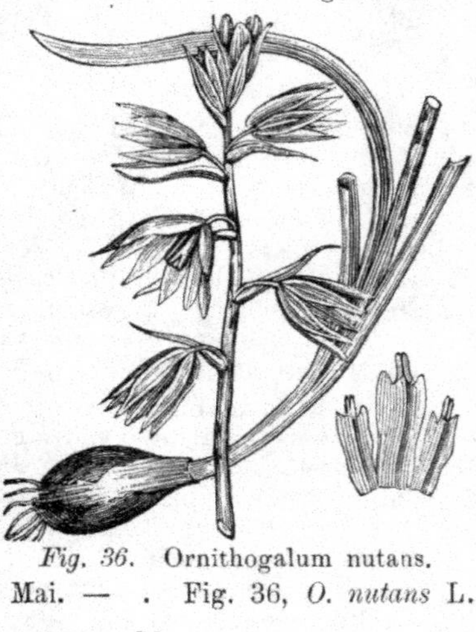

Fig. 36. Ornithogalum nutans.

8. Scilla. Sd.

0. Blumenstiele kürzer als der Querdurchmesser der Blumen, mit oft sehr kleinen Deckblättern 1

„ Blumenstiele länger als der Querdurchmesser der Blumen, meist ohne Deckblätter. Zwiebel 2 Laubblätter erzeugend. — Hin u. wieder, auf schwerem Waldboden, Kalk u. s. w. März, Apr. — *S. bifolia* L.

1. Deckblätter sehr klein, kürzer als die Blütenstiele 2
„   „   so lang od. länger als die Blütenstiele. Zwiebel vielblättrig. — Zierpfl. aus Südeuropa, zuw. verwildernd. Apr., Mai. — . . . . *S. italica* L.
2. Traube 2-6blumig, mit aufrecht abstehenden Blumenstielen. Perigonblätter wagerecht abstehend. — Zierpflanze aus Südeuropa, zuweilen verwildert. Apr., Mai. — . . . . . . *S. amoena* L.
„ Traube 1-3blumig, mit nickenden Blumen. Perigon mehr glockig. — Zierpflanze aus Kaukasien u. dem europäischen Russland. März, Apr. — . . . . *S. sibirica* Andrews.

9. Allium, Lauch. Sd.

0. Blätter röhrenförmig, hohl 1
„   „   nicht röhrenförmig, sondern rinnenförmig od. flach . 3
1. 3 Staubfäden oberwärts gezähnt u. breiter 2
„ Die 6 Staubfäden gleichgestaltet u. zahnlos 15
2. Blätter auf dem Querschnitt kreisförmig 16
„   „   halbstielrund, d. h. Querschnitt halbkreisförmig . . . 13
3. Die 6 Staubfäden ungezähnt 4
„ 3 der Staubfäden breit, oberwärts 1 od. 2zähnig 9
4. Laubblätter elliptisch od. lanzettlich 5
„   „   lineal 7
5. Der den Blütenstand tragende Stengel beblättert. — An einigen Orten des Riesengebirges, mährischen Gesenkes u. des Bielitzer Gebirges u. s. w. Juli, Aug. — Allermannsharnisch, *A. Victorialis* L.
„ Der die Blüten tragende Stengel blattlos 6
6. Mit 2 langgestielten, elliptisch-lanzettlichen, gestielten Laubbl. — Zerstreut, in feuchten Wäldern. Mai-Anf. Juni. — . . . . Ramisch, *A. ursinum* L.
„ Untere Blät. sitzend. — Sehr selten, unweit Bonn. Mai. — . . . . *A. (multibulbosum* Jacq.) *nigrum* L.
7. Jede Pflanze mit ihrer besonderen Zwiebel 14
„ Zwiebeln an einem horizontalen Rhizom sitzend 8
8. Staubblätter länger als das Perigon. — Zerstreut, namentlich auf Sandboden trockener Wälder u. sonniger Hügel, fehlt aber in der Rheinprovinz u. in Westfalen. Juli, Aug. — . . . . *A. (senescens* u. *montanum* Schmidt) *fallax* Schult.
„ Staubblätter so lang wie das Perigon. Diese Art kann als *A. angulosum* L. erw. mit der vorigen zusammengefasst werden. — Wie vorige. — . . . . *A. acutangulum* Schrad.
9. Dolde zwiebeltragend 11
„   „   nicht zwiebeltragend 10
10. Die kurzen Staubfadenzähne stumpf. — Nur an wenigen Standorten in Schlesien, Hessen u. Böhmen. Juli. — . . . . *A. (reticulatum* Presl.) *strictum* Schrad.
„ Staubfadenzähne haarspitzig 12
11. Die kurzen Staubfadenzähne stumpf. Zwiebelchen mehr eiförmig od. bei einer Var. (Rockenbolle, *Ophioscorodon* Don.) mehr kugelig. — Küchengewächs aus dem Orient. Juli, Aug. — . . . . Knoblauch, *A. sativum* L.

„ Staubfadenzähne haarspitzig. — Zerstreut, unter Gebüsch, an Waldrändern. Juni, Juli. — . A. (arenarium Sm.) Scorodoprasum L.
12. Laubblätter schmal lineal. Perigonblätter länger als die Staubblätter,
bei Ampeloprasum L. kürzer. — Fehlt in Schlesien und Provinz
Preussen, sonst selten, in den Thälern der Ahr, Mosel, Nahe u. des
Rheins, in Böhmen, Thüringen u. bei Frankfurt a. O. Juni-Aug. —
. . . . A. rotundum L.
„ Laubblätter länglich-lanzettlich. Perigonblätter kürzer als die Staub-
blätter. — Küchengewächs aus Südeuropa. Juni, Juli. — . . .
. . . . Porrei, Porree, Perlzwiebel, A. Porrum L.

13. Dolde zwiebeltragend, bei Var.
compactum Thuill. ganz blumen-
los, seltener zwiebellos (capsu-
liferum Lange). Die 3 inneren
Staubblätter besitzen 3 faden-
förm. Zipfel, von denen der
mittlere den Beutel trägt. —
Zerstreut, auf meist sandigen
Hügeln u. Äckern. Juni-Aug.
. . . . Fig. 37,
A. (arenarium L.) vineale L.
„ Dolde nicht zwiebeltragend. —
In Mitteldeutschland zerstreut,
sonst nur bei Frankfurt a. O.
Juni, Juli. — . . . . . .
. . . A. sphaerocephalum L.

Fig. 37. Allium vineale.

14. Staubblätter so lang wie das
Perigon. Blät. schmal-lineal,
am Grunde röhrig, deutl. rinnig,
bei Var. complanatum Fr. breiter
u. flachrinnig. — Häufig, an Wald- u. Wegrändern, unter Gebüschen.
Juni, Juli. — . . A. (carinatum bei Willd. u. a.) oleraceum L.
„ Staubblätter fast 2mal so lang als das Perigon. — Fehlt in der
Rheinprovinz, sonst nur hin u. wieder an sehr wenigen Orten in
Schlesien, bei Frankfurt a. O., Hamburg, Lauenburg, Holzminden,
Dortmund. Juni, Juli. — . . A. (flexum W. K.) carinatum L.
15. Stengel u. Blätter in der Mitte etwas bauchig aufgeblasen. —
Selteneres Küchengewächs aus Sibirien. Juli, Aug. — . . . . .
. . . . Winterzwiebel, A. fistulosum L.
„ Blätter cylindrisch, pfriemlich. Perigonblät. breit-lanzettl., spitz,
hellpurpurrot. Bei der Var. sibiricum Willd. die Perigonblät. schmal-
lanzettl., lang zugespitzt, fast purpurn. — Häufig gebaut, wild nicht
häufig. Juni, Juli. — . . . Schnittlauch, A. Schoenoprasum L.
16. Stengel und Blätter unterhalb der Mitte bauchig aufgeblasen. —
Küchengewächs von unbekannter Herkunft. Juni, Juli. — . . . .
. . . . Zwiebel, Bolle, Zipollen, A. Cepa L.
„ Stengel gleichmässig stielrund. — Küchengewächs aus dem Orient.
Juni, Juli. — . . . . Schalotte, A. ascalonicum L.

10. Endymion. Sd.

Nur in schattigen Hainen unweit Jülich, Stade, in Ostfriesland; im
Weistritzthal verwildert. Mai. — . . . .
(Hyacinthus non scriptus L., E. nutans Dumort.), E. non scriptus Gcke.

11. Muscari. Sd.

0. Die unteren Blüten gelblich-braun od. hellgrün 2
„ Blumen blau 1

1. Perigon der wohlriechenden Blumen länglich. Laubblätter lineal-pfriemlich, halbstielrund, oberseits gefurcht od. schmalrinnig; bei der Var. *neglectum* Guss. die Blätter breiter, flach mit nur etwas aufgebogenen Rändern. — Sehr zerstreut, in Weinbergen, auf Äckern und Wiesenplätzen Mitteldeutschlands, sonst Zierpflanze. April, Mai. — . . . . . Fig. 38, Weinträubel, *M. racemosum* Mill.

„ Perigon der geruchlosen Blumen kugelig, mit weisslichen Zähnen. Laubblätter breit-lineal. — Sehr zerstreut, in Bergwäldern Mittel-

Fig. 38. Muscari racemosum.

deutschlands, in Schlesien nur bei Görlitz u. Grünberg, zuweilen als Zierpflanze gezogen. April, Mai. — . . *M. botryoides* Mill.

2. Perigonmündung weit, mit hellgrünen Zähnen. — Nicht häufig, in Weinbergen u. auf Sandfeldern Mitteldeutschl. Mai, Juni. — . . . . Schopfhyacinthe, *M. comosum* Mill.

„ Perigonmündung stark verengt mit schwarzbraunen Zähnen. — In Bergwäldern Thüringens, der Prov. Sachsen u. Böhmens. Mai, Juni. — . . *M. (tubiflorum* Steven) *tenuiflorum* Tausch.

12. Hyacinthus. Sd.

Häufiges Ziergew. aus Südeuropa. Apr., Mai. — . Hyacinthe, *H. orientalis* L.

13. Narthecium. Sd.

Hin u. wieder, in Torfmooren; fehlt z. B. in Schlesien. Juli, Aug. — . . . . Fig. 39, *N. ossifragum* Huds.

14. Hemerocallis. Sd.

0. Wohlriechende, hellgelbe Blumen mit flachen Perigonabschnitten. — Zierpflanze aus Südostdeutschland. Juni. — . . . . . *H. flava* L.

„ Geruchlose, rotgelbe Blumen mit innen welligen Perigonabschnitten. — Zierpflanze aus Süddeutschland. Juli, Aug. — . . *H. fulva* L.

15. Funkia. Sd.

Häufige Zierpfl. aus China. Sommer. — . . . . *F. ovata* Spr.

Fig. 39. Narthecium ossifragum.

b) Melanthieae.

0. Blumen einzeln, fleischrot, vom August bis zum Oktober erscheinend, mit 3 sehr langen Griffeln. Mit den sich erst im folgenden Frühjahr entwickelnden aus 3 bis zur Mitte verbundenen Fruchtblättern

bestehenden Kapseln erscheinen die breitlanzettlichen Laubblätter
. . . . **1. Colchicum.**
„ Blüten traubig-ährig, od. rispig angeordnet 1
1. Die weisslichen od. grünlichen Blüten rispig angeordnet. Fruchtblätter nur am Grunde miteinander verbunden. Laubblätter
elliptisch . . . . **2. Veratrum.**
„ Die gelblichen, sehr kurz gestielten Blumen eine kleine Traube
bildend. Fruchtblätter bis über die Mitte miteinander verbunden.
Laubblätter lineal-lanzettlich . . . . **3. Tofieldia.**

1. Colchicum. Sd.
Wiesen Mitteldeutschl. nicht selten, in Norddeutschl. sehr zerstreut. Aug.-
Okt., sehr selt. auch im Frühlingsanfang. — Herbstzeitlose, *C. autumnale* L.

2. Veratrum. Sd.
Nasse u. sumpfige Wiesen der schlesischen Gebirge u. in der ober-
schlesischen Ebene. Juli, Aug. — . . . .
. . Germer, (*V. album* Var. *Lobelianum* Rchb.), *V. Lobelianum* Bernh.

3. Tofieldia. Sd.
Bei der Var. *sparsiflora* Sonder die Traube locker, fast unterbrochen. —
Sehr zerstreut, auf Wiesen u. grasigen Hügeln, fehlt z. B. in der Rhein-
provinz. Juni, Juli. — . . . . *T. calyculata* Wahl.

c) Smilaceae.

0. Gleichnamige Blütenteile in der 4 od. 2 × 4 Zahl vorhanden . 1
„　　　　„　　　　„　 in der 3 resp. 2 × 3 Zahl vorhanden . 2
1. 8 Staubbl.; 4 (selten 3, 5 od. 6) quirlständige Laubbl. . **3. Paris.**
„ 4　　„ ; meist 2 wechselständige Laubbl. . **6. Majanthemum.**
2. Blüten grüngelb. Pfl. 2 häusig, indem die weibl. resp. männl.
Organe verkümmert sind . . . . **1. Asparagus.**
„ Blüten hermaphrodit. 3
3. Perigon röhrig-glockig 4
„　　„ fast bis zum Grunde 6 teilig . . . . **2. Streptopus.**
4. Perigon röhrig. Staubblätter der Röhre etwa in mittlerer Höhe
od. über der Mitte ansitzend . . . . . . **4. Polygonatum.**
„ Perigon glockig. Staubblätter der Glocke am Grunde ansitzend.
. . . . **5. Convallaria.**

1. Asparagus. Sd.
Zerstreut, auf sandigen Triften, Wiesen
u. s. w., oft gebaut. Juni, Juli. —
. . . . Fig. 40,
Spargel, *A.* (*altilis* Aschs.) *officinalis* L.
2. Streptopus Sd.
Riesengeb. u. oberschles. Ebene u. an
einigen Standorten auf der Tafelfichte
des Iserkamms, in Böhmen, in der
sächs. Schweiz u. im Erzgebirge. Juli,
Aug. — . . *S. amplexifolius* D. C.
3. Paris. Sd.
Es kommt vor, dass Blumen durch
Mittel, welche eine Täuschung veran-
lassen, Insekten anlocken. Ein gutes
Beispiel dieser Art bietet die Einbeere.
Dieselbe sondert keinen Honig ab, der
dunkelpurpurne Fruchtknoten glänzt aber
täuschend, als wäre er feucht. Hier-

Fig. 40. Asparagus officinalis.

durch werden fliegenartige Insekten angelockt, welche den Fruchtknoten — in der Meinung, Flüssigkeit vor sich zu haben — belecken, wobei sie in der erstweiblichen Blume leicht mit den Staubbeuteln resp. mit den Narben in Berührung kommen.
Zerstreut, in schattigen Laubwäldern.
Mai, Juni. — . . . .
. . Fig. 41, Einbeere, *P. quadrifolius* L.

4. Polygonatum, Weisswurz. Sd.

0. Blätter quirlständig zu 3-5 zusammen-stehend, schmal lanzettlich. — Zer-streut, in schattigen Gebirgswäldern, selten in der Ebene. Mai, Juni. —
. . . . . . *P. verticillatum* All.
„ Blätter wechselständig 1
1. Stengel kantig. Staubfäden kahl. Trau-ben 1-2blütig, selt. 3-5blütig (*ambiguum* Lk.). Blätter etwas stengelumfassend, kahl. — Nicht selten, besonders in Laubwäldern. Mai, Juni. — . Fig. 42, *P. (anceps* Mnch.) *officinale* All.
„ Stengel stielrund. Staubfäden u. Perigonzähne innen behaart. Trauben 3-5blütig. Bei der sehr seltenen Var. *bracteatum* Thomas die Deckblätter der unteren Blumen laubblattartig. — Häufig, in schat-tigen (Laub-) Wäldern. Mai, Juni. — . . *P. multiflorum* All.

Fig. 41. Paris quadrifolius.

Fig. 42. Polygonatum officinale.   *Fig. 43.* Majanthemum bifolium.

5. Convallaria. Sd.
Häufig, in Laubwäldern. Mai. — Maiblume, Maiglöckchen, *C. majalis* L.

6. Majanthemum. Sd.
Häufig, in etwas feuchten, schattigen Wäldern. Mai, Juni, — . . . .
. . . . . Fig. 43, Schattenblume u. s. w., *M. bifolium* Schmidt.

II. Fam. Amaryllidaceae.

Fruchtknoten unterständig, im übrigen wie bei den Liliaceen.

0. Perigon eine Röhre mit wagerecht abstehendem, 6teiligem Saum
darstellen . . . . **1. Narcissus.**
„ Perigon glockig, bis zum Grunde 6teilig 1
1. Innere Perigonblätter so lang wie die äusseren . . **2. Leucoïum.**
„ Innere Perigonblätter kürzer als die äusseren, an der Spitze ausgerandet . . . . **3. Galanthus.**

1. Narcissus, Narcisse. Sd.

0. Perigon hellgelb, sich in
einen inneren, röhrigen
(Nebenperigon) u. einen
äusseren, in 6 wagerecht
abstehende Zipfel zerfallen-
den Teil spaltend. — Fehlt
wild z. B. in Schlesien u. ist
auch sonst selten, auf Bergwiesen; meist nur aus Gärten
verwildert; am häufigsten in
der Rheinprovinz. Mai. —
. Fig. 44, gelbe Narcisse,
N. Pseudo - Narcissus L.
„ Perigon-Abschnitte weiss.
Nebenperigon weit kleiner
als bei voriger Art, gelb. —
Häufige Zierpfl. aus Süd-
deutschland. Apr., Mai. —   *Fig. 44.* Narcissus Pseudo-Narcissus.
. Weisse Narcisse, *N. poëticus* L.

2. Leucoïum, wildes Schneeglöckchen. Sd.

0. Stengel 1 blütig. — Zerstreut, in schattigen Laubwäldern Mitteldeutschl. u. sehr selt. in Norddeutschl. März, Apr. — *L. vernum* L.
„ Stengel mehrblütig, doldig. — Sehr selten, nur an einigen Standorten im Gebiet, so unweit Stade, Lübeck, Zittau, Elsterwerda.
Mai. — . . . . Fig. 45, *L. aestivum* L.

Fig. 45. Leucoïum aestivum.   *Fig. 46.* Galanthus nivalis.

3. Galanthus. Sd.

Feuchte Laubwälder, Gebüsche, Wiesen, in Schlesien verbreiteter, sonst
selten; aber häufiger aus Gärten verwildert. Febr., März. — . . . . .
. . . . Fig. 46, Schneeglöckchen, *G. nivalis* L.

III. Fam. Juncaceae.

Das Perigon trocken-lederig, unscheinbar, u. die Laubblätter gras-blattähnlich oder cylindrisch, sonst im allgemeinen wie die Liliaceen gebaut. Fruchtknoten 1-3 fächrig, 1-vieleiig, immer zu einer Kapsel werdend.

0. Kapseln vielsamig, ein- bis mehr oder minder deutlich 3 fächrig; nach ihrem Aufspringen durch 3 Klappen trägt jede derselben in ihrer Mitte eine Scheidewand . . . . 1. **Juncus.**
„ Kapseln 3 samig, 1 fächrig, die Klappen ohne Scheidewände. Laubblätter immer grasblattartig, flach, an den Rändern meist mit langen, weissen Haaren . . . . 2. **Luzula.**

1. Juncus, Binse, Simse. Sd. u. 1j.

0. Das Deckblatt des Blütenstandes den Stengel in der Richtung seiner Verlängerung fortsetzend, sodass es den Anschein gewinnt, als sässe der Blütenstand seitlich am Stengel ziemlich tief unterhalb seiner Spitze 1
„ Blütenstand deutlich endständig 7
1. Blühender Stengel mit deutlichen, langen, stielrunden Blättern besetzt. Sd. — Meeresküste von Pommern bis zu den Ostfriesischen Inseln. Juli, Aug. — . . . . *J. maritimus* Lmk.
„ Blühender Stengel am Grunde mit scheidenförmigen Niederblättern. 2
2. Blütenstand bis 7 blütig. Stengel fadenförmig. Sd. — Sumpfwiesen der mitteldeutschen Gebirge u. an Moor-Wiesen Norddeutschlands. Juni, Juli. — . . . . . . *J. filiformis* L.
„ Blütenstand vielblütig 3
3. Stengel in frischem Zustande mit deutlichen, tiefen, längsverlaufenden Rillen, am Grunde mit schwarzbraunen Schuppenblättern. Bei Var. *pallidus* Sonder das Perigon bleich u. Kapsel hellbraun. Sd. — Häufig, an feuchten, besonders lehmigen Stellen. Juni-Aug. — . . . . . . Fig. 47, *J. glaucus* Ehrh.

Fig. 47. Juncus glaucus.

„ Stengel in frischem Zustande nur fein gerillt od. glatt, am Grunde mit hellbraunen Schuppen . 4
4. Kapsel nicht stachelspitzig . 5
„ „ stachelspitzig . . . 6
5. Stengel deutlich gestreift, graugrün, glanzlos. Griffel auf einem erhabenen Buckel sitzend. Rispe meist knäuelförmig. Sd. — Hier u. da an sandigen u. moorigen Orten. Mai, Juni. — . . . . *J. (communis* E. Mey. z T.) *Leersii* Marsson.
„ Stengel glatt, dunkelgrün, meist glänzend. Kapsel an der Spitze etwas vertieft, mit in der Vertiefung sitzendem Griffel. **Rispe** locker, bei *conglomeratus* L. knäuelförmig. Sd. — **Häufig, an** Sumpfrändern, Gräben, Ufern u. s. w. Juni-Aug. — . . . . Fig. 48, *J. (communis* E. Mey. z. T.) *effusus* L.
6. Kapsel elliptisch od. kugelig-eiförmig. Sd. — **Meeresstrand der** Nord- u. Ostsee. Juli, Aug — . . . . . *J. balticus* Willd.

6*

„ Kapsel verkehrt-eiförm., unfruchtbar. Sd. — Selten, an Gräben, meist nur in einzelnen Exemplaren zwischen den Stammpflanzen. Juni, Juli. — *J.* (*diffusus* Hoppe) *effusus* ✕ *glaucus* Schnizl. u. Frick.

7. Blüten ungestielt, in Köpfen angeordnet, die ihrerseits einen rispigen Blütenstand bilden können . 8

„ Blüten gestielt, in Rispen . 16

8. Arten 1jährig. Blüten 3männig. 11

„ Stauden 9

9. Stengel mit 1-3 Blüten, die seitlichen in der Achsel langer Laubblätter. Am Grunde des Stengels ein kurzes Laubblatt, unter welchem sich mehrere schuppige Niederblätter befinden. Sd. — Nur an einigen feuchten, steinigen Kämmen des Riesengebirges u. im mährischen Gesenke. Juni-Aug. —

. . . . *J. trifidus* L.

„ Stengel mehrblütig u. beblättert. Laubblätter röhrig, querfächrig; im

Fig. 48. Juncus effusus Var. conglomeratus.

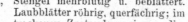

trockenen Zustande springen die Querwände sichtbar hervor . 10

10. Blütenstand wenigköpfig. Kapseln stumpf, stachelspitzig, länger als das Perigon, bei Var. *nigritellus* Koch an der Spitze etwas eingedrückt und kürzer. Bei Var. *uliginosus* Roth der Stengel niederliegend u. wurzelnd, u. bei *fluitans* Lmk. sehr lang u. im Wasser flutend. Sd. — Meist nicht selten, auf Torfwiesen, Sümpfen u. s. w. Juli, Aug. — *J.* (*subverticillatus* Wulf.) *supinus* Mnch.

„ Blütenstand meist vielköpfig. Kapseln spitz. Blüten 6männig . 12

11. Blüten zu 3-9 in Köpfen, die einzeln od. zu 2-4 beisammen stehen, von denen einer sitzend, die anderen, wenn vorhanden, langgestielt erscheinen. Stengel auch über seinem Grunde mit einem od. wenigen Laubblättern. 1j. — Nur an einigen Standorten West-Schleswigs: Sylt, Romö, Syderhöft. Juli, Aug. — . . *J. pygmaeus* Thuill.

„ Köpfe 6-10 blütig, meist einzeln. Stengel nur mit grundständigen Laubblättern. 1j. — Hin u. wieder auf sandigen u. feuchten Äckern, im Westen der Rheinprov. u. in Schlesien seltener. Juni-Aug. — . . . . *J. capitatus* Weigel.

12. Stengel meist mit 2 Laubbl.; Perigonbl. gleichlang, stumpf, wenn auch zuweilen stachelspitzig, also von einem deutlich abgesetzten Spitzchen gekrönt 13

„ Stengel meist mit mehr als 2 Laubbl. Die äusseren Perigonbl. spitz. 14

13. Perigon dunkelrotbraun 13a

„ Perigon weisslich, seine Blätter nicht stachelspitzig. Sd. — Sehr zerstreut, in Sümpfen, Gräben, auf Torfwiesen; fehlt in Schlesien; in Preussen an wenigen Orten. Juli, Aug. — *J. obtusiflorus* Ehrh.

13a. Kapsel überragt das Perigon etwa um die Hälfte seiner Länge. Köpfchen gross, fast schwarz. Äussere Perigonteile deutlich stachelspitzig. — Zerstreut, auf Moorwiesen u. feuchtem Sandboden. Juli, Aug — . . . . *J.* (*fuscoater* Schreb.) *alpinus* Vill.

„ Kapsel nicht länger als das Perigon. Köpfchen klein, meist dicht gedrängt, kastanienbraun. Äussere Perigonteile stachelspitzig. Sd.

— Im Sande der ost- u. nordfriesischen Inseln. Juli, Aug. —
(*J. anceps* Laharpe Var. *atricapillus* Buchenau), *J. atricapillus* Drejer.

14. Perigonbl. untereinander gleich-
lang, kürzer als die Kapsel.
Stengel zuweilen kriechend und
wurzelnd (*repens* Nolte) od. im
Wasser flutend (*fluitans* Koch).
Köpfchen bei *macrocarpus* Döll
dunkelbraun u. grösser. Sd. —
Gemein, an feuchten Stellen. Juli,
Aug. — Fig. 49, *J.* (*articula-
tus* L. z. T.) *lamprocarpus* Ehrh.

„ Innere Perigonbl. länger als die
äusseren 15
15. Perigonbl. glänzend schwarz, so
lang wie die Kapsel. Sd. —
Selten, an feuchten Stellen, fehlt
z. B. in der Rheinprovinz. Juli,
Aug. — . . . . . *J.* (*mela-
nanthos* Rchb.) *atratus* Krocker.
„ Perigonbl. braun mit grünem
Rückenstreifen, kürzer als die

Fig. 49. Juncus lamprocarpus.

Kapsel. Bei Var. *macrocephalus* Koch so lang wie die Kapsel und die
Köpfchen grösser u. weniger zahlreich. Sd. — Nicht gemein, an feuchten
Stellen. Juni, Juli. — *J.* (*silvaticus* Reichard) *acutiflorus* Ehrh.
16. Blühende Stengel in der Mitte mit 1-2 Laubblättern . . . 18
„ Blühende Stengel in der Mitte höchstens mit einem Laubblatt, meist
unbeblättert, am Grunde mit zahlreichen Laubblättern . . . 17
17. Deckblätter des Blütenstandes denselben an Länge nicht überragend. Perigonbl. so lang wie die Kapsel. Sd. — Zerstreut, an
feuchten Orten. Juni-Aug. — . . . . . . *J. squarrosus* L.
„ 1 od 2 der Deckblätter des Blütenst. überragen denselben. Perigonbl.
etwas länger als die Kapsel. Sd. — Sehr zerstreut, an Wegen u. s. w,
fehlt z. B. in der Rheinprovinz. Juni, Juli. — . *J. tenuis* Willd.
18. Stengel Rhizome bildend u. (ab-
gesehen vom Blütenstande) unverzweigt. Perigonbl. stumpf, um
¹/₂ kürzer als die fast kugelige
Kapsel. Bei der namentlich an
salzigen Orten auftretenden Var.
Gerardi Loisl. sind die Perigonbl.
nur wenig kürzer als die elliptische
Kapsel. Perigonblät. gelbbraun
mit breitem, grünen Rückenstreifen, breit-weisslich berandet.
Narben hellrot. Bei *bottnicus*
Whlnbg. die Perigonblätter kastanienbraun mit grünem Rücken
und schmal-weisslich berandet.
Narben dunkelrot. Sd. — Häufig,
an nassen Stellen. Juli, Aug. —
. . . . *J.* (*bulbosus*
vieler Autoren) *compressus* Jacq.

Fig. 50. Juncus bufonius.

„ Stengel nicht Rhizome bildend, meist sehr verzweigt 19
19. Kapsel fast kugelig 20
„   „ länglich mit deutlichem Griffel; Perigonblätter alle länger als
die Kapsel, seltener die äusseren so lang od. etwas länger, die
inneren etwas kürzer (*ranarius* Perrier u. Songeon). Bei *hybridus*
Brotero die Blüten zu je 2-3 genähert. 1j. — Gemein, an feuchten
Orten. Juni-Aug. — ‚ . . . . . . Fig. 50, *J. bufonius* L.
20. Kapsel mit sehr kurzem Griffel, so lang wie das Perigon. 1j. —
Sehr zerstreut od. selten, auf lehmigem od. sandigem, feuchtem Boden;
scheint in Prov. Preussen zu fehlen. Juni-Aug. — *J. Tenageia* Ehrh.
„ Kapsel kürzer als das Perigon. 1j. — Selten, an feuchten Orten, nur
bei Weimar, Offenbach u. Habry unweit Prag. Juni, Juli. — . .
. . . . *J. sphaerocarpus* N. v. E.

2. Luzula, Marbel. Sd.

0. Blüten einzeln, keine Köpfe bildend 1
„   „ Köpfe od. Ähren bildend, welche eine doldig erscheinende
Rispe oder Ähre zusammensetzen 2
1. Pflanze mit Ausläufern. Blüten gelblich. — Nur unweit Ustron
u. Teschen. Juni-Sept. — . *L.* (*Hostii* Desv.) *flavescens* Gaud.
„ Pflanze rasig, ohne Ausläufer, die
untersten Blätter fast lanzettlich bis
breit-lineal. Fruchtzweige zurückgebogen.— Häufig, in Wäldern. März-
Mai. — Fig. 51, *L. pilosa* Willd.
„ Pflanze rasig, ohne Ausläufer, die
untersten Blätter lineal. Fruchtzweige
aufrecht. -- Nur in der Rheinprovinz.
Juni, Juli. — . *L. Forsteri* D. C
2. Perigon weiss, rot (*rubella* Hoppe) od.
schwarzbraun (*fuliginosa* Aschs.).
Unteres Deckblatt des Blütenstandes
länger als dieser. — Wälder Mitteldeutschlands meist häufig, in Norddeutschland selten. Juni, Juli. —
. . . . *L.* (*an-*
gustifolia Gcke.) *nemorosa* E. Mey.
„ Perigon gelb bis braun . . 3

3. Zweige des Blütenstandes länger
als die unteren Deckblätter . 4
„ Zweige des Blütenstandes kürzer

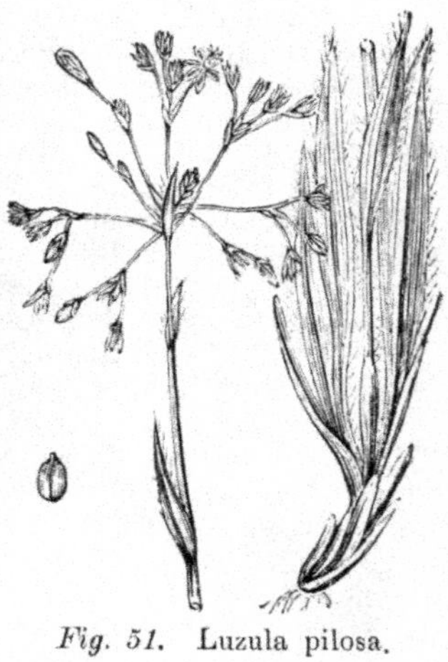

Fig. 51. Luzula pilosa.

od. nur wenig länger als die unteren Deckblätter 5
4. Blätter breit-linealisch-lanzettl., am Rande behaart. — Selten, in Berg-
u. Gebirgswäldern. Mai, Juni. — *L.* (*maxima* D. C.) *silvatica* Gaud.
„ Blätter lineal-lanzettl., kahl. — Nur am Gipfel der Babia Gora.
Juni, Juli. — . . . . *L. spadicea* D. C.
5. Blütenstand eine od. mehrere zusammengesetzte Ähren bildend.— Nur
an einigen Standorten des Riesengeb. Juni, Juli. — *L. spicata* D. C.
„ Blütenstand eine doldige Rispe, deren Enden kleine Ährchen sind . 6
6. Perigonblätter hellgelb (*pallescens* Bess.) od. im Riesengebirge hellbraun (*nigricans* Pohl), die äusseren länger als die inneren. —
Sehr zerstreut, fast selten; fehlt im westlichsten Gebiet. März-
Mai. — . . . . *L. sudetica* Presl.

„ Perigonblätter braun, die äusseren fast ebenso lang wie die inneren. Ährchen wenige, nickend od. zahlreicher u. aufrecht (*multiflora* Lej.) od. kopfartig zusammengedrängt (*congesta* Lej.). — Gemein, in trockenen Wäldern, auf sonnigen Hügeln n. s. w. März-Mai. —
. . . . Hasenbrot u. s. w., *L. campestris* D. C.

IV. Fam. Iridaceae.

Blumen meist actinomorph, bei Gladiolus zygomorph, mit 3 + 3 Perigonblättern, 3 Staubblättern u. einem 3fächrigen, vieleiigen unterständigen Fruchtknoten mit oft Schau-Apparate darstellenden, blumenblattähnlichen Narben. Man nimmt an, dass bei den Vorfahren zwischen den 3 Staubblättern u. dem Fruchtknoten noch 3, jetzt abortierte Staubblätter vorhanden waren.

0. Blumen etwa 1 cm gross od. wenig grösser. Laubblätter schmallineal, grasblattartig . . . . **4. Sisyrinchium.**
„ Blumen grösser 1
1. „ actinomorph 2
„ „ zygomorph . . . . **2. Gladiolus.**
2. Perigon glockig, mit sehr langer Röhre . . . . . **1. Crocus.**
„ Aussere Perigonabschnitte zurückgeschlagen, innere aufrecht. **3. Iris.**

1. Crocus, Safran. Sd.

0. Blumen gelb. — Häufige Zierpflanze aus Griechenland u. dem Orient. Febr., März. — . . . . *C. luteus* Lam.
„ Blumen violett, lila od. weisslich 1
1. Blätter lineal-lanzettl.; Schlund des Perigons kahl. — Häufig in Gärten u. verwildert; wild sehr selten auf schlesischen Bergwiesen u. Waldwiesen des Vorgebirges. März, Apr. — . . . . . .
. . . . *C.* (*vernus* Wulf. erw.) *banaticus* Heuffel.
„ Blätter lineal. Schlund des Perigons behaart. — Häufige Zierpflanze aus Südeuropa. März, Apr. — . *C. neapolitanus* Gawl.

2. Gladiolus, Siegwurz. Sd.

0. Ähre 2-5blumig. — Zerstreut, auf Sumpfwiesen. Juni, Juli. — .
. *G.* (*Bouchéanus* Schldl., *pratensis* A. Dietrich) *paluster* Gaud.
„ Ähre vielblumig 1
1. Blumen 3 cm lang, hellrot. — In Gärten u. von hier aus verwildert. Mai, Juni. — . . *G. communis* L.
„ Blumen 2 cm lang, purpurrot; bei Var. *parviflorus* Berdau nur halb so gross. — Feuchte Wiesen, seltener auf Äckern sowie an sumpfigen Waldstellen. Im mittleren Gebiet selten, im östlichen häufig. Juli. — . . . .
. *G.* (*rossicus* Pers.) *imbricatus* L.

3. Iris, Schwertlilie. Sd.

0. Äussere Perigonzipfel innen bärtig 4
„ „ „ bartlos . . 1
1. Perigon gelb. — Häufig, in Sümpfen, stehenden Gewässern, Gräben. Mai, Juni. — Fig. 52, *I. Pseud-Acorus* L.
„ Perigon blau 2

Fig. 52. Iris Pseud-Acorus.

2. Laubblätter länger als der blühende Stengel. — Nur an einigen
Orten Oberschlesiens auf Waldwiesen. Mai, Juni. — *I. graminea* L.
„ Laubblätter kürzer als der blühende Stengel 3
3. Die 3 äusseren Perigonzipfel verkehrt-eiförmig, etwa doppelt so
lang als ihr Nagel. — Zerstreut, auf feuchten Wiesen; im nordwestl. Gebiet fast fehlend. Mai, Juni. — *I.(pratensis* Lmk.) *sibirica* L.
„ Die 3 äusseren Perigonzipfel rundlich, kürzer als der lanzettl. Nagel. —
Auf feuchten Wiesen unweit Mainz u. Bingen. Juni. — *I. spuria* L.
4. Stengel 1 blumig, viel kürzer als die Blätter. — Zierpfl. aus Südosteuropa, zuweilen auf Mauern gepflanzt. Apr., Mai. — *I. pumila* L.
„ Stengel mehrblumig 5
5. Blumen gelblich. — Zierpflanze aus Österreich, zuweilen verwildert.
Frühling. — . . . . *I. variegata* L.
„ Blumen weisslich bis violett. 6
6. Perigon weiss. — Zierpfl. aus Südeuropa. Mai, Juni. — *I. florentina* L.
„ Perigon ganz oder teilweise violett 7
7. Perigon violett 9
„ Äussere Perigonzipfel violett, die inneren anders gefärbt . . 8
8. Innere Perigonblätter blass-schmutzig gelb. Blumen nach Honig
duftend. — Zierpflanze aus Südeuropa. Juni. — *I. squalens* L.
„ Innere Perigonzipfel graublau. Blumen nach Hollunder duftend. —
An wenigen Standorten der Rheinprov., in Böhmen u. s. w, sehr selten.
wohl ursprünglich nur verwildert. Mai, Juni. — *I. sambucina* L.
9. Hochblätter zur Blütezeit vollkommen eingetrocknet. 2 lippige Narben
mit stumpfen Oberlippen. Blumen blassviolett. — Zierpfl. aus
Italien u. Istrien. Mai, Juni. — *I. (odoratissima* Jacq.) *pallida* Lmk.
„ Hochblätter zur Blütezeit höchstens am Rande od. an der Spitze
etwas trockenhäutig geworden 10
10. Stengel länger als die Laubblätter. 2 lippige Narben mit spitzer
Oberlippe. Blumen dunkelviolett. — An einigen Standorten der
Rheinprovinz. Mai. — . . . . *I. germanica* L.
„ Stengel kürzer als die grundständigen Laubblätter. Hochblätter
der Blütenregion bei *bohemica* Schmidt länglich u. am Rücken
schwach gebogen. — Selten, auf felsigem Boden Mitteldeutschlands,
Nordböhmen. Mai. — . . . . *I. nudicaulis* Lmk.

4. Sisyrinchium. Sd.

Aus Nordamerika, bei uns bisweilen verwildert. Frühling. — *S. anceps* L.

V. Fam. Dioscoreaceae.

Windende 2 häusige Pfl.; Blüten mit 3 + 3 Perigonblättern, 3 + 3
Staubblättern u. einem unterständigen, 3 fächrigen, zu einer Beere
werdenden Fruchtknoten.

Tamus. Sd.

An einigen Standorten im südwestlichen Zipfel der Rheinprovinz.
Mai. — . . . . . Jungfernwurzel, Schmeerwurz, *T. communis* L.

---

2. Spadiciflorae. (Vergl. p. 73.)

0. Windblütler mit leicht beweglichen Staubfäden, deren Blütenstände
eingeschlechtige, kolbige Ähren od Köpfe darstellen. **VI. Thyphaceae.**
„ Am Grunde der kolbigen Ähren sitzt ein auffallend grosses Hochblatt, welches den Kolben scheidenförmig mehr od. minder um-

schliessen kann. Blüten 1- od. 2 geschlechtig. Hierher gehören auch die Wasserlinsen . . . . **VII. Araceae.**
„ Wasserpfl. mit ähren- bis kopfförm. Blütenständen. **VIII. Najadaceae.**

VI. Thyphaceae.

Sumpfpflanzen mit 1 geschlechtigen Windblüten, die in kolbigen, ährenartigen od. kopfartigen Blütenständen stehen. Das Perigon der 3 männigen, resp. 1 weibigen Blüten wird durch kleine Schüppchen od. bei Typha durch Haare dargestellt, welche letzteren an der 1 samigen Frucht bleiben u. als Flugorgan für die Verbreitung der 1 samigen kleinen Schliessfrüchte von Vorteil sind.

0. Blüten in cylindrischen, oben männlichen, unten weiblichen Ähren . . 1. **Typha.**
„ Blüten in kugeligen Köpfen . . .
. . . . 2. **Sparganium.**

1. **Typha,** Bumskeule, Rohrkolben, Schmacke-dutschke. Sd.

0. Laubblätter blau-grünlich, lineal, 10-20 mm breit. Blüten ohne Deckbl. Männlicher Ährenteil den weiblichen fast berührend. Bei Var. *ambigua* Sonder mehr od. weniger von einander entfernt. — Nicht selten, in Sümpfen, Gräben, an Ufern. Juni-Aug. — Fig. 53, *T. latifolia* L.
„ Laubbl. grasgrün, lineal., 5-10 mm breit; bei Var. *elatior* Bönngh. nur 3-5 mm breit und der Blütenstand sehr verlängert. Blüten mit Deckschuppen. Männlicher Teil der Ähre von dem weiblichen meist sehr deutlich getrennt. — Wie vorige, aber nicht so häufig. Juni-Aug. — . . . . *T. angustifolia* L.

Fig. 53. Typha latifolia.

2. **Sparganium,** Igelskolbe. Sd

0. Blütenköpfe in Trauben od. Ähren stehend 1
„ Blütenköpfe in Rispen angeordnet. Die Zweige des Blütenstandes mit grossen Deckblättern. — Häufig, in Gräben, Sümpfen. Juli, Aug. —
. . . . Fig. 54, *S. (erectum* L. z. T.) *ramosum* Huds.
1. 1. selten 2 Köpfe am Stengel. Frucht kurzgrifflig, fast sitzend. — Zerstreut, in Torfsümpfen, Gräben, Juli, Aug. — . . . *S. (natans* vieler Autoren) *minimum* Fr.
„ Köpfe zahlreicher. Früchte lang-grifflig, gestielt 2
2. Blätter am Grunde 3 kantig. Narben linealisch. Bei einer im Wasser flutenden Varietät (*fluitans* A. Br.) ist die 3 kantigkeit der

Fig. 54. Sparganium ramosum.

Blätter undeutlich. — Häufig, Gräben, Sümpfe. Juli, Aug. —
. . . . *S. (erectum* L. z. T.) *simplex* Huds.
„ Blätter oberseits flach, unterseits gewölbt, sehr lang, schlaff, oft
schwimmend. Narbe schmal, kurz. — Nordwest-Deutschland, Rheinprovinz. Juli, Aug. — . . . *S. (natans* L.?) *affine* Schnitzlein.

VII. Fam. Araceae.

0. Hochblattscheide den Kolben umschliessend; der letztere trägt
   1geschlechtige, oben männliche, unten weibliche Blüten **(a. Areae)**
   . . . . 1. Arum.
„ Blüten 2geschlechtig **(b. Orontieae)** 1
„ Auf dem Wasser schwimmende, laubblattlose Pflänzchen, deren
   kleine Staub- u Fruchtblätter neben einander am Rande ihrer grünen
   Körperläppchen entstehen **(c. Lemneae)** . . . 4. Lemna.
1. Am Grunde des Kolbens ein weisses, grosses, eiförmiges Hochblatt. Blüten ohne Perigon . . . . 2. Calla.
„ Blüten mit 6teiligem Perigon . . . . 3. Acorus.

1. Arum. Sd.

Wie der beistehende Längsschnitt Fig. 55 durch den
Blütenstand zeigt, trägt die Achse desselben zu unterst
weibliche *(w)*, darüber männliche *(m)* Blüten und darüber
nach abwärts gerichtete starre Fäden *(f)*, welche die gerade
an dieser Stelle enge Hochblattscheide *(h)* derartig abschliessen, dass zwar Insekten, die teils durch die Aus-
hängefahne *(h)*, teils durch den urinösen Geruch ange-
zogen werden, durch die oben schwarzrote Leitstange *(l)*
hinabgeführt in den die Blüten enthaltenden Kesselteil
der Scheide hinein, aber nicht wieder hinaus können.
Haben die Insekten Pollen mitgebracht, so vermögen sie
die weiblichen Blüten während des Herumkriechens zu befruchten. Von den weiblichen Blüten wird dann je ein
Honigtröpfchen als Nahrung für die Tierchen ausgesondert
und die männlichen Blüten *(m)* beginnen nunmehr zu reifen
und lassen ihren Blütenstaub in den Kesselgrund fallen,
so dass die herumkriechenden Insekten sich mit neuem   *Fig. 55.*
Pollen beladen und, nachdem in einem weiteren Stadium Längsschnitt
die abschliessenden Fäden *(f)* erschlafft sind, ihr Gefängnis durch den
verlassen können, um eine neue Arumpflanze aufzusuchen. Blütenstand
   Sehr zerstreut, in schattigen, feuchten Laubwäldern; von Arum
fehlt jedoch in Posen u. Prov. Preussen. Mai. — . . . maculatum.
. . . . Aron, *A. (vulgare* Lmk.) *maculatum* L. (Erklärung
                                                     im Text.)

2. Calla. Sd.

Diese erstweibliche Art scheint vornehmlich durch Vermittelung
von Schnecken befruchtet zu werden, welche über die kleinen, dicht
gedrängten Blüten an der dicken Blütenstandsachse hinwegkriechen.
Hierbei gelangt der möglicherweise von einer bereits in den männlichen
Reifezustand getretenen Pflanze mitgebrachte, dem schleimigen
Schneckenkörper anhaftende Pollen auf die Narben.
Zerstreut, sumpfige Orte. Mai-Juli. — Schweinekraut, *C. palustris* L.

3. Acorus.　Sd.

Zerstreut, an Ufern. Juni, Juli. — . Fig. 56, Kalmus, *A. Calamus* L.

Fig. 56. Acorus Calamus.　　　　*Fig. 57.* Lemna trisulca.

4. Lemna, Entengrütze, Wasserlinse.　Sd.

0. Pflanze mit haarförmigen Würzelchen 1
„ Pflanze ohne Wurzeln, sehr klein. — In einigen Teichen Mittel-
Schlesiens, unweit Leipzig u. Potsdam, Umgegend von Spaa. Blüten
noch nicht beobachtet. Sd.? — . . . . . . *L. arrhiza* L.
1. Die Körperläppchen unterseits halbkugelig. — Nicht gerade selten,
in Teichen, Gräben u. s. w. Mai. — . . . . *L. gibba* L.
„ Die Läppchen flach 2
2. Die einzelnen Läppchen lanzettlich u. dünn. — Wie vorige, aber
häufiger. Mai. — . . . . Fig. 57, *L. trisulca* L.
„ Läppchen mehr kreisförmig u. dick 3
3. Jedes Läppchen trägt einen Büschel von Wurzelfasern. — Wie
vorige, häufig. Mai. — . . . . *L. polyrrhiza* L.
„ Jedes Läppchen trägt nur eine einzige Wurzelfaser. — Wie vorige,
häufig. Mai. — . . . . *L. minor* L.

VIII. Fam. Najadaceae.

Wasserpflanzen, die meist, ihre Aehren über das Wasser erhebend,
windblütig sind (vergl. jedoch Zostera). Gewöhnlich sind die Blüten,
denen oft ein Perianth fehlt, nach der 4 zahl gebaut. Bei Potamogeton
sind die ein Perigon vortäuschenden Lappen Anhängsel der Staubblätter.
0. Die Blüten mit nur 1 Fruchtblatt 1
„ „ „ „ mehreren Fruchtblättern 2
1. Blätter ganzrandig, lineal . . . . **1. Zostera.**
„ „ stachelig-gezähnt . . . . **2. Najas.**
2. Blüten eingeschlechtig . . . . **3. Zannichellia.**
„ „ zweigeschlechtig 3
3. 2 Staubblätter in jeder Blüte . . . . **4. Ruppia.**
„ 4 „ „ „ „ , jedes mit einem blattartigen Anhang.
. . . . **5. Potamogeton.**

1. Zostera, Seegras.　Sd.
Der Pollen dieser Wasserblütler ist von Fadengestalt.

O. Blätter mit 3-7 Längsnerven; bei Var. *angustifolia* Hornem. etwa
so breit wie bei der folgenden Art. Früchte gerillt. Blütenkolben
am Rande meist ohne Fortsätze. — Nicht selten am Meeresgrunde.
Mai-Juli. — . . . . Z. *marina* L.
„ Blätter meist 1 nervig, sehr schmal. Früchte glatt. Blütenkolben
am Rande mit klammerartigen Fortsätzen. — Seltener als vorige.
Mai-Juli. — . . . . Z. (*noltei* Hornem.) *nana* Rth.

2. Najas. 1 j.

O. Blattscheiden ganzrandig; bei Var. *intermedia* Casp. 1-4 zähnig.
Blätter ausgeschweift-gezähnt, 2 u. mehr mm breit, bei der Var.
schmäler. — Sehr zerstreut in Teichen und Seen. Aug., Sept. —
. . . . N. (*marina* L. z. T.) *major* All.
„ Blattscheiden wimperig-gezähnelt 1
1. Blätter ausgeschweift gezähnt. — Wie vorige, aber etwas seltener. —
. . . . N. (*marina* L. z. T.) *minor* All.
„ Blätter fein stachelspitzig-gezähnelt. — Nur unweit Stettin, Anger-
münde, im Paarsteiner See, in Ostpreussen. Aug., Sept. — . .
. . . . . . N. (*graminea* Rostk.) *flexilis* Rostk. u. Schmidt.

3. Zannichellia. Sd.

O. Griffel kurz, 4 mal kürzer als die Frucht. — Nur an wenigen Stellen
der Nord- u. Ostseeküste. Juli-Sept. — . . Z. *polycarpa* Nolte.
„ Griffel länger 1
1. Griffel halb so lang als die kurzgestielte Frucht. Stengel kriechend
(*repens* Bönngh.) od. im Wasser flutend (*major* Bönngh.). — Zerstreut. Mai-Sept. — . . . . Fig. 58, Z. *palustris* L.
„ Griffel so lang wie die langgestielte Frucht. Stengel flutend, bei
Var. *reptans* Wallmann kriechend. — Sehr zerstreut im Meere und
salzigen Gewässern. Juli-Sept. — . . . . . Z. *pedicellata* Fr.
Die letzte Art kann als Var. von Z. palustris betrachtet werden.

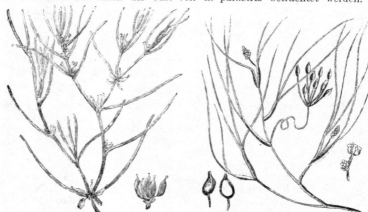

Fig. 58. Zannichellia palustris.   *Fig. 59.* Ruppia maritima.

4. Ruppia. Sd.

O. Hauptachse des Blütenstandes zur Fruchtzeit lang u. spiralig gewunden. Staubbeutelhälften länglich. — Ost- u. Nordsee u. in einem
Sumpf unweit Göttingen. Aug.-Okt. — Fig. 59, *R. maritima* L.

„ Hauptachse des Blütenstandes zur Fruchtzeit kurz, nicht spiralig gewunden. Staubbeutelhälften fast kugelig. Früchte mehrmals kürzer als ihre Stiele, selten ebenso lang oder länger (*brachypus* Gay). — An der Nord- u. Ostsee und hin u. wieder in salzigen Gewässern des Binnenlandes. Aug.-Okt. — *R. rostellata* Koch.

5. Potamogeton, Laichkraut. Sd.

0. Blätter wechselständig 1
„ „ gegenständig, zuweilen in 3 blättrigen Quirlen, bei *serratus* L. aus eiförmigem Grunde allmählich verschmälert-spitz, ca. 3 cm lang u. 6-9 mm breit, od. bei *setaceus* L. nur 2-3 mm breit. — Sehr zerstreut, in fliessenden Gewässern; fehlt z. B. in Schlesien. Juli, Aug. — . . . . *P. densus* L.
1. Blattspreite geht am Grunde von einer den Stengel umschliessenden, durchscheinenden Scheide ab 3
„ Blattspreite nahe unter dem oberen Ende ihrer Scheide abgehend, schmal-lineal. Ähre unterbrochen 2
2. Früchtchen mehr halbkreisrund, mit einem kurzen Fortsatz an der Spitze des gradlinigen Innenrandes. Blätter 1-, seltener mehrnervig. — Häufig od. zerstreut. Juli, Aug. — . . . . . . Fig. 60, *P. pectinatus* L.
„ Früchtchen halb so gross als bei der vorigen Art, mehr schiefeiförmig. Fortsatz sehr unscheinbar, fast über der Mitte des Früchtchens sitzend. — Hin u. wieder in der Provinz Brandenb., in Holst., Mecklenb., Pommern u. bei Posen. Juli, Aug. — *P.* (*setaceum* Schumch., *filiformis* Pers.) *marinus* L.

Fig. 60. Potamogeton pectinatus.

3. Obere Blätter rundlich bis schmal-lanzettlich . . . 10
„ Alle Blätter unter dem Wasser, gleichgestaltet lineal, flach . 4
4. Stengel sehr deutlich blattartig, plattgedrückt mit scharfen Kanten. Blätter etwa so breit wie die oberen flachen Stengelglieder . 9
„ Wenn der Stengel plattgedrückt ist, so zeigt er abgerundete Kanten, sonst fast stielrund 5
5. Blätter grasartig, breit . . . . . ◄ 8
„ „ sehr schmal, zuweilen mehr haarförmig 6
6. „ „ ziemlich schmal, aber immer noch wenigstens mit 3 Längsnerven 7
„ Blätter fast haarförmig, 1 nervig. Früchte halbkreisförmig, grösser als bei der folg. Art, der Kiel höckerig-gezähnt, bei *liocarpus* Aschs. ganzrandig. — Hin u. wieder. Juni, Juli. . . . . *P. trichoides* Cham. u. Schldl.
7. Stengel fast stielrund, bei *ramosissimus* Fieber dicht-gabelästig. Ährenstiel fadenförmig, 2-3 mal länger als die 4-8 blütige Ähre. — Nicht gerade selten. Juli, Aug. — . . . . . *P. pusillus* L.
„ Stengel schwach zusammengedrückt. Der oben sehr schwach ver-

dickte Ahrenstiel länger als die 6-8blütige Ähre. — Selten.
Juli, Aug. — . . . *P. (caespitosus* Nolte) *rutilus* Wolfgang.

8. Blüten dicht zusammenstehend, daher die Ahre ununterbrochen;
diese etwa so lang wie ihr Stiel. — Sehr zerstreut. Juli, Aug. —
. . . . *P. obtusifolius* M. u. K.

„ Blüten locker an der daher unterbrochenen Ähre stehend, deren oben
etwas verdickter Stiel etwa 3 mal länger als sie selbst ist. —
Zerstreut, fehlt jedoch z. B. in der Rheinprovinz. Juli, Aug. —
. . . . *P. (Oederi* G. F. W. Mey.) *mucronatus* Schrad.

9. Blätter stachelspitzig. Ahren 6-15-
blütig; ihre Stiele 2-3 mal so lang
als sie selbst. — Zerstreut. Juli,
Aug. — *P. (zosterifolius* Schumch.,
complanatus Willd.) *compressus* L.

„ Blätter in eine feine Spitze ausgehend. Ähren 4-6 blütig, so lang
wie ihre Stiele. — Zerstreut. Juli,
Aug. — . . *P. acutifolius* Lk.

10. Früchtchen am Grunde miteinander
verwachsen. Blätter sitzend, mit
entfernten Quernerven, wellig-
kraus, bei *serrulatus* Schrad. flach.
— Häufig. Juni-Aug. — . .
. . . . Fig. 61, *P. crispus* L.

„ Früchtchen frei. Die zahlreichen
Blatt-Quernerven genähert . 11

Fig. 61. Potamogeton crispus.

11. Alle Blätter langgestielt . . 18
,, Untergetauchte Blätter sitzend od.
doch nur kurzgestielt . . . 12

12. Ahrenstiele so dick wie der Stengel. Untergetauchte Blätter sitzend. 15
„   „   oben dicker als der Stengel 13

13. Blätter kurzgestielt, eiförmig bis
lanzettlich, mit fein gesägtem
oder gezähneltem Rande. Bei
Var. *acuminatus* Schumch. die
Blätter schmäler, lang-zugespitzt
u. die unteren oft ohne Spreite.
— Häufig. Juli, Aug. — . .
. . . Fig. 62, *P. lucens* L.

„ Untere Blätter sitzend . . 14

14. Obere Blät. gestielt, die schwimmenden lang gestielt, lanzettlich-
eiförmig, bis etwa 45 mm lang,
während die untergetauchten lan-
zettliche Form zeigen. Bei Var.
heterophyllus Fr. die letzteren
kürzer u. zurückgekrümmt. Bei
Zizii Cham. u Schldl. die Blätter sehr gross u. besonders die
oberen stumpf, aber stachel-   *Fig. 62.* Potamogeton lucens.
spitzig u. oft wellig. — Zer-
streut. Juli, Aug. — . . . .
. . . . . . Fig. 63, *P. (heterophyllus* Schreb.) *gramineus* L.

„ Untergetauchte Blätter lanzettlich, den Stengel mit ihrem Grunde halbumfassend, etwa 30-40 mm lang, bei Var. *curvifolius* Hartm. kürzer, zuweilen ei-lanzettl. u. zurückgekrümmt; schwimmende Blätter (wenn vorhanden) längl.-lanzettlich, lederig. — Häufiger nur in Norddeutschland. Juni-Aug. — . . *P. nitens* Web.

Fig. 63. Potamogeton gramineus.

15 Blätter nicht stengelumfassend 16

„ Blätter stengelumfassend. 17

16. „ am Grunde verschmälert, die schwimmenden längl. verk.-eif., od. längl.-spatelig, gestielt, die untergetauchten lanzettlich. Bei Var. *alpinus* Balbis nur sitzende untergetauchte Blätter vorhanden. — Zerstreut. Juli, Aug. — *P. (rufescens* Schrad.) *semipellucidus* Koch u. Ziz.

„ Blät. mit abgerundetem Grunde sitzend. — Sehr zerstreut, fast selten; fehlt z. B. in der Rheinpr. Juli, Aug. — *P. decipiens* Nolte.

17. Blätter länglich-lanzettlich, an der Spitze mützenförmig zusammengezogen. — Selten, wie vorige. — . . . *P. praelongus* Wulfen.

„ Blätter breit-eiförmig, am Rande gezähnelt. — Zerstreut. Juli, Aug. — . . . . *P. perfoliatus* L.

18. Spreite der Schwimmblätter am Grunde spitz, verschmälert oder abgerundet 20

„ Spreite der Schwimmblätter am Grunde schwach herzförmig . 19

19. Alle Blätter langgestielt, die schwimmenden lederig, breit-elliptisch; bei *prolixus* Koch elliptisch-lanzettlich, am Grunde verschmälert. — Häufig. Juli, Aug. — . . . . *P. natans* L.,

„ In allen Teilen kleiner als vorige Art. Schwimmblätter lederig, etwa 1-3 cm lang u. 1 cm breit. — In Nordwestdeutschland häufig. sonst selten, fehlt z. B. in Schlesien. Juni, Aug. — . . . . . *P. (oblongus* Viv., *parnassifolius* Schrad.) *polygonifolius* Pourr.

„ Schwimmblätter fast herzförmig, häutig durchscheinend. — Selten, fehlt z. B. in Schlesien u. der Rheinprovinz. Juli, Aug. — *P. (coloratus* Hornem., *Hornemanni* G. F. W. Mey.) *plantagineus* Du Croz

20. Schwimmblätter am Grunde spitz od. abgerundet. — Selten, fehlt z. B. in Schlesien. Juli, Aug. — . . . . . . *P. fluitans* Rth.

„ Spreite der Schwimmblätter in ihren Stiel verschmälert, 2-3 mal kürzer als der letztere. Die ganze Pflanze schwächer als die vorige Art. — Zerstreut in Nordwestdeutschland. Juli, Aug. — . . . . *P. spathulatus* Schrad.

3. Glumiflorae. (Vergl. p. 72.)

0. Der oberirdische, Blüten tragende Stengel, Halm, meist 3 kantig Windblüten, oft eingeschlechtig, ohne Vorblatt. **IX. Cyperaceae.**

„ Halm meist stielrund. Windblüten, meist zwitterig, mit einem Vorblatt, Vorspelze, u. einem Deckblatt, Deckspelze, in Doppelähren, Scheinähren, od. in rispig angeordneten Ährchen. **X. Gramineae.**

IX. Fam. Cyperaceae, Sauer-, Halb-, Schein-Gräser.

A. Cariceae.

Blüten getrennt-geschlechtig, und zwar sind die Pflanzen meist
1 häusig, seltener 2 häusig. Stengel stets 3 kantig, männliche Blüten
in Ähren oder Ährchen; weibliche Blüten resp. der Fruchtknoten
von einem schlauchförmigen, allseitig geschlossenen Gebilde umgeben
(*s* in 2, Fig. 64), an dessen Spitze eine Öffnung zum Durchtritt des
Griffels vorhanden ist. Die Frucht mit ihrem „Schlauch" steht in der
Achsel eines schuppenförmigen Deckblatts *d.* —

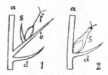

Die Vergleichung aller Carexarten untereinander
und mit den zunächst verwandten Gattungen hat
die theoretischen Morphologen zu der Ansicht
geführt, dass der fragliche Schlauch *s* im Laufe
der Generationen aus einem Deckblatt der Blüte
hervorgegangen sei, dessen Mutterspross *b* in der
Achsel der vorerwähnten Deckschuppe *d* stand
und später abortierte. Die weiblichen Geschlechtsorgane der Vorfahren dieser Gattung hätten daher
etwa den Bau haben können, wie ihn die schematische Abb. 1 der
Fig. 64 veranschaulicht. In 1 und korrespondierend auch in 2 bedeuten *a* die Hauptachse des Blütenstandes, *b* einen Zweig derselben
mit seinem schuppenförmigen Deckblatt *d* (Deckschuppe), *f* die weibliche Blüte, hier nur aus einem Fruchtknoten bestehend, in der Achsel
ihres zum Schlauch werdenden Deckblatts *s*, welches als Hochblatt zu
b gehört. Hiernach wäre der Fruchtknoten mit seinem Schlauch homolog
einem 1 blütigen Ährchen. — In diese Unterfamilie gehört nur die eine
Gattung . . . . **1. Carex.**

Fig. 64.
Erklärung im Text.

B. Scirpeae.

Blüten zwitterig, in mehrblütigen Ähren od. Ährchen. Stengel
meist stielrund, zuweilen auch 3 kantig.

0. Blütendeckblätter 2 zeilig angeordnet 1
   „   „   schraubenlinig angeordnet 2
1. Stengel 3 kantig. Ähr. vielblütig. Perigon fehlend. **2. Cyperus.**
   „   „   stielrund. „ wenigblütig. Meist 1–6 Perigonborsten
   . . . . **3. Schoenus.**
2. Ährchen wenigblütig, am Grunde mit einigen Hochblättern, die
   kleiner als die Deckblätter der Blüten sind 3
   „ Ähren od. Ahrchen mehrblütig. Die Hochblätter am Grunde derselben grösser od. ebenso gross als die Blütendeckblätter . . 4
3. Perigon fehlt. Ährchen 2 blütig, das untere männlich. **5. Cladium.**
   „ Perigon der 2–3 zwitterigen Blüten jedes Ahrchens aus 5–13
   Borsten bestehend . . . . **4. Rhynchospora.**
4. Perigon fehlt od. besteht aus 1–6 rauhen Borsten, die kleiner als
   die Deckblätter sind . . . . **6. Scirpus.**
   „ Perigon aus 4 bis sehr vielen Haaren bestehend, bei der Fruchtreife die Deckblätter weit überragend u. meist einen wolligen Flugapparat für die Verbreitung der Früchte bildend. **7. Eriophorum.**

A. Cariceae.

1. **Carex,** Riedgras, Segge. Sd.

Die im theorethisch-morphologischen Sinne als Doppelähren zu
bezeichnenden weiblichen Blütenstände und die männlichen echten Ähren

sollen in den Beschreibungen der Arten übereinstimmend, der Einfachheit wegen, und in Übereinstimmung mit anderen Floren, Ährchen genannt werden, da sie meist Blütenstände zusammensetzen, während die einblütigen weiblichen im theoretisch-morphologischen Sinne als echte Ährchen zu bezeichnenden Gebilde als Früchte, Schläuche, aufgeführt werden sollen. Den oft in einen Schnabel ausgezogenen Schlauch (das Deckblatt einer weiblichen Blüte) dürfen wir mit zur Frucht rechnen, da er sich an der Bildung derselben beteiligt (vergl. unsere Definition des Begriffes Frucht auf p. 19). — Die Bastarde wurden im folgenden weggelassen.

0. Stengel mit einem (endständigen) Ährchen 1
„ „ „ mehreren Ährchen 5
1. Fruchtknoten 2 narbig 2
„ „ 3 narbig 4
2. Ährchen (meist) nur männlich od. nur weiblich 3
„ „ oben männl., unten weiblich. Schläuche zurückgebogen, kastanien- braun. — Zerstreut, auf Moorwiesen. Mai, Juni. — *C. pulicaris* L.
3. Pflanze Ausläufer treibend, Blätter u. Stengel glatt, Schläuche auf- recht. Bei *Metteniana* C. B. Lehmann die Ährchen mannweibig. — Moorboden, zerstreut; besonders im nördlichen Teile des Gebiets. Apr., Mai. — Fig. 65, *C. (laevis* Hoppe, *Linnaeana* Host.) *dioica* L.
„ Pfl. mit faserigen Wurzeln, Blätter am Rande u. Stengel rauh. Bei *Sieberiana* Opiz die Ährchen mannweibig. — Wie vorige, aber im nördl. Teil des Gebietes höchst selten. — . . . .
. . . . *C. (scabra* Hoppe) *Davalliana* Sm.

4. Deckschuppen der Schläuche bleibend; Schläuche in einen sehr kurzen, gestutzten Schnabel ausgehend, Ährchen braun. — Nur im mährischen Gesenke. Juni, Juli. — *C. rupestris* All.
„ Deckschuppen der Schläuche hinfällig; Schläuche lanzettlich pfriemenförmig, zurückgebogen. Ährchen strohgelb. — Torf- moore, besonders in höheren Gebirgen; in der Ebene nur in Prov. Preussen (Labiau), der Oberlausitz (Görlitz) und Han- nover. Juni, Juli. — *C. (Leuco- glochin* Ehrh.) *pauciflora* Lightf.
Anm. *C. obtusata* Liljeb. kommt ebenfalls bisweilen mit einem ein- zigen, mannweibigen Ährchen vor.

Fig. 65. Carex dioica.

5. Ährchen enthalten sämtlich od. zum grössten Teil männliche u. weibliche Blüten 6
„ Ährchen deutlich in männl. u. weibl. gesondert, die oberen meist männlich, die unteren weiblich 27
6. Ährchen in ein kugeliges, von einer mehr (meist 3-) blättrigen Hülle umgebenes Köpfchen zusammengedrängt. Schläuche sehr lang geschnäbelt. — Teichränder, abgelassene Teiche in Schlesien, Böhmen, Sachsen, der Lausitz; in Prov. Preussen nur bei Allenstein, in der Rheinprovinz bei Saarbrücken, an der Eifel bei Wittlich. Juni-Sept. — . . . . *C. cyperoides* L.

„ Ährchen in einer Ähre oder Rispe stehend, die durch 1 Deckblatt
gestützt wird 7
7. Pflanze lange Ausläufer treibend 8
„ „ ohne Ausläufer, dicht-rasig 15
8. Ährchen wenigblütig, ein Köpfchen bildend 9
„ „ vielblütig, eine grössere zusammengesetzte Ähre bildend. 11
9. Halm so lang oder wenig länger als die Blätter. Pflanze auf feuchtem
Sand od. trockenen Wiesen u. Hügeln wachsend 10
„ Halm vielmal länger als die Blätter. Pflanze Moos-Torfsümpfe be-
wohnend. Schläuche mit einem an der Spitze trockenhäutigen,
kurz-2 zähnigen Schnabel. — Von Ostfriesland durch Holstein,
Lüneburg, Mecklenburg bis Ostpreussen; ausserdem bei Hamburg,
Spandau, Potsdam, auf der Heuscheuer u. der Iserwiese in Schlesien; in Kurhessen bei Hünfeld. Mai, Juni. — *C. chordorrhiza* Ehrh.
10. Halm glatt, einwärts gebogen; Schläuche aufgeblasen, mit einem
glatten, schief abgeschnittenen Schnabel. — Nur auf der Insel
Romö. Mai, Juni. — . . . . *C. incurva* Lghtf.
„ Halm glatt, oberwärts etwas rauh. Schläuche eiförmig, längs-
nervig; Schnabel am Rande fein gesägt, an der Spitze häutig-
weiss. — Hügel, Wiesen. Böhmen: Prag, Niemes. Apr., Mai. —
. . . . *C. stenophylla* Whlbg.
11. Obere Ährchen nur weibl., ebenso
die unteren, mittlere männl.;
Schläuche mit ungeflügelten Kielen. — Häufig, auf Sumpfwiesen.
Mai, Juni. — . . . *C. (intermedia* Good.) *disticha* Huds.
„ Obere Ährchen ganz männl. od.
männl. u. weibl.; Schläuche mit
geflügelten Kielen . . . 12
12. Obere Ährchen männl., untere
weibl.; Schläuche von der Mitte
an breit geflügelt. Wurzelstock
sehr weit kriechend. — Sandboden, meist häufig, besonders
in der nordd. Tiefebene. Mai,
Juni. — Fig. 66, *C. arenaria* L.
„ Alle Ährchen männl. u. weibl. 13

Fig. 66. Carex arenaria.

13. Ährchen an der Spitze weibl.,
am Grunde männlich, die unteren seltener ganz weiblich. Sonst
wie C. arenaria, von der sie durch dünnere Rhizome, schmälere
Blätter, kürzeren Blütenstand, weniger breit geflügelte Schläuche
zu unterscheiden ist. — Sandboden; in Norddeutschland häufig,
in Mitteldeutschland selten. Mai, Juni. — . . . .
. . . . *C. (pseudo-arenaria* Rchb.) *ligerica* Gay.
„ Ährchen an der Spitze männlich, am Grunde weiblich . . . 14
14. Ährchen braun, meist 5, gerade; Schläuche eifg.-längl., so lang
wie die Deckschuppen. Ändert mit heller gefärbten Ahrchen und
höherem Halm (0,30-0,50 m) ab (*pallida* Lang). — Wälder, Hügel,
Wege, meist häufig. Apr., Mai. — . . . .
. . . . *C. (Schreberi* Schrnk.) *praecox* Schreb.
„ Ährchen strohgelb, gekrümmt; Schläuche lanzettl., länger als die
Deckschuppen. — Laubwälder. Mai, Juni. — . *C. brizoides* L.

15. Ährchen an der Spitze männlich, am Grunde weiblich . . 16

„ „ „ „ „ weiblich, „ „ männlich . . 21

16. Ährchen eine einfache Hauptähre bildend; Schläuche sparrig abstehend od. ein wenig aufrecht 17

„ Ährchen eine dichtere od. lockere Rispe bildend; Schläuche aufrecht 19

17. Halm sehr scharfkantig, mit vertieften Seitenflächen; Schläuche 6-7nervig. Deckschuppen rostbraun mit grünem Kiel, bei Var. *nemorosa* Rebent. lichtbraun bis weisslich u. der Blütenstand oft unterbrochen. — Häufig, in Gräben und Sümpfen. Mai, Juni. —
. . . . *C. vulpina* L.

„ Halm nur oben rauh, mit flachen Seitenflächen; Schläuche nervenlos od. am Grunde undeutlich nervig 18

18. Die Schläuche eifg.-lanzettlich, zuletzt wagerecht-abstehend, ihre Wandung unten schwammig verdickt. Fruchtknoten deutlich gestielt. Deckschuppen hellbraun, bei *nemorosa* Lumn. weissl.-braun u. der Blütenstand meist unterbrochen. — Häufig, auf Wiesen u. in Wäldern. Mai, Juni. — . . . . *C. muricata* L.

„ Schläuche kleiner als bei voriger Art, eifg., zuletzt aufrecht-abstehend, ihre Wandung gleichmässig dünnhäutig. Fruchtknoten fast sitzend. Bei *guestphalica* Bönngh. der Stengel sehr dünn, zuletzt zur Erde gekrümmt u. bei *Pairaei* F. Schultz steifer, stumpf-3kantig. Blätter schmäler u. die Früchte abstehend. — In Norddeutschl. nur in Pommern u. Mecklenb., in Mitteldeutschl. nicht selten. Mai, Juni. — . . . . . *C. (divulsa* Good.) *virens* Lmk.

19. Pflanze am Grunde mit schwarzbraunem Faserschopf, hellgrün. — Moorwiesen, zerstreut. Mai, Juni. — . . *C. paradoxa* Willd.

„ Pflanze am Grunde ohne Faserschopf, graugrün 20

20. Pflanze schlank, dünn, lockerrasig. Halm wenig rauh; Blätter sehr schmal; Rispe dicht u. schmal. Deckschuppen hellbraun. — Moorwiesen, Torfsümpfe. Mai, Juni. — *C. (diandra* Rth.) *teretiuscula* Good.

„ Pfl. derb, kräftig, dichtrasig;
Halm sehr rauh; Blätter breit;
Rispe locker u. gross; Deckschuppen mit breitem, silberweissem Rande. — Sümpfe,
Gräben, Ufer. Mai, Juni. —
. . . . . *C. paniculata* L.

21. Halm bis oben hin beblättert;
die unteren Ährchen weit von
einander entfernt, von langen,
den Halm überragenden Deckblätter gestützt. — Feuchte Laubwälder, häufig. Mai, Juni. —
. . . Fig. 67, *C. remota* L.

„ Halm nur unterwärts beblättert;
Ährchen nach der Spitze zu
zusammenstehend; ihre Deckbl.
den Halm nicht überragend. 22

22. Blätter kürzer als der Halm, *Fig. 67.* Carex remota.
ziemlich derb u. starr . . 23

„ Blätter länger od. so lang als der Halm, weich u. schlaff . 25

23. Ährchen von einander entfernt, meist 4, grün; Schläuche grün,

sternförmig auseinanderspreizend. — Waldsümpfe, Moorwiesen, meist
häufig. Mai, Juni. — . . . *C.* (*stellulata* Good.) *echinata* Murr.
„ Ährchen braun, nach der Spitze zu zusammenstehend, dick. 24
24. Ährchen meist 6; Schläuche eifg., flügelig berandet, gestreift, mit
2zähnigem Schnabel. Deckschuppe grau-braun, bei *argyroglochin*
Hornem. weisslich bis strohgelb. — Häufig, auf Wiesen, in Wäldern.
Mai, Juni. — . . . . *C.* (*ovalis* Good.) *leporina* L.
„ Ährchen 3-4; Schläuche eifg., zusammengedrückt 3kantig, glatt,
in einen kurzen, ungeteilten Schnabel zugespitzt — Nur in
Mooren bei Esterwege im Meppenschen. Mai-Aug. — . . . .
. . . . *C. heleonastes* Ehrh.
25. Ährchen braun, länglich; bei *Gebhardii* Schk. nur etwa 4-6blütig.
Schläuche lanzettlich. Halm sehr rauh. — Wiesen, Gräben, zerstreut.
Mai, Juni. — . . . . *C. elongata* L.
„ Ährchen hell gefärbt, gelbgrün od. strohgelb; Schläuche eirund
od. elliptisch 26
26. Ährchen gelbgrün, meist 5-'6, eifg.-länglich; Schläuche eirund,
mit kurzem, schwach ausgerandetem Schnabel. Bei Var. *subloliacea*
Anders. nur 3-4 rundliche, wenigblütige Ährchen. — Häufig, auf
Sumpfwiesen u. Mooren. April, Mai. — . . . .
. . . . *C.* (*curta* Good.) *canescens* L.
„ Ährchen strohgelb, meist 4, fast kugelig, zur Blütezeit kaum 2 mm
lang; Schläuche elliptisch, schnabellos, vorn ganzrandig. — Nur
im Bourtanger Moor in Hannover und bei Ragnit in Ostpreussen.
Mai. — . . . . *C. loliacea* L.
27. Narben 2 28
„   „   3 36
28. Schläuche mit 2zähnigem Schnabel 29
„   „   schnabellos od. sehr kurz geschnäbelt 30
29. Halm oberwärts stumpfkantig; Blätter an der Spitze flach zusammengedrückt. — Bisher bloss im Hengster bei Seligenstadt in der
Wetterau. Juni, Juli. — . . . . . *C. Gaudiniana* Guthnick.
„ Halm oberwärts u. Blätter an der Spitze scharf 3kantig. —
Moorwiesen. Bisher bloss bei Aurich, Bremen, Lübeck u. Tilsit.
Juni. — . . . . *C. microstachya* Ehrh.
30. Pflanze in dichten, festen Rasen, am Grunde des Stengels einige
blattlose Scheiden, darüber erst Blätter 31
„ Pflanze ausläufertreibend, schon am Grunde des Stengels stehen
Blätter 32
31. Pfl. steif, kräftig, dunkelgrün; unterste Blattscheiden bräunlich-gelb.
— Bildet in Sümpfen grosse Polster, häufig. Apr., Mai. —
. . . . *C.* (*gracilis* Wimmer) *stricta* L.
„ Pflanze schlaff, zart, hellgrün; unterste Blattscheiden dunkelpurpurn.
— Feuchte Wiesen, besonders häufig im nordwestlichen Teile
des Gebiets, auch in Schlesien häufig, sonst nur hier u. da.
Apr., Mai. — . *C.* (*pacifica* Drej., *Drejeri* Lang.) *caespitosa* L.
32. Männliche Ährchen 2-3, weibliche besonders nach dem Verblühen
überhängend 33
„ Männliche Ährchen einzeln, weibliche aufrecht 34
33. Unterstes Ährchen-Deckblatt den Halm überragend; Schläuche
beiderseits gewölbt, deutlich gestreift. Blattscheiden nicht netzig
gespalten. Halm 0,60-1 m hoch. Am Meere wird zuweilen eine
Var. beobachtet (*trinervis* Degland), deren Halm bis 3 mal niedriger

ist. Die Blätter stehen dann gedrängt u. steigen bogig auf; die Ährchen sind genähert und die weiblichen kurz-walzenförmig; die Schläuche sind breiter und zeigen schärfer hervortretende Nerven. Bei *personata* Fr. sind die weiblichen Ährchen schlank-verlängert, hängend, am Grunde lockerblütig, u. die Deckblätter rostfarbig und weit länger als die Schläuche. Weitere Var. sind *fluviatilis* Hartman mit aufrechten, 7-8 mm dicken Ährchen, *strictifolia* Opiz mit auffallend kürzeren Schläuchen als die lang zugespitzten Deckblätter, *tricostata* Fr. mit meist 2-3 aufrechten, kurzgestielten od. sitzenden, kurzen weibl. Ährchen u. 3nervigen Schläuchen, die länger als die eiförm. Deckblätter sind, *sphaerocarpa* Üchtr. mit mehr kugeligen, 3nervigen, oben kurz bespitzten Schläuchen. — Gräben, Teichränder, Flussufer, gemein. Mai. — . . . *C. (gracilis* Curt.) *acuta* L.

„ Unterstes Ährchen-Deckblatt den Halm nicht überragend; Schläuche sehr klein, nur aussen gewölbt, sehr kurz geschnäbelt, nervenlos; Blattscheiden stark netzfaserig. — Bei Barby, Tetschen, Prag und am Iserufer bei Münchengrätz, häufig bei Breslau. Mai, aber früher als C. acuta. — . . *C. (banatica* Heuffel) *Buekii* Wimm.

„ Unteres Ährchen-Deckblatt kürzer als der Halm; Schläuche auf dem Rücken gewölbt, vielnervig, vorn flach. Die Hauptvarietäten dieser stark veränderlichen Art sind *juncella* Fr. mit schmalen, zusammengefalteten u. eingerollten Blättern, *chlorostachya* Rchb. mit Deckblättern, die kaum ½ so lang als die Schläuche sind, daher von letzteren fast ganz verdeckt und die Ährchen grün erscheinend, *turfosa* Fr. mit oft sparsam netzfaserigen unteren Blattscheiden und die Blätter schmal und meist flach, scharfgekielt. — Feuchte Wiesen, Gräben, gemein. April-Juni.
. . . . *C. (vulgaris* Fr.) *Goodenoughii* Gay.

35. Blätter zurückgekrümmt. Weibl. Ährchen 3; Schläuche elliptisch, linsenfg. zusammengedrückt, fast 3kantig. Bei *inferalpina* Fr. die weibl. Ahrchen längl.-walzenfg., das unterste gestielt. — Gebirgskämme: Brocken, Riesengebirge (Koppe, Elbwiese, Teichränder u. s. w.), Glatzer Schneeberg, mähr. Gesenke. Juni, Juli. —
. . . . *C. rigida* Good.

„ Blätter aufrecht, am Rande umgerollt. Weibliche Ährchen 2-4; Schläuche eifg., zusammengedrückt, ganz nervenlos. — Nur an etwas feuchten Orten des Riesengeb.: Silberkamm, Dreisteine u s. w. und auf dem Iserkamm. Juni, Juli. —. . . . .
. . . . *C. (decolorans* Wimm.) *hyperborea* Drej.

38. Blattscheiden netzig gespalten. Nur das oberste Ährchen mannweibig, das unterste weiblich; alle kurz-gestielt. Schläuche elliptisch, 3kantig. — Torfwiesen, sehr zerstreut. April, Mai. —. . . .
. . . . *C. (polygama* Schk.) *Buxbaumii* Whlbg.

„ Blattscheiden ganz, mehrere endständige Ährchen mannweibig, alle weiblichen Ährchen gestielt, zuletzt hängend; Schläuche eifg., zu-

sammengedrückt, auf dem Rücken stumpf gekielt, grün. Ändert ab
mit àufrechten Ahrchen u. mehr oder weniger schwarz-violetten
Früchten (*aterrima* Hoppe). —
Im Riesengebirge nicht selten;
mährisches Gesenke. Juni, Juli.—
. . . . Fig. 68, *C. atrata* L.

39. Deckblätter der Ährchen nicht
   od. sehr kurzscheidig. . . 40
   „ Deckblätter der Ährchen scheidenförmig (bei C. flacca und
   pallescens, die hierher gehören,
   nur sehr kurzscheidig!) . . 49
40. Schläuche kahl 41
   „ „ weichhaarig od. filzig. 43
41. Pflanze auf schwammigem, moori-
   gem Boden wachsend . . 42
   „ Pflanze auf sonnigen Hügeln vorkommend. Schläuche kugelig,
   stumpf 3kantig, kurz geschnäbelt,
   glänzend. Männliche Ährchen
   einzeln, weibliche 1-2, genähert,

Fig. 68. Carex atrata.

kugelig. Sehr selten ein einzelnes, endständiges, mannweibiges
Ährchen mit oben männl., unten weiblichen Blüten (*spicata* Schrk.).
— Sehr zerstreut; fehlt z. B. in Schlesien. Apr., Mai. . . . .
. . . . *C.* (*supina* Whlnbg.) *obtusata* Liljbl. erw.

42. Blätter lineal, faltig-rinnig; weibliche Ährchen 1-2, hängend, lang u.
   dünn gestielt; sehr selten mit aufrechten weiblichen Ährchen
   (Var. *stans* Bolle). Bei der niedrigen Var. *pauciflora* Aschs. die
   weibl. Ährchen nur 6-10blütig. — Moos-Torfsümpfe, sehr zerstreut.
   Mai, Juni. — . . . . *C. limosa* L.
   „ Blätter flach; weibl. Ährchen 2-3, sonst wie vorige; vielleicht Abart
   derselben. — Moorige Stellen des Riesengebirges u. des Erzgebirges.
   In der Ebene nur unweit Tilsit. Juli. — . . . *C. irrigua* Sm.

43. Deckblätter der Ährchen trockenhäutig, bisweilen mit laubartiger
   Spitze 44
   „ Wenigstens die unteren Ährchendeckbl. ganz blattartig, grün. 47

44. Ährchendeckblätter ohne Scheide, öfters mit grüner Spitze; weibliche
   Ährchen meist 2, Deckschuppen schwarz, stachelspitzig; Blätter
   im Frühjahr lebhaft grün, weich und schlaff, untere Blattscheiden
   purpurn. — Zerstreut, in schattigen Laubwäldern. Mai, Juni. —
   . . . . *C.* (*collina* Willd.) *montana* L.
   „ Unterstes Ährchendeckblatt kurzscheidig; Blätter breit u. steif. 45

45. Pflanze Ausläufer treibend 46
   „ „ rasenförmig, ohne Ausläufer. Blätter sehr lang, sonst wie
   folgende. — Wälder, besonders in Mitteldeutschland, in der Rheinprovinz bis Aachen. Mai. — *C.* (*polyrrhiza* Wallr.) *umbrosa* Host.

46. Männliches Ährchen keulenfg., Deckschuppen spitz, die der männl.
   Blüten blassrotgelb mit grünem Mittelstreif, die der weibl. braun.
   — Trockene Hügel u. Wälder, häufig. März, April. — . . . .
   . . . . *C.* (*praecox* Jacq.) *verna* Vill.
   „ Männliche Ährchen schlank; Deckschuppen stumpf, alle kastanien-
   braun mit weissgewimperten Rändern. — Kiefernwälder, Sand-

boden, häufig; in der Rheinprovinz nur bei Trier. April, Mai. —
. . . . *C. (ciliata* Willd.) *ericetorum* Poll.
47. Pflanze dicht-rasig; männliche Ährchen einzeln, weibliche meist 3,
unterstes Ährchendeckblatt aufrecht abstehend. — Trockne Wälder,
Heiden, nicht selten. Apr., Mai. — . . . . . . *C. pilulifera* L.
„ Pflanze Ausläufer treibend 48
48. Schläuche plötzlich in einen kurzen Schnabel zugespitzt, dicht
weissfilzig, ohne deutliche Nerven. Weibl. Ährchen 1-2, walzenfg.,
Deckblatt des untersten Ährchens wagerecht abstehend, zuletzt kürzer
als die Schläuche, bei *Grassmanniana* Rchb. jedoch ebenso lang
wie die Schläuche. Fruchtähren weiss u. braun gescheckt. —
Feuchte Wiesen, Laubwälder, sonnige Gipshügel; fehlt in Pommern;
in Provinz Preussen nur bei Mewe. Mai, Juni. — *C. tomentosa* L.
„ Schläuche eiförmig, allmählich nach oben verschmälert, dünnfilzig,
grün, mit durchscheinenden Nerven. — Feuchte Kiefernwälder;
Schilleningker Wald bei Tilsit. Mai, Juni. — *C. globularis* L.
49. Schläuche weichhaarig 50
„   „   kahl 53
50. Pflanze mit einer ausdauernden Blattrosette; Blütenhalme deutlich
seitenständig am Hauptstengel 51
„ Pflanze ohne Blattrosette 52
51. Weibliche Ährchen von einander entfernt. Schläuche so lang wie
die ausgerandeten, gezähnelten Deckschuppen. — Schattige Wälder,
zerstreut. Apr., Mai. — . . . . *C. digitata* L.
„ Weibliche Ährchen dicht zusammengestellt. Schläuche länger als
die etwas ausgerandeten, nicht gezähnelten Deckschuppen. —
Laubwälder; fehlt im Königr. Sachsen sowie in Böhmen, Schlesien
und in ganz Norddeutschland; in der Rheinprovinz nur bei Saarbrücken. Apr., Mai. — . . . . *C. ornithopoda* Willd.
52. Wurzel faserig; Blätter länger als die Halme; weibl. Ährchen 2-3,
3blütig, jedes von seinem häutigen, glänzend silberweissen Deckblatt fast ganz eingeschlossen. — Gern auf Kalk, sonnige Anhöhen;
fehlt in Mecklenb., Pommern, Prov. Preussen, Posen; in Schlesien
nur bei Glogau, Striegau u. Katscher. März, Apr. — . . . . .
. . . . *C. (clandestina* Good.) *humilis* Leyss.
„ Grundachse kriechend. Blätter so lang wie der sehr rauhe Halm;
weibl Ährchen 2-3, langgestielt, lockerblütig; die Deckblätter derselben grün, am Rande braunhäutig. Der *C.* digitata sehr ähnlich,
aber kräftiger. — Nimptsch in Schlesien, am Rollberge bei Niemes
u. Killichau in Böhmen. Apr., Mai. — *C. pediformis* C. A. Meyer.
53. Pflanze rasig 54
„   „ Ausläufer treibend 56
54. Blätter u. untere Blattscheiden kahl 55
„   „   „   „   behaart; männliche Ährchen einzeln,
weibl. 2-3, gestielt, nickend. Pflanze hellgelbgrün. — Feuchte
Wälder, fruchtbare Wiesen, zerstreut. Mai, Juni. — *C. pallescens* L.
55. Pflanze gross, bis 1,25 m hoch u. kräftig. Blätter sehr breit;
Ährchen bis 0,15 m lang, männliche einzeln, zuletzt wie die 4-6
gedrungenblütigen weiblichen hängend. Schläuche mit kurzem,
3seitigem Schnabel. — Feuchte Wälder, sehr zerstreut. Mai, Juni. —
. . . . *C. (maxima* Scop.) *pendula* Huds.
„ Pflanze klein u. zart; Blätter schmal. Männliche Ährchen einzeln,
weibliche 2-3, lang gestielt, locker- (meist 6-) blütig, die beiden

oberen das männliche überragend. Schläuche elliptisch, an der Spitze verschmälert. — Felsige Orte im Riesengebirge u. mähr. Gesenke, sehr selten. Juni, Juli. — . . . . . *C. capillaris* L.

56. Blätter kahl 57
„ „ behaart-wimperig, breit-lineal, männliche Ährchen einzeln, weibliche 2-3, aufrecht, deutlich gestielt, Schläuche kugelig-eiförmig, 3 seitig. — Laubwälder, selten. Häufiger in Schlesien und Provinz Preussen; fehlt z. B. in der Rheinprovinz. April, Mai. — . . . . *C. pilosa* Scop.
57. Schläuche sehr kurz geschnäbelt 58
„ „ ungeschnäbelt 59
58. Schläuche kugelig-eifg., gerillt; Schnabel an der Spitze weisshäutig, kurz 2lappig. Männliche Ährchen einzeln, weibliche 2. — Nur an sonnigen Gipshügeln des südl. Harzes. Apr., Mai. — *C. nitida* Host.
„ Schläuche elliptisch, nervenlos, etwas rauh, braun. Männl. Ährchen 2 od. 3, selten 1, weibl. 2-3, langgestielt, zuletzt hängend. Ändert sehr ab, z. B. Schläuche u. Deckblätter schwarz (*melanostachya* Üchtr.) od. die Ährchen nur kurzgestielt u. aufrecht (*erythrostachys* Hoppe). — Feuchte Wiesen, quellige Abhänge, meist häufig. Mai, Juni. — . . . . *C. (glauca* Scop.) *flacca* Schreb.
59. Schläuche nervig, längl.-lanzettl., dreiseitig; männl. Ährchen einzeln, weibl. meist 4, entfernt, nickend, lockerblütig. — Feuchte Wälder, oft an Bächen, sehr zerstreut. Fehlt in der Prov. Preussen und in der Mark Brandenburg. Mai. — . . . . . . *C. strigosa* Huds.
„ Schläuche nervenlos, fast kugelig-eiförmig 60
60. Männliches Ährchen stets aufrecht, weibliche meist 2. — Feuchte Wiesen, gemein. Apr., Mai. — . . . . . . *C. panicea* L.
„ Männl. Ährchen während der Blütezeit rechtwinklig zurückgebogen, weibliche 2-3. Blattscheiden weit, fast trichterförmig. — Nur im Riesengebirge, im mähr. Gesenke und auf dem Brocken. Juni, Juli. — . . . . . *C. (vaginata* Tausch) *sparsiflora* Steudel.
61. Schnabel 2spitzig mit geraden Spitzen, meist nur 1 männl. Ährchen. 62
„ „ „ „ abstehenden Spitzen, meist mehrere männliche Ährchen 73
62. Pflanze Ausläufer treibend 63
„ „ rasig 65
63. Deckblätter scheidig, ungefähr von der Länge ihrer strohgelben Ährchen. — Wälder. Nur in Böhmen bei Prag, Tetschen u. Raudnitz u. in Schlesien bei Nimptsch. Mai. — *C. Michelii* Host.
„ Deckbl. die männl. Ähre kaum erreichend od. dieselbe überragend. 64
64. Halm glatt. Deckblätter die männliche Ähre kaum erreichend od. wenig überragend. Pflanze grasgrün. — Wiesen, zerstreut. Mai, Juni. — . . . . *C. Hornschuchiana* Hoppe.
„ Halm rauh. Deckblätter die männliche Ähre erreichend od. überragend. Pflanze gelbgrün. Schläuche aufgeblasen, meist hohl, da der Fruchtknoten oft verkümmert. — Feuchte Wiesen, zerstreut. Mai, Juni. — . . . . (Bastard von *C. Hornschuchiana* u. *C. flava?*), *C. fulva* Good.
65. Weibliche Ährchen lockerblütig, zuletzt hängend, meist 4, lang gestielt. Schläuche 3seitig, mit nervenlosen, ganz glatten Flächen. Pflanze lebhaft grün. Blätter breit-lineal. Die Var. *pumila* Üchtr. nur 0,08-0,12 m hoch und die weiblichen Ährchen fast aufrecht

oder wenig überhängend. — Schattige Wälder, nicht selten. Mai,
Juni. — . . . . Fig. 69, *C. silvatica* Huds.

„ Weibl. Ährchen meist mehr dichtblütig u. gewöhnlich aufrecht. 66

66. Schlauchschnabelzähne an der Innenseite mit Zähnchen besetzt. 67

„ Schlauchschnab. ohne Zähnch. 68

67. Schläuche mit wenig hervor-
springenden Seitennerven; weibl.
Ährchen weit von einander entfernt. — Feuchte Wiesen, oft
auf Salzboden, zerstreut. Mai,
Juni. — . . . *C. distans* L.

„ Schläuche mit 2 stark hervor-
tretenden Seitennerven, rotbraun.
— Trockne Heiden, sehr selten.
Nur bei Montjoie, Malmedy,
Eupen und Paderborn. Mai,
Juni. — . . *C. binervis* Sm.

68. Schnabel am Rande feingesägt-
rauh 69

„ Schnabel am Rande glatt . 72

Fig. 69. Carex silvatica.

69. Männl. Ährchen 2, weibl. 3; Schläuche elliptisch, 3seitig, nervenlos. 70

„ „ Ä. 1, weibl. 2-3; Schläuche oval od. fast kugelig, nervig. 71

70. Weibliche Ährchen fast regelmässig 4-5zeilig, gedrungenblütig; die
reifen Fruchtknoten kastanienbraun, glänzend. — Nur bei Erfurt u.
in Hessen bei Butzbach. Apr., Mai. — . *C. hordeistichos* Vill.

„ Weibl. Ährchen unregelmässig-vielzeilig, schlank; die reifen Fruchtknoten schwarz, glanzlos, $^1/_2$ so gross wie bei voriger. — Sehr
selten. Nur bei Erfurt, am salzigen See bei Halle a/S. und bei
Budin in Böhmen. Mai, Juni. — . . . . *C. secalina* Whlbg.

71. Schläuche aufgeblasen, mit zurückgekrümmtem Schnabel. Bei Var.
lepidocarpa Tausch die Blätter rinnig, schmäler als bei der Hauptform; die Ährchen entfernter, besonders das unterste weiter ab-
gerückt; Schläuche kleiner, plötzlich in den kürzeren Schnabel verschmälert. — Torfige Wiesen, nicht selten. Mai, Juni. — *C. flava* L.

„ Schläuche klein, mit kurzem, geradem Schnabel, sonst wie vorige,
zu der diese als Var. gestellt werden kann. Bei *elatior* Anders.
der Stengel etwa 0,30-0,35 m hoch u. die Blätter weit überragend.
— Wie vorige. — . . . . *C. Oederi* Ehrh.

72. Weibl. Ährchen 3-6blütig. Die bauchigen, deutlich etwa 30-
nervigen Schläuche elliptisch-verkehrt-eiförmig, 3seitig. — Ernzener
Berg bei Echternach in der Rheinprovinz Mai, Juni. — . . . .
. . . . *C.* (*depauperata* Good.) *ventricosa* Curt.

„ Weibliche Ährchen mehrblütig . . . . 72 a

72 a. Blätter rinnig, mit den Rändern eingerollt. Weibl. Ährchen genähert,
obere sitzend, das unterste etwas entfernt, eingeschlossen gestielt.
Deckblätter den Halm überragend, zuletzt zurückgekrümmt u. weit abstehend. — Feuchte Orte am Meere. Von Ostfriesland bis Holstein.
Schleswig, Mecklenb. u. Pommern. Juni, Juli. — *C. extensa* Good.

„ Blätter flach . . . . 72 b

72 b. Blätter breit-lineal. Weibl. Ährchen entfernt, hervortretend gestielt,
das unterste weit entfernt, etwas hängend. Schläuche mit haar-

spitzig 2 spaltigem Schnabel. — Feuchte Wiesen, sehr selten,
Aachen, Eupen, Malmedy u. s. w. Mai, Juni. — *C. laevigata* Sm.

„ Blätter schmal-lineal, flach.
Die meist 3 weiblichen Ährchen entfernt, aufrecht, das
unterste hervortretend gestielt.
Schläuche grün, kaum nervig,
meist deutlich punktiert u.
kurz geschnäbelt. — Ostfrie-
sische Insel Langeoog. Apr.,
Mai. — *C. punctata* Gaud.

73. Schläuche kahl . . . 74
„ „ kurzhaarig . 79
74. Pflanze rasig. Weibl. Ährchen 4-6, langgestielt, hängend, gedrungenblütig; Halm
scharfkantig. Die Var. *minor*
Hampe nur 0,15-0,30 m hoch
u. die 10-25 mm langen weibl.
Ährchen zuletzt meist ab-
stehend oder aufrecht. —
Sumpfige Orte, Teiche, zerstreut. Juni. — . . . . .

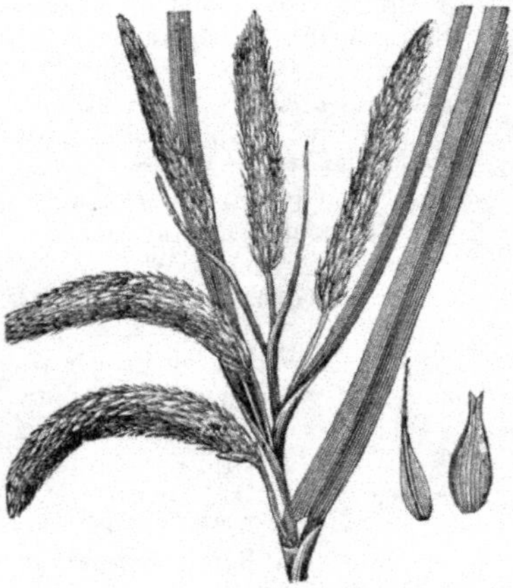

Fig. 70. Carex Pseudo-Cyperus.

. . . . Fig. 70, *C. Pseudo-Cyperus* L.

„ Pflanze kriechend. Weibliche Ährchen höchstens 4, kurzgestielt,
nicht od. nur etwas hängend 75
75. Halm glatt oder an der Spitze ein wenig rauh 76
„ Halm scharfkantig, rauh 77
76. Schläuche fast kugelig, aufgeblasen, auf dem Rücken meist 7 nervig,
grünlichgelb. Varietäten sind *brunnescens* Anders., die im Ganzen
kleiner ist als die Hauptform, die Ährchen sind nur 0,015-0,035 m
lang, die Schläuche kleiner, gelblichbraun, fast matt u. *robusta* Sonder,
die über 1 m hoch ist und deren flache Blätter 6-7 mm breit sind. —
Sumpf. Orte, häufig. Mai, Juni. — *C.* (*ampullacea* Good.) *rostrata* With.

„ Schläuche ei-kegelfg., gewölbt, statt der
Nerven fein eingedrückt-rillig. — Feuchte
Orte im Elbthal u. in Böhmen. Apr.,
Mai. — . . . . . . *C. nutans* Host.
77. Schläuche aufgeblasen, viel länger als ihre
stumpfen Deckschuppen, ei-kegelförmig,
schief abstehend. — Gräben, Sümpfe,
häufig. Mai, Juni. — *C. vesicaria* L.
„ Schl. nicht aufgeblasen, kürzer oder wenig
länger als die spitzen Deckschuppen. 78
78. Blattscheiden stark netzfaserig. Deckschuppen der männlichen Ährchen nicht
stachelspitzig, die der weibl. schwarzbraun. Bei der Var. *Kochiana* D. C.
(=*spadicea* Rth.) endigen die Deckblätter
der weibl. Ährchen mit langer Spitze, sodass die Schläuche nur $^1/_2$ so lang wie
ihre Deckblätter sind. — Gräben, Ufer,
häufig. Mai, Juni. — . . . .
. . Fig. 71, *C.* (*acuta* Curt., *paludosa* Good.) *acutiformis* Ehrh.

Fig. 71. Carex acutiformis.

„ Blattscheiden nicht netzfaserig. Deckschuppen der männl. Ährchen stachelspitzig, die der weiblichen hellbraun. — Gräben, Ufer,
Sümpfe, zerstreut. Mai, Juni. — . . . . . . *C. riparia* Curt.

79. Pflanze kahl. Schläuche länglich-eiförmig, gedunsen. Blätter
rinnig, kaum breiter als der Halm — Stehende Gewässer, Sümpfe,
sehr zerstreut. Mai, Juni. — . . . . . . *C. filiformis* L.

„ Pflanze mit behaarten Blättern u. Blattscheiden, selten (*hirtae-
formis* Pers.) mit fast kahlen Blättern, Scheiden u. Schläuchen.
Blätter weit breiter als der Halm. — Sandige, feuchte Orte, Ufer,
häufig. Mai, Juni. — . . . . *C. hirta* L.

„ Scheiden weichhaarig, stark-netzfaserig, untere sehr gross, bauchig.
Blätter unterseits zerstreut behaart, oberseits kahl. Schläuche nur
oberwärts mit einzelnen Haaren. — In Schlesien bei Koslau u.
unweit Neudorf. Mai, Juni. — *C.* (*aristata* Siegert) *Siegertiana* Üchtr.

2. Cyperus. 1j. u. Sd.

0. Pflanze rasenförmig 1

„ „ kriechend. Ähren gestielt u.
sitzend, an der Spitze der längeren
Äste zu 3 u. 4, die seitenständigen
Äste fast in einem rechten Winkel ab-
gehend. Sd. — Sumpfige Orte, an den
Bädern von Burtscheid bei Aachen.
Juli, Aug. — . . . . *C. badius* Desf.

1. Narben 2 2

„ „ 3. Stengel scharfkantig. Blätter am Rande rauh. Ährchen schwarzbraun; bei Var. *virescens* Hoffm. blassgelb. 1j. — Torfboden, auf feuchtem
Sand u. Lehm, zerstreut. Juli-Okt. —
. . . . . Fig. 72, *C. fuscus* L.

Fig. 72. Cyperus fuscus.

2. Laubblätter meist kürzer als der Stengel;
Früchte zusammengedrückt, rundlich
verkehrt-eiförmig. Untere Blattscheiden
rötlich. Blütendeckschuppen hellgelb,
mit grünem Kiel. 1j. — Wie vorige.
Juli-Okt. — . . . . *C. flavescens* L.

„ Laubblätter so lang od. länger als der
Stengel; Früchte ellipt.-verkehrt-eifg.,
zusammengedrückt, scharfkantig. Untere
Blattscheiden purpurn, Deckschuppen
weisslich, mit grünem Kiel. 1j. — Sandige Flussufer, selten u. oft jahrelang
ausbleibend. An der Elbe bei Tetschen
und an der Oder bei Breslau, Glogau,
auch sonst noch in Schlesien hin und
wieder. Juli-Sept. — *C. Michelianus* Lk.

3. Schoenus. Sd.

0. Blätter ½ so lang als der Stengel;
Köpfchen endständig, aus 5-10 schwarz-
braunen Ährchen zusammengesetzt. —
Moorboden, Torfsümpfe, sehr zerstreut;
in der Rheinprovinz nur bei Düsseldorf. Mai, Juni. — . . . .
. . . . Fig. 73, *S. nigricans* L.

Fig. 73. Schoenus nigricans.

„ Blätter viel kürzer als der Stengel. Köpfchen an der Spitze des Halmes seitenständig, aus 2-3 rotbraunen Ährchen bestehend. — Torfsümpfe, selten. Mecklenburg, Mark Brandenburg, Pommern, Posen, Halle a/S., Erfurt, Elbgebiet in Mittelböhmen bis gegen Melnik. Mai, Juni. — . . . . *S. ferrugineus* L.

4. Rhynchospora. Sd.

0. Wurzel faserig; Ährchen weiss. — Torfige, moorige Orte, zerstreut. Juli, Aug. — . . . . . . (*Schoenus albus* L), *R. alba* Vahl.

„ Wurzel kriechend; Ährchen braun. — Seltener als vorige. Juni, Juli. — . . . . (*S. fuscus* L.), *R. fusca* R. u. Sch.

5. Cladium. Sd.

Auf Torfboden im Wasser, zerstreut. Juli, Aug. — . . . . Fig. 74, (*Schoenus Mariscus* L.), *C. Mariscus* R. Br.

6. Scirpus, Simse. 1j. u. Sd.

0. Stengel mit einer einzigen endständigen Ähre, jedenfalls die Ähren einzeln, an besonderen Stengeln . 1

„ Stengel mit mehreren Ährchen . 7

1. Narben 2 2

„   „   3 4

2. Wurzel faserig. Ähren klein, kugelig od. eiförmig. — Am Rande stehender Gewässer, sehr zerstreut u. oft unbeständig. Juli, Aug. — . . . . .

. . . . *S. ovatus* Rth.

Fig. 74. Cladium Mariscus.

„ Wurzel kriechend od. flutend . . 3

3. Pflanze mit kriechenden Rhizomen. Blühende Stengel anrecht. Die unterste Ährenschuppe die Ähre halb umfassend. — Sümpfe, Gräben, Teiche, häufig. Mai-Aug. — . . . . *S. palustris* L.

„ Unterste Ährenschuppe die Ähre ganz umfassend, sonst wie vorige. — Nicht gerade selten an feuchten Orten. Juni-Aug. — *S. uniglumis* Lk.

„ Stengel flutend od. auf dem Trocknen niederliegend, beblättert, wurzelnd. Ähren an der Spitze blattachselständiger Stiele. — Sümpfe, Teiche, sehr zerstreut; fehlt z. B. in Schlesien. Juli-Sept. —

. . . . (*Heleocharis fluitans* Hook.), *S. fluitans* L.

4. Pflanze in dichten Rasen 5

„   „ mit kurzen Ausläufern, kriechend 6

5. Halme niederliegend. Früchte glatt mit 2 Leisten versehen, ihre Deckschuppen stumpf. — Sumpfige, torfige Orte des westl. Gebiets, selten. Juni-Aug. — . . . . *S. multicaulis* Koch.

„ Halme steif aufrecht, in grossen Rasen. Früchte glatt, 3 kantig, ihre Deckschuppen stumpf, die unterste grösser, fast so lang wie die Ähre u. diese umfassend, stachelspitzig. Oberste Blattscheide in ein kurzes Blatt ausgehend. Sd. — Torfmoore, zerstreut. Riesengeb. häufig, Thüringen, Norddeutschl. Mai, Juni. — *S. caespitosus* L.

6. Pflanze mit kurzen Ausläufern. Stengel cylindrisch. Blattscheiden spreitenlos. Deckschuppen u. Scheiden rotbraun. Sd. — Sumpfige Wiesen, zerstreut. Juni, Juli. — . . . .

. . . . *S. (Baeothryon* Ehrh.) *pauciflorus* Light.

„ Pflanze mit an der Spitze knollig verdickten Ausläufern. Deckschuppen
u. Scheiden bleich. Sd. — Salzhaltige, feuchte Orte, selten. Salziger u.
süsser See bei Halle a/S., mecklenb. u. pommersches Strandgebiet.
Juli-Sept. — *S. (nanus* Spr., *humilis* Wallr.) *parvulus* R. u. Schult.
„ Pfl. kriechend, Halme dünn, borsten-
förm., 4kantig. Sd.? — Am Rande
stehender Gewässer, auf feuchtem Sandboden, nicht selten. Juni-Aug. —
. . . . . . Fig. 75, *S. acicularis* L.
7. Ährchen end- od. seitenständig, bisweilen köpfchenartig gedrängt, trug-
doldig-rispig 8
„ Ährchen in endständiger, 2zeiliger Ähre
. . . . 19
8. Blütenstände scheinbar seitlich am
Stengel stehend 9
„ Blütenstände deutlich endständig. 17
9. Ährchen meist 3 dichte, kugelige Köpfchen zusammensetzend. Sd. — Sandige
Ufer, Sumpfwiesen. Schlesien, Mark,
an der Elbe in Böhmen; fehlt z. B.

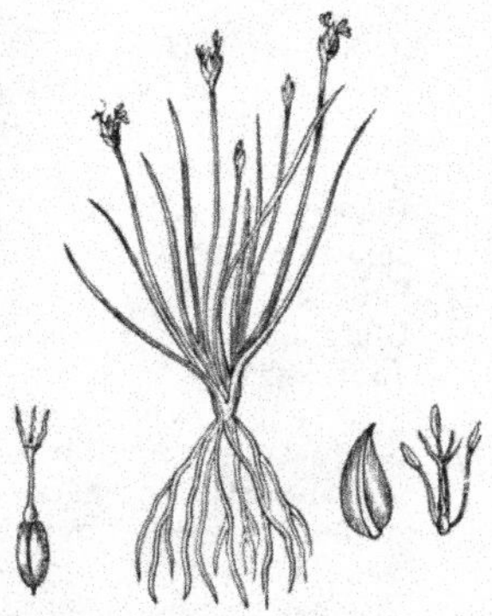

Fig. 75. Scirpus acicularis.

in der Rheinprovinz. Juli, Aug. — . . . . *S. Holoschoenus* L.
„ Blütenstände locker, spreizend od. lappig-kopfförmig . . . 10
10. Pflanze niedrig (bis 0,15m); Deckschuppen nicht ausgerandet, mit
Längsfurchen 11
„ Pfl. hoch (über 0,30 m); Deckschuppen ausgerandet, ohne Furchen. 12
11. Stengel sehr fein. Ährchen 1-3. Blüten 2 männig. Bei Var.
clathratus Rchb. die Ährchen einzeln, meist kürzer als das sehr
kurze Hochblatt. 1j. — Feuchter Sandboden, Ufer, zerstreut. Juli-
Sept. — . . . . *S. setaceus* L.
„ Stengel kräftiger, die seitlichen liegend; Ährchen meist 5, büschelig
zusammenstehend. Blüten 3männig. 1j. — Überschwemmte Plätze,
selten. Aschersleben, Berlin, Treuenbrietzen, Angermünde, Prenzlau,
Lausitz, Thorn. Juli-Herbst. — . . . . . . *S. supinus* L.
12. Fruchtknoten 2narbig 14
„ „ 3 „ 13
13. Halm stielrund, grasgrün; Ährchen büschelig-gehäuft; Deckschuppen
der Blüten glatt. Frucht 3kantig, glatt. Sd. — Stehende und
fliessende Gewässer, gemein. Juni, Juli. — . . *S. lacustris* L.
„ Halm 3kantig. Frucht 3seitig, querrunzlig. Sd. — Teiche.
Wasserlöcher, sehr selten; bisher bloss bei Trachenberg in Schlesien.
Juli, Aug. — . . . . *S. mucronatus* L,
14. Halm stielrund od. zum Teil 3kantig 15
„ „ völlig 3kantig 16
15. Halm stielrund, meergrün. Blüten-Deckschuppen punktiert rauh.
Sd. — Wie S. lacustris, aber seltener. Juni, Juli. — . . . . .
. . . . *S. (glaucus* Sm.) *Tabernaemontani* Gmel.
„ Halm nur unterwärts stielrund, in der Mitte stumpf-3kantig, 2 Seiten
ziemlich gewölbt, die dritte flach; sonst wie lacustris. — Oldenburg,
Hannov., Holst.: an der Elbe u. Eider. Juni, Juli. — *S. Duvalii* Hoppe.
16. Blütenbüschel gestielt od. sitzend; sonst wie lacustris. Sd. — Am
Niederrhein, in Westfalen, an der Unterweser, Holstein, Böhmen.
Juni, Juli. — *S. (triqueter* der Autoren) *Pollichii* Godr. u. Gren.

„ Blütenstand geknäuelt; Ährchen alle sitzend. Früchte glatt, auf dem Rücken gewölbt. Sd. — Ufer, selten; z. B. am Unterlauf der Ems, Weser u. Elbe, ferner in Schleswig, bei Swinemünde u. Alt-Pillau. Juli, Aug. — . . . .
. *S.* (*Rothii* Hoppe) *pungens* Vahl.

17. Stengel 3 kantig; Blätter schmal-lineal; Blütenstand köpfchenartig, gedrängt; Ährchen wenige, gross. Bei *compactus* Hoffm. die Ährchen sämtlich sitzend, bei *monostachys* Sonder einzeln. Sd. — Gräben, Ufer, meist auf Salzboden, häufig. Juni-Aug. — . . . .
. . . Fig. 76, *S. maritimus* L.

Fig. 76. Scirpus maritimus Var. compactus.

„ Stengel mehr cylindrisch; Blätter breit-lineal; Blütenstand weit ver-zweigt, ausgebreitet. Ährchen viele, klein 18

18. Ährchen eiförmig, zu 3-5 gehäuft, Perigonborsten gerade, so lang wie die Frucht. Sd. — Feuchte Gebüsche, Ufer, Sümpfe, häufig. Mai, Juni. — . . . . Fig. 77, *S. silvaticus* L.

„ Ährchen länglich, einzeln, lang-gestielt, nur die mittelständigen sitzend. Perigonborsten ge-schlängelt, 2-3 mal so lang als die Frucht. Sd. — Flussufer, sumpfige Wiesen. Im östl. Ge-biet häufiger, im westl. u. nord-westlichen selten. Juli, Aug. —
. . . . . *S. radicans* Schk.

„ Ährchen zu 2-3, fast länglich-rautenförmig, sehr viele gestielt. Perigonborsten gerade. Sd. — Selten zwischen den Eltern sich findender Bastard. Juli. — .
S. silvaticus X *radicans* Baenitz.

Fig. 77. Scirpus silvaticus.

19. Stengel schwach 3 kantig; Ähr-chen rotbraun, 6-8 blütig. Sd. — Triften, Wiesen, häufig. Juni-Aug. — . *S. compressus* Pers.

„ Stengel cylindrisch; Ährchen kastanienbraun, 2-5 blütig. Sd. — Meerstrand, salzhaltige Triften. Nord- u. Ostseeküste häufig, im Binnenlande bei Exin in Posen, bei Nauen, Halle a/S., Sanders-leben, Stassfurt u. Hecklingen. Juni-Aug. — *S. rufus* Schrad.

7. Eriophorum, Wollgras. Sd.

0. Perigonborsten an der Frucht geschlängelt. Halm 3 kantig, Ähren einzeln. — Moorige, torfige Stellen, meist im Gebirge. Riesen-gebirge, mährisches Gesenke, auf den höchsten Punkten des Thüringer Waldes, Brocken. Hin und wieder in der Ebene von Hannover, durch Holstein, Schleswig, Mecklenburg, Brandenburg, Pommern bis Tilsit. Apr., Mai. — . . . . . . *E. alpinum* L.

„ Perigonborsten zahlreich, an der Frucht einen wolligen Flugapparat bildend mit glatten Wollhaaren 1
1. Stengel mit einer einzigen end-
ständigen Ähre. — Wald- u. Torfsümpfe, zerstreut. März, Apr. —
. . Fig. 78, *E. vaginatum* L.
„ Stengel mit mehreren Ährchen. 2
2. Stengel stielrund; Ährchenstiele
glatt. — Moorwiesen, häufig.
Apr., Mai. — . . *E. (angustifolium* Rth.) *polystachyum* L. z. T.
„ Stengel 3 kantig; Ährchenstiele
rückwärts rauh 3
3. Pflanze dichtrasig, kräftig. Blätter
flach; Ährchen 5-12, bei *con-
gestum* Üchtr. nur 4 - 6, sitzend
oder nur sehr kurz gestielt. —
Feuchte Wiesen, zerstreut. Apr.,
Mai. — . *E. latifolium* Hoppe.
„ Pflanze lockerrasig, schlank und
zart; Blätter 3 kantig; Ährchen

Fig. 78. Eriophorum vaginatum.

3-4. — Wie vorige, aber viel seltener, nur in Norddeutschland
verbreitet. Mai-Juli. — *E. (triquetrum* Hoppe) *gracile* Koch.

X. Fam. Gramineae, (echte) Gräser, Süssgräser.

Die Gräser sind sämtlich echte Windblütler, weshalb ihre Blütendecken und Hüllen auch unscheinbar sind. Entweder sind die Stiele
unterhalb der kleinen Blüten-
gruppen (Ährchen), welche den
oft rispigen Blütenstand zusammensetzen, ausserordentlich
dünn, wie z. B. bei dem Zittergras, Briza media (Fig. 102),
oder die Staubfäden sind sehr
lang, zart und daher herabhängend, sodass der Wind den
stäubenden Pollen mit Leichtigkeit davonzutragen vermag, um
denselben den grossen, oft
federigen, jedenfalls lang behaarten Narben zuzuführen.

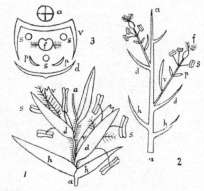

Um die Arten dieser grossen
Familie bestimmen zu können,
ist es notwendig den Bau eines
Ährchens genau zu verstehen,
und da dieser bei allen Arten
in den wesentlichsten Punkten
übereinstimmt, wird er in allen
Fällen leicht übersehen werden
können, wenn man auch nur
den Bau bei einer einzelnen
Art einmal begriffen hat. Wir
wählen als Beispiel das auf

Fig. 79. 1. Vergrössertes zweiblütiges
Ährchen von Poa pratensis; 2. dasselbe
schematisch mit verlängerten Achsen dargestellt, um die einzelnen Teile deutlicher
zu zeigen. — 3. Grundriss einer Blüte mit
ihrer Hülle, um die gegenseitige Stellung
der Teile zu veranschaulichen. — In den
3 Figuren bedeuten *a* die Hauptachse des
Ährchens, *h* die Hüllspelzen, *d* die Decksp.,
v die Vorsp., *p* Perigonblät., *s* Staubblät.,
f Fruchtknoten.

Fig. 79 [1] abgebildete Ährchen eines sehr häufigen Wiesengrases, Poa pratensis. Die Blüten stehen hier in Ährchen, welche, wie Fig. 103 zeigt, eine Rispe zusammensetzen. Die Ährchenachse *a* ist mit Hochblättchen *h, d* besetzt, von denen nur die oberen in ihren Achseln Sprosse und zwar Blütensprosse tragen und daher als Deckblätter, Deckspelzen, zu bezeichnen sind. Die Hochblätter *h* heissen Hüllspelzen. Die Blüten werden von einem der Deckspelze gegenüberstehenden Vorblatt *v*, der Vorspelze, eingeleitet, auf welche 2 kleine Schüppchen *p* Fig. 79 [2] folgen, die zur Blütezeit durch Quellung die Spelzen auseinander treiben und so die Geschlechtsorgane freilegen. Diese kleinen Gebilde *p* sind nach theoretisch-morphologischer Auffassung Homologa von Perigonblättern. (Vergl. im Übrigen Fig. 79).

Die Laubblätter besitzen eine den Stengel umfassende, röhrige Scheide, an deren Gipfel die Spreite und zwischen Spreite und Scheide ein häutiges, kleines Gebilde. das Blatthäutchen, die Ligula, abgehen (siehe z. B. Fig. 86).

Die Gramineen haben als Vieh-Futter besondere Bedeutung für den Landwirt. In unserer Aufzählung hat Herr Prof. L. Wittmack die häufigen, wilden, namentlich auf Wiesen wachsenden, also eben die als Futter in Betracht kommenden Gräser durch Bezeichnungen (G. F. — M. F. — Sch. F. — S. g. F.) hervorgehoben, die sich in dem Verzeichniss der Abkürzungen erklärt finden.

A. Panicoideae.

Jedes Ährchen mit mehr als zwei Hüllspelzen; zuweilen — wenn bei Vorhandensein von 3 Hüllspelzen die eine sehr unansehnlich ist — scheinen, oberflächlich gesehen, nur 2 vorhanden zu sein. — Eine Gattung besitzt nur 2 Hüllspelzen, von denen die untere sehr klein und häutig, die obere gross und dornig ist. Drei einblütige Ährchen bilden hier eine besondere, kurzgestielte Ähre und diese Ähren setzen eine ährenförmige Scheintraube zusammen. Blätter an den Rändern stachelig gewimpert . . . . 3. **Tragus.**

1. Ährchen mit 4 Hüllspelzen 2
   „   „   „ 3   „   5
2. Hüllspelzen sehr klein u. unscheinbar. Staubblätter 3. Pflanze Ausläufer treibend. Deckspelzen unbegrannt, am Rande und wie die Vorspelze am Kiele steifhaarig gewimpert . . . 13. **Oryza.**
   „ Die 2 oberen Hüllspelzen kleiner 3
3. Die 2 unteren Blüten männlich, 3 männig, die oberste zwitterig, 2 männig . . . . 7. **Hierochloa.**
   „ Alle Blüten zwitterig 4
4. Blüten 3 männig. Die 2 unteren Hüllspelzen gleichlang. 6. **Phalaris.**
   „   „   2 männig. Die untere Hüllspelze $^{1}/_{2}$ so lang als die zweite.
   . . . . 8. **Anthoxanthum.**
5. Die 2 unteren Hüllsp. grösser als die durchsichtig-häutige dritte . 6
   „ Die untere Hüllsp. kleiner als die 2 anderen, oft sehr unscheinbar . 7
6. Blüten eingeschlechtig. Grosse breitblätterige Pflanze . 1. **Zea.**
   „   „ zwitterig . . . . 2. **Andropogon.**
7. Blütenstand fingerig verzweigt . . . . 4. **Panicum.**
   „   „   mehr ährenförmig od. sehr schwach rispig, seine Verzweigungen zum Teil mit rauhen Borsten besetzt . . 5. **Setaria.**

B. Poaeoideae.

Ährchen mit meist 2 Hüllspelzen, seltener 1 oder beide fehlend.

0. Fruchtknoten 1 narbig. Hüllspelzen fehlen . . . 51. **Nardus**.
" " 2 narbig 1
1. Grössere Gräser 3
" Kleine, etwa 6 (selten bis 8) cm hohe, seltene Gräser . . 2
2. Stengel in Rasen, jeder mit einem schmalen, linealen, 2 zeiligen Ährchen . . . . 11. **Chamagrostis**.
" Stengel mit auffallend bauchig aufgeblasenen Scheiden besetzt. Ährchen in Rispen . . . . 14. **Coleanthus**.
3. Hauptachse des Blütenstandes mehr oder minder deutlich hin und her gebogen, ungestielte Ährchen oder Ährchengruppen auf zahnartigen Vorsprüngen derselben sitzend 4
" Ährchen in förmlichen Aushöhlungen der Hauptachse stehend. . . . . 50. **Lepturus**.
" Hauptachse nie auffallend gezähnt, oder, wenn dies der Fall ist, die Ährchen mehr oder minder deutlich gestielt, 2-3 cm lang u. sehr locker an der Hauptachse stehend 9
4. Ährchen zu 2-6 in Gruppen zusammenstehend. Hüllspelzen fast gleichlang, sich mit den Deck- u. Vorspelzen kreuzend . . 8
" Ährchen einzeln stehend. Blütenstand eine Doppelähre . . 5
5. " so der Hauptachse ansitzend, dass die allein vorhandene Hüllspelze resp. das Deckblatt des Ährchens von der Hauptachse ebenso wie die eine Blütenzeile abgewendet ist; die andere Blütenzeile ist der Achse zugewendet . . . . 49. **Lolium**.
" Ährchen so der Hauptachse ansitzend, dass die 2 Hüllsp. u. die 2 zeilig angeordneten Blüten rechts und links von der Hauptachse stehen . 6
6. Hüllspelzen gleich lang. Wenn Grannen vorhanden, dann an der Spitze der Spelzen stehend 7
" Grannen gekniet, auf dem Rücken der Spelzen . 29. **Gaudinia**.
7. Hüllspelzen pfriemlich-lineal . . . . 46. **Secale**.
" " mehr länglich-eiförmig . . . . . 45. **Triticum**.
8. Ährchen meist 1- (nur selten 2-) blütig . . . 48. **Hordeum**.
" " mehrblütig . . . . 47. **Elymus**.
9. Die den Stengel umschliessenden Blattscheiden eine allseitig geschlossene Röhre bildend, die aber in ihrem obersten Teil eine Strecke weit aufgeschlitzt sein kann 10
" Blattscheiden vollkommen offen, seltener am Grunde etwas verbunden 17
10. Blattscheiden oben mit Schlitz, unten geschlossen 11
" " " auch oben geschlossen, höchstens mechanisch eingerissen 12
11. Ährchen eine Rispe bildend 15
" " mit dicken, sehr kurzen Stielen versehen, eine ährenförmige Trauben bildend . . . . . 34. **Sclerochloa**.
12. Blütenstand ein bläuliches Köpfchen darstellend . 22. **Sesleria**.
" " traubig od. rispig, selten ährig 13
13. Grannenlose Ährchen eine einseitswendige Traube od. sehr lockere, wenigährige Rispe, seltener eine Scheinähre zusammensetzend . . . . 31. **Melica**.
" Ährchen in Rispen 14
14. Narben an der Spitze des Fruchtknoten stehend 16

„ ⎧Narben unter der Spitze des Fruchtknoten stehend. Ährchen viel-
  ⎨blütig . . . . **44. Bromus.**
15. ⎩Ährchen meist 2 blütig, lineal. Spelzen sehr stumpf. Deckspelzen
    3 rippig. Wasserpflanze mit kriechenden Ausläufern. **37. Catabrosa.**
16. Ährchen in Köpfen, die ihrerseits Rispen bilden. Deckspelzen
    begrannt od. stachelspitzig . . . . **39. Dactylis.**
„   Ährchen in grossen, weitläufigen Rispen. Deckspelzen unbegrannt,
    an der Spitze mehr od. minder abgerundet . . . **36. Glyceria.**
17. Blütenstand meist scheinährig, jedenfalls nicht deutlich rispig. 18
„   „   rispig, in wenigen Fällen die Rispe fast scheinährig
    zusammengezogen 22
18. Scheinähren fingerig zusammengestellt . . . . . **12. Cynodon.**
„   „   einzeln an der Spitze des Stengels 19
19. Ährchen eine dichte Scheinähre zusammensetzend 20
„   „   lang, einzeln, sehr locker stehend, ährig od. traubig
    angeordnet, indem sie mehr od. minder kurz gestielt sind . . .
    . . . . **43. Brachypodium.**
20. Das unterste Ährchen jeder der die Scheinähre zusammensetzenden
    Gruppen ist unfruchtbar u. seine Spelzen erscheinen kammartig-
    fiederig gestellt . . . . **40. Cynosurus.**
„   Alle Ährchen fruchtbar 21
21. Vorspelze fehlt. Hüllspelzen am Grunde verbunden. **9. Alopecurus.**
„   „   vorhanden. Hüllsp. nicht am Grunde verbunden. **10. Phleum.**
22. Ährchen mit nur einer fruchtbaren Zwitterblüte, daneben nicht
    selten eine männliche Blüte 23
„   Ährchen mit mehreren Zwitterblüten 30
23 Ährchen stielrund, d. h. auf dem Querschnitt kreisförmig . . 24
„   „   zusammengedrückt 25
24. Decksp. unbegrannt. Laubblätter verhältnismässig breit. **19. Milium.**
„   Deckspelzen mit ausserordentlich langer Granne . . **20. Stipa.**
25. Ährchenachse am Grunde der Deckspelzen mit Haarbüscheln, welche
    länger als die Breite der Deckspelzen sind 26
„   Ährchenachse kahl od. unter den Decksp. nicht auffallend behaart. 27
26. Untere Hüllspelze kleiner als die obere. Blütenstand zuweilen fast
    scheinährig . . . . **18. Ammophila.**
„   Untere Hüllspelze grösser als die obere . . **17. Calamagrostis.**
27. Ährchen 1 blütig 28
„   „   2 blütig 29
28. Untere Hüllspelze länger als die obere. Deckspelzen unbegrannt
    od. auf dem Rücken begrannt . . . . **15. Agrostis.**
„   Untere Hüllsp. kürzer als die obere; Decksp. dicht unter der Spitze eine
    Granne tragend, welche 3 mal so lang als sie selbst ist. **16. Apera.**
29. Untere Blüte des Ährchens zwitterig, grannenlos, obere männlich,
    begrannt. Hüllspelzen etwa so lang wie das Ährchen. **26. Holcus.**
„   Untere Blüte männl., mit langer, geknieter Granne, obere zwitterig,
    grannenlos od. kurz begrannt . . . . . **27. Arrhenaterum.**
30. Narben violett od. purpurn 31
„   „   weiss 32
31. Unter den oberen Spelzen der Ährchen sitzen lange Haare. Ein
    grosses Gras mit lanzettlichen, lang zugespitzten Blättern . . .
    . . . . **21. Phragmites.**
„   Ährchenachse nur kurz behaart. Stengel nur am Grunde mit
    Knoten, d. h. Blattansatzstellen, versehen . . . **38. Molinia.**

32. Ährchenachse behaart 33
„ „ kahl 37
33. Deckspelzen unbegrannt 34
„ „ begrannt, nur ausnahmsweise die Granne fehlend. 35
34. Fruchtknoten kahl. Blätter u. ihre Scheiden wimperig behaart. Rispe schmal, oben traubig. Decksp. an der Spitze 3zähnig. **30. Sieglingia.**
„ Fruchtknoten behaart. Blätter kahl. Rispe sehr gross. **42. Scolochloa.**
35. Deckspelzen mit an der Spitze keulig verdickten Grannen . . . . **25. Weingaertneria.**
„ Grannen nicht verdickt 36
36. Ährchen klein, 2blütig. Decksp. an der Spitze gestutzt, 4zähnig, am Grunde od. auf dem Rücken begrannt . . . **24. Aira.**
37. „ Ährchen grösser, 2 bis mehrblütig. Deckspelzen meist mit rückenständiger, am Grunde gedrehter Granne und 2zähniger od. 2-granniger Spitze. Hüllspelzen das Ährchen einschliessend, seltener kürzer als dasselbe. Rispe locker . . . **28. Avena.**
„ Hüllspelzen etwa so lang wie das Ährchen. Rispe scheinährig zusammengezogen . . . . **23. Koeleria.**
„ Hüllspelzen deutlich kürzer als das Ährchen 38
38. Ährchen herzförmig od. rundlich, langgestielt . . . **32. Briza.**
„ „ länglich 39
39. Deckspelzen auf dem Rücken gekielt 40
„ „ „ „ „ abgerundet . . . . . **41. Festuca.**
40. Ährchen eiförmig, 2-7blütig . . . . **35. Poa.**
„ „ länglich-lineal, 8-20blütig. An Stelle der Blatthäutchen finden sich Haare . . . . **33. Eragrostis.**

1. Zea. Sd.

Kulturpflanze aus Amerika; als Grünfutter vielfach gebaut. Juli-Herbst. — . . . . Türkischer Weizen, Mais, *Z. Mays* L.

2. Andropogon. Sd.

Sehr zerstreut; in Mitteldeutschland, fehlt jedoch z. B. in Schlesien. Juli-Sept. — . . . . Bartgras, Mannsbart, *A. Ischaemon* L.

3. Tragus. 1j.

Sehr selten, aus Südeuropa mit Samen eingeschleppt. Juni, Juli. — . . . . *T. racemosus* Desf.

4. Panicum. 1j.

0. Ährchen in einfachen, fingerig stehenden Ähren 1
„ Ährchen in Rispen 3
1. Blätter u. ihre Scheiden behaart. 2
„ „ „ „ „ im ganzen kahl. — Zerstreut, auf Äckern, Gartenland, an Wegen. Juli-Herbst. . . . . . . (*Digitaria filiformis* Koel.), *P.* (*glabrum* Gaud., *filiforme* Gcke.) *lineare* Krocker.
2. Die 3. Hüllspelze am Rande wollig-flaumig, sonst kahl. — Häufig, auf Äckern, Gartenland, an Wegen. Juli-Sept. — . . . . Fig. 80, Bluthirse, (*Digitaria sanguinalis* Scop.), *P. sanguinale* L.
„ Die 3. Hüllspelze am Rande steif-

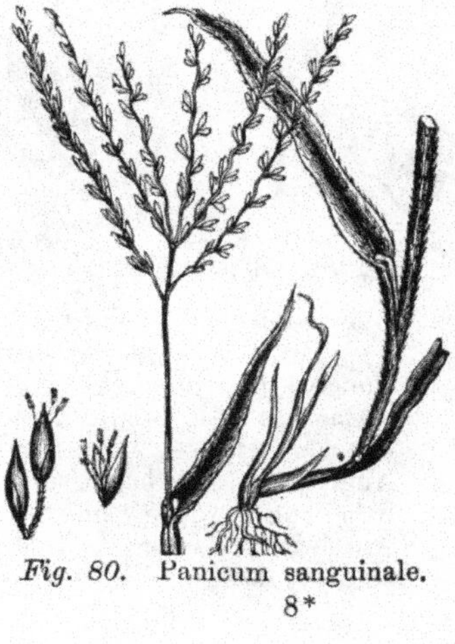

Fig. 80. Panicum sanguinale.

haarig gewimpert. — Selten, fehlt z. B. in Schlesien u. der Rheinprovinz. Juli-Sept. — (*Digitaria ciliaris* Koel.), *P. ciliare* Retz.
Kann als Varietät der vorigen Art gelten.
3.　Ährchen kurzgestielt, fast geknäuelt. Innerste (oberste) Hüllspelze
stachelspitzig (*brevisetum* Döll) bis lang begrannt (*longisetum* Döll).
— Schutt, Äcker u. s. w., meist häufig. Juli, Aug. — *P. Crus galli* L.
„　Ährchen langgestielt 4
4.　Die äussere Hüllspelze etwa $^2/_3$ so lang, die 3. etwas kürzer als
die 2te. — Kulturpfl. aus Asien. Juli, Aug. — Hirse, *P. miliaceum* L.
„　Die äussere Hüllspelze kaum $^1/_2$ so lang als die 2te. — Seltene
Zierpflanze aus Nordamerika. Juni-Aug. — . . *P. capillare* L.

5. Setaria. 1 j.

0.　Deck- u. Vorspelzen deutlich querrunzelig, Ährchen eiförmig. Die
ganze Ähre rostig braungelb, namentlich die an den Zweigen des
Blütenstandes sitzenden Borsten. — Häufig, auf Sandfeldern.
Juli, Aug. — . . . . . (*Panicum glaucum* L.), *S. glauca* P. B.
„　Deck- u. Vorspelzen fein punktiert, höchstens sehr schwach quer-
runzelig. Ährchen länglich 1
1.　Borsten etwas länger od. bei *briviseta* Godr. so lang od. kürzer
als die Ährchen, mit rückwärts gerichteten seitlichen Vorsprüngen,
welche die ganze Ähre sehr rauh machen. — Meist nicht seltene
Ruderalpflanze. Juli, Aug. — . . . .
Fig. 81, Klebgras, (*Panicum verticillatum* L.), *S. verticillata* P. B.
„　Borsten mit nach ihrer Spitze gerichteten, rauhen Vorsprüngen.　2

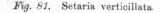
Fig. 81. Setaria verticillata.　　　*Fig. 82.* Phalaris arundinacea.

2.　Blütenstand scheinährig 3
„　　　„　　schwach rispig, oben womöglich überhängend. Die
Borsten bei *longiseta* Döll die Ährchen weit überragend, bei
germanica Rth. wenig länger u. bei *maritima* Lmk. kürzer als
die Ährchen. — Nicht häufige Kulturpflanze aus Südeuropa. Juli,
Aug. — . Kolbenhirse, (*Panicum italicum* L.), *S. italica* P. B.
3.　Scheinähre walzig, nicht unterbrochen. Borsten länger als die
Ährchen, bei *briviseta* Döll kaum länger als dieselben. — Häufige
Ruderalpflanze. Juli, Aug. — (*Panicum viride* L.), *S. viridis* P. B.

„ Scheinähre am Grunde unterbrochen. — Selten verschleppt; stammt
aus Italien. Sommer. — . . . . *S. ambigua* Guss.

6. Phalaris. Sd. u. 1j.

0. Blütenstand eine Rispe. Sd. — Häufig, an Ufern. G. F. Juni,
Juli. — Fig. 82. Die in Gärten gezogene Varietät mit grün u. weiss
gestreiften Blättern wird Bandgras od. spanisches Gras (*picta* L.)
genannt, in wildem Zustande (Havel-) Mielitz, *P. arundinacea* L.

„ Blütenstand ährenförmig, meist oval. 1j. — Oft verwildernde
Kulturpflanze aus Südeuropa. Juli, Aug. — . . . .
. . . . Kanarien-Gras od. -Hirse, *P. canariensis* L.

7. Hierochloa, Mariengras. Sd. — G. F.

0. Ährchenstiele kahl. Bei Var. *effusa* Üchtr. die Rispe bis 0,30 m
lang u. ihre Zweige haardünn u. von einander entfernt. — Selten,
auf Wiesen u. in Gebüschen z. B. zwischen Myrica; fehlt z. B. in
in der Rheinprovinz. Mai, Juni. — . . . . Fig. 83,
(*Holcus odoratus* L. z. T.), *H.* (*borealis* R. u. Schult.) *odorata* Wahl.

.. Ährchenst. behaart. — Sehr zerstreut u. selten, im Osten des Gebiets.
Apr., Mai. — (*Holcus australis* Schrad.), *H. australis* R. u. Schult.

Fig. 83. Hierochloa odorata.   *Fig. 84.* Anthoxanthum odoratum.

8. Anthoxanthum. Sd. u. 1j.

0. Rispe ährenförmig, bei *umbrosum* Bl. etwas locker. Ausser einer
fruchtbaren Blüte finden sich in jedem Ährchen noch 2 spelzen-
artige Ansätze von 2 fehlgeschlagenen Blüten, welche kaum länger
als die fruchtbare Blüte sind. Bei Var. *villosum* Loisl. die untere
Hüllspelze behaart. Pflanze nach Waldmeister riechend. Sd. —
Gemein, in Wäldern u. auf Wiesen. G. F. Mai, Juni. — . .
. . . . Fig. 84, Ruchgras, *A. odoratum* L.

., Rispe ziemlich locker. Die Ansätze der fehlgeschlagenen Blüten fast
doppelt länger als die fruchtbare. 1j. — Bei Lübeck, Bremen u.
im nördlichen Lüneburgischen, überhaupt zerstreut im ganzen nordwestdeutschen Tieflande und strichweise massenhaft auftretend, ist
z. B. gemein im südl. Oldenburg u. um Bentheim. Juni, Juli. —
. . . . *A.* (*aristatum* Boreau) *Puelii* Lecoq u. Lamotte.

118 X. Gramineae.

9. Alopecurus. Sd. u. 1j.

0. Stengel aufrecht 1
„ „ am Grunde niederliegend, aufsteigend 3
1. Rispige Scheinähre oben und unten verschmälert, die Zweige 1-2 Ährchen tragend. 1j. — Acker, meist selten. Juni, Juli. — *A. agrestis* L.
„ Blütenstand durchaus cylindrisch. Hüllspelzen fast bis zur Mitte miteinander verbunden 2
2. Spitzen der weisslichen, bei *nigricans* Sonder dunkelvioletten Hüllspelzen gerade od. zusammenneigend. Deckspelzen über ihrem Grunde begrannt. Pflanze grasgrün, bei Var. *glaucus* Sonder graugrün. Sd. — Gemein, auf Wiesen. S. g. F. Mai, Juni. — .
. . . . Fuchsschwanz, *A. pratensis* L.
„ Spitzen der Hüllspelzen auseinandergehend. Deckspelzen etwa in in der Mitte begrannt. — Selten, fehlt z. B. in Schlesien u. der Rheinprovinz. Mai, Juni. — *A. (ruthenicus* Weinm.) *arundinaceus* Poir.
3. Hüllspelzen nur am Grunde verbunden 4
„ „ bis zur Mitte verbunden. — Nur an wenigen Standorten unweit der Mosel. Mai, Juni. — . . . . . *A. utriculatus* Pers.
4. Deckspelzen spitz, unter ihrer Mitte eine Granne tragend. Die Var. *microstachyus* Üchtr. nur 0,10-0,15 m hoch, ihre Blätter schmal, sämtlich gefaltet; Blütenstand nur 10-18 mm lang. Var. *bulbosus* Sonder mit am Grunde knollig-verdicktem Stengel. Var. *natans* Whlnbg. mit im Wasser schwimmendem Stengel. 1j. — Häufig, an feuchten Orten. G. F. Mai-Aug. — . . . .
. . . . Fig. 85, Flottgras, *A. geniculatus* L.
„ Deckspelzen stumpf, fast über ihrer Mitte begrannt, die Hüllspelzen kaum überragend. 1j. — Wie vorige. M. F. — . *A. fulvus* Sm. Kann als Varietät der vorigen Art angesehen werden.

Fig. 85. Alopecurus geniculatus.   *Fig. 86.* Phleum pratense.

10. Phleum. Sd. u. 1j.

0. Hüllspelzen mit geradem Kiel. Ährchenachse an der Spitze nicht stielartig verlängert 1
„ Hüllspelzen mit nach aussen gewölbtem Kiel. Ährchenachse an der Spitze stielartig verlängert 2

., Hüllspelzen an der Spitze aufgeblasen. 1j. — Selten in der Rheinprovinz, in den anderen Teilen des Gebiets sehr selten od. fehlend.
Mai, Juni. — . . . . *P. asperum* Vill.
1. Granne 3 mal kürzer als ihre weisslichen Hüllspelzen. Bei Var.
nodosum L. der Stengel am Grunde knollig-verdickt. Sd. — Häufig,
auf Wiesen. S. g. F. Juni, Juli. — . . . .
. . . . . . Fig. 86, Liesch- od. Thimoteegras, *P. pratense* L.
., Granne so lang wie die meist violetten Hüllsp., bei Var. *fallax* Janka
kürzer als die grünen Hüllspelzen. Sd. — Wohl Var. der vorigen Art.
— Wiesen der Sudeten. S. g. F. Juli, Aug. — *P. alpinum* L.
2. Hüllspelzen lanzettlich, kurz begrannt. 1j. — An einigen Orten der
Rheinprovinz, bei Mainz, Bingen u. am Meere im Sande, fehlt aber in
Prov. Preussen. Juni, Juli. —
. . . . *P. arenarium* L.
., Hüllsp. lineal-längl., schief-abge-
stutzt, zugespitzt - stachelspitzig.
Bei Var. *interruptum* Zabel der
Blütenstand locker, etwas unter-
brochen. Sd. — Zerstreut, auf
sonnigen Hügeln u. an trockenen
Waldstellen. G. F. Juni, Juli. —
. . . . *P. (phala-*
roides Koel.) *Boehmeri* Wibel.

11. Chamagrostis. 1j.
An einigen Stellen zwischen Hanau
u. Bingen, Oranienbaum bei Dessau u.
in Holstein. März, Apr. — Fig. 87, ·
(*Mibora verna* P. B.), *C. minima* Borkh.

Fig. 87. Chamagrostis minima.

12. Cynodon. Sd.
Selten, an sandigen Abhängen u. s. w., fehlt z. B. in Schlesien.
Juli, Aug. — . . . .
(*Panicum Dactylon* L., *Dactylus officinalis* Vill.), *C. Dactylon* Pers.

13. Oryza. Sd.
Sehr zerstreut, an Ufern. Aug., Sept.
— (*Phalaris oryzoides* L., *Leersia*
oryzoides Sm.), *O. clandestina* A. Br.

14. Coleanthus. 1j.
Nur im Schwarzenteiche bei Marien-
bad. Juli-Oct. — *C. subtilis* Seidl.

15. Agrostis. Sd.
0. Untere Laubblätter flach ausgebreitet. Vorspelze vorhanden. 1
., Untere Laubblätter borstenförmig zusammengefaltet. Vorspelze fehlend od verkümmert. 2
1. Blatthäutchen kurz, breiter als
lang. Var. *stolonifera* G. F. W.
Mey.mitkriechendenAusläufern.
— Gemein. G. F. Juni, Juli. —
. Fig. 88, *A. vulgaris* With.

Fig. 88. Agrostis vulgaris.

„   Blatthäutchen lang. Bei Var. *gigantea* Gaud. der Stengel bis 1,25 m
hoch u. die Blät. breiter, bei *stolonifera* E. Mey. der Stengel kriechend
u. bei *maritima* G. F. W. Mey. der Stengel aufsteigend, die steifen
Blätter bläulich-grau u. die Rispe gedrängt. — Häufig, auf Wiesen.
S. g. F. Juni, Juli. — . . . . *A. alba* L.

2. Zweige der Rispe kahl, glatt. — Riesengebirge. Juli, Aug. —
. . . . *A. rupestris* All.

„   Zweige der Rispe rauh 3

3. Deckspelzen unter ihrer Rückenmitte gekniet-begrannt. Bei Var.
pudica Döll die Granne gerade u. die Deckspelze nicht überragend.
Var. *mutica* Gaud. grannenlos. — Meist nicht selten, an feuchten
Plätzen. Juni-Aug. — . . . . *A. canina* L.

„   Deckspelzen an ihrem Grunde begrannt. — Nur im Kessel des
mährischen Gesenkes. Juli, Aug. — . . . . . *A. alpina* Scop.

16. Apera. 1j.

0. Rispe locker. Staubbeutel lineal-länglich. — Gemein, auf Äckern, Sandplätzen. Juni, Juli. — (*Agrostis Spica venti* L.), *A. Spica venti* P. B.

„   Rispe schmal, zusammengezogen. Staubbeutel rundlich-eiförmig. —
Nur bei Salzderhelden (in Hannover) u. Zons (bei Köln). Juni,
Juli. — . . . . (*Agrostis interrupta* L.), *A. interrupta* P. B.

17. Calamagrostis, Schilf. Sd. — Sch. F.

0. Ährchen mit einer vollkommenen u. dem Rudiment einer 2ten Blüte. 1

„   Ährchen ohne Rudiment einer 2ten Blüte 3

1. Grannen gerade, die Decksp. kaum überragend, bei Var. *fallax* Bauer
die Spitze der Deckspelzen nicht erreichend. — Sehr zerstreut, auf
feuchten Wiesen; fehlt z. B. in der Rheinprovinz. Juli, Aug. —
. . . . *C. neglecta* Fr.

„   Grannen knieförmig gebogen 2

2. Grannen kaum die Hüllspelzen überragend, rückenständig. Haare
so lang oder ¹/₂ so lang als die Spelzen. — Sehr zerstreut, in
Bergwäldern; fehlt z. B. in Schlesien. Juli, Aug. — *C. varia* Lk.

„   Grannen weit aus den Hüllspelzen hervorsehend. Haare 4 mal
kürzer als die Deckspelzen. —
Nicht selten, in Wäldern. Juli,
Aug. — . . . (Gemeiner)
Schilf, (*Agrostis arundinacea*
L.), *C. arundinacea* Rth.

3. Grannen am Rücken der Decksp.
entspringend, zuweilen fehlend. 4

„   Grannen an der Spitze entspringend 6

4. Grannen etwa auf der Mitte
der Deckspelzen 5

„   Grannen unter der Mitte eingefügt, gerade. — Sehr zerstreut, auf sandigen Waldplätzen namentlich der Sudeten
u. des Erzgeb.; fehlt z. B. in der
Rheinprovinz. Juli, Aug. — .
. . . *C. Halleriana* D. C.

Fig. 89. Calamagrostis lanceolata.

5. Haare länger als die Spelzen. Granne gerade, über ihre Spelze
hinwegragend. Bei Var. *elongata* Döll die Rispe am Grunde locker.

Var. *glauca* Rchb. die Pflanze grau- bis bläulich-grün u. die Ähre
blassgrün. — Gemein, an Ufern u. s. w. Juli, Aug. — . .
. . . . *(Arundo epigeios* L.), *C. epigeios*]
„ Haare kürzer als die Spelzen. Granne ziemlich gerade, we
länger als die Spelze. — Wohl Var. von C. Halleriana. — Nur
weit Tilsit. Juli. — . . . . *C. Hartmanniana*
6. Granne kurz. Ährchen violett od.schmutzig-purpurn, bei *Gaudini*
Rchb. grünlich. — Zerstreut, an feuchten Stellen. Juli, Aug.
. . . . Fig. 89, *(Arundo Calamagrostis* L.), *C. lanceolata*]
„ Granne etwa $^1/_2$ so lang als die Spelze oder etwas länger.
Selten, fehlt z. B. in Schlesien u. der Rheinprovinz. Juli, Aug.
. . . . *C. litorea* D

18. Ammophila, Strandhafer.
Sd. — G. F., aber nur in jungem
    Zustande.
0. Haare der Ährchenachse etwa $^1/_3$
so lang als die Deckspelzen. —
Nord- u. Ostseeküste und hin u.
wieder im Binnenlande auf Flugsand. Juli, Aug. — Fig. 90,
(Arundo arenaria L., *Psamma
ar.* R.u. Schult.), *A. arenaria* Lk.
„ Haare der Ährchenachse etwa $^1/_2$
so lang als die Deckspelzen. —
Meeresküste, aber seltener als
vorige. Juli, Aug. — *(Arundo
baltica* Flügge, *Psamma baltica* R. u. S.), *A. baltica* Lk.
Vielleicht ein Bastard zwischen A.
arenaria und Calamagrostis epigeios.

Fig. 90. Ammophila arenari

19. **Milium.** Sd.
Häufig, in schattigen Wäldern. Mai - Juli. — Fig. 91, *M. effusum*

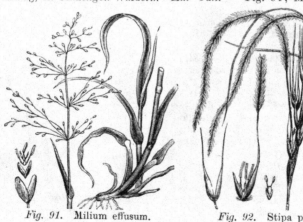

Fig. 91. Milium effusum.   *Fig. 92.* Stipa pennata.

20. **Stipa.** Sd.
0. Grannen bis über $^1/_4$ m lang, federig behaart. — Sehr zerstr

auf sonnigen Abhängen u. in trockenen Wäldern. Mai, Juni. —
. . . . Fig. 92, Federgras, *S. pennata* L.
Diese Art kann in 3 Unterarten zerlegt werden:

a) Deckspelzen am Rande im obersten Drittel kahl . . . . b
„ Der randständige Haarstreifen der Deckspelzen bis zur Spitze der
(excl. Granne) 21-24 mm langen Spelze reichend. Granne bis
zum Knie über 9 cm lang. Stengelblätter bis 2,5 mm breit, mit meist
9 Hauptnerven. Hüllspelzen samt längerer, breiterer Granne
über 7 cm lang. — Thüringen, Böhmen. — *S. Grafiana* Stev.
b) Stengelblätter nur bis 1,5 mm breit, mit meist 7, nicht rauhen
Hauptnerven. Hüllspelzen samt kürzerer fädlicher Granne nur
etwa 4 cm lang. Deckspelze (excl. Granne) 15-16 mm lang. Granne
bis zum Knie bis etwas über 6 cm lang. Ligula sehr schmal,
aber verlängert. — Häufigste Form. — . . *S. Joannis* Celk.
„ Blätter fadenförmig-borstlich, in eine feine haarförmige Spitze
auslaufend, auf den Längsnerven fein papillös-rauh. Ligula sehr
kurz, gestutzt. — Böhmen. Blüht etwa 3 Wochen später als die
2 vorigen. — . . . . *S. Tirsa* Stev.

„ Grannen kürzer, vorwärts rauh,
aber unbehaart. — Fehlt im
nordwestlichen Gebiet und geht
östlich nicht über die Weichsel,
sonst selten oder sehr zerstreut.
Juni, Juli. — *S. capillata* L.
21. Phragmites. Sd.
Var. *flavescens* Custer: Ährchen
blassbraun. — Gemein, Ufer, stehende
Gewässer. Sch. F. Aug., Sept. —
. . . . Rohr, *P. communis* Trin.
22. Sesleria. Sd.
Sehr zerstreut, namentlich auf
Kalk, in Thüringen häufiger, in
Schlesien z. B. fehlend. M. F. April,
Mai. — . . . . Fig. 93, (*Cynosurus coeruleus* L.), *S. coerulea* Ard.
23. Koeleria. Sd. — M. F.
0. Untere Blätter behaart . . 1
„ Untere Blätter kahl. — Namentlich
an sandigen Stellen, wohl etwas
weniger häufig als die vorige Art.
Juni, Juli. — *K. glauca* D. C.
1. Blätter am Rande u. an den Ner-
ven steifgewimpert, sonst kahl.
Stengel oben dicht flaumig-zottig.
Rispe zusammengezogen. Spelzen
gewimpert-rauh. Die Var. *pyrami-
data* Lmk. 0,50-0,70 m hoch u. die
Ährchen fast 2 mal so gross. Bei
Var. *humilis* Üchtr. die unteren
Blät. sehr schmal, borstenf. zusam-
mengerollt, nur 0,02-0,05 m lang.
— Häufig, an trockenen Orten.
Juni, Juli. — Fig. 94, (*Aira* u.
Poa cristata L.), *K. cristata* Pers.

Fig. 93. Sesleria coerulea.

Fig. 94. Koeleria cristata.

„ Blätter weichhaarig. Stengel meist bis zur Rispe kahl, diese lockerer
gelappt, mit mehr abstehenden Zweigen. — Sandfluren u. s. w.
Nordböhmens. Juni, Juli. — . . . . *K. gracilis* Pers.

24. Aira. Sd.

0. Granne deutlich gekniet, die Deckspelze weit überragend . .   1
„   „   undeutlich gekniet, selten fehlend   2
1. Achsenzwischenglied unter der Deckspelze der obersten Blüte $\frac{1}{2}$ so
lang als diese. — Sehr zerstreut od. fast selten, an sumpfigen u.
torfigen Stellen: fehlt z. B. in Schlesien. Aug., Sept. — . . .
. . . . *A.* (*uliginosa* Weihe) *discolor* Thuill.
„ Achsenzwischenglied unter der Deckspelze der obersten Blüte sehr
viel kürzer als diese. — Häufig, in Wäldern. Sch. F. Juni-Aug. —
. . . . *A. flexuosa* L.
2. Blattnerven oberseits sehr rauh. Stengel dicht-rasig, bei *altissima*
Lmk. bis 2 m hoch, hier die Ährchen zahlreicher u. kleiner. Bei
aurea W. Gr. die Ährchen 2 mal so gross als bei der typischen
Form, am Grunde breiter, goldgelb. — Gemein, auf etwas trockenen
Wiesen u. s. w. Juni, Juli. M. F. — . . . .
. . . . Fig. 95, (*Deschampsia caespitosa* P. B.), *A. caespitosa* L.
„ Blattnerven oberseits wenig rauh. Stengel mit Ausläufern. — An
der Elbe von Hamburg bis zur Nordsee. Mai u. Aug. — . . . .
. . . . *A.* (*paludosa* Wib.) *Wibeliana* Sonder.
Kann als Varietät zur vorigen Art gestellt werden.

Fig. 95. Aira caespitosa.   *Fig. 96.* Weingaertneria canescens.

25. Weingaertneria. Sd.

Häufig, auf Sandstellen. Sch. F. Juli, Aug. — Fig. 96, Bocksbart, Silber-
gras, (*Aira canescens* L., *Corynephorus c.* P. B.), *W. canescens* Bernh.

26. Holcus, Honiggras. Sd.

0. Stengel u. Blattscheiden kahl, nur die Knoten behaart. — Zerstreut, in Wäldern. Sch. F. Ende Juni-Aug. — . *H. mollis* L.
„ Stengel u. Blattscheiden behaart. — Gemein, auf trockenen Wiesen
u. s. w. M. F. Juni-Aug. — . . . Fig. 97, *H. lanatus* L.

27. Arrhenatherum. Sd.

Bei Var. *biaristatum* Peterm. die Granne der Deckspelze der
oberen Blüte verlängert. Bei *subhirsutum* Aschs. die Stengel an u.
unter den Knoten, sowie die unteren Scheiden kurz-rauhhaarig. Bei
bulbosum Schrad. die untersten kurzen Stengelglieder knollig verdickt.
— Häufig, auf Wiesen u. s. w. S. g. F. Juni, Juli. — . Fig. 98,
französisches Raygras, Glatthafer, (*Avena elatior* L.), *A. elatius* M. u. Koch.

Fig. 97. Holcus lanatus.　　　　*Fig. 98.* Arrhenatherum elatius.

28. Avena. Haferartige Gräser. Sd. u. 1j.

0. Ährchen nach dem Verblühen hängend 1
„　　„　　„　　„　　„　aufrecht 7
1. Ährchenachse zottig behaart 2
„　　„　kahl od. höchstens schwach unterhalb der Deckspelzen behaart 3
2. Ährchen 3blütig. Deckspelze behaart. Rispe allseitswendig. Var.
glabrata Peterm.: Deckspelzen fast od. ganz kahl. Var. *sub-
secunda* Üchtr.: Rispe einseitswendig. 1j. — Nicht gerade selten,
namentlich zwischen A. sativa, deren Stammart vielleicht A. fatua
ist. Juni-Aug. — . . Wind-, Wild- od. Flughafer, *A. fatua* L.
„ Ährchen 2blütig. Deckspelzen kahl. Obere Hüllspelzen 11 nervig. 1j.
— Selten, unter der Saat. Juli, Aug. — . *A. hybrida* Peterm.
3. Blütenspelzen über die Hüllspelzen hinwegragend. 1j. — Zuweilen
angebaut. Juni-Aug. — . . . . Nackter Hafer, *A. nuda* L.
„ Blütenspelzen mindestens so lang wie die Hüllspelzen . . . 4
4. Achse unter den Deckspelzen haarig. Rispe zuletzt einseitswendig,
bei *effusa* Üchtr. gleichförmig ausgebreitet. 1j. — Seltener gebaut.
Juni-Aug. — . . . . Sand- od. Rauhhafer, *A. strigosa* Schreb.
„ Achse unter den Deckspelzen der oberen Blüten kahl . . . 5
5. Rispenäste alle nach einer Seite gewendet, einseitswendig . 6
„ „ allseitswendig. Ährchen 2blütig, bei *trisperma* Schübler
3-, bei *chinensis* Metzger 4-6blütig. 1j. — Überall gebaut. Juni-
Aug. — . . . . . . (Gemeiner) Hafer, Haber, *A. sativa* L.
6. Blüten mit ihren Spelzen oben breiter werdend. Deckspelzen an der

Spitze meist rauhhaarig. 1 j. — Selten, unter der Saat, fast nicht
gebaut. Juni. — . . . . Kurzhafer, *A. brevis* Rth.
„ Blüten nach oben verschmälert. Deckspelzen kahl. 1 j. — Selten
gebaut. Juni-Aug. — Türkischer od. Fahnenhafer, *A. orientalis* Schreb.
7. Blätter borstenartig zusammengerollt. Ährchen 2 blütig . . 8
„ „ flach, höchstens zusammengefaltet. Ährchen 2-5 blütig. 9
8. Stiele kürzer als ihre Ährchen. Blütenstand daher fast scheinährig. 1 j. — Zerstreut od. nicht selten, an trockeneren, meist sandigen
Stellen. Apr., Mai. — . (*Aira praecox* L.), *A. praecox* P. B.
„ Stiele mindestens so lang wie ihre Ährchen. Blütenstand daher
deutlich rispig. 1 j. — Nicht selten, meist an sandigen, trockenen
Orten. Juni, Juli. — (*Aira caryophyllea* L.), *A. caryophyllea* Web.
9. Blattscheiden auf dem Querschnitt mehr kreisförmig . . . 10
„ „ „ „ „ zusammengedrückt, 2 schneidig.
Sd. — Nur auf nassen, quelligen Wiesen der Sudeten. Juli,
Aug. — . . . . *A. planiculmis* Schrad.
10. Fruchtknoten an der Spitze behaart 11
„ „ kahl 12
11. Ährchenstiele dick, an der Spitze deutlich verdickt. Blätter oben
rauh, nebst Scheiden kahl. Ährchen (3) 4-5 blütig. Hüllspelzen
3nervig. Var. *bromoides* L. 0,6-0,8 m hoch, auch die grundständigen
Blätter flach; die unteren und mittleren Rispenäste meist zu zweien.
Sd. — Nicht gerade häufig, an trockeneren Orten; fehlt z. B. in
Schlesien. M. F. Juni, Juli. — . . . . *A. pratensis* L.
„ Blätter und die unteren Scheiden zottig, sehr selten kahl (*glabra*
Fr.). Ährchen 2-3 (4) blütig. Untere Hüllspelzen 1nervig. Sd. —
Häufig, auf mässig feuchten Wiesen u. s. w. M. F. Mai, Juni. —
. . . . Fig. 99, *A. pubescens* L.

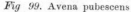

Fig 99. Avena pubescens   *Fig 100.* Sieglingia decumbens.

12. Deckspelzen etwa in der Mitte des Rückens begrannt. Var. *glabratua*
Aschs.: Scheiden kahl. Var. *bulbosua* Holla: die untersten Stengelglieder knollig verdickt. Var. *depauperata* Üchtr.: Rispe lockerer,
obere Zweige 1-2 blütig, untere einzeln oder zu 2, 2-3 blütig, selten
sämtlich einzeln u. 1 blütig. Sd. — Zerstreut, auf Wiesen, stellenweise, z. B. in Provinz Preussen, selten. S. g. F. Juni Juli. —
. . . Goldhafer, (*Trisetum flavescens* P. B.), *A. flavescens* L.

„ Deckspelzen an der Spitze begrannt. 1 u. 2 j. — Zertreut, auf trockenen Hügeln; in Schlesien z. B. fehlend. Juni. — *A. tenuis* Mnch.

29. Gaudinia. 1 j.
Wild nur am Eppendorfer Moor bei Hamburg. Juni. — . . . .
. . . . (*Avena fragilis* L.), *G. fragilis* P. B.

30. Sieglingia. Sd.
Häufig, in Wäldern u. s. w. **M. F.** Juni, Juli. — . . . . Fig. 100,
(*Festuca decumbens* L., *Triodia decumbens* P. B.), *S. decumbens* Bernh.

31. Melica. Sd.
0. Rispe traubig od. deutlich rispig 1
„ „ ährenförmig 3
1. Ährchen in einer einseitswendigen Traube stehend. — Hüllspelzen braunrot, weiss-berandet, bei *pallida* Üchtr. graugrün, am Rande blass-violettbraun. — Häufig, in Laubwäldern. M. F. Mai, Juni. —
. . . . Fig. 101, Perlgras, *M. nutans* L.
„ Blütenstand deutlich rispig 2
2. Blätter breit, flach ausgebreitet. — Zerstreut, in schattigen Wäldern, gern an Abhängen. M. F. Mai, Juni. — . . *M. uniflora* Retz.
„ Blätter borstenförmig zusammengefaltet. — Wie M. ciliata, zu welcher sie als Varietät gerechnet werden kann; fehlt z. B. in Schlesien. Mai, Juni. — . . . . *M. nebrodensis* Parlatore.
3. Deckspelzen spitz, seidenhaarig gewimpert. — Zerstreut, auf steinigen Hügeln Mitteldeutschlands. M. F. Mai, Juni. — . *M. ciliata* L.
„ Deckspelzen stumpf, kahl. — Selten verwilderte Pflanze aus Osteuropa. Juni, Juli. — . . . . *M. altissima* L.

Fig. 101. Melica nutans.    *Fig. 102.* Briza media.

32. Briza, Zittergras. Sd. u. 1 j. — M. F.
0. Ährchen über 1 cm lang. 1 j. — Zuweilen verwildernde Zierpflanze aus Südeuropa. Mai, Juni. — . . . . *B. maxima* L.
„ Ährchen bedeutend kleiner 1
1. Rispenzweige rauh. Blatthäutchen lanzettlich. 1 j. — Zierpflanze aus Südeuropa. Juni, Juli. — . . . . *B. minor* L.
„ Rispenzweige glatt. Blatthäutchen kurz. Ährchen weiss-grün-violett-gescheckt, bei *pallens* Peterm. einfach blassgrün. Sd. — Gemein, auf trockenen Wiesen. Mai-Juli. — Fig. 102, *B. media* L.

33. Eragrostis, Liebesgras. 1 j.

0. Rispenzweige einzeln od. zu zweien beisammen. Ährchen bis20blütig. 1
„ Rispenzweige zu 4-5 zusammenstehend. Ährchen bis 12 blütig. —
Nur am Felsen zwischen Giebichenstein u. Trotha bei Halle a. S.
verwildert. Juli, Aug. — . . . (*Poa pilosa* L.), *E. pilosa* P. B.
1. Ährchenstiele 1-2 mal länger als die Hüllspelze. — Selten, auf
Sandboden in Mitteldeutschland, Elbgebiet in Böhmen; fehlt z. B.
in der Rheinprovinz. Aug.. Sept. — (*Poa Eragrostis* L.), *E. minor* Host.
„ Ährchenstiele kürzer. — Verschleppt bei Westerhausen unweit Blanken-
burg a. H. Juli, Aug. — (*Briza Eragrostis* L.), *E. major* Host.

34. Sclerochloa. 1 j.

Sehr zerstreut, an Wegrändern u. auf Triften; fehlt z. B. in Schlesien.
Mai, Juni — . . . . (*Cynosurus durus* L.), *S. dura* P. B.

35. Poa, Rispen- od. Viehgras. Meist Sd. auch 1 j. — Fast alle g. F.

0. Stengel mit Ausläufern. Blätter meist borstenförmig . . . 1
., „ ohne Ausläufer. Blätter flach 2
1. Stengel meist stielrund. Deckspelzen mit 5 starken Nerven. Bei der
Hauptform (*vulgaris* Döll) die Blätter flach, zugespitzt. Var. *latifolia*
Weihe: Pfl. graugrün; Blät. plötzlich in eine fast mützenförmige
Spitze zusammengezogen. Var. *angustifolia* L.: Blätter der nicht
blühenden Triebe borstig zusammengefaltet. Var. *anceps* Gaud.:
Stengel zusammengedrückt 2 schneidig. Sd. — Gemein, auf Wiesen,
in Wäldern u. s. w. S. g. F. Mai. Juni. — Fig. 103. *P. pratensis* L.
„ Stengel 2 schneidig zusammen-
gedrückt. Deckspelzen undeutlich-
nervig. Ährchen 5-9 blütig. Var.
Langiana Rchb. bis 65 cm hoch,
Rispe verlängert- u. ausgebreitet-
zweigig, Ährchen 8-10 blütig u.
daher grösser. Sd. — Häufig, an
trockeneren Orten, gern auf Mauern.
Juni, Juli. — . *P. compressa* L.
2. Blatthäutchen der oberen Blätter
kurz, an der Spitze meist wie
abgeschnitten. Die unteren Rispenzweige meist zu 5 beisammen-
stehend 3
„ Blatthäutchen der oberen Blätter
länglich, mehr zugespitzt . . 4
„ Blatthäutchen aller Blätter länglich, spitz. Rispe zusammengezogen, mit kahlen Zweigen, an der

Fig. 103. Poa pratensis.

Spitze überhängend. Ährchen meist 3 blütig. Sd. — Nur an
felsigen Abhängen des Riesengebirges u. auf der Babia Gora. Juli,
Aug. — . . . . *P. laxa* Haenke.
3. Stengel mitsamt den Scheiden flach zusammengedrückt. Blätter
mit kappenförmiger Spitze. Var. *remota* Fr.: Rispenzweige dünn, sehr
verlängert, Ährchen etwas kleiner, meist 2 blütig. Sd. — Zerstreut,
in schattigen Bergwäldern, oft verschleppt. Juni, Juli. — . . . .
. . . . . . *P. (silvatica* Chaix, *sudetica* Haenke) *Chaixi* Vill.
„ Blatthäutchen fast fehlend, jedenfalls sehr kurz. Blätter mit einfacher nicht kappenförmiger Spitze. Blattscheiden kürzer als die Internodien. Die typische Form (*vulgaris* Gaud.) mit schlaffem, dünnen

u. glatten Stengel. Rispe überhängend. Ährchen meist 2 blütig.
Var. *firmula* Gaud.: Stengel steif, Ährchen 3-5 blütig. Var. *rigidula*
Gaud.: Stengel steif; Rispe vielährig; Ährchen gross, 3-7 blütig.
Var. *montana* Wimmer: Rispenzweige lang, dünn; Ährchen ziemlich
gross, 3-5 blütig. Var. *glauca* W. u. Grab.: Rispenzweige kurz,
etwas dick, abstehend; Ährchen 2-3 blütig. Sd. — Häufig, in
Wäldern u. Gebüschen. G. F. Juni, Juli. — . *P. nemoralis* L.

„   Blattscheiden länger als die Internodien, sodass die Knoten bedeckt
werden, sonst wie vorige Art, von welcher diese zur Varietät gemacht
werden kann. Sd. — An einigen Stellen des Riesengeb., im mährischen
Gesenke, auf der Babia Gora. Juni, Juli. — . . *P. caesia* Sm.

4. Deckspelzen schwach 5 nervig 5

„   „   deutlich   „ . Stengel u. Scheiden gewöhnlich
etwas rückwärts rauh. Sd. — Fast gemein, auf feuchten Wiesen
u. s. w. S. g. F. Juni, Juli. — . . . . . . *P. trivialis* L.

5. Untere Hüllsp. nur 1 nervig. Rispenzweige einzeln od. zu zweien,
meist einseitswendig. An Sumpfstellen die Var. *aquatica* Aschs.:
sehr zart u. schlaff u. die Rispe sehr locker. Var. *supina* Schrad.:
Stengel niederliegend, wurzelnd u. überwinternd. 1 j. — Fast
überall an Wegen, auf Äckern u. s. w., ganz gemein. G. F.
Das ganze Jahr mit Ausnahme des Frostes blühend — *P. annua* L.

„   Untere Hüllspelzen 3 nervig 6

6. Stengel am Grunde zwiebelig, meist aufrecht 7

„   „   „   einfach, aufsteigend. Meist Stengel u. Scheiden
glatt (*glabra* Döll). Var. *scabriuscula* Döll: Stengel u. Scheiden
etwas rückwärts rauh. Var. *muralis* Schldl.: Blätter kürzer u.
schmäler, zusammengefaltet. Sd. — Häufig, an feuchten Orten.
G. F. Juni, Juli. — . . . *P. (fertilis* Host) *serotina* Ehrh.
Kann als Var. von P. nemoralis betrachtet werden.

7. Blätter am Rande grün, krautig 8

„   „   „   „   von einem weissen Knorpelrand umzogen. —
Besonders in Thüringen. Mai, Juni. — . *P. badensis* Haenke.
Kann als Unterart zu P. alpina gestellt werden.

8. Blätter allmählich spitzer werdend.
Meist in einer Varietät (*vivipara*
W. u. G.) auftretend, bei welcher
sich an Stelle der Blüten Knospen
mit kleinen Laubblät. finden. Sd.
—Zerstreut, in trockenen Wäldern,
an Felsen u. s. w. Mai, Juni. —
. . . . . . *P. bulbosa* L.

„   Blätter mit deutlich abgesetzter,
besonderer Spitze. Sd. — Im
Kessel des mährischen Gesenkes.
Juli, Aug. — . *P. alpina* L.

36. Glyceria. Sd.

0. Ährchen 3-11 blütig . . . 1

„   „   meist 7 blütig. Deckspelzen sehr stumpf. Var. *con-
tracta* Üchtr.: Rispenzweige kürzer,
daher die Rispe stark zusammengezogen, sehr schmal. — In

Fig. 101. Glyceria fluitans.

schattigen Laubwäldern des östlichen Gebiets, wohl nicht häufig.
Ende Juni. — . . . . . . *G. nemoralis* Üchtritz u. Körnicke.
1. Blattscheiden zusammengedrückt 2
„ „ stielrund 3
2. Deckspelzen spitz. Rispe einseitswendig, bei *loliacea* Huds. fast
traubig. — Häufig, an Gewässern. G. F. Juni-Sept. — Fig 104,
Manna- od. Schwadengras, (*Festuca fluitans* L.), *G. fluitans* R. Br.
.. Deckspelzen stumpf. Rispe fast allseitswendig, bei *depauperata*
Crépin fast traubig, wenigährig. — Oft häufig, an nassen Stellen.
G. F. Mai, Juni. — . . . . *G. plicata* Fr.
3. Rispe allseitswendig mit 5-9 blütigen Ährchen. Blatthäutchen sehr
kurz, gestutzt. — Häufig, an Gewässern. S. g. F. bis G. F. Juli,
Aug. — . . . . Mielitz,
(*Poa aquatica* L.), *G.* (*spectabilis* M. u. K.) *aquatica* Whlnbg.
.. Rispe fast einseitswendig, mit haardünnen, überhängenden Zweigen
u. 3-6 blütigen Ährchen. — Unweit Wehlau in Preussen. Juni. —
. . . . *G. remota* Fr.

37. Catabrosa. Sd.

Zerstreut, in stehenden Gewässern, Quellen, Schlamm. G. F. Juli, Aug. —
Fig. 105. (*Aira aquatica* L., *Glyceria aquatica* Presl.), *C. aquatica* P. B.

Fig. 105. Catabrosa aquatica.   *Fig 106.* Molinia coerulea.

38. Molinia. Sd.

Rispe sehr schmal-zusammengezogen, bei Var. *arundinacea* Schrk. die
Zweige derselben aufrecht - abstehend. — Moorstellen, feuchte Wiesen,
häufig. Sch. F. Juli - Sept. — . . . .
. . Fig. 3 u. 106, (*Aira* u. *Melica coerulea* L.), *M. coerulea* Mnch.

39. Dactylis. Sd.

Bei Var. *hispanica* Rth. die Rispenzweige vom Grunde ab mit Ährchen
besetzt u. sehr zusammengezogen, so dass der Blütenstand eine lappige
Scheinähre bildet. Var. *nemorosa* Klett. u. Richt.: Deckspelzen nur
am Kiele etwas rauh, sonst meist kahl. — Gemein, auf Wiesen, in
Wäldern u. s. w. S. g. F. Juni, Juli. —
. . . . Fig. 107, Knäuelgras, *D. glomerata* L.

40. Cynosurus. Sd.

Gemein, trockene Wiesen u. s. w. S. g. F. bis G. F. Juni, Juli. —
. . . . Fig. 108, Kammgras, *C. cristatus* L.

Fig. 107. Dactylis glomerata.   *Fig. 108.* Cynosurus cristatus.

41. Festuca, Schwingel. Sd. u. 1j.
Bearbeitet von Prof. E. Hackel.

0. Ährchen stielrund. Deckspelzen an der Spitze abgerundet, stumpf. 1
„   „   zusammengedrückt 2

1. Zweige des Blütenstandes nach
dem Blühen herabgeschlagen.
Sd. — An Ruderalstellen, auf
Salzboden, zerstreut. G. F.
Mai-Sept. — (*Atropis distans*
Grisb.), Fig.109,*F.distans*Kth.
„ Rispenzweige aufrecht ab-
stehend od. angedrückt, die
unteren meist zu zweien. Sd.
— Am Meere, zerstreut von
Ostfriesland bis Danzig. Juni,
Juli. — (*Atropis maritima*
Grisb.), *F. thalassica* Kth.
2. Pflanzen einjährig, ohne un-
fruchtbare, d. h. nicht blühende
Blatttriebe 3
„ Pflanzen ausdauernd, rasen-
bildend durch unfruchtbare
Blatttriebe 6

Fig. 109. Festuca distans.

3. Deckspelzen unbegrannt 4
„   „   begrannt 5
4. Ährchen schmal-lineal. Früchte an die Spelzen angewachsen. 1j. —
Sehr selten, besonders nach Weinbergen des westl. Gebietes verschleppt. Juni, Juli. — (*Scleropoa rigida* Grisb.), *F. rigida* Kth.
„ Ährchen lineal-lanzettlich. Früchte frei. 1j. — Hafen bei Rostock,
verschleppt. Juni, Juli. — . . . .
. . . . . (*Scleropoa procumbens* Parlatore), *F. procumbens* Kth.

5. Rispe am Grunde mit Blattscheiden. 1 j. u. 2 j. — Zerstreut, namentlich auf Sandboden. Mai, Juni. — . *F. Myuros* Ehrh.

„ Rispe von den obersten Blattscheiden entfernt. 2 j. — Auf Sandboden, seltener als vorige. Mai, Juni. — . *F. sciuroides* Roth.

6 Blätter alle flach 7

„ „ oder nur die grundständigen borstlich oder fädlich zusammengerollt 10

7. Halm u. Blatttriebe am Grunde mit 4-5 breiten, derben, gelbbraunen, glänzenden Schuppen umgeben. Sd. — Zerstreut, schattige Laubwälder. Juni, Juli. — . . . . *F. silvatica* Vill.

„ Halm ohne solche Schuppen 8

8. Deckspelzen mit einer geschlängelten, langen Granne. Sd. — Häufig, in Laubwäldern. Juni, Juli. — . . . *F. gigantea* Vill.

„ Deckspelzen unbegrannt od. Granne weit kürzer als die Deckspelzen. 9

9. Die unteren Rispenzweige am Grunde mit einem 5-15 Ährchen tragenden Tochterspross. Sd. — Zerstreut, an feuchten Orten. S. g. F. Juni, Juli. — . . . . *F. arundinacea* Schreb.

„ Die unteren Rispenzweige am Grunde mit einem kleinen, 1-2 Ährchen tragenden Tochterspross. Sd. — Meist gemein, auf fruchtbaren Wiesen u. dgl. S. g. F. Juni, Juli. — Fig. 110, *F. (elatior* L.) *pratensis* Huds.

Fig. 110. Festuca pratensis.   *Fig. 111.* Festuca ovina.

10. Blatthäutchen ohne seitliche Öhrchen. Deckspelzen im oberen Viertel trockenhäutig. Sd. — An einigen Stellen des Riesengebirges. Juli, Aug. — . . . . *F. varia* Haenke.

„ Blatthäutchen der Halmblätter mit 1-2 seitlichen Öhrchen. Deckspelzen höchstens mit schmalem häutigem Saume unter der Spitze. 11

11. Grundblätter, besonders getrocknet, auf dem Querschnitt 3-5kantig; Halmblätter im Leben meist flach 12

„ Grundblätter nicht kantig; Halmblätter borstlich od. rinnig. Sd. — Häufig, an sandigen Örtlichkeiten. G. F. bis M. F. Mai, Juni. — . . . . Fig. 111, Schafschwingel, *F. ovina* L.

Diese Art variirt stark:

a) Grundblätter auf dem Querschnitt länglich-rund, beim Trocknen ohne Furchen an den Seiten . . . . b

„ Grundblätter nach dem Trocknen seitlich mit je einer Furche. f

b) Blätter ¹/₂ mm od. wenig darüber (Rosshaar-) dick c
  „ „ über ³/₄ mm dick (Bindfadenstark) . . . . . . e
c) Scheiden der Grundblätter bis zum Grunde gespalten . . d
  „ „ „ inneren Grundblätter im unteren Viertel od. Drittel
    verwachsen (Pflanze 10-20 cm). — Riesengebirge, Gesenke. . .
  . . . . Var. *supina* Hackel.
d) Deckspelzen unbegrannt . . . . . Var. *capillata* Lamarck.
  „ „ kurz begrannt . . . . . Var. *vulgaris* Koch.
e) Blätter hellgrün, unbereift . . . . . . Var. *duriuscula* L.
  „ „ blaugrün, bereift (besonders am Grunde der Spreite und
    an der Spitze der Scheide) . . . . . Var. *glauca* Schrad.
f) Blätter hellgrün, unbereift . . . . . . Var. *sulcata* Hackel.
  „ „ blaugrün bereift . . . . . . Var. *valesiaca* Schleich.
12. Fruchtknoten kahl. Grundblätter glatt. Entweder mit langen Aus-
    läufern (*genuina* Hackel) oder ohne Ausläufer, dichtrasig (*fallax*
    Hackel). Sd. — Nicht selten, in trockenen Wäldern u. s. w.
    G. F. Mai, Juni. — . . . . *F. rubra* L.
  „ Fruchtknoten oben fein borstig. Grundblätter rauh. Sd. — Zer-
    streut, in trockenen Wäldern. Mai, Juni. — *F. heterophylla* Haenke.

42. Scolochloa. Sd.

Selten, an Gewässern: fehlt z. B. in Schlesien, in der Rheinprovinz
und in Böhmen. G. F. Juni, Juli. — . . . .
  . . . . . (*Graphephorum festucaceum* A. Gray), *S. festucacea* Lk.

43. Brachypodium, Zwenke. Sd.

0. Grannen der oberen Deckspelzen länger als die Spelze. — Zerstreut, in
    Wäldern. Juli, Aug. — . . . . (*Bromus pinnatus* L. z. T.),
    B. *silvaticum* R. u. Schult.
  „ Grannen kürzer als ihre Spelzen.
    Bei *rupestre* R. u. Schult. die
    Ährchen kahl. — Zerstreut, in
    trocknen Wäldern u. s. w. Juni,
    Juli. — . . . .
    Fig. 112, (*Bromus pinnatus*
    L. z. T.), *B. pinnatum* P. B.

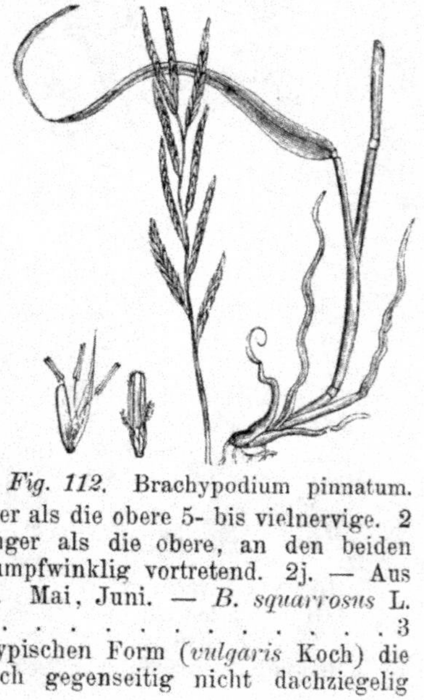

44. Bromus, Trespe. Sd., 1 u. 2j.

0. Deckspelzen jederseits am Rande
    mit einem Zahn. 2j. — Saat-
    felder in den Ardennen. Juni,
    Juli. — *B. arduennensis* Kth.
  „ Deckspelzen ungezähnt . . 1
1. Untere, 1nervige Hüllspelze
    deutlich kleiner als die 3nervige
    obere 8

Fig. 112. Brachypodium pinnatum.

  „ Untere, 3-5nervige Hüllspelze
    fast so gross od. nur wenig kleiner als die obere 5- bis vielnervige. 2
  „ Untere, 7nervige Hüllspelze länger als die obere, an den beiden
    Rändern oberhalb der Mitte stumpfwinklig vortretend. 2j. — Aus
    Südeuropa zuweilen verschleppt. Mai, Juni. — *B. squarrosus* L.
2. Blattscheiden behaart 3
  „ „ kahl. Bei der typischen Form (*vulgaris* Koch) die
    Deckspelzen an der Frucht sich gegenseitig nicht dachziegelig

deckend, mit eingerollten Seitenrändern, so lang wie die Vorspelzen.
Var. *grossus* Koch: Ährchen grösser, 12-15 blütig, kahl od. rauh.
Deckspelzen sich mit den Rändern deckend. Var. *velutinus* Schrad.:
Ährchen grösser, weichhaarig. Var. *hordeaceus* Gmel.: Ährchen
kleiner, weich- od. kurzhaarig. 2j. — Nicht selten unter der Saat.
Juni-Aug. — . . . . *B. secalinus* L.
3. Meist die unteren Scheiden zottig, die oberen kurz behaart. Deckspelzen kahl. Rispenzweige rauh 4
„ Meist alle Scheiden mehr gleichmässig behaart 5
4. Deckspelzen mit einfachem Rande. 2j. — Zerstreut, auf etwas
feuchten Wiesen. M. F. Mai, Juni. — . . *B. racemosus* L.
„ Deckspelzen oberhalb ihrer Mitte, am Rande stumpfwinkelig hervorragend. 2j. — Wie vorige, aber weit seltener. M. F. — . .
. . . . *B. commutatus* Schrad.
5. Ährchen länglich . , ... 6
„ ., eiförmig-elliptisch. Deckspelzen wie bei B. commutatus.
Var. *liostachys* M. u. K.: Deckspelzen kahl, nur die Nerven kurzhaarig-
vorwärts-rauh. Var. *hordeaceus* L.: Stengel im Kreise niederliegend;
Rispe zusammengezogen, traubenförmig; Decksp. kahl. 2j. — Gemein,
auf Wiesen, an Wegrändern u. s. w. M. F. Mai, Juni. — *B.mollis* L.
6. Deckspelzen so lang wie die Vorspelzen 7
„ Deckspelzen etwas länger als die Vorspelzen. Bei Var. *velutinus*
Koch die Deckspelzen weichhaarig. 2j. — Sehr zerstreut, fast selten,
auf Äckern. Mai. — . . . . *B. patulus* M. u. Koch.
7. Ährchen elliptisch-lanzettlich. Granne so lang wie das Deckblatt. 1j.—
Zerstreut, auf Äckern, an Wegrändern. Juni, Juli. — *B. arvensis* L.
„ Ährchen fast rhombisch. Deckspelzen 2mal so lang wie ihre Granne.
2j. — Hin u. wieder auf Äckern. Juni. — *B. brachystachys* Hornung.
8. Ährchen oben schmäler als unten. Vorspelzen an den Nerven
höchstens kurzhaarig 10
„ Ährchen während und nach dem Blühen oben breiter als unten.
Vorspelze steifborstig gewimpert 9
9. Granne länger als die Deck-
spelze. Rispen-Äste auffallend
rauh. 1j. — Häufig, meist in
der Nähe bewohnter Orte. Sch. F.
Mai, Juni. — . . . . . .
. . . Fig. 113, *B. sterilis* L.
„ Granne etwa so lang wie die
Deckspelze. Stengel an der Spitze,
unter der Rispe kurzhaarig.
Var. *glabratus* Sonder: Ährchen
kahl od. nur schwach gewimpert.
1j. — Gemein od. häufig, an
Wegen und Waldrändern, auf
trockenen Äckern u. s. w. Sch. F.
Mai, Juni. — *B. tectorum* L.
10. Rispe locker, überhängend. 11
„ „ dichter, mit aufrechten
Zweigen 12
11. Obere Blattscheiden meist kahl.

Fig. 113. Bromus sterilis.

Untere Rispenzweige mit 2-6 Tochterzweigen am Grunde. Sd. —
Zerstreut, in schattigen Laubwäldern. Juni, Juli. — *B. asper* Murr.

„ Obere Blattscheiden rauhhaarig. Untere Rispenzweige nur mit einem Tochterspross am Grunde. Sd. — Wie vorige, aber nicht so häufig, kann als Abart von B. asper gelten. — *B. serotinus* Beneken.

12. Blätter am Rande gewimpert. Var. *laxus* Döll: Rispe lockerer; Ährchen grösser, 7-9blütig. Sd. — Sehr zerstreut, auf sonnigen Kalkhügeln, auf trockenen Wiesen u. s. w ; zuweilen mit Grassamen verschleppt. M. F. Mai-Juli. — . . . . . . *B. erectus* Huds.

„ Blätter kahl. Sd. — Häufig, auf trocknen Hügeln, an Wald- und Wiesenrändern. M. F. Juni, Juli. — . . . *B. inermis* Leyss.

45. Triticum. Weizenartige Gräser. Sd. u. 1-2j.

0. Ährchen mit bauchig-gewölbten Spelzen 1
„   „   „ schlanken Spelzen 7
1. Achse des Blütenstandes fest 2
„   „   „   „ brüchig 5
2. Doppelähre locker. Hüllspelzen häutig. 1-2j. — Selten gebaut. Juni. Juli. — . . . . . Polnischer Weizen, *T. polonicum* L.
„ Doppelähre dichter, Hüllspelzen knorpelig 3
3. Hüllspelzen länglich. 1-2jährig. — Zuweilen gebaut. Juni, Juli. — . . , ... Hartweizen, *T. durum* Desf.
„ Hüllspelzen eiförmig 4
4. „ über ¹/₂ so lang als die Deckspelzen. Diese lang begrannt (*hibernum* L.), kurz begrannt (*submuticum* Aschs.) od. unbegrannt (*aestivum* L.). 1-2j. — Überall auf besserem Boden gebaut. Juni, Juli. — . . (Gemeiner) Weizen, *T. vulgare* Vill.
„ Hüllspelzen ¹/₂ so lang als die Deckspelzen. 1-2j. — Hin u. wieder gebaut. Juni, Juli. — . . Englischer Weizen, *T. turgidum* L. T. durum u. turgidum sind Varietäten von T. vulgare.
5. Doppelähre locker. Hüllspelzen breit-eiförmig. Bei Var. *aristatum* Aschs. die Deckspelzen der fruchtbaren Blüten begrannt. 2j. — Zuweilen gebaut. Juni, Juli. — . . Spelz, Dinkel, *T. Spelta* L.
„ Doppelähre dicht 6
6. Ährchen 4blütig, die 2 unteren Blüten fruchtbar, bei *tricoccum* Schübler 5blütig u. die 3 unteren fruchtbar. 1- u. 2j. — Selten gebaut. Juni, Juli. — . . . . Emmer, *T. dicoccum* Schrank.
„ Ährchen meist 3blütig. Hüllspelzen an der Spitze mit 2 spitzen, geraden Zähnen. 1- u. 2j. — Wie vorige. — Einkorn, *T. monococcum* L.
7. Stengel ohne Ausläufer. Deckspelzen mit langer, geschlängelter Granne, bei *gracilius* J. Lange die ziemlich gerade Granne kürzer als die Deckspelze. Sd. — Meist nicht selten, in Laubwäldern u. s. w. Juni, Juli. — . . . . *T. caninum* L.
„ Stengel mit Ausläufern 8
8. Blattnerven oberseits mit vielen kurzen Haaren besetzt . . 11
„   „   „ rauh durch nach vorwärts gerichtete Höckerchen, die einreihig auf den Nerven stehen. Hüllspelzen 5-7nervig. 9
9. Hüllspelzen spitz 10
„   „ sehr stumpf. Sd. — In Böhmen u. auf Hügeln bei den Dirscheler Gipsgruben in Schlesien. Juni, Juli. — *T. glaucum* Desf.
10. Hüllspelzen 5nervig. Deckspelzen meist mit Grannen, die hinsichtlich ihrer Länge sehr variiren. Var. *caesium* Presl.: Pflanze graugrün, untere Scheiden rauhhaarig. Sd. — Gemein, auf Äckern, Gartenland, an Wegrändern u. s. w. M. F. Juni, Juli. — . . . . Fig. 114, Quecke, Päde, *T. repens* L.

„ Hüllspelzen 7 nervig. Sd. — Sandige Orte an der Nordsee. Juni-
Sept. — . . . . *T. pungens* Pers.
T. glaucum u. pungens können als Unterarten zu repens gezogen
werden.
11. Hüllspelzen 9-11 nervig. Sd. — Am Nord- u. Ostseestrande. Juni-
Aug. — . . . . *T. junceum* L.
„ Hüllspelzen 5-7 nervig 12
12. „ 5 nervig. Sd. — Hin u. wieder an sandigen Orten der
Ostsee. Juni, Juli. — . . . . . . *T. strictum* Detharding.
„ Hüllspelzen 5-7 nervig. Sd. — Hin u. wieder am Strande der
Nord- u. Ostsee. Juni, Juli. — . . . . . . *T. acutum* D. C.

Fig. 114. Triticum repens.   *Fig. 115.* Elymus arenarius.

46. Secale. 1-2 j.

Ährchen 2 blütig, zuweilen mit dem Rudiment einer dritten Blüte, bei
triflorum Döll diese 3. Blüte entwickelt. — Überall gebaut. Mai, Juni. —
. . . . Roggen, *S. cereale* L.

47. Elymus. Sd.

0. Blätter flach ausgebreitet. Untere Scheiden zottig. Hüllspelzen
u. Deckspelzen begrannt. — Zerstreut, in Laubwäldern; in Prov.
Preussen jedoch nur unweit Königsberg. Juni, Juli. — *E. europaeus* L.
„ Blätter in der Trockenheit eingerollt. Scheiden kahl. — Strand der
Nord- u. Ostsee, selten auf Flugsand im Binnenlande. Mai-Aug. —
. . . . . . Fig. 115, Strandhafer od. -roggen, *E. arenarius* L.

48. Hordeum. Gerstenartige Gräser. Sd. u. 1-2 j.

0. Ährchengruppe aus drei sitzenden Ährchen gebildet 1
„ „ mit sitzenden mittleren u. gestielten seitlichen
Ährchen 2
1. Scheinähre fast 6 kantig. Ährchen gedrängt, abstehend. 1- u. 2 j.
— Gebaut. Juni, Juli. — Bären- od. Stockgerste, *H. hexastichon* L.
„ Scheinähre fast 4 kantig. Die mittleren Ährchen weniger gedrängt,
anliegend. Die Frucht bei *coeleste* L. frei. 2 j. — Angebaut.
Juni, Juli. — . . . . (Winter-) Gerste, *H. vulgare* L.
2. Die seitlichen Ährchen jeder Gruppe unbegrannt 3
„ „ „ „ „ „ kurz begrannt 4

3. Mittelährchen nach aufwärts gerichtet, eiförmig, begrannt, seitenständige Ährchen grannenlos. Gewöhnlich der Blütenstand lang, etwas locker u. nickend (*vulgatum* Lk.) od. kurz, dicht u. aufrecht (*erectum* Lk.). Bei *nudum* Ard. (Kaffeegerste) die Frucht frei. 1j. — Gebaut. Juni, Juli. — . Sommergerste, *H. distichum* L.
„ Mittelährchen mit fächerig abstehenden Grannen. 1j. — Zuweilen gebaut. Juni, Juli. — . . . .
. . . . . Pfauen-, Reis-, Emmer-, Fächergerste, *H. zeocrithon* L.
„ Ährchen lanzettlich; Stengel über dem Grunde mit einer zwiebeligen Verdickung. Sd. — Verschleppt nach Preuss. Oldendorf in Westfalen. Mai, Juni. — . . . . *H. strictum* Desf.
4. Das Mittelährchen mit einer etwa 3 cm langen Granne. 5
„ Das Mittelährchen mit kürzerer Granne. An Stelle der Hüllspelzen finden sich Grannen. Sd.
— Sehr zerstreut, auf Wiesen, namentlich auf Salzboden; fehlt z. B. in Schlesien u. der Rheinprovinz. M. F. bis G. F. Juni, Juli. — . . . .
Fig. 116, *H. secalinum* Schreb.
5. Hüllspelzen der seitlichen Ährchen borstenförmig. Bei *pseudomurinum* Tappeiner die Hüllspelzen der Seitenährchen jeder Ährchengruppe etwas breiter das innere beiderseits, das äussere innen am Grunde gewimpert. — Gemein, an Zäunen u. Wegrändern. Sch. F. Juli, Aug. — . . . *H. murinum* L.

Fig. 116. Hordeum secalinum.

„ Die inneren Hüllspelzen der seitlichen Ährchen halblanzettlich. 1j. — Sehr zerstreut, an der Nordsee. M. F. Mai, Juni. — *H. maritimum* With.

49. Lolium. Sd. u. 1j.

0. Ährchen meist alle sitzend 1
„ Die unteren Ährchen gestielt. Sd. 4
1. Ährchen länglich. Stengel zusammengedrückt. Sd. . . . 2
„ „ mehr elliptisch. Stengel stielrund. 1j. 3
2. Hüllspelze kaum länger als die ihr zunächst befindliche Deckspelze. Junge Blätter zusammengerollt. Bei *muticum* D. C. die Spelzen unbegrannt. — Als Rasen angesät u. verwildert, aus dem südlichsten Deutschland stammend. S. g. F. Juni-Aug. — . . . . Italienisches Raygras, *L. multiflorum* Lmk.
„ Hüllspelze länger als die nächste Deckspelze. Junge Blätter einfach zusammengefaltet. Ährchen 8-10, zuweilen etwa 12 (*orgyiale* Döll) oder nur 6-9blütig und sehr genähert u. abstehend (*cristatum* Döll). — Gemein, auf trockenen Wiesen, Grasplätzen, an Wegrändern. S. g. F. Juni-Okt. — . . Englisches Raygras, *L. perenne* L.
3. Hüllspelze höchstens so lang wie das Ährchen. Deckspelzen meist unbegrannt, seltener begrannt (*aristatum* Döll). Ährchen meist 4-8, seltener 7-9blütig (*complanatum* Schrad.). — Nur unter Flachs. Juni, Juli. — . . . . *L. remotum* Schrank.

„ Hüllspelze mindestens so lang wie das Ährchen. Deckspelze kürzer als ihre Granne, bei *album* Huds. länger als die Granne. — Meist nicht selten, auf feuchten Äckern, besonders unter Hafer. Sch. F. Juni, Juli. — . . . . Fig. 117, Taumellolch, *L. temulentum* L.

4. Untere Ährchen sehr kurz gestielt, zuweilen fast sitzend. — Unter den Eltern, hin u. wieder. Juni. — *L. perenne* X *Festuca elatior*.

„ Unteres Ährchen kürzer als ihr Stiel. Deckspelzen begrannt. — Bis jetzt nur bei Rostock. Juni. — *L. perenne* X *Festuca gigantea*.

Fig. 117. Lolium temulentum.   *Fig. 118.* Nardus stricta.

50. Lepturus. 1j.

0. Hüllspelzen etwa so lang wie das Ährchen. — An sandigen Orten am Meere, in Oldenburg und in Schleswig, auf den ostfriesischen Inseln häufig. Mai. — . . . . *L. filiformis* Trin.

„ Hüllspelzen deutlich länger als das Ährchen. — Hin u. wieder, an sandigen Orten am Meere, aber nicht an der Nordsee. Mai. — . . . . (*Aegilops incurvata* L.), *L. incurvatus* Trin.

51. Nardus. Sd.

Zerstreut, auf trockenen, unfruchtbaren Wiesen, an lichten Waldstellen. Sch. F. Mai, Juni. — . . . . Fig. 118, *N. stricta* L.

---

4. Gynandrae. (Vergl. p. 72.)

XI. Fam. Orchidaceae.

Der unterständige und, wie der Querschnitt im Grundriss 2 der Fig. 119 zeigt, 1fächerige, mit vielen, an 3 Leisten der Aussenwand ansitzenden Eichen versehene Fruchtknoten pflegt wie *f* in 1, Fig. 119, spiralig gedreht, re su pi ni ert, zu sein, und zwar derartig, dass in den meisten Fällen beim Zurückdrehen die an der entwickelten Blüte nach unten gewendeten Teile nach oben gerichtet erscheinen würden. An seinem Gipfel trägt der Fruchtknoten das Perianth: *a, b, l,* in 1 u. 2 der Fig. 119 und das gewöhnlich in der Einzahl vorhandene Staubgefäss *s*. Das Perianth ist ein 6blättriges Perigon, dessen äussere 3 Blätter jedoch oft einen einfachen, übereinstimmenden Bau zeigen, der von dem der

3 inneren Blätter und namentlich des einen grösseren, als Lippe *l* bezeichneten Blattes abweicht; in diesen Fällen könnte man von Kelch und Krone reden. Die nach der Resupination meist nach unten gewendete Lippe, den Beute suchenden Insekten als Sitz dienend, trägt häufig an ihrem Grunde ein Nektarium in Form eines hohlen Spornes *sp*, während in anderen Fällen — bei fehlendem Sporn — ein besonderer, saftiger Gewebeteil am Grunde der Lippe den Insekten nach dem Anstechen den willkommenen Nektar liefert. Auch der Sporn enthält nur selten freie Honigflüssigkeit, die erst durch Anstechen oder Anbeissen dem fleischig-saftigen Gewebe entzogen werden kann. In der Nähe der Eingangsöffnung zum Sporne *e* liegt die Narbe *n*. Das 2fächrige Staubgefäss besitzt keinen Staubfaden und ist entweder nur mit seinem Grunde oder auch — wie in unserer Abbildung — vollständig mit einem an der Spitze des Fruchtknotens, oberhalb der Narbe befindlichen Fortsatz, dem Säulchen, Rostellum, *s*, verschmolzen. Der Pollen jeder Staubbeutelhälfte ist zusammenhängend und bildet ein gestieltes Pollenpäckchen, eine Pollinie, *3* der Fig. 119, seltener krümelige oder pulverige Pollenmassen.

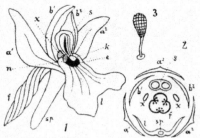

Fig. 119. — *1*. Eine vergrösserte Blume von Orchis maculata; *2*. der Grundriss derselben. — *3*. Eine Pollinie. - · Beschreibung im Text.

Die aus vielen, zusammenhängend verbleibenden Pollenkörnern gebildeten Päckchen besitzen einen elastischen Stiel, der am Grunde ein klebriges Scheibchen, Klebscheibchen, aufweist; häufig endigt der Stiel der beiden Pollinien in einem gemeinsamen Klebscheibchen. Die eine oder die 2 Klebscheibchen sind dicht oberhalb der klebrigfeuchten Narbe zu suchen und liegen entweder frei oder werden von einem Schüppchen *k* bedeckt. An der durch Zusammenneigen der Perianthblätter gegenüber von der Lippe zustande kommenden Helmbildung können sich mit Ausnahme der Lippe alle Perigonblätter beteiligen. Die in der Abbildung angegebenen Gebilde *x* sind Rudimente je eines Staubblattes.

Die Vorgänge bei der Befruchtung der Orchideen sind je nach dem Bau ihrer Blumen natürlich verschieden. Wir wählen zur speciellen Betrachtung nur einen Fall, und zwar die Gattung Orchis, heraus.

Setzt sich ein für die Befruchtung geeignetes Insekt auf die Lippe *l* und versucht es durch den Eingang *e* mit seinen Mundwerkzeugen in den Sporngrund zu gelangen, so ist es — bei der eigentümlichen gegenseitigen Stellung der Organe — genötigt, das gerade über dem Spornschlunde befindliche kleine Schüppchen *k*, welches die Klebscheibchen bedeckt, zu berühren. Das Schüppchen schlägt sich hierbei zurück und die Klebscheibchen heften sich an den Kopf des Insekts. Dieses zieht daher, wenn es davonfliegt, die Pollinien aus ihren Fächern und trägt sie wie 2 Hörner oder Fühler davon. Sogleich beginnen sich nun die Pollinienstiele so weit herabzubiegen, dass ihre Pollenköpfchen beim Besuch einer zweiten Blume gerade auf die klebrig-feuchte Narbe *n* treffen und es kann nun eine Befruchtung stattfinden.

0. Staubbeutel 2, je einer rechts u. links von der Narbe, mit pulverigem Pollen. Lippe stark bauchig (gewölbt) aufgeblasen . .
. . . . **21. Cypripedium.**

„ Staubbeutel 1, oberhalb der Narbe befindlich 1

1. Mit schuppen- (scheiden-) förmigen Blättern, ohne deutliche grüne Laubblätter 2

„ Deutliche grüne Laubblätter vorhanden 5

2. Lippe gespornt 3

„ „ ungespornt 4

3. Die ganze Pflanze violett. Ahre mit vielen purpurnen Blumen.
. . . . **10. Limodorum.**

„ Stengel bleich. Traube mit 3-4 blassgelblichen oder weissrötlichen Blumen. Lippe nach oben gewendet. . . . . **9. Epipogon.**

4. Pollenmassen pulverig. Lippe vorn mit 2 zungenförmigen Lappen. Traube od. Ähre mit vielen, ziemlich grossen, gelblichbräunlichen Blüten . . . . **14 Neottia.**

„ Pollenmassen wachsartig. Lippe oft mit 2 seitlichen Läppchen. Blütenstand mit wenigen kleineren grünlichgelben Blüten. **17. Coralliorrhiza.**

5. Staubbeutel mit dem Säulchen vollständig verwachsen. . . . 6

„ „ ganz oder fast frei 13

6. Lippe gespornt. Fruchtknoten resupiniert 7

„ „ ungespornt 11

7. „ ganz oder an der Spitze 3 zähnig . . . **3. Platanthera.**

„ „ gelappt oder geteilt 8

8. „ lineal, über 2 cm lang. Knolle ungeteilt. **7. Himantoglossum.**

„ „ nicht auffallend lang 9

9. Pollinien mit gemeinsamer Klebscheibe . . . **6. Anacamptis.**

„ Jede Pollinie besitzt ihre besondere Klebscheibe 10

10. Klebscheibe von einem Schüppchen bedeckt (k in 1, Fig. 119). **1. Orchis.**

„ Klebscheibe ohne Schuppe . . . . **2. Gymnadenia.**

11. Fruchtknoten kaum spiralig gedreht. Jede Pollinie mit besonderer Klebscheibe. . . . . **4. Ophrys.**

„ Fruchtknoten sehr deutlich spiralig gedreht 12

12. Beide Pollenmassen eine gemeinschaftliche Klebscheibe besitzend. Lippe 3 teilig, der mittlere Zipfel lineal, 2 spaltig, die seitlichen Zipfel fadenförmig . . . . **8. Aceras.**

„ Lippe tief 3 spaltig. Der mittlere Zipfel 2 mal so lang als die seitlichen. Pollinien getrennt . . . . . . **5. Herminium.**

13. Pollenmassen ohne Stiel, mehlartig, wenn auch mehr od. minder lose zusammenhängend 16

„ Pollenmassen fester zusammenhängend, Pollinien darstellend. 14

14. Fruchtknoten um 360° gedreht, sodass die Lippe nach oben steht. Pflanze gewöhnlich nur mit 1 Laubblatt, selten zwei. **20. Microstylis.**

„ Lippe nach unten gewendet. 2-3 grundständige Laubblätter. 15

15. 2 Laubblätter. Säulchen mit dem Andröceum nach vorwärts gekrümmt. Vordere Lippenhälfte nach abwärts gebogen. Neben dem Stengelgrund eine kleine Knolle für die nächstjährige Pflanze. **18. Liparis.**

„ Meist 3 Laubblätter; Lippe gerade, nach vorn verschmälert. Stengel über seinem Grunde knollig verdickt . . **19. Malaxis.**

16. Lippe durch je einen Einschnitt an jeder Seite in ein vorderes u. ein hinteres Stück gegliedert 17

„ Lippe nicht in dieser Weise gegliedert 18

17. Blumen meist sitzend. Fruchtknoten gedreht. **11. Cephalanthera.**

„   Blumen mit gedrehten Stielen . . . . **12. Epipactis.**
18. 2 fast gegenständige Laubblätter . . . . **13. Listera.**
„   Mehrere deutlich wechselständige Laubblätter 19
19. Wurzeln dickfaserig. Ähre nicht gedreht, mit grünlich-weissen
     Blüten . . . . **15. Goodyera.**
„   Wurzeln knollig od. dickfaserig. Ähre mehr od. minder spiralig
     gedreht, mit weisslichen Blüten . . . . . . **16. Spiranthes.**

1. Orchis, Knabenkraut, Kuckucksblume. Sd.

Bearbeitet von Prof. Dr. G. Leimbach.

0. Knollen ungeteilt (Euorchis) 1
„   „   mehr oder weniger geteilt (Pseudorchis) 13
1. Alle oberen Perigonblätter helmartig geschlossen 2
„   Seitliche obere Perigonblätter seitwärts oder rückwärts geneigt. 8
2. Lippe 3teilig 3
„   „   3spaltig 6
„   „   3lappig 7
3. Deckblätter viel kleiner als der Fruchtknoten, fast schuppen-
     förmig 4
„   Deckblätter mindestens halb so lang als der Fruchtknoten . 5
4. Helm eiförmig, geschlossen, braunrot od. grünlich gestreift, dunkler
     als die ziemlich grosse meist plump gebaute Lippe. Mittelzipfel
     unten viel breiter als die Seitenzipfel, nach oben allmählich an
     Breite zunehmend. Deckblätter 6-8mal kleiner als der Frucht-
     knoten. — Schattige Berge und Wälder, besonders in Mitteldeutsch-
     land, namentlich in Thüringen sehr verbreitet, fehlt aber in Schlesien
     und in vielen Floren des nördlichen Deutschlands. Mai-Juni. —
     . . . . (*O. fusca* Jacq.), *O. purpurea* Huds.
     Bezüglich der Gestalt der Lippe jedenfalls die formenreichste
     aller einheimischen Orchis-Arten.
     a) Mittelzipfel deutlich geteilt . . . . b
     „   „   nur kurz unregelmässig eingeschnitten oder aus-
     gerandet, Seitenzipfel verkürzt, oft ganz fehlend . Form: *monstrosa.*
     b) Lippe länger als breit (*typica*) c
     „   „   breiter als lang (*moravica Jacq.*) . . . . d
     c) Schenkel des Mittelzipfels 3-4mal breiter als die Seitenzipfel
     . . . . Form: *typica vulgaris.*
     „   Schenkel des Mittelzipfels höchstens doppelt so breit als die Seiten-
     zipfel . . . . Form: *typica angustiloba.*
     d) Seitenzipfel mit parallelen Rändern . . . . e.
     „   „   vorn verbreitert und ebenso wie die Schenkel des Mittel-
     zipfels abgerundet . . . . . Form: *moravica rotundiloba.*
     e) Schenkel des Mittelzipfels abgestutzt . Form: *moravica obtusiloba.*
     „ Schenkel des Mittelzipfels ebenso wie die Seitenzipfel abgeschnitten
     . . . . Form: *moravica incisiloba.*
„   Helm eilanzettlich, verlängert, oben nicht vollkommen geschlossen,
     innen dunkler gestreift, aussen lila oder rötlichgrau, heller als die
     schlanker gebaute Lippe. Mittelzipfel unten nicht viel breiter als
     die Seitenzipfel, mit parallelen Rändern, oben plötzlich in 2 Lappen
     erweitert. Deckblätter 3-4mal kleiner als der Fruchtknoten. —
     Sonnige Waldwiesen und Bergabhänge. Auch im nördlichen und
     nordöstlichen Deutschland, häufig aber nur in Thüringen. Mai-Juni. —
     . . . . *O. Rivini* Gouan.
     Ist weit konstanter im Bau der Lippe als die vorige Art.
     a) Schenkel des Mittelzipfels kurz, vorn abgerundet, mit diesem fast einen
     rechten Winkel bildend, mit nicht parallelen Rändern. Form: *typica.*

„ Schenkel des Mittelzipfels verlängert, vorn nicht abgerundet, mit diesem einen schiefen Winkel bildend, mit parallelen Rändern (*parallela*). b
b. Schenkel des Mittelzipfels 3-4 mal so breit als die Seitenzipfel . .
. . . . Form : *parallela vulgaris.*
„ Schenkel des Mittelzipfels höchstens doppelt so breit als die Seitenzipfel . . . . : . . . . . Form: *parallela angustiloba.*

Es sind an verschiedenen Orten Thüringens und in Westfalen zwischen beiden Arten Bastarde beobachtet worden, welche in den wesentlichen Merkmalen der Blume die Mitte halten und bald mehr der purpurea, bald mehr der Rivini sich nähern. Bei *purpurea* ✗ *Rivini* hat der Helm Form und Grösse der purpurea, aber das Kolorit zeigt die Einwirkung der Rivini, ebenso ist die Lippe der purpurea näher stehend, nur ist der Mittellappen vom Grunde bis zur Teilung schmaler und in Breite wenig verschieden, die Mittelschenkel sind meist nicht viel breiter als die Seitenzipfel (*stenoloba* Coss. u. Germ. = *hybrida* Bönngh.). *Rivini* ✗ *purpurea* schliesst sich in Grösse und Form des Helmes an Rivini an, nur ist das Kolorit dunkler, intensiver rot. Die Lippe ist in Bezug auf Schlankheit und Zartheit des Baues ganz die von Rivini, aber der Mittelzipfel hat auch am Grunde keine parallelen Ränder, sondern nimmt, wenn auch allmählich bis zur Teilung an Breite zu, während die Schenkel desselben auch mehr an purpurea erinnern. Die Bastardformen weichen selbstredend bald mehr bald weniger von diesen Hauptcharakteren ab und es ist mit Bestimmtheit anzunehmen, dass manche Exemplare Bastarde zweiter Ordnung darstellen.

5. Sporn mindestens halb so lang als der Fruchtknoten, Helm hellpurpurn, locker, haubenartig geschlossen. Lippe blasslila, dunkelrot punktiert. Seitenzipfel länglich, vorn in der Regel verbreitert. Mittelzipfel breit-verkehrt-herzförmig (übrigens in der Form sehr wechselnd). — Sonnige Waldränder, Berge, Triften. Eine in Thüringen häufige, sonst in Deutschland seltene Pflanze. Mai-Juni. — *O. tridentata* Scop.

„ Sporn kürzer als der halbe Fruchtknoten, Helm aussen schwarz-purpurn, wie angebrannt, vollständig geschlossen. Lippe weiss, schön rot-samtartig punktiert. Mittelzipfel allmählich nach vorn verbreitert. (Die Blumen sind viel kleiner als bei voriger Art, übrigens giebt der Bau der Blüte ein Miniaturbild der purpurea, während tridentata wenigstens im Bau des Helmes ganz an Rivini erinnert.) — Gebirgswiesen, Kalkberge in Thüringen nicht so häufig wie vorige Art und im nördlichen Deutschland nur sporadisch vorkommend. Mai-Juni. — . . . . *O. ustulata* L.

Auch zwischen diesen beiden Arten sind an mehreren Orten Thüringens Bastardformen beobachtet worden, die bald der triden-tata, bald der ustulata näher stehen. *O. tridentata* ✗ *ustulata* hat von der ersteren die Form des Blütenstandes, Grösse des Helmes aber mit dunklerem Kolorit, ebenso zeigt die Lippe Gestalt und Zeichnung der ustulata, wenn auch meist etwas in Grösse verschieden. *O. ustulata* ✗ *tridentata* hat den mehr länglich-eiförmigen Blütenstand und die, wenn auch nicht intensiv schwarzbraun, doch intensiv dunkelrot gefärbten Helme der ustulata, während die Lippe in Grösse, Gestalt und Färbung der tridentata gleicht.|

6. Sporn halb so lang als der Fruchtknoten. Helm braunrot mit grünen Adern. Seitenzipfel der Lippe rautenförmig, zurückgebogen, so gross wie der ungeteilte Mittelzipfel. Wanzenartig riechend! — Auf feuchten Wiesen in Mittel- und Norddeutschland zerstreut. Juni-Juli. — . . . . *O. coriophora* L.

Selten findet sich, z. B. in Thüringen und in der Mark unter der Stammart eine Varietät mit verlängertem zugespitztem Helm, deren Sporn die Länge der Lippe erreicht . Var. *Polliniana* Rchb.

7. Helm sehr stumpf, stets grün geadert. Ähre armblütig. Seiten-
    lappen- der Lippe abgerundet, breiter als der kurz ausgerandete oder
    abgestumpft gekerbte Mittellappen. Farbe der Blumen wechselnd
    vom dunkelsten rot bis weiss. — Trockene Wiesen, Triften, Haiden.
    Verbreitet. Mai-Juni. — . . . . *O. Morio* L.
8. Obere Deckblätter mehr (3-5)nervig 9
    „   „   „   1 nervig 10
9. Ähre sehr locker, armblütig. Lippe 3lappig, Mittellappen breiter
    und so lang oder länger als die seitlichen, tief ausgerandet. —
    Auf Sumpf- und Moorwiesen, im Gebiet zerstreut und selten. (Die
    nahe verwandte südeuropäische O. laxiflora Lmk. ist unserem
    Gebiet fremd.) Mai-Juni. — . . . . . . *O. palustris* Jacq.
10. Lippe 3spaltig, Ähre kurz, kugelig, dichtblütig, Sporn halb so lang
    als der Fruchtknoten 11
    „   Lippe 3lappig, Ähre verlängert, eiförmig-länglich, lockerblütig, Sporn
        nahezu so lang als der Fruchtknoten 12
11 Äussere Perigonblätter anfangs mit den anderen helmartig verbunden,
    erst später ausgebreitet. Helm purpurn oder rosa, Perigonblätter
    in eine spatelig verbreiterte Spitze auslaufend. Seitenlappen der
    Lippe ganzrandig, Mittellappen ausgerandet. Stengel sehr hoch.
    — Nur in höheren Gebirgen (Mährisches Gesenke, Riesengebirge,
    Erzgebirge). Juni-Juli. — . . . . *O. globosa* L.
12. Lippe seicht 3lappig. Blume meist blassgelb, selten weiss oder
    rot, mit starkem oft unangenehmem Geruch. — Nur in Mittel-
    deutschland und besonders in Thüringen häufig. April bis Mitte
    Mai, ist die früheste aller einheimischen Orchisarten. Bergwälder
    der Kalkregion. — . . . . *O. pallens* L.
    „   Lippe tief 3lappig, Blume meist purpurrot, selten lila, oder weiss.
        — Häufig. auf Wiesen und in Wäldern Mitteldeutschlands, nördlich
        seltener. Mai-Juni. — . . . . *O. mascula* L.
        Form der Lippe sehr veränderlich, ebenso die übrigen Perigon-
        blätter. Bezüglich dieser letzteren sind folgende Formen zu unter-
        scheiden:
        a) Perigonblätter stumpf . . . . Form: *obtusiflora* Koch.
        „   „   spitz . . . . b)
        b)   „   eiförmig-länglich, oben zugespitzt. – Häufig. — .
        . . . . Form: (*genuina* Rchb.) *acutiflora*.
        „   Perigonblätter schmal, lanzettförmig, oben in eine lange Spitze ver-
        laufend. — Im Gebiet selten und bisher nur in Thüringen (Jena)
        gefunden. — . . . . Form: *speciosa* Koch.
        Bei Münster in Westfalen sind zwischen O. mascula und O. Morio
Bastardformen beobachtet worden, die bald im Habitus der ersteren
Art sich anschliessen, während die nahezu helmförmig geschlossenen
oberen Perigonblätter und die Form der Lippe an Morio erinnert
(*O. mascula* ✕ *Morio*), bald eine gigantische Morio erkennen lassen,
bei welcher die äusseren Perigonzipfel seitlich abstehen und die Zipfel
der Lippe mehr der mascula gleichen (*O. Morio* ✕ *mascula*).
    Als grosse Seltenheit wurde bei Jena auch der Bastard *O. mas-
cula* ✕ *pallens* aufgefunden, dessen Helmbildung an erstere Art sich
anschliesst, während die Lippe teilweise die gelbliche Färbung und
fast ganz die Form der pallens zeigt. Im übrigen sind die Blumen
rot und haben den auffallenden Geruch der O. pallens. Bemerkenswert ist, dass dieser Bastard weder mit der äusserst seltenen rot-
blühenden pallens, noch weniger mit der häufigeren mascula Var. foetens
verwechselt werden darf.

13. Knollen nur an der Spitze ein wenig gespalten. Blumen meist blassgelb, zuweilen purpurrot (dies die *O. incarnata* Willd. = *purpurea* Koch). Deckblätter stark netzaderig, länger als die Blumen. Sporn so lang als der Fruchtknoten. — Nur in Mitteldeutschland verbreiteter, in Norddeutschland äusserst selten. Ende April und Mai, etwas später als pallens blühend. — .... *O. sambucina* L.

„ Knollen tief, oft handförmig geteilt 14

14. Stengel hohl, höchstens 6-blättrig 15

„ Stengel nicht hohl, mehr als 6 blättrig. Obere Blätter deckblattartig, die Ähre nicht erreichend. Ähre anfangs dicht pyramidal, Deckblätter nur am Grunde derselben die Blumen überragend. — Im ganzen Gebiet häufig. Juni. — . . .
Fig. 119 u. 120, *O. maculata* L.

Fig. 120. Orchis maculata.

Eine sehr formenreiche Pflanze. Besonders bemerkenswert sind folgende Varietäten:

a) Untere Blätter stumpf . . . . b

„ „ „ zugespitzt, länglich-lanzettlich, Sporn fadenförmig, etwas kürzer als der Fruchtknoten. — Namentlich im nordwestlichen Gebiet. — . . . . Var. *elodes* Griseb.

b) Stengel niedrig, wenig beblättert. Blätter kurz, mehr oder weniger gekrümmt. — Auf den höheren Gebirgen und im nördlichen Teile des Gebietes . . . . Var. *sudetica* Pöch.

„ Stengel hoch, mindestens 6 blättrig. Untere Blätter sehr lang, mittlere und obere meist deckblattartig, Ähre verlängert, eiförmig, lockerblütig. Lippe tief 3 teilig mit vorgezogenem Mittellappen. — Im nördl. und nordwestl. Deutschland. — Var. *Meyeri* Rchb. f.

15. Blätter mit langer Scheide, ungefleckt aus breiter Basis langsam verschmälert, mit der unteren Hälfte dem Stengel angedrückt, mit der oberen steif aufrecht kurz abstehend 16

„ Blätter kurzscheidig, gefleckt (selten die Flecken undeutlich oder ganz fehlend), länglich eiförmig aus schmalem Grunde bis zur Mitte verbreitert mit stumpfer Spitze, ganz vom Stengel abstehend, das oberste die Ähre erreichend. Deckblätter nur etwas länger als die meist rot (selten weiss) gefärbten Blumen. — Häufig im ganzen Gebiet. Mitte Mai bis Juni. — . . . . . *O. latifolia* L.

16. Blätter mindestens die Basis der Ähre überragend, Deckblätter grün, rötlich gerandet, obere nicht länger als die Blumen, Blumen fleischod. pfirsichrot, mit hübscher Zeichnung auf der ungeteilten, vorn abgerundeten Lippe. Wuchs der Pflanze steif, ganze Pflanze freudig grün. — In Mitteldeutschland seltener als die vorige Art, im nördlichen Gebiet häufiger. Blüht mit maculata gleichzeitig. Sumpfige, moorige Wiesen. Juni. — . . . . . *O. incarnata* L.

„ Blätter nur den Grund der Ähre erreichend, Deckblätter sämtlich länger als die Blumen, braunrot, Blumen blass-purpurrot, Seitenzipfel des Helmes dunkel punktiert, Lippe 3 lappig mit vorgezogenem Mittellappen. — Im Gebiet seltener und noch später blühend als die vorige, in moorigen Sümpfen, übrigens vielfach verkannt. Juni-Juli. — . . . . *O. Traunsteineri* Saut.

Die vier letzten Arten zeigen schon mit Rücksicht auf den Habitus zahlreiche unter einander abweichende Formen, deren genauere Trennung ich mir wegen unzureichendem Material noch aufsparen muss.

Ebenso sind verschiedene Bastarde, wie *latifolia* ✕ *incarnata*, *latifolia* ✕ *Traunsteineri*, *incarnata* ✕ *Traunsteineri*, *maculata* ✕ *Traunsteineri* in Thüringen u. a. O. gefunden worden; ich vermute, dass auch anderwärts sowohl die genannten wie die übrigen beiden Kombinationen sich finden werden und behalte eine strenge Diagnose und weitere Mitteilung mir gleichfalls vor.

2. Gymnadenia. Sd.

0. Sporn etwa 3 mal kürzer als der Fruchtknoten; Zipfel des weisslichen Perigons zusammenschliessend, einen kugeligen Helm bildend. — Selten, namentlich an Gebirgsabhängen. Juni, Juli. — . . . . (*Satyrium albidum* L.), *G. albida* Rich.

„ Sporn mindestens so lang od. nur wenig kürzer als der Fruchtknoten 11

1. Sporn fadenförmig, fast 2 mal so lang als der Fruchtknoten. Die äusseren Perigonzipfel weit abstehend. Var. *densiflora* A.Dietrich: Pflanze höher, Blätter breiter; Ähre sehr dicht, pyramidenförmig, mit hell-purpurroten, schön duftenden Blumen. Var. *intermedia* Peterm.: Sporn kaum so lang wie der Fruchtknoten. — Zerstreut, auf Wiesen u. an kalkigen Bergabhängen. Juni, Juli. — . . Fig. 121, (*Orchis conopsea* L.), *G. conopea* R. Br.

Fig. 121. Gymnadenia conopea.

„ Sporn etwa so lang od. kürzer als der Fruchtknoten . . . 2

2. Sporn etwas kürzer als der Fruchtknoten. Blumen fleischfarbig mit lanzettlichem, spitzem Helm. — Nur in der Provinz Preussen unweit Cranz. Mitte Aug. — . . . . (*Orchis cucullata* L.), *G. cucullata* Rich.

„ Sporn etwa so lang wie der Fruchtknoten. Blumen meist purpurrot mit länglich-eiförmigem Helm. — Hin u. wieder, auf feuchten Wiesen; in Westfalen z. B. sehr selten u. in Mittelböhmen nur an einer Stelle der Melniker Gegend. Juni, Juli. — . . . . (*Orchis odoratissima* L.), *G. odoratissima* Rich.

3. Platanthera. Sd.

0. Blumen weiss. Staubbeutelhälften parallel verlaufend. Sporn fast fadenförmig, bei *pervia* Peterm. keulig. — Häufig, in Wäldern u. auf Wiesen. Juni, Juli. — . . . . . Fig. 122, Waldhyacinthe, Nachtschatten, Orant, (*Orchis bifolia* L.), *P. bifolia* Rchb.

„ Blüten grün od. grünlich weiss 1

1. Lippe ungezähnt. Sporn fadenförmig. Staubbeutelfächer oben

genähert, unten auseinandergehend. — Nicht gerade häufig, in Laubwäldern. Mai, Juni. — . . . . . . P. *montana* Rchb. fil.

„ Lippe an der Spitze 3zähnig. Sporn sehr kurz, dick. Meist 3 Laubblätter. — Zerstreut, auf Wiesen, gern auf Kalk. Mai-Juli. — . . . . (*Satyrium viride* L.), *P. viridis* Lindl.

Fig. 122. Platanthera bifolia.   *Fig. 123.* Ophrys aranifera.

4. Ophrys. Sd.

0. Lippe geteilt 1
„   „   ungeteilt 2
1. „   3spaltig, der mittlere Zipfel an der Spitze 2lappig. — Zerstreut, an meist trockeneren Orten, gern auf Kalkbergen in Mitteldeutschland; in Norddeutschland sehr selten u. in Schlesien u. im Königreich Sachsen ganz fehlend. Mai, Juni. — . . . . . .
. . . . . O. (*insectifera* Var. *myodes* L.) *muscifera* Huds.
„   Lippe 5spaltig, die 3 vorderen Lappen nach unten zusammenneigend. Bei Var. *Muteliae* Mutel die Seitenlappen der Lippe sehr gehörnt. — Hin u. wieder, auf Kalkhügeln Mitteldeutschlands, sonst nur in der Stubnitz auf Rügen; in Schlesien u. Böhmen fehlend. Juni, Juli. — . . . . O. *apifera* Huds.
2. Lippe an der Spitze mit einem grüngelben, kahlen Anhängsel. Äussere Perigonblätter weiss od. rötlich, mit grünem Mittelnerv. — Sehr zerstreut, auf Kalkhügeln Mitteldeutschlands, in Schlesien u. Böhmen fehlend; in Norddeutschland nur bei Rheinsberg. Juni. — . . . . O. *fuciflora* Rchb.
„   Lippe an der Spitze ohne Anhängsel, stumpf od. schwach ausgerandet. Äussere Perigonblätter grünlich. — Stellenweise, auf Kalkbergen Mitteldeutschlands; in Schlesien u. Böhmen fehlend. Mai, Juni. — . . . . Fig. 123, O. *aranifera* Huds.

5. Herminium. Sd.

Zerstreut, auf fruchtbaren, meist etwas trockenen Wiesen. Mai, Juni. — . . . . (*Ophrys Monorchis* L.), *H. Monorchis* R. Br.

6. Anacamptis. Sd.

Sehr zerstreut, namentlich auf Kalk. Juni, Juli. — . . . . . .
. . . . (*Orchis pyramidalis* L.), *A. pyramidalis* Rich.

7. Himantoglossum. Sd.
Hin u. wieder, im südl. Gebiet, fehlt jedoch in Böhmen, fast kalkstet.
Mai, Juni. — . . . .
Fig. 124, Bocksgeil, Geilwurz, *(Satyrium hircinum* L.), *H. hircinum* Spr.

Fig. 124. Himantoglossum hircinum.   *Fig. 125.* Aceras anthropophora.

8. Aceras. Sd.
Sehr selten, im Westen des Gebiets. Mai, Juni. — . . . .
. . Fig. 125, *(Ophrys anthropophora* L.), *A. anthropophora* R. Br.

9. Epipogon. Sd.
Ein Saprophyt. — Selten, in feuchten Wäldern. Juli, Aug. — . . .
. . . . *(Satyrium Epipogium* L.), *E. aphyllus* Sw.

10. Limodorum. Sd.
Im Sauerthal bei Trier. Juni, Juli. — . . . .
. . . . Dingel, *(Orchis abortiva* L.), *L. abortivum* Sw.

11. Cephalanthera, Waldvögelein. Sd.

0. Fruchtknoten weichhaarig. Blu-
men rot, sehr selten weiss. —
Zerstreut, in Wäldern, gern auf
Kalk. Juni, Juli. — *(Serapias
Helleborine* L. z. T. u. *Serapias
rubra* L.), *C. rubra* Rich.

„   Fruchtkn. kahl, Blumen weiss. 1

1. Deckblätter länger als der
Fruchtknoten. — Zerstreut, gern
auf Kalk, in Bergwäldern.
Mai, Juni. — . . Fig. 126,
(Serapias Lonchophyllum L.
fil.), *C. grandiflora* Babington.

„   Deckblätter viel kürzer als der
Fruchtknoten. — Sehr zerstreut,
in Wäldern. Mai. — . . . .
(Serapias Helleborine L. z. T.,
Serapias Xiphophyllum L. fil.),
C. Xiphophyllum Rchb. fil.

Fig. 126. Cephalanthera grandiflora.

12. Epipactis, Sumpfwurz. Sd.

0. Vorderabschnitt der Lippe mehr spitz . . . .
„ Vorderabschnitt der Lippe fast kreisförmig, stumpf, flach. — Zerstreut, auf Sumpfwiesen. Juni, Juli. — . . . .
. . Fig. 127, *(Serapias longifolia* L. z. T.*), E. palustris* Crntz.
1. Blattnerven behaart 2
„ „ kahl. Blätter kürzer als die Stengelzwischenknotenglieder. — Sehr vereinzelt, in Bergwäldern, gern auf Kalk. Juni-Aug. — . . . . *E. microphylla* Sw.
2. Vorderabschnitt der Lippe bei der typischen Form *(viridans* Crntz.) am Grunde mit glattem, 3 eckigem Höcker. Fruchtknoten zerstreutbehaart od. fast kahl. Blätter eiförmig bis eiförmig-länglich. Var. *varians* Crntz.: Lippe ohne od. mit undeutlichem Höcker. Var. *violacea* Durand Duquesney: Lippe mit 3 eckigem Höcker; Blätter kleiner, lanzettlich, oft kürzer als die Zwischenknotenstücke. — Nicht selten, in Wäldern u. Gebüschen. Juni-Aug. — . . . . .
. . . . *(Serapias Helleborine* Var. *latifolia* L.*), E. latifolia* All.
„ Vorderabschnitt der Lippe am Grunde mit krausen Höckern. — Zerstreut, am Strande u. auf Kalk-Sandhügeln. Juni-Aug. — . .
. . . . *E. rubiginosa* Gaud.

Fig. 127. Epipactis palustris.   *Fig. 128.* Listera cordata.

13. Listera. Sd.

0. Blätter eiförmig. Lippe 2 zipfelig. — Häufig bis zerstreut, in Wäldern u. auf feuchten Wiesen. Mai, Juni. — . . . Zweiblatt, *(Ophrys ovata* L., *Neottia ovata* Bl. u. Fing.*), L. ovata* R. Br.
„ Blätter herzförmig; Lippe 4 zipfelig. — Nicht häufig, fast selten, in feuchten, schattigen Gebirgswäldern u. Torfbrüchen; fehlt z. B. in der Rheinprovinz. Juni, Juli. — . . . . Fig. 128, *(Ophrys cordata* L., *Neottia cordata* Rich.*), L. cordata* R. Br.

14. Neottia. Sd.

Ein Saprophyt. — Zerstreut, in schattigen Wäldern. Mai, Juni. —
. . . Vogelnest, *(Ophrys Nidus avis* L.*), N. nidus avis* Rich.

15. Goodyera. Sd.

Namentlich in moosigen Nadelwäldern, zerstreut, nach Westen zu

seltener werdend u. in der Rheinprovinz ganz fehlend. Juli, Aug. —
. . . . Fig. 129, (*Satyrium repens* L.), *G. repens* R. Br.

Fig. 129. Goodyera repens.   *Fig. 130.* Coralliorrhiza innata.

16. Spiranthes. Sd.

0. Wurzelknollen länglich.   Stengel mit Laubblättern besetzt. — Bei
Darmstadt, auf Wiesen.   Juli. — . . . . . . *S. aestivalis* Rich.
„   Wurzelknollen langrund.   Stengel mit Hochblättern besetzt. —
Zerstreut, an Waldrändern, auf Triften u. s. w.   Aug.-Okt. — .
. . . . Mariendrehen, (*Ophrys spi-
ranthes* L., *Helleborine spiranthes* Bernh.), *S. autumnalis* Rich.

17. Coralliorrhiza. Sd.

Ein Saprophyt. — Zerstreut, in feuchten Wäldern u. Torfbrüchen,
besonders zwischen Moos; fehlt z. B. in der Rheinprovinz. Mai, Juni. —
. . . . Fig. 130, (*Ophrys coralliorrhiza* L.), *C. innata* R. Br.

18. Liparis. Sd.

Sehr zerstreut, auf Moorwiesen, in Torfsümpfen.   Juni-Aug. — . . . .
Fig. 131, (*Ophrys Loeselii* L.), *L. Loeselii* Rich.

19. Malaxis. Sd.

Zerstreut, in nassen Torfsümpfen, besonders
zwischen Moos.   Juli, Aug. — . . . . . .
. . . (*Ophrys paludosa* L.), *M. paludosa* Sw.

20. Microstylis. Sd.

Selten, in Torfbrüchen, auf Sumpfwiesen.   Juni,
Juli. — . . . .
(*Ophrys monophyllos* L.), *M. monophyllos* Lindl.

21. Cypripedium. Sd.

Selten, in Laubwäldern, an Abhängen, gern auf
Kalk, am häufigsten in Thüringen. Mai,
Juni. — . . . . Frauenschuh, *C. Calceolus* L.

Fig. 131. Liparis Loeselii.

5. Helobiae (Vergl. p. 73).

0. Fruchtknoten oberständig 1
„   „   unterständig . . . . . **XIV. Hydrocharitaceae.**
1. Blüten mit sehr zartem Perigon . . . . **XII. Juncaginaceae.**
„ ·Blumen mit Kelch u. Krone . . . . . . **XIII. Alismaceae.**

XII. Fam. Juncaginaceae.

Sumpfpflanzen mit Blüten mit 3 + 3 Perigonblättern, 3 + 3 Staubblättern u. 3 bis 6 Fruchtblättern, die sich bei der Reife als Früchtchen von einander lösen.

0. Fruchtblätter nur am Grunde mit einander verbunden Blüten mit bleibendem Perigon, eine lockere Traube bildend, langgestielt, in den Achseln von Deckblättern stehend . . . **1. Scheuchzeria.**
„ Fruchtblätter in ihrer ganzen Länge verbunden. Blüten mit hinfälligem Perigon, eine Ähre bildend od. kurzgestielt, ohne Deckblätter . . . . **2. Triglochin.**

1. Scheuchzeria. Sd.

Zerstreut, in Moostorfsümpfen; strichweise jedoch ganz fehlend. Juni, ·Juli. — . . . . Fig. 132, *S. palustris* L.

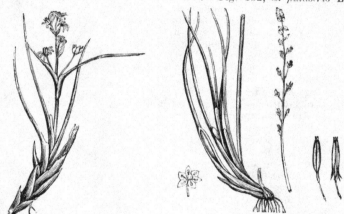

Fig. 132. Scheuchzeria palustris.   *Fig. 133.* Triglochin palustris.

2. Triglochin. Sd.

0. Lineale, aus 3 Fruchtblättern zusammengesetzte Frucht. — Ziemlich häufig, auf Moorwiesen, an Ufern. Juni, Juli. — . . . . . .
. . . . Fig. 133. *T. palustris* L.
„ Eiförmige aus 6 Fruchtblättern zusammengesetzte Frucht. — Zerstreut, auf Moorwiesen, am Meeresstrand, gern auf Salzboden. Juni, Juli. — . . . . *T. maritima* L.

XIII. Fam. Alismaceae.

Einhäusige Sumpf- u. Wasserpflanzen, od. die Blumen, welche 3 Kelch- u. 3 Kronenblätter besitzen, sind zwitterig; 6 bis viele Staubblätter; 3 bis viele 1grifflige einfach narbige Fruchtknoten, die zu trockenen Schliessfrüchtchen werden. Bei Butomus ist der äussere Perianthkreis mehr kronenähnlich, weshalb man hier von einem Perigon sprechen kann.

0. Untergetauchte Blätter lanzettlich, Luftblätter tief-pfeilförmig-
gelappt . . . . **2. Sagittaria.**
„   Luftblätter ganz, nicht gelappt od. geteilt 1
1. Blätter herzförm., eiförm. od. lanzettl.; Früchtchen 1samig. **1. Alisma.**
„   „   lang-lineal. Fruchtblätter vieleiig . . . **3. Butomus.**

1. Alisma. Sd.

0. Stengel nur am Grunde mit Laubblättern 1
„   „   mit schwimmenden, länglich-eiförmigen Blättern besetzt; die
grundständigen Blätter sind gewöhnlich lineal. Var. *sparganiifolium*
Fr.: Blätter sämtlich flutend, lineal, sitzend. Var. *repens* Rchb.:
Stengel kriechend, wurzelnd; Blätter alle eiförmig. — Sehr zerstreut,
in stehenden Gewässern. Juni-Aug. — . . . .
. . . . (*Echinodorus natans* Engelm.), *A. natans* L.
1. Früchtchen auf dem flachen Blütenboden
sternförmig um den Mittelpunkt geordnet,
eine flache Frucht bildend. Blätter eiförmig, zuweilen nur 3 cm. breit, lanzettlich (*lanceolatum* With.) od. grasartig,
schwimmend u. sehr lang (*graminifolium*
Ehrh.), seltener länglich-elliptisch bis
schmal-lanzettlich, Blumenblätter nur
etwa 1 $\frac{1}{2}$ mal länger als die Kelchblätter.
Staubfäden nur so lang wie der Fruchtknoten (*arcuatum* Michalet). — Gemein, am Rande in stehenden Gewässern.
Juni-Herbst. — . . . .
Fig. 134, Froschlöffel, *A. plantago* L.
„   Früchtchen auf dem gewölbten Blütenboden ein Köpfchen bildend . . . 2
2. Blätter herz-eiförmig, stumpf. — In Seen,
nur an wenigen Standorten im Gebiet. Juli, Aug. — . . . . .
. . . (*Echinodorus parnassifolius* Engelm.), *A. parnassifolium* L.
„   Blätter lanzettlich, spitz, am Grunde nicht herzförmig. — Im
nördlichen Gebiet an schlammigen
Stellen, in Sümpfen, zerstreut; fehlt
z. B. in Schlesien. Juni-Aug. —
. . (*Echinodorus ranunculoides*
Engelm.), *A. ranunculoides* L.

2. Sagittaria. Sd.

Var. *obtusa* Bolle: Die meisten Blätter
im Umriss länglich-eiförmig, stumpflich. Var. *gracilis* Bolle: Blattlappen
lineal, die 2 seitlichen zugespitzt, der
mittlere stumpflich; erstere länger als
der letztere. — Häufig, in stehenden u.
langsam fliessenden Gewässern. Juni-
Aug. — . . . . . Fig. 135, Pfeil-
kraut, Hasenohr, *S. sagittifolia* L.

3. Butomus. Sd.

Meist häufig, sonst wie vorige Art. —
. . Blumenbinse, *B. umbellatus* L.

Fig. 134. Alisma Plantago.

Fig. 135. Sagittara sagittifolia.

XIV. Fam. Hydrocharitaceae.

Wasserpflanzen mit 3 Kelch- u. 3 Kronenblättern und 3 bis vielen Staubblättern; Fruchtknoten unterständig, einfächrig, vieleiig, beerig werdend.

0. Fruchtknoten 1 fächrig, 3 narbig 1
„ „ (scheinbar) mehrfächrig, 6 narbig 2
1. Blätter lineal-lanzettlich, mit feinen Stachelspitzen. 1. **Hydrilla.**
„ „ länglich; Kelch der weiblichen Blüten ausserordentlich langröhrig . . . . 2. **Elodea.**
2. Blätter sitzend, lang schwertförmig, mit stachelig gesägtem Rande.
. . . . 3. **Stratiotes.**
„ Blätter gestielt, fast kreisrund, ganzrandig . . 4. **Hydrocharis.**

1. Hydrílla. Sd.

Nur in einigen Seen der Prov. Preussen u. an der Odermündung. Blüht nur sehr selten. — . . . . *H. verticillata* Casp.

2. Elodea. Sd.

Einheimisch in Nordamerika; die weibliche Pflanze bei uns in vielen Gewässern eingebürgert u. lästig werdend. Mai-Aug. — . . . . Fig. 136, Wasserpest, (*Anacharis Alsinastrum* Babingt.), *E. canadensis* Rich. u. Michaux.

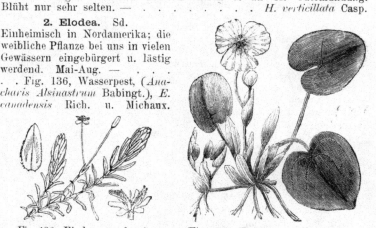

Fig. 136. Elodea canadensis.   *Fig. 137.* Hydrocharis Morsus ranae.

3. Stratiotes. Sd.

Zertreut, in stehenden Gewässern namentlich Norddeutschlands, fehlt jedoch in Kurhessen u. ist in der Rheinprovinz sehr selten. Mai-Aug. — . . . . Sichelkohl, Wassersäge, Krebsschere, *S. aloïdes* L.

4. Hydrocharis. Sd.

Zerstreut, stehende Gewässer. Sommer. — . . . .
. . . . Fig. 137, Froschbiss, *H. Morsus ranae* L.

B. Dicotyleae, zweikeimblättrige Pflanzen.

Blüten mit Kelch u. Krone od. mit Perigon. Die gleichnamigen Organe meist in der Vier- od. Fünfzahl od. in Multiplen dieser Zahlen, also z. B. 2 × 5 u. s. w. vorhanden. Laubblätter mit fiederig od. fingerig geordneten Hauptnerven. Nerven oft ein Maschennetz bildend.

Tabelle zur Bestimmung der Dicotylen-Familien.

0. Kronblätter nicht miteinander verbunden, frei od. ganz fehlend. Im letzten Falle ist ein Perigon vorhanden, welches entweder aus

einem röhrigen, oben geteilten Stück oder aus freien Blättern gebildet sein kann. Die Blütendecke fehlt zuweilen ganz . 1

„ Krone entweder die Staub- u. Fruchtblätter röhrig umschliessend, am Saum mit Zähnen od. Abschnitten, od. aber aus mehreren deutlichen, jedoch unten mit einander verbundenen Blättern bestehend. Der Kelch ist zuweilen sehr unscheinbar z. B. als kleiner Rand ausgebildet 48

1. Untergetauchte od. mit einem Teil ihres Körpers über Wasser befindliche Pflanzen 54

„ Landpflanzen 2

2. Blütendecke fehlend od. ein mehr od. minder verwachsenblättriges, seltener freiblättriges Perigon. Meist unscheinbare Windblüten. Bäume, Sträucher od. Kräuter 3

„ Blüten mit einem — wenn auch zuweilen unscheinbaren u. dann oft nur einen Rand bildenden od. hinfälligen — Kelch u. einer Krone, seltener mit nur einem und dann freiblättrigen Kreise der Blütendecke. Meist echte Blumen; seltener kleine, über stecknadelkopfgrosse od. auch etwas grössere Blüten mit Kelch u. zuweilen sehr unscheinbarer Krone 24

3. Blüten mit einfacher od. fehlender Blütendecke, eingeschlechtig; die männlichen in ährenförm. Blütenständen, seltener in Köpfen. Bäume od. Sträucher 4

„ Bäume od. Sträucher, deren männliche Blüten, wenn es sich um Pflanzen mit eingeschlechtigen Blüten handelt, nicht ährig angeordnet sind; auch Kräuter 67

„ Die Blüten im innern eines birnförmigen Receptaculums eingeschlossen . . . . Ficus.

4. Einhäusige Arten 5

„ Zweihäusige Arten; sowohl die männlichen als auch die weiblichen Blüten in Ähren angeordnet 7

5. Die kopfigen Blütenstände kugelig od. eiförmig 9

„ Blütenstände deutlich ährig 6

6. Blätter einfach, mit Nebenblättern . . . . . . **I. Cupuliferae**

„ Blätter gefiedert, ohne Nebenblätter . . . . **II. Juglandaceae**

7. Früchte 1 samig. Ähren kurz, die männlichen etwa 1 cm lang. . . . . **III. Myricaceae**

„ Früchte vielsamig. Ähren gewöhnlich lang-cylindrisch. **IV. Salicaceae**

8. Bäume . . . . **VI. Ulmaceae**

„ Kräuter (a. Urticeae, c. Cannabineae) . .   } **V. Urticaceae**

9. Köpfe eiförmig (b. Moreae) . . . . }

„ „ kugelig, an langen, hängenden Stielen. . **LV. Platanaceae**

10. Bäume (Fraxinus) . . . . **LXX. Oleaceae**

„ Kräuter 14

11. (Blumen meist actinomorph, mit Kelch u. Krone . . . 35

„) Perianth mit einem Sporn, gelb 37

12. („) Blätter mit einer den Stengel umschliessenden Scheide.

(„ (Blüten mit Perigon . . . . **VIII. Polygonaceae**

„) Blätter mit oft leicht abfallenden Nebenblättern 8

„ („ ohne Nebenblätter 10

13. Frucht mit 2-4 spaltigem Griffel, 1 samig. . **IX. Chenopodiaceae**

„ Fruchtknoten mit einfachem Griffel 25

14. Perianth deutlich trockenhäutig. Frucht mit einfachem Griffel.
1- bis vielsamig . . . . **X. Amarantaceae.**
„ Perianthblätter krautig, grün, höchstens am Rande etwas trockenhäutig 13
15. Blumen dunkelrotbraun. Von den vielen Staubblättern nur die äusseren fruchtbar. Blätter ganz. Strauch. **XV. Calycanthaceae.**
„ Blumen (meist) nicht dunkelbraun 59
16. Blütendecke u Staubblätter (wenn letztere nicht auf dem Perianth sitzen) an dem nicht, od. doch nicht hervortretend verbreiterten Blütenboden befestigt, also das Perianth unmittelbar unter dem resp. den oberständigen Fruchtknoten angeheftet 45
„ Blütenboden verbreitert. Fruchtknoten unterständig od. halbunterständig, od. die Blumen perigyn 83

.. Staubblätter schraubenlinig der Aussenseite des Frucht-⎫ **XVIII.**
knotens ansitzend. Wasserpflanzen (Nymphaea) .⎬ **Nymphaea-**
17. Hartschalige, mehrfächrige Beere mit so vielen Fächern⎪ **ceae.**
als Narben. Wasserpflanzen (Nuphar) . . . .⎭

., Einnarbige Beere. Perianth hinfällig (Actaea) . .⎫ **XVII.**
18. Frucht aus mehreren od. vielen deutlich getrennten Frücht-⎪ **Ranuncu-**
chen zusammengesetzt, welche bei Nigella—mit 2-3fach⎬ **laceae.**
fiederteiligen Blättern u. einem Perigon mit darauf folgen-⎪
dem Nektarkreis — mehr od. minder verwachsen sind.⎭

„ Frucht aus verbundenen Fruchtblättern gebildet 28
19. 5 Griffel u. Staubblätter . . . . **LXIX. Plumbaginaceae.**
„ 2-5 Griffel u. 10 Staubblätter (c. Sileneae). **XII. Caryophyllaceae.**
„ 1 Griffel 87
20. Aufrechte Pflanze mit 8 männigen Blüten. . **LIX. Thymelaeaceae.**

., Oft niederliegende Kräuter. ⎫(a.Paronychieae⎫ **XII. Caryo-**
21. Kapsel 1-, selten 5 fächrig.⎬u. b. Alsineae).⎭ **phyllaceae.**

., Fruchtknoten 10- (Linum) od. 8 fächrig (Radiola) mit 5 resp.
4 echten u. 5 (4) falschen Scheidewänden. Fächer 1 eiig. Blumen 5 (4) männig . . . . **XXXIV. Linaceae.**

., Kapsel 2- od. 4 fächrig. Kleine, auch auf nassem⎫ **XXVII.**
Boden lebende Wasserpflanzen . . . .⎬ **Elatina-**
22. Blätter einfach. Blüten in den Blattachseln fast sitzend,⎪ **ceae.**
stecknadelkopfgross, 4 zählig (Elatine Alsinastrum).⎭

„ Blätter wiederholt gabelig geteilt . . . **VII. Ceratophyllaceae.**
.„ „ einfach, schmal-lineal (Hippuris) od. fein zerteilt-fiederig (Myriophyllum) . . . . **LVII. Halorhagidaceae.**

., Blätter kugelig aufgeblasen erscheinend. Blüten⎫
einzeln (Aldrovandia) . . . .⎬ **XXIV.**
23. Pflanze an sehr feuchten Orten. Blätter mit langen⎪ **Droseraceae.**
Drüsenorganen besetzt (Drosera) . . . . .⎭

.., Blätter drüsenlos, die unteren gestielt, die oberen sitzend . 56
24. Blumenblätter — wenigstens ein Teil derselben — tief in mehrere Teile zerspalten, untereinander ungleich . . **XXII. Resedaceae.**
„ Baum- od. strauchartige Gewächse mit sehr kleinen, schuppenförmigen, lineal-lanzettlichen Blättern u. rosa Blüten, die zu endständigen Ähren versammelt sind . . **XXVIII. Tamaricaceae.**
„ Blumen- resp. Perigonblätter gewöhnlich ganz, wenn lappig, dann ohne auffallend tiefe Einschnitte, od. meist doch nur 2 teilig od. 2 spaltig 16

„ Blumen zygomorph, mit 10 Staubblättern, von denen ⎫
9 od.ˉ alle röhrig verbunden sind. Im ersten Falle ⎪
ist 1 Staubblatt frei. Frucht eine mehrsamige Hülse. ⎰ **LXII. Papilio-**
24a. Blumen zu vielblütigen, aufrechten, endständigen ⎱   **naceae.**
Trauben od. Rispen angeordnet. Sträucher mit ge- ⎪
fiederten Blättern (Sophora, Amorpha). . . . ⎭

„ Blütenstände ährig (Gleditschia), doldig (Cercis) od. lockerer
traubig bis rispig . . . . **LXIII. Caesalpiniaceae.**

25. Laubblätter ganz 8

„ Laubblätter fiederteilig u. 2 fach gefiedert (Lepidium ⎫
ruderale) . . . . ⎰ **XXI. Cruci-**
26. 4 Kelchblätter, 4 lange u. 2 kurze Staubblätter. Bei ⎱   **ferae.**
Cardamine hirsuta meist nur 4 Staubblätter . . ⎭

„ 2 Kelchblätter, Staubblätter 4 od. 6, u. je 3 mehr od. minder zu
einem Bündel verbunden. Blumen meist zygomorph. **XX. Fumariaceae.**

27. Blumen zygomorph, 5männig . . . . . . **XXIII. Violaceae.**

„ „ actinomorph 36

28. ⎧Kelchblätter 2, hinfällig; Kronenblätter 4. **XIX. Papaveraceae.**
„ ⎨ „ wenigstens drei. Kleine, etwas holzige Pflanzen
   ⎩. . . . . **XXV. Cistaceae.**

29. ⎰ „ ⎰Bäume od. hohe Sträucher 32a
.. ⎱Krautige, meist etwas holzige Pflanzen . **XXVI. Hypericaceae.**

30. Kräuter mit weichen od. hartschaligen (dann Wasserpflanzen)
Beerenfrüchten 17

.. Trockenfrüchte 18

31. ⎰Staubfäden mehr od. minder deutlich zu mehreren Bündeln,
⎱jedenfalls am Grunde verwachsen 46

32. ⎧ „ ⎰Staubblätter zahlreich, ihre Fäden zu einer Röhre verbunden. 32b
., ⎨ Staubblätter zwischen den Blumenblättern resp. ihren Zipfeln
⎨ stehend 78
„ ⎪ Staubblätter vor den Blumenblättern od. Perigonblättern resp.
⎩ ihren Zipfeln stehend 85

32a. Kelch- und Blumenblätter 5 . . . . **XXIX. Tiliaceae.**

., Kelchblätter drei. Blumenblätter sehr gross, 6- od. 9blättrig . .
. . . . **XVI. Magnoliaceae.**

32b. Die Staubfaden-Röhre bedeckt den Fruchtknoten. **XXX. Malvaceae.**

„ Staubfäden nur etwas am Grunde verbunden. Der unterständige
Fruchtknoten 1grifflig. Strauch . . . . . **LXX. Styracaceae.**

33. Früchte aus 5 strahlig angeordneten, 1 samigen Früchtchen zusammengesetzt, die eine zentrale Griffelsäule umstehen. Bei der
Fruchtreife lösen sich die Früchtchen, indem jedes von der Mittelsäule eine lange Granne lostrennt. Blätter fingerig-nervig oder
gefiedert . . . . **XXXI. Geraniaceae.**

„ Frucht löst sich in so viele Früchtchen als Fruchtblätter vorhanden
sind. Blätter 1-3fach gefiedert (Ruta, Dictamnus). Früchte
flach-kreisrund, nicht aufspringend, geflügelt. Strauch mit grünlich-
weissen Blüten u. 3zähligen Blättern (Ptelea). **XXXVI. Rutaceae.**

„ Früchte resp. Früchtchen kapselig u. mehrsamig; od. einsamige,
kugelige Schliessfrüchte 34

34. Frucht „schotenförmig", 2klappig aufspringend od. sich in Quer-
glieder teilend, od. aber kugelig u. nicht aufspringend . . 26

:, Frucht nicht „schotenförmig", eine klappig sich öffnende Kapsel. 27

„ Frucht aus mehreren Früchtchen zusammengesetzt 61
35. Kelch mit freien Teilen, die jedoch am Grunde etwas miteinander
verbunden sein können 42
„ Kelchblätter sehr weit, jedenfalls deutlich verbunden . . . 51
36. 10 am Grunde miteinander verbundene Staubblätter. Blätter 3teilig.
. . . . **XXXIII. Oxalidaceae.**
„ Staubblätter frei od. doch nicht deutlich u. auffallend verbunden. 88
37. Blätter kreisförmig, im Mittelpunkt der Fläche gestielt, d. h. schildförmig. Die 3 vorderen Kronenblätter am Grunde mit wimperigen
Fransen . . . . **XXXII. Tropaeolaceae.**
„ Kelchblätter — wenigstens das eine, gespornte — kronenblattartig.
Früchte länglich, schotenförmig. Pflanzen mit glasig-sprödem, sehr
saftigem Stengel . . . . **XXXV. Balsaminaceae.**
38. Blüten 10 männig, 1 geschlechtig, gelblichweiss. Baum mit Flügelfrüchten u. gefiederten Blättern . . . **XXXVII. Simarubaceae.**
„ Blüten 5 männig 57
39. ⌠1 fächrige, 1 samige Trockenfrüchte. **XXXVIII. Anacardiaceae.**
40. ⎰ „ ⎸Sträucher od. kleine Bäume mit zuweilen etwas saftigen,⎱ **XLII.**
⎸ ⎸mehrfächerigen Trockenfrüchten. Bei Staphylea⎸ **Celastra-**
⎸ ⎰2-3 aufgeblasene, nur unten zusammenhängenden,⎰ **ceae.**
⎸ ⎸kapselige Früchtchen und die Blätter gefiedert; bei⎸
⎸ ⎸Evonymus Früchte 3-5fächrig, saftig, nur einen⎸
⎸ ⎸Griffel besitzend und die Blätter ganz . . . .⎹
„ ⎸Trockenfrüchte 61
„ ⎣Beeren od. Steinfrüchte 63
41. Blätter gefingert u. Früchte kugelig (Aesculus), od. Blätter gefiedert
mit lappig-gesägten Blättchen und Früchte aufgeblasene Kapseln
darstellend (Koelreuteria) . . . . . **XXXIX. Sapindaceae.**
„ Blätter nierenförmig (Cercis) oder gefiedert. Früchte: länglich-
lineale Hülsen 24a
42. Bäume . . . . **XL. Aceraceae.**
„ Kräuter, seltener Sträucher 43
43. Trockenfrüchte 33
„ Steinfrüchte od. Beeren. Hierher auch Epimedium, (vergl. Fig.) 44
44. Blumen 4- od. 6männig . . . . **XIV. Berberidaceae.**
„ „ 3männig. Kleines, niederliegendes Holzgewächs, mit
linealen, kleinen Blättern . . . . . **XLIX. Empetraceae.**
45. Staubblätter meist bestimmt viele, höchstens 12 in einer Blüte. 11
„ „ mehr als 12 od. doch unbestimmt viele . . . 47
„ „ 8 in 2 Bündeln verwachsen . . ⎰ **XLI. Polygalaceae.**
46. Blumen zygomorph . . . . ⎹
„ „ actinomorph 29
47. Staubblätter frei 30
„ „ miteinander am Grunde od. zu einer Röhre od. aber
zu mehreren Bündeln verwachsen 31
48. Blumen in Trauben, zygomorph, mit 5 Kelchblättern, von denen
die 2 inneren kronenartig sind. 8 Staubblätter, je 4 zu einem
Bündel verwachsen . . . . **XLI. Polygalaceae.**
„ Blüten nicht in Köpfen, wenn auch oft etwas gedrängt stehend. 71
„ „ zu kopfigen od. kopfig-ährigen Ständen vereinigt. . 105
49. 4 Staubblätter der unten verwachsenen, 4blättrigen, actinomorphen
Krone zwischen den Zipfeln eingefügt. Blätter dick-lederig, etwas
kraus. Baum od. Strauch . . . . . . **XLIII. Aquifoliaceae.**

156　　　　　Bestimmungstabelle der Dicotylen-Familien.

„　Staubblätter 2, wenn 4, dann gleich lang od. 2 länger u. 2 kürzer.　50
„　　„　　meist mehr als 4 93
50.　Blumen 2männig, actinomorph od. fast actinom., seltener zygom.　72
„　　2- od. 4männig, meist zygomorph 94
51.　Hohe, rankende, holzige Gewächse . . . . . **XLIV. Vitaceae.**
„　Kräuter 19
„　Bäume od. Sträucher 41
52.　⌠Bäume od. Sträucher . . . . . . **LX. Elaeagnaceae.**
　　｜Kleine, kriechende Pflanzen mit gegenständigen Blättern. 86
53.　⌡„　⌠Frucht aus 3 od. 2 deutlich gesonderten Fruchtblättern zu-
　　｜　｜sammengesetzt, die sich bei der Reife trennen. Pflanzen
　　⌡　⌊oft mit Milchsaft . . . . . . **XLVI. Euphorbiaceae.**
„　⌠Blätter eiförmig, hart-lederig, mehrjährig . . **XLVIII. Buxaceae.**
„　⌊Frucht nicht in Früchtchen zerfallend 12
54.　Blätter quirlig stehend 22
„　　„　gegenständig od. wechselständig 55
55.　Sehr einfach gebaute Blüten. Blätter gegenständig. Wasserpflanzen.
　　. . . . . **XLVII. Callitrichaceae.**
„　Actinomorph gebaute Blumen 16
56.　Grundblätter rhombisch-oval; obere Blätter durchwachsen. Claytonia.
„　　„　herz-eiförmig: oberes Blatt stengel-⌉　**LIV.**
　　umfassend (Parnassia) . . . . ⌡**Saxifragaceae.**
57.　Blätter gelappt. Holzgewächse (Ribes) . . . ⌡
„　　„　ganz, höchstens gezähnt. Staubblätter vor den Kronen-
　　blättern stehend . . . . **XLV. Rhamnaceae.**
„　Blätter ganz od. zusammengesetzt, aber nicht gelappt. Staub-
　　blätter mit den Kronenblättern abwechselnd 39
58.　Krone unterständig 70
„　　„　oberständig 96
„　　„　halboberständig (Adoxa) . . . ⌉　**LIV. Saxifragaceae.**
59.　Blätter gegenständig (Philadelpheae). ⌡
„　　„　wechselständig . . . .
60.　Blüten köpfig od. ährig-kopfig (Poterieae) od. mehr⌉　**LXI.**
　　rispig angeordnet und mit einem 4blättrigen Innen-⟩　**Rosaceae.**
　　und einem 4blättrigen, kleineren Aussenkelch und feh-｜
　　lenden Blumenblättern (Alchemilla) . . . . . ⌡
„　Perigon röhrig, 3zipfelig od. 1lippig . . **LXIV. Aristolochiaceae.**
„　　„　4-5zählig 102
„　Jedes der 2 Fruchtblätter oben in einen Schnabel aus-⌉
　　laufend. Blätter fleischig (Chrysosplenium) . . ｜　**LIV.**
61.　⌠Frucht 1-2fächerig, vielsamig, oben in 2 Schnäbel ｜　**Saxi-**
　　｜ausgezogen, an deren Innenrändern sie auf- ｜　**fraga-**
　　｜springt (Saxifraga) od. meist 2-3fächrig u. ｜　**ceae.**
　　｜dem entsprechend 2-3grifflig, Blätter gegen- ｜
　　｜ständig (Hydrangea) . . . . ⌡
　　⌡Frucht 2grifflig, 2fächrig; jedes Fach mit einem dasselbe
　　｜vollkommen ausfüllenden Samen. Blüten in Dolden, Doppel-
　　｜dolden, seltener in Köpfen . . . . . **L. Umbelliferae.**
„　⌠Früchte 1grifflig 65
62.　⌠„　｜Pflanzen mit dickfleischigen Blättern. Früchtchen etwa so
　　｜　｜viele wie Blumenblätter . . . . **LIII. Crassulaceae.**
„　⌊Pflanzen meist mit krautigen Blättern 32

63. Kelch deutlich 4-5zipfelig 57
„   „   undeutlich, ganzrandig od. aus 4-5 Zähnchen gebildet. 64
64. Blätter wechselständig, lappig . . . . **LI. Araliaceae.**
„   „   gegenständig . . . . **LII. Cornaceae.**
65. Blumen 2- od. 4zählig gebaut 66
„   „   5zählig gebaut 105
66. Blätter gefingert-nervig. Blüten grün . . . . Alchemilla.
„   „   gefiedert-nervig. . . . . **LVI. Onagraceae.**
67. Auf Bäumen schmarotzende Pflanzen mit 1geschlechtigen Blüten
und ganzrandigen, dickfleischigen Blättern. Beere unterständig.
. . . . **LXVI. Loranthaceae.**
„   Perigon fehlend od. aus mehreren ganz od. zur grösseren Hälfte
getrennten Blättern bestehend. Fruchtknoten oberständig. Bei Salicornia das Perigon nur vermittelst einer kleinen Spalte geöffnet. 53
„   Perigonblätter verbunden, meist röhrig. Fruchtknoten unter- oder
oberständig. Ist das Perigon freiblättrig od. fast freiblättrig, so
ist der Fruchtknoten unterständig 68
68. Fruchtknoten unterständig 60
„   „   oberständig. 69
69. 1 samige Stein- od. trockene Schliessfrucht 20
„   Mehrsamige Trockenfrüchte 52
70. 1 Griffel 98
„   5 Griffel. Blumen actinomorph (Armeria). ⎫
71. 5 freie Staubblätter u. Griffel. Kronenblätter ⎪   **LXIX.**
nur wenig am Grunde verbunden. Blätter ⎬   **Plumbaginaceae.**
länglich-verkehrt-eiförmig (Statice) . . . ⎭
„   Die 5 Staubbeutel röhrig miteinander verbunden. Blumen zygomorph . . . . **LXXXVIII. Lobeliaceae.**
„   Staubblätter untereinander frei, auf dem Blütenboden resp. Fruchtknoten od. auf der Krone eingefügt; im letzten Falle sind die
Staubblätter frei od miteinander verbunden 73
„   Kronenblätter fast frei: paarweise am Grunde mitein- ⎫   **LXXI.**
ander verbunden. Baum (Fraxinus Ornus) . . ⎬   **Oleaceae.**
72. Bäume od. Sträucher mit 2männigen Blüten . . . ⎭
„   Krautige Pflanzen mit höchstens unbedeutend verholzten Stengeln. 92
73. Staubblätter nicht der Krone angewachsen 89
„   „   der Krone angewachsen 99
74. Wasser- od. Sumpfpflanzen mit wechselständigen, 3geteilten oder
ganzen Blättern u. innen gewimperten Kronen, od. Landpflanzen mit
gegenständigen, meist kahlen Blättern . . **LXXII. Gentianaceae.**
„   Landpflanze mit wechselständigen (ausnahmsweise gegenständigen)
Blättern 82
„   Strauch od. Baum mit gegenständig od. zu 3zähligen Quirlen angeordneten Blättern . . . . **LXXXIII. Bignoniaceae.**
75. Fruchtfächer mehrsamig. Stengel kriechend. Blätter gegenständig,
lederig. . . . . Vinca.
„   Frucht: 4 einsamige Schliessfrüchtchen. Blätter wechselständig,
meist auffallend rauh behaart . . . . **LXXVII. Asperifoliaceae.**
76. Staubblätter miteinander verbunden, an ihrer Aussenseite einen
blumenkronenartigen Nektarien-Kranz tragend. Blätter gegenständig,
selten 3- od. 4quirlig . . . . . **LXXIV. Asclepiadaceae.**
„   Staubblätter keinen solchen kronenartigen Kranz tragend. . 49
77. Frucht vielsamig, 1narbig, meist beerig. . **LXXVIII. Solanaceae.**

„   Frucht höchstens 4 samig, 2 narbig . . . . .⎫
78. Schmarotzer mit fädigem Stengel u. sehr kleinen, ⎪ **LXXV.**
schuppenförmigen, oft kaum sichtbaren Blättern ⎰ **Convolvulaceae.**
(Cuscuta) . . . .⎭
„   Laubblätter grün u deutlich 79
79. Frucht äusserlich betrachtet einfach 74
„   „   aus Früchtchen zusammengesetzt 75
80. Narben 3 . . . . **LXXVI. Polemoniaceae.**
„   „   2 od. nur eine 77
81. Schuppenblätter wechselständig. Krone sich über ihrem Grunde
quer abtrennend, sodass der unterste Teil um die Kapsel stehen
bleibt . . . . **LXXXII. Gesneraceae.**
„   Schuppenblätter gegenständig. Krone sich voll-⎫ **LXXIX.**
ständig ablösend (Lathraea). . . . . ⎰ **Scrophula-**
82. Staublät. 4-5, ungleich-lang, einige meist wollig behaart. ⎰ **riaceae.**
Krone mit 5 etwas ungleichen Zipfeln (Verbascum). ⎭
„   5 meist (wenigstens im gleichen Entwickelungsstadium) gleich lange
Staubblätter.   Krone actinomorph, bei Hyoscyamus mit etwas
ungleichen Lappen 80
83. Staubblätter (fast unbestimmt) viele 15
„   Staubblätter nicht über 15, meist weniger 84
84. Bäume mit 10, od. Bäume u. Sträucher mit 5 Staubblättern. Blätter
nicht gelappt 38
„   Staubblätter 3 od. so viel wie Kronen- (seltener Perigon-) blätter
od. 2 mal so viel 40
„   Staubblätter 3 od. 8-15. Fleischige, fast kahle, ⎫ **XIII.**
gabelig verzweigte Pflanzen . . . . . . ⎰ **Portulacaceae.**
85. Kelch 2 blättrig resp. 2 spaltig . . . . . .⎭
„   Blüten mit Perigon. Blätter lineal, fleischig. **LXV. Santalaceae.**
„   Kelch 5- (6-, 7-) spaltig od. -teilig.⎱ **LXVIII. Primulaceae.**
86. Perianth 5 spaltig (Glaux) . . .⎰
„   Perianth mit 6 äusseren u. 6 inneren kleinen Zähnen ⎫
(Peplis) . . . . ⎪ **LVIII.**
87. Staubbeutel der Länge nach aufspringend. Blätter ⎰ **Lythraceae.**
alle od. doch die unteren gegenständig . . . . ⎭
„   Staubblätter 10; jede Staubbeutelhälfte an ⎫
ihrem Grunde mit einem Loche auf-⎰(Piro-⎫
springend . . . . ⎭ leae) ⎪ **LXVII.**
88. Blät grün, nicht lineal. Blumen 10 männig ⎰   ⎰ **Ericaceae.**
„   „   bleich, schuppenförmig. Blumen 8- u. 10 männig ⎪
(Monotropeae) . . . . ⎭
„   Blätter gegenständig od. quirlig angeordnet; seltener wechselständig u. dann lineal od. lineal-lanzettlich 21
„   Blätter grün, nicht lineal. Staubblätter fünf. Pflanzen meist an
feuchten Orten od. im Wasser 23
89. Die 8 od. 10 Staubbeutel öffnen sich mit je 2 Klappen od. mit
je 2 Löchern an ihrer Spitze od. ihrem Grunde. Narben ungeteilt. Pflanze mit holzigen Stengelteilen . **LXVII. Ericaceae.**
„   5 am Grunde zu einer kurzen Röhre verwachsene Staubblätter.
Blätter krautig, gegenständig. Innerer Perianthkreis lang-röhrig.
. . . . **XI. Nyctaginaceae.**
„   Blätter meist wechselständig 91
90. Staubblätter mehr als 3 62

.,   Staubblätter 3 (Montia). . . . ⎱
91. Staubblätter 8-15 (Portulaca) . ⎰ · · **XIII. Portulacaceae.**

..   „   meist 5, aber auch 4, frei od. die Beutel eine Röhre
bildend 97

..   Blumen 2 männig . . . ⎱
92. Krone 2 lippig, bespornt . ⎰ · · · **LXXXI. Lentibulariaceae.**

.,   „   spornlos, fast actinomorph (Veronica) od. ⎫
deutlich zygomorph (Gratiola) . . . . ⎬ **LXXIX.**
93. Staubblätter 2 od. 4, bei Verbascum (Kräuter) 5, ⎱ **Scrophula-**
u. hier meist einige wollig behaart. Krone meist ⎱ **riaceae.**
zygomorph. Laubblätter deutlich . . . . ⎭

„   Staubblätter vier. Blätter unscheinbar, schuppenförmig . . 81

..   „   oft 5, untereinander — wenigstens wenn sie sich im
gleichen Entwickelungsstadium befinden — meist etwa gleichlang. 90

94. 4 einsamige Schliessfrüchtchen . . . . . . **LXXX. Labiatae.**

.,   2, zuweilen auch 3 od. 4 Schliessfrüchtchen. Blätter 3 spaltig,
eingeschnitten-gekerbt. Blumen hellblau, in dünnen Ähren . .
. . . . **LXXXV. Verbenaceae.**

„   Frucht kapselig 93
95. Frucht 1 samig. Blumen in Kugel-Köpfen. Kronen blau, 5 spaltig.
Grundblätter spatelf., obere Blätter sitzend. **LXXXIV. Selaginaceae.**

„   Früchte mehrsamig 71
96. Blätter gegenständig 104

,.   „   wechselst.; Frucht vielsamig (Phyteuma). ⎱ **LXXXVII. Cam-**
97. Staubblätter oberständig . . . . ⎰ **panulaceae.**

„   „   „ . Blätter gegenständig, längl.-eiförmig, spitz.
Blumen weiss, rosa angehaucht. Pfl. kahl mit Milchsaft. Apocynum.

„   Staubblätter unterständig, unter dem verkümmerten ⎫ **LXXXVI.**
Fruchtknoten. Blüten eingeschlechtig (Litorella) ⎱
98. Blüten strahlig. Krone klein, häutig, weisslich ⎬ **Plantagina-**
(Plantago) . . . . ⎭ **ceae.**

..   Blumen mit deutlichen gefärbten Kronen 95
99. Fruchtknoten oberständig 76

..   .,   unterständig od. halbunterständig 100
100. Beeren od. Steinfrucht 101

„   Kapselfrucht . . . . - . . 102

101. ⎰ Blumen 1 geschlechtig, gelblich. Blätter wechselständig.
⎱ Mit Ranken versehene Kräuter. **LXXXIX. Cucurbitaceae.**

„ ⎰ Blumen zwitterig. Blätter gegenständig. **XCI. Caprifoliaceae.**
102. ⎰ ⎱ Blätter quirlig stehend od. doch so erscheinend . . . .
⎱ . . . . **XC. Rubiaceae.**

., ⎱ Blätter gegenständig 103
., ⎰ „ wechselständig; wenn gegenst. dann fleischig u. ganz . 90

103. Kräuter mit 1-3 männigen Blumen. . . . **XCII. Valerianaceae.**

„   Sträucher mit 5 männigen Blumen (Weigelia, ⎱
Diervillea) . . . . ⎬ **XCI.**
104. Sträucher mit 5 männigen Blumen. Frucht mehr- ⎱ **Caprifoliaceae.**
samig (Lonicera) . . . . ⎭

.,   Blüten 4 männig. Frucht 1 samig . . . **XCIII. Dipsacaceae.**

105. Staubbeutel frei 58

„   „   am Grunde miteinander verbunden. Kapsel mehrsamig . . . . Jasione.

„ 5 vollständig zu einer Röhre verbundene Staubbeutel, durch welche
der Griffel hindurchgeht. Einsamige, unterständige Schliessfrüchte.
Bei Xanthium u. Ambrosia die Blüten getrennt-geschlechtig:
die männlichen in Köpfen . . . . . . **XCIV. Compositae**

Unterklasse Choripetalae.

Pflanzen im allgemeinen mit freien, nicht verwachsenen Kronenblättern, oder Krone ganz fehlend.

1. Amentaceae.

Meist einhäusige Windblütler mit ährenartigen Blütenständen, die
hier speciell Kätzchen heissen.

1. Fam. Cupuliferae.

Die Gewächse dieser Abteilung sind ausgezeichnete Windblütler, die
im allgemeinen ihre Blüten vor dem Erscheinen des Laubes entwickeln.
Die Achsen der männlichen Blütenstände sind meist sehr zart und
ausserordentlich biegsam, sodass die Kätzchen
herabhängen und vom Winde leicht bewegt
werden. Eine genauere Untersuchung des Baues
der Blütenstände ergiebt, dass derselbe ziemlich
compliciert ist. An den Hauptachsen sitzen nämlich nicht einzelne Blüten, sondern meist 3 blütige
Gruppen, welche nach Ansicht der theoretischen
Morphologen metamorphosierte Sprosse mit
Hochblättern darstellen. Der beigegebene Grundriss (Fig. 138) des typischen (theoretischen)
Baues einer solchen Gruppe zeigt uns die Andeutung der Hauptachse A mit einem Deckblatt D, in dessen Achsel die 3 blütige Gruppe

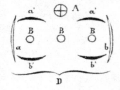

Fig. 138. — Typischer
Grundriss der Blüten-
gruppe eines Cupuli-
feren-Kätzchens. — Be-
schreibung im Text.

sitzt. Der Achselspross trägt die mittlere Blüte B mit den 2 Vorblättern a und b, welche Deckblätter der beiden je eine Blüte tragenden
seitlichen Sprösschen B und B sind, die wiederum je 2 Vorblätter
a' und b' besitzen. Im speciellen können nun einzelne dieser Teile
verkümmern oder abortieren, wie z. B. die Mittelblüte und verschiedene
von den Hochblättern. Wie wir bei den einzelnen Gattungen sehen
werden, beteiligen sich an der Ausbildung der Früchte die erwähnten
Hochblättchen der Blütengruppen in der mannigfaltigsten Weise.

0. Weibliche Blüten einzeln oder doch nur wenige beisammen .   4
„   „   „   in ähren- oder zapfenförmigen Blütenständen.   1
1.   „   „   .. Zapfen mit holzigen Schuppen . . 2. Alnus.
„   „   „   „ ährigen Blütenständen. 2
2. Hauptachse des männlichen Blütenstandes steif. Blätter länglich-
lanzettlich, spitzig-gesägt, kahl . . . . 6. Castanea.
„   Hauptachse des männlichen Blütenstandes schlaff 3
3. Staubblätter an der Spitze bärtig behaart . . . 4. Carpinus.
„   „   kahl . . . . 1. Betula.
4. Männliche Blüten in kugelförmigen Blütenständen . . 5. Fagus.
„   „   „   „ ährenartigen   „   5
5. Blätter kreis - herzförmig, ganz, nach den Blüten erscheinend .
. . . . 3. Corylus.
„   Blätter unregelmässig gelappt bis fiederspaltig . . 7. Quercus.

a) Betuleae.

Perigon den weibl. Blüten fehlend, bei den männlichen vorhanden.

1. Betula, Birke. B. u. Str.

In den Blütengruppen der weiblichen und männlichen Scheinähren sind nur das Deckblatt *D* (Fig. 138) und die Vorblätter der vorhandenen Mittelblüte oder — was dasselbe heisst — die Deckblätter der Seitenblüten *B, B* entwickelt. Diese 3 Blättchen verwachsen miteinander und bilden an der Frucht ein 3 lappiges, benageltes Schüppchen. Die 4 Perigonblätter können — mit Ausnahme des vorderen — den fast stets 2 (scheinbar 4) männigen Blüten fehlen.

0. Meist strauchige, aber auch baumartige, jedoch kaum über 1,5 m Höhe erreichende Pflanzen mit kleinen, fast sitzenden, fast kreisförmigen Blättern, welche unterseits ein enges Adernetz aufweisen. 1
„ Meist hohe Bäume mit gestielten, unterseits verzweigt - aderigen Blättern 2
1. Blätter fast kreisrund, womöglich breiter als lang, stumpf-gekerbt.
— Selten, auf Torfboden, in Moorbrüchen; fehlt z. B. in der Rheinprovinz. Mai. — . . . . . .
Fig. 139, Zwergbirke, *B. nana* L.
„ Blätter kreis - eiförmig, länger als breit, spitz gekerbt. — Zerstreut, in Torfbrüchen Norddeutschlands. Apr., Mai. — . . . . .

Fig. 139. Betula nana.

. . . Zwergbirke, *B.* (*fruticosa* vieler Autoren) *humilis* Schrnk.
2. Blätter fast dreieckig, kahl, bei *microphylla* Wim nur bis 2 cm lang, u. eiförmig. — Häufig, in Wäldern, Apr., Mai. — Mit der folgenden: (Gemeine) B., Weissbirke, *B.* (*verrucosa* Ehrh.) *alba* L.
„ Blätter mehr eirund, sonst auch dreieckig, in der Jugend nebst den Zweigen behaart. Var. *carpatica* Willd.: Strauch mit kahlen Blattspreiten u. -stielen. — Nicht so häufig als die vorige. Apr. Mai. —. . . . . *B. pubescens* Ehrh.

2. Alnus, Erle, Eller, Else. Hz.

Den Blütengruppen fehlen die Vorblätter *a'*; die Deck- u. Vorblätter *D, b'* sowie *a* u. *b* verwachsen am weiblichen Blütenstande miteinander u. bilden eine Zapfenschuppe. Den weiblichen Gruppen fehlt die Mittelblüte. Die 4 männigen Blüten (Fig. 140 rechts unten) besitzen ein 4 teiliges Perigon.

0. Die ausgewachsenen, fast kreisförmigen Blätter kahl, sehr stumpf, unterseits in den Winkeln der Adern bärtig-behaart. Früchte flügellos. Weibliche Zapfen gestielt. — Gemein, in Sümpfen, an Ufern, in Moorwäldern. Feb.-Apr. — . . Fig. 140, Schwarzod. Rot-Erle, (*Betula Alnus* Var. *glutinosa* L.), *A. glutinosa* Gaertn.
„ Die ausgewachsenen Blätter unterseits weich- od. zerstreut-behaart, in den Winkeln der Adern nicht bärtig-behaart. Früchte geflügelt 1

1. Blätter unterseits auf den Adern rostrot-filzig, eiförmig od. verkehrt-
eiförmig, einfach- od. undeutlich doppelt-kleingesägt. — Zuweilen
angepflanzter u. verwilderter Baum aus Nordamerika. März, Apr. —
. . . . Haselerle, *A. serrulata* Willd.
„ Blätter unterseits mehr grau
behaart 2

2. Blätter elliptisch bis länglich-
eiförmig, spitz, unterseits bläulich-grün bis grau-weisslich,
auf den Adern kurzhaarig-
filzig. Weibliche Zapfen kurz-
gestielt od. fast sitzend. Var.
argentata Norrlin: Blätter etwas kleiner, beiderseits dicht
silberfarben-seidenhaarig. Var.
pinnatifida Wahlenb.: Blätter
eingeschnitten oder fast fiederspaltig mit stumpfen Abschnitten. Var. *acutiloba* Koch:
Blätter fiederspaltig - eingeschnitten, mit spitzen Abschnitten. — Sehr zerstreut, in
Moorwäldern, an sumpfigen
Ufern. Febr.-Apr. — . .
. Weisserle, *A. incana* D. C.

Fig. 140. Alnus glutinosa.

„ Blätter kreisförmig od. verkehrt-eiförmig, stumpf, weichhaarig u.
in den Winkeln der Adern etwas bärtig, unterseits grün u.
behaart. — Sehr selten, sonst wie die Eltern. März. — . . .
. . . .*A. glutinosa* ✕ *incana* Wirtg.

b) Coryleae.

Hier fehlt den männlichen Blüten das Perigon, während es bei
den weiblichen sehr unscheinbar auftritt.

3. Corylus, Haselstrauch od. -baum. Hz.

In den weiblichen Gruppen, denen die Mittelblüte fehlt, sind alle
in unserer schematischen Fig. 138 angegebenen Hochblättchen entwickelt.
Die 2 Vorblätter jeder Blüte *aʹ bʹ* und das Deckblatt derselben *a* resp. *b*
bilden an der Frucht eine (also aus 3 Blättern hervorgegangene)
krautige, röhrige Hülle. Den männlichen Gruppen fehlen die 2 Seitenblüten; die 2 Vorblätter *a* u. *b*, sowie das Deckblatt *D* sind vorhanden.
Jedes der 4 Staubblätter ist der Länge nach gespalten, sodass jeder
Faden eine Staubbeutelhälfte trägt.
0. Nüsse länger als breit 1
„ „ breiter als lang, kugelig bis nierenfömig. — Zuweilen angepflanzter Baum aus dem südöstl. Europa. Febr.-Apr. — . . .
. . . . Byzantinische Haselnuss, *C. Colurna* L.
1. Die aus 3 verwachsenen Hochblättchen gebildete Fruchthülle etwa so
lang od. etwas länger als die Frucht, oben weit offen. — Sehr häufig,
Gebüsche, Wälder. Feb.-Apr. — (Gemeine) Haselnuss, *C. Avellana* L.
„ Die Fruchthülle weit länger als die Frucht, oben verengt. —
Nicht gerade seltene Kulturpflanze aus Südeuropa. Feb.-Apr. —
. . . . Lampertsnuss, *C. tubulosa* Willd.

4. Carpinus. Hz.

Die weiblichen Gruppen ohne Mittelblüte. Die Frucht wird von einem 3zipfeligen, flächenartigen Flugorgan getragen, dessen langer Mittelzipfel homolog den Blättern *a* resp. *b* ist, während die Seitenzipfel den Vorblättern *a' b'* entsprechen. Die männlichen Gruppen sind auf das Deckblatt *D* und auf die 4-10männige Mittelblüte reduciert. Die Staubblätter sind fast bis zum Grunde gespalten

Nicht selten, in Wäldern, oft angepflanzt. April, Mai. — . . .
. . . . . . Fig. 141, Hain-, Hage- od. Weissbuche, *C. Betulus* L.

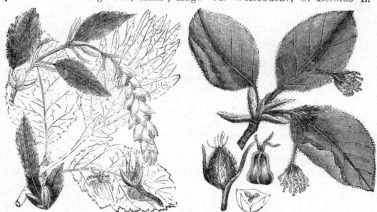

Fig. 141. Carpinus Betulus.   *Fig. 142.* Fagus silvatica.

c) Fagineae.

Die aus einer weiblichen Blütengruppe sich entwickelnden 1-3 Früchte werden von den zu einer gemeinschaftlichen, festen Hülle verwachsenen 4 Vorblättern *a' b'* umschlossen. An der Ausbildung dieser Hülle beteiligen sich weder das Deckblatt *D* noch die zuweilen fehlenden Hochblätter *a* u. *b*. Perigon an der männlichen u. weiblichen Blüte entwickelt.

5. Fagus. B.

Mittelblüte der weiblichen Gruppe fehlt. Die sog. Früchte von Fagus, die Bucheln, werden aus den Früchten der 2 Seitenblüten zusammengesetzt, welche von den 4, holzig und aussen stachelig werdenden Vorblättern *a' b'* wie von einer schützenden Fruchthülle umgeben werden. Das Deckblatt *D* ist vorhanden, jedoch fehlen die Blätter *a* u. *b*. — Über den theoretisch-morphologischen Bau der männlichen Köpfe haben wir keine rechte Einsicht.

Blätter eiförmig, bei Var. *aspleniifolia* vieler Autoren fiederspaltig mit fast linealen Abschnitten. — Sehr häufig, namentlich Wälder bildend. Mai, Juni. — . Fig. 142, Buche, Rotbuche, wenn die Blätter rotbraune Färbung zeigen auch Blutbuche genannt, *F. silvatica* L.

6. Castanea. Hz.

Die weiblichen Gruppen sind 3blütig. Die Blüten werden alle 3 in der Reife von der aussen schuppig-stachelborstigen, festen, durch Verwachsung der 4 Blätter *a' b'* entstandenen Hülle umschlossen. Das Deck-

11*

blatt *D* und die Blättchen *a* u. *b* sind vorhanden und hinfällig. —
Die compliciert gebauten männlichen Gruppen bestehen meist aus
sieben 8-12 männigen Blüten. — Zuweilen angepflanzt, stammt aus Südeuropa. Juni. — . . . .
Echte Kastanie, (*Fagus Castanea* L.), *C.* (*vesca Gaernt.*) *sativa* Mill.

7. Quercus, Eiche. B.

Den weiblichen Blütengruppen fehlen die Seitenblüten, deren Vorblätter *a′* u. *b′* jedoch vorhanden sind, welche durch Verwachsung eine
Hülle, den Becher, um die Frucht der Mittelblüte herstellen. Das
hinfällige Deckblatt *D* ist vorhanden; die Deckblätter der fehlenden
Seitenblüten *a* u. *b, d. h.* die Vorblätter der Mittelblüte sind abortiert.
— Die männlichen Blüten stehen einzeln ohne Vorblätter in den Achseln
ihres Deckblattes *D*.

0. Blattzipfel stumpf 1
  „   „   spitz 4
1. Die Fruchtstände lang gestielt. Blätter fast sitzend, meist kahl
   mit tief ausgerandetem Grunde. — Häufig. Mai. — Fig. 143,
   Stiel- od. Sommereiche, *Q.* (*Robur* L. z. T.) *pedunculata* Ehrh.
  „ Fruchtstände sitzend od. nur sehr kurz gestielt. Blätter gestielt. 2
2. Fruchtbecher mit langen, steifen und abstehenden, fadenförmigen
   Schuppen besetzt. — Zuweilen vorkommender Zierbaum aus Südeuropa. Frühling. — . . . . . . Zerr-Eiche, *Q. Cerris* L.
  „ Fruchtbecher einfach 3
3. Blätter anfangs unterseits
   weichhaarig und auch später
   schwach behaart. Fruchtstände
   sitzend. — Häufig. Mai. —
   Trauben-, Stein- od. Wintereiche,
   Q. (*Robur* L. z.T.) *sessiliflora* Sm.
  „ Blätter anfangs filzig, später
   unterseits weichhaarig oder
   zuletzt fast kahl. Fruchtstände kurz gestielt. — Unweit
   Jena u. in Böhmen. Mai. —
   . . . . *Q. pubescens* Willd.
4. Blattknospen filzig. — Seltener
   Zierbaum aus Nordamerika.
   Mai. — *Q. tinctoria* Bartram.
  „ Blattknospen kahl . . . 5
5. Blätter im Umriss verkehrt-eif.,
   unterseits blassgrün, kahl, seicht
   eingeschnitten. — Zierbaum aus
   Nordamerika. Mai. — *Q.rubra* L.

Fig. 143. Quercus pedunculata.

  „ Blätter im Umriss länglich-verkehrt-eiförmig, unten in den Achseln
   der Adern bärtig, tief-fiederspaltig. — Zierbaum aus Nordamerika.
   Mai. — . . . . *Q. palustris* Du Roi.

II. Fam. Juglandaceae.

Die Blüten einzeln in den Achseln von Deckblättern mit 2 Vor-
u. einigen Perigonblättern.
0. Früchte einfach kugelig bis eiförmig-länglich. Blätter aus 5 bis
   über 12 Blättchen zusammengesetzt . . . . **1. Juglans.**

.. Früchte 2flügelig, kreiselförmig. Blät. aus 7 bis über 20 Blättchen
zusammengesetzt . . . . 2. **Pterocarya.**

1. Juglans. B.

o. Blätter meist aus 7, aber auch 5-9, länglich bis länglich-eiförmigen,
fast ganzrandigen Blättchen zusammengesetzt. Frucht glattschalig. —
Häufiger Kulturbaum aus dem Orient. Mai. — Walnussbaum, *J.regia* L.

.. Blät. aus 12 u. mehr, längl.-lanzettl., kleingesägten Blättchen gebildet. 1

1. Blätter oben kahl, unten zerstreut-kurzhaarig. Frucht kugelig, mit
rauher Schale. — Zierbaum aus Nordamerika. Mai. — *J. nigra* L.

.. Blätter oben kurzhaarig, unten graufilzig. Frucht eiförmig-länglich
mit klebriger Schale. — Aus Nordamerika. Mai. — *J. cinerea* L.

2. Pterocarya. B.

Zierbaum aus Transkaukasien. Mai. — . . . . . *P. caucasica* Kth.

III. Fam. Myricaceae.

Myrica. Str.

Sehr zerstreut, in Torfbrüchen der Ebene, namentlich im Norden. Mai. —
. . . . Gagel, *M. Gale* L.

IV. Fam. Salicaceae.

Die Salicaceen sind Holzgewächse mit ährenartigen Blütenständen.
Ihre Blätter sind spiralig gestellt, ungeteilt, am Grunde mit (zuletzt
meist abfallenden) Nebenblättern. Die zweihäusigen, dicht gedrängten
Blüten stehen in den Winkeln schuppenförmiger Deckblätter. Bei Populus
sind die weiblichen resp. männlichen Blütenteile auf einer kurzbecher-
förmigen, fleischigen Scheibe eingefügt, die von manchen Morphologen
Perigon genannt wird. Die Staubblätter, 2-30 an der Zahl, sind frei,
nur bei Salix purpurea ganz und bei deren Bastarden teilweise verwachsen. Fruchtknoten (meist) aus 2 Fruchtblättern bestehend, einfächrig, mit einem, zuweilen fast fehlenden Griffel und 2 (bis 4) Narben.
Die vielsamige Kapselfrucht springt mit 2 (selten 4) Klappen auf.
Den kleinen, eiweisslosen Samen ist in Gestalt eines an ihrem
Grunde befindlichen langen Haarschopfes ein wirksames Flugorgan
gegeben.

Die Weiden sind Insektenblütler, die Pappeln dagegen Windblütler.
Auch die Weiden haben zwar keine auffallende Blütendecke; jedoch
finden sich hier am Grunde der Männchen und Weibchen Nektarien
in Form kleiner Höcker, und die Blüten machen sich durch ihr dicht
gedrängtes Zusammenstehen und dadurch, dass sie sich im allgemeinen
vor dem Erscheinen des Laubes entwickeln, dennoch leicht bemerkbar.
Es ist überdies zu beachten, dass die Achsen der Ähren steif und
unbeweglich im Vergleich zu den Kätzchen der Cupuliferen und der
Pappeln erscheinen und so den Insekten einen festeren Halt gewähren.

o. Blüten ohne Perigon, mit (1 od. 2) Nektarien; Staubblätter meist 2,
seltener 3-12, bei S. purpurea scheinbar eins; Ähren vor den
Blättern erscheinend und dann aufrecht (mit steifer Achse) od. mit
den Blättern erscheinend u. dann meist hängend . . **1. Salix.**

.. Blüten mit einem becherförmigen „Perigon", ohne Nektarien;
Staubblätter 8—30; Ähren während u. nach der Blütezeit schlaff
hängend, vor den Blättern erscheinend . . . . **2. Populus.**

1. Salix, Weide. B. u. Str.

Die Weiden bastardieren unter einander sehr leicht und in den
mannigfachsten Combinationen, sodass eine Fülle meist nur schwierig zu

unterscheidender Formen entstanden ist. In die folgende Tabelle dieser
Gattung wurden nur die Stammarten und einige wenige häufigere Bastarde
aufgenommen.

A. Männliche Exemplare.

0. Ähren am knospentragenden vorjährigen Zweige endständig, klein,
wenig (5-10) blütig. Zwergiger Strauch mit kriechendem, unterirdischem Hauptstamm, oberirdische Zweige 2-10 cm lang. — In
Felsspalten u. auf bemoostem Felsgeröll, nur im Riesengebirge u.
im mährischen Gesenke, selten. Juni. — Fig. 144, *S. herbacea* L.

Fig. 144. Salix herbacea.
— Oben weibliches, unten
männliches Exemplar.

„　Ähren endständig an diesjährigen,
kurzen Seitensprossen des knospentragenden vorjährigen Zweiges. 1

1. Die schuppenförmigen Deckblätter
der Blüten einfarbig, gelbgrün, mehr
oder weniger zottig, zuweilen fast
kahl; Nektarien 2, eines hinter,
das andere vor den Staubblättern
stehend. Bis zu 18 m hohe Sträucher od. Bäume; Blüten mit den
Blättern erscheinend 2

„　Deckblätter 2 farbig, an der Spitze
schwärzlich bis rostfarben, am
Grunde heller, grünlich, meist
dicht zottig. Nur ein Nektarium,
hinter den Staubblättern stehend. 6

2. Staubblätter 3-12 in einer Blüte;
Blätter kahl, oberseits glänzend. 3

„　Staubblätter 2 5

3. Blätter alle od. grösstenteils drüsig-
gesägt; Staubblätter 3-12 . . 4

„　Blätter gesägt od. ganzrandig, aber die Blattzähne an der Spitze
nie drüsig; Staubblätter 3; Blätter länglich bis lanzettlich. Hoher
Strauch, selten kleiner Baum; 2-4 m hoch. — An Ufern und
Gräben, sehr häufig. Apr., Mai. — Mandelweide. *S. amygdalina* L.

4. Blätter eiförmig-elliptisch, kaum 3 mal so lang als breit, kurz zugespitzt. Staubblätter 5-12. Meist ein niedriger Baum, bis 10 m
hoch. — Feuchte Wiesen, Waldsümpfe, an Waldseen, zertreut,
stellenweise selten od. fehlend. Ende Mai - Anf. Juli, die spätest
blühende Art. — . . . . Lorbeerweide, *S. pentandra* L.

„　Blätter länglich-lanzettlich, etwa 4 mal so lang als breit, lang zugespitzt; Staubblätter meist 4 (3-5). — An ähnlichen Standorten
wie die vorige, aber selten u. nur in der Ebene. Mitte u. Ende
Mai. — . . . . *S. pentandra* ✕ *fragilis* Wimm.

5. Blätter kahl, anfangs klebrig; Nebenblätter halbherz- od. nierenf.;
Zweige an ihrem Grunde leicht abbrechend. — Feuchte Wälder,
Ufer, Wiesengräben, häufig, nicht selten an Wegen, besonders
als „Kopfweide", gepflanzt. Ende Apr., Anf. Mai. — . . . .
. . . . Knackweide, *S. fragilis* L.

„　Blätter nicht klebrig, besonders unterseits seidig-filzig; Nebenblätter
lanzettlich; Zweige nicht leicht abbrechend. — Wie die vorige Art.
Ende April, Anf. Mai. — . . . . . Silberweide, *S. alba* L.

Blätter nicht klebrig, anfangs seidenhaarig, zuletzt kahl. Neben-
„　blätter meist halbherzförmig; Zweige nicht leicht abbrechend. —

Wild selten, häufig als Strassenbaum gepflanzt. Mai. — . . . .
. . . . *S. fragilis* ✕ *alba* Wimm.
6. Staubblätter 2, Staubfäden frei 10
„ Staubblätter 2, aber die Staubfäden ganz od. halb verwachsen; in
ersterem Fall also scheinbar nur 1 Staubfaden vorhanden, dessen
Natur aber leicht an dem 4fächrigen Staubbeutel zu erkennen ist.
Staubbeutel vor dem Stäuben purpurn, während desselben gelb,
nach dem Stäuben schwärzlich. Vor der Blattentfaltung blühend.
(Purpurweiden) 7
7. Staubfäden ganz verwachsen. Zweige u. Knospen kahl. — Weiden-
gebüsche der Flussufer, feuchte Wiesen- u. Waldränder, häufig.
April. — . . . . *S. purpurea* L.
„ Staubfäden zur Hälfte verwachsen: Bastarde der S. purpurea mit
anderen Arten, welche nur mit Blattzweigen u. korrespondierenden
weiblichen Exemplaren sicher zu bestimmen sind. Die verbreitetsten:
Salix purpurea ✕ *viminalis* Wimm. (höherer Strauch mit kahlen,
od. kurzhaarigen, nicht filzigen Zweigen), *S. purpurea* ✕ *repens*
Wimm. (niedriger Strauch mit spärlich kurzhaarigen Zweigen),
S. purpurea ✕ *cinerea* Wimm. (höherer Strauch mit sammet-filzigen
Zweigen).
8. Zweige kahl, bläulich-weiss bereift. Der abwischbare Reif ist
besonders im Sommer anfallend; die einjährigen Zweige, die
man im Frühjahr sammelt, zeigen ihn erst beim Trocknen, aber
dann sehr deutlich. Ähren sitzend. Vor der Blattentfaltung
blühend, am frühesten von allen Weiden. (Reifweiden.) . . 9
„ Zweige nie bereift 10
9. Baum mit dicken Ästen; Ähren sehr gross, eiförmig-länglich.
Blätter mit halbherzförmigen Nebenblättern. — Wohl nur an der
Ostseeküste u. in Oberschlesien wild, sonst zuweilen gepflanzt.
März. — . . . . *S. daphnoides* Vill.
„ Meist höherer Strauch mit dünnen, abgesehen vom Reif, rotbraunen Zweigen; Ähren dünner als bei voriger Art. Nebenblätter
lanzettlich. — In Osteuropa heimisch, bei uns öfter gepflanzt.
März. — . . . . *S. acutifolia* Willd.
10. Niedrige, meist ¹/₄-¹/₂ m hohe, feinästige Sträucher mit kriechendem, unterirdischem Hauptstamm. Staubbeutel nach dem
Verstäuben schwärzlich; Ähren kurz, vor oder mit den Blättern
erscheinend. — Im Hochgebirge nicht vorkommend. (Kriech-
weiden.) 11
„ Höhere Sträucher, im Hochgebirge auch niedriger, mit deutlichem
oberirdischen Hauptstamm, der merklich stärker ist als seine Zweige.
Staubbeutel nach dem Stäuben schmutzig-gelb 12
11. Ähren kurz-gestielt, kugelig-eiförmig. Junge Zweige filzig. Blätter
auch im Sommer unterseits seidenhaarig bis graufilzig, oberseits
trübgrün, etwas glänzend. Nerven auf der Ober- u. Unterseite des
Blattes schwach hervortretend. — Moorwiesen, feuchter Sandboden,
Haideland, meist häufig. Apr., Mai. — . . . . *S. repens* L.
„ Ähren sitzend, eiförmig; Zweige kahl, glänzend. Blätter zuletzt
völlig kahl, glanzlos, unterseits graubläulich. Nerven auf der
Blattunterseite hervortretend. — Tiefe Torfsümpfe, in Schlesien,
Prov. Preussen u. Ostböhmen, selten. Mai. — *S. myrtilloides* L.
„ Ähren fast sitzend, länglich-eiförmig; jüngere Zweige kurzhaarig.
Blätter glanzlos, unterseits graufilzig. Blattnerven oberseits ver-

tieft, deshalb das Blatt schwach runzlig. — Moorwiesen, feuchter Haideboden. April, Mai. — Der verbreitetste Bastard der S. repens. — . . . . *S. aurita* ✕ *repens* Wimm.

12. Einjährige Zweige u. meist auch die Knospenschuppen filzig . 13
„ Einjährige Zweige u. Knospenschuppen kahl od. kurzhaarig . 14
13. Zweige kurz, dick, wenig biegsam, schwärzlich-grau. Ähren eiförmig. Blätter länglich - verkehrt - eiförmig, 3 mal so lang als breit; Nebenblätter nierenförmig. — Feuchte Wiesen, Ufer, Gräben. gemein. März, April. — . . . . . Werftweide, *S. cinerea* L.
„ Zweige schlanker, gestreckt, zähe u. biegsam, gelb. Ähren länglich-walzenförmig. Blätter schmal-lanzettlich, 10 mal so lang als breit. Nebenblätter schmal-lanzettlich. — Meist an Ufern, sehr häufig. März, April. — . . . . . Korbweide, *S. viminalis* L.
„ Zweige so dick wie bei S. cinerea, aber lang, gestreckt, grau. Ähren länglich-walzenförmig. Blätter länglich-lanzettlich, 5-7 mal so lang als breit. Nebenblätter schief-herzeiförmig. — Wild selten. aber, besonders neuerdings, häufig gepflanzt. März, April. — . . . . *S. viminalis* ✕ *cinerea* Wimm.
14. Ähren lange vor Entfaltung der Blätter erscheinend, anfangs sitzend, später meist gestielt, am Grunde nur mit sehr kleinen Blättern. Blätter unterseits mehr od. weniger graufilzig. (Für den Anfänger nur mit Blattzweigen sicher unterscheidbar.) . 15
„ Ähren nur kurze Zeit vor Entfaltung der Blätter erscheinend: die Blattknospen haben sich zur Blütezeit wenigstens schon geöffnet; Ähren gleich anfangs od. später kurz gestielt, am Grunde mit grösseren Blättern. Blätter unterseits nur bei einer Art filzig (bei dieser Gruppe ebenfalls zur sichern Unterscheidung nötig). 17
15. Blätter rundlich bis elliptisch 16
„ Blätter lineal-lanzettlich bis lineal. Zweige gestreckt, rotbraun, glänzend. Ähren verlängert-walzenförmig, gekrümmt. — Kiesbänke u. -ufer der Beskidenflüsse u. -bäche. April. — *S. incana* Schrk.
16. Höherer Strauch od. Baum mit dicken Ästen. Junge Zweige meist grünlichgelb. Ähren sehr gross, eiförmig; Deckblätter der Blüten an der Spitze schwärzlich. Blätter unterseits locker-weiss - filzig, oberseits zuletzt kahl. — Buschige Abhänge, lichte Wälder, häufig. März, April. — . . . . . . Fig. 145, Sohlweide, *S. Caprea* L.
„ Strauch mit dünnen, sparrigen Ästen. Junge Zweige meist kastanienbraun. Ähren ziemlich klein, eiförmig. Deckblätter der Blüten an der Spitze rostfarben. Blätter mit zurückgekrümmter Spitze, oberseits kurzhaarig, unterseits mehr od. weniger graufilzig. — Feuchte Wiesen, Brüche, häufig. Apr. — . . . . *S. aurita* L.

Fig. 145. Salix Caprea. — Männliches Exemplar. — Links weibliche Blüte.

„ Meist nur niedriger Strauch, bis 1 m hoch, mit dünnen Asten: junge Zweige bräunlichgrün. Ähren schmallänglich. Deckblätter der Blüten an der Spitze hell-rostfarben. Blätter oberseits kahl, unterseits blaugrün, zuletzt fast kahl. — Sumpfwiesen, Brüche. nur im Osten, selten. April. — . . . . *S. livida* Wahlnbg.

17. Blätter ganzrandig, unterseits mehr od. weniger weissfilzig, sehr selten kahl (Var. *Daphneola* Tausch). — Sumpfige Abhänge in der alpinen Region der Sudeten. Mai-Juli. — *S. Lapponum* L.

„ Blätter gesägt, zuletzt kahl od. unterseits kurzhaarig . . . 18

18. Ähren walzenförmig, locker. Blätter beiderseits ziemlich gleichfarbig dunkelgrün, unterseits stets auf den Adern kurzhaarig. — Bach- u. Flussufer, buschige Abhänge, Sudeten. Mai, in höheren Lagen bis Juli. — . . . . *S. silesiaca* Willd.

„ Ähren dicht. Blätter unterseits bläulichgrün, zuletzt kahl. (Nur nach weiblichen Exemplaren sicher zu unterscheiden.) . . . 19

19. In der Ebene u. im Vorgebirge wachsend, nicht über die Waldgrenze aufsteigend. — Deckblätter der Blüten oft nur spärlich zottig. Blattnerven oberseits vertieft, unterseits vorspringend: Nebenblätter halbherzförmig mit gerader Spitze. Pflanze beim Trocknen schwarz werdend. — Feuchte Waldstellen, Wiesen, Brüche, wild nicht häufig, aber öfter gepflanzt. April, Mai. — . . . . *S. nigricans* Sm.

„ Wild nur in der alpinen Region u. am Harz im Vorgebirge vorkommend. — Deckblätter langzottig; Blattnerven nur schwach hervortretend 20

20. Nebenblätter halbherzförmig mit gerader Spitze. — Sumpfige Abhänge; im mährischen Gesenke u. am alten Stolberg bei Nordhausen. Juni, Juli, im Harz früher. — . . . . *S. hastata* L.

„ Nebenblätter halbherzförmig mit schiefer Spitze. — Felsige, feuchte Abhänge. Im Riesengebirge an einer Stelle des Riesengrundes u. am Brocken wild; zuweilen gepflanzt; ob männlich bei uns wild vorkommend? Mai, Juni (in der Ebene Apr., Mai). — *S. bicolor* Ehrh.

B. Weibliche Exemplare.

Das Längenverhältniss des Fruchtknotenstiels zum Nektarium ist während der vollen Blütezeit zu bestimmen. — Die hier fehlenden Angaben sind in der vorigen Tabelle nachzusehen.

0. Ähren am Knospen tragenden vorjährigen Zweige endständig, klein, wenig (5-10) blütig. Zwergstrauch mit kriechendem, unterirdischem Hauptstamm, oberirdische Zweige 2-10 cm lang. — . . . . Fig. 144, *S. herbacea*.

„ Ähren endständig an diesjährigen kurzen Seitensprossen des Knospen tragenden vorjährigen Zweiges 1

1. In jeder Blüte 2 Nektarien, eines vor, eines hinter dem Fruchtknoten. Blüten mit den Blättern erscheinend 2

„ Nur ein Nektarium in jeder Blüte, hinter dem Fruchtknoten stehend 4

2. Fruchtknotenstiel 2-3 mal so lang als die hintere Drüse . . 3

„ „ so lang wie die hintere Drüse. Blätter drüsig gesägt. — . . . . *S. pentandra*.

3. Blätter drüsig-gesägt, die der Ährenstiele alle drüsig-gesägt od. ein Teil derselben ganzrandig. — . . *S. pentandra* ✕ *fragilis*.

„ Blätter gesägt, aber die der Ährenstiele alle ganzrandig. — *S. fragilis*.

4. Deckblätter der Blüten 2farbig, an der Spitze schwärzlich oder rostfarben, am Grunde heller, grünlich, meist dicht zottig . 9
„ Deckblätter der Blüten einfarbig, meist gelbgrün. Ähren mit den Blättern erscheinend 5
5. Deckblätter der Blüten vor der Fruchtreife abfallend. 5-20 m hohe Bäume 6
„ Deckblätter der Blüten bis zur Fruchtreife bleibend . . . 7
6. Blätter auch zuletzt noch unterseits seidenhaarig-filzig. Fruchtknotenstiel kürzer als das Nektarium. — . . . . . S. alba.
„ Blätter anfangs seidenhaarig, zuletzt kahl. Fruchtknotenstiel so lang od. etwas länger als die Drüse. — . . S. fragilis X alba.
7. Fruchtknotenstiel 3-5 mal so lang als die Drüse. Deckblätter der Blüten gelbgrün. — . . . . S. amygdalina.
„ Fruchtknotenstiel so lang od. kürzer als die Drüse 8
8. Deckblätter der Blüten gelbgrün, am Grunde behaart. 3-6 m hoher Baum mit hängenden Zweigen. — Stammt aus dem Orient, im Gebiet häufig gepflanzt, aber nur in weiblichen Exemplaren. April, Mai. — . . . . Trauerweide, S. babylonica L.
„ Deckblätter der Blüten rostfarben, an der Spitze zottig. 1-3 m hoher Strauch mit aufrechten Ästen. — Ufer, selten, zuweilen gepflanzt. Wohl nur weiblich im Gebiet. April, Mai. — . . . . S. amygdalina X viminalis Döll.
9. Zweige kahl, bläulichweiss-bereift. — S. daphnoides u. S. acutifolia, siehe Gegensatz 9 der Tabelle für männliche Exemplare.
„ Zweige nie bereift 10
10. Fruchtknoten sitzend od. kurz-gestielt, der Stiel bis 2 mal so lang als das Nektarium. Griffel lang, nur bei S. purpurea, die einen sitzenden Fruchtknoten hat, fehlend 11
„ Fruchtknoten lang-gestielt, der Stiel 2-6 mal so lang als das Nektarium; Griffel fehlend od. kurz, höchstens so lang wie die Narben 17
11. Ähren vor den Blättern erscheinend 12
„ „ mit „ „ „ 15
12. Junge Zweige glänzend, nebst den Knospen kahl 13
„ „ „ nebst den Knospen filzig 14
13. Fruchtkn. sitzend, filzig, griffellos. Blät. zuletzt kahl. — S. purpurea.
„ „ kahl, kurz-gestielt, der Stiel etwa so lang wie das Nektarium. Griffel lang. Blätter unterseits schneeweiss-filzig. — S. incana.
14. Fruchtknoten sitzend. Zweige gelb. — . . . . S. viminalis.
„ „ gestielt, der Stiel 1-2 mal so lang als das Nektarium. Zweige grau. — . . . . S. viminalis X cinerea.
15. Blätter ganzrandig, glanzlos, unterseits weissfilzig, selten kahl. Fruchtknoten filzig, selten kahl (Var. Daphneola), sein Stiel kürzer als das Nektarium; Fruchtklappen schneckenförmig zurückgerollt. — . . . . S. Lapponum.
„ Blätter gesägt, zuletzt kahl, oberseits mehr od. weniger glänzend. 16
16. Fruchtknoten seidenhaarig-filzig, sein Stiel doppelt so lang als das Nektarium; Fruchtklappen sichelförmig zurückgerollt. — S. bicolor.
„ Fruchtknoten kahl, sein Stiel wenig länger als das Nektarium. Fruchtklappen schneckenförmig zurückgerollt. — . . . S. hastata.
17. Niedrige, feinästige Sträucher mit unterirdischem, kriechendem Hauptstamme, höchstens 1 m hoch 18
„ Höhere Sträucher mit oberirdischem, aufrechtem Stamm . . 19

18. Junge Zweige filzig. Ähren rundlich-eiförmig, ziemlich dichtblütig. Fruchtknoten filzig, äusserst selten kahl, sein Stiel kürzer
als sein Deckblatt. — . . . . *S. repens.*

„ Junge Zweige kurzhaarig. Ähren länglich-eiförmig, dicht. Fruchtknoten
filzig, sein Stiel kürzer als sein Deckblatt. — *S. aurita* χ *repens.*

„ Junge Zweige kahl, glänzend. Ähren walzenförmig, lockerblütig.
Fruchtknoten kahl, bereift, sein Stiel länger als sein Deckblatt. —
. . . . *S. myrtilloides.*

19. Ähren mit den Blättern erscheinend, am Grunde mit grösseren
Blättern 20

„ Ähren vor den Blättern erscheinend, am Grunde nur mit sehr
kleinen Blättern 21

20. Fruchtknoten aus eiförmigem Grunde pfriemenförmig; Fruchtklappen
sichelförmig zurückgerollt. Blätter unterseits auch später auf den
Adern kurzhaarig, dunkelgrün od. etwas graugrünlich. — *S. silesiaca.*

„ Fruchtknoten aus eif. Grunde kegelf.; Fruchtklappen schneckenf. zurückgerollt. Blätter zuletzt kahl, unterseits blaugrün. — *S. nigricans.*

21. Junge Zweige und Knospen filzig. — . . . . *S. cinerea.*

„ Junge Zweige u. Knospen kahl od. kurzhaarig: *S. Caprea, S. aurita,
S. livida,* siehe die Tabelle für männliche Exemplare Gegensatz 16.

2. Populus, Pappel. B.

0. Jüngere Äste u. Knospen mehr od. weniger graufilzig; Knospen
nicht klebrig; Blüten 8männig 1

„ Knospen kahl, klebrig; jüngere Äste kahl od. schwach kurzhaarig. 2

1. Deckblätter der Blüten nicht od. schwach eingeschnitten, sparsam
zottig-gewimpert; junge Äste, Knospen u. Blattunterseite weiss-
od. graufilzig; Blätter der nachträglich am Grunde des Stammes
entstehenden Sprosse (Stockausschlag) handförmig 3-5lappig.
— Wild in feuchten Wäldern u. Gebüschen Mitteldeutschlands, viel
häufiger gepflanzt u. verwildert. Apr. — Silberpappel, *P. alba* L.

„ Deckblätter der Blüten vorn
etwas eingeschnitten, dicht
zottig; junge Äste, Knospen
u. Blattunterseite dünn-graufilzig, letztere später zuweilen
kahl; Blätter der Stockausschläge ungelappt. — Wie
vorige, aber seltener. April.—
. . . (*P. canescens* Koch),
P. alba χ *tremula* Wimm.

2. Deckblätter handförmig-ein-
geschnitten, lang-grauzottig-
gewimpert; Staubblätter 8;
Blätter fast kreisrund, obere
u. die der Stockausschläge
3eckig oder rhombisch, zuletzt kahl, bei Var. *villosa*
Lang. beiderseits angedrückt-
wollig. — Wälder, buschige
Abhänge, auch angepflanzt.

Fig. 146. Populus tremula.

März, April. — . . Fig. 146, Zitterpappel, Espe, *P. trèmula* L.

„ Deckblätter sparsam gewimpert od. kahl; Staubblätter 12-30 . 3

3. Junge Äste kantig 6
„   „   „ rundlich, nicht auffallend kantig 4
4. Stamm gerade, sehr viel dicker als seine Äste, diese alle aufrecht. —
   Stammt aus dem Orient, häufig als Strassenbaum gepflanzt. Bei uns
   fast nur männlich. April. — Eine Varietät der folgenden Art. —
   Italienische od. Pyramiden-Pappel, *P. (dilatata* Ait.) *pyramidalis* Rozier.
„ Stamm in mehrere Hauptäste geteilt, Äste ausgebreitet . . . 5
5. Äste schlank, jüngere ledergelb; Kätzchen 2-4 cm lang; Blätter
   unterseits grün. — Wälder, Gebüsche, wild selten, aber häufig an
   Wegen u. s. w. gepflanzt. April. — Schwarzpappel, *P. nigra* L.
„ Äste dick, kurz, braunrot; Kätzchen 5-8 cm lang; Blätter unterseits weisslich. — Aus Nordamerika stammender Zier- und Allee-
   baum. April. — . . . . *P. balsamifera* L.
6. Blattstiele rundlich, oberseits rinnig. — Gepflanzt, stammt aus
   Nordamerika. April. — . . . . *P. candicans* Ait.
„ Blattstiele von der Seite flach zusammengedrückt, nicht rinnig. Bei
   einer Var. die Blätter am Rande dicht-kurz-steifhaarig *(monili-*
   fera Ait.). — Häufig gepflanzt, aus Nordamerika. Apr. — . .
   . . . . *P. canadensis* Desf.

2. Urticinae.

V. Fam. Urticaceae.

0. Holzgewächse 2
„ Kräuter 1
1. Fruchtknoten 1 narbig. Staubfäden in der Knospenlage gekrümmt.
   Blätter ungeteilt, fiedernervig . . . . **a) Urticeae.**
„ Fruchtknoten 2 narbig. Staubfäden in der Knospenlage gerade.
   Blätter gefingert-nervig. Pflanze 2 häusig . **d) Cannabineae.**
2. Blütenstände birnförmig, die Blüten einschliessend. Blätter eirund-
   lich, meist gelappt. Strauch . . . . . **c) Artrocarpeae.**
„ Blütenstände kopfig bis ährig, die männlichen an langen hängenden
   Stielen. 1- od. 2 häusige Bäume . . . . . . **b) Moreae.**

a) Urticeae.

Die Staubblätter dieser Windblütler sind also in der Knospenlage
mit den Beuteln nach dem Blütenmittelpunkt hin eingekrümmt. In
dieser Lage reifen die Beutel so weit, dass bei der Geradestreckung
der Fäden, welche plötzlich, schleuderartig vor sich geht, der Pollen
als Staubwölkchen in die Luft geht. Durch eine leichte Berührung
einer in dem richtigen Stadium befindlichen Blüte kann man den
fraglichen Mechanismus leicht auslösen und wirken sehen.

0. Pflanze mit Brennhaaren. Blätter gegenständig . . 1. **Urtica.**
„   „ ohne Brennhaare.   „ wechselständig . 2. **Parietaria.**

1. Urtica, Brennessel. Sd. u. 1 j.

Eigentümlich sind den Arten dieser Gattung die wohl ein Schutz-
mittel gegen das Abweiden bildenden Brennhaare. Letztere sind
einzellige, spröde Borsten, deren ätzender Inhalt nach dem Abbrechen
der eingedrungenen Spitze sich in die Wunde ergiesst und hier brennenden Schmerz verursacht.

0. Weibliche Blütenstände kopfig-kugelig. Blätter eingeschnitten-gesägt, bei *Dodartii* L. ganzrandig. 1 j. — Stammt aus Südeuropa, bei uns zuweilen verwildert. Juni-Okt. — . . *U. pilulifera* L.
„ Weibliche Blütenstände rispig 1
1. Pflanze gewöhnlich 2 häusig. Rispe länger als der Blattstiel. Blätter länglich-herzförmig-zugespitzt. Var. *subinermis* Üchtr.: Pflanze meist ganz ohne Brennhaare, fast kahl. ! Var. *microphylla* Hausmann: Stengel sehr ästig; Pflanze mit einzelnen Brennhaaren; Blätter 3-4mal kleiner als bei der Hauptform, höchstens 4 cm lang. Var. *angustifolia* Ledeb.: Brennhaare einzeln; Blätter mit lang ausgezogener Spitze, die obersten lineal-lanzettlich. Var. *hispida* D. C.: Pflanze mit sehr zahlreichen, langen Brennhaaren meist dicht besetzt; Blätter mit gekrümmten Sägezähnen, die unteren breit-eiförmig. Var. *monoeca* Tausch: Blüten vorwiegend weiblich, an den oberen Zweigen aber auch männliche. Sd. — Gemein, namentlich in Wäldern Juli-Herbst. — . . . . . *U. dioica* L.
„ Einhäusig, indem die Blüten-stände, sowohl männliche als auch weibliche Blüten tragen. Rispe meist kürzer als der Blattstiel. Blätter eiförmig. 1 j. — An Ruderalstellen, Gartenland, ge-mein. Mai-Herbst. — *U. urens* L.

2. **Parietaria**, Glaskraut. Sd.
0. Rispen dichtblütig. Stengel meist einfach. Perigon der Zwitter-blüten später so lang wie die Staubblätter. — Zerstreut, be-sonders an Ruderalstellen. Juli-Okt. — . . . . . Fig. 147, *P. (erecta* M. u. K.) *officinalis* L.
„ Rispen lockerblütig. Stengel meist verzweigt-ausgebreitet. Perigon der Zwitterblüten später etwa 2 mal so lang als die Staubblätter. — Hin u. wieder, besonders in Mauerritzen. Mai-Okt. — *P. (diffusa* M. u. K.) *ramiflora* Mnch.

Fig. 147. Parietaria officinalis.

b) Moreae.

Morus, Maulbeerbaum. B.
0. Blätter gewöhnlich ganz od. 3-5 lappig. Weibliche Blütenstände ge-stielt. — Kulturpflanze aus dem Orient. Mai. — Weisser M., *M. alba* L.
„ Blätter gewöhnlich lappig, aber auch ganz. Weibliche Blütenstände sitzend. — Wie vorige. — . . . . Schwarzer M., *M. nigra* L.

c) Artrocarpeae.

Ficus, Feigenbaum. Str.
Zier- und Obststrauch unbekannter Herkunft. Frühjahr u. Herbst. —
. . . . *F. Carica* L.

d) Cannabineae.

0. Blätter eingeschnitten-gefingert, aus 5-9 Blättchen zusammengesetzt. Stengel aufrecht . . . . **1. Cannabis.**
„ Blätter 3-5 lappig. Stengel windend . . . . . **2. Humulus.**

1. Cannabis. 1 j.
Kulturpflanze aus Indien, oft verwildert. Juli-Aug. — . . . . . .
. . . . Fig. 148, Hanf, *C. sativa* L.

Fig. 148. Cannabis sativa.   *Fig. 149.* Humulus Lupulus.

2. Humulus. Sd.
Nicht selten, in feuchten Gebüschen u. an Ufern. Auch gebaut.
Juli-Sept. — . . . . Fig. 149, Hopfen, *H. Lupulus* L.

VI. Fam. Ulmaceae.

Blüten meist zwitterig. Perigon 4-, 5- od. 8zipfelig. Staubblätter
so viele wie Perigonzipfel. Fruchtblätter 2. Die mit häutigen Flügeln
versehene Flugfrucht 1 samig.
0. Die Blüten erscheinen vor den Blättern. Trockenfrüchte. **1. Ulmus.**
„   „   „   „   mit „   „ . Früchte saftig. **2. Celtis.**

1. Ulmus, Ulme, Rüster. B.
0. Blüten sehr kurz gestielt . 1
„   „   lang gestielt, hängend.
   — Zerstreut, in Wäldern, oft
angepflanzt. März, April. —
. . . . *U.* (*peduncu-
lata* Fougeroux) *effusa* Willd.
1. Blätter eiförmig, mit kurzer
Spitze. Blüten 4-5 männig.
Rindenzweige zuweilen korkig
geflügelt (*suberosa* Ehrh.). —
Häufig. März, April — .
. . . Fig. 150, *U. campestris* L.
„   Blätter verkehrt-eiförmig, mit
langer Spitze. Blüten 5-8männig.
   — Nicht so häufig als die
vorigen. März, Apr. — . .
. . . . *U. montana* With.

Fig. 150. Ulmus campestris.

2. Celtis, Zürgelbaum. B. od. Str.
0. Nebenblätter pfriemlich. — Zierbaum od. -strauch aus Südeuropa.
April, Mai. — . . . . *C. australis* L.
„   Nebenblätter stumpf. — Zierstrauch od. -baum aus Nordamerika.
April, Mai. — . . . . *C. occidentalis* L.

VII. Fam. Ceratophyllaceae.

Bei diesen unter Wasser blühenden, 1 häusigen Gewächsen, deren Blüten ein 6-12 teiliges Perigon, 10-20 Staubblätter u. 1 eineiiges Fruchtblatt besitzen, geht die Befruchtung durch Vermittelung des Wassers vor sich, welches den Transport des Pollens übernimmt.

Ceratophyllum, Wasserzinke. Sd.

0. Blätter 3 mal gabelspaltig, 5-8 zipfelig. Früchte am Grunde ohne Dornen. — Sehr zerstreut, in stehenden Gewässern. Juli, Aug. —
. . . . *C. submersum* L.
„ Blätter 1-2 mal gabelspaltig, 2-4 zipfelig u. dicht stachelig . 1
1. Früchte 3 dornig, 2 zurückgekrümmte Dornen am Grunde, die bei *apiculatum* Cham. zu kurzen Höckerchen verkürzt sind. — Nicht selten, in Teichen u. Gräben. Juli, Aug. — *C. demersum* L.
„ Früchte 3 dornig, zwischen den Dornen geflügelt, am Grunde 2 flache Dornen. — Selten, in stehenden od. langsam fliessenden Gewässern in Niederhessen, bei Leipzig u. Berlin. Juli, Aug. — . . . . .
. . . . *C. platyacanthum* Cham.

---

3. Polygoninae.
VIII. Fam. Polygonaceae.

Meist zwitterige Blüten mit 3-6 teiligem Perigon, 3-9 Staubblättern. 1 eiigem, zur Trockenfrucht werdenden Fruchtknoten mit 2-3 Narben. Am Grunde der Blattstiele umgeben den Stengel scheidenartig sogen. „Tuten."

0. 6 meist krautig-grüne Perigonblätter, von denen die 3 inneren gewöhnlich bei der Fruchtreife grösser werden 1
„ 5 untereinander gleiche, blumenblattartig gefärbte Perigonblätter. 2
1. Blüten 6 männig . . . . 1. Rumex.
„ „ 9 männig . . . . 2. Rheum.
2. Fruchtknoten mit 1 Griffel u. 3 langen Narben, Blüten in Ähren
. . . . 3. Polygonum.
„ Fruchtknoten 3 grifflig . . . . 4. Fagopyrum.

1. Rumex, ampferartige Gewächse. Sd. u. 1j.

Die Arten dieser Gattung sind mit ihren sehr unscheinbaren Blüten windblütig und besitzen leicht vom Winde bewegliche, dünne Blütenstiele.

0. Blüten 2 geschlechtig od. Pflanzen polygam 4
„ „ 1 geschlechtig od. Pflanzen polygam. Blätter pfeilförmig, d. h. die am Grunde der Blattspreite befindlichen beiden Lappen nach abwärts gerichtet od. spiessförmig, d. h. die beiden Lappen wagerecht abstehend 1
1. Die den Stengel umgebenden Tuten ganzrandig 3
„ Tuten zerschlitzt, jedenfalls nicht ganzrandig 2
2. Äussere Perigonblätter an der Frucht zurückgeschlagen. Grundständige Blätter bei der typischen Form (*pratensis* Wallr.) länglichpfeilförmig, mit nach abwärts gerichteten Pfeilecken. Var. *thyrsiflorus* Fing.: Blätter länger u. schmäler u. die Spiessecken zuweilen 2-3 spaltig. Sd. — Gemein, in feuchten Wäldern, auf Wiesen. Mai, Juni. — . . . . . Fig. 151, Sauerampfer, *R. Acetosa* L.
„ Äussere Perigonblätter der Frucht angedrückt, nicht zurückgeschlagen. Bei der Hauptform (*vulgaris* Koch) die grundständigen

Blätter spiessförmig, lanzettlich. Var. *integrifolius* Wallr.: Blätter nicht spiessförmig, in den Blattstiel verschmälert. Var. *angustifolius* Wallr.: Blätter lineal. Var. *multifidus* L.: Spiessecken 2-3 spaltig. Sd. — Gemein, in trockenen Wäldern, auf Sandfeldern. Mai, Juni. — . . . . *R. Acetosella* L.

3. Blätter meist mit Spiessecken. Blütenstände auffallend armblütig. Stengel niederliegend od. aufsteigend. Sd. — Häufig im Rheinthal u. seinen grösseren Nebenthälern, sonst bisweilen verwildert. Juni-Aug. — .
. . . . *R. scutatus* L.

„ Blätter spiesspfeilförmig; Nebenblätter ganzrandig. Stengel aufrecht. Sd. — Wälder höherer Gebirge. Juli, Aug. — . . . .
. *R. (montanus* Poir.) *arifolius* All.

4. Die 3 inneren Perigonblätter der weiblichen Blüten od. nur eins am Grunde ihrer Aussenseite eine deutliche Verdickung (Schwiele) zeigend
. . . . 7

„ Schwielen fehlend od. doch sehr undeutlich 5

Fig. 151. Rumex Acetosa.

5. Blattstiele rinnenförmig 6

„ „ auf der Oberseite flach. Innere Perigonblätter zuweilen mit undeutlichen Schwielen. Sd. — Chemnitz, Hamburg, selten in Ostfriesland u. Schleswig. Juli, Aug. — . *R. domesticus* Hartm.

6. Blätter spitz. Sd. — Zerstreut, in Teichen u. Gräben. Juli, Aug. —
. . . . *R. aquaticus* L.

„ Blätter an der Spitze stumpf abgerundet. Sd. — Riesengebirge, mährisches Gesenke. Juli, Aug. — . . . . . . *R. alpinus* L.

7. Innere Perigonblätter am Rande mit langen Zähnen 8

„ „ „ ganzrandig od. am Grunde etwas gezähnelt. 10

8. Zähne so lang wie ihre Perigonblätter. 1j. — Nicht selten, an Ufern u. nassen Stellen. Juli, Aug. — . . . *R. maritimus* L.

„ Zähne kürzer als ihre Perigonblätter 9

9. Innere Perigonblätter jederseits mit 2 Zähnen. 1j. — Wie vorige, zu der diese als Var. gestellt werden kann, aber nicht so häufig. —
. . . . *R. paluster* Sm.

„ Innere Perigonblätter jederseits mit 3 Zähnen. 1j. — Am Weichselufer, von Thorn bis Danzig. Juli, Aug. — . *R. ucranicus* Bess.

10. Innere Perigonblätter am Grunde mit pfriemlichen, deutlichen Zähnen 11

„ Innere Perigonblätter am Grunde schwach gezähnt od. ganzrandig. 12

11. Untere Blätter stumpf. Die 3 inneren Perigonblätter mit Schwielen. Var. *agrestis* Fr.: Innere Zipfel des Fruchtperigons beiderseits mit 3-5 langen, pfriemenförmigen Zähnen. Sd. — Häufig, an feuchten Stellen. Juli, Aug. — . . . *R. (silvester* Wallr.) *obtusifolius* L.

„ Untere Blätter spitz. Jedes der 3 inneren Perigonblätter od. nur eins geschwielt. — Sehr zerstreut, auf Wiesen. Juli, Aug. — .
. . . . *R. (crispus* X *obtusifolius) pratensis* M. u. K.

12. Innere Perigonblätter länglich 13

„ Innere Perigonblätter eiförmig-rundlich od. fast dreieckig . . 14
13. Scheintrauben bis fast zur Spitze beblättert. Jedes der 3 inneren
Perigonblätter eine Schwiele tragend. Sd. — Gemein, an feuchten
Stellen. Juli, Aug. — *R.* (*Nemolapathum* Ehrh.) *conglomeratus* Murr.
„ Scheintrauben nur am Grunde beblättert. Nur ein Perigonblatt mit
einer Schwiele. Sd. — Nicht selten, in feuchten Wäldern. Juli,
Aug. — . . . . *R.* (*nemorosus* Schrad.) *sanguineus* L.
14. Blattstiel rinnig. Blätter dünn. Sd. — Kulturpflanze aus Südeuropa. Juli, Aug. — . . . . . Ewiger Spinat, *R. patientia* L.
„ Blattstiele oberseits flach.
Blätter von mehr lederiger,
derber Beschaffenheit . . 15
15. Blätter mit deutlich krausem
Rande. Innere Perigonblätter
fast kreisförmig, gewöhnlich nur
eins mit Schwiele. Sd. — Gemein, an feuchten Orten. Juni-
Aug. — Fig. 152, *R. crispus* L.
„ Blattrand flach od. doch nur
schwach wellig. Mindestens
2 Perigonblätter mit Schwielen
. . . . 16
16. Innere Perigonblätter eiförmig,
aber nicht herzförmig. Sd. —
Nicht selten, an nassen Orten.
Juli, Aug. — . . . . . .
. .[*R. Hydrolapathum* Huds.
„ Innere Perigonblätter fast 3-

Fig. 152. Rumex crispus.

eckig, mit etwas herzförmigem Grunde. Sd. — Zerstreut, an nassen
Orten. Juli, Aug. — *R.* (*aquaticus* ✕ *Hydrolapathum*) *maximus* Schreb.

2. **Rheum,** Rhabarber. Sd.

0. Untere Blätter kreis-eiförmig mit unterseits gefurchten Stielen. —
Zierpflanze aus dem südlichen Sibirien. Mai, Juni. — *R. Rhaponticum*L.
„ Untere Blätter eiförmig, ihre Stiele nicht gefurcht. — Zierpflanze
aus Südostsibirien. Mai, Juni. — . . . . . . *R. undulatum* L.

3. **Polygonum.**

0. Der einfache, aufrechte Stengel nur eine Ähre resp. Traube tragend.
Fruchtknoten 3 narbig 1
„ Stengel verzweigt 2
1. Blattstiele mit flügelartigen Rändern. Blätter länglich-eiförmig, bis
länglich-lanzettlich, mehr od. minder wellig. Sd. — Häufig, auf
feuchten Wiesen. Juni, Juli. — . . Krebswurz, *P. Bistorta* L.
„ Blattstiele ungeflügelt, lanzettlich-eiförmige Blätter tragend. Sd. — An-
geblich bei Thorn u. früher bei Osterode. Juli, Aug. — *P. viviparum* L.
2. Stengel windend. Fruchtknoten eingrifflig 3
„ „ nicht windend 4
3. Früchte glänzend u. glatt, ihre Stiele etwa so lang wie das Perigon.
Stengel kahl. 1 j. — Häufig, in feuchten Gebüschen, an Hecken.
Juli-Herbst. — . . . . *P. dumetorum* L.
„ Früchte glanzlos, runzlig, ihre Stiele kürzer als das Perigon. Stengel
meist kurzbehaart. 1 j. — Gemein, auf bebautem Boden. Juli-
Herbst. — . . . . *P. Convolvulus* L.

4. Blütengruppen in den Achseln von Hochblättern, ährenförmige od.
traubenförmige Blütenstände bildend 5
„ Blütengruppen in den Achseln von Laubblättern, nicht od. nur selten
eine Anzahl derselben zu Blütenständen vereinigt. Var. *erectum* Rth.:
Stengel aufrecht. Blüten zu beblätterten Scheintrauben vereinigt.
Var. *monspeliense* Thiébaud: Blätter gross, elliptisch, deutlich gestielt.
Var. *neglectum* Bess.: Blätter lineal. 1j. — Sehr gemein, an Wegen
u. s. w. Juli-Herbst. — Wegetritt, Schweinegruse, *P. aviculare* L.
5. Scheintrauben dicht u. dick. Ganze Pflanze rauhhaarig mit
eiförmigen bis eiförmig-lanzettlichen Blättern, deren Stiele am Grunde
der gewimperten Tuten abgehen. Pflanze mit aufrechtem Stengel,
1 Meter u. darüber hoch. — Zierpflanze aus Indien u. China. Juli-
Herbst. — . . . . *P. orientale* L.
„ Meist kleiner als 1 Meter 6
6. Stengel kriechend. Blattstiele über der Mitte der Tuten befestigt.
Blätter länglich lanzettlich, entweder schwimmend u. langgestielt, kahl
(*natans* Mnch.) od. kurzgestielt, behaart u. dann landbewohnenden
Exemplaren angehörend (*terrestre* Leers mit aufrechtem u. *coenosum*
Koch mit wurzelndem, aufsteigendem Stengel). Am Meeresstrande sind
die Blätter schmal u. wellig (*maritimum* Dethard.). Sd. — Häufig,
in Gräben, Teichen, an feuchten Orten. Juni-Sept. — *P. amphibium* L.
„ Stengel meist aufrecht. Die kurzen Blattstiele gehen unter der
Mitte der Tuten ab 7
7. Scheintrauben dicht u. dick. Blüten meist 6 männig . . . 8
„   „   locker u. schlank 9
8. Perigon drüsig-rauh. Tuten kurz gewimpert. Knoten oft stark verdickt
(*nodosum* Pers.) u. Blätter zuweilen unten filzig (*incanum* Schmidt). Var.
prostratum Wimmer: Stengel meist niedergestreckt, sehr ästig, mit stark
verdickten Gelenken; Blätter kreis-eiförmig bis eiförmig-länglich. 1j.
— Gemein, an feuchten Orten. Juli-Sept. — *P. lapathifolium* L.
„ Perigon drüsenlos. Tuten lang-gewimpert. Var. *ruderale* Meissner:
Stengel niederliegend, ausgebreitet-ästig. Var. *incanum* Aschs.: Blätter
unterseits weisslich-filzig. 1j. — Wie vorige. — *P. Persicaria* L.
9. Perigon deutlich drüsig-
punktiert, meist 4 blättrig.
Tuten kurz-gewimpert. Var.
angustifolium A. Br.: Blätter
lineal-lanzettlich. Var. *obtusi-
folium* A. Br.: Blätter eiförmig
od. selbst verkehrt-eiförmig,
abgerundet-stumpf. 1j. —Wie
vorige. — Fig. 153, Wasser-
pfeffer, *P. Hydropiper* L.
„ Perigon nicht od. undeutlich
drüsig-punktiert, 5 blättrig;
Tuten lang-gewimpert . 10
10. Blüten 6 männig. Blätter
am Grunde spitz. — Zerstreut,
an feuchten Orten. Juli-Okt.—
. . . . *P. (laxi-
florum* Weihe) *mite* Schrank.

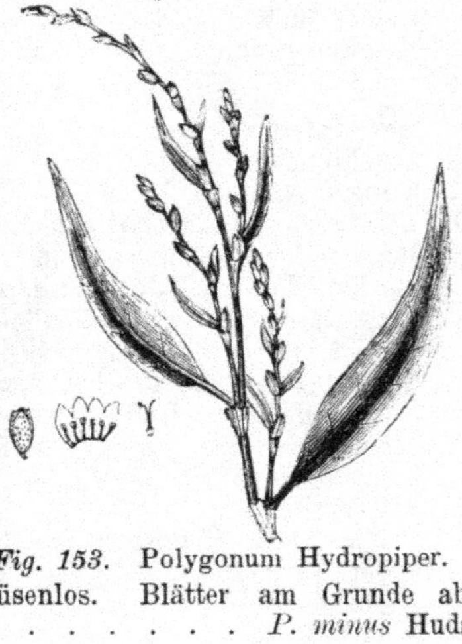

Fig. 153. Polygonum Hydropiper.

„ Blüten 5 männig. Perigon drüsenlos. Blätter am Grunde abgerundet. — Wie vorige. — . . . . *P. minus* Huds.

4. Fagopyrum. 1j.

'0. Fruchtkanten scharf u. ganzrandig. — Kulturpflanze aus Mittelasien, oft verwildert. Juni-Aug. — . . . .
Buchweizen, (*Polygonum Fagopyrum* L.), *F. esculentum* Mnch.

„ Fruchtkanten stumpf u. ausgeschweift. — Stammt aus Sibirien, mit der vorigen zuweilen verschleppt. Juli-Sept. — . . . . .
. . . . . . (*Polygonum tataricum* L.), *F. tataricum* Gaertn.

4. Centrospermae.

IX. Fam. Chenopodiaceae.

Blüten 1geschlechtig od. zwitterig, mit 3-5spaltigem od. -teiligem od. auch fehlendem Perigon, welches sich an der Frucht oft vergrössert; 1-5 Staubblätter; Fruchtknoten 1eiig, mit 2-4 Narben. Laubblätter ohne Nebenblätter. — Vergl. Fig. 154.

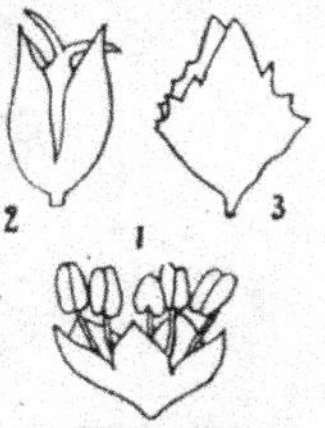

0. Blüten zwitterig 1
„ „ eingeschlechtig 8
1. Stengel aus Gliederstücken bestehend, blattlos. Blüten 2männig . . . . . . 3. Salicornia.
„ Stengel beblättert. Blüten 5männig . . . 2
2. Blätter fast schuppenförmig, stachelspitzig . 3
„ „ flach od. lineal 4
3. Staubblätter in allen Blüten 5 . . 2. Salsola.
„ „ in den oberen Blüten 1-2, in den unteren 5 . . . . . . 4. Corispermum.
4. Blätter lineal od. doch sehr schmal . . . 5
„ „ breiter 6
5. Zur Fruchtzeit besitzt jedes Perigonblatt auf dem Rücken einen queren Flügel . . . 5. Kochia.
„ Zur Fruchtzeit besitzt das Perigon 5 dornige Anhängsel . . . . . . 6. Echinopsilon.
„ Perigon ohne Anhängsel . . . . 1. Chenopodina.
6. Perigon am Grunde mit dem Fruchtknoten verschmolzen. 9. Beta.
„ Fruchtknoten ganz frei 7
7. Perigon 5teilig, zur Fruchtzeit sich nicht verändernd . . . . . 7. Chenopodium.
„ 3-5teiliges Perigon, zur Fruchtzeit sehr fleischig werdend u. die Frucht beerig machend . . . . 8. Blitum.
8. Männliche Blüten mit 5 bis vielen Staubblättern 9
„ „ „ „ 4 Staubblättern . . . . . 10. Spinacia.
9. Blätter durchaus ganzrandig, länglich bis lanzettlich-spatelig, ganz weiss-mehlig bereift . . . . 11. Obione.
„ Blätter meist mehr od. minder gezähnt u. schwach gelappt, aber auch ganzrandig grün . . . . 12. Atriplex.

Fig. 154.
1. Männl. Blüte, 2. weibl.Blütemit ihrer Hochblatthülle, beide von Atriplex patulum. — 3. Hochblatthülle von Atriplex roseum.

1. Chenopodina. 1j.
Meeresstrand u. Salzorte des Binnenlandes. Aug., Sept. — (*Suaeda maritima* Dumort., *Chenopodium maritimum* L.), *C. maritima* Moq. Tand.

2. Salsola. 1j.
Blätter pfriemlich mit dorniger Spitze. Var. *tenuifolia* Moq.-Tand.: Untere Blätter dünn, fadenförmig. — Sandstrand am Meere; im Binnenlande sehr zerstreut; fehlt z. B. in Schlesien, bei Berlin sehr häufig. Juli, Aug. — . . . . Fig. 155, Salzkraut, *S. Kali* L.

3. Salicornia. 1 j.

Am Meere u. hin u. wieder an Salzorten des Binnenlandes. Aug., Sept. —
. . . . Fig. 156, Glasschmalz, Krückfuss, *S. herbacea* L.

Fig. 155. Salsola Kali.   *Fig. 156.* Salicornia herbacea.

4. Corispermum. 1 j.

0. Perigon fehlend. — Sandstrand des Meeres von Danzig bis Memel.
Aug. — . . . . *C. intermedium* Schweigg.
„ Perigon 2 blättrig. — Selten, aus Südeuropa verschleppt. Aug.,
Sept. — . . . . *C. hyssopifolium* L.

5. Kochia. 1 j.

Sandorte am Mittelrhein. Aug.-Okt. — . . . . *K. arenaria* Rth.

6. Echinopsilon. 1 j.

Meeresstrand von Schleswig-Holstein. Aug., Sept. — . . . . . .
. . . . (*Salsola hirsuta* L.), *E. hirsutus* Moq. Tand.

7. Chenopodium, Melde. Sd. u. 1 j.

0. Blätter ganzrandig . . . 1
„ „ nicht ganzrandig. . 3
1. Pflanze meist gleichsam mit
   mehligem Staube bedeckt . 2
„ Pflanze grün, nicht bestäubt.
   Blätter eiförmig. Entweder die
   Pflanze ausgebreitet-ästig u. die
   Blätter meist stumpf (*cymosum*
   Chevalier) od. der Stengel weniger
   verästelt, die Blätter meist spitz.
   1 j. — Meist nicht selten, auf
   feuchten Äckern,Gartenland u.s.w.
   Juli-Sept. — *C. polyspermum* L.
2. Blätter 4 eckig-eiförmig. Riecht
   nach Heringslake. 1 j. — Zerstreut, namentlich an Wegen.
   Juli-Sept. — Schamkraut u. dgl.,
   C. (*olidum* Curt.) *Vulvaria* L.
„ Blätter 3 eckig, am Grunde mit
   wagerecht abstehenden Lappen.

Fig. 157.
Chenopodium Bonus Henricus.

Sd. — Gemein, an Dorfstrassen, auf Schutt. Mai-Aug. — . . .
. . . . . . Fig. 157, Guter Heinrich, *C. Bonus Henricus* L.
-3. Der eine Same des Fruchtknotens wagerecht in demselben liegend. 5
„ Ein Teil der Blüten mit in dem Fruchtknoten der Länge nach
  aufrecht stehendem Samen 5
-4. Blätter unterseits blaugrün, mehlig bestäubt, länglich. 1 j. —
  Häufig, an feuchten Dorfstellen, Salzquellen, Flussufern u. s. w.
  Juli-Herbst. — . . . . *C. glaucum* L.
„ Blätter nicht bestäubt, meist fast spiessförmig-3lappig. Var.
  blitoides Lejeune: Blätter lang zugespitzt. Var. *crassifolium*
  Hornemann: Blätter breiter, kürzer, etwas fleischig. 1 j. — Häufig,
  an Dorfstrassen, auf Äckern u. Schutt, an Salzquellen u. Fluss-
  ufern. Juli-Herbst. — . . . . *C. rubrum* L.
5. Blätter wenigstens auf der Unterseite drüsig 6
„ „ kahl, drüsenlos 7
6. „ fast fiederspaltig, drüsig-klebrig, mit weichen Haaren. 1 j.
  — Stammt aus Süddeutschland, bei uns nicht häufig verwildert.
  Juli, Aug. — . . . . *C. Botrys* L.
„ Blätter ungleich gezähnt, lanzettlich, unterseits drüsig. 1 j. —
  Zuweilen verwildernde Kulturpflanze aus dem tropischen Amerika.
  Juni-Sept. — . . Mexikanisches Theekraut, *C. ambrosioides* L.
7. Blätter am Grunde herzförmig, nicht bestäubt, grob-buchtig gezähnt.
  1 j. — Häufig, auf bebautem Boden. Juli, Aug. — *C. hybridum* L.
„ Blätter am Grunde wie abgeschnitten od. verschmälert . . 8
-8. Samen nicht glänzend. Blätter eiförmig-4eckig, spitz. Die Blütenknäuel locker-rispig, fast trugdoldig zusammenstehend. 1 j. —
  Gemein, auf Schutt u. s. w. Juli-Herbst. — . . *C. murale* L.
„ Samen glänzend. Die Blütenknäuel in aufrechten Scheinähren. 9
9. Blätter glänzend, 3eckig, spitz, zuweilen buchtig-gezähnt (*melano-
  spermum* Wallr.). Scheinähren steif-aufrecht dem Stengel angedrückt.
  1 j. — Zerstreut, in Dörfern u. s. w. Aug., Sept. — *C. urbicum* L.
„ Blätter glanzlos 10
10. Samen grubig-punktiert. Seitenränder des mittleren, fast ganzrandigen Blattlappens beinahe parallel. 1 j. — Seltene Ruderalpflanze. Juli, Aug. — . . . . *C. ficifolium* Sm.
„ Samen fein punktiert 11
11. Mittlerer Blattlappen nur wenig länger als die seitlichen. Untere
  Blätter fast 3lappig, im ganzen kreisförmig. 1 j. — Zerstreute
  Ruderalpflanze. Juli-Herbst. — . . . . . *C. opulifolium* Schrad.
„ Untere Blätter etwa doppelt so lang als breit. Bei der Hauptform
  (*spicatum* Koch) die Blüten zu dichten aufrechten Scheinähren
  geordnet. Var. *viride* L.: Blütenstände locker-rispig. Var. *lanceolatum* Mühlenberg: Blätter länglich-lanzettlich bis lanzettlich;
  Blüten in unterbrochenen Scheinähren. 1 j. — Gemeine Ruderalpflanze. Juli-Herbst. — . . . . *C album* L.

8. Blitum, Erdbeerspinat. 1 j.

-0. Die Blütenknäuel stehen in den Blattachseln. — Kulturpflanze
  aus Süddeutschland. Juni-Aug. — . . . . . *B. virgatum* L.
„ Die Blütenknäuel setzen eine endständige, unbeblätterte Scheinähre
  zusammen. — Seltenere Kulturpflanze aus Südeuropa. Juni-Aug. —
  . . . . *B. capitatum* L.

9. Beta. Sd., 1- u. 2j.

0. Stengel aufrecht. Narben eiförmig. Bei der Stammart *(foliosa* Ehrenb.)
unserer Kulturrassen die Wurzel etwa so dick wie der Stengel.
Var. *Cicla* L.: Wurzel cylindrisch, dick. Var. *rapacea* Koch: Wurzel
rübenförmig, dick. 1- u. 2j. — Kulturpflanze von den Küsten Süd-
europas. Juli-Sept. — Runkelrübe, Rote Rübe, Mangold, *B. vulgaris* L.
„ Stengel niedergestreckt. Narben lanzettlich. Sd. — Am Ufer der
Nordsee? Sommer. — . . . . *B. maritima* L.

10. Spinacia, Spinat. 1- u. 2j.

0. Zipfel der Blütenhülle zur Fruchtzeit vergrössert, hornig-stachelig
verhärtet. — Kulturpflanze aus dem Orient. Juni-Sept. — . . . .
. . . *S. (spinosa* Mnch.) *oleracea* L.
„ Zipfel der Blütenhülle zur Fruchtzeit
klein, wehrlos. — Wie vorige, zu der
sie als Abart gestellt werden kann. —
. . *S. (glabra* Mill.) *inermis* Mnch.

11. Obione. Str. u. 1j.

0. Pflanze fast strauchig. Das unter den
Vorblättern der Blüten befindliche
Stengelglied nicht verlängert. — Ufer
der Nordsee. Juli, Aug. — *(Atriplex por-*
tulacoides L.), *O. portulacoides* Moq. Tand.
„ Pflanze krautig. Das unter den Vorblättern der Blüten befindliche Stengelglied verlängert. 1j. — Zerstreut, an
der Meeresküste u. auf Salzwiesen des
Binnenlandes. Aug.-Herbst. — . .
. . . . . Fig. 158, *(Atriplex pe-*
dunculata. L), *O. pedunculata* Moq. Tand.

Fig.158. Obione pedunculata.

12. Atriplex, Melde. 1j.

Während die männlichen Blüten dieser Gattung ein 5 blättriges
Perigon besitzen, wird die verhältnismässig grosse, 2 blättrige Blüten-
resp. Fruchthülle der weiblichen Blüten aus Vorblättern bestehend
betrachtet, mit der Annahme, dass hier das (übrigens in seltenen
Fällen erscheinende) Perigon verkümmert sei. — Vergl. Fig. 154.

0. Vorblätter der weiblichen Blüten am Grunde kaum verbunden, nur
etwas am Blütenstiel herablaufend u. dort verwachsen 1
„ Vorblätter mit ihren Rändern unten deutlich verwachsen, sodass
sie eine Tasche bilden 2
1. Blätter oben u. unten gleichartig grün u. glanzlos. Früchte etwa so
lang wie ihre Stiele. — Gebaut u. verwildert. Juli, Aug. — *A. hortense* L.
„ Blätter oben glänzend, unten silberweiss mit Schülferchen. Früchte
länger als ihre Stiele. Bei der als Gemüse gebauten Var. *sativum*
Aschs. die Blätter glanzlos, beiderseits ziemlich gleichfarbig, die
unteren herzförmig-3 eckig, spitzlich. — Sehr zerstreute Ruderalpflanze. Juli, Aug. — . . . . *A. nitens* Schkuhr.
2. Vorblätter bis über die Mitte mit einander verwachsen . . 3
„ „ nur am Grunde, höchstens bis zur Mitte mit einander
verwachsen 5
3. Endständige Scheinähren mit dichtgedrängten Knäueln, od. doch
blattlos 4

„ Scheinähren beblättert u. unterbrochen. — Zerstreute Ruderalpflanze. Juli, Aug. — . Fig. 154 [3], *A.* (*album* Scop.) *roseum* L.
4. Vorblätter oft fast ganzrandig. Scheinähre mehr locker. — Z. B.
Berlin, Königsberg, Prag, Ratibor, Stettin, Sülz u. Warnemünde:
meist verschleppt. Juli, Aug. — . . . . *A. tataricum* L.
„ Vorblätter gezähnt, oft fast 3lappig. Scheinähre dicht. — Am Sand-
strand der Nordseeinseln u. der Westküste von Schleswig-Holstein.
Aug., Sept. — . *A.* (*crassifolium* Godr. u. Gren.) *laciniatum* L.
5. Blätter, auch die unteren, fast lineal, höchstens etwas lanzettlich,
scharfgezähnt od. ganzrandig. Fruchthülle gezähnt. Var. *marinum*
Detharding: Blätter breit, buchtig-gezähnt. Var. *angustissimum*
Marsson: Blätter sehr schmal, halbstielrund. — Meeresufer. Juli,
Aug. — . . . . *A. litorale* L.
„ Blätter sich mehr der Eiform nähernd, spiessförmig od. breit
lanzettlich 6
6. Vorblätter bis zur Mitte verwachsen. — Stellenweise an der Ostseeküste. Aug., Sept. — . *A.* (*crassifolium* Fr.) *Babingtonii* Woods.
„ Vorblätter nur am Grunde verbunden 7
7. Untere Blätter fast pfeilförmig, tief-buchtig-gezähnt. Vorblätter
tief eingeschnitten, pfriemlich gezähnt. — Sehr selten, namentlich an
der Ostsee, auf Schutt, an Wegen. Juli, Aug. — *A. calotheca* Fr.
„ Untere Blätter nie pfeilförmig, höchstens spiessförmig . . . 8
8. Untere Blätter deutlich lanzettlich. Bei der Hauptform (*angustifolium* Sm.) die Scheinähren locker, meist unverzweigt, die Vorblätter grösser als die Frucht. Var. *erectum* Huds.: Scheinähren
dicht rispig; Vorblätter so gross wie die Frucht. Var. *angustissimum* W. Gr.: Blätter lineal-lanzettlich. — Gemeine Ruderalpflanze. Juli, Aug. — . . . . Fig. 122 [1] u. [2], *A. patulum* L.
„ Untere Blätter breiter 9
9. Vorblätter der Frucht 4eckig bis eiförmig, ganzrandig. Untere
Blätter eiförmig-lanzettlich, schwach spiessförmig. Bei Var. *campestre* Koch u. Ziz.: Blätter lanzettlich, die oberen lineal. — Selten,
auf trockenen Hügeln, an Wegen, im Rhein- u. unteren Nahethal,
Provinz u. Königreich Sachsen, Prag, Landsberg a. W. Juli,
Aug. — . . . *A.* (*tataricum* vieler Autoren) *oblongifolium* W. K.
„ Vorblätter der Frucht 3eckig, ganzrandig od. gezähnelt. Untere
Blätter deutlich 3eckig-spiessförmig. Var. *longipes* Drej.: Untere
u. mittlere Blätter am Grunde verschmälert; Vorblätter sehr gross,
am Grunde kurzgezähnt. Var. *microspermum* W. Kit.: Vorblätter
so gross wie die Frucht. Var. *oppositifolium* D. C.: Pflanze
schülferig-grau u. Blätter meist 3eckig, ohne Spiessecken. —
Häufige Ruderalpflanze. Juni-Aug. — . . . .
. . . . . . *A* (*patulum* Sm., *latifolium* Whlnbg.) *hastatum* L.

X. Fam. Amarantaceae.

Trockenhäutiges, 3-5blättriges Perigon u. Hochblätter meist übereinstimmend bunt gefärbt. Im Übrigen im grossen und ganzen wie
bei der vorigen Familie.
0. Blätter pfriemlich-lineal, mit weisser Spitze. . **3. Polycnemum.**
„   „   breiter 1
1. Hochblätter begrannt. Frucht quer aufspringend. **2. Amarantus.**
„   „   unbegrannt. „ nicht „ . . **1. Albersia.**

1. Albersia. 1 j.

Zerstreute Ruderalpflanze. Juli, Aug. — . . . .
. . . . *(Amarantus Blitum L.), A. blitum* Kth.

2. Amarantus, Amarant, Fuchsschwanz. 1 j.
0. Blüten grünlich 1
„ „ purpurn 2
1. „ 3 männig. — An Wegen u. dergl. bei Prag. Juli-Sept. —
. . . . *A. silvestris* Desf.
„ Blüten 5 männig. — Zerstreute Ruderalpflanze. Juli-Sept. — . .
. . . . *A. retroflexus* L.
2. Der überhängende, endständige, ährig-rispige Blütenstand mehrmals länger als die seitlichen Blütenstände. — Zierpflanze aus
Ostindien. Juni-Sept. — . . . . *A. caudatus* L.
„ Der aufrechte, endständige Blütenstand etwa 2 mal so lang als die
übrigen Blütenstände. — Nicht selten verwilderte Zierpflanze aus
Ostindien. Juni-Herbst. — . . . . *A. panniculatus* L.

3. Polycnemum, Knorpelkraut. 1 j.
0. Die unter den Blüten stehenden Hochblätter so lang wie das
Perigon. Var. *Heuffelii* Lang : Blätter dünn, fadenförmig bis
fast haarfein, meist zurückgekrümmt. — Zerstreut, auf Sandäckern.
Juli, Aug. — . . . . *P. arvense* L.
„ Die unter den Blüten stehenden Hochblätter länger als das Perigon.
— Selten, in Mitteldeutschland. Juni-Aug. — . *P. majus* A. Br.

XI. Fam. Nyctaginaceae.

Theoretische Morphologen bezeichnen — aus nicht näher zu er-
örternden Gründen — den äusseren kelchartigen Blattkreis unter den
Blumen als Hochblattkreis.

Mirabilis, Jalappe. Sd.
0. Blumen kurzgestielt. Abschnitte der kelchartigen Hülle 3 eckig-
lanzettlich. Perigon kahl, purpurn, weiss, gelb od. bunt. — Zierpflanze aus Peru. Juli-Sept. — . . . . *M. Jalapa* L.
„ Blumen sitzend. Abschnitte der Hülle lineal. Perigonröhre sehr
lang, drüsenhaarig, wie auch die ganze Pflanze. — Zierpflanze
aus Mexiko. Juli-Sept. — . . . . *M. longiflora* L.

XII. Fam. Caryophyllaceae.

Blüten 4-5 zählig, mit Kelch u. Krone, od. letztere abortiert.
Staubblätter so viele od. 2 mal so viele als Kronenblätter, od. weniger.
Früchte — wie dies als Regel für die Centrospermen überhaupt gilt
— 1 fächrig mit einem od. vielen Samen auf einer mittelständigen
Placenta. Laubblätter meist lineal und gegenständig.
0. Frucht 1 samig . . . . a) **Paronychieae.**
„ „ vielsamig 1
1. Kelch aus freien Blättern bestehend . . . . . b) **Alsineae.**
„ „ röhrig od. Blätter desselben am Grunde miteinander verbunden . . . . c) **Sileneae.**

a) Paronychieae.
0. Blüten 3 männig . . . . 4. Polycarpon.
„ „ mit mindestens 5 fruchtbaren Staubblättern . . . 1

1. Fruchtknoten 3 grifflig. Blätter wechselständig. Blumenblätter
   kreisförmig-länglich . . . . 1. **Corrigiola.**
   „ Fruchtknoten 1-2 grifflig. Blätter gegenständig. Blumenblätter
   fehlend od. fadenförmig 2
2. Blätter schmal-lineal, ohne Nebenblätter . . . 5. **Scleranthus.**
   „ „ breiter 3
3. Kelchblätter grün, einfach, flach . . . . 2. **Herniaria.**
   „ „ weiss, knorpelig-schwammig, begrannt. 3. **Illecebrum.**

1. Corrigiola. 1 J.

Sehr zerstreut, auf sandigen, feuchten Plätzen, an Ufern. Juli-Sept.—
. . . . Hirschsprung, *C. litoralis* L.

2. Herniaria. Sd.

0. Blätter fast, Kelche ganz kahl. Var. *puberula* Peterm.: Pflanze
   kurz-weichhaarig. — Gemein, an sandigen, trockenen Orten. Juni-
   Herbst. — . . . . Fig. 159, *H. glabra* L.
   „ Stengel, Blätter u. Kelche behaart 1
1. Kelchblätter kurzhaarig u. borstig-stachelspitzig. — Nicht gerade
   häufig, auf Sandfeldern u. an Ufern des südlichen Gebiets. Juli-
   Herbst. — . . . . *H. hirsuta* L.
   „ Kelchblätter gleichmässig behaart. — Auf der Mainspitze. Mai.
   Juni. — . . . . *H. incana* Lmck.

Fig. 159. Herniaria glabra.   *Fig. 160.* Illecebrum verticillatum.

3. Illecebrum. Sd.

Sehr zerstreut, auf feuchtem Sandboden. — . . . .
. . . . Fig. 160, Knorpelblume, *I. verticillatum* L.

4. Polycarpon. 1 j.

Selten, aus Süddeutschland eingewandert. Aug., Sept. — . . . .
. . . . *P. tetraphyllum* L. fil.

5. Scleranthus, Knäuel. Sd. u. 1-2 j.

0. Perigon mit einem sehr schmalen, undeutlichen, weissen Rande,
   bei der Frucht abstehend. Var. *verticillatus* Tausch: Pflanze grösser
   mit längeren Blättern u. lockerer Verzweigung. Var. *biennis* Reuter:
   Kelchzipfel breiter, kürzer od. so lang wie die Kelchröhre. 1-2 j. —
   Sehr gemein, auf Äckern. Mai-Okt. — . . . . . *S. annuus* L.

„　Perigon mit breitem, weissem Rande, der Frucht anliegend. Var.
laricifolius Rabenhorst: Blätter länger, Blütenstand lockerer. Sd.
— Häufig, besonders auf Sand-
boden. Mai-Okt. — . . . . .
. . Fig. 161, *S. perennis* L.

b) Alsineae.

0.　Blätter mit weissen, dünnen,
trockenhäutigen Nebenblättern. 1
„　Blätter ohne Nebenblätter　.　2
1.　Fruchtknoten mit 5 Griffeln.
5-10 Staubblätter. Laubblätter
scheinbar quirlständig, indem
die Blätter des Hauptstengels in
ihren Achseln Zweige mit sehr
verkürzten Internodien (Kurztrieben) tragen . **2. Spergula.**
„　Fruchtknoten mit 3, auch 5
Griffeln. Meist 10 Staubblätter

Fig. 161. Scleranthus perennis.

. . . . **3. Spergularia.**
2.　Fruchtknoten mit 4 Griffeln 3
„　　　„　　　„　3 od. 5 Griffeln 5
3.　Blumenblätter ganz . . . . **10. Moenchia.**
„　　　„　　an der Spitze ausgerandet (C. tetrandrum). | 12. Ce-
4.　Einschnitt der Blumenblätter nicht bis über ihre Mitte gehend. | rastium.
„　Blumenblätter fast bis zum Grunde geteilt. . . **11. Malachium.**
5.　3 Griffel 7
„　5　„ 6
6.　Blumenblätter ausgerandet bis 2 teilig　. 4
„　　　　„　ganz. Blätter fast nadelförmig pfriemlich. **1. Sagina.**
7.　　„　nur schwach ausgerandet od. ganz 8
„　　　„　gezähnt, ausgerandet od. 2 lappig-teilig　. . . 11
8.　Stengel u. die saftigen, eirunden Blätter u. Kelchblätter dick-
fleischig . . . . **4. Honckenya.**
„　Stengel u. Blätter krautig 9
9.　Blätter gestielt, eirund, spitz, mit 3-5 deutlichen Hauptnerven . .
. . . . **6. Moehringia.**
„　Blätter sitzend, meist lineal 10
10.　Kapsel nur in der Mittellinie der Fruchtblätter, also mit 3 Klappen
aufspringend. Blätter fast nadelförmig-pfriemlich . . **5. Alsine.**
„　Kapsel in der Mittellinie u. am Rande der Fruchtblätter, also mit
6 Klappen aufspringend . . . . **7. Arenaria.**
11.　Blumenblätter an der Spitze gezähnt . . . . . **8. Holosteum.**
„　　　　„　tief ausgerandet od. 2 teilig　. . . **9. Stellaria.**

1. Sagina. Sd. u. 1 j.

0.　4 Kelch- u. Blumenblätter　. 1
„　5　„　　　„ 3
1.　Fruchtstiele hakig herabgekrümmt. Blumenblätter etwa 3-4 mal
kürzer als die Kelchblätter. Sd. — Gemein, an feuchten, namentlich sandigen Orten. Mai-Herbst. — Fig. 162, *S. procumbens* L.
„　Fruchtstiele aufrecht. Blumenblätter sehr klein, oft fehlend. Blätter
oft gewimpert 2

2. Blätter am Grunde gewimpert. Die 2 äusseren Kelchblätter stachelspitzig. Var. *ciliata* Fr.: Blütenstiele nach dem Verblühen hakenförmig herabgekrümmt, später wieder aufrecht. 1j. — Hin u. wieder, an feuchten Örtlichkeiten. Mai-Juli. — . . *S. apetala* L.

„ Blät. zuweilen gewimpert, fleischig. Kelchblätter stumpf. 1j. — Am Seestrande u. an den Salinen bei Gross-Salze in Provinz Sachsen. Mai-Aug. — . *S. maritima* Don.

3. Laubblätter kahl, schmal-lineal, kurz-stachelspitzig. Kapsel fast 2 mal so lang als der Kelch. Kelchblätter etwas länger als die Kronenblätter, bei *macrocarpa* Rchb. gleichlang. Sd. — An dünn begrasten, felsigen Berglehnen der schlesischen Gebirge. Juni, Juli. — . . . . *(Spergula saginoides* L.), *S. Linnaei* Presl.

Fig. 162.   Sagina procumbens.

„ Laubblätter am Rande etwas behaart, lineal-pfriemlich, begrannt. Kapsel wenig länger als der Kelch. Kelch und Krone gleichlang. Sd. — Sehr zerstreut, auf sandigen Brachäckern; fehlt z. B. in der Rheinprovinz. Juli, Aug. — . *S. subulata* Torr. u. Gray.

„ Laubblätter lineal-fadenförmig, kurz-stachelspitzig. Kronblätter 2 mal so lang als der Kelch. Var. *pubescens* Koch: Pflanze drüsig behaart. Sd.—Hin u. wieder, auf namentlich kalkigem, feuchtem Sandu. Moorboden. Juni-Aug. — *(Spergula nodosa* L.), *S. nodosa* Fenzl.

2. Spergula. 1j.

0. Blätter auf der Unterseite mit einer Längsfurche. Der linsenförmige Same besitzt einen sehr schmalen u. glatten Flügelrand; bei *sativa* Bönngh. ist der erstere samtschwarz, kahl, von sehr feinen Punkten rauh, bei *vulgaris* Bönngh. mit weisslichen, zuletzt braunen Warzen besetzt, bei *maxima* Weihe ebenso, aber etwa 2-3 mal grösser. 1j. — Gemein, auf Sandboden. Juni-Herbst. — . . Fig. 163, Spark, Spergel, *S. arvensis* L.

„ Blätter unterseits ungefurcht . 1

1. Blumenblätter oval, stumpf. Bräunlichweisser Flügelrand des Samens etwa $\frac{1}{2}$ so breit wie das Mittelfeld. — Stellenweise, namentlich auf Sandboden. Apr.-Juni. — . . . . . *S. Morisonii* Boreau.

Fig 163.   Spergula arvensis.

„ Blumenblätter lanzettlich, spitz. Schneeweisser Flügelrand des Samens etwa so breit wie das Mittelfeld. — Selten, an trockenen Standorten. Apr., Mai. — . . . . *S. pentandra* L.

3. **Spergularia.** Sd., 1- u. 2 j.

0. Kelchblätter trockenhäutig, weiss, mit starkem, grünem Mittelnerv.
Stengel aufrecht. 1 j. — Selten, namentlich unter der Saat; fehlt
z. B. in Schlesien u. Böhmen. Juni, Juli. — . . . .
. . . . (*Alsine segetalis* L.), *S. segetalis* Fenzl.

„ Kelchblätter krautig, grün, nur am Rande trockenhäutig. . . 1

1. Samen glatt, alle mit strahlig-gestreiftem, weissem Flügel. Blüten
ohne Deckblätter. Sd. — Meeresufer u. nicht häufig an Salzorten
des Binnenlandes. Juli-Sept. — . . . .
. . . . (*Arenaria media* L.), *S. marginata* P. M. E.

„ Samen warzig punktiert. Deckblätter der Blüten laubblattartig, od.
schuppenförmig, od. fehlend 2

2. Kapsel so lang wie der Kelch. Blätter
stachelspitzig. Deckblätter der Blüten
laubblattartig. Var. *glabrata* Kabath:
Kelch u. Blütenstiele, bisweilen die
ganze Pflanze kahl. 1-2 j. auch Sd. —
Häufig, an sandigen Orten. Mai-
Sept. — Fig. 164, (*Arenaria rubra*
Var. *campestris* L.), *S. rubra* Presl.

„ Kapsel länger als der Kelch. Blätter
mehr stumpf, fleischig. 1- u. 2 j. —
Am Meeresufer u. an salzigen Stellen
des Binnenlandes. Mai-Sept. — . . . .
. . . . . (*Arenaria rubra* Var. *marina* L.), *S. salina* Presl.

Fig. 164. Spergularia rubra.

4. **Honckenya.** Sd.

Am Seestrande; nur sehr selten an Salzstellen des Binnenlandes. Juni,
Juli. — Fig. 165, See-Portulak, (*Arenaria peploides* L.), *H. peploides* Ehrh.

5. **Alsine.** Sd. u. 1 j.

0. Kronenblätter mindestens so lang
wie die Kelchblätter. Stengel rasig. 1

„ Kronenblätter kürzer als die Kelchblätter. Stengel einzeln . . 2

1. Kelchblätter grün, am Rande häutig.
Sd. — Selten, an steinigen Orten.
Mai, Juni, auch im Herbst. — . .
(*Arenaria verna* L.), *A. verna* Bartl.

„ Kelchblätter weiss, beinahe knorpelig, mit grünem Mittelstreifen.
Sd. — Nur in Böhmen u. nicht
häufig. Juli, Aug.—*A. setacea* M. u. K.

2. Kelchblätter ungleich, sehr spitz.
1 j. — Selten, an sandigen Orten.
Juli, Aug. — *A. Jaquini* Koch.

„ Kelchblätter gleichgestaltet . 3

Fig. 165. Honckenya peploides.

3. Pflanze fast ganz kahl. Kelch-
blätter eilanzettlich. 1 j. — Zerstreut, auf Äckern. Mai, Juni. —
. . . . (*Arenaria tenuifolia* L.), *A. tenuifolia* Whlnbg.

„ Pflanze sehr deutlich feinhaarig-drüsig, selten kahl (*glabra* Marsson).
Kelchblätter lanzettlich-pfriemlich. 1 j. — Zerstreut, auf Feldern.
Mai, Juni. — . . . . *A. viscosa* Schreb.

6. Moehringia. 1j.

Fast gemein, namentlich in Gebüschen. Mai, Juni. —. . . . . . .
. . . . . Fig. 166, (*Arenaria trinervia* L.), *M. trinervia* Clairv.

Fig. 166. Moehringia trinervia.   *Fig. 167.* Arenaria serpyllifolia.

7. Arenaria. Sd. u. 2j.

0. Kelch länger als die Krone. Kapsel derb, am Grunde bauchig
aufgeblasen, oben verschmälert. Var. *leptoclados* Rchb.: Stengel
steifer u. dünner; Kelche kleiner; Kapsel dünnwandig, walzig-kegel-
förmig, am Grunde nur wenig erweitert. Var. *viscida* Loisl.:
Stengel oberwärts drüsig-behaart. 1- u. 2j. — Gemein, namentlich
auf Äckern u. s. w. Mai-Herbst. — Fig. 167, *A. serpyllifolia* L.
„ Kelch kürzer als die Krone. Sd. — In der Dallnitz bei Lyck.
Juni, Juli. —. . . . . *A. graminifolia* Schrad.

8. Holosteum. 1j.

Stengel unten kahl, oberwärts drüsenhaarig. Var. *Heuffelii* Wierzb.: Pflanze
vielstengelig, bis 30 cm hoch, stark
klebrig-drüsig. — Gemein, Äcker, auf
Sand. März-Mai. — . . Fig. 168,
Ackernäglein (wie auch andere Arten
dieser Fam.), Spurre, *H. umbellatum* L.

9. Stellaria. Sd. u. 1j.

0. Fruchtknoten am Grunde abge-
rundet 2
„ Fruchtknoten am Grunde ver-
schmälert 1
1. Kelchblätter länger als die Blumen-
blätter. Var. *bracteata* Richter:
Hochblätter meist laubblattartig;
Stengel 15-30 cm lang. Sd. — An
Quellen, Bächen, auf sumpfigem
Waldboden. Juni, Juli. — *S. (graminea* L. z. T.) *uliginosa* Murr.

Fig. 168. Holosteum umbellatum.

„   Kelch kürzer als die Krone. Sd. — An sumpfigen u. torfigen Orten von
    Westfalen durch ganz Norddeutschland. Juli, Aug.—*S. crassifolia* Ehrh.
2. Stengel stielrund. Untere Blätter gestielt 3
„   „   kantig Untere Blätter sitzend 5
3. Blattrand wie die Blütenstiele u. Kelche klebrig-weichhaarig. Blätter
    lineal. 1 j. — Sehr zerstreut, in Schlesien u. Böhmen. Mai,
    Juni. — . . (*Cerastium anomalum* W. K.), *S. viscida* M. B.
„   Blätter breit, eiförmig u. herzförmig 4
4. Kelch viel kürzer als die Krone. Stengel oben drüsig-zottig. Sd.
    — Nicht gerade häufig, in feuchten Laubwäldern u. Gebüschen.
    Mai, Juni — . . . . *S. nemorum* L.
„   Kelchblätter mindestens so lang wie die Krone, länglich-stumpflich.
    Stengel einreihig behaart. Var. *neglecta* Weihe: Blätter grösser u.
    Staubblätter meist 10. 1 j. — Sehr gemein, namentlich auf be-
    bautem Boden. Blüht mit Ausnahme des Frostes das ganze
    Jahr. — . . Vogelmiere, (*Alsine media* L.), *S. media* Cyrillo.
„   Krone fehlend. Kelchblätter länglich-lanzettlich, zugespitzt Früchte
    kleiner als bei der vorigen Art. Var. *brachypetala* Junger: Die ersten
    Blüten mit sehr kurzen, weisslichen od. grünlichen Blumenblättern.
    — Selten. März-Mai. 1 j. — *S.* (*Boraeana* Jord.) *pallida* Piré.
5. Deckblätter der Blüten krautig-grün. Blumenblätter bis zur Mitte
    2spaltig. Sd. — Häufig, in trockeneren Laubwäldern u. s. w.
    Apr., Mai. — . . . . *S. Holostea* L.
„   Deckblätter trockenhäutig. Blu-
    menblätter 2teilig, d. h. bis über
    die Mitte eingeschnitten . 6
6. Stengel oberwärts rauh, ebenso
    die Unterseite und Ränder der
    Blätter. Sd. — Selten, nament-
    lich im östlichen Teil des Ge-
    biets. Juli-Sept. — . . . *S.*
    (*longifolia* Fr.) *Friesiana* Ser.
„   Stengel nicht rauh . . . 7
7. Ränder der Deckblätter kahl. Sd.
    — Zerstreut, auf Sumpfwiesen
    u. an Gräben. Juni, Juli. —
    Fig. 169, *S.* (*graminea* Var. L.,
    palustris Ehrh.) *glauca* Wither.
„   Ränder der Deckblatter gewim-
    pert. Sd. — Fast gemein, auf
    Wiesen u. s. w. Mai-Juli. —
    . . . . *S. graminea* L. z. T.   *Fig. 169.* Stellaria glauca.

10. Moenchia. 1 j.
Selten, auf Brachäckern, Sandplätzen. April, Mai. — . . . . . .
. . . . (*Sagina erecta* L.), *M. erecta* Fl. Wett.

11. Malachium. Sd.
Gemein, in feuchten Wäldern, an Gräben. Juni-Aug. — . . . . .
. . . . . . Fig. 170, (*Cerastium aquaticum* L.), *M. aquaticum* Fr.

12. Cerastium. Sd., 1- u. 2j.
0. Krone etwa so lang wie der Kelch 1
„   „   den Kelch um die Hälfte überragend 5
1. Spitze der Kelchblätter behaart. Deckblätter krautig. . . . 2

„ Spitze der Kelchblätter kahl. Kelch- u. Deckblätter mit trockenhäutigem Rande 3
2. Fruchtstiele etwa so lang wie der Kelch. 1j. — Zerstreut, an
schattigen, feuchten Stellen. Apr.-Aug. — *C. glomeratum* Thuill.
„ Fruchtstiele 2-3 mal so lang als der Kelch. 1j. — Zerstreut, an
sonnigen, trockenen Stellen. Mai, Juni. — *C. brachypetalum* Desp.
3. Blüten nach der Vierzahl gebaut. 1j. — Auf den Dünen der ostfriesischen Inseln. April, Mai. — . . . . *C. tetrandrum* Curt.
„ Blüten nach der Fünfzahl gebaut 4
4. Stengel aufrecht od. aufsteigend, an den unteren Knoten nicht
wurzelnd. Fruchtstiele nach abwärts geschlagen od. doch abstehend. Bei Var. *glutinosum* Fr. die unteren Deckblätter mehr
od. minder krautig u. die Krone so lang wie der Kelch. Sehr
selten die Pflanze vollständig kahl (*macilentum* Aspegren).
1j. — Gemein, besonders auf sonnigen, sandigen Äckern. März-
Mai. — . . . . *C. semidecandrum* L.
„ Stengel fast rasenbildend, an den unteren Knoten wurzelnd. Var.
nemorale Üchtr.: Pflanze in allen Teilen, namentlich den Blättern
grösser, letztere zart, fast durchscheinend. Auf dem Altvater u.
im Gesenke: Var. *alpestre* Lindb.: Sd. mit breiterer Kapsel, die fast
3 mal so lang als der Kelch ist. 1-, 2-j. u. Sd. — Gemein, auf
Feldern u. s. w. Mai-Herbst. — *C. (caespitosum* Gil.) *triviale* Lk.

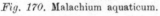

Fig. 170. Malachium aquaticum.   *Fig. 171.* Cerastium arvense.

5. Stengel, Blätter u. Blütenstiele dicht wollig-filzig. Sd. — Zier-
pflanze aus Südosteuropa. Mai, Juni. — . . *C. tomentosum* L.
„ Pflanze nicht filzig 6
6. Untere Blütendeckblätter krautartig, höchstens an der Spitze schmal-
trockenhäutig. Untere Blätter eiförmig od. elliptisch . . . 7
„ Untere Blütendeckblätter mit breitem, trockenhäutigem Rande,
Blätter länglich. Sd. — Gemein, an trockeneren, meist sandigen
Stellen. April, Mai. — . . . . . . Fig. 171, *C. arvense* L.
7. Stengel kriechend. Sd. — Auf dem Gipfel der Babia Gora.
Juli. — . . . . *C. alpinum* L.
„ Stengel aufsteigend. 1j. — In feuchten Wäldern Ostpreussens.
Juli, Aug. — . . . . *C. silvaticum* W. K.

c) Sileneae.

0. Unter den Blumen einige schuppenförmige Hochblätter, gewissermassen einen zweiten Kelch, Aussenkelch, bildend 9
" Unter den Blumen zwar oft Hochblätter, diese aber keinen Aussenkelch bildend 1
1. Kelchzipfel die Blumenblätter überragend . . 12. Agrostemma.
" Kelchzipfel kürzer, jedenfalls die Krone nicht überragend . 2
2. Frucht eine Beere. Stengel kletternd . . . . 6. Cucubalus.
" " " Kapsel. Stengel aufrecht 3
3. Blumenblätter mit einem langen Nagel u. jedes zwischen dem Nagel u. der Platte oft mit einem Nebenblumenblatt, d. h. einem kleinen, blatthäutchenähnlichen Anhängsel. Zusammen bilden diese Anhängsel die Nebenkrone od. das Krönchen 4
" Blumenblätter nicht genagelt, keilförmig, ohne Nebenkrone. Fruchtknoten 2grifflig. Blätter lineal . . . 1. Gypsophila.
4. Fruchtknoten 3-, seltener 1fächrig, 3grifflig. . . . 7. Silene.
" " 2- od. 5-, selten 3grifflig 5
5. " 2grifflig 6
" " 5grifflig, beziehungsweise 3grifflig mit am Grunde 5fächrigem Fruchtknoten 7
6. Blätter länglich-elliptisch. Blumen weiss od. hellrosa, mit schwacher Nebenkrone: jedes Blumenblatt mit 2 spitzen Zähnen. 4. Saponaria.
" Blätter lanzettlich; Blumen hellpurpurn, ohne Nebenkrone.5.Vaccaria.
7. Stengel kahl, oben unter den Knoten pechig-klebrig. 8. Viscaria.
" " nicht klebrig 8
8. Kelch bauchig aufgeblasen. Kapsel mit 10 Zähnen aufspringend. Pflanzen meist zweihäusig . . . . 10. Melandryum.
" Kapsel mit 5 Zähnen od. Klappen aufspringend 10
9. Kronenblätter allmählich in den Nagel verschmälert. Kelch zum Teil trockenhäutig . . . . 2. Tunica.
" Platte deutlich vom Nagel abgesetzt. Kelch vollständig krautig.
. . . . 3. Dianthus.
10. Nebenkronenanhängsel den Blumenblättern flach aufsitzend . . .
. . . . 9. Coronaria.
" " auf einer deutlichen — wenn auch schwachen — hohlen Wölbung aufsitzend . . . . 11. Lychnis.

1. Gypsophila. Sd. u. 1j.

0. Stengel kriechend u. aufsteigend 1
" " durchaus aufrecht 2
1. Stengel u. Äste kahl. Sd. — Am Sachsenstein bei Walkenried am Harz. Mai-Aug. — . . . . G. repens L.
" Stengel oben drüsig-weichhaarig. Sd. — Sehr zerstreut, auf Sand u. Gips; fehlt z. B. in der Rheinprovinz. Juni-Okt. — G. fastigiata L.
2. Blätter lanzettlich. Blumen weiss. Sd. — Zierpflanze aus Österreich. Juli. — . . . . . Schleierblume, G. paniculata L.
" Blätter lineal, bei einer Var. (serotina Hayne) länger als die Stengelglieder. Blumen hellrot. 1j. — Häufig, namentlich auf sandigen Brachäckern. Juli-Okt. — . . . . G. muralis L.

2. Tunica. 1j.

Blumen zu endständigen Köpfen vereinigt. — Nicht selten, besonders auf sonnigen Sandfeldern u. Kalkhügeln. Juli-Sept. — . . . .
• • • • • • • • • (Dianthus prolifer L.), T. prolifera Scop.

3. Dianthus, Nelke, Nägelchen, Nägelein. Sd. u. 2j.

0. Blumen fast kopfig, jedenfalls dicht zusammenstehend . . . 1
„ „ einzeln od. rispig angeordnet 4
1. Blattscheiden höchstens so lang wie die Blätter breit sind . 2
„ „ über 4 mal so lang als die Blätter breit sind. Var. *nanus* Ser.: Stengel sehr klein, 1blumig. Sd. — Meist gemein, auf Sandhügeln, in trockenen Wäldern, fehlt jedoch in Westfalen. — Juni-Sept. . . . . Kartäuser-Nelke, *D. Carthusianorum* L.
2. Die unter den Blumen befindlichen Hochblätter ganz krautig, mit ihren Grannen so lang wie die Kelchröhre 3
„ Hochblätter am Rande mehr od. minder trockenhäutig, mit den Grannen etwas kürzer als die Kelchröhre. Sd. — In Böhmen u. im sächsischen Elbgebiet. Juni-Aug. — . *D. silvaticus* W. K.
, Hochblätter elliptisch, mit der Granne länger als die halbe Kelchröhre. Sd. — Zuweilen unter den Eltern. — *D. Armeria* $\times$ *deltoides* Hellwig.
3. Stengel kahl. Die kurzgestielten Blätter breit-lanzettlich. Äussere Hochblätter zurückgeschlagen. Sd. — Zuweilen verwildernde Zierpflanze aus Süddeutschland, die früher im Bodethal des Harzes vorkam. Juli, Aug. — . . . . . Bartnelke, *D. barbatus* L.
„ Stengel u. Hochblätter oberwärts rauh behaart. 2j. — Zerstreut, Gebüsche, Waldränder, sonnige Hügel. Juli, Aug. — *D. Armeria* L.
4. Blumenblätter ganz, gezähnt 5
„ „ tief eingeschnitten 7
5. Meist 2, immer lang begrannte Hochblätter unter den Blumen. Stengel weichhaarig. Var. *glaucus* L.: Blätter blaugrün u. die Krone rosa od. weiss mit purpurrotem Ringe. Sd. — Nicht selten, in trockenen Wäldern u. s. w. Juni-Herbst. — Haidenelke, *D. deltoides* L.
„ 4-6 stumpfe od. etwas spitze Hochblätter, die etwa 4 mal kürzer als die Kelchröhre sind. Stengel kahl 6
6. Blätter spitz mit glattem Rande. Sd. — Zierpflanze aus Südeuropa. Juli, Aug. — . . . Garten-Nelke, *D. Caryophyllus* L.
„ Blätter stumpflich, am Rande rauh. Sd. — Sehr zerstreut, besonders auf Felsboden, auch in sandigen Kieferwäldern; häufige Zierpflanze. Mai, Juni. — . . . Pfingst-Nelke, *D. caesius* Sm.
7. Blumenblätter fingerig geteilt. Sd.— Zierpflanze aus Österreich. Juli, Aug. — Feder-Nelke, *D. plumarius* L.
„ Blumenblätter fiederig . . . 8
8. Hochblätter etwa 4 mal kürzer als die Kelchröhre. Blumenblätter weiss. Untere Blätter spitz. Sd. — Auf Sandboden im östlichen Gebietsteil. Juli, Aug. — Wilde Feder - Nelke, *D. arenarius* L.
„ Hochblätter ¹/₃ so lang als die Kelchröhre. Blumenblätter meist lila, seltener weiss. Untere Blätter stumpflich. Var. *grandiflora* Tausch: Blätter breiter; Blumen weniger zahlreich, aber grösser u. dunkelviolettrot. 2j. u. Sd. — Fast zerstreut, auf Wiesen; fehlt in Westfalen. Juni-Sept. — *D. superbus* L.

Fig. 172. Saponaria officinalis.

4. Saponaria. Sd.

Fast zerstreut, besonders auf Sandboden, an Flussufern; auch in Gärten
kultiviert u. nicht selten verwildert. Juli-Sept. — . . . .
. . . . Fig. 172, Seifenkraut (weil die Pflanze,
namentlich die Wurzel, die auch als Reinigungsmittel für Kleider-Stoffe
Verwendung findet, im Wasser beim Waschen schäumt), *S. officinalis* L.

5. Vaccaria. 1j.

Hin u. wieder unter Getreide. Juni, Juli. — . . . .
. . . . (*Saponaria Vaccaria* L.), *V. parviflora* Mnch.

6. Cucubalus. Sd.

Sehr zerstreut, in Gebüschen. — Hühnerbiss, Taubenkropf, *C. baccifer* L.

7. Silene. Sd. u. 1-2j.

0. Blumen ohne Nebenkrone, höchstens mit kleinen Zähnchen am
   Schlunde 1
„ Blumen mit deutlicher Nebenkrone 5
1. Blütenstand eine doldige Rispe. Kelch aufgeblasen. Var. *angusti-*
   folia Koch: Blätter lineal bis lineal-lanzettlich. Sd. — Häufig, in
   Laubwäldern, auf trockenen Wiesen. Juni-Sept. — . . . . . .
   Taubenkropf, (*Cucubalus Behen* L.), *S. (inflata* Sm.) *vulgaris* Gcke.
„ Blütenstand einfach-rispig od. traubig 2
2. Blumenblätter ganz, nicht geteilt, lineal, grün. Pflanze gewöhnlich
   2häusig, seltener polygamisch. Sd. — Fast zerstreut, auf sonnigen,
   sandigen Hügeln, in Kiefernwäldern. Mai-Sept. — . . . . . .
   . . . . . Ohrlöffelkraut, (*Cucubalus Otites* L.), *S. Otites* Sm.
„ Blumenblätter 2spaltig 3
3. Rispe 3gabelig-verzweigt, ihre Äste 3- bis vielblütig. Blumenblätter
   auf der Unterseite hellviolett, grau u. grün geadert. Sd. — Hin
   u. wieder in Sachsen u. Böhmen, Frankfurt a. M. Juni, Juli. —
   . . . . *S. (italica* Pers. z. T.) *nemoralis* W. K.
„ Rispe traubig geartet, ihre Zweige 1-3blütig 4
4. Pflanze zottig behaart 15
„ Pflanze kahl. Sd. — Nicht häufig, an sandigen Flussufern im östlichen Teil des Gebiets. Juli, Aug. — . . . .
   . . . . (*Cucubalus tataricus* L.), *S. tatarica* Pers.
5. Blütenstand doldig-rispig od. Blumen mehr einzeln 6
„   „   traubig-rispig 9
6. Blumen einzeln od. in wenigblumigen Trugdolden. Kelch 10rippig,
   bauchig-röhrig, nebst dem oberen Stengelteil drüsig-weichhaarig.
   Kronenblätter tief-2spaltig. 1j. — Zerstreut, besonders auf Lehm-
   Ackern. Juli-Herbst. — . . . .
   . . . . (*Melandryum noctiflorum* Fr.), *S. noctiflora* L.
„ Kelch länglich od. eiförmig, in letzterem Falle 30rippig . . 7
7. Kelch länglich, 10rippig. Stengel unter den Knoten klebrig, kahl,
   mit eiförmigen Blättern. 1j. — Nicht häufig, in Mitteldeutschland, besonders in der Rheingegend; Zierpflanze u. nicht selten
   verwildernd. Juli-Aug. — . . . . *S. Armeria* L.
„ Kelch eiförmig, 30rippig 8
8. Blumenblätter schwach ausgerandet. Kapsel länglich-eiförmig. 1j. —
   An sandigen Orten des Rhein-, Main-, Nahe- u. Moselgebiets, sonst
   zuweilen verschleppt, z. B. bei Berlin. Juni, Juli. — *S. conica* L.

„ Blumenblätter nicht ausgerandet. Kapsel platt-kugelig. 1j. — Ausserhalb des Gebiets im Luxemburgischen, selten zu uns mit Saat verschleppt. Juni, Juli. — . . . . *S. conoidea* L.

9. Kelch über 2¹/₂ cm lang, mit abwechselnd stumpfen u. zugespitzten Zähnen. Sd. — In Böhmen früher bei Leitmeritz u. Sebusein. Juli. — . . . . *S. longiflora* Ehrh.

„ Kelch kürzer 10

10. Blumenblätter 2spaltig od. 2lappig 11

„ - „ ungeteilt, höchstens ausgerandet. Blätter länglich- spatelig. Gewöhnlich sind die Blumenblätter blassrötlich (*silvestris* Schott.), od. sie zeigen in ihrer Mitte je einen blutroten Fleck (*quinquevulnera* L.); in beiden Fällen ist der Kelch bei der Fruchtreife aufrecht. Bei Var. *anglica* L. sind die Blumenblätter weisslich od. rötlich u. der Kelch steht von der Frucht ab od. ist von ihr zurückgebogen. 1j. — Zerstreut od. sehr zerstreut, unter der Saat. Juni, Juli. — . . . . *S. gallica* L.

11. Kelchzipfel stumpf 12

„ „ spitz 13

12. Blühende Stengel ästig, behaart. Blumenblätter rosa . . 14

„ Blühende Stengel einfach, kahl. Blumenblätter grünlich. Sd. — Selten, auf Sandhügeln u. in Nadelwäldern, im östlichen Gebiet; fehlt in Böhmen. Juni. — . . . . . . *S. chlorantha* Ehrh.

13. Stengel unten ästig, angedrückt-kurzhaarig. Blumenbl. hell-purpurn. 1j. — Zierpflanze aus Südeuropa. Juni, Juli. — *S. bipartita* Desf.

„ Blühende Stengel einfach, weichhaarig, oben drüsig-klebrig. Blumenblätter schmutzig-weiss. Kelchzipfel eiförmig. Var. *glabra* Schk.: Pflanze kahl. Sd. — Häufig, auf sonnigen Hügeln, in trockenen Wäldern. Juni, Juli. — . . Fig. 173, *S. nutans* L.

Fig. 173. Silene nutans.   *Fig. 174.* Viscaria vulgaris.

14. Kapsel etwa so lang wie ihr Stiel. Stengel abstehend behaart. 1j. — Stammt aus Portugal; zuweilen unter Serradella. Juni, Juli. — . . . . ?. *S. hirsuta* Lag.

„ Kapsel etwa doppelt so lang als ihr Stiel. 1j. — Zierpflanze aus Südeuropa. Juli-Sept. — . . . . *S. pendula* L.

15. Pflanze klebrig-zottig-behaart. Kelchzähne stumpf. 2j. — Rügen,
Hiddensöe, Böhmen. Juni, Juli. — . . . .
. . . . (*Cucubalus viscosus* L.), *S. viscosa* Pers.
„ Pflanze stark behaart, Kelchzähne spitz. Kronenblätter mit kleinen
Zahn-Anhängseln als Andeutung einer Nebenkrone. 2j. — Ver-
schleppt aus Südeuropa. Mai, Juni. — . . *S. dichotoma* Ehrh.

8. Viscaria. Sd.

Meist häufig, auf sonnigen Hügeln, trocknen Wiesen, in Laubwäldern.
Mai, Juni. — . . . . Fig 174,
Pechnelke, (*Lychnis Viscaria* L.), *V. (viscosa* Aschs.) *vulgaris* Röhling.

Gerade wie der Mensch seine Waldungen vor Raupenfrass zu
schützen sucht, indem er die unteren Stammteile der Bäume mit Pech-
ringen versieht, welche das Hinaufkriechen auf dem Boden befindlicher
Raupen verhindern, ebenso schützen sich die Blumen der Pechnelke
durch die pechig-klebrige Beschaffenheit der oberen Stengelteile unter
den Knoten vor einer Honigberaubung durch ungeflügelte, „unberufene",
d. h. den Pflanzen nicht nützliche Gäste unter den Insekten. —
Bei anderen Pflanzen sind ähnliche Vorrichtungen, welche den Zugang
zu den Blumen absperren, zu beobachten. Häufig sind es klebrige,
eng zusammenstehende Drüsen oder auch rückwärts gerichtete Stacheln
u. dergl., welche ungeflügelten Besuchern den Zutritt verwehren.
Ganz untergetauchte Wasserpflanzen oder solche, die zeitlebens mit
ihrem unteren Teil im Wasser stehen, besitzen keine solche Schutzvorrichtungen, die bei ihnen ja auch überflüssig wären. — (Vergl. auch
das bei Vicia Gesagte.)

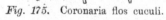
Fig. 175. Coronaria flos cuculi.   *Fig. 176.* Melandryum album.

9. Coronaria. Sd.

0. Blumenblätter geteilt 1
„   „   ungeteilt. Pflanze weissfilzig-zottig. Blumen einzeln
stehend. — Zierpflanze aus Südeuropa, zuweilen verwildert. Juni,
Juli. — Vexiernelke, (*Agrostemma Coronaria* L), *C. tomentosa* A. Br.
1. Blumenblätter bis über die Mitte 4spaltig. Pflanze kaum behaart;
Stengel oben an den Knoten klebrig (vergl. oben Viscaria vulgaris). — Gemein, auf feuchten Wiesen. Mai, Juni. — Fig. 175,
Kuckucksblume, (*Lychnis flos cuculi* L.), *C. flos cuculi* A. Br.

„ Blumenblätter 2spaltig. Pflanze dicht weissfilzig. — Zierpflanze aus Südeuropa. Juni, Juli. — . . . .
. . . . . . (*Agrostemma flos Jovis* L.), *C. flos Jovis* A. Br.

10. Melandryum. Sd. u. 1-2j.

0. Blumen 2geschlechtig. Blätter kahl, bei *Silene aspera* A. Br. rauh. 1j. — Zierpflanze aus Südeuropa. Sommer. — . . . .
. . . . (*Silenë coeli rosa* A. Br.), *M. coeli rosa.*
„ Pflanze 2häusig 1
1. Pflanze oben drüsig-weichhaarig. Blumen weiss. 2j. — Häufig, auf Sandfeldern u. s. w. Mai-Herbst. — Fig. 176, Lichtnelke, (*Lychnis dioeca* L. z. T., *Lychnis vespertina* Sibth.), *M. album* Gcke.
„ Pflanze zottig-behaart, aber ohne Drüsen. Blumen rot, sehr selten weiss. Sd. — Stellenweise häufig, in feuchten Laubwäldern, an Flussufern. Mai-Juli. — (*Lychnis dioeca* L. z.T., *Lychnis diurna* Sibth.), *M.rubrum* Gcke.

11. Lychnis. Sd.

0. Blumenblätter 2spaltig. — Zierpflanze aus Russland. Juni-Aug. — . . . . Brennende Liebe, *L. chalcedonica* L.
„ Blumenblätter 4spaltig. — Zierpflanze aus Sibirien. Juni-Aug. —
. . . . *L. fulgens* Fischer.

12. Agrostemma. 1j.

Gemein, unter dem Getreide. Juni, Juli. — (Korn-)Rade, *A. Githago* L.

XIII. Fam. Portulacaceae.

Der 2spaltige Kelch frei od. unten mit dem zur 1fächrigen, 3 bis vielsamigen Kapsel werdenden Fruchtknoten verwachsen. Kronblätter 3-6, frei od. zu einer kurzen Röhre verwachsen.

0. Staubblätter 8-15. Krone gelb . . . . **1. Portulaca.**
„ „ 3. Krone weiss . . . . **2. Montia.**
„ „ 5. „ „ . . . . **3. Claytonia.**

1. Portulaca, Portulak. 1j.

0. Kelchblätter auf dem Rücken stumpf gekielt. — Aus Südeuropa auf Sandboden, Gartenland, an Wegrändern, auf Schutt eingeschleppt. Juni-Herbst. — . . . . *P. oleracea* L.
„ Kelchblätter auf dem Rücken mit einem Flügel. — Küchengewächs. Juni-Herbst. — Wohl eine Abart der vorigen Art. — . . . . .
. . . . *P. sativa* Haw.

2. Montia. 1j. - Sd.

0. Samen fast glanzlos, rauh mit Knötchen besetzt. 1j. — Zerstreut, an feuchten, sandigen Stellen. Mai. — Fig. 177, *M. minor* Gmel.
„ Samen deutlich glänzend . . . 1
1. Samen fein punktiert. Stengel unter Wasser flutend. Sd. — Sehr zerstreut, namentlich in kaltem Quellwasser. In der Ebene fast nur im Nordwesten. Mai-Herbst. — . *M. rivularis* Gmel.
„ Samen sehr glänzend. Stengel mehr aufrecht. 1j.-Sd. — Bei Bartin in Pomm. u. bei Rüben unweit Neustadt (Westpr.). Mai. — . . *M. lamprosperma* Cham.

Fig. 177. Montia minor.

Wegen der geringen Unterschiede kann man diese 3 Formen als Varietäten zu einer Art, *M. fontana* L., zusammenziehen.

3. Claytonia. 1j.

Einheimisch in Nordamerika u. Westindien.   Zuweilen verschleppt.
Mai, Juni. — . . . . *C. perfoliata* Donn.

---

5. Polycarpicae.

XIV. Fam. Berberidaceae.

Blumenblätter u. Staubblätter 6 od. 4.   Jede Staubbeutelhälfte mit
einer Klappe aufspringend (Fig. 179).   Frucht 1fächrig, 1- bis mehrsamig u. zur Beere od. (bei Epimedium) zur Kapsel werdend.

  0. Blätter krautig. Blumen in Trauben 1
  „   „ lederig, überwinternd, gefiedert. Blumen rispig-knäuelig
    angeordnet . . . . 2. Mahonia.
  1. Blätter ganz, länglich-verkehrt-eiförmig. Blumen gelb, mit 6 Kelch-,
    Kronen- u. Staubblättern . . . . 1. Berberis.
  „ Blätter doppelt-3zählig, aus ge-
    stielten, herzförmigen Blättchen
    zusammengesetzt.   Blumen 4-
    zählig gebaut. 3. Epimedium.

1. Berberis. Str.

Eigentümlich sind die Blumen
dieser Art dadurch, dass die Staubblätter bei einer mechanischen
Berührung z. B. durch das Mund-
werkzeug eines Insekts sich augen-
blicklich nach dem Mittelpunkt
der Blume hin bewegen, wodurch
sie ihren Pollen behufs Übertragung auf das Gynoeceum anderer
Blumen, am Kopfe des Insekts
absetzen.

Sehr zerstreut, auf sonnigen (Kalk-)
Hügeln, in lichten Wäldern,
aber oft angepflanzt u. verwildernd.
Mai, Juni. — . . . . . Fig. 178,
Berberitze, Sauerdorn, *B. vulgaris* L.

Fig. 178. Berberis vulgaris.

2. Mahonia. Str.

Zierstrauch aus Nordamerika. Mai,
Juni. — . *M. Aquifolium* Nutt.

3. Epimedium. Sd.

Seltene, zuweilen verwildernde Zierpflanze aus Südostdeutschland. Apr.,
Mai. — . . . Fig. 179, Socken-
blume, Bischofsmütze, *E. alpinum* L.

XV. Fam. Calycanthaceae.

Die perigynen Blumen mit
vielen, schraubenlinig stehenden
Kelch-, Kronen-, Staub- u. Fruchtblättern. Laubblätter gegenständig.

Fig. 179. Epimedium alpinum.

Calycanthus. Str.

Zierstrauch aus Nordamerika. Mai-Juli. — . . . . *C. floridus* L.

XVI. Fam. Magnoliaceae.

0. Blätter an der Spitze abgestutzt, 4 lappig. Blumen grünlich-rot-
gelb . . . . **1. Liriodendron.**
„ Blätter länglich-verkehrt-eiförmig bis elliptisch. Blumen weiss .
. . . . **2. Magnolia.**

1. **Liriodendron.** B.

Zierbaum aus dem östlichen Nordamerika. Juli. — . . . . . .
. . . . Tulpenbaum, *L. Tulipifera* L.

2. **Magnolia,** Magnolie. Str., auch B.

0. Blumenblätter 9. Blätter sehr gross bis über 35 cm lang, länglich-elliptisch, mit keilförmigem Grunde. — Zierstrauch od. -Baum
aus Nordamerika. Mai, Juni. — . . . . *M. tripetala* L.
„ Blumenblätter 6. Blätter durchschnittlich 15 cm lang, elliptisch
bis verkehrt-eiförmig, mit einer deutlich abgesetzten Spitze. —
Zierstrauch aus Japan u. China. Apr. — . . . *M. Yulan* Desf.

XVII. Fam. Ranunculaceae.

Die vielmännigen Blumen mit Kelch u. Krone od. Perigon; Fruchtblätter gewöhnlich viele, frei. Die Nektarien sitzen oft an den Kronenblättern, in vielen Fällen sind sie blumenblattartig u. nehmen die Stelle
der Kronenblätter ein, weshalb sie dann als metamorphosierte Kronenblätter angesehen werden.

0. Früchtchen 1 samig 1
„ „ mehrsamig, eine Kapsel bildend; selten ist die Frucht
eine Beere 3
1. Mit Perigonblättern, welche die Blütenknospen derartig aussen
umgeben, dass sie „klappig" mit ihren Rändern aneinander
stossen, ohne sich dachziegelig mit den Rändern zu decken. Hohe,
strauchige od. kletternde Gewächse mit weisslichen od. violetten
Blumen u. gegenständigen Blättern . . . **a) Clematideae.**
„ Kleinere, krautige, seltener etwas strauchig-holzige Pflanzen, deren
äussere Blütenblätter sich in der Knospenlage dachziegelig mit den
Rändern decken 2
2. Kronenblätter, wenn vorhanden, ohne Nektarien. **b) Anemoneae.**
„ Kronenblätter am Grunde mit Nektarien . . **c) Ranunculeae.**
3. Äussere Blütenblätter kronenartig entwickelt u. gefärbt. Blumen
2 seitig symmetrisch od. strahlig gebaut. Staubbeutel nach aussen
aufspringend . . . . **d) Helleboreae.**
„ Frucht in einem Falle (Actaea) eine Beere Staubbeutel nach
innen aufspringend . . . . **e) Paeonieae.**

a) Clematideae.

Clematis, Waldrebe. Str. u. Sd.

0. Blätter gefiedert 1
„ „ aus 3 Blättchen zusammengesetzt od. einfach. Blumen
hellblau od. weiss, sehr gross, mit 6 Perigonblättern. Str. —
Schlingende Zierpflanze aus Japan. Sommer. — *C. lanuginosa* Lindl.

„　Blätter ungeteilt, ganzrandig. Blumen violett. Sd. — Nicht häufige
　　Gartenpflanze aus Süddeutschland. Juni, Juli. — *C. integrifolia* L.
1.　Blumen violett. Stengel kletternd, mit einfach od. doppelt ge-
　　fiederten Blättern. Str. — Zierpflanze (besonders zur Bekleidung
　　von Lauben) aus Südeuropa.
　　Juni-Aug. — *C. Viticella* L.
„　Blumen grünlich od. weiss. 2
2.　Stengel krautig, meist auf-
　　recht. Perigon nur aussen
　　am Rande haarig, weiss. Sd.
　　— Selten, auf trockenen
　　Wiesen, in Gebüschen, an un-
　　bebauten Orten; fehlt z. B.
　　wild in der Rheinprovinz.
　　Juni, Juli. — . *C. recta* L.
„　Stengel kletternd, holzig. Pe-
　　rigon aussen u. innen behaart,
　　aussen grünlich, innen weiss.
　　Str. — Nicht häufig, in Ge-
　　büschen u. Wäldern des west-
　　lichen Gebiets, sonst wohl nur
　　aus Gärten verwildert. Juni,
　　Juli — Fig. 180, *C. Vitalba* L.

Fig. 180. Clematis Vitalba.

b) Anemoneae.

0.　Blüten mit Perigon, zuweilen ziemlich dicht unter diesem, während
　　der Blütezeit, einige (bei Hepatica kelchartige) Hochblätter .　　1
„　Blumen mit Kelch u. Krone . . . . **5. Adonis.**
1.　Perigon 4-5 blättrig, gelblich-grün, kürzer als die Staubblätter.
　　Holzige Gewächse mit mehrfach gefiederten, wechselständigen
　　Blättern . . . . **1. Thalictrum.**
„　Blätter grundständig. Unter dem Perigon ein Quirl von Hoch-
　　blättern 2
2.　Hochblätter ganz, während der Blütezeit dicht unter dem blauen
　　Perigon sitzend . . . . **2. Hepatica.**
„　Hochblätter geteilt 3
3.　Hochblätter ebenso gestaltet wie die Grundblätter, meist gestielt.
　　Perigon weiss od. gelb. Früchtchen einfach, ohne behaarten
　　Fortsatz . . . . **4. Anemone.**
„　Hochblätter meist vielfach fingerig-geteilt, sitzend. Perigon weiss
　　od. violett. Früchtchen mit stehenbleibendem, langem, bärtigem
　　Griffel, der als Flugapparat dient . . . . . . **3. Pulsatilla.**

1. **Thalictrum,** Wiesen- od. Waldraute. Sd.

　　Die Arten dieser Gattung sind Windblütler. Sie besitzen Blüten
mit unscheinbarer, kleiner, gelblich-grüner Blütendecke und langen,
sehr beweglichen Staubfäden.
0.　Staubfäden oben dicker als unten, blasslila. Früchtchen gestielt,
　　glatt, mit 3 auffallend geflügelten Kanten. — Zerstreut, in Wäldern,
　　auf Wiesen u. an Flussufern; fehlt z. B. in der Rheinprovinz.
　　Mai, Juni. — . . . . *T. aquilegifolium* L.
„　Staubfäden nach oben nicht verdickt. Früchtchen sitzend, rippig. 1
1.　Blüten nebst den Staubfäden hängend 4

„ *Blüten nebst den Staubfäden aufrecht* 2
2. Blütenstand rispig, Blüten etwas entfernt. — Drebkau unweit
  Kottbus. Juni. — . . . . *T. medium* Jacq.
„ Blütenstand doldenrispig, die Blüten dicht gehäuft 3
3. Blättchen lineal. Stiele der Fiedern ohne Nebenblättchen. — Nicht
  häufig, auf feuchten Wiesen. Juni, Juli. — *T. angustifolium* Jacq.
„ Blättchen bis 3 mal so lang als breit. Stiele der Fiedern meist
  mit Nebenblättchen. — Zerstreut od. häufig, auf feuchten Wiesen.
  Juni, Juli. — . . . . *T. flavum* L.
4. Pflanze drüsig behaart, Blättchen fast kreisförmig, zierlich, klein.
  — An Felsen unweit Prag u. Brüx. Juli, Aug. — *T. foetidum* L.
„ Pflanze kahl od. selten etwas behaart 5
5. Staubfäden blasspurpurn. Blättchen
  lineal. Öhrchen der oberen Blattscheiden länglich, zugespitzt. Bei
  Var. *galioides* Nestl. die Blättchen
  sehr schmal, glänzend und die
  Ränder umgerollt. — Selten, auf
  Wiesen, in Laubwäldern. Juni,
  Juli. — . . . . . *T. simplex* L.
„ Staubfäden gelblich. Blättchen
  rundlich-länglich. Öhrchen kurz,
  abgerundet. Sehr formenreich.
  Z. B. Var. *silvaticum* Koch: Blattstiele u. ihre Verzweigungen zusammengedrückt - rundlich (nicht
  kantig). Blättchen grösser, meist
  kreisförmig. — Zerstreut, Wiesen,
  Wälder, gern auf Kalk. Mai, Juni.
  — Fig. 181, (*T. pratense* Schultz,
  collinum Wallr., *majus* Murr.,

Fig. 181. Thalictrum minus.

flexuosum Bernh., *Kochii* Fr., *Jacquinianum* Koch), *T. minus* L.

2. Hepatica. Sd.

Am Rhein nur bei Bingen, fehlt sonst in der Rheinprovinz, im übrigen
Gebiet meist zerstreut, in schattigen Laubwäldern, gern auf Kalk. März,
April. — . . Leberblümchen, (*Anemone Hepatica* L.), *H. triloba* Gil.

3. Pulsatilla, Küchen- od. Kuhschelle. Sd.

0. Hochblätter sitzend, vielteilig gefingert, am Grunde zu einer den
  Blütenstiel umgebenden Scheide verbunden 1
„ Hochblätter mit kurzem, breitem Blattstiel, von der Gestalt der
  grundständigen Blätter, nämlich 3 zählig-doppelt zusammengesetzt.
  Blumen weiss od., wie zuweilen im Riesengebirge, gelb (*sulphurea*
  L.). — Brocken, Buchberg, Riesengebirge. Mai-Juli. — . . .
  . . . . . Teufelsbart, (*Anemone alpina* L.), *P. alpina* Delarb.
1. Grundständige Blätter 3zählig, mit meist 3 fach fingerig-geteilten
  Blättchen. Perigon blauviolett, mehrmal länger als die längeren
  Staubblätter. — Zerstreut, in lichten Kiefernwäldern, auf sonnigen
  Hügeln, im östlichen Gebiet. Apr., Mai. — . . . .
  . . . . (*Anemone patens* L.), *P. patens* Mill.
„ Grundständige Blätter gefiedert 2
2. Grundblätter einfach gefiedert, mit 3 od. 5 Fiedern . . . 4
„ „ doppelt gefiedert, mit fiederteiligen Blättchen . 3

3. Perigon hellviolett, doppelt so lang als die längeren Staubblätter.
Var. *Bogenhardiana* Rchb.: Perigonblätter stumpf; Staubblätter länger;
Hochblatthülle bis auf den Grund
zerschlitzt. — Zerstreut, in lichten,
trockenen Wäldern, auf sonnigen
Hügeln, im westlichen Gebiet.
März-Juni. — Fig. 182, (*Ane-
mone Pulsatilla* L.), *P. vulgaris* Mill.

„ Perigon dunkel-, fast schwarzviolett, seltener grünlich, gelblich
od. gar weiss, nur wenig länger
als die längsten Staubblätter, an
der Spitze nach aussen zurückgerollt. Blumen überhängend. Var.
patula Pritzel: Perigon ausgebreitet,
meist etwas grösser. — Im nördlichen u. östlichen Gebiet, nicht
selten, auf sonnigen Sandhügeln
und in Kiefernwäldern. April,
Mai. — . . . . . (*Anemone
pratensis* L.), *P. pratensis* Mill.

Fig. 182. Pulsatilla vulgaris.

4. Blättchen eiförmig, 3 spaltig. Perigon rosa od. weiss, aussen violett,
selten ganz violett od. gelblich. — Stellenweise, auf trockenen
Hügeln, in Kieferwäldern, im Osten des Gebiets. April, Mai. —
. . . . (*Anemone vernalis* L.), *P. vernalis* Mill.

„ Blättchen fiederspaltig mit lineal-lanzettlichen, zuweilen 2-3 zähnigen
Zipfeln. Perigon hellviolett. — Nicht häufig. — . . . . . .
. . . . *P. patens* ✕ *pratensis* Rchb. fil.

„ Blätter 5 zählig gefiedert. Endblättchen langgestielt. Perigon
violett. — Nicht häufig. — . . . *P. patens* ✕ *vernalis* Lasch.
Auch andere Bastarde sind gefunden worden.

4. Anemone. Sd.

0. Hochblätter sitzend 1
„   „   gestielt 3
1. Perigon aussen kahl od. schwach behaart 2
„   „   anliegend behaart, 6 zählig, rot, blau od. safrangelb. — Zierpflanze aus Südeuropa. Apr., Mai. — . . . . . .
. . . . (Garten-) Anemone, *A. coronaria* L.
2. Hochblätter ganzrandig od. eingeschnitten. Perigon aussen kahl,
10 bis 12- u. mehrzählig, purpurn, violett od. weiss. — Wie
vorige. — . . . . . Kleine Garten-Anemone, *A. hortensis* L.
„ Hochblätter tief eingeschnitten. Blütenstand doldig. Perigon aussen
höchstens schwach behaart, 5-7 zählig, weiss. — Auf grasreichen Abhängen der alpinen Region der schlesischen u. böhmischen Hochgebirge. Mai-Juli. — Berghähnlein od. -hühnlein, *A. narcissiflora* L.
3. Rhizom lang, kriechend 4
„   „   kurz. Grundblätter 5 zählig geteilt. Das schneeweisse,
meist 5 zählige Perigon aussen seidenhaarig. — Fehlt im Nordwesten, sonst zerstreut, auf sonnigen Hügeln, in Laubwäldern, besonders auf Kalk. April, Mai. — . Windröslein, *A. silvestris* L.
4. Spreite der Hochblätter etwa 2 mal so lang als ihr Stiel. Die
weissen, selten purpurroten (*purpurea* E. Gray), meist in der 6 Zahl

vorhandenen Perigonblätter kahl. — Häufig od. fast gemein, in schattigen Laubwäldern, Gebüschen. März-Mai. — . Fig. 183,
(Weisse) Osterblume, *A. nemorosa* L.

„ Hochblätter mehrmal länger als ihr Stiel. Die goldgelben, aussen behaarten Perigonblätter meist in der 5 Zahl. Blumen meist zu 2. — Meist häufig, sonst wie vorige. — Gelbe Osterblume, Goldhähnchen, *A. ranunculoides* L.

.. Blumen einzeln, schliesslich weissgelblich werdend. Von den Früchtchen kommen nur sehr wenige, höchstens 1-4 zur Reife. — Nicht häufig, zwischen den Eltern. — . . . . .
A. ranunculoides X *nemorosa* Kunze.

Fig. 183. Anemone nemorosa.

5. Adonis, Teufelsauge. Sd. u. 1 j.

0. Früchtchen kahl. Blumenblätter 6-8 1
„ „ behaart, mit hakenförmigem Griffel. Blumenblätter 12-16, hellgelb. Sd. — Sehr zerstreut, auf kalkigen od. sandigen, sonnigen Hügeln; fehlt z. B. in Schlesien. April, Mai. — *A. vernalis* L.
1. Kelch kahl. Blumenblätter eiförmig 2
„ „ rauhhaarig. Blumenblätter länglich, scharlachrot. Griffel an der Spitze schwarz. 1 j. — Sehr zerstreut, besonders auf Kalk, im mittleren u. südlichen Gebiet unter der Saat. Juni-Aug. — *A. flammeus* Jacq.
2. Früchtchen mit gerade aufgesetztem Griffel. Blumenblätter dunkelrot. 1 j. — Zierpflanze aus Südeuropa u. zuweilen verwildert. Juni-Herbst. — Fig 184, Blutströpfchen, *A. autumnalis* L.
., Früchtchen mit schief aufgesetztem Griffel. Blumenblätter mennigrot, bei *citrinus* Hoffm. gelb. 1 j. — Zerstreut bis sehr zerstreut, auf lehm- u. kalkhaltigen Äckern unter der Saat; geht nach Osten nicht über Westpreussen hinaus. Mai-Juli. — . . . . *A. aestivalis* L.

Fig. 184. Adonis autumnalis.

c) Ranunculeae.

0. 5 Staubblätter in der grünlich-gelben Blüte. Blütenboden cylindrisch verlängert. Blätter lineal . . . . **1. Myosurus.**
„ Viele Staubblätter 1
1. Kelch u. auch meist die Krone 5 blättrig 2
.; „ 3 blättrig. Blumenblätter 8-10 . . . . . **5. Ficaria.**
2. Früchtchen 3 fächrig, mit einem fruchtbaren u. 2 unfruchtbaren Fächern. Blumen gelb . . . . **2. Ceratocephalus.**
„ Früchtchen 1 fächrig 3
3. Wasserpflanzen, die sich auch zuweilen an sehr feuchten Uferstellen aufhalten, mit weissen Blumen . . . **3. Batrachium.**
„ Landpflanzen mit gelben, seltener weissen Blumen. **4. Ranunculus.**

1. Myosurus. 1- u. 2 j.

Nicht gerade gemein, auf feuchten Sand-
u. Lehmäckern, an überschwemmten,
später wieder trocken werdenden Stellen.
— . . . . Fig.
185, Mäuseschwänzlein, *M. minimus* L.

2. Ceratocephalus, Hornköpfchen. 1 j.

0. Früchtchen auf dem Rücken zwischen
den Höckern rinnig. — Hin u. wieder
auf Lehmäckern in Thüringen.
März, Apr. — . . . . . (*Ranunculus falcatus* L.), *C. falcatus* Pers.

„ Früchtchen auf dem Rücken hahnen-
kammförmig. — Auf trockenen
Hügeln bei Prag. März, April. —
. . . . . *C. orthoceras* D. C.

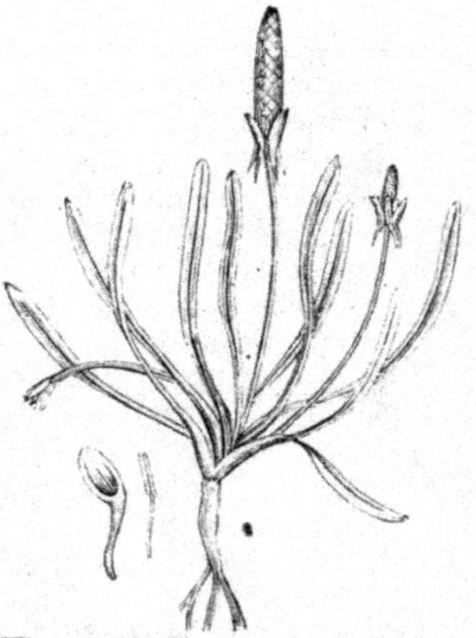

Fig. 185. Myosurus minimus.

3. Batrachium, Haarkraut. Sd.
Bearbeitet von J. Freyn.

0. Stengel nebst dem Laube mit quirlständigen Wurzelfasern, kriechend.
Blumenblät. ganz weiss. Blütenboden ganz kahl. Blätter alle
nierenförmig. — Zerstreut, im Westen u. Nordwesten des Gebiets;
auch in Thüringen. Mai-Juli. — . . . .
. . . . . (*Ranunculus hederaceus* L.), *B. hederaceum* E. Mey.

„ Stengel im Wasser flutend (nicht kriechend), mit zerstreuten
Wurzelfasern besetzt. Blätter oft ungleichgestaltig, meistens aber alle
fädlich zerteilt, seltener alle nierenförmig. Blütenboden behaart. 1

1. Einzel-Abschnitte der untergetauchten Blätter sehr ungleich. diejenigen erster Ordnung (d. h. die untersten) vielemale (oft 10-,
selbst 20 mal) länger als jene letzter Ordnung, ziemlich breit u.
im Wasser parallel. Blumenblätter 5-9. Nierenförmige od. zer-
schlitzte Schwimmblätter sehr selten vorhanden. — Zerstreut in
Flüssen. Juni-Aug. — (*Ran. fluitans* Lmk.), *B. fluitans* Wimm.

„ Abschnitte 1. Ordnung wenig (2-3 mal) länger als die übrigen,
oder diesen gleichlang, selten kürzer 2

2. Untergetauchte Blätter flächenförmig ausgebreitet, kreisrund, meist
einmal 3 teilig mit weiterhin wiederholt gabelspaltigen Zipfeln.
Schwimmblätter od. Übergangsblätter zu ersteren niemals vorhanden. — Nicht selten, in stehenden Gewässern. Juni-Aug. —
. . . . (*Ranunculus circinatus* Sibth.), *B. divaricatum* Wimm.

„ Untergetauchte Blätter von kugeligem od. ellipsoidischem Umriss,
mehrmal 3 teilig u. dann noch 2-3 mal zweiteilig Schwimmblätter
häufig entwickelt od. fehlend 3

3. Blumenblätter ganz weiss, von einander entfernt. Fruchtboden
kugelig, rauhhaarig. Die ganze Pflanze lichtgrün, zart-zerstreut-
borstig. Schwimmblätter 3 teilig, fast immer vorhanden. — Torfsümpfe westl. der Unterelbe, also in Nordwest-Deutschland hier
u. da vielleicht nicht selten. Mai-Juli. — . . . .
. . . (*Ranunculus hololeucus* Lloyd), *B. hololeucum* F. Schultz.

„ Blumenblätter am Nagel goldgelb, sich meistens übergreifend od.
doch berührend 4

4. Fruchtboden kugelig, steifhaarig. Früchte steifborstig. Pflanze
meist zerstreut-borstig. Narben dick 5

„ Fruchtboden eiförmig bis eikegelförmig. Narben schmal . . 6
5. Blumen klein 0,7-1,5 cm im Durchmesser. Staubblätter 5-15.
Schwimmblätter meist fehlend, wenn vorhanden in keilförmige
Lappen mehr od. minder unregelmässig zerteilt, seltener regelmässig
gestaltet u. dann mit verkehrt-ei-keilförmigen Abschnitten. Pflanze
entweder kahl u. robuster (*Ranunculus trichophyllus* Chaix) od. kahl
u. zart (*Ran. Drouetii* F. Schultz) od. steifhaarig. — Nicht selten.
Mai-Aug. — . . . . (*Ranunculus paucistamineus* Tausch,
Bat. trichophyllum Van den Bosche), *B. paucistamineum* Schur.
„ Blumen grösser. Staubblätter
über 15. Schwimmblätter meist
vorhanden, nierenförmig, ge-
kerbt-lappig, regelmässig. Die
Form mit nur untergetauchten
Blättern ist *Ranunculus heleo-
philus* Arvet u. von B. paucistamineum nur durch grössere
Blumen u. zahlreichere Staubbl.
unterschieden. — Nicht häufig.
Sommer. — Fig. 186, (*Ranunculus aquitilis* L. z. T., *Ranunculus peltatus* Schrnk., *B. pel-
tatum* Fr.), *B. aquatile* Dum.
6. Pflanze robust, ganz kahl.
Schwimmblätter regelmässig od.
in keilförmige Zipfel zerteilt
od. fehlend. — Nicht selten an
der Nordseeküste; im salzigen
See bei Eisleben. Juni. —

Fig. 186. Batrachium aquatile.

. (*Ranunculus Baudotii* Godron), *B. Baudotii* Van den Bosche.
„ Pflanze zarter, ziemlich kahl; die Früchte, wenigstens in der Jugend,
meist steifhaarig. Schwimmblätter meist fehlend, seltener unregelmässige Übergangsblätter, noch seltener voll ausgebildet u. dann
3 teilig u. mit gestutzter Basis. — Nord- u. Ostseeküste; selten
im Binnenlande. Juni. — . . . .
. . (*Ranunculus Petivieri* Koch), *B. Petivieri* Van den Bosche.

4. **Ranunculus,** Hahnenfuss. Sd. 1- u. 2j.

0. Krone weiss. Blätter handförmig 3-7 teilig, mit spaltigen u. eingeschnitten gesägten Zipfeln. Var. *platanifolius* L.: Stengel vielblumig; Blütenstiele kahl; Blattzipfel länger zugespitzt. Sd. — In
Gebirgswäldern Mitteldeutschlands. Mai, Juni. — *R. aconitifolius* L.
„ Krone gelb 1
1. Blätter ganz 2
„   „   gelappt, geteilt od. zusammengesetzt 4
2. Blätter lineal-lanzettlich, meist etwas gezähnelt 3
„   „   sehr schmal- lineal u. ganzrandig. Stengelzwischenglieder
bogig gekrümmt u. an den Knoten wurzelnd, fadenförmig, niemals
aufrecht. Sehr kleines, zartes Pflänzchen. Sd. — Selten, am Rande
von Seen u. Flüssen, besonders im Norden des Gebietes. Juni-
Aug. — Kann als Varietät der folgenden Art gelten. *R. reptans* L.
3. Rhizom wie abgebissen, ohne Ausläufer. Griffelspitze der Früchtchen
meist aufrecht, sehr kurz, Blumen klein. Var. *gracilis* G. Meyer:

Stengel kriechend u. wurzelnd, seine Internodien gerade. Sd. —
Gemein, an feuchten Stellen. Juni-Herbst. — *R. Flammula* L.
„   Rhizom senkrecht, mit mehr od. minder langen, dicken, unterirdischen
Ausläufern. Griffelspitze der Früchtchen sichelförmig gekrümmt, breit.
Blumen gross, $3\frac{1}{2}$ cm bis 5 cm im Durchmesser. Sd. — Nicht selten,
in tiefen Sümpfen, stehenden Gewässern. Juni-Aug. — *R. Lingua* L.
4. Wurzelfasern knollig verdickt 15
„   Wurzel faserig 5
5. Stengel am Grunde knollig verdickt, zwiebelartig erscheinend. Sd. —
Häufig bis fast gemein, auf trockenen Grasplätzen u. s. w. April-
Juni. — . . . . *R. bulbosus* L.
„   Stengel nicht verdiekt 6
6. Nektarium der sehr kleinen Blumenblätter nicht von einer Schuppe
bedeckt. Früchtchenköpfchen auffallend länglich. 1j. — Häufig,
an nassen Orten. Mai-Herbst. — . . . . . *R. sceleratus* L.
„   Nectarium von einer Schuppe bedeckt. Früchtchen zu kugeligen
Köpfchen angeordnet 7
7. Früchtchen klein, zahlreich, meist glatt, selten höckerig . . 8
„   „   gross, etwa 4-8 in jeder Blume, gross-stachelig. Var.
inermis Koch: Früchtchen ohne Stacheln u. Höckerchen. Var.
tuberculatus D. C.: Früchtchen stumpfhöckerig, kaum stachlig. Var.
micranthus Üchtr.: Blumenblätter 2-3mal kleiner, den Kelch kaum
überragend. 1j. — Häufig od. zerstreut, besonders auf Lehmäckern. Mai-Juli. — . . . . *R. arvensis* L.
8. Blütenstiele zur Fruchtzeit nicht gefurcht, auf dem Querschnitt
kreisförmig 9
„   Blütenstiele zur Fruchtzeit gefurcht 11
9. Früchtchen behaart 14
„   Auch die grundständigen Blätter gespalten od. geteilt. Früchtchen
kahl 10
10. Pflanze schwach angedrückt behaart. Griffelfortsatz der Früchtchen
kurz, meist gerade. Grundblätter 5 teilig, mit lineal-lanzettlichen, mehr
od. weniger tief gelappten Abschnitten; bei einer Varietät (*pseudolanu-
ginosus* Bolle = ? *Stevenii* Andrzj.) die Abschnitte breiter u. die Blätter
stärker behaart. Var. *alpestris* W. Gr.: Stengel niedrig, mit 1-3
grösseren Blumen. Pflanze fast kahl; Blattabschnitte stumpflich. Sd.
— In Wäldern u. auf Wiesen, gemein. Mai, Juni. — *R. acer* L.
„   Pflanze stark abstehend rauhhaarig. Griffelfortsatz fast $\frac{1}{2}$ so
lang als das Früchtchen, hakenförmig, an der Spitze eingerollt.
Sd. — Zerstreut od. sehr zerstreut, in schattigen, etwas feuchten
Laubwäldern. Mai, Juni. — . . . . . . *R. lanuginosus* L.
11. Kelch zurückgeschlagen. Früchtchen meist höckerig, seltener fast
glatt. Pflanze abstehend behaart. 2j., zuweilen Sd. — Zerstreut,
auf feuchten, besonders lehmigen Äckern. Mai-Aug. — . . .
. . . . *R. (Philonotis* Ehrh.) *sardous* Crntz.
„   Kelch der Krone anliegend 12
12. Pflanze mit kriechenden Ausläufern. Früchtchen mit kurzem, geradem
Griffelfortsatz. Sd. — Fast gemein, auf Wiesen, an feuchten Orten. Mai-
Juli. — In Gärten mit gefüllten Blumen als Goldknöpfchen, *R. repens* L.
„   Stengel aufrecht, ohne Ausläufer 13
13. Griffel des Früchtchens kurz-hakenförmig. Sd. — Zerstreut bis
sehr zerstreut, in lichten, trockenen (Laub-) Wäldern, auf Wiesen.
Mai, Juni. — . . . . *R. polyanthemos* L.

„ Griffel des Früchtchens an der Spitze eingerollt. Sd. — Nicht häufig, in Gebirgswäldern u. auf Gebirgswiesen. Mai, Juni. — Varietät der vorigen Art. — . . . . . . *R. nemorosus* D. C.

14. Grundständige Blätter zum Teil ganz, nierenförmig, die übrigen Blätter mehr od. minder geteilt. Früchtchen weichhaarig. Var. *fallax* Wimmer: Untere Blätter breiter, mit länglich-lanzettlichen bis rhombischen, grob gesägten Abschnitten. Sd. — Fast gemein, in feuchten Laubwäldern, auf Waldwiesen. Mai. — . . . . . Fig. 187, *R. auricomus* L.

„ Unteres Blatt einzeln, herzförmig-kreisrund od. nierenförmig, meist ganz. Die übrigen Blätter gefingert. Untere Scheiden häutig, blattlos. Früchtchen bauchig, sammethaarig. Sd. — In schattigen Wäldern der Prov. Preussen, Posens, Schlesiens, Böhmens.

Fig. 187. Ranunculus auricomus.

Apr., Mai. — Varietät der vorigen Art. — . . *R. cassubicus* L.

15. Stengel u. Blätter seidig-wollig. Die ersten Blätter ganz, die folgenden geteilt, mit schmal-lanzettlichen Blättchen. Sd. — Selten, auf grasigen Hügeln, fehlt z. B. in der Rheinprovinz. Mai. — . . . . *R. illyricus* L.

„ Blättchen kreis-keilförmig. Sd. — Zierpflanze aus Südosteuropa u. dem Orient. Mai, Juni. — *R. asiaticus* L.

5. Ficaria. Sd.
Blätter nieren-herzförmig. Var. *incumbens* F. Schultz: Blattlappen des Grundes sich berührend od. deckend. — Meist häufig, in Laubwäldern u. Wiesen. April, Mai. — . . . Fig. 188, Feigwurzel, Scharbock, (*Ranunculus Ficaria* L.), *F. verna* Huds.

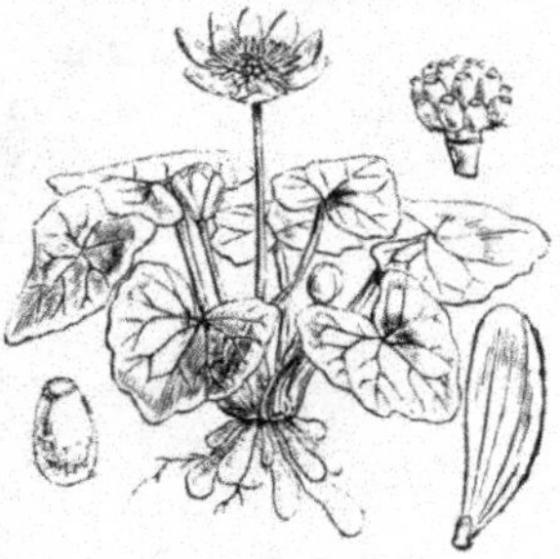

Fig. 188. Ficaria verna.

d) Helleboreae.

0. Blumen strahlig gebaut 1
„ „ 2seitig symmetrisch gebaut 7
1. Auf das Perigon folgen die Staubblätter . . . . . **1. Caltha**.
„ Auf das Perigon folgen grosse, blumenblattartig gefärbte Nektarien. 2
2. Blumen gelb 3
„ „ nicht gelb 4
3. Perigonblätter kreisförmig, 10-15 zählig. Nektarien sitzend, am Grunde röhrig, mit Honiggrube, an der Spitze flach. Frucht aus zahlreichen Früchtchen bestehend . . . . **2. Trollius**.
„ Perigonblätter länglich, 5-8 zählig. Nektarien gestielt, röhrig. Frucht aus 5-6 Früchtchen zusammengesetzt . . . **3. Eranthis**.
4. Die 3-10 einzelnen Fruchtknoten am Grunde mehr od. minder, od. kaum miteinander verwachsen 5

„ Fruchtknoten 1-3, frei. Perigon weiss . . . . . **5. Isopyrum.**

5. Die 5 Nektarien gespornt, grösser als die 5 Perigonblätter. Erstere kann man daher auch als Blumenblätter, letztere als Kelchblätter bezeichnen. Blumen meist violett, selten rosa od. weiss. **7. Aquilegia.**

„ Die 5-10 Nektarien meist deutlich röhrig, kleiner als das Perigon. 6

6. Perigon hell-bläulich, bei der Fruchtreife abfallend. Blätter gefiedert, mit linealen, schmalen Zipfeln . . . . . **6. Nigella.**

„ Perigon grün od. weiss, bei der Fruchtreife stehen bleibend. Blätter fussförmig geteilt, d. h. sie sind nicht echt gefingert, indem die Blättchen nicht alle von einem einzigen Punkte, sondern neben einander entspringen. (Fig. 191) . . . **4. Helleborus.**

7. Das oberste Perigonblatt gespornt, 1-2 gespornte Nektarien umschliessend . . . . **8. Delphinium.**

„ Das obere Perigonblatt helmartig gewölbt, 2 eigentümliche, sehr lang gestielte Nektarien (Fig. 194) bedeckend . **9. Aco...tum.**

1. Caltha. Sd.

Stengel aufsteigend, bei *radicans* Forster niederliegend u. wurzelnd. — Gemein, auf Sumpfwiesen, an Ufern. Apr.-Juni. — Fig. 189, Butter-, Dotter-, Kuh-Blume, *C. palustris* L.

2. Trollius. Sd.

Fehlt im Nordwesten, sonst zerstreut, auf feuchten Wiesen. Mai-Juli. — . Fig. 190, Trollblume, Dotterblume, *T. europaeus* L.

3. Eranthis. Sd.

Selten verwilderte Gartenpflanze aus den Alpenwaldungen Süddeutschlands. Feb., März. — . . . . Winterling, (*Helleborus hiemalis* L.), *E. hiemalis* Salisb.

Fig. 189. Caltha palustris.

Fig. 190. Trollius europaeus.

4. Helleborus, Nieswurz. Sd.

0. Der einfache, 1-2 blütige Stengel unter den weissen bis rötlichen Blumen 2-3 Hochblätter tragend, nur am Grunde mit Laubblättern. — Gartenpflanze aus Gebirgswäldern Süddeutschlands, selten verwildert. Dez.-Feb., also im Winter blühend — . . . . *H. niger* L.

Fig. 191. Helleborus viridis.

„ Der verzweigte, 2- bis mehrblütige Stengel zwischen den grünen
Blumen u. dem Grunde beblättert 1
1. Deckblätter der Zweige tief geteilt, laubblattartig. — Selten, in
Gebirgswäldern Mitteldeutschlands, zuweilen aus Gärten verwildert.
März, April. — . . . . Fig. 191, *H. viridis* L.
„ Deckblätter der Zweige im grossen u. ganzen ungeteilt, eiförmig,
höchstens an der Spitze etwas 2- od. 3lappig. — Kalkige Bergabhänge des Rheinthals u. Thüringens, aber nicht häufig; zuweilen
in Gärten als Zierpflanze u. verwildert. März, Apr. — *H. foetidus* L.

> **5. Isopyrum.** Sd.

Fast selten, in Gebirgswäldern Schlesiens u. Böhmens. März-Mai. —
. . . . Tolldocke, *I. thalictroides* L.

6. Nigella. 1j.

0. Früchtchen bis zur Mitte verbunden. — Zerstreut, auf Kalk-
u. Lehmäckern. Juli-Sept. —
. . . . *N. arvensis* L.
„ Früchtchen bis zur Spitze verbunden 1
1. Kapseln drüsig-rauh. — Nicht
häufige Kulturpflanze aus Südeuropa. Juni, Juli. — . . .
Schwarzkümmel, *N. sativa* L.
„ Kapseln glatt. Dicht unter den
Blumen stehen vielfach zerteilte Hochblätter, eine Hülle
bildend. — Zierpflanze aus Südeuropa. Juni, Aug. — . . .
. Braut in Haaren, Jungfer
im Grünen, *N. damascena* L.

Fig. 192. Aquilegia vulgaris.

7. Aquilegia. Sd.

Grundblätter doppelt 3zählig. Var. *micrantha*
Üchtr.-Vater: Blumen 2-4mal kleiner als bei
der Hauptform. — Zerstreut, in Wäldern;
nicht seltene Zierpflanze. Juni, Juli. — .
. . . Fig. 192, Akelei, *A. vulgaris* L.

8. Delphinium, Rittersporn. Sd. u. 1j.

0. Nur ein Nektarium vorhanden, resp.
die beiden unter einander verbunden.
Frucht aus 1, seltener 2 od. 3 Früchtchen zusammengesetzt 1
„ 2 freie Nektarien, ausser diesen noch
2 kronenartige Blättchen vorhanden.
Frucht aus 3-5 Früchtchen bestehend.
Blätter tief 5spaltig. Sd. — In Bergwäldern Schlesiens u. Böhmens; nicht
seltene Zierpflanze. Juni, Juli. — .
. . . . *D. elatum* L.

Fig. 193. DelphiniumConsolida.

1. Früchte kahl. Blumen in wenigblütigen Trauben. Deckblätter u. Vorblätter der Blumen ungeteilt, kürzer als der fadenförmige Blütenstiel.
1j. — Gemein, auf Äckern. Mai-Sept. — Fig. 193, *D. Consolida* L.

„ Früchte behaart. Blumen in vielblütigen Trauben. Blütenstiele kurz
   und dick 2
2. Vorblätter kürzer als der Blütenstiel. Früchtchen allmählich in
   den Griffel übergehend. Blumen blau. 1 j. — Zuweilen verwilderte Zierpflanze aus Südeuropa. Juni-Aug. — . *D. Ajacis* L.
„ Vorblätter länger als der Blütenstiel. Griffel deutlich vom
   Früchtchen abgesetzt. Blumen violett, rötlich od. weiss. 1 j. —
   Zierpflanze aus Kaukasien. Juni-Aug. — . . *D. orientale* Gay.

9. Aconitum, Sturmhut, Eisenhut, Venuswagen. Sd.

0. Blumen gelb, mit länglich-cylindrischem Helm. — Zerstreut, in
   Bergwäldern; fehlt im Königreich Sachsen. Juni, Juli. — . . .
   . . . . Wolfs-Sturmhut od. -Kraut, *A. Lycoctonum* L.
„ Blumen blau, violett, weiss od. bunt 1
1. Der Helm ist mindestens doppelt so hoch als breit. Die jüngeren
   Früchtchen verlaufen parallel zu einander. Var. *gracile* W. Gr.: Helm
   kegelförmig. Var. *macranthum* W. Gr.: Helm glockenförmig. —
   Selten, in Bergwäldern. Juli-Sept. — . . . . *A. variegatum* L.
„ Helm etwa ebenso hoch wie breit 2
2. Die Fruchtknoten einander zugeneigt. Ausser der endständigen
   sind meist noch seitenständige Trauben vorhanden. Blattabschnitte
   2-3spaltig, mit 2-3spaltigen, lanzettlichen Zipfeln. — Selten, in
   Gebirgswäldern Mitteldeutschlands. In Gärten als Zierpflanze,
   zuweilen verwildert. Juni-Aug. — . . . . *A. Stoerkianum* Rchb.
„ Die Fruchtknoten auseinandergehend. Traube meist einfach.
   Blattabschnitte etwa 3teilig, mit beinahe linealen Zipfeln. —
   Selten, in Bergwäldern, aber häufig als Zierpflanze in Gärten.
   Juni-Aug. — . . . . Fig. 194, *A. Napellus* L.

Fig. 194. Aconitum Napellus.   *Fig. 195.* Actaea spicata.

e) Paeonieae.

0. Frucht eine Beere . . . . 1. Actaea.
„ Früchtchen kapselig 1
1. 4 Blumenblätter . . . . 2. Cimicifuga.
„ 5 bis viele Blumenblätter . . . . 3. Paeonia.

1. Actaea. Sd.

Zerstreut, an schattigen Abhängen, in Laubwäldern. Mai, Juni. — .
. . . . Fig. 195, Christophskraut, *A. spicata* L.

2. Cimicifuga. Sd.

0. Pflanze 0,50-1,50 m hoch. Früchtchen meist zu 4, weichhaarig, sehr
kurz-gestielt. — Sehr zerstreut, fast selten, in Prov. Preussen u. Posen;
selten verwildert. Juli, Aug. — (*Actaea cimicifuga* L.), *C. foetida* L.
„ Pflanze bis mannshoch. Früchte kahl, länger gestielt. — Zuweilen
verwilderte Zierpflanze aus Nordamerika. Sommer. — . . . . .
. . . . (*Actaea racemosa* L.), *C. racemosa* Barton.

3. Paeonia, Päonie, Pfingstrose. Sd.

0. Blättchen ganz, Früchtchen meist 5 1
„ „ 2-3spaltig. Früchtchen 2-3. — Zierpflanze aus Südeuropa.
Mai, Juni. — . . . . *P. peregrina* Mill.
1. Stengel krautig. — Zierpflanze aus Süddeutschland. April, Mai. —
. . . . *P. corallina* Retz.
„ Stengel strauchig. Blumen rosenrot. — Zierpflanze aus Ostasien.
Mai, Juni. — . . . . *P. Mutan* Sm.

XVIII. Fam. Nymphaeaceae.

Bearbeitet von Prof. Dr. R. Caspary.

Wasserpflanzen mit vereinigt aufgewachsenen Fruchtblättern.
0. Blumen weiss, mit 4 grünen Kelchblättern, ohne Nektarien . .
. . . . **1. Nymphaea.**
„ Blumen gelb, mit 5 grossen, gelben Kelchblättern und zahlreichen,
viel kleineren, spateligen Blumenblättern, die oben aussen ein
Nektarium besitzen . . . . **2. Nuphar.**

1. Nymphaea, Weisse Seerose, weisse Mummel, Wasserlilie,
Wassertulpe. Sd.

0. Ansatzkanten der Kelchblätter vorspringend. Kelch- u. Blumenblätter kurz-länglich. Blumen halb offen, Filamente der innersten
Staubblätter schmal-eiförmig, breiter als
die Staubbeutel. Pollenkörner gross, fein-
warzig. Narbenstrahlen 6—14, 3spitzig,
mehr od. weniger carmesin gefärbt. Samen
gross. — Spielart *oocarpa* Casp. (Fig. 196[1]):
Frucht eiförmig, höher als breit. — Spielart *sphaeroides* Casp. (Fig. 196[2]): Frucht
etwas abgeplattet, breiter als hoch. Früchte

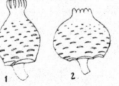

Fig. 196. Früchte von
Nymphaea candida.
1 = Spielart oocarpa.
2 = sphaeroides.

beider Spielarten bald grünlich (*chloro-
carpa*), bald rötlich (*erythrocarpa*). — In
stehenden Gewässern in Nordostdeutschland, die Weichsel nach Westen wenig
überschreitend, in Böhmen, Bayern u. auf den Gebirgen. Mai-
Aug. — . . . . *N. (alba* L. z. T.) *candida* Presl.
„ Ansatzkanten der Kelchblätter gerundet. Kelch- u. Blumenblätter
lang-länglich. Blumen weit geöffnet. Filamente der innersten
Staubblätter lineal, schmäler als ihre Staubbeutel od. so breit wie
sie. Pollenkörner klein, mit warzigen Stachelchen. Narben-Strahlen
8-24, einspitzig, gelb. Samen klein. — Spielart *sphaerocarpa* Casp.

14*

(Fig. 197[1]): Frucht fast kugelig. Häufigste Spielart. — Spielart *depressa* Casp. (Fig. 197[2]): Fruchthöhe zur Fruchtbreite wie 2 : 3 bis 5 : 6. Selten. Diese beiden Spielarten mit 2 Verschiedenheiten: Narben-Scheibe breiter als die halbe Frucht: *platystigma*, od. Narben-scheibe schmäler als die halbe Frucht: *engystigma*. — Spielart *urceolata* Casp. (Fig. 197[3]):

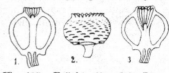

Narben-Scheibe der Frucht trich-terig, tiefer als die halbe Frucht-höhe lang ist. Sehr selten. — Spielart *oviformis* Casp.: Frucht eiförmig, $^1/_4$-$^1/_3$ höher als breit. Nicht häufig. — Bei allen Spiel-arten die Früchte grünlich *(chloro-carpa)* od. rötlich *(erythrocarpa)*. —DurchDeutschland in stehenden und sanft fliessenden Gewässern verbreitet. Mai-Aug. — . . . .

Fig. 197. Früchte (1 u. 3 im Längs-schnitt) von Nymphaea alba. 1 = Spielart sphaerocarpa, 2 = depressa, 3 = urceolata.

. . . . *N. (alba* L. z. T.) *alba* Presl. Bastard: Eigenschaften von N. alba u. candida gemischt; Pollen schlecht; keine Früchte od. kümmerliche mit wenigen Samen. — Zwischen den Eltern. Selten. — *N. alba + candida* Casp.

2. **Nuphar**, gelbe Mummel, gelbe Seerose, Nixblume. Sd.

0. Staubbeutel der innersten Staubblätter lineal, 3-4 mal so lang als breit. Narben-Scheibe eben, Rand ganz od. etwas buchtig, Mitte spitzwinklig vertieft. Strahlen 10-24. — Form *urceolatum* Casp. (Fig. 198[1]): Trichter der Narben-Scheibe tiefer als die halbe Länge der Frucht lang ist. Sehr selten. — Form *rubropetalum* Casp. Blumenblätter blutrot. Nordostdeutschland. Selten. — Stehende u. fliessende Gewässer durch ganz Deutsch-land. Juni-Aug. — . . . .
. (*Nymphaea lutea* L.), *N. luteum* Sm.

„ Staubbeutel der innersten Staubblätter 1-1$^3/_4$ mal so lang als breit. Narben-Scheibe gekerbt, zwischen den Strahlen scharf gefurcht, Mitte mit Axenhöcker. Strahlen 7-14, Scheibe mehr od. weniger carmesin. — Nordostdeutschland u. Gebirge. Juli, Aug. — . . Fig. 198[2], *N. pumilum* Sm. Bastard: Eigenschaften beider Eltern gemischt. Pollen schlecht. Keine od. wenige Früchte mit wenigen Samen. — Zwischen den Eltern. — . . . .
. . . . . *N. luteum + pumilum* Casp.

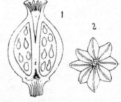

Fig. 198[1]. Längsschnitt durch die Frucht von Nuphar luteum Form ur-ceolatum. — *198[2].* Narbe von Nuphar pumilum von oben gesehen.

---

6. **Rhoeadinae.**

XIX. Fam. Papaveraceae.

Blumen mit 2 blättrigem Kelch, 4 blättriger Krone, zahlreichen Staubblättern u. einem 1 fächrigen, vieleiigen, aus 2 bis vielen Frucht-blättern zusammengesetzten Fruchtknoten.

0. Blumen meist scharlachrot, seltener violett bis weiss. Früchte kugelig od. länglich . . . . **1. Papaver.**

„ Blumen gelb, seltener hellrot, mit linealen Früchten . . . 1

1. Nur 1 mützenförmiges Kelchblatt. Narbe 4 lappig. **4. Eschscholzia.**
„ 2 Kelchblätter. Narbe 2 lappig. 2
2. Pflanze mit gelbem Milchsaft u. gefiederten Blättern. Gelbe
Blumen in wenigblütigen Dolden . . . . . **3. Chelidonium.**
„ Pflanzen mit weissem Milchsaft. Gelbe od. rote Blumen einzeln
. . . . **2. Glaucium.**

1. Papaver, Klatschrose. 1 j.

0. Blätter stengelumfassend. Staubfäden oben breiter als unten.
Kapsel kahl, kugelig. Blumen meist weiss bis violett u. die Samen
weiss (*album* der Autoren), oder Blumen bläulich-rot od. purpurn
u. Samen bläulich-schwarz (*nigrum* d. A.). 1 j. — Kulturpflanze
aus Südeuropa. Juni-Aug. — . . . Mohn, *P. somniferum* L.
„ Blätter nicht stengelumfassend 1
1. Staubfäden oben breiter als unten. Kapsel borstig 2
„ „ oben nicht verbreitert. Kapsel kahl 3
2. Kapsel länglich mit aufrechten Borsten. — Fast gemein, auf Sand-
u. Lehmäckern. Mai-Juli. — . . . Fig. 199, *P. Argemone* L.
„ Kapsel kugelig, mit abstehenden, gebogenen Borsten. — Sehr
zerstreut, auf Äckern, in der Rheingegend sehr selten u. in
Schlesien z. B. fehlend. Mai-Juli. — . . . . . *P. hybridum* L.
3. Pflanze abstehend behaart. Kapsel am Grunde abgerundet; Narbenlappen sich gegenseitig mit ihren Rändern bedeckend. Var. *trilobum*
Wallr.: Blätter elliptisch, uneingeschnitten od. 3 lappig, die Lappen
ganzrandig; Blume klein, hochrot; Kapsel verkehrt-eiförmig, klein,
mit 8 strahliger Narbe. Var. *strigosum* Bönngh.: Borsten der Blütenstiele anliegend. — Häufig, auf Äckern. Mai-Aug. — *P. Rhoeas* L.
„ Blütenstiele anliegend-rauhhaarig. Kapsel am Grunde verschmälert.
Narbenlappen deutlich von einander gesondert, sich nicht deckend. —
Nicht gerade sehr häufig, auf Sandäckern. Mai-Juli. — *P. dubium* L.

Fig. 199. Papaver Argemone.   *Fig. 200.* Glaucium corniculatum.

2. Glaucium, Hornmohn. 1- u. 2 j.

0. Blumen gelb. Stengel fast kahl. 2 j. — Nicht häufig, an alten
Burgen, auf Flusskies u. Eisenbahndämmen; zuweilen verschleppt.
Juni, Juli. — . . (*Chelidonium Glaucium* L.), *G. flavum* Crntz.

„   Blumen rot. Pflanze behaart; auch die Frucht borstig-steifhaarig. Var.
tricolor Bernh.: Der schwarze Fleck der Kronenblätter von einem
weissen Saum umzogen. — Selten, auf Äckern u. unbebauten Weinbergen, namentlich in Mitteldeutschland; fehlt z. B. in Schlesien. Juni,
Juli. — Fig. 200, (*Chelidonium corniculatum* L.), *G. corniculatum* Curt.

3. Chelidonium. Sd.

Bei einer sehr seltenen Var.
(*laciniatum* Mill.) sind die Blättchen
fiederig geteilt. — Gemein, in der
Nähe bewohnter Orte, auf Schutt,
an Zäunen u. Mauern, auf Gartenland. Mai-Okt. — . . . .
Fig. 201, Schellkraut, *C. majus* L.

4. Eschscholzia. 1j.

Zierpflanze aus Kalifornien. Juni-
Herbst. — *E. californica* Lindl.

XX. Fam. Fumariaceae.

Blumen meist zygomorph, mit 2
meist hinfälligen Kelch-, 2 + 2
Kronen- und in 2 Bündeln erscheinenden od. 4 freien Staubblättern. Fruchtknoten 1 fächrig,

Fig. 201. Chelidonium majus.

1- bis mehreiig, zu einer einsamigen Schliessfrucht od. zu einer mehrsamigen Kapsel werdend.

0. 4 freie Staubblätter. Die 2 äusseren Blumenblätter ganz, die 2
   inneren dreispaltig . . . . **1. Hypecoum.**
„   Staubblätter in 2 Bündeln, jedes mehrere Beutel tragend . . 1
1. 2 Blumenblätter am Grunde mit einem hohlen, sackartigen Sporn.
   Frucht 2 klappig, kapselig . . . . **2. Dicentra.**
„   Nur ein Blumenblatt bespornt 2
2. Kapseln länglich, mit 2 Klappen aufspringend, vielsamig. Blätter
   einfach- od. doppelt-3 zählig . . . . **3. Corydalis.**
„   Schliessfrüchte 1 samig. Blätter doppelt gefiedert 3
3. Frucht kugelig . . . . **4. Fumaria.**
„   „   flach zusammengedrückt. . . . . . **5. Platycapnos.**

1. Hypecoum. 1j.

Aus Südeuropa, selten verschleppt, besonders auf Lehmäckern; Greussen
in Thüringen; Pfalz. Juni, Juli. — . . . . *H. pendulum* L.

2. Dicentra. Sd.

Zierpflanze aus Japan. Mai, Juni. — . . . .
Flammendes, gebrochenes od. hängendes Herz, *D. spectabilis* Borkh.

3. Corydalis. Sd. u. 1j.

Ausser C. lutea u. claviculata besitzen die Arten dieser Gattung
abweichend von den anderen Dikotylen nur 1 Keimblatt.

0. Stengel unten einfach, mit 2 Keimblättern 1
„   „   „   knollig verdickt, mit nur einem Keimblatt . . 2
1. Blumen citronengelb. Blätter 3 zählig, Blättchen 2 fach gefiedert,
   ohne Ranken. 1j. — Selten u. hin u. wieder in Felsenspalten

u. an alten Mauern verwilderte Zierpflanze aus Süddeutschland.
Juli-Sept. — . . . . . (*Fumaria lutea* L.), *C. lutea* D. C.

„ Blumen weisslich. Blätter 2 fach gefiedert. Blättchenstiele an der
Spitze verzweigte Ranken tragend. 1 j. — Von Schleswig bis Westfalen in Gebüschen u. Wäldern. Juni-Sept. — *C. claviculata* D. C.

2. Knolle im Innern hohl. Deckblätter der
Blumen ganzrandig. 1 j. — Nicht häufig,
in Laubwäldern und Gebüschen. April,
Mai. — Hohlwurz, Lerchensporn, (*Fumaria*
bulbosa Var. *cava* L.), *C. cava* Schwgg. u. K.

„ Knolle nicht hohl 3

3. Deckblätter ganz, nur ausnahmsweise etwas
eingeschnitten. Stengel über der Knolle mit
dem stehen gebliebenen Keimblatt (k Fig. 202)
besetzt. Frucht etwa 3 mal länger als ihr
Stiel. 1 j. — Zerstreut od. sehr zerstreut,
besonders unter Haselbüschen ; in der Rheinprovinz nur in der Eifel. März, April. —
Fig. 202, (*Fumaria bulbosa* Var. *interm.* L.),
C. (*Fabacea* Pers.) *intermedia* P. M. E.

„ Deckblätter gewöhnlich fingerig geteilt. 4

4. Deckblätter länger als die Fruchtstiele,
welche 3 mal kürzer als die Kapseln sind.
1 j. — Sehr zerstreut od. selten, in Gebüschen; fehlt z. B. in der Rheinprovinz.
März, April. — . . . *C. pumila* Rchb.

Fig. 202. Corydalis intermedia.

„ Deckblätter so lang wie die Fruchtstiele, diese so lang wie die Kapseln.
1 j. — Hin u. wieder, in schattigen Laubwäldern. April. — . .
(*Fumaria bulbosa* Var. *solida* L.), *C.* (*digitata* Pers.) *solida* Sm.

4. Fumaria, Erdrauch. 1 j.

0. Früchte glatt 1

„ „ höckerig-runzelig . 2

1. Blütenstiele später zurückgebogen. Blumen weiss-gelblich.
— Selten, an Zäunen, auf Schutt
verwilderte Pflanze aus Süddeutschland. Juni-Sept. — .
. . . . . *F. capreolata* L.

„ Blütenstiele abstehend. Blumen
purpurn. — Auf Mauern un-
weit Hamburg. Juni-Sept. —
. . . . *F. muralis* Sonder.

2. Blumen weiss od. etwas hellrosa; Kelchblätter 6 mal kürzer
als die Blumenblätter. Blattzipfel lineal, deutlich rinnig. —
Äcker in der Rhein- u. Maingegend; zuweilen verschleppt.
Juni-Sept.— *F. parviflora* Lmk.

Fig. 203. Fumaria officinalis.

„ Blumen rot 3

3. Kelchblätter 3 mal kürzer als die Krone od. auch grösser . . 4

„ Kelchblätter 6 oder 10 mal kürzer als die Krone 6

4. Kelchblätter etwa halb so lang als die Blumenblätter. Früchte spitz. 5
„   „   etwa 2 mal kürzer als die Blumenblätter. Früchte nierenförmig ausgerandet. Var. *tenuiflora* Fr.: Früchte fast kugelig, stumpf,
kurz bespitzt, nicht ausgerandet. — Gemein bis häufig,auf Äckern
u. Schutt. Mai-Herbst. — . . . Fig. 203, *F. officinalis* L.
5. Frucht mit kurzem Spitzchen, an dessen Seiten 2 längliche
Grübchen; Deckblätter meist kürzer als die Fruchtstiele. — Zerstreut, auf Äckern, namentlich in Mitteldeutschland. Juni-Sept. —
. . . . *F. rostellata* Knaf.
„ Frucht stumpf, an der Spitze mit 2 rundlichen Grübchen; Deckblätter meist mindestens so lang wie die Fruchtstiele. — Hamburg,
Helgoland. Juni. — . . . . *F. densiflora* D. C.
6. Deckblätter fast so lang wie die Fruchtstiele. Krone blassrosa,
zuweilen fast weiss. Blattzipfel lineal-lanzettlich, flach. — Zerstreut, besonders auf Kalkäckern u. in Weinbergen Mitteldeutschlands,
sehr selten in Norddeutschland. Juni-Sept. — *F. Vaillantii* Loisl.
„ Deckblätter 2-3 mal kürzer als die Fruchtstiele. Krone dunkelrot. —
Besonders in Thüringen, aber auch sonst in Mitteldeutschland, auf
Äckern u. in Weinbergen. Juni-Sept. — *F. Schleicheri* Soy. Will.

5. **Platycapnos.** 1 j.

Selten auf Schutt verwilderte Pflanze aus Südeuropa. Mai-Herbst. —
. . . . (*Fumaria spicata* L.), *P. spicatus* Bernh.

XXI. Fam. Cruciferae.

Kelch u. Krone 4 blättrig; (meist) 4 längere u. 2 kürzere Staub-
blätter; zwischen Blumen- u. Staubblättern oder zwischen diesen u. den
Fruchtblättern finden sich 2 bis mehr Honigdrüsen. Frucht eine
Schote darstellend, d. h. durch eine fast wie Seidenpapier dünne
Scheidewand in 2 ein- bis mehreiige Fächer geteilt. Jede Klappe ent-
spricht einem Fruchtblatt, welches — wie dies die Regel ist — an seinen
Rändern die Samenleisten trägt. Die Scheidewand entsteht durch eine
Verschmelzung häutiger Auswüchse der Leisten. Solche Scheidewände,
wie überhaupt alle diejenigen, die nicht durch eine Verwachsung der
Fruchtblattränder selbst zustande kommen, werden als **falsche Scheide-
wände** bezeichnet. Blätter wechselständig u. scheidenlos; Hochblätter
(Blüten-Deckblätter) fehlen meist.

0. Fruchtknoten mehrmal länger als breit 1
„   „   allerhöchstens 2 mal länger als breit, d. h. die Frucht
ein „S c h ö t c h e n" 20
1. Schoten nicht aufspringend, mehr od. minder auffallend perlschnurartig gegliedert (Gliederschote) od. einfach 2
„ Schoten aufspringend 3
2. Blumen blassgelb. Frucht quer gegliedert, in 1 samige Stücke
zerfallend . . . . **44. Raphanistrum.**
„ Blumen weiss od. lila, mit violetten Adern . . **45. Raphanus.**
3. In jedem Fach die Samen nur eine Reihe, höchstens eine Zickzack-
linie bildend 4
„ In jedem Fach bilden die Samen 2 deutliche Reihen . . . 17
4. Klappen der Schote mit verzweigten Adern besetzt . . 15 a
„   „   „   „   aderlos od. die Adern parallel verlaufend. 6
5. Die oberen Blätter oft ungeteilt. Namentlich unterwärts behaarte
Pflanzen mit weissgelben Blumen . . . . . . **17. Erucastrum.**

„ Auch die oberen Blätter fiederteilig. Fast kahle Pflanzen mit gewöhnlich intensiv gelben Blumen . . . . . . 4. Barbarea.
6. Schotenklappen mit mindestens 3 Parallel-Nerven 7
„ „ nervenlos od. 1 nervig 9
7. Keimblätter im länglichen Samen flach. Frucht höchstens mit kurzem, stehenbleibendem Griffel 8
„ Keimblätter im kugeligen Samen rinnig gefaltet. Frucht mit langem, schnabelförmigem Griffel . . . . 16. Sinapis.
8. Blumen gelb . . . . 10. Sisymbrium.
„ „ weiss . . . . 12. Alliaria.
9. Narbe deutlich 2 teilig (mit oft dicht aneinanderliegenden Lappen). 10
„ „ ganz od. doch nur äusserst schwach 2 zipfelig 12
10. Blumen gelb . . . . 2. Cheiranthus.
„ „ nicht gelb 11
11. Blätter grau behaart. Narbenlappen auf dem Rücken verdickt.
. . . . 1. Matthiola.
„ Blätter grün. Narbenlappen nicht verdickt, flach. 9. Hesperis.
12. Klappen nervenlos 13
„ „ 1 nervig, zuweilen fast nervenlos 14
13. Schoten fast lanzettlich, mit fadenförmigem Griffel. Blumen gelblich-weiss od. rot. Keimblätter am Rande gefaltet. 8. Dentaria.
„ Schoten lineal, mit sehr kurzem od. fehlendem Griffel. Blumenblätter weiss od. schwach rosa, zuweilen fehlend. Keimblätter flach . .
. . . . 7. Cardamine.
14. Blumen weiss, selten lila 16
„ „ gelb 15
„ „ hellgelb bis weisslich. Blätter tief-herz-förmig, stengelumfassend, ganzrandig u. kahl
(E. orientale). . . . .
15. Die 4 kantigen od. zusammengedrückten Schoten ⎱ 14. Erysimum.
ungeschnäbelt, d. h. griffellos od. nur mit einer
kurzen Spitze. Würzelchen auf dem Rücken eines
der flachen Keimblätter liegend . . . . . .
„ Die stielrunden od. fast 4 kantigen Schoten ge-⎱
schnäbelt. Würzelchen auf dem Rücken eines der ⎰ 15. Brassica.
rinnig gefalteten Keimblätter liegend . . . . ⎰
15a. Samen kugelig . . . . ⎰
„ „ länglich. Schote kantelförmig 5
16. Würzelchen des Samens auf der Seite der Keimblätter liegend.
. . . . 6. Arabis.
„ Würzelchen auf dem Rücken eines der flachen Keimblätter liegend.
Blätter ganz, länglich-lanzettlich, mit 2-3 gabeligen Haaren besetzt; die grundständigen eine Rosette bildend. Schoten etwa so lang wie ihre abstehenden Stiele. Blumen klein. 11. Stenophragma.
17. Die zwischen dem Blütenstande u. den mit 3 gabeligen Haaren besetzten Grundblättern befindlichen Blätter ganz, mit tief-herz-pfeilförmigem Grunde stengelumfassend. Pflanze oben kahl. Blumen klein, weiss-gelblich. Würzelchen des Keimlings auf der Seite der Keimblätter liegend . . . . 5. Turritis.
„ Meist alle Laubblätter geteilt. Blumen gelb od. weiss . . . 18
18. Traube mit laubblattähnlichen Deckblättern. Blumen weiss. Würzelchen des Keimlings auf dem Rücken eines der flachen Keimbläter liegend . . . . 13. Braya.

36. 2 der Kelchblätter mit buckelig hervorstehendem Grunde, indem
derselbe sackartig erweitert ist 37
„ Kelchblätter mit einfachem Grunde 38
37. Blumen gelb. Schötchen gedunsen . . . . : **19. Vesicaria.**
„ „ lila od. violett. Schötchen äusserst flach. **22. Lunaria.**
38. „ gelb, höchstens nach dem Blühen weisslich verbleichend. 39
„ Blumenblätter weiss, 2 spaltig. Schötchenfächer 6- od. mehrsamig.
Pflanze von sternartigen Haaren: Sternhaaren, grau. **21. Berteroa.**
39. Fächer der mehr kreisförmigen Früchte 1-4 samig. Staubfäden alle
od. die 2 kürzeren am Grunde seitlich geflügelt od. verdickt u.
mit seitlichen Zähnen versehen. Blätter ganz . . **20. Alyssum.**
„ Fächer der länglichen od. auch kugeligen Früchte mehrsamig.
Blätter geteilt 19
40. Staubfäden einfach . . . . **30. Iberis.**
„ „ am Grunde mit einer kleinen Schuppe. Stengel nur
am Grunde beblättert. Blätter fast auf dem Boden liegend, eine
Rosette bildend . . . . **29. Teesdalea.**
41. Blumenblätter gelb 29
„ Blumenblätter weiss, selten gelblich-weiss 42
42. Klappen besonders an der Spitze auffallend geflügelt. Fächer
2- bis mehrsamig . . . . **28. Thlaspi.**
„ Klappen ungeflügelt od. unbedeutend an der Spitze geflügelt. 44
43. Blumenblätter untereinander gleich 41
„ „ „ ungleich 40
„ ; fehlend (L. ruderale.) . . . . .⎫
44. Fächer 1 samig. Schötchen kreis- od. eiförmig,⎬ **32. Lepidium.**
meist an der Spitze etwas geflügelt . . . .⎭
„ Fächer mindestens 2 samig, flügellos 45
45. „ 2 samig. Früchte elliptisch. Kronenblätter nur etwas länger
als der Kelch. Etwa 6 cm hohes, aufrechtes Pflänzchen. **33. Hutchinsia.**
„ Fächer vielsamig . . . . **34. Capsella.**

1. Matthiola. 1 j.
Häufige Zierpflanze aus Südeuropa. Juni-Herbst. — . . . . . .
. . . . (Sommer-) Levkoje, *M. annua* Sweet.

2. Cheiranthus. Sd.
Zuweilen verwildernde Zierpflanze aus dem östlichen Mittelmeer-Gebiet.
Mai, Juni. — . . . . Goldlack, *C. Cheiri* L.

3. Nasturtium. Sd., 1- u. 2 j.
0. Blumen weiss. Var. *microphyllum* Rchb.: Blättchen kurz gestielt,
klein. Var. *siifolium* Rchb.: Stengel lang; Blättchen aus herzförmigem Grunde länglich-lanzettlich. So im Wasser. Var. *longi-
siliqua* Irmisch: Schoten lang, bei *brevisiliqua* Irmisch kurz. Var.
trifolium Kittel: Blätter ungefiedert, herzkreisförmig. Sd. — Sehr
vereinzelt in Schlesien, Posen, Pommern, Provinz Preussen, sonst
namentlich im westlichen Gebiet häufiger; in Gräben, Bächen u.
an quelligen Orten. Mai-Sept. — . . . . Fig. 204,
Brunnenkresse, (*Sisymbrium Nasturtium* L.), *N. officinale* R. Br.
„ Blumen gelb 1
1. Blumenblätter blassgelb, so lang, kürzer od. nur sehr wenig
länger als die Kelchblätter. Früchte etwa so lang wie ihre Stiele.
1- u. 2 j. — Häufig, an feuchten u. nassen Orten. Juni-Sept. —
. . . . *N. palustre* D. C.

„　Blumenblätter deutlich länger als der Kelch 2
2. Blumenblätter wenig länger als der Kelch. Kugelige od. ellip-
　　tische Frucht wenigstens 2 mal kürzer als ihr Stiel, gewöhnlich
　　viel kürzer 3
„　Blumenblätter 2-3 mal länger
　　als der Kelch. Die meist
　　lineale Frucht so lang od. etwa
　　$1/_2$ so lang als ihr Stiel . 6
3. Schötchen kugelig, etwa so lang
　　wie ihr Griffel, viel kürzer als
　　ihr Stiel. Sd. — Im oberen
　　Elbthal bis Magdeburg, bei
　　Helmstedt u. in Schlesien an
　　mehreren Stellen. Juni, Juli. —
　　. . . *N. austriacum* Crntz.
„　Schötchen elliptisch, länger als
　　ihr Griffel 4
4. Stengel nicht hohl . . . 5
„　Der im Wasser befindliche Teil
　　des Stengels röhrig. Schötchen
　　elliptisch od. fast kugelig, 2-3
　　mal kürzer als sein Stiel. Var.
　　auriculatum D. C.: Blätter un-

Fig. 204. Nasturtium officinale.

geteilt, länglich, mit herzförmigem Grunde. Sd. — Häufig, stehende
Gewässer, Ufer. Mai-Juli. — . . . .
　　. . . . . (*Sisymbrium amphibium* L.), *N. amphibium* R. Br.
5. Blätter ganz, nur ungleich eingeschnitten gezähnt. Frucht 2-3 mal kürzer
　　als ihr Stiel. Sd. — An der Moldau u. Elbe bis Sachsen; Dessau,
　　Hamburg, Marienwerder. Juni, Juli. — *N. armoracioides* Tausch.
„　Die untersten, ersten Blätter langgestielt, elliptisch, die oberen tief-
　　fiederspaltig. Frucht 3 mal kürzer als ihr Stiel. Sd. — Im Elb-
　　thal von Dessau bis Magdeburg. Juni-Aug. — . . . . . .
　　. . . . . (*Sisymbrium pyrenaicum* L.), *N. pyrenaicum* R. Br.
6. Frucht länglich-lanzettlich, an beiden Rändern zusammengedrückt,
　　etwa $1/_2$ so lang wie ihr Stiel. Sd. — Selten, an feuchten Orten.
　　Juni-Aug. — . . . . *N. anceps* D. C.
„　Frucht lineal, etwa so lang wie ihr Stiel. Sd. — Gemein, auf
　　feuchten Wiesen u. Äckern, an Gräben u. Wegrändern. Juni-
　　Aug. — . . . . . (*Sisymbrium silvestre* L.), *N. silvestre* R. Br.

4. Barbarea, Winterkresse. 2 j.

0. Fruchtstiele dünner als die reifen Früchte. Obere Blätter unge-
　　teilt 1
„　Fruchtstiele fast so dick wie die reifen Früchte. Alle Blätter ge-
　　fiedert 2
1. Blumenblätter fast doppelt so lang als die Kelchblätter. Schoten
　　aufrecht abstehend. Var. *arcuata* Rchb.: Schoten bogig-aufsteigend.
　　Traube lockerer. — Zerstreut, an feuchten Orten. Mai-Juli. —
　　. (*Erysimum Barbarea* L.), *B.* (*lyrata* Aschs.) *vulgaris* R. Br.
„　Blumenblätter nur etwa $1/_3$ länger als die Kelchblätter. Schoten
　　aufrecht, aber nicht abstehend, sondern der Blütenstandsachse an-
　　gedrückt. — Hin u. wieder, an feuchten Orten, besonders in der
　　Nähe grösserer Flüsse. Mai, Juni. — . . . *B. stricta* Andrzj.

2. Untere Blätter 3-5paarig gefiedert. Schoten aufrecht od. etwas abstehend. — Auf Äckern, an Flussufern u. s. w., am Rhein u. im westlichen Gebiet. April, Mai. — . . *B. intermedia* Boreau.

„ Untere Blätter 8-10paarig gefiedert. Schoten sehr lang, bogenförmig aufsteigend. — An feuchten Orten, zweifelhaft ob im Gebiet. April, Mai. — . . . . *B. praecox* R. Br.

5. Turritis. 2j.

Häufig, auf steinigen Hügeln, in Wäldern. Juni, Juli. — . . . . .
. . . . Turmkraut, *T. glabra* L.

6. Arabis. Sd. u. 1-2j.

0. Samen von einem breiten, häutigen Flügel umgeben. Blätter mit tief-herzförmigem Grunde stengelumfassend. Schoten auf kurzen aufrechten Stielen, alle einseitig nach abwärts gekrümmt, eine lange nickende Traube bildend. Blumen gelblich-weiss. — Nicht häufig, an felsigen Abhängen des Rheinthals. Mai, Juni. — *A. Turrita* L.

„ Samen flügellos, höchstens schmal geflügelt. Blumen weiss od. lila. 1

1. Stengelblätter (d. h. Laubblätter mit Ausnahme der Grundblätter) mit herzförmigem, stengelumfassendem Grunde . . . 2

„ Stengelblätter am Grunde nicht herzförmig, sondern verschmälert. 6

2. Pflanze kahl. Blätter ganzrandig, die unteren länglich od. rundlich, langgestielt Sd. — Zerstreut, im westlichen Gebiet auf Kalkfelsen unter Gebüsch. Mai, Juni. — (*Brassica alpina* L.), *A.pauciflora* Grcke.

„ Pflanze behaart 3

3. Schoten abstehend 4

„ „ aufrecht 5

4 Samen mit schmalem Hautrande. Blumen nicht zahlreich, aber verhältnismässig gross. Blumenblätter 2mal so lang als der Kelch. Stengel etwas zottig. Blätter rauh, mit verzweigten Haaren besetzt. Sd. — Am Basalt der kleinen Schneegrube des Riesengebirges, bei Ellrich am Harz u. bei Brilon. Mai-August. — *A. alpina* L.

„ Samen ohne deutlichen Hautrand. Blumen klein. Stengel u. Blätter rauh, mit verzweigten Haaren besetzt. Schoten lineal, kaum dicker als ihre Stiele. Kleines, 0,08-0,25 m, selten bis 0,40 m hohes Pflänzchen. 1j. — In Mitteldeutschland, fehlt jedoch in Schlesien; auf sonnigen Kalkbergen, selten. April, Mai. — *A. auriculata* Lmk.

5. Öhrchen am Grunde der Stengelblätter abstehend. Bei einer Varietät (*sagittata* D. C.) ist der Stengel unten schwach behaart, oben ziemlich kahl, die oberen Blätter sind mit herz-pfeilförmigem Grunde stengelumfassend; bei einer 2. Var. (*sudetica* Tausch) ist die Pflanze kahl od. besitzt nur kurze Haare am Rande der Blätter. Die Blumen sind hier grösser. 2j. u. Sd. — Häufig, auf Hügeln, an Waldrändern u. s. w. Mai, Juni.—
. . . . . . Fig. 205, (*Turritis hirsuta* L.), *A. hirsuta* Scop.

Fig. 205. Arabis hirsuta.

„ Öhrchen nach abwärts dem Stengel anliegend. 2 j. u. Sd. — Selten, in
schattigen Laubwäldern, auf Wiesen. Mai, Juni. — *A. Gerardi* Bess.
6. Blätter fast alle kurzgestielt, höchstens die obersten sitzend . 7
„ Nur die untersten Blätter gestielt, die übrigen sitzend. Pflanze
mit kahlem Stengel, höchstens 0,15 m hoch, selten höher. Sd. —
Selten, an Gipsfelsen im südwestlichen Harz; Böhmen. April,
Mai. — . . . . (*Cardamine petraea* L.), *A. petraea* Lmk.
7. Stengel u. Blätter rauhhaarig. Die unteren Blätter fiederspaltig
bis gefiedert, mehr länglich. 2 j. u. Sd. — Meist nicht selten,
namentlich an sandigen Orten. Ende April-Juli. — . . . . .
. . . Gänsekresse, (*Sisymbrium arenosum* L.), *A. arenosa* Scop.
„ Stengel u. Blätter kahl od. schwach behaart. Untere Blätter im Umriss kreisförmig, ungeteilt, höchstens mit einem Paar Seitenblättchen
am Stiel. Sd. — Feuchte Orte in Gebirgswäldern Mitteldeutschlands,
zuweilen in die Ebene herabgeschwemmt. Mai, Juni — *A. Halleri* L.

7. Cardamine. Sd. u. 1-2 j.

0. Die untersten Laubblätter ungeteilt, eiförmig, die übrigen 3 teilig
od. 2-3 paarig gefiedert. Sd. — In Felsritzen des Riesengebirges u.
des mähr. Gesenkes, nicht gerade häufig. Juli, Aug. — *C. resedifolia* L.
„ Alle unteren Laubblätter geteilt 1
1. Stengel oben nackt od. einblättrig. Grundständige Blätter langgestielt, 3 zählig. Sd. — Im südlichen Schlesien. Mai. — *C. trifolia* L.
„ Grundblätter gefiedert 2
2. Blumenblätter länglich, klein, aufrecht 3
„   „   verkehrt-eiförmig, über doppelt so lang als der
Kelch, ausgebreitet 6
3. Blätter mit am Grunde geöhrten Stielen, d. h. also an jeder Seite
einen kleinen Zipfel zeigend. Blättchen der unteren Blätter gestielt, eiförmig-länglich, fingerförmig geteilt, die der oberen gewöhnlich
sitzend, lanzettlich u. ganz. 2 j. — Zerstreut, in schattigen, humusreichen Laubwäldern, an Ufern. Mai, Juni. — . *C. impatiens* L.
„ Blattstiele ungeöhrt 4
4. Stengel kahl. Blättchen länglich bis lineal. 1 j. — Selten,
häufiger in Schlesien u. Holstein, sonst nur hin u. wieder. Juni,
Juli. — . . . . *C. parviflora* L.
„ Blättchen rundlich gestielt 5
5. Griffel so lang wie die Breite der abstehend gestielten Schote.
1 j. — Stellenweise, in schattigen, feuchten Wäldern. April-Juni
und zuweilen auch Juli, Aug. — . . . . . . *C. silvatica* Lk.
„ Griffel kürzer als die Breite der aufrecht gestielten Schote. Meist
nur 4 Staubblätter. 1 j. — Schattige, feuchte Orte, besonders in
der Rheinprovinz. April-Juni. . . . . . . *C. hirsuta* L.
6. Staubblätter ¹/₂ so lang als die Blumenblätter, mit gelben Beuteln.
Var. *scapigera* A. Br.: Stengel nur am Grunde beblättert, viel länger
als die Grundblätter. Var. *paludosa* Knaf.: Pflanze bis 0,5 m
hoch; Blättchen der Stengelblätter deutlich gestielt; Blumen gross.
Var. *Hayneana* Welwitsch: Pflanze niedriger, vielstengelig; Blumenblätter ¹/₂ so gross. Var. *uniflora* Sternberg u. Hoppe: Stengel
nur am Grunde beblättert, 1 blumig, so lang od. wenig länger als
die Blätter. Sd. — Gemein, besonders auf feuchten Wiesen. April-
Juni. — . Fig. 206, Wiesenkresse, Schaumkraut, *C. pratensis* L.
„ Staubblätter etwa so lang wie die Blumenblätter, mit violetten

Beuteln. Gewöhnlich (*typica* Üchtr.) ist die Pflanze kahl, seltener behaart (*hirta* W. Gr.) und in beiden Fällen die Blättchen 2- bis 4-paarig; die obersten Blumen von den jungen Schoten nicht überragt. Bei der Var. *Opizii* Presl jedoch, die kahl (*glabra* Üchtr.) od. von abstehenden Haaren rauh sein kann (*hirsuta* Üchtr.) sind die Blättchen 5-8paarig, gegenständig und die obersten Blumen von den nächsten jungen Schoten überragt od. erreicht. Sd. — Häufig, an Bächen u. quelligen Orten. Mai, Juni. — . . . . .
. . . . Bitterkressich, *C. amara* L.

Fig. 206. Cardamine pratensis.   *Fig. 207.* Dentaria bulbifera.

8. Dentaria. Sd.

0. Untere Blätter gefiedert, obere ungeteilt, in ihren Winkeln tragen sie Zwiebeln. — Zerstreut, in humusreichen Laubwäldern. Mai, Juni. — Fig. 207, Zahnkraut, Schuppenwurz, *D. bulbifera* L.

., Blätter 3- od. 5 zählig gefingert 1

1. Staubblätter so lang wie die gelblich-weissen Blumenblätter. — In schattigen Laubwäldern im östlichen Mitteldeutschland. April, Mai. — . . . . *D. enneaphyllos* L.

„ Staubblätter ¹/₂ so lang als die purpurnen Blumenblätter. — In schattigen, humusreichen Wäldern des südöstlichen Schlesiens. April. — . . . . *D. glandulosa* W. K.

9. Hesperis, Nachtviole. Sd. u. 2j.

0. Blumenblätter lila od. weiss, verkehrt-eiförmig. Schoten fast stielrund. 2j. u. Sd. — Nicht selten verwilderte Zierpflanze aus Süddeutschland. Mai, Juni. — . . . . *H. matronalis* L.

„ Blumenblätter schmutziggrün mit violetten Adern, länglich-lanzettlich. Schoten zusammengedrückt. 2j. — Seltene Zierpflanze aus Österreich. Mai, Juni. — . . . . *H. tristis* L.

10. Sisymbrium. 1-, 2j. u. Sd.

0. Schoten dem Stengel angedrückt, pfriemlich zugespitzt, also oben schmäler als unten, gewöhnlich kurzhaarig, bei *leiocarpum* D. C. kahl. 1j. — Gemein, an Wegen, auf Schutt. Mai-Herbst. — . Fig. 208, Raukensenf, (*Erysimum officinale* L.), *S. officinale* Scop.

„ Schoten abstehend, lineal, also oben u. unten gleich dick . . 1
1. Schoten kantig. Blätter länglich-lanzettlich, ungeteilt, weichhaarig.
Sd. — Sehr zerstreut, namentlich an Ufern in Weidengebüsch; fehlt
z. B. in Schlesien. Juni, Juli. — . . . . *S. strictissimum* L.
„ Schoten meist stielrund. Blätter fiederteilig 2
2. Blätter 3 fach fiederspaltig, mit
linealen Zipfeln. 1 j. — Gemein, in der Ebene u. im
niederen Vorgebirge, auf Schutt
u. Sandfeldern. Mai-Herbst. —
. . . . *S. Sophia* L.
„ Blätter einfach fiederteilig. 3
3. Obere Blätter mit schmal-
linealen Fiedern u. Endab-
schnitten. Kelchblätter abstehend. Krone blassgelb. 1-
u. 2 j. — Provinz Preussen,
Böhmen, sonst verschleppt; auf
sandigen Äckern u. s. w. Mai-
Juli. — . . . . *S. (pannoni-*
cum Jacq.) *Sinapistrum* Crntz.
„ Blattabschnitte breiter, der Endabschnitt eckig 4
4. Blumenblätter etwa 2 mm lang.

Fig. 208. Sisymbrium officinale.

Der Blütenstand bildet zur Blütezeit eine Doldentraube, welche von
den jüngeren Schoten überragt wird. Die reifen Schoten sind etwa
8 mal länger als ihr Stiel. 1- u. 2 j. — Aus Südost-Europa, hin
u. wieder verwildert. Mai-Juli — . . . . *S. Irio* L.
„ Blumenblätter länger als 2 mm 5
5. Pflanze kahl od. sehr schwach, kaum merklich borstig. Blattzipfel
aus breiterem Grunde 3 eckig-spitz od. lanzettlich verschmälert.
Var. *acutangulum* Koch: Blattzipfel lanzettlich od. fast eiförmig;
Schoten fast um ½ kürzer, kahl od. borstig, aufrecht od. abstehend.
2 j. — Auf Felsen u. Mauern, besonders in Thüringen (ob ursprünglich wild?). Mai, Juni. — . . . . *S. austriacum* Jacq.
„ Pflanze, wenigstens der Stengel, deutlich behaart 6
6. Stengel u. untere Blätter steifhaarig. Schoten doppelt so lang
als ihre abstehenden Stiele. 2 j. — Stellenweise, Ruderalpflanze.
Mai-Herbst. — . . . . *S. Loeselii* L.
„ Blattzipfel am Grunde mit aufgerichteten Öhrchen. Kelch aufrecht, den Blumenblättern anliegend. 2 j. — Einheimisch in
Österreich, Mähren u. s. w., im Gebiet wild zweifelhaft, zuweilen
verschleppt. Juni-Juli. — . . . . *S. Columnae* L.

11. Stenophragma. 1- auch 2 j.

Gemein, auf Sandfeldern, Brachäckern, in trockenen Wäldern. April,
Mai, zuweilen auch im Herbst. — . . . . (*Sisymbrium*
Thalianum Gay u. Monnard, *Arabis Thaliana* L.), *S. Thalianum* Celk.

12. Alliaria. 2 j.

Häufig, an schattigen Orten, Zäunen u. s. w. Mai, Juni. — . . . . .
. . . . Fig. 209, Lauch-
hederich, Knoblauchskraut, (*Erysimum Alliaria* L.), *A. officinalis* Andrzj.

13. Braya. 1j.

Ausserhalb der Grenze des Gebiets an der Maas bei Maastricht. Juli, Aug. — . . . . (*Sisymbrium supinum* L.), *B. supina* Koch.

14. Erysimum. 1- u. 2j., auch Sd.

0. Blätter länglich-elliptisch, ganz, die mittleren am Grunde tief-herzförmig stengelumfassend. Blumenblätter aufrecht, sehr hell-gelb, fast weiss. Pflanze kahl. 1j. — Stellenweise, auf Kalk-u. Lehmäckern. Mai-Juli. — . . . .
. . . . Fig. 210, (*Brassica orientalis* L.), *E. orientale* R. Br.
„ Die mittleren Blätter länglich od. lineal, am Grunde nicht herz-förmig. Blumenblätter gelb 1

Fig. 209. Alliaria officinalis.   *Fig. 210.* Erysimum orientale.

1. Blütenstiel kürzer als der Kelch 2
„   „   so lang od. länger als der Kelch 4
2. Schoten schwach rauhhaarig, stumpf 4kantig 3
„   „   grauhaarig, die 4 scharfen Kanten grün, weniger behaart.
2J. — Besonders auf Kalkbergen, namentlich in Thüringen, Franken
u. Böhmen. Juni, Juli. — . . . . *E. odoratum* Ehrh.
3. Schoten fast stielrund, kaum dicker als ihre verdickten, wagerecht
abstehenden Stiele. Kelch am Grunde ohne Höcker. Blumen
ockergelb. 1j. — Sehr zerstreut, auf Feldern Mitteldeutschlands,
häufig in Franken u. Thüringen. Juni, Juli. — *E. repandum* L.
„ Schoten etwas zusammengedrückt. 2 Kelchblätter am Grunde mit
Höckern, d. h. sackartig erweitert. Blumen hell-schwefelgelb. 2j.
— In Mitteldeutschland, selten; fehlt z. B. in Schlesien. Mai,
Juni. — . . . . *E. crepidifolium* Rchb.
4. Blütenstiele 2-3mal so lang als der Kelch u. etwa $^1/_2$ so lang als
die Schoten. Blätter mit 3spaltigen Haaren besetzt. Var. *den-tatum* Koch: Blätter grob- bis buchtig-gezähnt. 1j. — Gemein,
auf Äckern, Schutt, an Zäunen u. s. w. Mai-Herbst. — . . .
. . . . Schotendotter, *E. cheiranthoides* L.
„ Blütenstiele so lang wie der Kelch 5

5. Schoten grauhaarig, die 4 Kanten kahler u. grün. Blätter lineal-
lanzettlich. 2j. — Zweifelhaft im Gebiet. Mai-Juli. — . . .
  . . . . *E. canescens* Rth.
„ Schoten weichhaarig, aber gleichfarbig 6
6. Blätter lineal-lanzettlich, ganzrandig. 2j. u. Sd. — Sehr zerstreut,
fast selten, an unbebauten Orten, namentlich Mitteldeutschlands;
fehlt z. B. in Schlesien. Juni, Juli. — . . . *E. virgatum* Rth.
„ Blätter lanzettlich bis länglich-lanzettlich, gezähnt. 2j. u. Sd. —
Sehr zerstreut, fast selten, zwischen Weidengebüsch an Ufern,
Mauern. Mai-Sept. — *E.* (*strictum* Fl. Wett.) *hieraciifolium* L.

15. Brassica. 1- u. 2j.

0. Schoten aufrecht, der Achse des Blütenstandes angedrückt. Alle
Blätter gestielt. Kelchblätter abstehend. 1j. — Nicht häufig, an
Flussufern, namentlich im westlichen Gebiet, sonst angebaut. Juni,
Juli. — . . Schwarzer Senf, (*Sinapis nigra* L.), *B. nigra* Koch.
„ Schoten abstehend 1
1. Samen glatt. Die 2 kurzen Staubblätter aufrecht wie die übrigen.
Kelch aufrecht. Krone hellgelb. Die verschiedenen Kohlsorten
sind in der Kultur entstandene Rassen dieser Art: 1. *acephala* D. C.,
Winter- od. Blattkohl: Stengel verlängert; Blätter nicht zu Köpfen
zusammengeschlossen, entweder flach, buchtig-fiederspaltig, grün
od. rot (*vulgaris* D. C. = grüner od. roter Blatt- resp. Stauden-
kohl) oder flach, höchstens schwach wellig u. grün (*quercifolia*
D. C. = Grünkohl) od. endlich kraus, fiederspaltig mit länglichen,
eingeschnittenen Lappen (*crispa* D. C. = Braunkohl). 2. *gemmi-*
fera D. C., Rosenkohl: Stengel verlängert, bis 1 m hoch, Laub-
blätter-Endköpfchen halb-, Seitenköpfchen ganz geschlossen; Blätter
blasig. 3. *sabauda* L., Welsch-, Wirsing- (Wirse-), Savoyerkohl:
Stengel etwas verlängert, stielrund; Blätter ganz od. wenig ge-
schlitzt, blasig od. kraus, zu einem lockeren, kugeligen od. länglichen Köpfchen zusammengeschlossen. 4. *capitata* L., Kopfkohl,
Kraut: Stengel kurz; Blätter gewölbt, meist völlig glatt, zu einem
festen Kopf vereinigt, entweder grünlich-
weiss (Weisskohl) od. rot (Rotkohl).
5. *gongylodes* L., (Ober-)Kohlrabi, Ober-
rübe: Stengelgrund über dem Boden zu
einem weissfleischigen, kugeligen Körper
verdickt. 6. *botrytis* L., Blumenkohl, Käse-
kohl, Carviol: Der ganze Blütenstand u.
die oberen Blätter zu einer weissgelben
Masse verdickt. 2- auch 1j. — Auf
Helgoland u. an den Küsten Westeuropas
wohl ebenso nur verwildert wie im übrigen
Gebiet, sonst gebaut. Mai, Juni. — . .
. . . . Fig. 211, Kohl, *B. oleracea* L.
„ Samen grubig-punktiert. Die 2 kurzen
Staubblätter abstehend. Krone goldgelb. 2
2. Kelch zuletzt fast wagerecht abstehend.
Die noch im Knospenzustande befindlichen Blumen von den bereits aufge-
blühten überragt; der Blütenstand daher
fast doldentraubig. Hierher als Kultur-

Fig. 211. Brassica oleracea.

Rassen: 1. *oleifera* D. C., Rübreps: entweder mit dünner Wurzel,
1 j., u. Stengel, Schoten u. Samen kleiner (*annua* Koch, Sommer-
Rübsen, -Saat) als bei den folgenden Rassen od. Wurzel dünn,
aber 2 j. u. Schoten u. Samen grösser
(*hiemalis* Martens, Winter-Rübsen- od.
-Saat). 2. *esculenta* Koch, Weisse
Rübe, Wasser-, Brach-, Saat- od.
Stoppelrübe: Wurzel fleischig-verdickt,
grösser od. (bei *teltoviensis* Alf., Tel-
tower od. märkische Rübe) kleiner. 1-
u. 2 j. — Häufig gebaute u. verwilderte
(*campestris* L., Fig. 212) Kulturpflanze
aus Südeuropa? April, Mai resp. Juli,
Aug. u. Herbst. — . . . .
. . Rübenkohl, Rübsen, *B. Rapa* L.

Fig. 212. Brassica campestris.

„ Kelch zuletzt halb abstehend. Die
noch geschlossenen Blumen von den
erblühten nicht überragt; Blütenstand
locker-traubig. Kultur-Rassen sind:
1. *oleifera* D. C., Ölraps, Winterraps:
entweder die Wurzel dünn, 1 j., Pflanze
im Juli u. Aug. blühend (*annua* Koch,
Sommerraps) od. die Pflanze höher u.
2 j. u. im April, Mai blühend (*hiemalis* Döll, Winterraps).
2. *esculenta* D. C., Kohl-, Erd-, Steck-, Unter-Rübe, Erdkohlrabi,
Wruke: Stengelgrund u. Wurzel fleischig-verdickt, kugelig. 1- u.
2 j. — Wie vorige. April, Mai resp. Juli, Aug. — Raps, *B. Napus* L.

16. Sinapis. 1- u. 2 j.
0. Kelch aufrecht. Blätter tief fiederspaltig od. gefiedert. 1- u. 2 j.
— In den Thälern der Nahe, Ahr, Mosel u. des Rheins, auf
Kieselboden. Juni-Aug. — . . . . . . *S. Cheiranthus* Koch.
„ Kelch wagerecht abstehend. 1

Fig. 213. Sinapis arvensis.   Fig. 214. Sinapis alba.

1. Blätter höchstens etwas gelappt, sonst ganz, eiförmig od. länglich.
Verdickter Griffel bei der kahlen od. bei *orientalis* Murr. kurz-

15*

steifhaarigen Frucht abfallend. 1j. — Auf Äckern unter der Saat.
Juni-Aug. — . . . . Fig. 213, Hederich, *S. arvensis* L.
„ Blätter gefiedert. Griffel bleibend. Schoten steifhaarig, bei *glabrata*
Döll kahl. 1j. — In Süddeutschland wild? Häufig verwildernde
Kulturpflanze. Juni, Juli. — Fig. 214, Weisser Senf, *S. alba* L.

17. Erucastrum. Sd., 1- u. 2j.

0. Blumen ohne Deckblätter; Kelchblätter wagerecht abstehend.
Blumen gelb. Sd. — Sehr selten u. meist verschleppt, auf Äckern
u. s. w. Juni-Aug. — . . . . *E. obtusangulum* Rchb.
„ Untere Blumen mit Deckblättern; Kelchblätter aufrecht. Blumen
weissgelb. 1- u. 2j. — Auf Brachfeldern u. dergl., in der Rheingegend, nach Osten verschleppt u. stellenweise eingebürgert.
April-Okt. — . . . . . Hundsrauke, *E. Pollichii* Sch. u. Spenn.

18. Diplotaxis. 1j. - Sd.

0. Stengel nur am Grunde beblättert, krautig 1
.. „ bis oben hin beblättert, unten etwas holzig. Schote über
der als Verdickung sichtbaren Ansatzstelle der Kelchblätter kurz-
gestielt. Fast wie Schweinebraten
riechend. Sd. — Sehr zerstreut, an
unbebauten, besonders salzhaltigen
Orten, oft verschleppt. Juni-Herbst.
— . . . Fig. 215, (*Sisymbrium
tenuifolium* L.), *D. tenuifolia* D. C.
1. Blumenblätter rundlich - verkehrt-
eiförmig, mit kurzem Nagel. Blütenstiel so lang oder länger als die
Blume. 1j.-Sd. — Zerstreut, auf
Äckern, Schutt, namentlich im
westlichen Gebiet, zuweilen verschleppt. Mai-Okt. — . (*Sisymbrium murale* L.), *D. muralis* D. C.
„ Blumenblätter länglich - verkehrt-
eiförmig, keilig in den Nagel verschmälert. Blütenstiel im Moment
des Aufblühens kürzer als die

Blume. 1j. — In der unteren
Maingegend auf Äckern u. Weinbergen. Juni, Juli. — . . . . .
. . . . (*Sisymbrium vimineum* L.), *D. viminea* D. C.

19. Vesicaria. Sd. auch Str.

An der Godesberger Ruine bei Bonn eingebürgert. Aus Südeuropa.
April-Juni. — . . . . . (*Alyssum utriculatum* L.), *V. utriculata* Lmk.

20. Alyssum. 1-, 2j., Sd. auch Str.

0. Früchte kahl. Staubblätter am Grunde mit stumpfen Zähnen. 1
„ „ behaart. Staubblätter mit oder ohne Anhängsel . . 2
1. Kronblätter 2spaltig. Stengel krautig. 2j. — Auf Porphyr des
Domberges bei Suhl eingebürgert. Apr.-Juni. — . . . .
. . . . A. (*gemonense* L.) *petraeum* Ard.
„ Kronblätter nur ausgerandet. Stengel unten holzig. Sd. auch
Str. — Besonders auf Kalk, im Centrum Mitteldeutschlands, sonst
auch als Zierpflanze. April, Mai. — . . . . *A. saxatile* L.

Fig. 215. Diplotaxis tenuifolia.

2. Schötchenfächer 1 samig. Sd. — Auf sonnigen Bergen bei Erfurt verwildert. Aus Südeuropa. Mai, Juni. — . *A. argenteum* All.
„ Schötchenfächer 2 samig 3
3. Blumen goldgelb. Alle Staubblätter am Grunde geflügelt. Sd. — Zerstreut od. sehr zerstreut, auf Sand u. Felsen. Mai-Herbst. — . . . . *A. montanum* L.
„ Blumen blassgelb, später weisslich werdend. Die kurzen Staubblätter ungeflügelt, aber beiderseits mit einem Zahn. Pflanze grau-sternhaarig. 1j. — Häufig, auf sonnigen Hügeln, Äckern u. dergl., fehlt im Gebirge. Mai, Juni. — Schild-, Steinkraut, *A. calycinum* L.

21. Berteroa. 2j.
Pflanze gewöhnlich von dichten Sternhaaren grau, bei *viridis* Tausch die Sternhaare kleiner u. weniger dicht, daher die Pflanze grüner. — Meist häufig, auf Sand, Felsen u. s. w., fehlt jedoch z. B. in Westfalen. Mai-Herbst. — (Weisse) Wegekresse, (*Alyssum incanum* L.), *B. incana* D.C.

22. Lunaria, Silberblatt, Mondviole, Judassilberling. Sd., 2j.
0. Schötchen länglich, oben u. unten spitz. Blätter gestielt. Sd. — In feuchten Berglaubwäldern Mitteldeutschlands. Mai, Juni. — . . . . *L. rediviva* L.
„ Schötchen breit-elliptisch, oben u. unten stumpf abgerundet. Obere Blätter sitzend. 2j. — Zuweilen verwilderte Zierpflanze aus Westeuropa. April-Juni. — . . . . . *L. (biennis* Mnch.) *annua* L.

23. Draba. 1j.
An Felsen u. steinigen Abhängen, besonders des Rheingebiets, aber auch am Unterharz, in Thüringen, bei Prag u. s. w. Mai. — *D. muralis* L.

24. Erophila. 1j.
Schötchen länglich - lanzettlich, bei *praecox* Rchb. rundlich. — Gemein, auf Sand, in trockenen Wäldern, auf sonnigen Hügeln. März-Mai. — Fig. 216, Hungerblümchen, *E. verna* E. Mey.

25. Cochlearia. 2j. u. Sd.
0. Fruchtklappen nervenlos. Mittlere Blätter fiederspaltig. Sd. — Häufig gebaute u. an nassen u. feuchten Orten verwilderte Kulturpflanze aus Südeuropa. Mai-Juli. — Meer- od. besser Mährrettich, *C. Armoracia* L.
„ Klappen mit einem Mittelnerven. 1
1. Alle Blätter deutlich gestielt, die oberen ei-lanzettförmig. 2j. — Seestrand von Ostfriesland bis Pommern. Mai, Juni. — *C. danica* L.

Fig. 216. Erophila verna.

„ Obere Blätter sitzend, mit tiefherzförmigem Grunde stengelumfassend; untere gestielt 2
2. Untere Blätter breit-eiförmig, schwach herzförmig, bei *pyrenaica* D. C. (von der Eynenburg unweit Aachen) nierenförmig. 2j. — Ufer der Nord- u. Ostsee, sowie an Salzquellen, zuweilen gebaut. Mai, Juni. — . . . . Löffelkraut, *C. officinalis* L.
„ Untere Blätter eiförmig-längl., am Grunde abgerundet od. verschmälert. 2j. — Meeresufer, aber nicht überall. Mai, Juni. — *C. anglica* L.

26. Camelina, Leindotter. 1j.

0. Mittlere Blätter ganzrandig od. gezähnelt. Bei *microcarpa* Andrzj.. die Blumen blasser, die Schötchen kleiner u. die Klappenfortsätze desselben länger. — Häufig, auf Äckern u. dergl., auch als Ölfrucht gebaut. Mai-Juli. — . . . .
　　. . . Fig. 217, (*Myagrum sativum* L. z. T.), *C. sativa* Crntz.
„　Mittlere Blätter oft buchtig-gezähnt od. fiederspaltig. — Auf Äckern unter Lein. Juni, Juli. — (*Myagrum sativum* L. z. T.), *C. dentata* Pers..

Fig. 217. Camelina sativa. 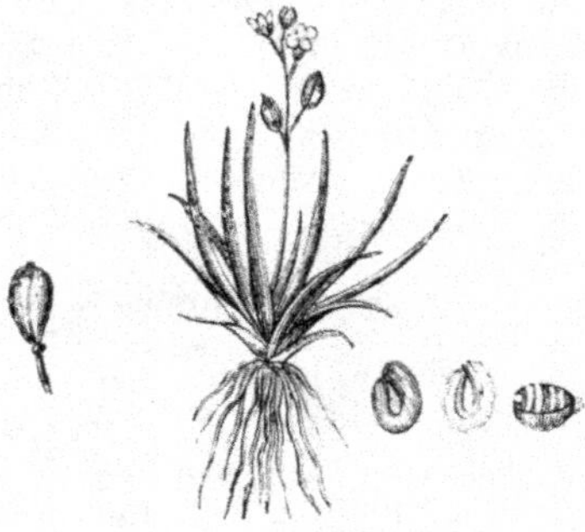 　　*Fig. 218.* Subularia aquatica.

27. Subularia. 1j.

An einigen Orten in Thüringen, Braunschweig u. Holstein. Juni, Juli. — Fig. 218, *S. aquatica* L.

28. Thlaspi. 1j. u. Sd.|

0. Samen runzelig, etwa 6 in jedem Fach. Schötchen oval, fast kreisrund, breit-geflügelt, so lang wie sein Stiel. Griffel von den beiderseitigen Flügeln überragt. 1j. — Fast überall gemein, auf Lehmäckern, Schutt. Mai-Herbst. — . . . . . .
　　. . Fig. 219, Pfennigkraut, *T. arvense* L.
„　Samen glatt 1
1. Flügel gewöhnlich den Griffel überragend. Schötchen keilig-verkehrt-herzförmig, mit 4samigen Fächern. 1j. — Auf Kalk- u. Lehmboden, sonnigen Hügeln, zerstreut in Mittel-, selten in Norddeutschland. April, Mai. — . . . . . *T. perfoliatum* L.
„　Griffel gewöhnlich fast so lang od. länger als die Tiefe der Flügelbucht 2
2. Staubbeutel erst gelb, dann dunkelviolett. Die Fruchtfächer 4- bis 8samig. Bei einer Var. auf Galmei(Zink-)boden bei Aachen (*calaminare* Lej. u. Court.) sind die Kelchblätter viel kürzer als die Blumen- u. Staubblätter. Sd. — Sehr zerstreut, besonders auf

Fig. 219.
Thlaspi arvense.

Bergwiesen u. unter Gebüschen Mitteldeutschlands u. Nordböhmens.
April, Mai. — . . . . *T. alpestre* L.
„ Staubbeutel gelb. Fruchtfächer 2 samig. Sd. — Auf Kalk u. s. w.,
besonders in Thüringen, sonst auch in Hessen u. Böhmen. April,
Mai. — . . . . Bergtasche, *T. montanum* L.

29. Teesdalea. 1 j.

Blätter leierförmig - fiederteilig, bei
integrifolia Marss. ganz. — Meist
häufig, an sandigen Orten. April,
Mai. — . Fig. 220, (*Iberis nudicaulis* L.), *T. nudicaulis* R. Br.

Fig. 220. Teesdalea nudicaulis.

30. Iberis. 1- u. 2 j.

0. Blumenblätter hellpurpurn.
Flügellappen der Frucht so
lang wie die Fächer. Blätter
lanzettlich od. lineal, spitz. 1 j.
— Zierpflanze aus Südeuropa.
Juni. — . . *I. umbellata* L.
„ Blumenblätter meist weiss,
selten blasslila od. hellviolett. 1
1. Blumen weiss, selten hellviolett.
Flügellappen viel kürzer als die
Fächer. Blätter keilförmig-
länglich, stumpf, mit einigen entfernten, stumpfen Zähnen. 1 j. —
Besonders auf Kalk im Rhein-, Mosel- u. Saarthal. Zuweilen verwilderte Zierpflanze. Juni-Aug. — . . . . . *I. amara* L.
„ Blumen weiss od. blasslila. Mittlere Blätter lineal-lanzettlich,
spitz, ganzrandig. 2 j. — An steinigen Abhängen bei Boppard
am Rhein. Juni, Juli. — . . . . . *I. intermedia* Guersent.

31. Biscutella. Sd.

Sehr zerstreut, an sandigen Orten, besonders in Mitteldeutschland.
Mai-Juli. — . . . . *B. laevigata* L.

32. Lepidium. 1-, 2 j., Sd.

0. Schötchen breit - herzförmig, flügellos, mit langem, fadenförmigem
Griffel. Blätter ganz, gezähnt, länglich. Sd. — Zerstreut bis
sehr zerstreut, an Wegrändern, auf Schutt; fehlt z. B. in der Rheinprovinz. Mai, Juni. — . (*Cochlearia Draba* L.), *L. Draba* L.
„ Schötchen elliptisch od. eiförmig 1
1. „ an der Spitze deutlich ausgerandet 2
„ „ „ „ „ nicht ., ... 4
2. Mittlere Blätter pfeilförmig-stengelumfassend. Schötchen schuppig
punktiert. 2 j. — Zerstreut, auf Lehm- u. Kalkäckern, oft verschleppt. Juni, Juli. — . . . .
Bauernsenf u. a, (*Thlaspi campestre* L.), *L. campestre* R. Br.
„ Mittlere Blätter nicht pfeilförmig stengelumfassend 3
3. Schötchen aufrecht gestielt. Blüten 6 männig. 1 j. — Nicht
selten verwilderte Kulturpflanze (aus dem Orient?). Juni, Juli. —
. . . . Gartenkresse, *L. sativum* L.

„   Schötchen abstehend gestielt.   Blüten meist nur 2 männig.   Krone
    oft fehlend.   1j. — Gemein od. häufig, auf Schutt, an Weg-
    rändern; fehlt z. B. in einem
    Teile des Thüringer Waldes.
    Juni-Sept. — . . Fig. 221,
    Wegekresse, *L. ruderale* L.
4. Untere Blätter länglich, gesägt
    od. am Grunde fiederspaltig.
    Schötchen eiförmig, spitz.   2 j.
    — Auf Hügeln, Wegen und an
    Flüssen des Rheinthals.   Juni-
    Okt. — *L. graminifolium* L.
„   Untere Blätter ungeteilt, ge-
    kerbt-gesägt, eiförmig.   Schöt-
    chen rundlich.   Sd. — Selten,
    am Ostsee-Strande u. an Salz-
    orten.   Juni, Juli. — . . .
    Pfefferkraut, *L. latifolium* L.

33. Hutchinsia. 1j.

Fig. 221. Lepidium ruderale.

Selten, auf sonnigen Kalk- u. Gips-
hügeln, in Thüringen u. an einigen anderen Orten. — . . . .
. . . . Fig. 222, (*Lepidium petraeum* L.), *H. petraea* R. Br.

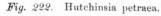

Fig. 222. Hutchinsia petraea.   *Fig. 223.* Capsella Bursa pastoris.

34. Capsella. 1j.

0. Schötchen 3 eckig verkehrt-herzförmig.   Zuweilen fehlen die Blumen-
    blätter u. an ihrer Stelle finden sich Staubblätter, sodass die Blüte
    10 männig wird (Var. *apetala* Schl.).   Die Blätter sind seltener ganz-
    randig (*integrifolia* Schld.), häufiger buchtig-gezähnt (*sinuata* Schld.),
    meist jedoch fiederspaltig, mit 3 eckigen spitzen, gezähnten Ab-
    schnitten. — Sehr gemeine Ruderalpflanze. März-Okt. — Fig. 223,
    Hirtentäschel, (*Thlaspi Bursa pastoris* L.), *C. Bursa pastoris* Mnch.
„   Schötchen verkehrt-eiförmig od. elliptisch.   Blätter fiederteilig, bei
    integrifolia Aschs. ungeteilt. — Sehr selten, an einigen Orten auf

Salzboden des Binnenlandes unweit Stassfurt, Magdeburg u. in
Thüringen. Mai u. Herbst. — . . . .
. . . . (*Lepidium procumbens* L.), *C. procumbens* Fr.

35. Coronopus. 1j.

O. Schötchen fast nierenförmig, mit kleinem, pyramidenförmigem
Griffel. — Meist häufig, auf Lehm, an Wegen, in Dörfern; in
Gebirgsgegenden z. B. fehlend. Juli, Aug. — . . . .
. . . . Feldkresse, (*Cochlearia Coronopus* L.), *C. Ruellii* All.
„ Schötchen 2 knotig, am Stiel u. an der Spitze ausgerandet, griffel-
los. — Nicht häufig, an unbebauten Orten u. Ufern; fehlt z. B. in
Schlesien, in der Rheinprovinz u. in Böhmen. Juli, Aug. — . .
. . . . (*Lepidium didymum* L.), *C. didymus* Sm.

36. Isatis. 2j.

Sehr zerstreut, an Abhängen u. Ufern, auf Weinbergen, besonders im
Rheinthal, in Thüringen u. Sachsen, bei Prag häufig; zuweilen gebaut.
Mai, Juni. — . . . . Fig. 224, Färber-Waid, *I. tinctoria* L.

Fig. 224. Isatis tinctoria.   *Fig. 225.* Cakile maritima.

37. Myagrum. 2j.

Sehr selten, mit Saat aus Osteuropa verschleppt. Mai, Juni. — . .
. . . . *M. perfoliatum* L.

38. Neslea. 1j.

Meist häufig, besonders auf Lehmäckern. Mai-Juli. — . . . . . .
. . . . (*Myagrum paniculatum* L.), *N. paniculata* Desv.

39. Calepina. 1- u. 2j.

Auf Brachfeldern des Niederrheins. Mai, Juni. — *C. Corvini* Desv.

40. Bunias. 2j.

Selten, hin u. wieder an Ufern u. wüsten Plätzen, besonders im nördlichen Gebiet. Juni, Juli. — . . . . *B. orientalis* L.

41. Cakile. 1j.

Am Seestrande. Juli-Okt. — . . . .
. . . Fig. 225, Meersenf, (*Bunias Cakile* L.), *C. maritima* Scop.

42. Rapistrum. 1j. u. Sd.

0. Blätter fiederspaltig.   Griffel kegelförmig, kürzer als das obere Schötchenglied. Sd. — An Acker- u. Wegrändern in Thüringen, Sachsen u. Böhmen. Juni, Juli. — . . . .
. . . . . Windsbock, (*Myagrum perenne* L.), *R. perenne* All.
„ Griffel fadenförmig, mindestens so lang wie das obere Schötchenglied. — Selten, auf Äckern, aus Süddeutschland verschleppt. Juni, Juli. — . . . . . (*Myagrum rugosum* L.), *R. rugosum* All.

43. Crambe. Sd.

Am Seestrande von Rügen, Mecklenburg u. Holstein. — . . . . . .
. . . . Fig. 226, Meerkohl, *C. maritima* L.

Fig. 226. Crambe maritima.   *Fig. 227.* Raphanistrum Lampsana.

44. Raphanistrum. 1j.

Gemein, auf Äckern. Juni-Aug. — . . . .
Fig. 227, Hederich, (*Raphanus Raphanistrum* L.), *R. Lampsana* Gaertn.

45. Raphanus. 2j.

Kulturrassen: 1. *niger* D. C., Rettich, Rüberettich: Wurzel dick-fleischig, gross, aussen grau-schwarz. 2. *Radiola* D. C., Radieschen: Wurzel kleiner, aussen rot od. weiss. — Nicht selten verwilderte Kulturpflanze aus Asien. Mai, Juni. — . . . . *R. sativus* L.

7. Cistiflorae.

XXII. Fam. Resedaceae.

Kelch u. Krone der zygomorphen Blüte 4- od. 6zählig. Hintere Kronenblätter geteilt. Staubblätter 10-24. Fruchtknoten 1fächrig, vieleiig, mit meist offenem Gipfel, aus 3-6 Blättern zusammengesetzt, mit ebenso vielen wandständigen Samenleisten an den Verbindungsnähten der Fruchtblätter.

Reseda. 1-, 2j., Sd.

0. Kelch u. Krone 4zählig, ein Blumenblatt grösser als die anderen u. 5-7spaltig, die 2 seitlichen 3spaltig, das vordere 2spaltig.

Blätter schmal lanzettlich, am Grunde beiderseits 1 zähnig. 2 j. — Nicht häufig, besonders auf Lehmäckern, an Wegrändern. Juni-Sept.— . . . . (Färber-) Wau, *R. Luteola* L.

„ Kelch u. Krone 6 zählig 1
1. 4 Fruchtblätter. Blätter fieder-
teilig. Kapsel elliptisch-cylindrisch.
Blumenblätter weiss. 2 j. u. Sd.—
Zuweilen verwilderte Zierpflanze aus
Südeuropa. Juni-Okt.— *R. alba* L.
„ 3 Fruchtblätter.. 2
2. Blätter ganz. Kapsel verkehrt-
eiförmig. Samen runzlig. Blumenblätter weiss. 1 j. u. Sd. —
Zuweilen verwilderte Zierpflanze
aus Nordafrika. Juni-Sept. —.
. . . . Reseda, *R. odorata* L.
„ Blätter 3 spaltig od. doppelt 3-
spaltig. Kapsel eiförmig - cylindrisch. Samen glatt. Blumenblätter hellgelb. 2 j. u. Sd. —
Sehr zerstreut, an Wegen u. auf sonnigen Steinhügeln, gern auf Kalk.
Juni-Sept. — Fig. 228, *R. lutea* L.

Fig. 228. Reseda lutea.

XXIII. Fam. Violaceae.

Die zygomorphen Blumen mit 5 Kelch-, Kronen- u. Staubblättern u. 3 Fruchtblättern, welche einen 1 fächrigen, 1 grifßigen Fruchtknoten zusammensetzen. Frucht 3 klappig; Placenten in der Mitte der Klappen.

Der Bestäubungsvorgang ist z. B. bei Viola tricolor Var. vulgaris der folgende: Das Insekt setzt sich auf den von einem Kronenblatt dargebotenen Sitz *k* Fig. 229, indem es sich an den am Blumen-Eingange an 2 seitlichen Kronenblättern befindlichen Bart *b* anklammert, und versucht — in der Richtung des Pfeiles — geleitet durch Saftmale in ein-facher Strichform mit seinen Mund-werkzeugen in den von demselben Blatt gebildeten Sporn *sp* zu gelangen, in welchen 2 am Grunde zweier Staubfäden sitzende Honigdrüsen *h* hineinragen. Auf diesem Wege, den der Insektenrüssel beschreibt, wird der an demselben etwa

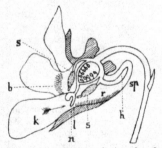

Fig. 229. Längsschnitt durch eine Blume von Viola tricolor (vulgaris). — Erklärung im Text.

haftende Pollen an die empfängnisfähige Stelle *n* des Narbenkopfes ab-gegeben, da dieselbe als lippenartige Klappe *l* den Zugang zum Sporn verschliesst und daher vom Insekt nach einwärts geschoben werden muss. Beim Zurückziehen nimmt der Rüssel unwillkürlich aus der von Haaren umfassten Rinne *r* den Pollen mit, der aus den Staubbeuteln *s* dorthin gefallen ist, und es muss sich jetzt durch die angedeutete Rüsselbewegung die Klappe *l* derartig nach aussen dem Pfeil entgegen be-wegen, dass die empfängnisfähige Höhlung *n* des Narbenkopfes nunmehr geschlossen und also eine Selbstbestäubung unmöglich gemacht wird.

Die unscheinbareren Blüten der Viola tricolor Var. arvensis befruchten sich regelmässig mit gutem Erfolge selbst; sie werden auch nur spärlich von Insekten besucht.

Viele Viola-Arten besitzen neben den chasmogamen auch cleistogame Blüten.

Viola, Veilchen.　Meist Sd., selten 1- od. 2j.

Die Bastarde wurden im Folgenden weggelassen.

0. Mittlere Blumenblätter seitlich abstehend, oft am Grunde bärtig; unteres Blumenblatt kahl. Griffel gerade, unterwärts verschmälert.　1
„　Mittlere Blumenblätter zu den oberen aufwärts gerichtet, sie mit dem oberen Rande deckend. Griffel am Grunde gebogen, nach oben verdickt 16
1. Pflanze zweiachsig 2
„　„　dreiachsig; die Hauptachse treibt eine Rosette gestielter Laubblätter, aus deren Achseln beblätterte Stengel (Achsen No. 2) entspringen, welche in ihren Blattachseln die Blumen (Achsen No. 3) tragen. Narbe in ein herabgebogenes Schnäbelchen verschmälert. Kapsel zugespitzt 13
2. Hauptachse meist unterirdisch, kriechend, nur mit Laubblättern, aus deren Achseln (als Achsen 2. Ordnung) die Blumen entspringen. Laubblätter langgestielt, sich nach der Blüte vergrössernd　.　3
„　Hauptachse über der Erde, verlängert, aufrecht. Narbe in ein herabgebogenes Schnäbelchen verschmälert 10
3. Fruchtstiele aufrecht, an der Spitze hakig.　Narbe in ein schiefes Schnäbelchen ausgebreitet. Kapsel 3 seitig, kahl　. . . . 4
„　Fruchtstiele niederliegend, gerade.　Narbe in ein herabgebogenes Schnäbelchen verschmälert. Kapsel kugelig, meist behaart　.　6
4. Nebenblätter frei　.　.　.　.　.　.　.　.　.　.　.　.　5
„　„　zur Hälfte mit dem Blattstiel verwachsen. Blätter herz-eiförmig, dicht mit braunen Drüsen besetzt. Blumen dunkelviolett, sehr gross. Sd. — Selten, sumpfige Moorwiesen, Erlbrüche. Apr., Mai. — . . . . *V. uliginosa* Schrad.
5. Blätter kreis-nierenförmig, stumpf, kahl. Blütenstiele unter oder in der Mitte mit zwei Hochblättchen.　Blumen blasslila mit dunkleren ˙Adern.　Sd. — Meist häufig, auf Sumpfwiesen und Torfmooren　Apr.-Juni. — . . . . *V. palustris* L.
„　Blätter herz-nierenförmig, spitz, unterseits zerstreut-kurzhaarig. Blütenstiele über der Mitte mit zwei Hochblättchen. Blumen fast doppelt so gross als bei voriger, dunkellila. Sd. — Sehr zerreut, auf Sumpfwiesen des östlichen Gebiets. Mai. — . . . . . .
. . . . *V. (scanica* Fr.) *epipsila* Ledeb.
6. Rhizom mit kurzen Internodien, schief aufsteigend, ohne Ausläufer. 7
„　Rhizom mit beblätterten, kriechenden Ausläufern　. . . . 9
7. Blattspreiten kahl, höchstens am Rande gewimpert, breit-eiförmig: Blattstiele schwach kurzhaarig.　Nebenblätter zerschlitzt, mit „Fransen" besetzt, die etwa so lang wie die Breite der kahlen Nebenblätter sind. Sd. — Rabenfelsen bei Liebau. Apr. — . .
. . . . *V. porphyrea* Üchtr.
„　Blattspreiten behaart; Blattstiele rauhhaarig 8
8. Blattstiele rückwärts rauhhaarig.　Fransen der lang-zugespitzten, dicht gewimperten Nebenblätter länger als die Breite der letzteren. Blumen blasslila, wohlriechend. Sd. — Nicht häufig, auf Hügeln,

in lichten Wäldern, in Schlesien, Thüringen, Sachsen, Böhmen.
April. — . . . . *V. collina* Bess.
.. Blattstiele wie die ganze Pflanze dicht abstehend-rauhhaarig. Nebenblätter spitz, am Rande kahl, kurzgefranst. Blumen meist violett, geruchlos. Sd. — Meist häufig, trockene Wälder. Wiesen, Hügel.
Apr., Mai. — . . . . *V. hirta* L.
9. Blätter fein behaart; Nebenblätter eiförmig od. länglich-eiförmig,
mit fast sitzenden Randdrüsen. Blütenstiele etwa in der Mitte mit
2 Hochblättchen. Fruchtknoten meist weichhaarig. Blumen dunkelviolett, selten rosa, bei *alba* vieler Autoren weiss. Sd. — Häufig,
in Laubwäldern u. als beliebte Zierpflanze in Gärten. Ende März-
Mai. — . . . . . (Wohlriechendes) Veilchen, *V. odorata* L.
„ Blätter zur Blütezeit kahl; Nebenblätter länglich-lanzettlich, wimperig-
fransig. Blütenstiele weit unter ihrer Mitte mit 2 Hochblättchen.
Fruchtknoten kahl. Blumen kornblumenblau. Sd. — Auf Wiesen,
nur an wenigen Orten im Gebiet, z. B. um Breslau. Ende März-
Apr. — . . . . *V. cyanea* Cel.
10. Nebenblätter mehrmals kürzer als der Blattstiel. Kapsel stumpf,
mit kurzem Spitzchen. Blätter aus herzförmigem od. fast gestutztem
Grunde eiförmig bis länglich-eiförmig. Blumen dunkel bis hell
kornblumenblau; Sporn meist weisslich. Hauptformen: 1. *montana* L.
Stengel aufrecht, bis 0,3 m hoch; Blätter grösser, länger als breit,
länger gestielt. 2. *lucorum* Rchb. Blätter so lang wie breit, tiefer
herzförmig (so in Wäldern). 3. *ericetorum* Schrad. Stengel niedergestreckt, 0,05-0,15 m lang; Blätter kleiner, glänzend, nebst den
Blumen kürzer gestielt; Nebenblätter länger. 4. *flavicornis* Sm.
Stengel 0,03-0,1 m lang; Blätter klein, kreis-eiförmig, oft etwas
graugrünlich; Sporn gelblich. Sd. — Häufig, Wälder, Wiesen, Hügel.
Mai. Juni. — Hundsveilchen, *V.* (*silvestris* Lmk. z. T.) *canina* L.
.. Nebenblätter halb so lang als der Blattstiel u. länger. Kapsel
zugespitzt 11
11. Pflanze kahl 12
„ „ weichhaarig. Blätter aus gestutztem od. seicht-herzförmigem
Grunde länglich bis länglich-lanzettlich, ihre Stiele oben breit geflügelt. Nebenblätter länger als der Blattstiel. Blumen hellblau.
Sd. — Nicht häufig, feuchte Gebüsche, Waldränder. Mai, Juni. —
. . . . *V.* (*persicifolia* Schk. z. T.) *elatior* Fr.
12. Mittlere Nebenblätter etwa halb so lang als der Blattstiel. Blumen
weiss 12a
„ Mittlere u. obere Nebenblätter länger als der Blattstiel. Blätter
etwas dicklich, eiförmig-lanzettlich, mit keilförmigem, bei *fallacina*
Üchtr. gestutztem Grunde in den oben breitgeflügelten Blattstiel
verlaufend. Blumen bläulichweiss bis reinweiss. Sd. — Nicht
häufig, Wiesen. Ende April-Mai. — . . . .
. . . . *V.* (*pratensis* M. u. K.) *pumila* Chaix.
12a. Blätter aus schwach-herzförmigem od. gestutztem Grunde länglich-
lanzettlich; Nebenblätter schmal-lanzettlich, gezähnelt. Sporn kurz.
Sd. — Nicht selten, Sumpfwiesen, Gräben, feuchte Waldränder.
Mai, Juni. — . . . . *V.* (*persicifolia* Schreb.) *stagnina* Kit.
„ Blätter herz-eiförmig, mittlere Nebenblätter länglich-lanzettlich, tief-
gezähnt. Sporn 2-3 mal so lang als die Anhängsel des Kelches,
zugespitzt, an der Spitze aufwärts gekrümmt. Sd. — Am Strande
von Ostfriesland häufig. Apr., Mai. — . . *V. Schultzii* Billot.

13. Sprosse des Rhizoms nur mit Laubblättern, ohne Niederblätter. 14
„   „ - „ dicken Rhizoms unter den Laubblättern mit rotbraunen Niederblättern. Aus den Achseln der Laubblätter langgestielte, mit grossen, auffallenden, blasslilafarbenen Kronenblättern versehene, meist unfruchtbare Blumen u. verlängerte, oberwärts 2-3 blättrige Zweige treibend, in deren Blattachseln kurzgestielte, fruchtbare mit unscheinbaren Kronenblättern versehene, cleistogame Blüten stehen. Blätter anfangs tutenförmig zusammengerollt, nieren-herzförmig. Blattstiele u. Stengel einreihig-behaart. Nebenblätter eiförmig - lanzettlich, ganzrandig. Sd. — Zerstreut, Bergwälder, Gebüsche, gern auf Kalk; fehlt im Königreich Sachsen. April, Mai. — . . . . *V. mirabilis* L.

14. Pflanze kahl od. fast kahl 15
„   „ von sehr kurzen, dichten Haaren graugrün. Blätter kreis-herzförmig, stumpf. Nebenblätter eiförmig-länglich, kurzfransig-gesägt. Blumen ziemlich klein, lila, selten weiss. Sd. — Zerstreut, trockene Kiefernwaldungen, Sandfelder. Apr.-Juni. — *V. arenaria* D. C.

15. Nebenblätter lineal-lanzettlich, gefranst. Das hinterste u. die seitlichen mit sehr kurzen Anhängseln. Kronenblätter länglich, violett; Sporn dunkelviolett. Sd. — Meist häufig, Wälder, Gebüsche. Apr., Mai. — . . . . . *V. (silvestris* Lmk. z. T.) *silvatica* Fr.
„ Nebenblätter lanzettlich, entfernt gezähnt od. ganzrandig. Seitliche Kelchblätter mit 3 eckig - länglichen Anhängseln. Kronenblätter verkehrt-eiförmig, himmelblau; Sporn gelblichweiss. Blumen grösser, oft fast doppelt so gross als bei voriger. Sd. — Nicht gerade häufig, sonst wie vorige. — . . . . . . *V. Riviniana* Rchb.

16. Narbe gross, fast kugelig, hohl, beiderseits mit längeren Haarbüscheln. Nebenblätter gross, eingeschnitten 17
„ Narbe gestutzt, flach, fast 2 lippig. Blätter nierenförmig; Nebenblätter eiförmig, ganzrandig. Blumen klein, citronengelb, mit bräunlichen Adern. Sd. — Selten, namentlich an nassen od. feuchten Stellen des Gebirges in Schlesien, der sächsischen Schweiz, auch hier u. da in der Ebene, z. B. in der Lausitz. Mai-Aug. — *V. biflora* L.

17. Nebenblätter länglich-lanzettlich, eingeschnitten, mit spitzen Zähnen. Pflanze kahl. Sd. — Zierpflanze aus der Krim u. Sibirien. Mai, Juni. — . . . . . (Garten-) Stiefmütterchen, *V. altaica* Pallas.
„ Nebenblätter fingerig geteilt od. fiederspaltig. Pflanze meist etwas behaart 18

18. Nebenblätter fingerig vielteilig. Sporn etwa so lang wie die unteren Kelchanhängsel. Blumen meist gelb. Auf dem Galmei- (Zink-) boden bei Aachen wächst eine Abart mit zahlreichen niederliegenden Zweigen u. kleineren Blumen (*calaminaria* Lej.). Sd. — Nicht häufig, auf Gebirgswiesen des Riesengebirges u. des mährischen Gesenkes. Mai-Juli. — . . . . Wildes Stiefmütterchen, *V. (sudetica* Willd.) *lutea* Sm.
„ Nebenblätter fiederig. Sporn doppelt so lang als die Kelchanhängsel. Die Hauptformen sind: 1. *arvensis* Murr.: Kronenblätter klein, kürzer als der Kelch, meist gelblichweiss. 1j. 2. *bella* Gr. u. Godr.: Nebenblätter mit 8-10 linealen, spitzlichen Einschnitten, der Endabschnitt verlängert, lanzettlich ; Kronenblätter doppelt so lang als der Kelch, hellgelb od. gelb u. violett gemischt, Sporn schlank. 1 j. 3. *vulgaris* Koch : Kronenblätter grösser als bei 1, länger als der Kelch, alle violett, od. die 4 oberen violett, das untere gelb mit violetten

Adern, od. auch die seitlichen gelblich. 1 j. u. Sd. (Auch als Zierpflanze in Gärten). 4. *saxatilis* Schmidt: Kronenblätter noch grösser, länger als der Kelch bis fast doppelt so lang, alle gelb, seltener die beiden oberen hellblau. Meist Sd., auch 1 j. — Gemein, (namentlich arvensis), Brachäcker, Wälder, Wiesen u. s. w. April-Herbst. — . . . Fig. 229 u. 230, Wildes Stiefmütterchen, *V. tricolor* L.

XXIV. Fam. Droseraceae.

Wie bei der vorigen Familie sitzen bei Drosera in der 3 griffligen, 1 fächrigen Frucht die Samen auf 3 in der Mitte der 3 Klappen befindlichen Leisten. Bei Aldrovandia öffnet sich die Frucht in 5 Klappen mit ebenfalls in der Mitte verlaufenden Samenleisten. Die

Fig. 230. Viola tricolor.

übrigen gleichnamigen Blütenorgane sind bei beiden Gattungen in der 5 Zahl vorhanden u. actinomorph ausgebildet.

Eigentümlich ist bei den Droseraceen, dass ihre Blätter durch besondere Einrichtungen imstande sind, kleine Tiere festzuhalten und zu verdauen, d. h. als Nahrung zu benutzen; die Droseraceen sind also „insektenfressende Pflanzen".

0. Landpflanzen in Sümpfen, Mooren u. auf Torfwiesen, mit drüsenhaarigen Blättern, selten im Wasser . . . . . **1. Drosera.**

„ Wasserpflanzen . . . . **2. Aldrovandia.**

1. Drosera, Sonnentau. Sd.

Die Drosera-Arten (Fig. 231) besitzen rundliche bis spatelige Blätter, deren Rand u. Oberseite mit zahlreichen haarförmigen Gebilden, Tentakeln, bekleidet ist, die an ihrer Spitze ein Köpfchen tragen, welches eine schleimige Flüssigkeit ausscheidet. Diese ist klebrig und hält daher kleine Insekten, die zufällig auf das Blatt gelangen, fest. Im Verlaufe einiger Stunden krümmen sich nun die Tentakeln des ganzen Blattes derartig über den Körper des Insektes, dass sämtliche Köpfe das Tier womöglich berühren. Die Blätter vermögen durch Einwirkung der von den Tentakelköpfen ausgeschiedenen, nunmehr magensaftähnlich werdenden Flüssigkeit die Weichteile des Insekts zu verdauen und aufzunehmen.

0. Blätter kreisrund. — Zerstreut, in Torfsümpfen, auf Moorboden. Juli, Aug. — . . *D. rotundifolia* L.

„ Blätter verkehrt-ei-spatelförmig. — Seltener Bastard. — . . . . . *D. rotundifolia* X *anglica* Schiede.

„ Blätter länglich 1

1. Stengel aufrecht, mindestens doppelt so lang als die keilförmig-linealen Blätter. — Wie rotundifolia, aber seltener. — . . . . . . *D. (longifolia* L. z. T.) *anglica* Huds.

Fig. 231. Drosera intermedia.

„ Stengel am Grunde bogig aufsteigend, bis doppelt so lang als die
verkehrt-ei-keilförmigen Blätter. — Wie vorige, aber selten; sehr
selten im östlichen Gebiet u. in Böhmen fehlend. —   . . . . .
. . . . . Fig. 231, *D.* (*longifolia* L. z. T.) *intermedia* Hayne.

2. Aldrovandia. Sd.

Bei dieser im Wasser lebenden Gattung schliessen die 2 gewölbten
Blatt-Spreitenhälften (Fig. 232) gewöhnlich mit ihren Rändern zusammen
und bilden so eine Blase, an deren Grunde
Borsten stehen. Bei genügend hoher Temperatur klappen sich die Hälften etwa wie die
Schalen einer geöffneten Muschel auseinander
und schliessen sich schnell wieder, sobald kleine
Wassertiere zwischen die Blattflächen gelangen
und gewisse Teile derselben berühren. Die
Tiere werden hierdurch eingeschlossen und
müssen sterben. Wahrscheinlich vermag der
beschriebene Fangapparat stickstoffhaltige Zer-
setzungsprodukte der in demselben verwesenden
Tiere als Nahrung für die Pflanze aufzunehmen.
Selten, im östlichen Gebiet, namentlich in
einigen oberschlesischen Seen. Juli, Aug. —
. . . . Fig. 232, *A. vesiculosa* L.

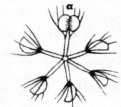

Fig. 232. Ein Blatt-
quirl von Aldrovandia
vesiculosa, bei *a* die
beiden Blattspreiten-
hälften auseinander
geklappt.

XXV. Fam. Cistaceae.

Blumen mit 5 Kelchblättern, von denen die 2 äusseren, die auch
fehlen können, kleiner als die übrigen sind u. auch als Vorblätter bezeichnet werden. Blumenblätter fünf. Staubblätter viele. Kapsel
1 fächrig, vielsamig, 3 klappig, mit 3 in der Mitte der Klappen befindlichen Samenleisten.

Helianthemum, Sonnenröschen. Strauchig u. 1 j.

0. Blätter mit Nebenblättern 1
„   „   ohne Nebenblätter 2
1. Stengel aufrecht, krautig. Griffel
fast fehlend. Fruchtstiele wagerecht abstehend. 1 j — Selten,
auf Sandboden. Juni-Sept. —
(*Cistus guttatus* L.), *H.guttatum* Mill.
„   Stengel aufsteigend, holzig. Griffel
2-3 mal so lang als der Fruchtknoten. Blätter meist unterseits
grau bis weissfilzig (*tomentosum*
Koch) seltener grün, nur zerstreut
behaart (*obscurum* Pers.). Var.
grandiflorum D. C.: Blätter stumpf,
am Rande nicht umgerollt, mit zerstreuten büschligen Haaren besetzt;
Blütenstände 2-5 blütig; Kronenblätter grösser. — Meist häufig, in
trockenen Wäldern, auf sonnigen
Grasplätzen u. Hügeln. Juni-Okt.—
Fig. 233, (*Cistus Helianth.* L.), *H.*
(*vulgare* Gaertn.)*Chamaecistus* Mill.

Fig. 233.
Helianthemum Chamaecistus.

2. Blätter wechselständig. Griffel 3mal länger als der Fruchtknoten. Str. — Selten, auf sonnigen Hügeln, namentlich in Thüringen. Juni-Okt. — . . . . *H. Fumana* Mill.
.. Blätter gegenständig. Griffel so lang wie der Fruchtknoten. Str. — An mehreren Orten auf sonnigen Kalkhügeln in Thüringen u. Böhmen. Mai, Juni. — *H. (vineale* Pers.) *oelandicum* Whlnbg.

XXVI. Fam. Hypericaceae.

Blumen mit 5 Kelch- u. Kronenblättern. Staubblätter in 3, seltener in 5 mehr od. minder deutliche Bündel verwachsen. Kapsel mit meist 3 vielsamigen Fächern, 3klappig aufspringend.

0. Kapsel einfächrig; 15 zu 3 deutlichen Bündeln verwachsene Staubblätter . . . . **1. Elodes.**
.. Kapsel 3fächrig . . . . **2. Hypericum.**

1. Elodes. Sd.
Kelchblätter eiförmig. Laubblätter kreis-eiförmig, rauhhaarig. — Nicht häufig, im Spessart u. von der Rheinprovinz durch Westfalen bis über Hannover nach dem nördlichen Gebiet, in Torfsümpfen. Aug., Sept. —
. . . . Fig. 234, (*Hypericum Elodes* L.), *E. palustris* Spach.

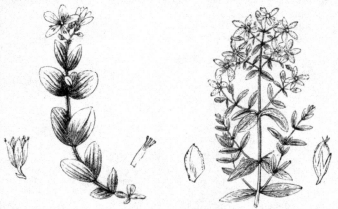

Fig. 234. Elodes palustris.   *Fig. 235.* Hypericum perforatum.

2. **Hypericum**, Hartheu, Johanniskraut. Meist Sd., auch Str. u. 1j.
0. Laubblätter bis über 6cm lang. — Zierstrauch aus Südeuropa. Juni-Sept. — . . . . . Konradskraut, *H. Androsaemum* L.
„ Laubblätter kürzer 1
1. Kelchblätter ganzrandig 2
„ „ deutlich drüsig-gesägt od. gefranst 6
2. Stengel aufrecht 3
„ Stengel kriechend, fadenförmig, 2 kantig. Sd. auch 1j. — Zerstreut, auf feuchtem Sand- u. Moorboden. Juni-Sept. — *H. humifusum* L.
3. Pflanze mehrjährig 4
„ „ einjährig. — Teerkeute (Torfmoor) bei Wronke in Posen; wahrscheinlich aus Nordamerika verschleppt. Sept. — . . . . .
. . . . *H. japonicum* Thunberg.
4. Kelchblätter bis doppelt so lang als der Fruchtknoten. Stengel 2kantig mit durchscheinend punktierten Blättern besetzt. Var.

veronense Schrk.: Kelchblätter nur so lang od. etwas länger als der Fruchtknoten. Blätter lineal od. lineal-länglich. Sd. — Gemein, in trockenen Wäldern, an Ackerrändern u. dergl. Ende Juni-Sept. — . . . . Fig. 235, Johannisblut, *H. perforatum* L.

„ Kelchblätter etwa so lang wie der Fruchtknoten. Stengel 4kantig. 5

5. Die Stengelkanten undeutlich. Kelchblätter stumpf. Blätter zerstreut durchscheinend punktiert. Sd. — Zerstreut, in Laubwäldern, auf Wiesen, an Ufern. Juli, Aug. — . . *H. quadrangulum* L.

„ Stengelkanten geflügelt. Kelchblätter spitz. Blätter dicht durchscheinend punktiert Sd. — Häufig, an feuchten Orten. Juli, Aug. — . . . . . . *H. (quadrangulare* Sm.) *tetrapterum* Fr.

6. Pflanze behaart. Kelchblätter lanzettlich. Stengel aufrecht. Pflanze mit länglich-eiförmigen Blättern, weichhaarig. Sd. — In Laubwäldern, zerstreut in Mitteldeutschland, selten in Norddeutschland. Juli, Aug. — . . . . *H. hirsutum* L.

„ Pflanze kahl 7

7. Kelchblätter verkehrt-eiförmig, stumpf. Sd. — In trockenen (Gebirgs-) Wäldern, besonders im westlichen Gebiet, in der nordwest deutschen Ebene häufig. Juli-Sept. — . . . . *H. pulchrum* L.

„ Kelchblätter lanzettlich, spitz 8

8. Stengel 2kantig. Blätter am Rande zurückgerollt. Sd. — An einigen Orten bei Halle, in Thüringen u. Böhmen. Juni, Juli. — . . . . *H. elegans* Stephan.

„ Stengel stielrund, wenigblättrig. Blumen dicht traubendoldig zusammenstehend. Sd. — Zerstreut, in Laubwäldern. Juni-Aug. — . . . . *H. montanum* L.

XXVII. Fam. Elatinaceae.

Kelch u. Krone 3-4zählig. Vielsamige Kapsel 3-4fächrig. Kleine, das Wasser od. sehr feuchte Orte bewohnende Pflanzen.

Elatine. 1j u. Sd.

0. Blätter quirlig angeordnet. Stengel aufrecht od. aufsteigend. Blüten 8männig. 1j. u. Sd. — Zerstreut, in u. an Teichen u. Sümpfen. Juli, Aug. — . . . . *E. Alsinastrum* L.

„ Blät. gegenständig Stengel kriechend. 1

1. Blüten 3 männig. Var. *callitrichoides* Ruprecht: Blätter länger, fast lineal; Internodien verlängert. 1j. — Sehr selten, an od. in Teichen u. Sümpfen. Juni-Aug. — . . *E. triandra* Schk.

„ Blüten 6- od. 8männig . . . 2

2. Blüten 8männig, sitzend. 1j. — Zerstreut, wie vorige. — *E. Hydropiper* L.

„ Blüten 6männig, gestielt. 1j. — Wie vorige, aber weniger häufig. — . . . .

. . . Fig. 236, *E. hexandra* D. C.

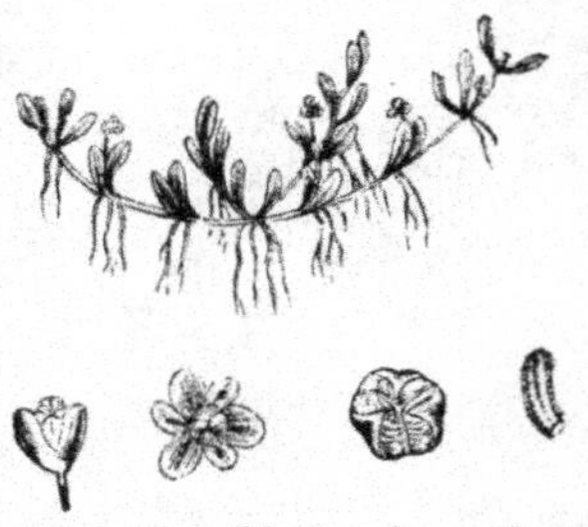

Fig. 236. Elatine hexandra.

XXVIII. Fam. Tamaricaceae.

Samen mit einem Haarflugapparat.

0. Blüten 10männig. Staubblätter verwachsen . . **1. Myricaria.**

„ Blüten 4- od. 5männig. Staubblätter frei . . . . **2. Tamarix.**

1. **Myricaria.** Str.

Im Gebiet der Beskiden auf dem Kiese von Gebirgsflüssen. Juli. —
. . . . . . Tamariske, (*Tamarix germanica* L.), *M. germanica* Desv.

2. **Tamarix**, Tamariske. Str.

0. Blüten 4männig. — Zierstrauch aus dem südöstlichen Europa.
Mai. — . . . . *T. tetrandra* Pall.
„ Blüten 5männig. — Zierstrauch aus Südeuropa. Mai-Juli. — .
. . . . *T. gallica* L.

8. Columniferae.

XXIX. Fam. Tiliaceae.

Bäume mit aus 5 Kelch- u. 5 Kronenblättern zusammengesetzten
Blumen. Die Kelchblätter tragen ein Nektarium an ihrer inneren Fläche.
Die vielen Staubblätter frei od. zu 5 Bündeln verwachsen. Fruchtknoten
5fächrig mit 2 Eichen in jedem Fach, von denen sich jedoch im Ganzen
nur 1 od. 2 entwickeln, sodass eine 1- bis 2samige Schliessfrucht entsteht. Die zungenförmigen Hochblätter der Blütenstände dienen bei der
Verbreitung der Früchte als Flugapparate. (Vergl. auch p. 24.)

Tilia, Linde. B.

0. Zwischen den Staubblättern u. dem Fruchtknoten befinden sich
5 kleine, blumenblattartige, für metamorphosierte Staubblätter
gehaltene Schüppchen 1
„ Die bezeichneten Schüppchen fehlen 2
1. Blätter beiderseits kahl. Staubblätter doppelt so lang als der
Fruchtknoten. — Zierbaum aus Nordamerika. Juli. — *T. americana* L.
„ Blätter unterseits von Sternhaaren dicht weissfilzig. Staubblätter
nur wenig länger als der Fruchtknoten. — Zierbaum aus Ungarn.
Ende Juli. — . . . . *T. tomentosa* Mnch.
2. Blätter kahl, unten blaugrün. — Nicht selten, in Wäldern u. häufig
angepflanzt. Ende Juni, Juli. — . . . .
Winterlinde, *T. (europaea* L. z. T., *parvifolia* Ehrh.) *ulmifolia* Scop.
„ Blätter weichhaarig, oben u. unten gleichfarbig grün, bei *asplenifolia*
der Gärtner: gelappt bis zerteilt. — Sehr zerstreut, in Wäldern, aber
häufig angepflanzt. Mitte bis Ende Juni. — Sommerlinde, Butter-
linde, *T. (europaea* L. z. T., *grandifolia* Ehrh.) *platyphyllos* Scop.

XXX. Fam. Malvaceae.

Blumen mit 5 Kelch- u. 5 Kronenblättern. Die vielen Staubblätter
sind unten zu einer Röhre verwachsen, welche oben Fäden mit je einem
halben Staubbeutel trägt. Fruchtknoten mehrfächrig mit 1- bis mehreiigen Fächern. Ausserhalb des Kelches meist ein Kreis von kelchartig zusammengestellten Hochblättern: Aussenkelch.
0. Frucht sich in so viele nicht aufspringende Früchtchen lösend, als
Fruchtblätter, Fächer, vorhanden sind 1
„ Frucht eine aufspringende Kapsel 4
1. Früchtchen einen Kopf bildend. Blumen purpurn. **4. Malope.**
„ „ strahlig um einen Mittelpunkt gestellt 2
2. Der ausserhalb vom Kelch befindliche kelchartige Blattkreis,
Aussenkelch, ist 6-9 zählig . . . . **2. Althaea.**

„　Aussenkelch 3zählig 3
3.　　„　　3lappig . . . . 3. Lavatera.
„　　　„　　aus 3 getrennten Blättern bestehend . 1. Malva.
4.　　　„　　vielteilig, Blumen gelb od. purpurn. 5. Hibiscus.
„　　　„　　fehlend. Blumen gelb . . . . . . 6. Abutilon.

　　　　　　　　1. Malva. Sd., 1- u. 2j. *

0. Mittlere Blätter fingerig geteilt 1
„　Blätter nicht geteilt, nur 5-7lappig 2
1. Früchte runzelig, kahl, höchstens oben ganz schwach kurzhaarig.
　Pflanze oben sternhaarig. Mittlere Blätter 5teilig. Var. *fastigiata*
　Cav.: Mittlere Blätter 5spaltig, die oberen 3spaltig, Abschnitte
　länglich. Var. *excisa* Rchb.: Zipfel der Blattabschnitte lineal od.
　lanzettlich. Sd. — Zerstreut, sonnige, trockene Hügel u. s. w.
　Juli-Sept. — . . . . Sigmarswurz, *M. Alcea* L.
„　Früchte glatt, dicht rauhhaarig. Pflanze rauhhaarig; Haare meist
　einfach. Sd. — Häufig im westlichen Gebiet, sonst selten, zu-
　weilen angepflanzt u. verwildert. Juli-Sept. — . *M. moschata* L.
2. Fruchtstiele mehrmal länger als der Kelch 3
„　　　　„　　höchstens doppelt so lang als der Kelch . . . 6
3.　　　„　　abstehend oder aufrecht. Krone etwa 3-4mal länger
　als der Kelch 4
„　Fruchtstiele abwärts gebogen. Krone höchstens 2-3mal länger
　als der Kelch 5
4. Blätter spitzlappig. Blätter
　des Aussenkelches länglich.
　Blumenblätter rosa, tief aus-
　gerandet. 2j. u. Sd. — Fast
　gemein, auf Schutt, an Zäunen
　u. Wegrändern. Juli-Sept. —
　. . Fig. 237, *M. silvestris* L.
„　Blätter stumpflappig. Blätter
　des Aussenkelches breit-eiför-
　mig. Blumenblätter purpurn,
　an der Spitze mit einer seichten
　Bucht. 1j — Zuweilen ver-
　wildernde Zierpflanze aus Süd-
　europa. Juli-Sept. — . . .
　. . . . *M. mauritiana* L.
5. Krone 2-3mal länger als der
　Kelch, tief ausgerandet. Zipfel
　des (Innen-)Kelches lang zu-

Fig. 237. Malva silvestris.

gespitzt, flachrandig. Frucht am Rande abgerundet, fast glatt.
Var. *brachypetala* Üchtr.: Krone kürzer. 1j.-Sd. — Gemeine Ruderalpflanze. Juni-Sept. — . . . . Diese
　u. die folgende: Käsepappel, *M.* (*vulgaris* Fr.) *neglecta* Wallr.
„　Krone etwa so lang wie der Kelch, schwach ausgerandet. Zipfel des
　(Innen-) Kelches kurz zugespitzt, am Rande kraus. Frucht am Rande
　scharfkantig, netzförmig-runzelig. 1j.-Sd. — Zerstreut, Wege,
　Ackerränder. Juni-Sept. — . . . . *M. rotundifolia* L.
6. Blätter am Rande flach. Blumen hellrot. 1j. — Zuweilen ange-
　pflanzt u. verwildert; aus China. Juli-Herbst. — *M. verticillata* L.
„　Blätter am Rande kraus. Blumen weisslich. 1j. — Früher oft an-
　gepflanzt u. verwildert; aus Syrien. Juli-Herbst. — *M. crispa* L.

2. Althaea. Sd, 1-2j.

0. Pflanze sammetartig, filzig-zottig. Mittlere Blätter eiförmig, spitz.
Frucht mit abgerundetem Rande. Blumen rötlich-weiss. Sd. —
Zerstreut, gern auf Salzboden feuchter
Wiesen u. an Gräben; fehlt im östlichen
u. nordwestlichen Gebiet. Juli, Aug. —
. Fig. 238, Eibisch, *A. officinalis* L.
„ Pflanze behaart, aber nicht filzig . 1
1. „ zerstreut-behaart. Blätter rund-
lich, 5-7 eckig od. lappig. Blumen sehr
gross, weiss, gelb, purpurn od. schwärz-
lich. 2j. u. Sd. — Zuweilen verwilderte
Zierpflanze aus dem Orient. Juli-Herbst.
— . . . . Malve, Stock- od. Stangen-
rose, (*Alcea rosea* L.), *A. rosea* Cavan.
„ Pflanze wagerecht-abstehend - behaart.
Mittlere Blätter rundlich, fingerig geteilt. Blumen rosenrot. 1j. — Nicht
häufig, auf Äckern u. Weinbergen;
Thüringen, Rheinprovinz, Rheinhessen.
Juli, Aug. — . . . . *A. hirsuta* L.

Fig. 238. Althaea officinalis.

3. Lavatera. Sd.

0. Pflanze filzig-sternhaarig. Blumenblätter tief ausgerandet. Griffel
am Grunde kegelförmig, die glatte Frucht nicht bedeckend. —
Zerstreut, an unbebauten Orten, in Weinbergen; fehlt z. B. in der
Rheinprovinz. Juli, Aug. — . . . . *L. thuringiaca* L.
„ Pflanze zerstreut- behaart. Blumenblätter schwach ausgerandet.
Griffel am Grunde scheibenförmig die runzlige Frucht bedeckend. —
Zierpflanze aus Südeuropa. Juli-Herbst. — . . *L. trimestris* L.

4. Malope. 1j.

Zierpflanze aus Spanien. Juli-Herbst. — . . . . . *M. trifida* Cavan.

5. Hibiscus. 1j. u. Str.

0. Pflanze krautig, aufsteigend. Aussenkelch kürzer als der Innen-
kelch, über 11blättrig. Blumen gelb. 1j. — Zierpflanze aus
Südeuropa. Juli, Aug. — . . . . *H. Trionum* L.
„ Pflanze holzig, aufrecht. Aussenkelch länger als der Innenkelch,
nicht über 8teilig. Blumen rot. Str. — Zierstrauch aus dem
Orient. Juli-Okt. — . . . . *H. syriacus* L.

6. Abutilon. 1j.

Zierpflanze aus Südeuropa. Juli, Aug. — . . . .
. . . . (*Sida Abutilon* L.), *A. Avicennae* Gaertn.

---

9. Gruinales.

XXXI. Fam. Geraniaceae.

Die Blumen besitzen 5 Kelch- und 5 Blumenblätter, auf welche
5 Nektarien folgen. Das Androeceum ist 5- od. 10männig und das
Gynoeceum besteht aus 5 zweieiigen Fruchtblättern, aus denen 5 einsamige Schliessfrüchtchen werden, indem je ein Eichen unentwickelt

bleibt. Die Früchtchen lösen von ihrem gemeinschaftlichen Griffel (sodass eine „Griffelmittelsäule" stehen bleibt) vom Grunde beginnend bis zur Spitze eine Granne los, welche vermöge ihrer Hygroskopizität nicht nur zur Verbreitung des Früchtchens beiträgt, sondern dasselbe auch unter den Erdboden befördert.

0.   10 fruchtbare Staubblätter. Blätter meist fingerig geteilt. **1. Geranium.**

„   5 „   „   mit 5 beutellosen Staubfäden abwechselnd. Blätter gefiedert . . . . **2. Erodium.**

1. **Geranium,** Storchschnabel. 1 j. u. Sd.

0. Kelchblätter zur Blütezeit aufrecht 1

„   „   „   „   abstehend 2

1. Blätter fingerig geteilt, fast kahl. Früchtchen oberwärts weichhaarig, netzig-runzelig. Pflanze ohne Rhizom. Blumen klein, mit verkehrt-eiförmigen Kronenblättern. 1j. — Nicht häufig, Gebirgswälder; fehlt z. B. in Schlesien. Mai-Aug. — . *G. lucidum* L.

„   Blätter fingerig geteilt. Früchtchen kahl, querrunzelig od. faltig. Pflanze mit ausdauerndem Rhizom. Blumen gross, mit spatelförmigen, langbenagelten Kronenblättern. Sd. — Verwildernde Zierpflanze aus Süddeutschland. Mai, Juni. — *G. macrorrhizum* L.

„   Blätter aus 3-5 gestielten, spaltig-fiederigen Blättchen zusammengesetzt. Pflanze abstehend behaart. 1j. — Gemein od. häufig, feuchte Orte. Juni-Herbst. — Ruprechtskraut, *G. Robertianum* L.

2. Blumenblätier weit länger als der Kelch. Blumen meist gross.   9

„   „   meist nur wenig länger als der Kelch. Blumen meist klein. Blütenstände 2 blütig 3

3. Früchtchen glatt u. meist behaart 5

„   „   querrunzelig 4

4. Stengel mit kürzeren u. längeren, weichen, zottigen Haaren besetzt. Früchtchen kahl. 1 j. — Meist häufig, auf Schutt u. s. w. Mai-Herbst. — . . . . *G. molle* L.

„   Stengel abstehend kurzhaarig. Früchtchen kurzhaarig. 1 j. — Selten ; fast nur im südlichen Gebiet. Juli, Aug. — *G divaricatum* Ehrh.

5. Samen glatt. Stengel oben drüsenhaarig 6

„   „   netzförmig-grubig 7

6. Fruchtstiele nach abwärts geneigt. Früchtchen angedrückt behaart. Blumenblätter über dem Nagel mit bärtiger Saftdecke. 1j. — Gemein, Äcker, Wege, an wüsten Orten. Mai-Aug. — *G. pusillum* L.

„   Fruchtstiele aufrecht. Früchtchen abstehend drüsenhaarig. 1j. — Nicht häufig, in Böhmen ; ob wild ? Juni, Juli. — *G. bohemicum* L.

7. Kelchblätter kurz begrannt. Blumenblätter kahl. Früchte u. Griffel mit kurzen, abstehenden, einfachen Haaren. . 1 j. — Selten, Äcker, Weinberge, Wegränder, fehlt z. B. in Schlesien. Juni-Herbst. — . . . . *G. rotundifolium* L.

„   Kelchblätter langbegrannt. Blumenblätter am Grunde bärtig behaart. 8

8. Fruchtkörper kahl; Griffel mit kurzen, nach der Spitze gerichteten, drüsenlosen Haaren. 1j. — Zerstreut od. sehr zerstreut, auf sonnigen Hügeln u. s. w. Juni, Juli. — . . . *G. columbinum* L.

„   Fruchtkörper u. Griffel mit abstehenden Drüsenhaaren. 1j. — Nicht gerade häufig, Schutt, Lehmäcker. Mai-Okt. — *G. dissectum* L.

9. Früchtchen querrunzelig od. faltig, behaart. Kronenblätter rundlich, kurz benagelt. Blumen rotbraun od. schwarzviolett. Sd. — Nicht häufig ; in Gebirgsthälern Mitteldeutschlands. Mai, Juni. — *G. phaeum* L.

„ Früchtchen glatt, wenn auch oft behaart 10
10. Blumenblätter 2 spaltig, ziemlich klein. Kelchblätter stachelspitzig.
Blütenstände 2 blütig, mit feindrüsig-weichhaarigen, später nach
abwärts geneigten Blütenstielen. Sd. — Stellenweise auf Waldwiesen u. an schattigen Orten Mitteldeutschlands, sonst als Zierpflanze u. verwildert. Mai-Herbst. — . . . G. pyrenaicum L.
„ Blumenblätter ganz, höchstens am Gipfel schwach ausgerandet,
gross 11
11. Blütenstände mindestens 2 blütig. Kelchblätter begrannt . . 13
„ „ 1 blütig 12
12. Blätter tief 7 teilig, mit 3- bis mehrspaltigen, linealen Zipfeln.
Blumen hellpurpurn. Sd. — Häufig bis zerstreut, meist auf sonnigen Hügeln und in trocknen Wäldern. Juni-Aug. — . . . .
. . . . Fig. 239, G. sanguineum L.
„ Blätter 5 teilig, mit viereckigen, länglichen Abschnitten. Blumen
hellrosa. Sd. — Hin u. wieder verschleppte Zierpflanze aus Asien.
Juli, Aug. — . . . . G. sibiricum L.
„ Wie vorige, aber Kelchblätter der Frucht angedrückt, Krone
weisslich, Staubbeutel schwarzviolett u. Früchtchen behaart. Sd.
— Aus dem Osten verschleppt, Tilsit. — G. ruthenicum Üchtritz.

Fig. 239. Geranium sanguineum.   Fig. 240. Geranium silvaticum.

13. Stengel oben u. die später nach abwärts gebogenen Blütenstiele
drüsenlos behaart. Samen streifig. Kelch an der Frucht aufrecht.
Sd. — Zerstreut, an nassen Orten. Juni-Sept. — G. palustre L.
„ Stengel oben u. Blütenstiele drüsig behaart. Samen punktiert. 14
14. Fruchtstiele nach dem Verblühen nach abwärts gebogen, später
oft wieder aufrecht. Staubfäden am Grunde flach kreisförmig erweitert. Blumen blau, sehr selten weiss. Sd. — Zerstreut, an
feuchten Orten. Juni-Aug. — . . . . . . G. pratense L.
„ Fruchtstiele immer aufrecht. Staubfäden lanzettlich. Blumen violett,
sehr selten weiss. Var. parviflorum Knaf: Blumenblätter $1/2$ so
lang als bei der typischen Form, nur wenig länger als der Kelch.
Sd. — Sehr zerstreut, in Berglaubwäldern u. auf Gebirgswiesen.
Juni, Juli. — . . . . Fig. 240, G. silvaticum L.

2. Erodium. 1 j.

0. Blättchen sitzend, tief eingeschnitten-fiederspaltig, bei *pimpinellifolium* Willd. nur eingeschnitten gezähnt. Die 5 fruchtbaren Staubfäden zahnlos. — Gemein, auf bebautem, namentlich sandigem Boden. April-Herbst. — Fig. 241, Hirtennadel, (*Geranium cicutarium* L.), *E. cicutarium* L'Hérit.

„ Blättchen kurz gestielt, ungleich doppelt-gesägt. Die 5 Staubfäden 2zähnig. — Selten, verwildernde Zierpflanze vom Mittelmeergebiet. Mai-Juli. — .. (*Geranium moschatum* L.), *E. moschatum* L'Hérit.

Fig. 241. Erodium cicutarium Var. pimpinellifolium.

XXXII. Fam. Tropaeolaceae.

Tropaeolum. Bei uns 1 j. Zierpflanze aus Peru. Juni-Okt. — . . . . Spanische od. Kapuziner-Kresse, *T. majus* L.

XXXIII. Fam. Oxalidaceae.

Blumen mit 5 Kelch- u. 5 Blumenblättern, 10 Staubblättern u. 5 Fruchtblättern, welche letztere zu einer länglichen, vielsamigen Kapsel werden.

Oxalis. 1 j. - Sd.

Besonders auffallend, namentlich bei der erstgenannten Art dieser Gattung, ist die sog. Schlafstellung der Blätter während der Nacht, die übrigens noch mehrere Arten unserer Flora zeigen. Die Blättchen, die während des Tages horizontal ausgebreitet sind, schlagen sich mit Anbruch des Abends nach unten an den Blattstiel, nehmen also eine vertikale Lage ein, in welcher eine geringere Abkühlung durch Strahlung stattfindet. Diese Einrichtung dient also der Pflanze zum Schutz.

0. Blumen einzeln, weiss. Krone etwa 4 mal so lang als der Kelch. Neben den chasmogamen besitzt diese Art auch cleistogame Blüten. Sd. — Häufig, in feuchten Laubwäldern. April, Mai. — . . . . Sauerklee, *O. Acetosella* L.

„ Blumen zu 1-5 zusammenstehend, gelb 1

1. Ohne Nebenblätter. Fruchtblätter aufrecht abstehend. Sd. — Aus Nordamerika, bei uns eingebürgert, häufig auf Schutt u. s. w. Juni-Okt. -– *O. stricta* L.

Fig. 242. Oxalis corniculata.

„ Mit 2 kleinen Nebenblättern. Fruchtstiele nach abwärts gebogen.
1 j., auch 2 j.? — Aus Südeuropa, auf Schutt u. s. w. verschleppt.
Juni-Okt. — . . . . Fig. 242, *O. corniculata* L.

XXXIV. Fam. Linaceae.

Blumen mit 4 od. 5 Kelch-, Kronen-, Staub- u. Fruchtblättern.
Jedes der 4 od. 5 Fruchtfächer wird durch (sog. falsche) Scheidewände
(vergl. p. 216) in 2 einsamige Abteilungen geschieden.

0. Blüten 5zählig gebaut . . . . 1. **Linum.**
„ Blüten 4zählig gebaut. Kleines, 2-5 cm (selten höher) werdendes
Pflänzchen . . . . 2. **Radiola.**

1. Linum. Leinartige Gewächse. Sd., 1 j.

0. Blätter gegenständig. Blüten klein, weiss, mit schwach drüsig-
gewimperten Kelchblättern. 1 j. — Gemein, an feuchten Orten.
Juni-Sept. — Fig. 243, Purgier-Flachs, -Lein, *L. catharticum* L.

„ Blätter wechselständig . . . 1

1. Kelchblätter am Rande drüsig-
gewimpert 2
„ Kelchblätter am Rande drüsenlos 3

2. Blumen gelb. Blätter kahl, am
Grunde jederseits mit einer Drüse.
Sd. — An einigen Orten in Böh-
men. Juli, Aug. — *L. flavum* L.

„ Blumen hellrot. Blätter sehr
schmal - lineal, mit drüsig - ge-
wimpertem Rande. Sd. — Besonders auf Kalkhügeln im Rheinthal u. einigen seiner Nebenthäler,
Wetterau, Hessen, Göttingen,
Thüringen, Prov. Sachsen, Böhmen. Juni, Juli. —
. . . . . *L. tenuifolium* L.

Fig. 243. Linum catharticum.

3. Kelchblätter fein gewimpert, fast so lang wie die Kapsel. Stengel
einzeln. Kapsel geschlossen bleibend (Dresch-, Schliess-Lein, *L. vul-
gare* Bönngh.) od. aufspringend (Klang-, Spring-Lein, *L. crepitans*
Bönngh.). 1 j. — Gebaut u. verwildert. Unbekannter Herkunft.
Juni, Juli. — . . . . . . Lein, Flachs, *L. usitatissimum* L.
„ Kelchblätter am Rande kahl, nicht bewimpert, kürzer als die
Kapsel. Stengel zahlreich zusammenstehend 4

4. Fruchtstiele aufrecht. Kelchblätter 2 mal kürzer als die Kapsel.
Sd. — Unweit Frankfurt a. M. u. zwischen Darmstadt u. Bensheim,
bei Vschetat im böhm. Elbgebiet. Juni, Juli. — . *L. perenne* L.
„ Fruchtstiele bogenförmig nach abwärts gekrümmt. Sd. — Unweit
Libitz u. bei Laun in Böhmen, sonst selten verwildert. Juni. —
. . . . *L. austriacum.* L.

2. Radiola. 1 j.

Zerstreut, auf feuchtem Sand- u. Moorboden. Juli, Aug. —`. . . . .
. . . . Fig. 244, (*Linum Radiola* L.), *R. linoides* Gmel.

XXXV. Fam. Balsaminaceae.

Die zygomorphen Blumen mit 3 Kelch- u. 3 Blumenblättern.
Während beim Kelch nach Ansicht der Morphologen 2 Blätter abortiert
sind, werden bei der Krone die 4 oberen Kronenblätter als paarweise
miteinander verwachsen angesehen. Staub- u. Fruchtblätter 5; Frucht
elastisch aufspringend u. die Samen davon schleudernd.

0. Blumen gelb. Frucht kahl . . . . 1. **Impatiens.**
„   „   weiss, rosa, purpurn od. bunt. Frucht behaart . . . .
. . . . 2. **Balsamina.**

Fig. 244. Radiola linoides.   *Fig. 245.* Impatiens Noli tangere.

1. Impatiens. 1j.

0. Blätter grob gezähnt. Grosse Blumen, hängend, mit gekrümmtem
Sporn. — Zerstreut, an feuchten, schattigen Stellen. Juli, Aug. —
. . Fig. 245, Rühr-mich-nicht-an, Springkraut, *I. Noli tangere* L.
„ Blätter gesägt. Kleine Blumen, aufrecht, mit geradem Sporn. —
An manchen Orten zahlreich an Zäunen u. auf Gartenland ver-
wildert, z. B. bei Berlin, Dresden, Göttingen, Breslau, Prag; stammt
aus der Mongolei. Juni-Aug. — . . . . . *I. parviflora* D. C.

2. Balsamina. 1j.

Zuweilen verwildernde Zierpflanze aus Ostindien. Juli, Aug. — . . . .
. . (Garten-)Balsamine, (*Impatiens Balsamina* L.), *B. femina* Gaert.

10. Terebinthinae.

XXXVI. Fam. Rutaceae.

Blumen 4-5zählig, mit 4-10 Staubblättern. Die 2-5 Fruchtblätter
eine Kapsel od. Flügelfrucht bildend.

0. Blätter gefiedert. Pflanze mehr krautig 1
„   „   3zählig. Ein hoher Strauch mit grünlichweissen Blüten
u. kreisförmigen, breit-geflügelten Früchten . . . . . 3. **Ptelea.**
1. Blumen gelb . . . . 1. **Ruta.**
„   „   rötlich-weiss, seltener weiss . . . . 2. **Dictamnus.**

1. Ruta. Sd. u. Str.

Arzneipflanze aus Südeuropa, zuweilen verwildert. Juni-Aug. — . .
. . . . Raute, *R. graveolens* L.

2. Dictamnus. Sd.

Das reichlich von der Pflanze ausgedünstete ätherische Öl lässt sich bei warmer Witterung entzünden, sodass diese Art für einen Augenblick zum „brennenden Busch" wird. — Nicht häufig, auf Kalk, in Bergwäldern, besonders in Mitteldeutschland; fehlt z. B. in Westfalen. Mai, Juni. — . . . . . Diptam, *D.* (*Fraxinella* Pers.) *albus* L.

3. Ptelea. Str.

Zierpflanze aus Nordamerika. Juni. — . Kleebaum, *P. trifoliata* L.

XXXVII. Fam. Simarubaceae.

Ailanthus. B.

Zierbaum aus China. Juni, Juli. — Götterbaum, *A. glandulosa* Desf.

XXXVIII. Fam. Anacardiaceae.

Rhus. Str.

0. Blätter ganz, eiförmig od. verkehrt-eiförmig. — Zierstrauch aus Südeuropa. Juni, Juli. — . . . . . Perückenbaum, *R. Cotinus* L.
„ Blätter zusammengesetzt 1
1. „ 3zählig, langgestielt. — Zuweilen verwildernde Zierpflanze aus Nordamerika. Mai, Juni. — . Giftsumach, *R. Toxicodendron* L.
„ Blätter gefiedert 2
2. Blättchen unbehaart, unterseits blaugrün. Blattstiele u. Zweige gewöhnlich kahl, seltener behaart. — Zierstrauch aus dem östlichen Nordamerika. Juli, Aug. — . . . . . Essigbaum, *R. glabra* L.
„ Blättchen unterseits meist behaart, oft weiss-grau. Blattstiele und Zweige dicht-zottig behaart. — Zierstrauch aus dem östlichen Nordamerika. Juni, Juli. — Essigbaum, virginischer Sumach, *R. typhina* L.

---

11. Aesculinae.

XXXIX. Fam. Sapindaceae.

0. Blätter gefingert . . . . 1. **Aesculus.**
„ „ gefiedert. Blumen grünlich-gelb, klein, grosse Rispen bildend . . . . 2. **Koelreuteria.**

1. Aesculus. B., selten Str.

0. Krone weiss 1
„ „ gelb od. rot, meist 4blättrig. Staubblätter 5-8, gerade. Frucht stachellos. Blättchen zu 5 2
1. Krone meist 5blättrig. Staubblätter 7 od. 9, gebogen. Frucht stachlig. Blättchen zu 5 od. 7. — Sehr häufiger Zierbaum aus dem nördlichen Griechenland. Mai, Juni. —
. . . . Ross-Kastanie, *A. Hippocastanum* L.
„ Krone 4- od. 5blättrig. Staubblätter 6 od. 7, auffallend lang aus der Krone herausschauend. Frucht stachellos. Blättchen zu 5. — Seltenerer Zierstrauch aus dem südlichen Nordamerika. Juli. —
. . . . *A. parviflora* Walt.

2. Blätter unterseits fast kahl. Blumen rot. — Zierbaum aus Nordamerika. Mai, Juni. — . . . . *A. Pavia* L.
„ Blätter unterseits weichhaarig. Blumen gelb. — Wie vorige. —
. . . .*A. lutea* Wangenh.

2. Koelreuteria. B.

Zierbaum aus China. Sommer. — . . . . . . *K. paniculata* Laxm.

XL. Fam. Aceraceae.

Revidiert von Dr. F. Pax.

Bäume od. Sträucher mit 5 (selten mehr od. weniger) Kelch- und Blumenblättern, 4 bis 5, häufiger 8 bis 10 Staubblättern und 2, später zur Flügelfrucht sich entwickelnden Fruchtblättern. Die Gattung zeigt alle Mittelstufen von zweigeschlechtlichen Blüten bis zur völligen Trennung der Geschlechter (*A. Negundo, californicum*); dabei zeigt sich bei jenen Mittelstufen im hohen Maasse A n d r o m o n ö c i e ausgebildet, d. h. während in den männlichen Blüten der Fruchtknoten häufig nur als kleines Rudiment ausgebildet auftritt, können in den weiblichen Blüten noch gut ausgebildete Staubgefässe wahrgenommen werden, deren Staubbeutel sich jedoch nicht öffnen.

Acer, Ahorn. B. u. Str.

0. Blätter unpaarig gefiedert; 3-5 zählig. Männlicher Blütenstand knäulförmig, weiblicher verlängert traubig 1
„ Blätter einfach 2
1. Junge Zweige u. Blättchen kahl, erstere bisweilen bläulich bereift. Blätter 3-5 zählig. — Häufiger Zierbaum aus dem östlichen Nordamerika. April. — . . . . *A. Negundo* L.
„ Blättchen unterseits dicht filzig. Blätter fast immer 3 zählig. — Neuerdings eingeführter Zierbaum aus dem westlichen Nordamerika. April. — . . . . *A. californicum* Koch.
2. Blätter herz-eiförmig, doppelt gezähnt, spitz. Blütenstand aufrecht, rispig doldenförmig. Blumenblätter weisslich. Früchte leicht rot werdend. — Häufiger Zierstrauch aus Südosteuropa. Mai. — *A. tataricum* L.
„ Blätter 3-5 lappig od. -spaltig 3
3. Blütenstand einfach, knäulförmig. Blüten aus der Achsel der Knospenschuppen entspringend, lange vor den unterseits meist blaugrünen Blättern erscheinend 4
„ Blütenstand einfach (d. h. Seitenachsen erster Ordnung einblütig), verlängert traubig, hängend, nach den Blättern erscheinend. Blätter kurz 3 lappig, gross, doppelt gezähnt. Rinde weiss gestreift. — Zierstrauch od. -Baum aus dem östlichen Nordamerika. Mai. —
. . . . *A. pennsylvanicum* L.
„ Blütenstand zusammengesetzt (d. h. Seitenachsen erster Ordnung mehrblütig), traubig bis doldig-rispig 5
4. Buchten zwischen den Blattklappen spitz. Blumenblätter u. Kelch rot. Fruchtknoten kahl. — Zierbaum aus dem östlichen Nordamerika. März, April. — . . . . *A. rubrum* L.
„ Buchten zwischen den Blattlappen stumpf. Blumenblätter fehlen, Kelch gelblich-grün. Fruchtknoten in der Jugend dicht filzig. — Häufiger Zierbaum aus dem östlichen Nordamerika. März, April. —
. . . . *A. dasycarpum* L.

5. Blütenstand verlängert, traubig, nach den Blättern erscheinend.
Blätter stets 5 lappig 6
„ Blütenstand doldig-rispig, mit od. vor den Blättern erscheinend,
Blüten gelblich-grün 7
6. Blätter unterseits dicht filzig.
Blüten klein, grünlich. — Zierbaum od. -strauch aus dem
östlichen Nordamerika. Mai. —
. . . . A. spicatum Lmk.
„ Blätter unterseits bald kahl
werdend. Blüten gelblich. —
In Bergwäldern, häufig kultiviert. Mai, Juni. — . . .
Fig. 246, A. Pseudoplatanus L.
7. Blumenblätter fehlen. Kelchblätter verwachsen. Blätter
5 lappig mit spitzen, grob und
wenig gezähnten Abschnitten.
Blütenstiele lang, schlaff herabhängend. — Zierbaum aus dem
östlichen Nordamerika. April.—
. . . . . . Zuckerahorn,
A. saccharinum Wangenh.

Fig. 246. Acer Pseudoplatanus.

„ Blumenblätter vorhanden. Kelchblätter frei 8
8. Blätter 5 lappig, Lappen lang zugespitzt. Blütenstand aufrecht.
Fruchtfächer flach, glatt 9
„ Blätter 3 od. 5 lappig. Blütenstand schlaff herabhängend. Frucht-
fächer convex, mit erhabenen Leisten versehen 10
9. Blattlappen grob gezähnt. — In Wäldern; häufig kultiviert. April,
Mai. — . . . . Spitzahorn, A. platanoides L.
„ Blattlappen ganzrandig. Blätter in der Jugend oft purpurrot. —
Zierbaum od. -strauch aus dem Kaukasus. Mai. — . . .
. . . . A. laetum C. A. Mey.
10. Fruchtflügel horizontal. Blätter 5 lappig mit stumpfen od. spitzen,
grob gezähnten bis ganzrandigen Abschnitten. — In Wäldern und
Gebüschen, bisweilen als Strauch kultiviert. Mai, Juni. — . .
. . . . Feldahorn, A. campestre L.
„ Fruchtflügel aufrecht 11
11. Blätter 3 lappig, ganzrandig, oberseits glänzend. Früchte oft rot
werdend. — Flussthäler des westlichen Mitteldeutschlands, oft
kultiviert. April. — . . . . A. monspessulanum L.
„ Blätter 5 lappig, gezähnt. Zähne stumpf od. spitz 12
12. Blattlappen kurz, abgerundet. Blätter unterseits filzig. — Zierstrauch
aus Südeuropa. April. — . . . . . A. obtusatum W. K.
„ Blattlappen verlängert, spitz. Blätter unterseits meist kahl. —
Zierstrauch aus dem Mittelmeergebiet. April. — A. italum Lauth.

XLI. Fam. Polygalaceae.

Blumen mit 5 Kelchblättern, von denen die 2 seitlichen (inneren)
gross u. kronenartig ausgebildet sind. Krone 3 blättrig; man nimmt
an, dass 2 Kronenblätter abortiert seien. Staubblätter 8, mit den
Blumenblättern und untereinander in 2 Bündel mit je 4 Staubblättern

verwachsen. Von diesen sollen ursprünglich 10 vorhanden gewesen
sein, wovon jedoch 2, nämlich ein vorderes und ein hinteres, abortiert
wären. Fruchtknoten 2fächrig, Fächer eineiig.

Polygala. Die häufigeren Arten: Kreuzblume. Sd., auch Str.

0. Vorderes Blumenblatt 4lappig. Blumen gelb. Blätter elliptisch od.
   lanzettlich, stachelspitzig. Str. — In einigen Bergwäldern Thüringens,
   Sachsens u. Böhmens. April-Juni. — . . *P. Chamaebuxus* L.

 „ Vorderes Blumenblatt an der Spitze ein vielspaltiges Anhängsel
   tragend. Blumen blau, rot od. weiss 1

1. Traube wenig, meist 5blütig, zuletzt seitenständig. Adern der
   2 inneren, blumenblattartigen, flügeligen Kelchblätter verzweigt,
   netzig-verbunden. Sd. — Auf Torfwiesen u. s. w., besonders im
   westlichen u. nordwestlichen Gebiet. Mai-Herbst. — . . . . .
   . . . . *P. serpyllacea* Weihe.

 „ Traube endständig, vielblütig 2

2. Adern der 2 inneren Kelchblätter netzig verbunden 3

 „   „   „   „   „   „   nicht netzig verbunden, spärlich
   verzweigt. Untere Blätter verkehrt-eiförmig, eine Rosette bildend.
   Eine auf trocknen Wiesen u. höheren Bergen vorkommende Var.
   (*amarella* Crntz.) hat grössere Blumen, die Flügel-Kelchblätter sind
   oft kürzer als die Kapsel, u. die untersten Blätter sind sehr gross.
   Var. *amblyptera* Rchb.: Wie *amara*, aber die Flügel-Kelchblätter fast so
   breit wie die Kapsel. Bei *austriaca* Koch die Flügel-Kelchblätter
   schmäler, oft kürzer als die Kapsel, letztere entweder rundlich-ver-
   kehrt-herzförmig (*austriaca* Rchb.) od. länglich-verkehrt-herzförmig
   (*uliginosa* Rchb.). Sd. — Zerstreut, auf sumpfigen Wiesen u.
   Kalkbergen. Mai, Juni u. Herbst — . . . . . . *P. amara* L.

3. Die untersten Blätter klein, elliptisch, die übrigen schmal-lanzettlich.
   Seitenadern der 2 inneren Kelchblätter auswendig netzig-aderig, an
   der Spitze durch eine schiefe Ader mit der mittleren verbunden. 4

 „ Die unteren Blätter gross, verkehrt-
   eiförmig, die übrigen lanzettlich-
   lineal. Die Flügel-Kelchblätter
   3nervig, die mittlere Ader etwa von
   der Mitte ab verzweigt; Aussen-
   nerven verzweigt; Äderchen vielfach
   netzig verbunden. Sd. — Nicht
   häufig, auf Kalkhügeln der Rheinprovinz, Hessens u. Luxemburgs.
   Mai, Juni. —
   . . . *P. calcarea* F. W. Schultz.

Fig. 247. Polygala vulgaris.

4. Blütendeckblätter etwa halb so lang
   als die Blütenstiele. Var. *oxyptera*
   Rchb.: Die kronenartigen beiden
   flügelartigen Kelchblätter spitz,
   länger, aber schmäler als die Kapsel.
   Sd. — Gemein, trockene Wiesen,
   Wälder, Hügel. Mai-Juli. —
   . . . . Fig. 247, *P. vulgaris* L.

 „ Die obersten Deckblätter überragen die Blumen schopfartig. Sd. —
   Zerstreut, auf Wiesen, an Waldrändern. Mai, Juni. — . . . . .
   . . . . *P. comosa* Schk.

12. Frangulinae.

XLII. Fam. Celastraceae.

Blüten in allen Organen 4- od. auch 5zählig. Kapselfrüchte.

0. Blüten weiss mit 2 od. 3 oben verbundenen Griffeln. Blätter zusammengesetzt . . . . **1. Staphylea.**

„ Blüten grünlich, mit 1 Griffel. Blätter ungeteilt 1

1. Aufrechte Sträucher. Kelch, Krone, Staubblät. 4-5zählig. **2. Evonymus.**

„ Pflanze mit windendem Stengel. Kelch, Krone, Staubblätter 5 zählig.
. . . . **3. Celastrus.**

1. Staphylea. Str.

0. Blätter 3zählig. Kapsel länglich. — Zierstrauch aus Nordamerika. Mai, Juni. — . . . . *S. trifolia* L.

„ Blätter 5-7 zählig gefiedert. Kapsel rundlich. — Zuweilen verwildernder Zierstrauch aus Süddeutschland. Mai, Juni. — Pimpernuss, *S. pinnata* L.

2. Evonymus, Pfaffenkäppchen. Str.

0. Kapsel stumpfkantig. Blüten meist 4 zählig 1

„ Kapsel geflügelt-kantig. Blüten meist 5 zählig. Stengel etwas zusammengedrückt, sonst stielrund. — Zierstrauch aus Süddeutschland. Mai, Juni. — . . . . *E. latifolia* Scop.

1. Blumenblätter länglich. — Nicht selten, Gebüsche, Wälder, Ufer; oft angepflanzt. Mai, Juni. — Fig. 248, Spindel- od. Spillbaum, *E. europaea* L.

„ Blumenblätter mehr kreisförmig 2

2. Blüten grünlich. Äste dicht mit Warzen bedeckt. — In Laubwäldern hügeliger Gegenden im östlichen Gebiet, sonst als Zierpflanze. Mai, Juni. — . . . . *E. verrucosa* Scop.

„ Blüten dunkelbraun. — Zierstrauch aus Nordamerika. Juni, Juli. — . . . . *E. atropurpurea* Jacq.

Fig. 248. Evonymus europaea.   *Fig. 249.* Ilex Aquifolium.

3. Celastrus. Str.

Zierstrauch aus Nordamerika. Mai, Juni. — Baummörder, *C. scandens* L.

XLIII. Fam. Aquifoliaceae.

Ilex. Str. od. B.

In Wäldern des nordwestlichen Gebiets von Aachen bis Rügen. Mai, Juni. — . . . . Fig. 249, Stechpalme, *I. Aquifolium* L.

XLIV. Fam. Vitaceae.

Kelch-, Kronen- u. Staubblätter 5. Fruchtknoten meist 2 blättrig, jedes Fach 2 eiig, zur Beere werdend. Mit Ranken kletternde Sträucher.
0. Die 5 Kronenblätter mit ihren Blattspitzen kappenförmig zusammenhängend, sich am Grunde lösend u. abfallend. Blätter 5 lappig. 1. Vitis.
„ Die 5 Kronenblätter nicht an der Spitze zusammenhängend. Blätter aus 3-5 fingerig gestellten Blättchen zusammengesetzt. 2. Ampelopsis.

1. Vitis, Wein. Str.

0. Blätter unterseits filzig, herzförmig, oft 3-5 lappig. — Zierpflanze aus Nordamerika: Juni, Juli. — . . . . V. Labrusca L.
„ Blätter unterseits höchstens einfach behaart 1
1. Blätter 3-5 lappig mit abgerundeten Einschnitten. — Kulturpflanze wahrscheinlich aus Vorderasien. Ende Juni. — Weinrebe, V. vinifera L.
„ Blätter schwach 3- zuweilen auch 5-lappig mit spitzen Einschnitten.— Zierpflanze aus Nordamerika. Juni. — . . V. riparia Michaux.

2. Ampelopsis. Str.

Zierpflanze aus Nordamerika. Juli-Sept. — . . . .
. . . . . . Wilder Wein, Zaunrebe, A. quinquefolia R. u. Schult.

XLV. Fam. Rhamnaceae.

Sträucher mit 4-5 zähligem Kelch u. gleichzähliger Krone, 5 Staubblättern u. einem meist 3-4 fächrigen, zur Steinfrucht werdenden Fruchtknoten.
0. Wenigblütige Trugdolden in den Achseln der nur mit einem Hauptnerven versehenen Laubblätter 1
„ Endständige vielblütige Rispen. Blätter mit 3 Hauptnerven . . .
. . . . 3. Ceanothus.
1. Blumenblätter 4-5, unbenagelt. Griffel 2-5 spaltig. Zweige gegenständig, dornig. Blätter fein-gesägt. Pflanze 2 häusig, polygamisch.
. . . . 1. Rhamnus.
„ Blumenblätter 5, benagelt. Griffel nicht geteilt. Zweige wechselständig, dornenlos. Blätter ganzrandig. Blüten zwitterig. 2. Frangula.

1. Rhamnus. Str., selten B.

Blätter eiförmig, am Grunde abgerundet. Var. pumila Berdau: Blätter klein, deutlich in den weichhaarigen Stiel verschmälert, am Rande u. auf den Nerven, seltener auf der ganzen Unterseite behaart. — Häufig, in Laubwäldern, Gebüschen; öfters angepflanzt. Mai, Juni. — . . .
. . . . Kreuzdorn, R. cathartica L.

2. Frangula. Str.

Wie vorige. Mai, Juni. — . . . .
. . . Faulbaum, Pulverholz, (Rhamnus Frangula L.), F. Alnus Mill.

3. Ceanothus. Str.

Zierstrauch aus Nordamerika. Juni-Herbst. — Säckelblume, C. americanus L.

---

13. Tricoccae.

XLVI. Fam. Euphorbiaceae.

Blüten 1 geschlechtig. Fruchtknoten selten 2-, meist 3 fächrig; Fächer 1 eiig. Die Früchtchen lösen sich von einer bleibenden Mittelsäule. — Siehe Euphorbia.

0. Pflanzen in ihren Organen meist Milchsaft enthaltend, 1 häusig .
. . . . **1. Euphorbia.**
„ Pflanzen ohne Milchsaft, mit gestielten gegenständigen Blättern,
2 häusig. Perigon 3 teilig . . . . **2. Mercurialis.**

1. Euphorbia, Wolfsmilch. 1 j., 2 j. u. Sd.

Die Geschlechtswerkzeuge, nämlich ein 3 fächriger, gestielter Fruchtknoten mit 1 eiigen Fächern, umgeben von zahlreichen Staubblättern,
werden von einer gemeinschaftlichen, wie ein Perigon erscheinenden
Hülle umgeben. Schneiden wir diese der Länge
nach auf u. breiten sie auseinander, so erhalten
wir das in Fig. 250 wiedergegebene Bild. Die
Hülle wird von Morphologen als ein Kreis aus
verwachsenen Hochblättern angesehen, in deren
Achseln Blütenstände von ausschliesslich 1 männigen
Blüten *s* stehen, während die Mitte des gemeinschaftlichen Blütenstandes von einem Fruchtknoten *f*
eingenommen wird, der dann als weibliche Blüte
anzusprechen ist. Die Staubwerkzeuge zeigen an
ihrem Stiel eine Gliederung: der untere Teil wird
als Blütenstiel, der darüber liegende als Staubfaden
betrachtet. Zwischen den Zipfeln der Röhre der
Hochblatthülle finden sich in den Buchten — auf
unserer Abbildung sichelförmige — Nektardrüsen *d*;
einer Bucht fehlt meist die Drüse, sodass dann der 5 blättrige Hochblattkreis nur 4 Drüsen besitzt.

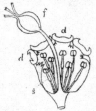

Fig 250. Ver-
grösserter Blüten-
stand von Euphorbia
Cyparissias. — Be-
schreibung im Text.

0. Mittlere Blätter länglich-eiförmig od. verkehrt-eiförmig . . . 1
„   „   „ lanzettlich bis lineal 4
1. Blütenhülldrüsen rundlich od. elliptisch 2
„   „   halbmondförmig oder 2 hörnig. Blätter ganzrandig 3
2. Samen mit vertieften Punkten od.
Grübchen. Kapseln glatt. Blätter
verkehrt-eiförmig. Stengel oben in
meist 5 Strahlen auseinandergehend, die
sich in drei u. dann in 2 Zweige spalten.
1 j. — Häufig, Äcker. Dorfstrassen.
Juni-Herbst. — . . . . (*Tithymalus
helioscopius* Scop.), *E. helioscopia* L.
„ Samen glatt. Kapseln mit Warzen
besetzt . . . . 4 a
3. Samen glatt. Blätter länglich-verkehrt-
eiförmig, weichhaarig. Sd. — Selten,
Wälder; im westlichen und südlichen Gebiet. April, Mai.—(*Tithymalus amygda-
loides* Kl. u. Gcke.), *E. amygdaloides* L.
„ Samen eingestochen punktiert. Blätter
gestielt, verkehrt-eiförmig, kahl. 1 j.
— Gemein, auf bebautem Boden. Juli-
Herbst. — . . . . Fig. 251, (*Tithy-*
malus Peplus Gaertn.), *E. Peplus* L.
4. Samen glatt 8
„   „ runzelig, knotig od. grubig 5

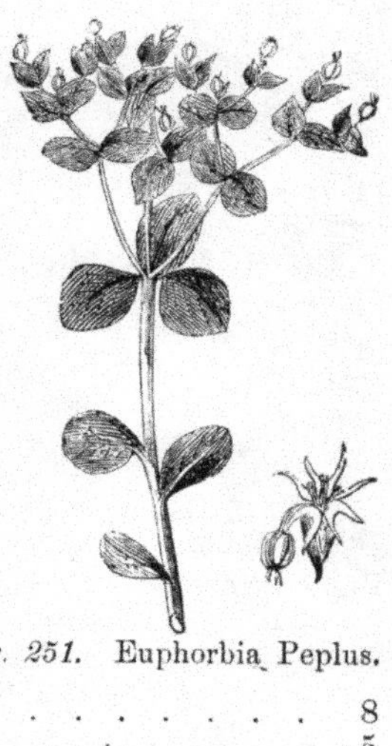

Fig. 251. Euphorbia Peplus.

4a. Blätter verkehrt-eiförmig, flaumhaarig. Sd. — Besonders auf Kalk: häufig bei Würzburg, sonst selten. Mai, Juni. — . . . .
  . . . . . (*Tithymalus verrucosus* Scop.), *E. verrucosa* Lmk.
„ Blätter länglich-oval, meist kahl. Stengel oberwärts scharf-kantig-gestreift. Sd. — Bei Prag. Mai, Juni. — . . . .
  . . . . (*Tithymalus angulatus* Kl. u. Gcke.), *E. angulata* Jacq.
5. Blätter wechselständig 6
„   „ gegenständig, länglich-lineal. 2j. — Zuweilen verwildernde Zier- u. Arzneipflanze aus Südeuropa. Juni-Aug. — . . . . . .
  . . . Pillenkraut, (*Tithymalus Lathyris* Scop.), *E. Lathyris* L.
6. Deckblätter der oberen, die Blütenstände tragenden Zweige nieren-förmig, eiförmig od. elliptisch 7
„ Deckblätter lineal mit herzförmigem Grunde. Blätter lineal, bei *retusa* Rth.: vorn abgeschnitten od. gestutzt, bei *tricuspidata* Lapeyrouse: 3 spitzig. 1j. — Meist häufig, besonders auf Lehm-äckern. Juni-Okt. — (*Tithymalus exiguus* Mnch.), *E. exigua* L.
7. Blätter lineal. Deckblätter nierenförmig. Stengel oben 5 strahlig verzweigt. 1j. — Unter der Saat, jedoch zweifelhaft ob im Gebiet. Juni, Juli. — (*Tithymalus segetalis* Kl. u. Gcke.), *E. segetalis* L.
„ Blätter lanzettlich. Deckblätter eiförmig-elliptisch. Stengel oben 3 strahlig verzweigt. 1j. — Selten, unter der Saat. Juli-Okt. —
  . . . . . . (*Tithymalus falcatus* Kl. u. Gcke.), *E. falcata* L.
8. Drüsen der Blütenhülle (meist) rundlich od. elliptisch, ganzrandig. 9
„   „   „   „ sichelförmig od. 2 hörnig 14
9. Kapseln mit Warzen besetzt 11
„   „ glatt, höchstens fein punktiert 10
10. Blätter vorn klein-gesägt, behaart, selten kahl. Deckblätter der oben abgehenden Zweige eiförmig, stumpf. Sd. — An einigen sonnigen u. steinigen Waldplätzen in Schlesien u. Böhmen. Juni. —
  . . . . (*Tithymalus procerus* Kl. u. Gcke.), *E. procera* M. B.
„ Blätter ganzrandig, kahl. Deckblätter 3 eckig-eiförmig, stachel-spitzig. Drüsen selten sichelförmig. Sd. — Sehr zerstreut, auf Kalk- u. Sandboden; im Westen des Gebiets u. im Süden bis Nordböhmen. Juni, Juli. — . . . .
  . . (*Tithymalus Gerardianus* Kl. u. Gcke.), *E. Gerardiana* Jacq.
11. Stengel oben vielstrahlig verzweigt. Deckblätter elliptisch. Blätter länglich-lanzettlich. Grosse, bis 1,25 m hohe Pflanze. Sd. — Zerstreut, Sümpfe, feuchte Wiesen, Ufer. Mai, Juni. — . . . . .
  . . . . (*Tithymalus paluster* Lmk.), *E. palustris* L.
„ Stengel 3-5 strahlig verzweigt 12
12. Blätter mit herzförmigem Grunde, spitz 13
„   „ nicht herzförmig, sondern nach dem Grunde verschmälert, stumpf, sehr kurz gestielt. Kapseln behaart, bei *purpurata* Thuill. kahl. — In Laubwäldern, besonders auf Kalk; zerstreut im süd-lichen Gebiet, sonst nur hin u. wieder. April, Mai. — . . . .
  . . . . (*Tithymalus dulcis* Scop.), *E. dulcis* Jacq.
13. Kapselwarzen länglich. 1- u. 2j. — Hin u. wieder, namentlich am Rhein u. in Schlesien. Juni-Sept. — . . . .
  . . . . . . (*Tithymalus strictus* Kl. u. Gcke.), *E. stricta* L.
„ Kapselwarzen fast halbkugelig. Kapseln 2 mal so gross als bei der vorigen Art. 1j. — Zerstreut, Äcker, Wegränder, Dörfer. Juli-Sept. — . . (*Tithymalus platyphyllos* Scop.), *E. platyphyllos* L.

14. Blätter schmal-lineal. Sd. — Häufig, auf Sand, nach Norden seltener werdend. April, Mai. — . . . .
. Fig. 250, (*Tithymalus Cyparissias* Scop.), *E. Cyparissias* L.
„ Blätter lineal-lanzettlich od. länglich-lanzettlich 15
15. „ nach der Spitze verschmälert 16
„ „ „ dem Grunde verschmälert, bei *mosana* Lej. verkehrt-länglich-lanzettlich, bei *salicetorum* Jordan verkehrt-lanzettlich, bei *pinifolia* D. C. lineal-länglich. Zuweilen nur 5 Doldenstrahlen (*segetalis* Willd.). Sd. — Häufig bis zerstreut, besonders auf sandigem Lehmboden. Mai-Juli. — (*Tithymalus Esula* Scop.), *E. Esula* L.
16. Blätter glanzlos. Pflanze bis 0,60 m hoch 17
„ Blätter auf der Oberseite glänzend, lanzettlich, bei *salicifolia* W. u. Grab. lineal-lanzettlich. Pflanze bis 1 m hoch. Sd. — Nur im östlichen Gebiet, aber nicht häufig, besonders zwischen Weiden an Ufern. Juni, Juli. — (*Tithymalus lucidus* Kl. u. Gcke.), *E. lucida* W. K.
17. Blätter lineal-lanzettlich, von der Mitte an gegen die Spitze zu allmählich verschmälert. Sd. — Bei Erfurt verschleppt, Böhmen. Mai-Juli. — (*Tithymalus virgatus* Kl. u. Gcke.), *E. virgata* W. K.
„ Blätter lineal-lanzettlich, fast gleich breit, vorn allmählich verschmälert. Blätter der nicht blühenden Zweige schmal-lineal.
— Nicht häufig, zwischen den Eltern sich findender Bastard. —
E. lucida X *Cyparissias* Wimm.

2. **Mercurialis**, Bingelkraut.
Sd. u. 1j.
0. Weibliche Blüten langgestielt. Stengel einfach, mit länglich-eiförmigen Blättern. Sd. — Häufig, besonders in Berglaubwäldern. April, Mai. — . .
. . Fig. 252, *M. perennis* L.
„ Weibliche Blüten kurz gestielt od. sitzend. Stengel verzweigt, mit ei-lanzettförmigen Blättern. 1j. — Zerstreute Ruderalpflanze. Juni-Okt. — . *M. annua* L.

Fig. 252. Mercurialis perennis.

XLVII. Fam. Callitrichaceae.

Blüten dieser Wasserpflanzen eingeschlechtig, ihre 2 blättrige Hülle wird zu den Vorblättern gerechnet. Perianth fehlt. Männliche Blüten 1männig, weibliche 2fächrig mit 2samigen Fächern. Jedes Fach durch eine „falsche Scheidewand" geteilt.

Callitriche. Sd.

0. Blätter lineal, am Grunde etwas breiter. Früchte mit geflügelten Kanten. — Selten, stehende u. langsam fliessende Gewässer, im nördlichen Gebiet. Juli-Okt. — . . . . . . *C. autumnalis* L.
„ Blätter am Grunde verschmälert od. lineal, die obersten meist eine Rosette bildend 1
1. Frucht mit bleibendem Griffel 2

„ Frucht mit verschwindendem, sehr langem Griffel. — Häufig, in
stehenden u. langsam fliessenden Gewässern. Juli-Sept. — . . .
. . . . *C. hamulata* Kütz.
2. Fruchtkanten breit-geflügelt. Blätter rundlich-verkehrt-eiförmig bis
spatelförmig; bei *platycarpa* Kütz. die unteren lineal, die oberen
verkehrt-eiförmig. — Wie vorige. Juni-Okt. — *C. stagnalis* Scop..

„ Fruchtkanten kaum geflügelt.
Blätter lineal, obere verkehrt-ei-
förmig. Var. *minima* Hoppe:
Kleine Landform; Blätter oft alle
breit-lineal. Var. *stellata* Hoppe:
Wasserform mit ovalen, weniger
ausgerandeten oberen Blättern.
Var. *intermedia* Hoppe: Wasser-
form mit deutlich ausgerandeten
Blättern. Var. *angustifolia* Hoppe:
Wasserform mit nur linealen Blät-
tern. — Wie vorige. Mai-Okt. —
. . . . . *C. vernalis* Kütz.

Da die angeführten Merkmale,
namentlich zur Unterscheidung der
3 letzten Arten, keineswegs beständig
sind, kann man diese als Varietäten
einer Art: *C. verna* L., Fig. 253,
ansehen.

Fig. 253. Callitriche verna.

XLVIII. Fam. Buxaceae.

Buxus. Str.

Gebirgsorte des Moselthales; häufig angepflanzt. März, April. — . .
. . . . Buchsbaum, *B. sempervirens* L.

XLIX. Fam. Empetraceae.

Empetrum. Str.

Sehr zerstreut, in feuchten Torfmooren u. moosigen Kieferwäldern.
April, Mai. — . . . . Krähenbeere, *E. nigrum* L.

14. Umbelliflorae.

L. Fam. Umbelliferae.

Die einzelnen Blüten dieser Familie sind klein und daher nicht
sehr auffallend, aber sie stehen dicht beisammen und bilden meist
deutliche und den Insekten von weitem sichtbare Gesellschaften von
doppeldoldiger, seltener einfach-doldiger oder köpfchenartiger Form.
Nicht selten sind die den Rand des Blütenstandes einnehmenden Blumen
zygomorph gebaut, indem die dem Mittelpunkt des Blütenstandes zu-
gewendeten Kronblätter kleiner, die nach aussen gerichteten jedoch
grösser sind. Man nennt einen solchen Blütenstand strahlend. Durch
diese Eigentümlichkeit in der Ausbildung der Randblumen wird die
Augenfälligkeit der ganzen Genossenschaft gesteigert.
    Die meist zwitterigen Blüten haben einen unterständigen Frucht-
knoten. Der Kelch ist mehr od. minder deutlich an der Spitze des
Fruchtknotens als Saum oder 5 zähnig bemerkbar. Blumenblätter 5, meist
weiss, ungeteilt oder ausgerandet, oft mit einer nach innen gebogenen.

Falte. Staubblätter 5, wie in der Regel, so auch hier mit den Blumenblättern abwechselnd, also vor den Kelchzähnen stehend und wie die Blumenblätter am oberen Rande des Fruchtknotens eingefügt. Fruchtknoten 2fächrig; Griffel 2, jeder nach unten in eine Nektarium-Scheibe verbreitert, unter der ein Fach des Fruchtknotens liegt.

Fruchtfächer bei der Reife sich von einander trennend (als 2 Teilfrüchtchen); die Teilfrüchtchen noch einige Zeit durch den dünnen, meist 2teiligen Fruchtträger (das stehenbleibende Mittelsäulchen) an der Spitze zusammengehalten (Fig. 277). Das Teilfrüchtchen ist 5rippig; die eine Rippe verläuft auf seiner Mitte, je eine an jedem Rande und je eine zwischen Mittelrippe und Randrippe. Die Rippen entsprechen zur Hälfte den Mitten der Kelchblätter, zur Hälfte der Grenze je zweier derselben. Die Vertiefungen zwischen je 2 Rippen heissen Thälchen; öfter werden die Thälchen durch eine Nebenrippe der Länge nach geteilt. u. es können die Nebenrippen die Hauptrippen überragen. Als Fugenfläche bezeichnet man die Berührungsfläche der beiden Teilfrüchtchen. In den Thälchen (oder bei Trinia unter den Hauptrippen) sowie auf der Fugenfläche finden sich in der Fruchtschale eine oder mehrere Öl führende Behälter: die Striemen. Der Same ist mit der Fruchtschale stets verwachsen, zuweilen trennt sich indes die äussere Fruchtschale von der inneren, und es liegt dann der Same scheinbar frei. Der im Verhältnis zur Grösse des Samens sehr kleine Keimling liegt am Gipfel des sehr reichlichen Eiweisses.

Die Deckblätter der Blüten sind meist ausgebildet, häufig auch die der Döldchenstiele; sie vereinigen sich am Grunde des Döldchens zu einem Hüllchen resp. am Grunde der Dolde zu einer Hülle.

Der Fruchtbau liefert die wesentlichen Merkmale zur Unterscheidung der Umbelliferen, besonders der Gattungen. Es sind deshalb zur Bestimmung reife Früchte unumgänglich nötig. Ein Querschnitt durch die Mitte der Frucht lässt die Beschaffenheit des Eiweisses und die Anordnung u. s. w. der Rippen am leichtesten erkennen.

Die Laubblätter besitzen Scheiden und sind meist mehrfach gefiedert.

0. Pflanzen stachelig, distelähnlich. Dolden kopfförmig. **5. Eryngium.**
„ Pflanzen nicht stachelig. 1
1. Blätter einfach od. handförmig-geteilt. 2
„ „ 3zählig od. gefiedert, zuweilen die untersten einfach, dann aber doch die mittleren Stengelblätter gefiedert od. 3zählig. . 6
2. Dolden zusammengesetzt. Blumen der Döldchen gestielt od. teilweise sitzend. 3
„ Dolden einfach, bei einer Art köpfchenartig zusammengezogen. 4
3. Blumen gelb; Blätter ungeteilt; man pflegt dieselben als metamorphosierte Blattstiele, Phyllodien, zu betrachten. **18. Bupleurum.**
„ Blumen rötlich od. weiss; Blätter handförmig geteilt. **2. Sanicula.**
4. Blätter schildförmig, gekerbt; Blütenstand kopfförmig, wenigblütig. . . . . **1. Hydrocotyle.**
„ Blätter handförmig geteilt; Dolde einfach, Hüllblätter so lang od. länger als die Dolde. 5
5. Blumen weiss od. rötlich. . . . . **4. Astrantia.**
„ „ gelblich. . . . . **3. Hacquetia.**
6. Eiweiss auf der Fugenseite flach od. vorgewölbt. 16
„ „ „ „ „ in der Mitte mit einer Längsfurche od. an den Rändern eingebogen. Blumen weiss. 8

„ Eiweiss auf der Fugenseite halbkugelförmig ausgehöhlt. Dolden
　strahlend. Blumen weiss. 7
7. Jedes der Teilfrüchtchen fast kugelig, ganze Frucht daher 2 knopfig.
　. . . . . 54. Bifora.
„ Teilfrüchtchen halbkugelig, die ganze Frucht daher kugelig. . .
　. . . . . 53. Coriandrum.
8. Kelchrand undeutlich. 9
„ 　„　 5 zähnig. 13
9. Frucht lang geschnäbelt, der Schnabel länger als der übrige Teil
　der Frucht. . . . . 47. Scandix.
„ Frucht nicht od. kurz geschnäbelt. 10
10. Rippen nur an der Spitze (am Schnabel) der Frucht deutlich,
　Frucht zuweilen borstig. . . . . 48. Anthriscus.
„ In der Reife, zuweilen erst nach dem Trocknen, die ganze Frucht-
　wand deutlich gerippt; Frucht nie borstig. 11
11. Rippen der Frucht gekerbt; Blumenblätter verkehrt-herzförmig. mit
　kurzem, eingebogenem Läppchen . . . . . . 51. Conium.
„ Rippen der Frucht nicht gekerbt; Blumenblätter verkehrt-eiförmig,
　mit eingebogenem Läppchen. 12
12. Fruchtrippen scharf, hohl. . . . . 50. Myrrhis.
„ 　„　 sehr stumpf. . . . . 49. Chaerophyllum.
13. Frucht stachelig, Fruchtrippen nicht gekerbt 14
„ 　„　 nicht stachelig, Fruchtrippen gekerbt. 52. Pleurospermum.
14. Frucht dicht mit Stacheln bedeckt, die regellos verteilt erscheinen;
　Frucht 4-5 mm lang. . . . . 46. Torilis.
„ Frucht mit deutlich in Längsreihen gestellten Stacheln, etwa
　10 mm lang. 15
15. Blätter einfach gefiedert mit lanzettlichen, eingeschnitten-gezähnten
　Abschnitten. . . . . 45. Turgenia.
„ Blätter 2-3 fach gefiedert; Blattzipfel lineal . . 44. Caucalis.
16. Blumen gelb od. grünlich gelb. 17
„ 　„　 weiss od. rötlich, zuweilen grünlich-weiss. 23
17. Frucht deutlich von der Seite (senkrecht zur Trennungsfuge)
　zusammengedrückt. . . . . 8. Petroselinum.
„ Frucht im Querschnitt rundlich od. vom Rücken (parallel der Fuge)
　zusammengedrückt. 18
18. Frucht im Querschnitt rundlich, am Rande nicht geflügelt. . 19
„ 　„　 vom Rücken zusammengedrückt, am Rande geflügelt. . 20
19. Hüllchen fehlend. . . . . 21. Foeniculum.
„ 　„　 vielblättrig. . . . . 26. Silaus.
20. Flügel der Früchtchen an einander liegend. 21
„ 　„　 „　 „　 von einander abstehend (klaffend). . . .
　. . . . . 29. Levisticum.
21. Blätter einfach, am Grunde zuweilen 2 fach gefiedert; mit eiförmigen,
　od. lanzettlichen Blättchen. . . . . 37. Pastinaca.
„ Blätter mehrfach geteilt mit linealen bis lineal-lanzettlichen Zipfeln. 22
22. Kelchrand undeutlich; Hüllchen fehlend. . . . 36. Anethum.
„ 　„　 5 zähnig; Hüllchen vorhanden, reichblättrig od. arm-
　blättrig. . . . . 34. Peucedanum z. T.
23. Frucht von der Seite (senkrecht zur Trennungsfuge) zusammen-
　gedrückt. 24
„ Frucht im Querschnitt kreisförmig od. vom Rücken (parallel der
　Fuge) zusammengedrückt 34

24. Kelchrand 5zähnig 25
„ „ undeutlich 28
25. Hülle fehlend; Blätter 3fach gefiedert . . . . . 6. Cicuta.
„ „ vorhanden, vielblättrig, sehr selten wenigblättrig . . . 26
26. Blätter 3zählig (Grundblätter zuweilen ungeteilt); Blättchen lineal-lanzettlich, scharf gesägt, meist schwach sichelförmig gekrümmt . . . . 11. Falcaria.
„ Blätter einfach gefiedert 27
27. Striemen nicht äusserlich bemerkbar. Blättchen der unteren Blätter eiförmig, der oberen länglich. Sumpfpflanzen, 30-50 cm hoch. . . . . 16. Berula.
„ Striemen oberflächlich bemerkbar . . . . 17. Sium.
28. Stengel wurzelnd, mehr od. weniger niederliegend, od. im Wasser flutend . . . . 10. Helosciadium.
„ Stengel aufrecht, nicht wurzelnd. 29
29. Hüllchen vielblättrig. 30
„ Hülle u. Hüllchen fehlend od. wenig(1-3)blättrig. 31
30. Pflanze einjährig, Wurzel schwach; Hüllblätter wenige, meist 3spaltig . . . . 12. Ammi.
„ Pflanze ausdauernd, Wurzelstock kugelig-knollig od. faserförmig, mit verdickten Wurzelfasern; Hüllblätter mehrere, nicht gespalten. . . . . 14. Carum z. T.
31. Untere Blätter doppelt-, obere einfach 3zählig; Blättchen eiförmig. . . . . 13. Aegopodium.
„ Untere Blätter mehrfach gefiedert; Blattzipfel lineal 32
„ „ „ einfach gefiedert od. ungeteilt 33
32. Untere Blätter doppelt gefiedert, die untersten Fiedern am Hauptblattstiel kreuzweis gestellt; Stengel am Grunde ohne Faserschopf. . . . . 14. Carum z. T.
„ Untere Blätter 3fach gefiedert; Blättchen nicht gekreuzt; die Reste der alten Blätter einen dichten Schopf am Grunde des Stengels bildend. . . . . 9. Trinia.
33. Fruchtträger ungeteilt; Blättchen rautenförmig od. keilförmig, an der Spitze eingeschnitten . . . . 7. Apium.
„ Fruchtträger 2spaltig; Blättchen der unteren Blätter eiförmig od. rundlich . . . . 15. Pimpinella.
34. Hüllchen fehlend od. wenig(1-3)blättrig; Blätter 3zählig. . 35
„ „ 3- bis mehrblättrig 36
35. Blättchen breit-eiförmig bis länglich, zugespitzt, länger als breit, ungleich gesägt, die seitlichen oft 2spaltig, das endständige meist 3spaltig . . . . 35 Imperatoria.
„ Blättchen im Umriss rundlich, stumpf; kaum länger als breit, ungleich eingeschnitten-gekerbt, Blattzipfel mit kurzem Spitzchen. . . . . 40. Siler.
36. Kelchrand undeutlich, Blätter doppelt bis 5fach gefiedert. . 47
„ „ 5zähnig. . . . . : . . . 37
37. Frucht stielrund. 38
„ „ deutlich vom Rücken zusammengedrückt, oft ganz flach, linsenförmig 40
38. Griffel lang, aufrecht; Fruchtrippen stumpf; Frucht kahl; Pflanze an nassen Orten. . . . . 19. Oenanthe.
„ Griffel zurückgebogen; Fruchtrippen vorragend, scharf gekielt; Frucht behaart od. borstig, seltener kahl; Pflanze an trockenen Orten. 39

39. Kelchzähne pfriemlich, lang, abfällig; Hülle oft vorhanden, mehr-
     blättrig. . . . . **23. Libanotis.**
    „   Kelchzähne kurz, dick, bleibend; Hülle stets fehlend. **22. Seseli.**
40. Frucht borstig od. stachelig. 41
    „   „   kahl. 43
41. Blätter einfach gefiedert. . . . . **39. Tordylium.**
    „   „   mehrfach gefiedert. 42
42. Hüllblätter fiederspaltig. . . . .**42. Daucus.**
    „   „   ungeteilt. . . . .**43. Orlaya.**
43. Jedes Früchtchen mit 4 geflügelten Rippen, die ganze Frucht also
     8 flügelig; Hülle mehrblättrig. . . . . . . **41. Laserpitium.**
    „   Nur die beiden Randrippen jedes Teilfrüchtchens sind geflügelt. 44
44. Ränder der beiden Früchtchen an einander liegend . . . 45
    „   „   „   „   „   von einander abstehend, klaffend. 46
45. Blätter einfach gefiedert mit breit-eiförmigen Blättchen; Hülle öfter
     fehlend. . . . .**38. Heracleum.**
    „   Blät. mehrfach gefiedert; Hülle stets reichblättrig. **34.Peucedanum** z.T.
46. Stengel kantig-gefurcht; Blättchen herzeiförmig. **31. Ostericum.**
    „   Stengel stielrund, gestreift; Blättchen eiförmig bis länglich. . .
     . . . .**33. Archangelica.**
47. Blumenblätter zugespitzt, die Spitze öfter vorgebogen, aber nie
     gefaltet. 48
    „   Blumenblätter verkehrt-eiförmig od. verkehrt-herzförmig, nicht spitz,
     am oberen Ende einwärts gefaltet. 49
48. Blattzipfel haardünn od. lineal-lanzettlich. . . . .**27. Meum.**
    „   „   eiförmig. . . . .**32. Angelica.**
49. Hüllchen 3 blättrig, zurückgeschlagen. . . . . .**20. Aethusa.**
    „   Hüllchenblätter zahlreich, aufrecht. 50
50. Stengel unten stielrund, nur gestreift, oben kantig-gefurcht. . 51
    „   „   auch unten kantig-gefurcht. 52
51. Frucht im Querschnitt rundlich; Ränder der Früchtchen aneinander
     liegend. . . . . **24. Cenolophium.**
    „   Frucht deutlich vom Rücken her zusammengedrückt; Ränder der
     Früchtchen von einander abstehend. . . . . . .**30. Selinum.**
52. Blumenblätter gleichgross; obere Blattscheiden dem Stengel straff
     anliegend. Blättchen lineal-lanzettlich bis lineal. **25. Cnidium.**
    „   Äussere Blumenblätter grösser; obere Blattscheiden am Ende vom
     Stengel abgebogen; Blättchen länglich fiederspaltig, mit lanzett-
     lichen Zipfeln. . . . .**28. Conioselinum.**

A. Orthospermeae.
Eiweiss auf der Fugenseite flach.

1. Hydrocotyle. Sd.
Stengel kriechend. Krone weiss od. rötlich. —
Feuchte Waldstellen, Torfsümpfe. Sommer. —
. . . . Fig. 254, *H. vulgaris* L.

2. Sanicula. Sd.
Laubwälder, zerstreut. Mai, Juni. — . . . .
. . . . Sanikel, *S. europaea* L.

3. Hacquetia. Sd.
Hülle 3 mal so lang als die Blütenstiele,
flach ausgebreitet, gelblich-grün. — Frische

Fig. 254.
Hydrocotyle vulgaris.

Stellen in Bergwäldern, nur im obersten Oder- u. Weichselgebiet. Apr.,
Mai. — . . . . (*Astrantia Epipactis* L. fil.), *H. Epipactis* D. C.

4. Astrantia. Sd.

Hülle weisslich, grünlich u. rötlich gestreift,
bei *rosea* M. K. rot überlaufen. Blüten oft
eingeschlechtig. Var. *involucrata* Koch: Hülle
1 ¹/₂- bis 2 mal so lang als die Dolde. —
Wiesen, Gebüsche, stellenweise, im westlichen
u. nordwestlichen Gebiet fehlend. Sommer. —
. . . . Fig. 255, *A. major* L.

5. **Eryngium**, Männertreu. Sd. u. 2j.

0. Untere Blätter 3zählig, dornig gezähnt,
   starr. Blumenkrone weisslich od. graugrün. Sd. — Trockene Hügel, Wegränder, östlich des Elbthals wohl nur
   bei Teschen wild. Sommer. — . . .
   . . . . *E. campestre* L.
„ Untere Blätter ungeteilt; Stengel oben
   u. die Krone bläulich. 1

Fig. 255. Astrantia major.

1. Hüllblätter lineal-lanzettlich, ganzrandig
   od. dornig gezähnt. Var. *subglobosum*
   Üchtr.: Köpfe fast kugelig u. etwa 3 mal
   kleiner, Hüllblätter etwa 2 mal länger. Sd. — Sandige Triften
   im Oder- u. Weichselthal, zerstreut, ausserdem nur in Ostpreussen
   an einzelnen Stellen. Sommer. — . . . . . . *E. planum* L.
„ Hüllblätter breit-eiförmig, fast 3 lappig, dornig. 2 j. — Seestrand.
   Sommer. — . . . . Fig. 256, *E. maritimum* L.

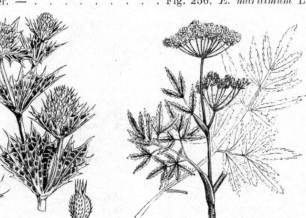

Fig. 256. Eryngium maritimum.   *Fig. 257.* Cicuta virosa.

6. Cicuta. Sd.

Blattzipfel lanzettlich, scharf gesägt, bei *angustifolia* Kit. lineal, fast
ganzrandig. — Ufer, Sümpfe, zerstreut. Sommer. — . . . .
. . . . Fig. 257, Wasserschierling, *C. virosa* L.

7. Apium. 2j.

Seestrand u. auf Salzboden im Binnenlande; häufig gebaut. Sommer bis Herbst. — . . . . Fig. 258, Sellerie, *A. graveolens* L.

Fig 258. Apium graveolens.   *Fig. 259.* Petroselinum sativum.

8. Petroselinum. 2j.

Die unteren Blätter 3fach-gefiedert mit keilförmigen, eingeschnitten-gesägten Blättchen, die bei *crispum* D. C. breiter u. krausrandig sind. — Kulturpflanze aus Südeuropa. Sommer. — . . . .
. . Fig. 259, Petersilie, (*Apium Petroselinum* L.), *P. sativum* Hoffm.

9. Trinia. 2j.

Hülle fehlend; Hüllchen wenigblättrig. — Sonnige Hügel, Sandfelder, nur in der Rheingegend. Mai. — (*Pimpinella glauca* L.), *T. glauca* Dumort.

10. Helosciadium. Sd.

0. Dolden 2strahlig. Stengel schwimmend, 0,10 bis 0,50 m lang, mit zweierlei Blättern: untergetauchte haarfein zerteilt, obere ge-fiedert mit keilförmigen, oft 3lappigen Blättchen. Sehr selten der Stengel sehr kurz u. kriechend u. nur mit gefiederten Blättern (*terrestre* H. Müller). — Gräben, Schlammboden. In der west-deutschen Ebene nordöstlich bis Pommern. Sommer. — . . . .
. . . . (*Sison inundatum* L.), *H. inundatum* Koch.
„ Dolden mehrstrahlig. Stengel nicht schwimmend, nur mit ge-fiederten Blättern. 1
1. Blättchen lanzettförmig, gleichförmig stumpflich-gesägt. Dolden kurzgestielt. — Ufer, nur in der Rheinprovinz. Sommer. — . .
. . . . Fig. 260, (*Sium nodiflorum* L.), *H. nodiflorum* Koch.
„ Blättchen rundlich, ungleich eingeschnitten-gesägt od. gelappt. Pflanze klein. — Moorwiesen, Ufer, ausgetrocknete Gräben. In Nordwestdeutschland verbreitet, im Osten sehr selten od. fehlend. Sommer u. Herbst. — . . . . *H. repens* Koch.

11. Falcaria. Sd.

Ackerränder, Wege, besonders auf Lehmboden, zerstreut. Sommer und Herbst. — . . Sichelmöhre, (*Sium Falcaria* L.), *F. vulgaris* Bernh.

12. Ammi. 1j.
Untere Blätter einfach-, obere doppelt-gefiedert; Blättchen eiförmig-
lanzettlich. — Aus Südeuropa, besonders auf Luzernefeldern eingeschleppt.
Sommer. — . . . . *A. majus* L.

13. Aegopodium. Sd.
Feuchte schattige Stellen, gemein. Sommer. — . . . .
. . . . Fig. 261, Giersch, *A. Podagraria* L.

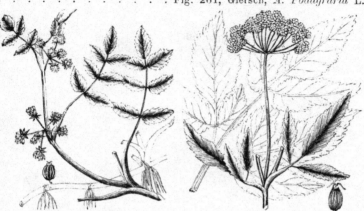

Fig. 260. Helosciadium nodiflorum. *Fig. 261.* Aegopodium Podagraria.

14. Carum. Sd. u. 2j.
0. Hülle u. Hüllchen fehlend od. 1-2 blättrig. Wurzel spindelförmig.
Blätter doppeltgefiedert; Blättchen fiederteilig; unterste Blattzipfel am
Hauptblattstiel gekreuzt. Blüten weiss,
bei *atrorubens* J. Lange: später lebhaft purpurn. 2j. — Wegränder, Wiesen,
sehr häufig, ausserdem oft gebaut.
Mai, Juni. — . . . .
Fig. 262, Kümmel, Karbe, *C. Carvi* L.

„ Hülle u. Hüllchen mehrblättrig. Wurzel
nicht spindelförmig 1

1. Wurzel kugelig-knollig. Blätter fast
3 fach gefiedert. Blattzipfel lineal.
Sd. — Auf thonigen u. kalkigen
Äckern im Rheingebiet. Sommer. —
. . . . (*Bunium Bulbo-
castanum* L.), *C. Bulbocastanum* Koch.

„ Wurzel büschelig, mit fleischig - verdickten Fasern. Blätter gefiedert, mit
fein zerteilten Blättchen; Zipfel quirlig-
gestellt. Sd. — Auf fetten Wiesen
bei Aachen. Sommer. — (*Sison verticillatum* L.), *C. verticillatum* Koch.

Fig. 262. Carum Carvi.

15. Pimpinella, Bibernelle. Sd. u. 1j.
0. Stengel kantig-gefurcht, Blättchen der unteren Blätter eiförmig
od. lanzettlich, zugespitzt. Sd. — Feuchtere Wiesen, Gebüsche,
stellenweise. Sommer u. bis zum Herbst. — . . *P. magna* L.

„ Stengel stielrund, fein gerillt. Untere Blätter mit rundlichen bis
nierenförmigen Blättchen od. ungeteilt 1
1. Frucht kahl, untere Blätter einfach gefiedert.   Wurzel stark.
Var. *nigra* Willd.: Pflanze grau behaart; Schnittfläche der Wurzel
sich blau färbend. Var. *alpestris* Spreng.: Der niedrige Stengel
1-2 blättrig; Blättchen der Grundblätter klein, fast kreisförmig. Var.
dissecta Retz.: Alle Blättchen fiederteilig. Sd. — Wegränder, Hügel,
trockene Wälder u. Wiesen, gemein. Sommer-Herbst. — . . .
. . . . Fig. 263, *P. Saxifraga* L.
„ Frucht weichhaarig, untere Blätter ungeteilt, rundlich-nierenförmig.
Wurzel schwach. 1j. — Zuweilen verwilderte Kulturpflanze aus
dem Orient. Juli, Aug. — . . . . Anis, *P. Anisum* L.

Fig. 263. Pimpinella Saxifraga.   *Fig. 264.* Berula angustifolia.

16. Berula. Sd.

In Gräben u. Bächen, an quelligen Stellen In der Ebene häufig.
Sommer-Herbst. — Fig. 264, (*Sium angustifolium* L.), *B. angustifolia* Koch.

17. Sium. Sd.

0. Blättchen der nicht untergetauchten Blätter schief-lanzettlich.
Sumpfpflanze 1 m hoch u. darüber. — Ufer, Gräben, Sümpfe, gemein.
Sommer. — . . . . Merk, *S. latifolium* L.
„ Seitliche Blättchen länglich, endständiges herzförmig. — Küchen-
pflanze aus Asien. Juli, Aug. — Zuckerwurzel, *S. Sisarum* L.

18. Bupleurum. 1j. u. Sd.

0. Mittlere u. obere Blätter durchwachsen. Hülle fehlend. Hüllchen
gross. 1j. — Äcker, in Norddeutschland wohl nicht wild, sonst sehr
zerstreut. Sommer. — Fig. 265, Hasenöhrlein, *B. rotundifolium* L.
„ Blätter nicht durchwachsen. Hülle vorhanden. 1
1. Obere Blätter eiförmig od. länglich mit tief-herzförmigem Grunde
stengelumfassend. Hüllchenblätter eiförmig. Sd. — Bergwälder u.
bebuschte Orte, sehr zerstreut, von der Ebene bis ins Hochgebirge.
Sommer. — . . . . *B. longifolium* L.

„ Obere Blätter schmal lanzettlich bis lineal, nicht stengelumfassend.
Hüllchenblätter lanzettlich 2
2. Döldchen doldig angeordnet. Dolden 6-9 strahlig; Döldchen derselben Dolde fast gleichlang gestielt. Hüllchenblätter etwa so lang wie
das Döldchen. Sd. — Buschige Hügel, Wegränder, stellenweise, fast
nur in Mitteldeutschland. Sommer-Herbst. — . *B. falcatum* L.
„ Döldchen fast rispig angeordnet, jedenfalls der ganze Blütenstand
einen rispigen Eindruck machend 3
3. Früchte im Ganzen mehr kugelig, fast so lang wie breit, körnig-
rauh. Endständige Dolden 3 strahlig, seitliche unvollkommen.
Döldchen derselben Dolde ungleich lang gestielt. Hüllchenblätter
viel länger als das Döldchen. 1 j. — Triften. Wegränder, sehr
zerstreut, fast nur auf Salzboden. Juli-Sept. — *B. tenuissimum* L.
„ Früchte länger als breit. 1 j. — Bei Prag. Sommer. — *B. affine* Sadl.

Fig. 265. Bupleurum rotundifolium.   *Fig. 266.* Oenanthe fistulosa.

19. Oenanthe. Sd. u. 2 j.

0. Wurzel spindelförmig, mit fadenförmigen, nicht verdickten Wurzelfasern. Blättchen der nicht untergetauchten Blätter eiförmig,
fiederspaltig, mit lanzettlichen Blattzipfeln; Hülle fehlend. 2 j. —
Ufer, Sümpfe, meist häufig. Sommer. — . . . . Wasser-,
Rossfenchel, (*Phellandrium aquaticum* L.), *Oe. aquatica* Lmk.
„ Wurzelfasern ein Büschel bildend, mehr od. weniger rübenförmig
verdickt 1
1. Frucht kreiselförmig, nach unten verschmälert, oben am breitesten;
Stengel u. Blattstiele weitröhrig. Sd. — Ufer, Sümpfe, Gräben,
stellenweise. Sommer. — . . . . . Fig. 266, *Oe. fistulosa* L.
„ Frucht länglich 2
2. Stengel fest; Blumenblätter bis zur Hälfte gespalten; Hülle meist
mehrblättrig. Sd. — Sumpfige Wiesen in den Küstenländern,
östlich bis Pommern, u. bei Mainz. Sommer. — *Oe. Lachenalii* Gmel.
„ Stengel hohl; Blumenblätter bis zu $^1/_3$ gespalten; Hülle wenigblättrig od. fehlend. Sd. — Nur auf feuchten Wiesen der Rheingegend. Sommer. — . . . . *Oe. peucedanifolia* Poll.

20. Aethusa. 1 j.

Blattzipfel lineal-lanzettlich. Var. *prussica* Bänitz: Blattzipfel schmal-lineal. Var. *agrestis* Wall.: Pflanze nur 0,03-0,10 m hoch. Blattzipfel breiter. Var. *cynapioides* M. B.: Pflanze 1-1,50 m hoch. Hüllchen kürzer, die Döldchen auch bei der Fruchtreife kaum überragend. — Gartenland, Äcker, an Zäunen, gemein. Sommer u. Herbst. — . . . . Fig. 267, Hundspetersilie, Gartenschierling, *Ae. Cynapium* L.

Fig. 267. Aethusa Cynapium.   *Fig. 268.* Foeniculum capillaceum.

21. Foeniculum. 2 j. u. Sd.

Gebaut u. öfter einzeln verwildert. Aus Südeuropa. Sommer-Herbst. — Fig. 268, Fenchel, (*Anethum Foeniculum* L.), *F. capillaceum* Gil.

22. Seseli. 2 j. u. Sd.

0. Hüllchenblätter fast bis zur Spitze verwachsen. Dolden 5-10 strahlig. Blattzipfel lineal. Sd. — In Mitteldeutschland, wenig verbreitet, nördlich bis Magdeburg. Sommer. — . *S. Hippomarathrum* L.

„ Hüllchenblätter frei 1

1. Dolde 20-30 strahlig. Blattstiele rinnig. 2 j. u. Sd. — Sehr zerstreut. Sommer u. Vorherbst. . . . . . . *S. coloratum* Ehrh.

„ Dolde 10-15 strahlig. Blattstiele nicht rinnig. 2 j. — In Böhmen. Sommer. — . . . . *S. (glaucum* Jacq.) *osseum* Crntz.

23. Libanotis. 2 j., auch Sd.?

Untere Blätter meist doppelt-, obere einfach-gefiedert. Blättchen eiförmig bis länglich, fiederspaltig. Zipfel lanzettlich. Var. *sibirica* P. M. E.: Blätter einfach-gefiedert, mit eingeschnitten-gezähnten Fiedern. Var. *daucifolia* D. C.: Blätter 3 fach gefiedert mit kleinen, lineallanzettlichen Fiedern — Gebüsche, grasige, trockene Stellen. Nicht häufig, am wenigsten in der Ebene Sommer. — . . . . (*Athamanta Libanotis* L., *Seseli Libanotis* Koch), *L. montana* Crntz.

24. Cenolophium. Sd.

Blätter mehrfach gefiedert mit 3 teiligem Endblättchen. Blattzipfel länglich. — Am Ufer der Memel. Sommer. — *C. Fischeri* Koch.

25. Cnidium. 2 j.

Blattscheiden lang, die oberen den Stengel einschliessend. — Feuchtere Wiesen, besonders an deren buschigen Rändern. Zerstreut, mehr in der Ebene. Spätsommer u. Vorherbst. — . . . *C. venosum* Koch.

26. Silaus. Sd.

Mässig feuchte Wiesen. Sommer u. Vorherbst. — . . . .
. . . . (*Peucedanum Silaus* L.), *S. pratensis* Bess.

27. Meum. Sd.

0. Blätter doppelt gefiedert. Blättchen haarfein zerteilt. Blattzipfel quirlartig gedrängt. — Bergwiesen in Mitteldeutschland, strichweise. Mai, Juni; im Gebirge Mai-Juli. — . . . .
. . . . . (*Athamanta Meum* L), *M. athamanticum* Jacq.
„ Blätter doppelt gefiedert. Blättchen fiederteilig. Zipfel lineallanzettlich, nicht quirlig. — Hochgebirgswiesen der oberschlesischen Gebirge. Juli, Aug. — . . . .
. . . Muttern, (*Phellandrium Meum* L.), *M. Mutellina* Gaertn.

28. Conioselinum. Sd.

Buschige Abhänge im hohen Gesenke u. bei Tilsit. Spätsommer. —
. . . . *C. tataricum* Fisch.

29. Levisticum. Sd.

Öfter gebaut u. bisweilen verwildert. Aus dem südlichen Europa. Sommer. — Liebstöckel, (*Ligusticum Levisticum* L.), *L. officinale* Koch.

30. Selinum. Sd.

Blätter mehrfach gefiedert. Blattzipfel lanzettlich. — Feuchtere Wiesen, Gebüsche. Sommer. — . . . . *S. Carvifolia* L.

31. Ostericum. 2j. (od. Sd.?)
Ränder feuchter Laubgebüsche u. Wiesen. Stellenweise. Spätsommer. — . . . .
. . . . *O. palustre* Bess.

32. Angelica. Nur einmal blühende Sd.
Blättchen eiförmig bis länglich, gesägt. Var. *montana* Schleich.: Die obersten Blättchen am Blattstiel herablaufend. Var. *incisa* Aschs.: Blättchen unregelmässig eingeschnitten. — Feuchte Gebüsche u. Wiesen, Waldbäche, häufig. Sommer u. Vorherbst. — . . . .
. . Fig. 269, Brustwurz, *A. silvestris* L.

33. Archangelica. 2j.
In quelligen Schluchten im hohen Riesengebirge, sowie an Ufern u. auf sumpfigen Wiesen im nördlichen Teil der Ebene, zerstreut: ausserdem öfter verwildert, be-   *Fig. 269.* Angelica silvestris. sonders in Grasgärten. — . . . .
. . . . Engelwurz, (*Angelica Archangelica* L.), *A. officinalis* Hoffm.

34. Peucedanum. Sd. u. 2j.

0. Hülle wenigblättrig, abfallend oder fehlend. Blumen gelb . 1
„ Hülle u. Hüllchen vielblättrig, nicht abfällig. Blätter mehrfach gefiedert 2
1. Blätter mehrfach 3zählig; Blättchen lineal. Hüllchen vielblättrig. Sd.
— Wiesen, Gebüsche, stellenweise; fast nur in Mitteldeutschland. —
. . . . Haarstrang, *P. officinale* L.

272   L. Umbelliferae.

„ Blätter einfach gefiedert, mit sitzenden, fiederspaltigen Abschnitten.
   Blattzipfel lineal. Hüllchen 1-3 blättrig. Sd. — Gebüsch, frucht-
   bare Wiesen, nur in der Rheingegend. Sommer. — *P. Chabraei* Rchb.
2. Blumen gelb; Blättchen eiförmig, fiederspaltig; Blattzipfel lineal-
   lanzettlich. Sd. — Sonnige Hügel in Mitteldeutschland, selten.
   Sommer u. Vorherbst. — . . . . *P. alsaticum* L.
„ Blumen weiss 3
3. Stengel kantig, gefurcht. 2 j. — Sümpfe, besonders zwischen
   Gebüsch. Sommer. — . . . . Fig. 270, Ölsenich,
   (*Selinum palustre* L., *Thysselinum palustre* Hoffm.), *P. palustre* Mnch.
.. Stengel stielrund, gestreift 4
4. Blättchen länglich-eiförmig, scharf gesägt, alle in einer Ebene aus-
   gebreitet. Sd. — Lichte, trockene Waldstellen, Wiesen u. Hügel,
   zerstreut. Sommer u. Vorherbst. — . . . .
   . . . . Hirschwurz, (*Athamanta Cervaria* L.), *P. Cervaria* Cuss.
„ Blättchen eiförmig, eingeschnitten bis fiederspaltig mit länglich-
   lanzettlichen Zipfeln. Seitliche Blättchenstiele abwärts gebogen.
   Sd. — Trockene Wälder, Hügel, Wiesen, zerstreut. Sommer-Herbst.—
   — Grundheil, (*Athamanta Oreoselinum* L.), *P. Oreoselinum* Mnch.

Fig. 270. Peucedanum palustre.   *Fig. 271.* Anethum graveolens.

35. Imperatoria. Sd.
Gebirgswiesen, sehr zerstreut, bisweilen gebaut u. verwildert. Sommer. —
. . . . Meisterwurz, *I. Ostruthium* L.

36. Anethum. 1 j.
Zuweilen verwildertes Küchengewächs aus Südeuropa. Sommer u. Vorherbst. — . . . . Fig. 271, Dill, *A. graveolens* L.

37. Pastinaca. 2 j.
0. Stengel kantig-gefurcht. Jede Dolde aus 8-10 u. mehr Döldchen
   gebildet. Var. *silvestris* Wallr.: Blättchen matt, unterseits stärker
   behaart. — Meist sehr häufig, an Wegrändern u. Wiesen. Sommer-
   Herbst. — . . . . Fig. 272, Pastinak, *P. sativa* L.
„ Stengel stielrund, nur gestreift, nebst den Blättern dicht grau behaart. Dolde aus nur 5-6 Döldchen zusammengesetzt. — Kann
   als Varietät der vorigen Art gelten. — Unweit Bürglitz und
   Schlackenwerth in Böhmen. Sommer-Herbst. — *P. urens* Requien.

38. Heracleum, Bärenklau. Sd.

0. Frucht glatt u. kahl od. dicht-weichhaarig. Var. *sibiricum* L.:
Die randständigen Blüten nicht strahlend. Var. *angustifolium*
Jacq.: Blättchen fiederspaltig, ihre Abschnitte verlängert lanzettlich.
— Gemein, Wiesen, Wegränder, lichte Waldstellen. Sommer-
Herbst. —. . . . . Fig. 273, *H. Sphondylium* L.
„ Frucht auf dem Rücken steifhaarig. — Zierpflanze aus Nordpersien.
Juli, Aug. — . . . . *H. persicum* Desf.

Fig. 272. Pastinaca sativa. *Fig. 273.* Heracleum Sphondylium.

39. Tordylium. 1j.

Blätter einfach gefiedert; Blättchen eiförmig od. länglich - lanzettlich,
rauh. — Hecken, Gebüsche, Wegränder, sehr zerstreut, in den Küstenländern fehlend. Sommer. — . . . . *T. maximum* L.

40. Siler. Sd.

Bergwälder, steinige Hügel, sehr selten. Juni, Juli. — *S. trilobum* Scop.

41. Laserpitium. Sd. u. 2j.

0. Stengel stielrund, gestreift, kahl. Blätter doppelt gefiedert; Blättchen
breit-eiförmig, am Grunde oft herzförmig, meist kahl (*glabrum* Crntz.),
seltener unterseits nebst den Blattstielen rauhhaarig (*asperum* Crntz.).
Sd. — Trockene Bergwälder, buschige Hügel, stellenweise, fehlt
im Westen. Sommer. — . . . . *L. latifolium* L.
„ Stengel gefurcht, meist mehr od. weniger rauhhaarig. Blätter
mehrfach gefiedert. 1
1. Blättchen fiederspaltig mit lanzettlichen Zipfeln. Hüllchenblätter
lanzettlich. Var. *glabrum* Wallr.: Pflanze ganz od. fast kahl.
Var. *poteriifolium* Rbh.: Blättchen 2. Ordnung der unteren Blätter
kreisförmig-oval, 2-3spaltig. 2j. — Trockene Laubwälder, Wiesen,
stellenweise, fehlt im Westen. Sommer u. Vorherbst. — . . . .
. . . . . Diese u. die folgende: Hirschwurz, *L. prutenicum* L.
„ Blättchen eiförmig, ungleich scharfgesägt, die endständigen 3lappig,
mit keilförmigem Grunde, herablaufend, die seitlichen fast 2 bis 3-

spaltig. Hüllchenblätter lineal. Sd. — Grasige u. buschige Lehnen im höhen Gesenke. Sommer. — . . . . . *L. Archangelica* Wulf.

42. Daucus. 2-, auch 1j.

Blätter mehrfach gefiedert; Blättchen fiederspaltig mit länglich-lanzettlichen Zipfeln. Das mittelste Döldchen jeder Dolde ist häufig verkümmert u. schwarzrot. Var. *glaber* Opiz: Pflanze, mit Ausnahme weniger Wimpern an den unteren Blattscheiden, kahl. Blumen nicht strahlend, kleiner. — Trockene Wiesen, Wegränder, gemein; ausserdem überall gebaut. Sommer-Herbst. — . . . . Fig. 274, Mohrrübe, Möhre, *D. Carota* L.

43. Orlaya. 1j.

Blätter doppelt gefiedert, mit fiederspaltigen Blättchen, Blattzipfel lineal, Randblumen strahlend, sehr gross. — Äcker; in Mitteldeutsch-

Fig. 274. Daucus Carota.

land, östlich bis Thüringen; sehr zerstreut; zuweilen verschleppt. Sommer. — Breitsame, (*Caucalis grandiflora* L.), *O. grandiflora* Hoffm.

B. Campylospermeae. Eiweiss auf der Fugenseite mit Längsrinne.

44. Caucalis. 1- u. 2j.

0. Hauptdornen der Frucht gerade, rauh 1
„ Hauptdornen gebogen, glatt 2
1. Dornen etwa 6-8 in jeder Längszeile, am Grunde stark verbreitert. 2j. — Bei Prag zahlreich verwilderte Pflanze aus dem Kaukasus und der Krim. Juni, Juli. — . . . . (*Daucus orientalis* Aschs.), *C. orientalis* L.
„ Dornen zahlreicher, am Grunde kaum od. doch nicht auffallend verbreitert. 1j. — Auf Äckern, selten aus Südeuropa mit Samen verschleppt. Sommer. — . . . . *C. leptophylla* L.
2. Hauptdornen der Frucht viel kürzer als der Querdurchmesser der letzteren, haarspitzig, mit aufwärts gebogener Spitze. 1j. — Unter der Saat im nördlichen Böhmen. Sommer. — *C. muricata* Bischoff.
„ Hauptdornen so lang od. länger als der Querdurchmesser der Frucht, mit pfriemlicher, hakig gebogener Spitze. 1j. — Unter der Saat, im Norden selten. Vorsommer. — . . *C. daucoides* L.

45. Turgenia. 1j.

Blätter lanzettlich, eingeschnitten gezähnt. — Zwischen Getreide, nicht häufig, im Norden u. Osten fehlend. Sommer. — . . . . (*Caucalis latifolia* L. u. *Tordylium latifolium* L.), *T. latifolia* Hoffm.

46. Torilis, Klettenkerbel. 2- u. 1j.

0. Dolden fast sitzend, nur 2-3strahlig, Döldchen ungleich langgestielt. Hülle fehlend. 1j. — Ufer der Unter-Elbe u. Nordsee, ausserdem bisweilen eingeschleppt. Frühling. — . . . . (*Tordylium nodosum* L.), *T. nodosa* Gaertn.

„ Dolden langgestielt, 5-12'strahlig. 1
1. Hülle vielblättrig; Fruchtstacheln rauh, an der Spitze nicht wider-
hakig. Var. *calcarea* Üchtr.: Pflanze graugrün; Stengel niederliegend, 0,10-0,25 m hoch, vom Grunde an ästig. 2 j. — Gebüsche, Hecken, Zäune, gemein. Sommer. — . . . .
. . . Fig. 275, (*Tordylium Anthriscus* L.), *T. Anthriscus* Gmel.

Fig. 275. Torilis Anthriscus.   *Fig. 276.* Torilis infesta.

„ Hülle 1 blättrig od. fehlend; Fruchtstacheln an der Spitze wider-
hakig. 2 j. — Getreidefelder, Wegränder, fast nur in Mitteldeutschland, daselbst zerstreut. Sommer. — . . . .
. . . . . . Fig. 276, (*Scandix infesta* L.), *T. infesta* Koch.

47. Scandix. 1 j.

Blätter mehrfach gefiedert; Blattzipfel lineal-lanzettlich. — Unter der Saat,
zerstreut, in der Ebene selten. Mai, Juni. — *S. Pecten Veneris* L.

48. Anthriscus. 1 j. u. Sd.

0. Der obere fadenförmige Teil des
Griffels länger als der untere
scheibenförmige; Frucht länglich od. lineal . . . . ↳
„ Der fadenförmige Teil des
Griffels fast fehlend; Frucht
eiförmig, borstig. 1 j. — Wegränder, Zäune, Hecken, stellenweise. Mai, Juni. — . . .
. Heckenkerbel, (*Scandix Anthriscus* L.), *A. vulgaris* Pers.
1. Dolden 2-6 strahlig, die seitenständigen sitzend od. kurz gestielt. Frucht lineal, glatt od.
bei einer Varietät (*trichosperma*
Schult.) borstig. 1 j. — Hauptform häufig gebaut u. ver-

Fig. 277. Anthriscus Cerefolium.

18*

wildert; die Varietät an schattigen Stellen wild, aber selten, ist
vielleicht die Stammform der Kulturpflanze. Mai, Juni. — . . .
Fig. 277, Kerbel, (*Scandix Cerefolium* L.), *A. Cerefolium* Hoffm.
„　Dolden 8-15 strahlig, alle gestielt; Frucht länglich-lanzettlich. 2
2. Blätter doppelt bis 3 fach gefiedert, mit kleiner werdenden Haupt-
abschnitten; die beiden untersten Hauptabschnitte bedeutend kleiner
als der übrige Teil des Blattes. Blumen fast gleich gross. Var.
nemorosa M. B.: Früchte mit Knötchen besetzt, die je ein Borstchen
tragen. Sd. — Hecken, Gebüsche, häufig. Mai, Juni — . . .
. . . . *A. silvestris* Hoffm.
„　Blätter 3 zählig; Blattabschnitte gefiedert mit fiederteiligen Blättchen,
die 3 Hauptabschnitte des Blattes fast gleich gross. Randblumen
meist viel grösser als die übrigen. Sd. — Feuchte Schluchten in
den Sudeten, im Harz u. in der Rhön, in schattigen Laubwäldern
der oberschlesischen Ebene. Je nach der Meereshöhe Mai-Aug. —
. . . . *A. nitida* Gcke.

49. Chaerophyllum. Sd. u. 2 j.

0. Der obere fadenförmige Teil des Griffels
so lang wie der untere scheibenförmige. 1
„　Der fadenförmige Teil des Griffels länger
als der scheibenförmige. Hüllchen gewimpert. 2
1. Hüllchen gewimpert; Blattzipfel länglich,
stumpf; Stengel kantig. 2 j. — Gebüsche,
Hecken, Mauern, gemein. Mai-Juli. —
Fig. 278, Taumelkerbel, *Ch. temulum* L.
„　Hüllchen kahl; Blattzipfel lineal-lanzettlich bis lineal, spitz. Stengel stielrund.
2 j. — Hecken, Waldränder, Flussufer,
zerstreut. Juni, Juli. — . . . . .
. . . . Kerbelrübe, *Ch. bulbosum* L.
2. Blumenblätter gewimpert; Laubblätter
doppelt 3 zählig. mit fiederspaltigen, im
Umriss ungleichseitig eiförmigen Blätt-

Fig. 278.
Chaerophyllum temulum.

chen. Sd. — Feuchte Waldstellen, Waldbäche, in Mitteldeutschland
stellenweise häufig, in der Ebene sehr selten u. nur im Osten. Mai-
Juli. — . *Ch.* (*hirsutum* der deutschen Floristen) *Cicutaria* Vill.
„　Blumenblätter nicht gewimpert 3
3. Blätter 3 fach gefiedert; Blättchen im Umriss lanzettlich, fiederspaltig,
lang-zugespitzt, mit länglichen Zipfeln. Reife Frucht gelb. Sd. —
Feuchte, schattige Stellen, wohl nur in Mitteldeutschland, sehr zerstreut, östlich bis Böhmen. Juni, Juli. — . . *Ch. aureum* L.
„　Blätter doppelt 3- od. 5 zählig; Abschnitte zweiter Ordnung gefiedert
mit eiförmig-länglichen, ungeteilten, zugespitzten, scharfgesägten
Blättchen. Sd. — Feuchte, quellige Stellen, Waldbäche, stellenweise,
fehlt im Westen u. Nordwesten. Sommer. — *Ch. aromaticum* L.

50. Myrrhis. Sd.

Blätter 3 fach fiederteilig, mit länglichen, fiederspaltigen Blättchen. —
Im Gebiet wohl nicht wild, sondern nur in Grasgärten verwildert, besonders in den Sudeten, hier auch zuweilen auf Gebirgswiesen, fern
von Dörfern u. Bauden. Frühsommer. — . . . .
. . . Fig. 279, Süssdolde, (*Scandix odorata* L.), *M. odorata* Scop.

51. Conium. 2j.

Pflanze völlig kahl. Blätter mehrfach gefiedert; Blättchen fiederspaltig mit länglichen Zipfeln. — Um menschliche Wohnungen, nicht selten. Sommer-Herbst. — Fig. 280, (Gefleckter) Schierling, *C. maculatum* L.

Fig. 279. Myrrhis odorata.   *Fig. 280.* Conium maculatum.

52. Pleurospermum. 2 j.

Blätter 3 zählig mit doppelt od. einfach gefiederten Abschnitten. Blättchen länglich, eingeschnitten od. fiederspaltig. — Buschige Abhänge von der Ebene bis ins Hochgebirge, selten, fehlt im Nordwesten. Sommer. — . . (*Ligusticum austriacum* L.), *P. austriacum* Hoffm.

C. Coelospermeae.

Eiweiss auf der Fugenseite halb-kugelförmig ausgehöhlt.

53. Coriandrum. 1 j.

Untere Blätter einfach gefiedert. Blättchen im Umriss rundlich, eingeschnitten, mit eiförmigen Zipfeln; obere Blätter doppelt gefiedert mit linealen Blattzipfeln. — Nicht gerade häufig gebaut, bisweilen verwildert. Aus Südeuropa. Sommer. — . . . . .
. . . Fig. 281, Koriander, *C. sativum* L.

45. Bifora. 1 j.

Blätter mehrfach gefiedert mit lanzettlichen bis linealen Blattzipfeln. — Auf Äckern, in Böhmen (Podiebrad). Sommer. — . .
. . . . *B. radians* M. B.

Fig. 281. Coriandrum sativum.

LI. Fam. Araliaceae.

Blüten in allen Organen 5 zählig. Frucht eine Beere.

Hedera. Str.

Stengel vermittelst seiner Wurzeln kletternd. — Meist häufig, in Wäldern, an Mauern, erst im Alter blühend; häufig gepflanzt. Sept., Okt. —
. . . . Epheu, *H. Helix* L.

LII. Fam. Cornaceae.

Blumen mit 4 Kelch-, Kronen- u. Staubblättern. Fruchtknoten unterständig, 2 fächrig, zur Steinfrucht werdend.

Cornus. Str. u. Sd.

0. Kleine, höchstens 0,15 m hohe Pflanze mit purpurroten Blumen. Unterhalb der gestielten Dolden befindet sich eine Hülle von 4 blumenblattähnlichen Hochblättern, durch welche die Insekten angelockt werden. Sd. — Nicht häufig, an schattigen, torfigen Orten im Norden des Gebiets, besonders nach der Nordseeküste zu. Juni, Juli. — . . . . *C. suecica* L.
„　Grosse Sträucher . . . 1

1. Blumen gelb, in Dolden, die vor den Blättern erscheinen. Die Dolde mit einer 4 blättrigen Hochblatthülle. Str. — In (Kalk-) Bergwäldern. des südlichen Gebiets; fehlt jedoch z. B. in Schlesien, sonst angepflanzt. April. — . . Herlitze, Cornelkirsche, *C. mas* L.

Fig. 282. Cornus sanguinea.

„　Blumen weiss, in hüllenlosen Scheindolden 2

2. Laubblätter ober- u. unterseits gleichfarbig grün. Steinfrüchte schwarz. Str. — Häufig, in Laubwäldern, Gebüschen. Mai, Juni. — . . . . Fig. 282, Hartriegel, *C. sanguinea* L.

„　Laubblätter unterseits grünlich-grau bis weisslich. Steinfrüchte weiss bis bläulich-weiss . . 3

3. Kelchblätter dreieckig. Blumenblätter länglich-lanzettlich. Torus gelb. Str. — Zierstrauch aus Sibirien u. Nordchina. Ende April. — . . . . *C. tatarica* Mill.

„　Kelchblätter lanzettförmig. Blumenblätter länglich-eiförmig. Torus rot. Str. — Zuweilen verwilderter, häufiger Zierstrauch aus Nordamerika. Mai. — . . *C. (alba* vieler Autoren) *stolonifera* Mchx.

---

15. Saxifraginae.

LIII. Fam. Crassulaceae.

Blumen in allen Organen meist 5- bis vielzählig, mit meist 2 mal so viel Staubblättern als Kronenblätter. Fruchtblätter frei, zu Kapselfrüchtchen werdend.

0. Kelch u. Krone 3 bis 5-, seltener 6 blättrig 1
„　„　„　„　6- bis mehrblättrig. Kronenblätter mit dem Grunde der Staubblätter u. unter einander verwachsen. Blätter am Rande gewimpert . . . . **6. Sempervivum.**
1. 3-5 Staubblätter 3
„　8-10, selten mehr Staubblätter 2
2. Blumen zwitterig. Kelch 5-, selten 6 blättrig . . . **5. Sedum.**
„　„　eingeschlechtig. Pflanze 2 häusig. Kelch 4 blättrig . .
. . . . **3. Rhodiola.**

3. Blumen 3-4zählig. Kleine, bis etwa 0,04 m hohe Pflänzchen.   4
„   „   5zählig . . . . **4. Crassula.**
4. Kapseln 2samig. Blütenorgane in der 3- od. 4Zahl vorhanden.
. . . . **1. Tillaea.**
„ Kapseln vielsamig. Blütenorgane stets in der 4Zahl vorhanden.
. . . . **2. Bulliarda.**

1. Tillaea. 1j.

Auf feuchten Sandfeldern im nordwestlichen
Zipfel der Rheinprovinz, im nördlichen West-
falen u. unweit Jüterbogk. Mai, Juni. —
. . . . Fig. 283, *T. muscosa* L.

2. Bulliarda. 1j.

Sehr selten, an sandigen od. schlammigen
Ufern od. im Wasser. Aug., Sept. — . . . .
. (*Tillaea aquatica* L.), *B. aquatica* D. C.

3. Rhodiola. Sd.

An einigen Stellen zwischen Felsspalten u.
Steinen im Riesengebirge, mährischen Ge-
senke u. auf der Babia Gora. Juni, Juli. —
. . . . Fig. 284, Rosenwurz, *R. rosea* L.

Fig. 283. Tillaea muscosa.

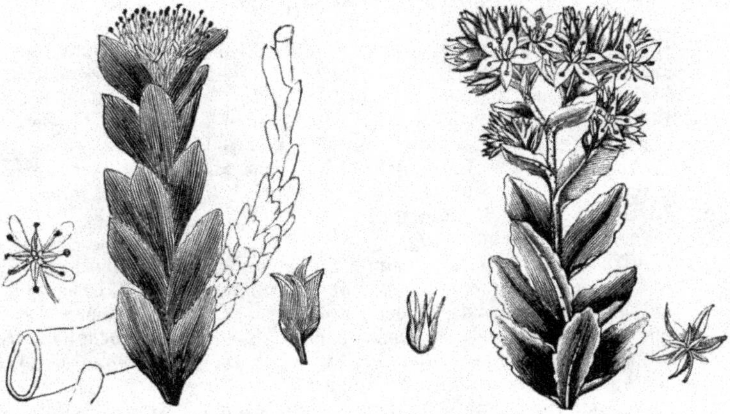

Fig. 284. Rhodiola rosea.   *Fig. 285.* Sedum maximum.

4. Crassula. 1j.

Äcker, unweit Trier. Mai, Juni. — . . . . *C. rubens* L.

5. Sedum. Sd. u. 1j.

0. Blätter flach u. breit 1
„   „ lineal, höchstens etwas lanzettlich, meist stielrund . . 5
1. Stengel aufsteigend od. aufrecht 2
„   „ niederliegend 4
2. Innerer Staubblattkreis am Grunde der grünlich-gelben Kronenblätter
sitzend. Sd. — Häufig, sonnige Hügel, trockene Wälder, Felsen.
Aug., Sept. — . . . .
Fig. 285, Fetthenne, (*S. Telephium* L. z. T.), *S. maximum* Sutt.

„ Innerer Staubblattkreis über dem Grunde der Kronenblätter eingefügt 3
3. Innerer Staubblattkreis $^1/_6$ über dem Grunde der purpurroten
   Kronenbläter eingefügt. Sd. — Zerstreut, in Wäldern u. an unbe-
   bauten Orten im westlichen Gebiet. Juli, Aug. — . . . . .
   . . . . (S. *Telephium* L. z. T.), *S. purpureum* Lk.
„ Innerer Staubblattkreis $^1/_3$ über dem Grunde der Kronenblätter
   eingefügt. Sd. — Bergabhänge, Hessen, Eifel, Lahn-, Nahe- und
   Moselthal, Babia Gora. Juni. — . . . . . . *S. Fabaria* Koch.
4. Blätter ganzrandig, kahl. Blume purpurn. Sd. — Zuweilen auf
   Mauern gepflanztes Ziergewächs aus der Schweiz. Juli, Aug. —
   . . . . *S. Anacampseros* L.
„ Blätter vorn kerbig-gesägt, behaart. Blume weiss od. rot. Sd. —
   Zierpflanze aus dem Kaukasus. Juli, Aug. — *S. oppositifolium* Sims.
5. Blumen weiss od. rot 6
„ „ gelb 9
6. Pflanze od. mindestens die Rispe drüsig-behaart 7
„ „ kahl od. ziemlich kahl 8
7. Blätter halbstielrund, mehr als 2 mal so lang als dick, oberseits
   ziemlich flach. Blumen rosa. 1 j. — Zerstreut, Torfwiesen. Juli,
   Aug. — . . . . *S. villosum* L.
„ Blätter stielrund, kurz- elliptisch. Blumen weiss. Sd. —
   Zuweilen auf Mauern gepflanztes Alpengewächs. Juli. — . . .
   . . . . *S. dasyphyllum* L.
8. Blätter halbstielrund. Die stumpflichen Kronenblätter 3 mal länger
   als der Kelch. Blumen 6 zählig. 2 j. — Zuweilen verwildernde
   Zierpflanze aus den Alpen. Juli. — . . . . . *S. hispanicum* L.
„ Blätter stielrund. Die zugespitzten Kronenblätter 4 mal länger als
   der Kelch. Sd. — Felsen des südlichen Gebiets, fehlt jedoch ursprünglich wild z. B. in Schlesien, sonst nicht selten auf Mauern
   gepflanzt. Juni, Juli. — . . . . *S. album* L.
9. Blätter nicht stachelspitzig. 10
„ „ kurz-stachelspitzig 12
10. Blätter lineal, stielrund, am Grunde unter der Anheftungsstelle
    mit einem herabgezogenen, stumpfen Anhängsel, in 6 Längszeilen
    am Stengel stehend. Var. *parviflorum* Üchtr.: Blumen etwa
    um $^1/_2$ kleiner. Sd. — Meist häufig, Sandfelder, trockene Orte.
    Juni, Juli. — S. (*sexangulare* vieler Autoren) *boloniense* Loisl.
„ Blätter am Grunde ohne Anhängsel 11
11. „ eiförmig, mit stumpfem Grunde sitzend. Kronenblätter viel
    länger als der Kelch. Var. *sexangulare* L.: Pflanze niedriger;
    Blätter auch an den blühenden Stengeln dicht dachziegelig. Sd.
    — Wie vorige, aber häufiger. — . . . Mauerpfeffer, *S. acre* L.
„ Blätter lineal, Blattgrund so breit wie das übrige Blatt. Kronen-
    blätter 1 $^1/_2$ mal länger als der Kelch. Sd. — Felsritzen des Riesen-
    gebirges, mährischen Gesenkes u. der Babia Gora. Juni. — . .
    . . . . *S. (alpestre* Vill.) *rubens* Haenke.
12. Blätter am Grunde mit stumpflichem Anhängsel. Kelchzipfel
    spitz. Pflanze grasgrün, sehr fleischig (Trippmadam, *viride*
    Koch) od. Stengel oft purpurn überlaufen u. Blätter bläulich-
    grün u. schlanker (*rupestre* L.). Sd. — Die Form viride ange-
    pflanzt, rupestre zerstreut, an trocknen Orten, namentlich auf
    Sand. Juli, Aug. — . . . . . . Fig. 286, *S. reflexum* L.

„ Blätter graugrün, am Grunde vorgezogen. Kelchzipfel abgerundet-
stumpf. Sprosse kugelig. Var. *aureum* Wirtgen: Sprosse verkehrt-
kegelförmig. Blätter purpurrot
od. dunkelgrün, am Grunde mit
zugespitztem Anhängsel. Kelchzipfel eiförmig. Sd. — Unweit
Ems, Koblenz, Bingen, Trier,
Spaa. Juni, Juli. — . . . .
. . . . . . *S. elegans* Lej.

6. **Sempervivum.** Sd.

0. Die roten Kronenblätter u. Kelchzipfel sternartig wagerecht ausgebreitet 1
„ Die gelblich-weissen Kronenblätter u.Kelchzipfel aufrecht stehend.
Blätter beiderseits kahl. — Dürre
Kiefernwälder, Felsen, Sandhügel,
sehr zerstreut, fast selten, sonst
gepflanzt. Juli, Aug. — . .
. . . . *S. soboliferum* Sims. *Fig. 286.* Sedum reflexum (rupestre).
1. Blätter oben u. unten kahl. Krone 2 mal so lang als der Kelch.
— Felsen am Rhein, an der Mosel u. Nahe, sonst auf Mauern gepflanzt. Juli, Aug. — . . Hauslauch, Hauslaub, *S. tectorum* L.
„ Blätter oben u. unten drüsig-feinhaarig. Krone etwa 4 mal so
lang als der Kelch. — Gipfel der Babia Gora. Juli, Aug. —
. . . . *S. montanum* L.

LIV. Fam. Saxifragaceae.

Blumen 4- bis 5zählig, Krone zuweilen fehlend. Staubblätter oft 2mal
so viel als Kronenblätter od. mehr. Fruchtknoten unter-, mittel- od. oberständig, meist 2- od. 3- bis 5 fächerig, mit vieleiigen Fächern, gewöhnlich
kapselig, seltener zu einer Beere werdend.
0. Kräuter 1
„ Höhere od. niedrigere Holzgewächse, Sträucher 2
1. Fruchtknoten halboberständig . . . . **a) Saxifrageae.**
„ Fruchtknoten oberständig. einfächrig mit 4 wandständigen Placenten.
Staubblätter 5, zwischen diesen u. dem Fruchtknoten 5 gewimperte
schuppenförmige Nektarien . . . . . **b) Parnassieae.**
2. Blätter gegenständig. Blumen weiss, mit mehr als 5 Staubblättern. 3
„ Blätter wechselständig. Blüten 5männig. Fruchtknoten 1fächrig,
mit 2 wandständigen Placenten, zur Beere werdend. **e) Ribesieae.**
3. Blumen klein, 10männig, einzelne am Rande stehende mit
grösserem Kelch sind geschlechtslos u. dienen nur als „Wirtshausschilder". Bei den „gefüllten" sind alle Blumen geschlechtslos u.
mit grossem Kelch versehen. . . . . . **c) Hydrangeeae.**
„ Blumen grösser, alle fruchtbar . . . . **d) Philadelpheae.**

a) Saxifrageae.

0. Griffel 2 1
„ „ 5. Die Gipfelblüte der etwa 5-7 blütigen, kopfigen Ähre
besitzt nur 4 Griffel u. ist überhaupt nach der 4 Zahl gebaut,

während die anderen Blüten 5zählig gebaut erscheinen. Der Kelch ist im ersten Falle 2-, im anderen Falle 3lappig . . 3. **Adoxa.**
1. Blüten kronenlos, 8männig, Kelch 4teilig. 2. **Chrysosplenium.**
„   „   mit 5blättriger Krone u. 5teiligem Kelch, 10männig . .
. . . . 1. **Saxifraga.**

1. Saxifraga. Sd., selten 1j.

0. Blumen gelb od. grünlich-gelb 1
„   „   weiss od. rot, auch bläulich 3
1. Stengel 1blütig, seltener zweiblütig 2
„   „   3-5blütig, zwischen dem Grunde u. den grünlich-gelben Blumen meist nur mit einem Laubblatt. Die Stengel u. Blätter sind mit drüsig-klebrigen Haaren bedeckt. Sd. — Basalt der kleinen Schneegrube des Riesengebirges. Juni. — *S. moschata* Wulf.
2. Blätter lanzettlich-lineal, an der Spitze mit einer vertieften, punktförmigen Stelle. Kelch der hellgelblichen Blumen nicht zurückgeschlagen. Sd. — Wie vorige. Juli, Aug. — . *S. bryoides* L.
„   Blätter lanzettlich. Kelch der goldgelben Blumen zurückgeschlagen. Sd. — Sehr zerstreut, auf Torfmoorwiesen; fehlt z. B. in der Rheinprovinz u. in Böhmen, nach Osten häufiger werdend. Juli, Aug. — *S. Hirculus* L.
3. Blumen im ganzen weiss : 4
„   „   erst rosenrot, später blau. Stengel niederliegend, Rasen bildend. Blätter gegenständig, rundlich, gedrängt dachziegelig stehend. Sd. — An einigen felsigen Orten des Riesengebirges. Mai, Juni u. Aug. — . . . . . *S. oppositifolia* L.
4. Stengel mehr od. minder lange, mit Laubblättern besetzte Ausläufer resp. blütenlose Nebenstengel treibend 7
„   Stengel ohne Ausläufer od. Nebenstengel . . 5
5. Stengel über dem Grunde ohne Laubblätter, die grundständigen Blätter verkehrt - eiförmig oder spatelig, gekerbt. Sd. — Basalt der kleinen Schneegrube des Riesengebirges. Juli. — *S. nivalis* L.
„   Stengel auch über dem Grunde beblättert . 6
6. Grundblätter spatelförmig, ganz, mittlere Blätter keilförmig-länglich, vorn meist 3zähnig bis lappig. Kelchzipfel eiförmig. 5 bis höchstens 15 cm hohe Pflanze. Var. *exilis* Poll.: Pflanze sehr klein, 1-3blütig; Blätter ungeteilt. 1j. — Zerstreut, sandig-lehmige Äcker, Felsen, Wiesen. April-Juni. — . . . . . Fig. 287, *S. tridactylites* L.

Fig. 287.
Saxifraga tridacty-
lites.

„   Grundblätter rundlich-nierenförmig, gekerbt; mittlere Blätter keilförmig-rundlich, vorn mehrzähnig. Kelchzipfel länglich-lanzettlich. 15-30 cm hohe Pflanze. Sd. — Sonnige Hügel, Waldränder, Wiesen, meist häufig in der Ebene, seltener im Gebirge. Ende April-Juni. — . . . . Fig. 288, Steinbrech, *S. granulata* L.
7. Blätter am Rande mit einer Reihe kalkiger Punkte; am Grunde des Stengels eine Rosette zungenförmiger, knorpelig-gesägter Blätter. Var. *robusta* Engler: Stengel höher, oberwärts traubig-rispig mit 3-8 blütigen Zweigen. Endzahn an den grundständigen Blättern stumpf od. kurzspitzig. Sd. — Auf Felsen; Schlesien, Mähren, Böhmen, Babia Gora, unweit Prag, Nahethal. Juni, Juli. — *S. Aizoon* Jacq.

„ Blätter der Rosette fingerig 5-9 spaltig. Var. *sponhemica* Gmel.: Blatt-
zipfel zugespitzt, stachelspitzig. Sd. — Fast selten, an steinigen
Orten; Heuscheuer, Erzgebirge, sächs. Schweiz, Voigtland, Thüringen,
Harz, Hessen, Westfalen, Böhmen. Mai, Juni. — *S. decipiens* Ehrh.

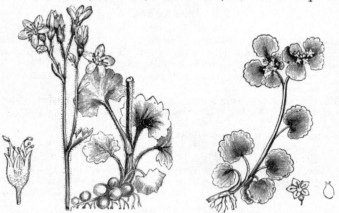

Fig. 288.   Saxifraga granulata.   *Fig. 289.*   Chrysosplenium alternifolium.

2. Chrysosplenium, Milzkraut. Sd.

0. Blätter langgestielt, rundlich-nierenförmig, wechselständig. —
Häufig, feuchte Laubwälder, Sumpfwiesen, an Quellen u. Bächen.
März-Mai. — . . . . Fig. 289, *C. alternifolium* L.
„ Blätter kurzgestielt, halbkreisrund, gegenständig. — Seltener als
vorige, besonders an Gebirgsbächen u. quelligen Stellen. Mai,
Juni. — . . . . *C. oppositifolium* L.

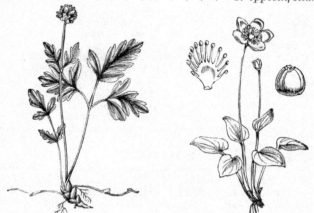

Fig. 290.   Adoxa Moschatellina.   *Fig. 291.*   Parnassia palustris.

3. Adoxa. Sd.

Häufig bis zerstreut, feuchte Laubwälder, Gebüsche. März-Mai. — . .
. . . . Fig. 290, Bisamkraut, *A. Moschatellina* L.

b) Parnassieae.
Parnassia. Sd.
Häufig, nasse Wiesen, trockene Gipsberge. Juli-Sept. — . . . . . .
. . . . Fig. 291, Herzblatt, *P. palustris* L.

c) Hydrangeeae.
Hydrangea, Hortensie. Str.
Abgesehen von den gefüllten Garten-Rassen (vgl. p. 281) finden
sich im Blütenstande der Hortensien neben den fruchtbaren, kleinen
Blumen unfruchtbare, die durch bedeutendere Grösse ihres Kelches auf-
fallen u. ausschliesslich als Wirtshausschilder zur Anlockung von
Insekten dienen.
0. Blätter unterseits silbergrau-filzig. Blütenstand doldenrispig. Blüten
   2 grifflig. — Niedriger Zierstrauch aus Nordamerika. Juli. —
   . . . . *H. radiata* Walt.
  „ Blätter unterseits bisweilen etwas behaart 1
1. Blütenstand doldenrispig. Blüten 2 grifflig. — Häufiger Zierstrauch
   aus Nordamerika. Juni, Juli. — . . . . . . *H. arborescens* L.
  „ Blütenstand rispig. Blüten 3 grifflig. An jedem Zweig des Blütenstandes eine od. wenige unfruchtbare Blumen mit grossem Kelch. —
   Zierstrauch aus Japan. Juli. — . . . . *H. paniculata* Sieb.

d) Philadelpheae.
0. Kelch 4 (auch 5), Krone 4 (5) blättrig. Staubblätter mit einfachen Fäden, zahlreich . . . . **1. Philadelphus.**
  „ Kelch u. Krone 5 blättrig. Staubblätter 10, ihre Fäden geflügelt
   u. oben 2 zähnig. Die fein gesägten Laubblätter sternhaarig.
   . . . . **2. Deutzia.**

1. **Philadelphus,** Pfeifenstrauch, gewöhnlich fälschlich als
            Jasmin bezeichnet. Str.
0. Blätter unterseits grau- od. filzig behaart 1
„   „   „   schwach behaart 2
1. „   „   filzig behaart, länglich-lanzettlich. Fruchtknoten
   unbehaart. Kelchblätter am Rande behaart. — Zierstrauch vom
   Himalaya. Ende Juni. — . . . . . . *P. tomentosus* Wall.
  „ Blätter unterseits grau-behaart, eiförmig, zugespitzt. Fruchtknoten
   u. Kelchblätter behaart. — Zierstrauch aus Nordamerika. Anfang
   Juli. — . . . . *P. pubescens* Loisl.
2. Blätter ganzrandig. Blumen geruchlos. — Zierstrauch aus Nordamerika. Ende Juni-Juli. — . . . . *P. inodorus* L.
  „ Blätter entfernt gezähnt. Blumen stark duftend. — Sehr häufiger
   Zierstrauch aus der Mandschurei, China u Japan. Juni. — . .
   . . . . *P. coronarius* L.

2. **Deutzia.** Str.
0. Blätter länglich-lanzettlich, hellgrün. Kelchblätter lanzettlich, kahl.
   — Zierstrauch aus Japan. Mai, Juni. — *D. gracilis* Sieb. u. Zucc.
  „ Blätter eiförmig, graugrün von vielen Sternhaaren. Kelchblätter eiförmig, sternhaarig. — Zierstrauch aus Japan. Juli. — *D. crenata* S. u. Z.

e) Ribesieae.
Ribes. Str.
0. Pflanze stachelig. Traube 1-3 blütig. Bei *glanduloso-setosum* Koch
   der Fruchtknoten u. die Früchte drüsenborstig, bei *uva crispa* L.

der Fruchtknoten mit kurzen, drüsenlosen Haaren besetzt, die Früchte kahl, bei *reclinatum* L. die Pflanze kahl, nur die Blattstiele, der Blattrand, die Deckblätter der Blüten u. die Kelchzipfel gewimpert. — Nicht selten, in Wäldern u. s. w.; verwildernde Kulturpflanze. April. — . . . . Stachelbeere, *R. Grossularia* L.

„ Pflanze stachellos. Trauben mehrblütig 1

1. Blüten grünlich 3

„ „ gelb od. purpurn. Blütenstiele so lang od. kürzer als die Blütendeckblätter 2

2. Blumen purpurn. Kelch od. besser Blütenboden am Grunde röhrenförmig-glockig. — Zierstrauch aus dem westlichen Nordamerika. April, Mai. — . . . . *R. sanguineum* Pursh.

„ Blumen gelb. Blütenboden am Grunde langröhrig, cylindrisch. — Zierstrauch aus Nordamerika. April, Mai. — *R. aureum* Pursh.

„ Blumen rötlich-goldfarben od. mit rotem Torus und gelbem Perianth; im übrigen die Mitte haltend zwischen den 2 vorigen. — In England gezüchteter Bastard. Anfangs Mai. . . . .
. . . . . (*R. aureum* ✕ *sanguineum*), *R. Gordonianum* Lem.

3. Trauben aufrecht, drüsig-behaart. Deckblätter lanzettlich, länger als die Blütenstiele. — Zerstreut, in feuchten Wäldern u. angepflanzt. April, Mai. — . . . . *R. alpinum* L.

„ Trauben mit der Spitze od. ganz überhängend 4

4. Kelch kahl, auch am Rande wimperlos. Blätter unterseits weichhaarig. Deckblätter eiförmig. — Zerstreut, in feuchten Wäldern; Kulturpflanze. April, Mai. — . . . . Fig. 292, Johannisbeere, *R. rubrum* L.

„ Kelch behaart od. am Rande gewimpert 5

5. Blätter unterseits mit zerstreuten, gelben Drüsen besetzt. Deckblätter pfriemenförmig. Kelch weichhaarig. — Zerstreut, besonders in feuchten Laubwäldern, seltener kultiviert. April, Mai. — Schwarze Johannisbeere, Aal- oder Gichtbeere, *R. nigrum* L.

Fig. 292. Ribes rubrum.

„ Kelch am Rande gewimpert, sonst wie R. rubrum. — Glatzer Schneeberg, selten im Riesengebirge, Altvater, mährisches Gesenke, Babia Gora. April-Juni. — . . . . *R. petraeum* Wulf.

LV. Fam. Platanaceae.

Platanus, Platane. B.

0. Blätter 5eckig, schwach od. kaum gelappt. Borke kleinschuppig abblätternd. — Zierbaum aus Nordamerika. Mai. — . . . . .
. . . . *P. occidentalis* L.

„ Blätter sehr deutlich 5lappig. Borke grossschuppig abblätternd. — Zierbaum aus dem Orient. Mai. — . . . *P. orientalis* L.

286LVI. Onagraceae.

16. Myrtiflorae.

LVI. Fam. Onagraceae.

Blumen 4 zählig mit meist 8 Staubblättern oder in allen Organen 2 zählig (Circaea). Fruchtknoten 1 grifflig, unterständig, 4- resp. 2-fächrig, meist zu einer Kapsel werdend.

0. Land- od. Sumpfpflanzen 1
„ Wasser- od. Sumpfpflanzen. Perianth u. Staubblätter 4 zählig. 3
1. Blumen 2 männig, mit 2 teiligem Kelch, 2 blättriger, weisser Krone
. . . . 4. Circaea.
„ Blumen 8 männig 2
2. „ gelb. Samen ohne Haarflugapparat . . 2. Oenothera.
„ „ weiss od. rot. Samen mit einem Haarflugapparat. (Vergl.
die Frucht-Abbildung in Fig. 293.) . . . . . 1. Epilobium.
3. Blätter eiförmig. In Wasser od. in Sümpfen . . 3. Isnardia.
„ Schwimmende Blätter rhombisch. Wasserpflanzen. . 5. Trapa.

1. Epilobium. Sd.

Revidiert von Prof. C. Haussknecht.

Die Bastarde dieser Gattung blieben im folgenden unberücksichtigt.
0. Blätter einzeln, zerstreut am Stengel sitzend. Kelch tief 4 teilig mit abstehenden Abschnitten. Staubblätter einreihig, ihre Fäden am Grunde verbreitert. Griffel nach abwärts geneigt; Narbe 4-spaltig. Perianthblätter wagerecht ausgebreitet (Chamaenerion). 1
„ Die unteren Blätter gegenständig. Kelch 4 spaltig. Staubblätter 2 reihig, ihre Fäden einfach fadenförmig. Griffel gerade; Narbe 4 spaltig od. einfach. Perianthblätter trichterförmig zusammen-stehend (Lysimachion) 2
1. Blätter schlaff, mit Adern versehen, lanzettlich. Blumenblätter verkehrt-eiförmig, benagelt. Samen glatt. — Meist häufig, an trockenen, freien Waldstellen, gern auf Sand. Juli, Aug. — . .
. . . . E. angustifolium L.
„ Blätter lineal bis lineal-lanzettlich, starr, aderlos. Blumenblätter länglich-elliptisch, nicht benagelt. Samen fein-höckerig. — An Steinlehnen u. kiesigen Flussufern des schlesischen Vorgebirges u. mit den Flüssen in die Ebene geführt. Juli-Sept. — . . . .
(E. Dodonaei Vill. Var. angustiss. Ait.), E. angustissimum Weber.
2. Narbe 4 spaltig. Stengel stielrund. Samen fein-höckrig. (Schizo-stigma) 3
„ Narbe ganz. Stengel (mit Ausnahme von E. palustre) mit mehr od. minder deutlichen längsverlaufenden erhabenen Linien besetzt und daher mehr od. minder kantig (Synstigma) 6
3. Blätter kurz gestielt, am Grunde schwach od. deutlich herzförmig. 4
„ Blätter lanzettlich, deutlich gestielt, am Grunde allmählich ver-schmälert, die mittelständigen grob-gezähnt. Die mittelgrossen Blumen im Anfang weiss, später rosa. — Bergwälder des Rhein-thals u. seiner Seitenthäler, unweit Höxter in Westfalen, Ettersberg bei Weimar, Saalburg. Juni-Aug. — E. lanceolatum Seb. u. Mauri.
„ Blätter sitzend od. fast sitzend 5
4. Blätter verhältnismässig gross, die mittleren dicht gezähnelt. Blumenknospen eiförmig, kurz bespitzt. Die mittelgrossen Blumen 8-10 mm lang. — Nicht selten, Wälder, Gebüsche. Juni-Sept. —
. . . . E. montanum L.

„ Blätter klein, die mittleren entfernt-gezähnelt. Blumenknospen fast kugelig-eiförmig, am Gipfel stumpf. Die kleinen Blumen 4-6 mm lang. — Stellenweise häufig, im schlesischen Vorgebirge u. im Erzgebirge sehr verbreitet, im Harz, namentlich im Bodethal häufig, Göttingen, Herzstein bei Kassel, Thüringen, Westfalen, Rheinlande, Böhmen. Juni-Sept. — . . . . *E. collinum* Gmel.

„ Blätter verhältnismässig gross, alle ganzrandig. — Sehr selten, Böhmen. Juni, Juli. — . . . . . *E. hypericifolium* Tausch.

5. Mittlere Blätter klein gezähnelt, Blumen mittelgross, rosa-violett. — Sehr häufig, feuchte Orte. Juni, Juli. — *E. parviflorum* Schreb.

„ Mittlere Blätter stengelumfassend, scharf feingesägt. Blumen ansehnlich (Kronenblätter etwa 15 mm lang), purpurrot. — Häufig, feuchte Orte. Juni-Sept. — . . . . *E. hirsutum* L.

6. Samen höckrig 7

„ „ glatt. Pflanze mehr od. minder kahl werdend. Stengel mit längsverlaufenden Linien besetzt 12

7. Samen verkehrt-eiförmig, am Gipfel abgerundet 8

„ „ länglich, am Gipfel mehr od. minder verschmälert, mit einem durchsichtigen Anhängsel 11

8. Blätter ziemlich lang gestielt. Blumen vor dem Aufblühen nickend, klein. Blätter am Grunde keilförmig-verschmälert, dicht gezähnelt. Blumenknospen am Gipfel mit abstehenden Kelchblattspitzen. — Nicht selten, feuchte Orte. Juli-Sept. — . . *E. roseum* Schreb.

„ Blätter sitzend od. sehr kurz gestielt 9

9. Die Hauptstengel an ihrem Grunde mit oft sich erst später entwickelnden Laubblattrosetten. Blumen klein, aufrecht . . . 10

„ Stengel mit Ausläufern. Die rosa-lila Blumen klein. Mittlere Blätter in den Stiel kurz verschmälert, entfernt gezähnelt, oder sitzend u. am Grunde abgerundet. — Häufig, an Bächen, in feuchten Wäldern. Juni-Herbst. — . . . Fig. 293, *E. obscurum* Schreb.

10. Pflanze blass-grün. Die mittleren Blätter spitz, aus breiterem Grunde allmählich sich verschmälernd, scharf gezähnelt. Blumen fleischfarbig, im Knospenzustande elliptisch, am Grunde u. am Gipfel sich allmählich verschmälernd. — Hier u. da, in Steinbrüchen, lichten Gebüschen. Juli, Aug. — *E. adnatum* Grisebach.

„ Pflanze bläulich-graugrün. Blätter kurz gestielt od. am Grunde verschmälert u. sitzend, schwach entfernt-gezähnelt. Blumen lebhaft rosa, im Knospenzustande verkehrt-eiförmig, am Grunde sich rasch verschmälernd. — Stellenweise, mitteldeutsches Bergland, Tiefland, Böhmen. Juni-Aug. — . . . . . *E. Lamyi* F. Schultz.

11. Ausläufer treibend. Blumen klein, violett. Hauptstengel niedrig, einzeln, deutlich liniirt Blätter eiförmig od. verkehrt-eiförmig, fast ganzrandig, hier u. da gezähnelt. — Quellige u. andere feuchte Orte der Sudeten. Juli, Aug. — . . . . *E. nutans* Schmidt.

„ Rhizom kurze Sprosse treibend. Blumen mittelgross, violett. Stengel aufrecht, mit 2 bis 4 behaarten Linien. Blätter zu 3 quirlständig, seltener gegenständig, eiförmig od. länglich-lanzettlich, am Grunde abgerundet, sitzend, entfernt gezähnelt. — Feuchte Orte in den Schluchten des östlichen mitteldeutschen Berglandes u. Böhmens. Juli, Aug. — . . . . *E. trigonum* Schrank.

„ Ausläufer treibend. Blumen mittelgross, violett. Blätter ganzrandig, am Rande umgerollt. Stengel stielrund, ohne Linien, oberwärts deutlich behaart. Blätter sitzend, länglich-lanzettlich oder

lanzettlich-lineal. Kapsel angedrückt behaart. — Nicht selten, an
feuchten Orten. Juli, Aug. — . . . . *E. palustre* L.

12. Ausläufer unterirdisch. Stengel
meist verzweigt, dicht gedrängt.
Blumen mittelgross, violett. Blätter
eiförmig od. eiförmig-elliptisch, in
ihren Stiel zusammengezogen,
unregelmässig gezähnelt. — Im
Moose der Bäche, Quellen und
Gräben des Sudeten-Hochgebirges.
Juli, Aug. — . . . .
. . . . *E. alsinefolium* Vill.

„ Ausläufer oberirdisch. Stengel
einfach, niedrig, aufsteigend. Blumen klein, rosa. Blätter klein,
sitzend od. fast sitzend, die mittleren elliptisch - eiförmig, ganzrandig od. hier u. da gezähnelt.
— Feuchte Felsspalten, quellige
Stellen im Sudeten-Hochgebirge.
Juli, Aug. — . . . .
. . . *E. anagallidifolium* Lmk.

Fig. 293. Epilobium obscurum.
Links eine aufspringende Frucht.

2. Oenothera, Nachtkerze. 2 j.

0. Blätter der grundständigen Rosette länglich - verkehrt - eiförmig,
stumpf, aber stachelspitzig. Blumenblätter länger als die Staubblätter. — Stammt aus Virginien, seit 1614 bei uns auf Sandfeldern eingebürgert, häufig. Juni-Aug. — . . . .
. . . . . Fig. 294, als Rapontica zuweilen gebaut, *Oe. biennis* L.

„ Blumen etwa nur ¹/₂ so gross als bei voriger Art. Kronenblätter
so lang od. wenig länger als die Staubblätter 1

Fig. 294. Oenothera biennis.   Fig. 295. Isnardia palustris.

1. Rosettenblätter lanzettlich, zugespitzt. Kronenblätter so lang wie
die Staubblätter. — An Flussufern, auf Kiessbänken u. an sandigen
Orten, Elbe, Frankfurt a. M., Berlin. Juni-Sept. — *Oe. muricata* L.

„ Rosettenblätter länglich-lanzettlich, spitzlich. Kronenblätter etwas länger als die Staubblätter. — Nicht häufig, unter den Eltern. —
. . . . *Oe. biennis* $\times$ *muricata.*

3. Isnardia. Sd.

Sehr zerstreut, Gräben, Schlammufer, Torfsümpfe; im nordwestlichen Gebiet. Juli, Aug. — . . . . Fig. 295, *I. palustris* L.

4. Circaea, Hexenkraut. Sd.

0. Blumen ohne Deckblätter. Var. *cordifolia* Lasch: Blätter herzförmig, obere eiförmig, geschweift-gezähnt. Pflanze kurz behaart. Var. *glaberrima* Lasch: Blätter am Grunde abgerundet od. schwach-herzförmig. Pflanze ganz kahl. — Zerstreut, in feuchten Wäldern. Juni-Aug. — Fig. 296, *C. lutetiana* L.

„ Blumen mit kleinen, borstigen Deckblättern 1
1. Frucht 2samig, kugelig - verkehrteiförmig. Kronenblätter so lang wie der Kelch. Pflanze 15-30 cm hoch. — Feuchte Wälder, quellige Orte, sehr zerstreut. Juli, Aug. — . . . . *C. intermedia* Ehrh.
„ Frucht 1samig, schief birnförmig, zusammengedrückt. Kronenblätter kürzer als der Kelch. Pflanze 8-25 cm hoch. — Wie vorige Art. Juni-Aug. — . . . *C. alpina* L.

Fig. 296. Circaea lutetiana.

5. Trapa. 1j.

Zerstreut, in stehenden Gewässern. Juni, Juli. — Wassernuss, *T. natans* L.

LVII. Fam. Halorhagidaceae.

Der unterständige Fruchtknoten mit so vielen freien Griffeln, als Fruchtblätter vorhanden sind. Fächer 1eiig, sonst wie bei der vorigen Familie. Wasserpflanzen od. an sehr feuchten Orten lebende Gewächse.

0. Männliche Blüten 8männig. Blätter gefiedert . . . . .
. . . . . 1. **Myriophyllum.**
„ Blüten 1männig. Blätter lineal, einfach . . . 2. **Hippuris.**

1. Myriophyllum,

Wassergarbe, -garn. Sd.

0. Blüten in Ähren, deren obere, kleine, schuppige Deckblätter ganz sind 1
„ Alle Deckblätter laubblattartig, gefiedert, entweder vielmal länger als die Blütenquirle (*pinnatifidum* Wallr.) od. etwa 3mal länger als die Quirle, mit genäherten Fiedern (*interme-*

Fig. 297. Myriophyllum spicatum.

dium Koch) oder endlich so lang wie die Quirle, fiederspaltig mit sehr genäherten Abschnitten (*pectinatum* D. C.). — Zerstreut, in stehenden Gewässern. Juni-Aug. — . . . . *M. verticillatum* L.

1. Junge Ähren aufrecht. Alle Blüten in Quirlen; die unteren Deckblätter fiederspaltig. — Häufig, sonst wie vorige. — Fig. 297, *M. spicatum* L.

„ Junge Ähren überhängend. Die
männlichen Blüten wechselständig. — Wie vorige, aber nur im
westlichen Gebiet. —   . . .
. . . *M. alterniflorum* D. C.

Die letzte Art kann als Abart der vorigen angesehen werden.

2. Hippuris. Sd.

Stengel aufrecht. Var. *fluviatilis* Roth: Stengel unter Wasser flutend. Blätter länger. — Zerstreut, in stehenden Ge- wässern. Juni-Aug. — .   .   .   .   . Fig. 298, Tannwedel, *H. vulgaris* L.

Fig. 298. Hippuris vulgaris.

LVIII. Fam. Lythraceae.

Blumen 6 zählig, zwischen den Kelchzähnen der Röhre oder Glocke noch 6 besondere Zähnchen. Lythrum 2- bis 6- od. 12-, die oft kronenlose Peplis 6 männig. Fruchtknoten 2- fächrig, vielsamig, zur 2 klappigen Kapsel werdend; bei Peplis mit ge- schlossen bleibender Frucht werden die Samen durch Hinwegfaulen der Wandung frei.

Die hierher gehörige, häufige Art Lythrum Salicaria, Fig. 299, wollen wir der eigentümlichen Blumenein- richtungen wegen, welche die Kreuz- befruchtung begünstigen, näher be- trachten. Zum besseren Verständnis des zu Besprechenden erscheint es vorteilhaft, die bei der Betrachtung von Arten mit 2 gestaltigen Blumen gegebene Beschreibung zu ver- gleichen, welche weiter hinten bei den Primulaceen zu finden ist. Die Art, von der wir reden wollen, zeigt nämlich noch verwickeltere Ver- hältnisse als die Primeln, indem sie 3 gestaltige, trimorphe, Blumen besitzt, Fig. 299. Was zunächst die Griffel angeht, so kommen diese auf den verschiedenen Stöcken in dreierlei verschiedener Länge vor, nämlich kurz (*C* Fig. 299), mittellang (*B* Fig. 299) und lang (*A* Fig. 299).

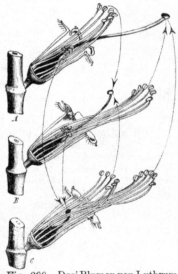

Fig. 299. Drei Blumen von Lythrum Salicaria, (die vordere Hälfte des Kelches u. die ganze Krone sind ent- fernt worden). *A =* langgriffelige, *B =* mittelgriffelige, *C =* kurz- griffelige Blume. Die Punktlinien mit den Pfeilen verbinden die Staub- beutel mit denjenigen Narben, auf welchen der Pollen der ersteren volle Fruchtbarkeit bewirkt.

Die Staubblätter, von denen 6 länger und 6 kürzer sind, treten in der folgenden Ausbildung auf. Mit den langen Griffeln combinieren sich 6 mittellange Staubblätter und 6 kurze, mit den mittellangen Griffeln 6 lange und 6 kurze Staubblätter und endlich mit den kurzen Griffeln 6 lange und 6 mittellange Staubblätter. Es hat nun die Bestäubung der Narben nur dann einen günstigen Erfolg für die Samenbildung, wenn gleich lange Geschlechtswerkzeuge sich miteinander paaren; alle übrigen Möglichkeiten der Paarung, also vor allen Dingen der Männchen und Weibchen desselben Stockes, der ja immer nur gleichartige Blumen trägt, haben, wenn sie ausgeführt werden, verhältnismässig schwachen Erfolg, da die Samen klein und mehr oder minder unvollkommen bleiben und daher auch nur schwächliche Nachkommen zu erzeugen imstande sind. (Vergl. also hierzu die Primulaceen)

0. Kelch röhrig-cylindrisch. Stengel aufrecht, höchstens am Grunde ganz schwach niederliegend. Blumen hellviolett bis rot. **1. Lythrum.**

„ Kelch halbkugelig-glockig. Stengel ganz niederliegend, auch flutend. Blüten sehr klein, rosa, meist kronenlos, einzeln in den Blattwinkeln. Blätter verkehrt-eiförmig . . . . **2. Peplis.**

1. Lythrum. Sd. u. 1j.

0. Blumen meist 12männig, in ährenförmig angeordneten Scheinquirlen 1

„ Blumen 2-6männig, einzeln in
   den Blattachseln sitzend. Blätter lineal-lanzettlich. 1j. — Zerstreut, feuchte Äcker u. s. w.
   Juli-Sept. — L. Hyssopifolia L.

1. 6 (5) längere u. 6 (5) kürzere
   Kelchzipfel. Sd. — Gemein, an
   Gräben, in feuchten Gebüschen.
   Juni-Sept. — . . Fig. 299 u.
   300, Weiderich, L. Salicaria L.

„ Kelchzähne alle gleichlang. Sd.
   — Feuchte Orte in Böhmen.
   Juni, Juli. — . L. virgatum L.

Fig. 300. Lythrum Salicaria.

2. Peplis. 1j.

Stengel niedergestreckt, verzweigt. Blätter verkehrt-eiförmig, in den Stiel verschmälert. Var. *suberecta* Üchtr.: Stengel aufrecht, einfach. Blätter meist schmäler, spatelig. — Nicht selten, überschwemmte Stellen, Schlammufer. Juli-Sept. — . . . . *P. Portula* L.

-----

17. Thymelinae.

LIX. Fam. Thymelaeaceae.

Das röhrige Perigon 4zipfelig, mit 8 dem Schlunde angefügten Staubblättern. Ein 1eiiges Fruchtblatt zur Steinfrucht (Daphne) oder Schliessfrucht (Thymelaea) werdend.

0. Aufrechtes Kraut. Die grünen Blüten einzeln od. zu ˜kleinen Knäueln in den Achseln der linealen Blätter vereinigt. **1. Thymelaea.**

„ Sträucher mit roten Blumen . . . . **2. Daphne.**

19*

1. Thymelaea. 1 j.

Sehr zerstreut, fast selten, besonders im südlichen Gebiet, gern auf Kalkäckern. Juli, Aug. — . . . .
. . . . . . (*Stellera Passerina* L.), *T. Passerina* Coss. u. Germ.

2. Daphne, Kellerhals, Seidelbast. Str.

0. Blätter lanzettlich; Blumen seiten-
ständig, sitzend. — Zerstreut,
feuchte Berglaubwälder. März. —
. . Fig. 301, *D. Mezereum* L.
„ Blätter mehr lineal. Blumen end-
ständig, kurzgestielt. — Unweit
Frankfurt a. M., Böhmen. Mai,
Juni. — . . *D. Cneorum* L.

LX. Fam. Elaeagnaceae.

Perigonröhre 2- od. 4- bis 5 zipfelig,
mit 4 od. 5 Staubblättern. Fruchtknoten
1 samig. Frucht fleischig.

0. Pflanze 2 häusig, Perigon 2 teilig,
aussen silbern-schülferig, mit rundl.-
elliptischen Abschnitten. Dorniger   *Fig. 301.* Daphne Mezereum.
Strauch, mit unterseits silberig-
schülferigen, oben grünen Blättern . . . . . 1. **Hippophaë.**
„ Pflanze 1 häusig, mit zwitterigen u. männlichen Blüten. Perigon
4-5 spaltig. Blätter beiderseits silbern-schülferig . 2. **Elaeagnus.**

1. Hippophaë. Str.

Meerufer von Borkum bis Provinz Preussen, sonst angepflanzt. März-
Mai. — . . . . Strand- od. Sanddorn, *H. rhamnoides* L.

2. Elaeagnus, Ölweide. Str.

0. Stengel dornenlos; jüngere Zweige rostfarben-schülferig. Blätter
unterseits mit eingemischten rostfarbenen Schülfern. Blüten nach
dem Verblühen abwärts gebogen. — Zuweilen verwildernder Zierstrauch aus dem nördlichen Nordamerika. Mai, Juni. — . . . .
. . . . *E. argentea* Pursh.
„ Stengel meist dornig; jüngere Zweige silbern-schülferig. Blüten
immer aufrecht. — Verwildernder Zierstrauch aus Südeuropa. Mai,
Juni. — . . . . *E. angustifolia* L.

---

18. Rosiflorae.

LXI. Fam. Rosaceae.

Meist Kelch u. Krone 5 zählig, 5 bis viele (20-30) Staubblätter,
1 bis viele ober-, mittel- od. unterständige Fruchtblätter; auch sonst
mancherlei Abweichungen im Blumenbau.

0. Holzige Bäume od. aufrechte Sträucher 1
„ Kräuter od. holzige u. dann kriechende, od. doch mit kriechenden
Ausläufern versehene Gewächse 4
1. Fruchtblätter untereinander u. mit dem Blütenboden, namentlich
zur Fruchtreife, seitlich vollständig verwachsen, sodass die

anderen Blütenorgane auf der Spitze am Rande des Fruchtknotens stehen u. an der Spitze der Frucht vertrocknend bemerkbar bleiben.
. . . . **a) Pomeae.**
„ Fruchtknoten seitlich nicht mit dem Blütenboden verwachsen, frei. 5
2. Fruchtblätter 1 bis 3 . . . . **d) Poterieae.**
„ „ meist viele, oberständig . .
3. „ viele, oberständig. Strauch mit ⎫
gelben Blumen und gefiederten Blättern (Po- ⎬ **c) Potentilleae.**
tentilla fruticosa), od. mit dunkelroten Blumen ⎪
u. 3- od. 5 lappigen Blättern (Rubus odoratus). ⎭
„ Viele einsamige Fruchtblätter zu Schliessfrüchtchen werdend, welche unterständig in den fleischigen Blütenboden eingesenkt erscheinen . . . . **b) Roseae.**
„ Früchtchen 3, 5 od. mehr, meist mehrsamig. Frucht kapselig. Blumen typisch perigyn . . . . **e) Spiraeeae.**
4. Früchtchen resp. Fruchtfächer einsamig 2
„ „ „ „ mehrsamig . . . . . . ⎫
5. Blüte mit mehreren Fruchtblättern . . . . ⎬ 3
„ „ „ nur einem zur einsamigen Steinfrucht werdenden Fruchtblatt, daher nur 1 narbig . . . . **f) Pruneae.**

a) Pomeae.

0. Fruchtfächer von einander durch knochige Wandungen geschieden, am Gipfel nicht vom Blütenboden überwölbt 1
„ Fruchtfächer durch pergamentige Wandungen geschieden; ihre Gipfel werden vom Blütenboden überwölbt, sodass die Früchte oben vollkommen geschlossen erscheinen 2
1. Die Fruchtblätter sind mit ihren, dem becherartigen Blütenboden zugekehrten Seiten vollständig mit diesem verwachsen . .
. . . . **1. Mespilus.**
„ Die Fruchtblätter sind mit ihrem oberen Drittel od. mit ihrer Hälfte frei . . . . **2. Cotoneaster.**
2. Fruchtfächer nicht geteilt 3
„ „ durch eine unvollkommene Scheidewand in je 2 einsamige Fächer geteilt. Kronenblätter lanzettlich, keilförmig. Blumen in Trauben . . . . **4. Amelanchier.**
3. Fruchtfächer 2- od. 1 samig . . . . **5. Pirus.**
„ „ vielsamig . . . . **3. Cydonia.**

1. Mespilus. Str.

0. Blumen einzeln, weiss. Blätter länglich-lanzettlich, ganzrandig, unterseits filzig. — In Wäldern Mitteldeutschlands, fehlt jedoch z. B. in Schlesien, häufig angepflanzt. Mai. — Mispel, *M. germanica* L.
„ Blumen in Scheindolden 1
1. Blätter deutlich gelappt od. geteilt 3
„ „ ganz od. höchstens schwach gelappt 2
2. „ ganz, verkehrt-eiförmig, in den Blattstiel keilförmig verschmälert, kahl, mit Ausnahme vom Blattgrunde, gesägt. — Nicht seltener Zierstrauch aus Nordamerika. Mai. — *M. Crus galli* Willd.
„ Blätter schwach od. kaum gelappt resp. mit grossen gesägten Sägezähnen, eiförmig, mehr od. minder behaart. — Wie vorige. —
. . . . *M. coccinea* Willd.

3. Blätter 3-5 lappig. Blütenstiele
kahl., Griffel meist 2. Früchte
mit 1 bis 3 entwickelten Fächern,
Steinen. — Häufig, in Wäldern
u. s. w.; in Gärten öfter mit
rosa gefärbten, gefüllten Blumen
u. auch sonst oft angepflanzt.
Mai, Juni. — . . . Weiss-
dorn, (*Crataegus Oxyacantha*
L.), *M. Oxyacantha* Gaertn.
„ Blätter meist tief 3-5 spaltig
gelappt od. geteilt. Blütenstiele oft behaart. Griffel meist 1.
Früchte meist 1 steinig. — Wie
vorige. Mai, Juni. — Weissdorn, (*Crataegus monogynus*
Jacq.), *M. monogyna* Willd.
Zwischen M. Oxyacantha u.

Fig. 302.
Mespilus Oxyacantha χ monogyna.

monogyna finden sich besonders
in Gärten u. Anlagen Bastarde, Fig. 302, die in ihrer Gestaltung
zwischen den Eltern stehen.

2. Cotoneaster. Str.

0. Blätter länglich-elliptisch, gezähnelt, oberseits glänzend, kahl.
Doldenrispen vielblütig. Zweige dornig. — Zierstrauch aus Süd-
europa. Mai. — . . . . *C. Pyracantha* L.
„ Blätter kreis-eiförmig, ganzrandig, behaart 1
1. Blätter oberseits kahl, unterseits filzig. Früchte purpurrot. —
Stellenweise, auf steinigen Hügeln Mitteldeutschlands. April, Mai.
— Zwergmispel, (*Mespilus Cotoneaster* L.), *C. integerrima* Medik.
„ Junge Blätter oben schwach behaart. Früchte schwarz. — Bei
Lyck; zuweilen gepflanzt. April, Mai. — . . . *C. nigra* Wahlb.

3. Cydonia. Str.

0. Blumen rötlichweiss. Blätter unterseits zottig-graufilzig. Kelch-
zipfel länglich, drüsig-gesägt. Früchte kugelig (Apfelquitte =
maliformis Mill.) od. birnförmig (Birnquitte = *oblonga* Mill.). —
Kulturpflanze aus dem Orient. Mai, Juni. — . . . .
. . . . Quitte, (*Pirus Cydonia* L.), *C. vulgaris* Pers.
„ Blumen meist scharlachrot. Blätter kahl. Kelchzipfel rundlich,
ganzrandig, gewimpert. — Zierstrauch aus Japan. Apr., Mai. —
. . . . *C. japonica* Pers.

4. Amelanchier. Str.

0. Blätter stumpf. — An felsigen Abhängen in Thüringen nebst
Eichsfeld, sowie in Hessen u. in der Rheinprovinz. Häufig an-
gepflanzt. April, Mai. — (*Mespilus Amelanchier* L.), *A. vulgaris* Mnch.
„ Blätter spitz. — Zierstrauch aus Nordamerika. Mai. — . . .
. . . . (*Mespilus canadensis* L.), *A. canadensis* Torr. u. Gray.

5. Pirus. B. u. Str.

0. Blätter deutlich gelappt od. gefiedert 6
„ „ ganz 1
1. Einfache, echte, wenigblumige Dolden 2
„ Doldenrispen od. Doldentrauben 5

2. Blumenblätter weiss 3
„ „ (wenigstens unterseits) rosa 4
3. Blattspreite fast kreisförmig, bespitzt, fein gesägt, so lang wie ihr Stiel. Staubbeutel rotviolett. Var. *Piraster* Wallr.: Junge Blätter u. Fruchtknoten kahl. Früchte mehr kugelig. — Die im Fruchtfleisch in der Nähe des Samengehäuses vorkommenden Steinkörperchen bei unseren kultivierten Birnen sind offenbar die Rudimente einer bei den Vorfahren derselben vorhanden gewesenen Steinhülle zum Schutze der Samen. — Nicht häufig in Wäldern, aber sehr oft in vielen Abarten kultiviert u. zuweilen verwildert. April, Mai. — . . . . Birnbaum, *P. communis* L.
„ Blattspreite elliptisch, scharf gesägt, unterseits behaart. — Zierstrauch od. -Baum aus Nordamerika u. Japan. Mai. — . . .
. . . . *P. Toringo* Sieb.
4. Blätter länglich-lanzettlich oder elliptisch. Kronenblätter ober- u. unterseits rosa. — Ziergehölz aus China. Mai. — . Die kleinen Äpfel dieser u. anderer Arten: Paradiesäpfel, *P. spectabilis* Ait.
„ Blätter eiförmig; Spreite doppelt so lang als ihr Stiel. Blumenblätter oben weiss, unten rosa. Staubbeutel gelb. Var. *austera* Wallr.: Blattknospen wollig. Blätter kahl, kreisförmig-oval, gekerbt-gesägt. Blütenstiele kahl. Var. *mitis* Wallr.: Junge Blätter beiderseits filzig, eiförmig, zugespitzt, unregelmässig gesägt. Blütenstiele u. Blumenbecher filzig. Var. *dasyphylla* Borkh.: Blätter ei-lanzettförmig, länger zugespitzt, weichhaarig. — Nicht häufig, in Wäldern, aber sehr oft in vielen Rassen kultiviert. Mai. — Apfelbaum, *P. Malus* L.
5. Kronenblätter wagerecht abstehend, weiss. Blätter rundlich-eiförmig, doppelt gesägt od. fast kleinlappig. — Gebirgswälder Mitteldeutschlands, zerstreut, fehlt jedoch z. B. in Schlesien, nicht selten angepflanzt. Mai. — Mehlbeerbaum, (*Crataegus Aria* L.), *P. Aria* Ehrh.
„ Kronenblätter schmal, aufrecht, rosenrot. Blätter eiförmig, gesägt, unterseits filzig. Str. — An einigen steinigen Lehnen der westlichen Hochsudeten. Juni, Juli. — . (*Mespilus Chamaemespilus* L. z. T., *P. Chamaemespilus* D. C. var. *sudetica*), *P. sudetica* Tausch.
6. Blätter gefiedert 7
„ „ gelappt 9
7. Blätter nur am Grunde gefiedert. — Sehr seltener, zuweilen angepflanzter Bastard, in Gebirgswäldern. Mai. — . . . (*Sorbus hybrida* L.), *P. Aria* X *aucuparia* Irmisch.
„ Blätter vollständig gefiedert. 8
8. Griffel meist 3, selten 2 oder 4. Knospen filzig. Var. *alpestris* Wimm.: Blätter derb, nur in der Jugend etwas behaart; Frucht eiförmig. — Laubwälder, Gebüsche, meist häufig; nicht selten angepflanzt. Mai, Juni. — Fig. 303, Eberesche, Vogelbeerbaum, (*Sorbus aucuparia* L.), *P. aucuparia* Gaertn.

Fig. 303. Pirus aucuparia.

„ Griffel 5. Knospen kahl, klebrig. — In Wäldern des Rhein-
u. Nahethales, vereinzelt im Moselthale, in Thüringen u. im Harz;
zuweilen angepflanzt. Mai. — . . . .
. . . . . Speierling, (*Sorbus domestica* L.), *P. domestica* Sm.

9. Blattlappen spitz 10
„ „ vorn abgerundet, der an der Spitze befindliche Zahn
eine Stachelspitze bildend. Blätter unten filzig. — Hier u. da in
Westpreussen, zuweilen gepflanzt. Mai. — . . . .
. . . . . (*Crataegus Aria* var. *suecica* L.), *P. suecica* Grcke.

10. Blätter unten an den Nerven graufilzig. — Sehr seltener Bastard.
Mai. — . . . . *P. Aria* X *torminalis* Irmisch.
„ Blätter im Alter kahl. — Zerstreut, in Bergwäldern Mitteldeutsch-
lands, seltener in Norddeutschland; zuweilen gepflanzt. Mai. —
. . Elsebeerbaum, (*Crataegus torminalis* L.), *P. torminalis* Ehrh.

b) Roseae.

Rosa, Rose. Str.
Revidiert von Dr. H. Christ.
Die Bastarde dieser schwierigen Gattung blieben unberücksichtigt.

0. Stacheln zweierlei, derbe mit borsten- od. nadelförmigen zugleich. 1
„ Stacheln gleichartig 2
1. Blättchen 3-5, sehr gross, lederig; Kelchblätter geteilt, nach dem
Verblühen zurückgeschlagen, abfällig; Corolle sehr gross, tiefrot. —
Im südlichen Gebiet zerstreut bis Thüringen. Mai, Juni. — . .
. . . . Essigrose, *R. gallica* L.
„ Blättchen 5 u. mehr, mittelgross bis klein, krautig; Corolle kleiner,
rosa od. weiss 3
„ Corolle gelb, Frucht orange, kugelig. — Oft kultiviert u. verwildert.
Juni. — . . . . Gelbe Rose, *R. lutea* Mill.
2. Griffel zu einer Säule von der Länge der Staubfäden verwachsen;
Kelchblätter kurz zugespitzt, nicht od. wenig geteilt; Corolle weisslich.
— Im südlichen Gebiet, im nördlichen seltener. Juni. — . . . .
. . . . *R. arvensis* Huds.
„ Griffel frei od. in ein kurzes Köpfchen od. eine kurze scheinbare
Säule vereinigt; Kelchblätter in Anhängsel verlängert . . . 9
3. Blättchen zahlreich (7-11), meist klein, in der Regel haarlos u.
unterseits ohne Drüsen; Kelchblätter ungeteilt 4
„ Blättchen mittelmässig, 5-7 an der Zahl, behaart od. unterseits mit
Drüsen 6
4. Blättchen kurz- u. einfach od. fast einfach gezähnt; Nebenblättchen
schmal. Frucht kugelig od. keulig, schwärzlich; Fruchtstiel auf-
recht. Corolle weisslich. — Felsenpflanze u. am Seestrand Sand-
pflanze, zuweilen angepflanzt u. verwildert. Juni, Juli. — . .
. . . . *R. pimpinellifolia* L.
„ Blättchen schmal- und dreifach gezähnt; Nebenblättchen breit;
Frucht hängend, rot; Kelchblätter bleibend, stark verlängert; Corolle
rot; Zweige meist stachellos. — Bergpflanze. Mai, Juni. — . .
. . . . Bergrose, *R. alpina* L.
„ Blättchen länglich-lanzettlich, einfach gesägt, kahl. Früchte breit-
kugelig, zuletzt schwarzbraun, mit geraden Stielen. Kelchblätter
so lang od. länger als die rosenroten Blumenblätter, abfällig.
Stacheln öfter fehlend. — Verwildernde Zierpflanze aus Nordamerika. Juni, Juli. — . . . . *R. lucida* Ehrh.

5. Griffel kahl; Kelchzipfel zurückgeschlagen; Blättchen oval; Corolle hell fleischrot. — Trockene Hügel u. Gebirgsabhänge Schlesiens, jedoch sehr selten. Juni, Juli. — . . . . *R. micrantha* Sm.

6. „ Griffel in wolligem Köpfchen; Kelchzipfel abstehend od. aufrecht, fiederspaltig. Blättchen rundlich-oval; Drüsen über die Blattunterfläche gleichmässig verbreitet, stark riechend, gross; Nebenblättchen flach, breit. Blütenstiel drüsenborstig. Stacheln nicht zu 2, krummhakig, breit, mit feinen nadeligen Stacheln wechselnd. Corolle lebhaft rosa. — Nicht gerade selten, an trockeneren Orten, auch gepflanzt. Juni. — . . . . Weinrose, *R. rubiginosa* L.

7. { „ Kelchblätter ungeteilt 8
   „ Kelchblätter fiederspaltig; Nebenblättchen flach; Stacheln zerstreut. 18

8. Früchte kugelig, von den zusammenschliessenden, ganzrandigen Kelchblättern gekrönt. Nebenblättchen der nichtblühenden Zweige eingerollt, schmal; Blättchen dünn behaart; Stacheln oft zu 2 am Grunde der Nebenblättchen. Blütenstiele kahl. — Auf sonnigen Bergen an einigen Stellen in Mitteldeutschland, sonst angepflanzt u. verwildert. Mai, Juni. — Pfingst- od. Zimmetrose, *R. cinnamomea* L.

„ Früchte elliptisch od. länglich, von den sehr abstehenden, mit wenigen, kleinen Anhängseln besetzten Kelchblättern gekrönt. Nebenblätter flach. Blättchen gross, einfach gesägt. Stacheln nicht gezweigt. Blütenstiele verdickt. Blumen meist gefüllt. — Stellenweise verwilderte Zierpflanze. Juni. — *R. turbinata* Ait.

9. Blättchen unterseits ohne Drüsen 10
„ Blättchen mit Drüsen bestreut 11
10. Blättchen haarlos 12
„ Blättchen behaart 14
11. Blütenstiel kahl 17
„ „ stieldrüsig 19
12. Blättchen etwas keilig; Kelchblätter ungeteilt od. fast ungeteilt; Frucht lang gestielt, kugelig; Stacheln leicht gebogen; Pflanze bläulich bereift u. rot überflogen. — Oft kultiviert. Juni. — . . . . (*R. rubrifolia* Vill.), *R. ferruginea* Vill.

„ Blättchen oval; Kelchblätter reichlich fiederspaltig; Stacheln hakig. 13
13. Blütenstiel kurz. Kelchblätter aufrecht u. scheinbar bleibend. Griffel in wolligem Köpfchen. — Zerstreut, an Wegrändern, Abhängen. Juni. — . . . . *R. glauca* Vill.
„ Blütenstiel lang. Kelchblätter zurückgeschlagen u. bald abfällig. Griffel behaart bis kahl. — Gemein, Waldränder u. s. w. Juni. — Diese u. andere: Hagebutte, Hundsrose, Wilde Rose, *R. canina* L.

14. Blütenstiel kahl 7
15. „ „ stieldrüsig. Blättchen ziemlich gross, grau, länglich-oval, durchaus behaart u. unten dicht filzig mit spärlichen Drüsen, grob-doppelt gesägt, nach Borsdorfer Äpfeln riechend. Stacheln schwach gebogen. Corolle blass. — Häufig. Juni. — . . . . Filzrose, *R. tomentosa* Sm.

„ Blätter 4-5 fiederig, also mit oft 9-11 Blättchen. Frucht flaschenförmig. Sonst wie vorige. — Oberschlesien. Juni. — . . . . (*R. venusta* X *alpina* etc.), *R. vestita* God.

„ Blättchen fein dreifach drüsig gezähnelt, auf der Unterseite mit reichlichen Drüsen. Corolle lebhaft rosa. — Norddeutschland. Juni. — . . . (*R. pseudo-cuspidata* Crépin), *R. venusta* Scheutz.

16. Blütenstiel kurz; Kelchblätter abstehend bis aufrecht u. lange
bleibend; Griffel in wolligem Köpfchen. — Bergpflanze u. im nördlichen Gebiet. Juni, Juli. — . . . . . R. coriifolia Fries.
„ Blütenstiel lang. Kelchblätter zurückgeschlagen, bald abfällig.
Griffel behaart bis kahl. — Häufig. Juni. — R. dumetorum Thuill.
17. Blättchen länglich-keilig, tief u. spitz doppelt gezähnt, unterseits reichlich u. gleichmässig mit Drüsen bestreut . . 20
18. „ Blättchen rundlich-oval, ziemlich klein, doppelt gezähnt, auf der
Unterseite mit spärlichen u. nur an den untersten Blättern der
Blütenzweige reichlicher auftretenden Drüsen. Kelchanhängsel
kurz, drüsig-gewimpert. Corolle weisslich-rosa. — Im südl. Gebiet u. nicht über Schlesien hinaus. Juni. — R. tomentella Léman.
„ Blättchen einfach gezähnt 16
19. Blättchen klein bis mittelmässig, rundlich-oval od. oval, auf ihrer
Unterseite mit gleichmässig verbreiteten, reichlichen, stark riechen-
den Drüsen. Stacheln krummhakig 5
„ Blättchen mittelgross bis gross, oval; Stacheln gerade od. gebogen,
nicht krummhakig 21
20. Griffel verlängert, fast kahl; Kelchblätter schmal u. verlängert,
zurückgeschlagen, bald abfällig; Corolle weisslich. — Im südlichen
Gebiet, bei uns sehr zerstreut. Juni. — . . . R. agrestis Savi.
„ Griffel in wolligem, kurzem Köpfchen; Kelchblätter aufgerichtet,
kürzer, länger dauernd bis scheinbar bleibend. Corolle meist rötlich, seltener weisslich. Juni. — Mitteldeutschland bis Thüringen und
Schlesien. Juni. — . . . . R. graveolens Gren.
21. Blättchen haarlos od. unten ganz fein-weichhaarig, lebhaft grün,
auf der Unterseite mit zerstreuten od. ganz fehlenden Drüsen. 22
„ Blättchen unten filzig, oben fein behaart, graugrün; Drüsen der
Unterseite in der Behaarung etwas versteckt 23
22. Blättchen oft zu 9 u. 11, weich, unten fein-haarig, sehr fein u.
tief 3fach drüsig gezähnt. Hochblätter behaart. Stacheln gerade.
Kelchblätter bleibend, aufrecht. — Sehr selten, Schlesien. Juni,
Juli. — . . . . (Bastard einer
tomentosen [filzigen] Rose mit alpina), R. spinulifolia Dematra.
„ Blättchen 5-7, starr, 3fach gezähnt, nebst den Hochblättern haarlos. Kelchblätter abfällig. Corolle lebhaft rosa. — Rosstrappe
am Unterharze u. bei Heiligenstadt. Juni, Juli. — . . . . .
. . . . . . (R. Hampeana Grisebach), R. trachyphylla Rau.
23. Kelchblätter abstehend, abfällig; Frucht langgestielt; Zweige flattrig-
verlängert; Stacheln leicht gebogen 15
„ Kelchblätter aufrecht, bleibend; Frucht kurz gestielt; Zweige gedrungen, kurz; Stacheln gerade 24
24. Blättchen sehr gross, elliptisch länglich; Stacheln lang; Frucht
gross, stark drüsenstachlig, Kelchblätter verlängert. — Selten, in
bergigen Gegenden, namentlich in Westdeutschland u. wieder im
Norden (Danzig). Juni, Juli. — . . R. pomifera Herrmann.
„ Blättchen breit oval, mittelgross; Stacheln kürzer; Frucht kleiner,
mit weichen Stieldrüsen. — Bergpflanze. Juni, Juli. — R. mollis Sm.

c) Potentilleae.

Manche der hierher gehörigen Arten besitzen 2 Kelchkreise. Den
Aussenkelch denken sich die Morphologen entstanden durch paarweise Verwachsung der Nebenblätter des Innenkelches.

0. Grüne Blüten mit 4 od. 1 Staubblatt u. 1 Fruchtknoten. **7. Alchemilla.**
„ Blumen mit vielen Staubblättern 1
1. Kelchzipfel 5. Meist stachelige u. meist kriechende Sträucher.
. . . . **3. Rubus.**
„ Kelchzipfel doppelreihig, 8-10 2
2. Die Früchtchen behalten bei ihrer Reife den grannenartig sich verlängernden, behaarten Griffel als Flugorgan . . . . **1. Geum.**
„ Früchtchen ohne Flugorgan u. ohne Griffel 3
3. Blumen weiss. Blätter 3 zählig zusammengesetzt. Blütenboden sich an der Fruchtbildung beteiligend, saftig werdend. **4. Fragaria.**
„ Blumen gelb od. dunkelpurpurn, seltener weiss. Blütenboden sich an der Fruchtbildung nicht od. kaum beteiligend, trocken bleibend od. etwas fleischig-schwammig werdend 4
4. Krone dunkelpurpurn, kleiner als der Kelch. Fruchtboden fleischig-schwammig. Blätter 5- bis 7zählig gefiedert . . **5. Comarum.**
„ Krone gelb od. weiss. Fruchtboden trocken 5
5. Blumen gelb, seltener weiss. Blätter gefingert od. gefiedert . .
. . . . **6. Potentilla.**
„ Blumen gelb. Blätter eine grundständige Rosette bildend, 3-5lappig od. spaltig. Fruchtknoten 2-4, gestielt . . . **2. Waldsteinia.**

1. Geum, Benediktenkraut. Sd.

0. Stengel 1-, selten 2blütig. Griffel gerade. Laubblätter grundständig, fiederteilig, mit auffallend grossen Endblättchen. Pflanze zottig. — Gebirgskämme des Riesengebirges u. der Babia Gora. Mai, Juni. — . . . . *G. montanum* L.
„ Stengel mehrblütig. Griffel in der Mitte wie ein Bajonett hakig gegliedert 1
1. Fruchtkelch aufrecht, höchstens wagerecht abstehend. Blumen gewöhnlich nickend . . . 2
„ Fruchtkelch zurückgeschlagen. Blumen aufrecht 5
2. Der Früchtchenkopf innerhalb des Kelches fast sitzend od. kurz gestielt 3
„ Der Früchtchenkopf lang gestielt. Kronenblätter lang benagelt, innen gelb, aussen rotbräunlich. Kelch u. Krone stets aufrecht. — Meist häufig, an feuchten Orten. Mai, Juni. — Fig. 304, *G. rivale* L.
3. Kronenblätter rundlich, mit kurzem Nagel 4
„ Kronenblätter breit-verkehrt-ei-rund-spatelförmig. Frucht kurz gestielt, mit aufrecht-abstehendem

Fig. 304. Geum rivale.

Kelch. — Seltener Bastard, zwischen den Eltern. Juni, Juli. —
. . . . *G.* (*intermedium* Willd.) *urbanum* ✕ *rivale* G. Meyer.
4. Fruchtkelch wagerecht abstehend. Früchte sitzend od. sehr kurz gestielt. — Wie vorige, aber etwas häufiger. —
. . . . *G.* (*intermedium* Ehrh.) *rivale* ✕ *urbanum* G. Meyer.
„ Fruchtkelch aufrecht. Früchte fast sitzend. — Sehr selten, im Riesengebirge. Juni, Juli. — *G.* (*inclinatum* Schleich.) *rivale* ✕ *montanum.*

5. Kronenblätter verkehrt-eiförmig. Unteres Griffelglied kahl, oberes am
Grunde weichhaarig. — Fast gemein. in Laubwäldern u. s. w. Mai-
Juli. — . . . . Igelkraut, *G. urbanum* L.
„ Kronenblätter breit-verkehrt-eiförmig. Unteres Griffelglied am Grunde
borstig, oberes fast bis zur Spitze behaart. — Auf Grasplätzen in
Ostpreussen. Juli. — . . . . *G. strictum* Ait.
Zwischen den beiden letzten in Preussen ein Bastard beobachtet.

2. Waldsteinia. Sd.

Zuweilen verwildernde Zierpflanze aus Ungarn. April, Mai. — . . .
. . . . *W. geoides* Willd.

3. Rubus, Brombeere. Str., selten Sd.

Bearbeitet von Dr. W. O. Focke.

Besondere Schwierigkeiten bietet die Unterscheidung unserer schwarz-
früchtigen Arten, der eigentlichen Brombeeren, welche man früher unter
den Benennungen *R. fruticosus* und *R. caesius* zusammenzufassen pflegte.
Eine genaue Untersuchung hat ergeben: 1. dass innerhalb jenes Formen-
kreises eine Anzahl beständiger, durch wesentliche specifische Unterschiede
getrennter Arten vorhanden ist, — sowie 2. dass sowohl zwischen den
ähnlichen als auch zwischen den unähnlichen Arten zahlreiche Mittelglieder,
teils mit vollständiger, teils mit verminderter Fruchtbarkeit, vorkommen
— und endlich 3. dass viele dieser Mittelglieder sich wie selbständige
Arten verhalten und eine ansehnliche Verbreitung besitzen, wenn auch
durchschnittlich eine viel geringere als die ausgeprägten Arttypen. In
der folgenden Charakteristik können die Lokalformen, auch wenn sie innerhalb kleinerer Bezirke sehr häufig sind, nicht berücksichtigt werden; ebenso
wenig die Bastarde. — Zur Bestimmung der Arten ist es notwendig, möglichst alle Eigenschaften zu beachten, darunter auch solche Merkmale,
welche an getrockneten Zweigen schwierig oder gar nicht wahrnehmbar
sind. Man suche daher die Arten womöglich im frischen Zustande zu vergleichen und mache sich Notizen über Wuchs, Querschnitt des Schösslings,
Färbung der Blütenteile, Fruchtkelch u. s. w. Man sammele ausser den
Blütenzweigen auch Stücke von dem mittleren Teile der Schösslinge
(d. h. der nichtblühenden Stengel im ersten Jahre) mit einigen Laubblättern.
Man achte sorgfältig darauf, dass Schösslinge und Blütenzweige wirklich
zu demselben Stocke gehören, und lege zunächst nur solche Laubblätter
und Blütenzweige ein, welche die für den
betreffenden Strauch normale Bildung
zeigen. — Die Arten, bei welchen nichts
Anderes bemerkt ist, wachsen an Waldrändern, Waldlichtungen, Hohlwegen, in
Gebüschen u. s. w. Blumenfarben weiss
oder rosa, bei manchen Arten konstant,
bei anderen wechselnd und von der Bodenbeschaffenheit abhängig.

0. Stengel niedrig, 1jährig, krautig.
Sd. 1
„ Stengel 2- bis mehrjährig, ver-
holzend. Str. 2
1. Zweihäusig, unbewehrt; Stengel
sämtlich kurz, aufrecht, wenigblättrig, die fruchtbaren 1blütig;
Blätter einfach, nierenförmig, faltig,
seicht 5-7lappig; Blumen ansehnlich, Kronenblätter weiss; Frucht
orange. Sd. — Sumpfige Orte im   *Fig. 305.* Rubus Chamaemorus.

nordöstlichen Gebiet von der Odermündung ostwärts; ferner im Riesengebirge. Mai, Juni. — . Fig. 305, *R. Chamaemorus* L.

„ Zwitterig, fein bestachelt; unfruchtbare Stengel lang, niedergestreckt, vielblättrig, im Herbste mit wurzelnden Spitzen; fruchtbare Stengel kurz, aufrecht, an der Spitze mehrblütig; Blätter 3 zählig; Blumen klein, Kronenblätter weiss; Steinfrüchtchen wenige, gross, rot. Sd. — Wälder, besonders auf Mergelboden; zerstreut Mai, Juni. — . . . . *R. saxatilis* L.

2. Reife Steinfrüchtchen zu einer Sammelfrucht verbunden, von dem trockenen, kegeligen Fruchtträger abfallend. Schössling rund, aufrecht, bereift; Laubblätter meist 3 zählig u. gefiedert-5 zählig; Blättchen unterseits weissfilzig; Kronenblätter weiss; Früchte rot, selten gelb. Ändert ab mit beiderseits grünen Blättern (*viridis* A. Br.) u. mit teils einfachen, rundlich-nierenförmigen, teils 3 zähligen Blättern, deren Endblättchen sehr kurz gestielt ist (*obtusifolius* Willd., *anomalus* Arrh.). Sterile Bastarde mit *R. caesius* L. sind nicht selten. — Wälder, Gebüsche; häufig. Juni. — . . . . Himbeere, *R. Idaeus* L.

„ Strauch mit 3- od. 5 lappigen Blättern u. grossen dunkelroten Blumen. — Zierpflanze aus Nordamerika. Juni-Aug. — . . *R. odoratus* L.

„ Reife Steinfrüchtchen mit dem erweichenden Fruchtträger zu einer Sammelfrucht verbunden, von dem unteren Teile des Fruchtbodens abfallend. Blätter meist 3 zählig od. fussförmig- od. gefingert-5 zählig; Früchte schwarz, glänzend; seltener schwarzrot od. blau-bereift. 3

12. Stacheln pfriemlich od. kegelig; Blätter an kräftigen Stöcken z. T.
7 zählig (d. h. 5 fingerig mit 3 zähligem Endblättchen); Blütenstand
traubig; Blumen weiss; reife Früchte schwarzrot 13
„ Stacheln kräftig, mit breitem, zusammengedrücktem Grunde aufsitzend; 7 zählige Blätter sehr selten; reife Früchte glänzend
schwarz 14
13. Stacheln kurz, kegelig, meist schwarzrot, oberwärts u. an den
Blütenzweigen sehr zerstreut; Blätter gross, lebhaft grün; Staubblätter beim Aufblühen die Griffel überragend. — Feuchte Waldungen u. Gebüsche. Juni. — . . . . R. suberectus Anders.
„ Stacheln schmal, pfriemlich, am Schössling zahlreich; Blätter matt-
grün, ziemlich klein; Staubblätter etwa den Griffeln gleich hoch.
— Wälder, Gebüsche; sehr zerstreut u. nur in Norddeutschland.
Juni, Juli. — . . . . R. fissus Lindl.
14. Staubblätter auch beim Aufblühen die Griffel nicht überragend. 15
„   „   die Griffel überragend 16
15. Äussere Blättchen anfangs ungestielt, im Herbste kurz, aber
deutlich gestielt; Blütenzweige aus dem mittleren u. oberen Teile
des Hauptstengels früh blühend, traubig, mit spärlich bewehrten
Blütenstielen, die tief entspringenden Blütenäste später blühend,
mit zusammengesetztem, stärker bewehrtem Blütenstand; Blumen weiss
od. rosa. Staubblätter wenig niedriger als die Griffel. — Offene
Stellen u. Gebüsche, seltener im Waldschatten. Fehlt im äussersten
Nordosten, übrigens in Norddeutschland gemein, in Mitteldeutschland nicht selten. Juni, im Juli seltener. — R. plicatus Wh. u. N.
„ Äussere Blättchen alle gestielt; Blütenstand kurz, mit 1- bis
wenigblütigen Ästchen; Blütenstiele mit zahlreichen feinen Stacheln;
Schösslinge behaart mit kurzen Stacheln; Blumen weiss; Staub-
blätter viel kürzer als die Griffel. — Selten, im westlichen Gebiet
(südl. Westfalen, Rheinprovinz); eine Form mit längeren, die
Griffelhöhe erreichenden Staubblättern auch in Schleswig-Holstein
u. Mecklenburg. Juni, Juli. — . . R. Barbeyi Favr. u. Gremli.
16. Blütenstand ziemlich lang, traubig; Fruchtkelch zurückgeschlagen.
Kräftig; Schössling gefurcht, mit wenigen, kräftigen Stacheln;
Blätter ziemlich gross, lebhaft grün; Blumen ansehnlich, weiss;
Früchte gross. Von R. suberectus besonders durch die kräftigen
Stacheln u. die Stielchen der äusseren Blättchen zu unterscheiden.
— In Mitteldeutschland ziemlich häufig, in der norddeutschen Ebene
sehr zerstreut, ostwärts bis zur Oder. Juni, Juli. — R. sulcatus Vest.
„ Blütenstand zusammengesetzt; Fruchtkelch abstehend 17
17. Blätter beiderseits grün, Endblättchen eiförmig, spitz. Stacheln
an den Blattstielen und im Blütenstande meist zahlreich, hakig.
Kleiner als die verwandten Arten; Blumen lebhaft rot od. weiss.
— Auf frischem Waldboden, gern auf Quellgrund. Zerstreut, im
westlichen u. mittleren Gebiet etwa bis zur Linie Lübeck-Görlitz.
Juni, Juli. — . . . . R. nitidus Wh. u. N.
„ Blätter oberseits kahl, die jüngeren unterseits meist dünn weissfilzig; Endblättchen elliptisch, zugespitzt; Stacheln im Blütenstande
zahlreich, etwas ungleich, gerade od. leicht gekrümmt; Deckblätter
am Rande mit Stieldrüsen. — Gebüsche u. offene Stellen an Berg-
hängen, Wegen u. s. w. Nicht selten in Mitteldeutschland, ostwärts
bis in die Lausitz, auch im nordwestdeutschen Hügellande; fehlt in
der norddeutschen Ebene. Ende Juni, Juli. — R. montanus Wirtg.

18. Blütenstand mehr od. minder sperrig, oben gestutzt od. gedrungener
u. nach oben zu verjüngt; Ästchen unregelmässig geteilt. Blütenstiele mit wenig Sternfilz, durch zahlreiche längere, abstehende Haare
grau, meist reichlich bestachelt. Blattstiele oberseits meist rinnig. 19
„ Blütenstand schmal, verlängert, aus zahlreichen, fast gleichlangen,
meist trugdoldig verzweigten Ästchen gebildet; Blütenstiele durch
dichten Sternfilz u. längere abstehende Haare weisslich, meist
sparsam bestachelt. Blattstiele oberseits flach 25
19. Endblättchen fast kreisrund od. rundlich-verkehrt-eiförmig, mit
kurzer, aufgesetzter Spitze, kleingesägt, langgestielt (selten doppelt
so lang, oft kaum länger als sein Stielchen). Schösslinge schon
im Sommer stark verzweigt, kahl od. etwas behaart, oft etwas
bereift. Formenreich: 1. Kräftig; Schössling gefurcht, Stacheln
breit, krumm; Blättchen oberseits kahl, unterseits weissfilzig;
Blütenstand zusammengesetzt (Subspecies *Germanicus* Focke).
2. Schwächer; Stacheln minder breit u. krumm; Blättchen oberseits
striegelhaarig (Subsp. *dumosus* Lefvr.). 3. Schössling gefurcht,
etwas behaart, matt; Blättchen beiderseits grün u. behaart; Blütenstand locker, oberwärts oft traubig (Subsp. *Muenteri* Marss.).
4. Schössling stumpfkantig, kahl, sonst wie vorige (Subsp. *Maassii*
Focke.) — In Norddeutschland zerstreut, ostwärts bis Posen.
Juli. — . . . . *R. rhamnifolius* Wh. u. N.
„ Endblättchen herz-eiförmig od. elliptisch, selten verkehrt-eiförmig;
allmählich zugespitzt, etwa 3 mal so lang als sein Stielchen. Schössling unbereift 20
20. Schössling sehr kräftig, im mittleren Teil abgerundet-kantig, kahl,
mit kräftigen, geraden Stacheln 21
„ Schössling im mittleren Teile scharfkantig, etwas gefurcht . . 22
21. Blättchen breit, sich deckend, oberseits dunkelgrün, die jüngeren
meist unterseits dünnfilzig, die ausgewachsenen meist blassgrün,
Endblättchen breit-herzeiförmig; Blütenstand am Grunde mit langen,
etwas geneigten Stacheln. Blumen gross, meist blassrosa. Ändert
ab mit zerschlitzten Blättern (*R. Wiegmanni* Wh.). — Gebüsche,
lichte Waldplätze. Rhein- u. Weser-Gebiet. Juli, Aug. — . . .
. . . . *R. affinis* Wh. u. N.
„ Blättchen sich nicht deckend, oberseits frisch grün, unterseits
weiss- bis graufilzig, Endblättchen schmal elliptisch bis herzeiförmig;
Blütenstand sperrig, gross, reichblütig, mit zahlreichen langen,
geraden, unterwärts mit sicheligen Stacheln. Blumen ansehnlich,
weiss. — Gebüsche, Berghänge. Sehr zerstreut, im Rheingebiet.
Juli, Aug. — . . . . *R. geniculatus* Kaltnb.
22. Fruchtkelch abstehend oder aufgerichtet; Äste des Blütenstandes
aufrecht abstehend 23
„ Fruchtkelch locker zurückgeschlagen; Äste des Blütenstandes fast
rechtwinkelig abstehend 25
23. Behaarung der Blütenstiele locker 17
„ „ „ „ dicht 24
24. Endblättchen elliptisch, selten verkehrt-eiförmig, fast gleichmässig
grob gesägt; Blütenstand locker; Staubblätter die Griffel wenig
oder gar nicht (Subsp. *commutatus* G. Braun) überragend. Kronenblätter weiss od. blassrosa. — Im Hügellande vom Harz bis zum
Rhein stellenweise häufig, selten in der nordwestdeutschen Ebene.
Juli. — . . . . *R. vulgaris* Wh. u. N.

„ Endblättchen aus abgerundetem oder seicht herzförmigem Grunde eiförmig, einfach spitz, ungleich scharf und klein gesägt; Blütenstand dicht, nach oben zu verjüngt, mit reichlich nadelstacheligen Blütenstielen. Staubblätter die Griffel überragend. Kronenblätter weiss. — Rhein- u. Wesergebiet, auch in der Ebene. Juli. — . . . . R. carpinifolius Wh. u. N.

25. Blätter oberseits striegelhaarig, unterseits graufilzig, Endblättchen elliptisch; Blütenstand ziemlich locker, oft bis oben durchblättert; Blütenstiele feinstachelig; Kelch graugrün, locker zurückgeschlagen. — Gebüsche, Waldränder. Sehr zerstreut im nördlichen Westfalen, Hannover u. Oldenburg bis zur Weser. Juli. — R. Lindleyanus Lees.

„ Blätter unterseits filzig weissschimmernd, die des Schösslings oberseits kahl; Blütenstiele kaum bewehrt; Kelche weissfilzig . . 26

26. Blättchen unterseits fast sammet-weich, das endständige breit, rundlich; Blütenstand ziemlich dicht. Blumen meist weiss. — Berghänge, Gebüsche. Rheingebiet, stellenweise häufig. Juli, Aug. — . . . . R. Arduennensis Lib.

„ Blätter unterseits angedrückt weissfilzig, ungleich eingeschnittengesägt; Blütenstand schmal, verlängert, meist nur am Grunde durchblättert. Kommt vor in Unterarten mit schmalen (R. candicans Wh.) und mit breiten (R. thyrsanthus Focke) Blättchen. Blumen weiss oder auf Sand oft rosa. — Im Berg- u. Hügellande häufig, in der Ebene meist selten, ostwärts bis zur Weichselmündung verbreitet. Juli. — . . . . R. thyrsoideus Wimm.

27. Blütenstiele ohne Stieldrüsen 28
„   „   mit   „   40

28. Blättchen oberseits kahl, unterseits dicht angedrückt-sternfilzig-weiss, ohne längere Haare 29

„ Blättchen unterseits behaart, mit oder ohne Sternfilz . . . 30

29. Blütenstiele dicht angedrückt-weissfilzig; Schössling scharfkantig, bereift. Schösslingsblätter fussförmig oder gefingert-5zählig. Blütenstand verlängert, reichblütig, aus 3- bis 7blütigen, gabelig verzweigten Scheindöldchen zusammengesetzt, mit krummen Stacheln. Blumen rosenrot; Staubblätter etwa so hoch wie die Griffel. Pollenkörner gleich. — Nur in der Umgegend von Aachen. Juli, Aug. — . . . . R. ulmifolius Schott.

„ Blütenstiele abstehend-filzig; Schösslinge rundlich bis kantig, unbereift. Schösslingsblätter 3zählig bis fussförmig-5zählig. Blütenstand meist reichblütig, mit langen, geraden, oft zahlreichen Stacheln. Blumen rosenrot. Staubblätter die Griffel überragend. — Felsen, Berghänge, Gebüsch. Rheingebiet, nordwärts bis Elberfeld; ferner in Böhmen u. bei Bautzen. Juli, Aug. — . . R. bifrons Vest.

30. Schössling scharfkantig gefurcht 31
„   „   stumpfkantig mit ebenen od. gewölbten Flächen . 36

31. Fruchtkelch abstehend od. aufgerichtet; Blütenstand kurz, locker. Blätter beiderseits grün u. behaart. Blumen u. Früchte sehr gross; Kronenblätter pfirsichblütrot bis fast weiss; Pollenkörner fast gleichförmig. — Im nordwestlichen Gebiet bis Lübeck, Braunschweig, Siegen, Aachen; in der Ebene häufig. Ende Juni, Juli. — R. gratus Focke.

„ Fruchtkelch zurückgeschlagen; Blütenstand verlängert . . . 32

32. Blütenstand unterbrochen, mit entfernten kurzen, achselständigen Ästchen, nur oberwärts dichter; Achse mit sehr kräftigen Stacheln 33

„ Blütenstand nur am Grunde mit einigen Blättern, wenig oder
mässig bestachelt 34
33. Schössling dicht behaart; Blättchen unterseits dicht sternfilzig mit
sparsamen längeren Haaren; Stacheln im Blütenstande gebogen.
— Nordschleswig. Juli, Aug. — . *R. Lindebergii* P. J. Muell.
„ Schössling locker behaart; Blättchen unterseits meist abstehend-
weichhaarig, oft fast sammetig, meist graufilzig, im Schatten grün.
Endblättchen meist elliptisch, gespitzt. Stacheln im Blütenstande
lang, gerade, geneigt oder rechtwinklig abstehend. In vielen
Formen, namentlich im Norden des Gebiets oft mehr hochwüchsig
u. kleinblättrig (Var. *parvifolius* Jensen) oder mit unterseits stern-
filzigen Blättern oder mit Stieldrüsen im Blütenstande. Blütenast
unterwärts oft stachelhöckerig. — In Mitteldeutschland meist nicht
selten, im Norden allgemeiner verbreitet; am häufigsten im Elbgebiet u. in Schlesien, scheint im Weichselgebiet nicht mehr vorzukommen. Juli, Aug. — . . . . . . *R. villicaulis* Koehl.
34. Blütenstand gedrungen, Blütenstielchen kurz; Endblättchen breit-
elliptisch bis rundlich, kurz-gespitzt, unterseits weissfilzig; Blumen
rosa. — Sonnige Stellen; zerstreut im Rheingebiet nordwärts bis
Köln. Juli, Aug. — . . . . *R. macrostemon* Focke.
„ Blütenstand lockerer; Endblättchen langgespitzt, unterseits grau-
oder weissfilzig 35
35. Schössling am Grunde bereift; Blütenstand sperrig; Blumen gross,
rosa. — Rhein- u. oberes Emsgebiet. Juli, Aug. — . . . . .
. . . . *R. argentatus* P. J. Muell.
„ Schössling unbereift; Blütenstand verlängert, ziemlich schmal;
Blättchen meist schmal. Blumen ziemlich gross, meist weiss, auf
Sandboden rosa. Von *R. thyrsoideus* durch den niedriger-bogigen,
behaarten Schössling verschieden. — Im westl. Gebiet bis zur Elbe,
jedoch in der Ebene selten. Juli, Aug. — *R. pubescens* Wh. u. N.
36. Blütenstand verlängert, nur am Grunde beblättert; Blütenstiele
filzig 37
„ Blütenstand locker, durchblättert od. kurz u. wenigblütig; Blütenstiele locker behaart, dicht bestachelt. — Vgl. 15. — . . . . .
. . . . *R. Barbeyi* Favr. u. Gremli.
37. Schössling auch an der Spitze nur locker behaart; Griffel rot.
Endblättchen rhombisch - elliptisch bis eiförmig, unterseits dünn
weissfilzig oder grün; Blütenstand oberwärts traubig, Kronenblätter
rot. — Zerstreut im nordwestlichen Gebiet (Schleswig-Holstein,
Hannover, Westfalen). Juli. — . . . . *R. rhombifolius* Wh.
„ Schössling an der Spitze weichhaarig; Griffel grünlich . . . 38
38. Blütenstand gedrungen, mit gedrängten, feinen Stacheln. Blätter
5zählig, unterseits grün u. weichhaarig. Blumen weiss. — Waldungen, dichte Gebüsche im nordwestlichen Gebiet. Juli, Aug. —
. . . . *R. silvaticus* Wh. u. N.
„ Blütenstand locker, mit vereinzelten, ziemlich kräftigen Stacheln. 39
39. Kräftig; Blätter gross, Stielchen des Endblättchens 2-3mal so lang
als die Stielchen der mittleren Seitenblättchen; Endblättchen aus
seicht herzförmigem Grunde fast abgerundet-rechteckig, allmählich
in eine lange Spitze verschmälert, oberseits später fa-t kahl, unterseits angedrückt-behaart (an sonnigen Standorten oft dünn weissfilzig); Blütenachse u. Kelche filzig-zottig; Kronenblätter ziemlich
klein, blassrosa oder weisslich. Wenn auf fruchtbarem Boden

wachsend, die kräftigste einheimische Art; Schösslinge dann bis
über 10 m lang. Verwandte Art oder Subspecies: mit länglich-
verkehrt-eiförmigen Endblättchen, stärkeren Stacheln u. grösseren
Blumen: *R. Schlechtendalii* Wh. — Auf frischem Waldboden; die
Hauptart im Westen ziemlich häufig, östlich u. nordöstlich der
Elbe selten; doch noch bei Elbing. Subsp. *Schlechtendalii* sehr
zerstreut im Westen der Weser. Juli. — *R. macrophyllus* Wh. u. N.

„ Mittelkräftig, Stielchen des Endblättchens kaum doppelt so lang
als die Stielchen der mittleren Seitenblättchen; Endblättchen breit-
elliptisch mit aufgesetzter schmaler Spitze, unterseits weichhaarig.
Blumen gross, Kronenblätter elliptisch, weiss. — Zerstreut, im
westlichen u. nordwestlichen Gebiet. Juni. — *R. leucandrus* Focke.

40. Staubblätter die Griffel nicht überragend; Kelchblätter an der unreifen Frucht abstehend; Laubblätter beiderseits grün . . . 41
„ Staubblätter die Griffel überragend 43
41. Kronenblätter rundlich, Staubblätter etwa die halbe Griffelhöhe erreichend. Laubblätter gefingert-5zählig, Endblättchen länglich-
elliptisch, kurzgespitzt, fein u. scharf gesägt. Blütenstand entwickelt, nur am Grunde beblättert; Kronenblätter blassrosa. —
Wälder, Gebüsche; nordwestliches Gebiet (Schleswig-Holstein, Hannover, nördl. Westfalen). Juli, Aug. — . . *R. Arrhenii* Lange.
„ Kronenblätter länglich; Staubblätter fast so hoch wie die Griffel. 42
42. Schössling mit kurzen, kräftigen, gebogenen Stacheln u. 3zähligen
bis fussförmig - 5zähligen Laubblättern; Endblättchen eilänglich,
allmählich gespitzt, grob gesägt. Blütenstand kurz, sperrig, mit
langen Blütenstielen. Blumen klein, Kronenblätter schön rosa. —
Am häufigsten im Nordwesten, südostwärts bis zur Linie Elbing-
Dresden verbreitet. Juli, Aug. — . . . . . *R. Sprengelii* Wh.
„ Schösslingsblätter vorwiegend gefingert - 5zählig, Endblättchen
elliptisch, langgespitzt. Blütenstand verlängert, schmal, oft locker
u. bis oben durchblättert. Blumen klein, weiss. — Waldungen;
bisher nur in der nordwestdeutschen Ebene bis zur Elbe. Juli,
Aug. — . . . . *R. chlorothyrsos* Focke.
43. Stielchen der äusseren Seitenblättchen mehrere mm lang . . 44
„ „ „ „ „ anfangs sehr kurz . . 54
44. Blütenstand schmal, verlängert 45
„ „ kurz oder mittellang, locker, sperrig 50
45 Schösslingsblätter gefingert-5zählig 46
„ „ 3zählig bis fussförmig-5zählig 49
46. Blütenachse mit feinen Stacheln 47
„ „ „ langen „ 48
47. Blättchen unterseits von seidigen Haaren schimmernd, fein gesägt,
das endständige rundlich, kurz gespitzt; Stieldrüsen spärlich;
Blumen rot. — Bisher nur bei Cleve u. in Schleswig. Juli, Aug. —
. . . . (*R. pulcherrimus* Neum.), *R. Neumani* Focke.
„ Blättchen unterseits weichhaarig, blassgrün, grob gesägt, das endständige breit herz-eiförmig, gespitzt. Blumen weiss. Erinnert an
R. thyrsoideus. — Schlesien, Oberlausitz. Juli. — *R. Silesiacus* Wh.
48. Blütenstand unterbrochen, Stacheln derb 33
„ „ gedrungen, nur am Grunde durchblättert; Stacheln der
Blütenachse schlank, rückwärts geneigt 49
49. Schössling zerstreut zottig; Blätter meist fussförmig-5zählig. Blättchen scharf doppelt-gesägt, unterseits weich graufilzig, das end-

ständige länglich; Blütenstand locker, Blütenstiele sehr dünn; Kelch aussen graufilzig, Kronenblätter schmal, rosa. — Buschige Berghänge u. Felsen. Rheinthal zwischen Bingen u. Koblenz. Juli. — . . . . *R. Schlickumi* Wirtg.

„ Schössling kurzhaarig; Blätter überwiegend 3-4zählig; Blättchen unterseits von dünnem Sternfilz weissschimmernd od. blassgrün; Blütenstand dicht, reichblütig; Kelch aussen weissfilzig, Kronenblätter verkehrt-eiförmig, weiss. — Buschige Abhänge, Wälder. Nordwestliches Gebiet. Juli. — . . . . *R. egregius* Focke.

50. Blättchen einander mit den Rändern nicht deckend 51

„ „ breit, einander mit den Rändern deckend; äussere Seitenblättchen bald kürzer, bald länger gestielt 53

51. Schössling kantig; Endblättchen eiförmig od. elliptisch . . . 52

„ „ rundlich; Endblättchen schmal verkehrt-eiförmig, kurz gespitzt. Blätter 3zählig bis fussförmig-5zählig; Kronenblätter schmal, blassrosa. — Zerstreut im Harz, Provinz Sachsen, Schlesien. Juli. — . . . . *R. glaucovirens* Maass.

52. Schössling fast kahl; Blütenstiele angedrückt filzig, mit kräftigen Stacheln; Kronenblätter blassrosa. — Rheinprovinz. Juli. — . . . . *R. melanoxylon* Müll. u. Wirtg.

„ Schössling ziemlich dicht behaart; Blütenstiele abstehend filzig, mit schwachen Stacheln; Kronenblätter weiss. — Bergwälder, Eifel mit Vorbergen. Juli, Aug. — . . . *R. erubescens* Wirtg.

53. Blättchen unterseits blassgrün od. graulich, sehr fein u. scharf gesägt, das endständige rundlich-verkehrt-eiförmig, mit kurzer plötzlich aufgesetzter Spitze. Blütenstand mehr od. minder entwickelt, ziemlich locker u. sperrig, mit aufrecht abstehenden Ästen. Blumen blassrot. — In Ostschleswig. Juli. — . . *R. mucronatus* Blox.

„ Blättchen beiderseits grün, ungleich-gesägt, das endständige elliptisch od. eiförmig, vorn allmählich verschmälert. Äste des Blütenstandes fast wagerecht abstehend. Blumen lebhaft rot. — Wegränder, Berghänge. Zerstreut im Weser- u. Rheingebiet, sowie in Holstein. Juli, Aug. — . . . . *R. badius* Focke.

54. Stacheln im Blütenstande ungleich, die stärkeren aus breitem Grunde krumm. Schösslinge nach oben zu mit zahlreichen Stachelhöckern; Blätter 3-5zählig, Blättchen scharf gesägt, unterseits weichhaarig, grün od. die jüngeren grau. Blütenstand kurz, durchblättert, dichtstachelig. Kronenblätter rundlich. — Zerstreut; von Münster bis zum Harz, stellenweise häufig. Ende Juni, Juli. — . . . . *R. infestus* Wh. u. N.

„ Stacheln im Blütenstand ziemlich gleich, nadelig, rückwärts geneigt oder rechtwinkelig abstehend 55

55. Blätter unterseits zerstreut behaart od. etwas sternfilzig . . 53

„ „ „ fast sammetig weichhaarig u. schimmernd. Schösslingsstacheln pfriemlich. Blätter meist 5zählig, Endblättchen aus breit-herzförmigem Grunde eiförmig od. elliptisch, kurz gespitzt. Blütenstand kurz; Stieldrüsen bald zahlreich, bald spärlich. — Buschige Abhänge, Weg- u. Waldränder. Zwischen Harz u. der holländischen Grenze stellenweise häufig, sehr zerstreut im Rheingebiete u. in Holstein. Juli. — . . . *R. hypomalacus* Focke.

56. Blätter oberseits ohne Striegelhaare, alle od. doch die jüngeren mit Sternhärchen besetzt, zuweilen sind dem dichten Sternfilz grosse Büschelhaare beigemischt. Niedrig; Schösslinge teils hochbogig,

20*

kantig, fast kahl, teils kriechend, stumpfkantig, behaart; Blätter
3zählig od. fussförmig-5zählig, Blattstiel krummstachelig, oberseits rinnig. Blättchen oberseits bald kahl, bald dicht-grau-stern-
filzig, unterseits weissfilzig, ungleich eingeschnitten gesägt, das endständige schmal rhombisch-keilig bis verkehrt-eiförmig. Blütenstand
schmal u. dicht, nach der Spitze zu verjüngt. Blumen klein, Kronenblätter weiss mit einem Stich ins Gelbliche. Stieldrüsen bald
zahlreich, bald sparsam; zuweilen stachelhöckerig. — Sonnige,
buschige Berghänge u. Felsen, Weinbergsmauern u. s. w. Rheinthal u. Nebenthäler bis zum Ahrthal, stellenweise häufig; ferner
in Böhmen; selten u. sehr zerstreut im südlichen Hessen u. in
Thüringen. Ende Juni, Juli. — . . . . *R. tomentosus* Borkh.
„   Blätter oberseits mit Sternhärchen u. Striegelhaaren; Blattstiele
etwas rinnig. — . . . . . Bastardformen von *R. tomentosus.*
57.   Schösslingsstacheln kräftig, mit breitem, zusammengedrücktem
Grunde 58
„   Schösslingsstacheln aus etwas breiterem Grunde pfriemlich. . 63
58.   Endblättchen breit, rundlich 59
„   „   elliptisch od. länglich 60
59.   Blättchen oberseits fast kahl, unterseits angedrückt weissfilzig;
Blütenstielchen filzig-kurzhaarig. Blumen rot. — Gebüsche, Wegränder. Rheinthal u. Nebenthäler bis zum Siebengebirge nordwärts. Juli. — . . . . *R. conspicuus* P. J. Muell.
„   Blättchen oberseits dicht behaart, im Alter oft kahl werdend, unterseits dicht weichhaarig u oft filzig. Schösslinge kräftig, stumpfkantig,
dichthaarig, mit langen, schmal-lanzettlichen Stacheln. Blütenstand
lang, nach oben zu kaum verjüngt, am Grunde mit kräftigen, langen
Nadelstacheln; Ästchen filzig zottig, regelmässig gabelig verzweigte
Scheindolden tragend. Blumen ziemlich gross, Kronenblätter weiss
od. rot; Staubblätter die Griffel wenig überragend. — In Wäldern u.
Gebüschen auf Mergelboden u. kalkhaltigem Sande. Rhein- u. Weser-
gebiet, östliches Schleswig-Holstein (im nordöstlichen Holstein die
vorherrschende Art). Juli, Anfang Aug. — *R. vestitus* Wh. u. N.
60.   Blätter unterseits durch lange, etwas abstehende Haare weich,
schimmernd 61
„   Blätter unterseits kurzhaarig od. angedrückt seidenhaarig . . 62
61.   Schösslinge ohne Stachelborsten, mit gefingert-5zähligen Blättern.
Blütenstand ziemlich lang, dicht, nur am Grunde beblättert, unterwärts mit ziemlich kräftigen, geraden Stacheln. Kronenblätter
blassrot, Griffel grünlich. — Häufig im nordwestlichen Gebiete,
nach Süden u. Osten zu seltener, jedoch bis zur Linie Weichsel-
mündung-Thüringen vorkommend. Juli. — *R. pyramidalis* Kaltnb.
„   Schösslinge mit Stachelborsten u. teils 3zähligen, teils fussförmig-
5zähligen Blättern. Blütenstand ziemlich locker, meist bis über
die Mitte durchblättert, mit gebogenen Stacheln. Kronenblätter
rosa, Griffel rötlich. — Im niedrigen Berglande in der Rheinprovinz
ziemlich verbreitet. Juli. — . . . . *R. adornatus* P. J. Muell.
62.   Schösslingsstacheln lanzettlich, gerade, rückwärts geneigt; Blätter
unterseits grün u. wenig behaart; Blütenstand locker, Kronenblätter
blass-rosa. — Bergiges Rheinthal. Juli. — . *R. Fuckelii* Wirtg.
„   Schösslingsstacheln gekrümmt; Blätter unterseits durch lange, an-
gedrückte Haare schimmernd; Blütenstand ziemlich dicht; Kronenblätter weiss. — Vergl. unter 52. — . . *R. erubescens* Wirtg.

63. Blütenstand verlängert, locker, sperrig, an der Achse mit langen, geneigten, pfriemlichen Stacheln. Schösslinge liegend, mit etwas ungleichen, schlanken Stacheln, manchmal auch stachelhöckerig. Blätter 3 zählig, zum Teil auch fussförmig; Blättchen schön grün, unterseits blasser. Blumen ansehnlich, Kronenblätter elliptisch, rosa. Stieldrüsen ungleich, mehr od. minder zahlreich. — Buschige Abhänge u. Waldränder. Aachen, Malmedy. Juli, Aug. — . . .
. . . . *R. Lejeunei* Wh. u. N.
„ Blütenstand feinstachelig 64
64. Fruchtkelch ausser an der Endblüte zurückgeschlagen; Blättchen unterseits dicht weichhaarig 65
„ Fruchtkelch abstehend od. aufrecht 66
65. Blätter 3 zählig; Endblättchen elliptisch od. verkehrt-eiförmig, plötzlich gespitzt, feingesägt; Blütenstand schmal. — Waldungen im niedrigen Berglande an der mittleren Weser, wahrscheinlich auch sonst. Juli. — . . . . *R. Menkei* Wh. u. N.
„ Blätter 3- u. 5 zählig; Endblättchen eiförmig od. elliptisch, allmählich gespitzt, ungleich grob gesägt; Blütenstand etwas sperrig. — Bergwaldungen im Rheingebiete (Eifel, Westerwald, Siebengebirge u. s. w) Juli. — . . . . *R. Eifeliensis* Wirtg.
66. Blütenstand locker, mit langen Ästchen, die oberen 1 blütig; Blumen ansehnlich, Kronenblätter rosa. — Zerstreut, im Rheingebiete. Juli. — . . . . *R. cruentatus* P. J. Muell.
„ Blütenstand dicht, mit kurzen Ästchen; Blumen ziemlich klein, Kronenblätter meist lebhaft rot. In zahlreichen Formen u. Unterarten; die Unterart *R. rubicundus* P. J. Muell. im Blütenstande mit längeren pfriemlichen Stacheln bewehrt. — Waldungen, zerstreut im Rheingebiete, die verwandten Formen zum Teil bis zur Weser verbreitet. Juli. — . . . . *R. obscurus* Kaltnb.
67. Blättchen, wenigstens die jüngeren, oberseits mit Sternhärchen; Blattstiele oberseits rinnig 56
„ Blättchen oberseits ohne Sternhärchen; Blattstiele oberseits flach od. gewölbt 68
68. Stielchen der äusseren Blättchen sehr kurz 54
„   „   „   „   „ mehrere mm lang 69
69. Blütenstielchen kurz filzig 70
„   „   „ zottig od. abstehend filzig-behaart 73
70. Schössling kantig, kahl od spärlich behaart 71
„   „   rundlich, dicht kurzhaarig 72
71. Obere Ästchen des Blütenstandes kurz, meist 1 blütig; Stacheln des Blütenstandes kräftig, schlank, gerade. — Vergl. 52. — . . .
. . . . *R. melanoxylon* Muell. u. Wirtg.
„ Blütenstand sperrig; Blütenstiele dünn, die oberen kaum kürzer. Schössling meist ganz kahl. Blätter fussförmig-5 zählig u. 3 zählig; Blättchen ungleich grob gesägt, oberseits fast kahl, unterseits dünnfilzig, graugrün od. blassgrün. Fruchtkelch locker abstehend. Blumen ziemlich klein, Kronenblätter schmal, blassrosa; Staubblätter im Aufblühen etwas höher als die Griffel. — Wälder u. Gebüsch im Berg- u. Hügellande, selten in der Ebene. Westliches u. mittleres Gebiet, etwa bis zur Linie Lübeck-Chemnitz. Ende Juni, Juli. — . . . . *R. rudis* Wh. u. N.
72. Schössling u. Blütenstand mit langen Nadelstacheln. — Vgl. 63. —
. . . . *R. Lejeunei* Wh. u. N.

„   Blütenstand mit wenigen feinen Stachelchen; Schössling mit kurzen, gekrümmten Stacheln, dicht drüsenhöckerig, bereift. Blätter meist 3zählig, klein; Blättchen beiderseits grün u. behaart. Blütenstand ziemlich entwickelt u. sperrig, die Ästchen dicht mit kurzen Stieldrüsen besetzt. Blumen klein, weiss. — Bergwälder, selten; Oberlausitz, Teutoburger Wald, Weserkette. Juli. — *R. scaber* Wh. u. N.

73. Schössling kantig, oberwärts gefurcht; Blätter unterseits sternfilzig, weiss od. graugrün, Stacheln im Blütenstande lang, kräftig, geneigt. Kräftig; Schössling sehr rauh; Stacheln schlank; Blätter meist fussförmig-5zählig; Endblättchen eiförmig, lang gespitzt. Blütenstand verlängert, ziemlich schmal; Blütenstielchen kurz; Blumen weiss od. rötlich, Staubblätter die Griffel weit überragend. — Wälder, Gebüsche; ostwärts bis fast zur Weichsel verbreitet. Juli. — . . . . *R. radula* Wh.

„   Schössling stumpfkantig; Blätter unterseits grün, selten weichhaarig grau od. die jüngeren weisslich; Stacheln im Blütenstande schwach 74

74. Blättchen ungleich grob gesägt 75

„   „   scharf u. fein gesägt 78

75. Blütenstand locker; Blättchen sich nicht mit den Rändern deckend. 76

„   „   dicht, gedrungen, mit kurzen Blütenstielchen; Stieldrüsen der Blütenstiele meist zwischen den Haaren versteckt, doch einige längere eingemischt. Blätter meist 3zählig, Endblättchen breit-herzeiförmig bis herzförmig-rundlich. Kronenblätter weiss. — Unter Gebüsch an Quellen u. Bächen. Weserkette, Siebengebirge; im Westen wohl weiter verbreitet. Ende Juni, Juli. — . . . . *R. thyrsiflorus* Wh. u. N.

76. Blütenstand meist blattreich, mit ungleichen, zum Teil gekrümmten Stacheln. — Vgl. 61. — . . . . . *R. adornatus* P. J. Muell.

„   Blütenstand nur am Grunde beblättert, nadelstachelig . . . 77

77. Schösslingsblätter meist fussförmig-5zählig; Blättchen beiderseits grün, das endständige herz-eiförmig od. aus herzförmigem Grunde abgerundet-rechteckig, mit langer, schlanker Spitze. Blütenstand entwickelt, locker, sperrig, mit zahlreichen kurzen Stieldrüsen u. Nadelstacheln. Fruchtkelch anfangs aufrecht. Blumen weiss, Griffel rot. — Waldungen, gern an Quellen auf Mergelboden. Nordwestliches Gebiet. Ostschleswig, vom Harz durch Westfalen bis zur holländischen Grenze, wahrscheinlich auch in der Rheinprovinz. Juli. — . . . . . . *R. pallidus* Wh. u. N.

„   Blättchen unterseits weichhaarig, zuweilen grau, das endständige seicht herz-eiförmig. Fruchtkelch zurückgeschlagen. Blütenstand minder sperrig. — Südliches Westfalen, Rheinprovinz. Juli. — . . . . *R. fuscus* Wh. u. N.

78. Endblättchen rundlich, plötzlich kurz gespitzt. — Vgl. 53. — . . . . *R. mucronatus* Blox.

„   Endblättchen eiförmig od. elliptisch, allmählich lang gespitzt. Schössling reich-drüsig, mit kleinen, rückwärts geneigten Stacheln. Blätter 3zählig od. fussförmig-5zählig, die jüngeren Blättchen unterseits oft dünnfilzig. Blütenstand entwickelt, oft bis zur Spitze durchblättert; Blütenstielchen oft gebüschelt, reich an kurzen Stieldrüsen, zerstreut feinstachelig. Blumen der Hauptart weiss. Subspec. *R. saltuum* Focke: zarter, minder behaart, mit blattarmem Blütenstand, roten Kronenblättern u. meist rötlichen Griffeln. — Waldungen,

im westlichen Gebiete zerstreut; die Subspec. zwischen Unterweser
u. Ems häufig. Juli, Anfang August. — *R. foliosus* Wh. u. N.
79. Grössere Stacheln kräftig, mit breitem Grunde aufsitzend. . . 80
„ Alle Stacheln schmal, pfriemlich od. borstig; Fruchtkelch aufrecht. 86
80. Schössling dicht behaart, drüsenreich 81
„ „ locker behaart od. kahl 82
81. Schösslingsblätter 5zählig, Blättchen unterseits weichhaarig, das
endständige aus seicht herzförmigem Grunde breit elliptisch, kurz
gespitzt. Blütenstand drüsenreich u. dicht bewehrt. Blumen lebhaft rot. — Südliches Westfalen, Rheinprovinz. Juli. — . . .
. . . . *R. fusco-ater* Wh. u. N.
„ Schösslingsblätter 5zählig; Blättchen unterseits spärlich behaart,
hellgrün, das endständige schmal-eiförmig, in eine lange, schlanke
Spitze auslaufend. Blütenstielchen zerstreut fein stachelig. Blumen
rosa.— Westliches Gebiet, sehr selten. Juli. — *R. hystrix* Wh. u. N.
82. Blütenstiele filzig-kurzhaarig. Schössling kahl od. sehr sparsam
behaart, mit 3zähligen u. fussförmig-5zähligen Blättern; Blättchen
alle gestielt, oberseits glänzend, fast kahl, unterseits hellgrün, das
endständige breit, fast rundlich, gespitzt. Blütenstand sperrig,
stachelig. Kelche aussen dicht graufilzig, Kronenblätter rot. —
Wälder, Gebüsche, mittlere u. nördliche Rheinprovinz; sehr selten
bei Bremen. Juli. — . . . . *R. rosaceus* Wh. u. N.
„ Blütenstiele mit längeren Haaren, filzig-zottig 83
83. Stärkere Schösslingsstacheln aus breitem Grunde kurz, etwas gekrümmt 85
„ Schösslingsstacheln gerade, rückwärts geneigt od. rechtwinkelig
abstehend; Blättchen grob gesägt. 84
84. Blütenstand lang, schmal, unterbrochen, stachel- u. drüsenreich,
meist bis oben durchblättert; Schössling sehr dicht ungleichstachelig,
mit vorwiegend fussförmig-5zähligen Blättern; Blättchen alle deutlich gestielt, schön grün, ungleich eingeschnitten gesägt, das endständige meist elliptisch, am Grunde abgerundet, vorn ziemlich
lang gespitzt. Stärkere Stacheln im Blütenstande lang, kräftig,
pfriemlich-lanzettig. Blumen weiss; selten rötlich. — Wälder der
Berggegenden, selten in der Ebene. Durch Mitteldeutschland von
Oberschlesien bis zur belgischen Grenze verbreitet, in vielen Gegenden häufig; im nordwestlichen Gebiet selten, fehlt im Nordosten. Juli. — . . . . *R. Koehleri* Wh. u. N.
„ Stacheln u. Drüsen zahlreich, aber nicht gedrängt; grössere Stacheln
am Schössling kurz u. breit, am Blütenzweige schmaler, mässig
lang, mittlere u. kleine spärlich. Schösslingsblätter meist fussförmig
5zählig, die äusseren Seitenblättchen fast sitzend, das endständige
rundlich od. breit-elliptisch, kurz gespitzt, alle ziemlich fein u.
scharf gesägt, unterseits anliegend behaart. Blütenstand ziemlich
lang, mässig locker, meist nur am Grunde beblättert. — Wald- u.
Wegränder. Ostschleswig. Juli. — . *R. Drejeri* G. Jensen.
85. Ungleiche Schösslingsstacheln u. Stieldrüsen gedrängt; Blütenstand
schmal, oberwärts blattlos, traubig, vor dem Aufblühen nickend;
Blütenstiele filzig, drüsenreich, mit zerstreuten, feinen Stacheln.
Kronenblätter weiss. — In Schlesien, Niedersachsen u. dem nördlichen Westfalen stellenweise sehr häufig; in den zwischenliegenden
Gegenden zerstreut, fehlt im Nordosten u. Südwesten. Ende Juni,
Juli. — . . . . *R. Schleicheri* Wh. u. N.

„   Schösslingsstacheln u. Drüsen zahlreich, aber nicht gedrängt;
Blütenstand locker durchblättert, die oberen Ästchen fast gehäuft;
Blütenstiele dicht mit Haaren, Stieldrüsen u. Stacheln besetzt.
Kronenblätter weiss. — Sehr zerstreut im südlichen Westfalen u.
der Rheinprovinz. Juli. — . . . . . R. pygmaeopsis Focke.
86. Schössling dicht filzig-kurzhaarig, mit sehr kleinen, zerstreuten
Stacheln. Blätter 3zählig u. fussförmig-5zählig, Blättchen klein,
unterseits weichhaarig. Blütenstiele filzig-kurzhaarig mit zerstreuten
feinen Stacheln, zahlreichen kürzeren u. wenigen längeren Stieldrüsen. Staubblätter etwa so hoch wie die Griffel, zuletzt meist
kürzer. — Bergwälder, nur am Steinberge bei Schleusingen. Eine
Flachlandsform mit längeren Staubblättern (R. Mejeri G. Braun)
bei Hannover. Juli. — . . . . . R. tereticaulis P. J. Muell.
„   Schössling mit längeren abstehenden Haaren od. kahl, dicht mit
zahlreichen Stieldrüsen u. Stacheln besetzt 87
87. Grössere Stacheln an Schössling u. Blütenzweig nadelig, lang,
ziemlich kräftig, Stieldrüsen zerstreut. Blätter 3-5zählig, Blättchen
ungleich grob gesägt. — Schlesien. Juli. — R. apricus Wimm.
„   Grössere Stacheln kaum länger als die Borsten; Stieldrüsen u.
Stacheln dicht gedrängt 88
88. Blätter 3zählig, Blättchen gross, das endständige elliptisch, plötzlich schmal gespitzt, ziemlich gleichmässig klein gesägt. Blütenstand locker, sperrig, mit hellrot-drüsigen, langen Blütenstielen.
Stieldrüsen grossenteils sehr lang. Kronenblätter schmal, weiss.
Sehr beständige Art. — In feuchten Waldungen, durch das ganze
Gebiet verbreitet. Juni, Juli. — . . . R. Bellardii Wh. u. N.
„   Blätter 3- u. 5zählig, Blättchen allmählich gespitzt 89
89. Blättchen ziemlich gleichmässig gesägt, meist mit grösseren Sägezähnen; Endblättchen mit auffällig kurzem Stielchen aus schmal
herzförmigem Grunde länglich, elliptisch od. länglich-verkehrt-
eiförmig; Blütenstand mässig locker, mit graurötlichen, kurz
filzigen Blütenstielen; Stieldrüsen derselben meist kurz, mit ein-
gestreuten langen Drüsenborsten. In vielen Formen; die Subspec.
R. rivularis P. J. Muell. u. Wirtg. hat dicht nadelstachelige
Blütenstiele. — In Waldungen des niederen Berglandes verbreitet,
ostwärts bis zum Harz u. zur Oberlausitz; im Flachlande bisher
nur bei Schleswig. Juli. Aug. — . . . . R. serpens Wh.
„   Blättchen nach vorn zu ungleich-, oft eingeschnitten-gesägt, das
endständige meist eiförmig od. elliptisch, an der Basis abgerundet,
selten herzförmig. Blütenstand ziemlich locker, Blütenstiele mit
zahlreichen, langen u. kürzeren, schwarzroten Stieldrüsen u. Nadel-
borsten. In äusserst zahlreichen Formen u. kaum von den Unterarten u. verwandten Formen abzugrenzen. Subspec. R. Kalten-
bachii Metsch hat grosse, längliche Blättchen u. einen sehr grossen
sperrigen Blütenstand; R. Guentheri Wh. u. N. hat fast einreihige,
die Griffelhöhe nicht erreichende Staubblätter. — In den mitteldeutschen Bergwäldern von Oberschlesien bis zur belgischen Grenze;
verwandte Formen auch am Harz. Juli, Aug. — R. hirtus W. K.
90. Schösslinge nach oben zu kantig 91
„   „   rundlich od. stielrund 94
91. Stielchen wenigstens an den Seitenblättchen der dreizähligen Blätter
deutlich . . . . Vgl. 53-56, 84
„   Auch an den dreizähligen Blättern die Seitenblättchen ungestielt. 92

92. Staubblätter etwa so hoch wie die Griffel. Hierher *R. nemorosus*
Hayne mit 3- u. 5zähligen Blättern, breiten Blättchen, kurzem,
lockeren Blütenstande u. rötlichen Griffeln; *R. Laschii* Focke mit
eingeschnitten-gesägten Blättchen, schmalem, nur wenige kurze
Stieldrüsen führendem Blütenstande u. grünlichen Griffeln; ferner
zahlreiche, äusserst variable Mittelformen zwischen *R. caesius* u.
den drüsenlosen u. drüsenarmen Arten. Der im Verbreitungsge-
gebiete des *R. tomentosus* häufige *R. caesius* ✕ *tomentosus* unterscheidet sich durch rinnige Blattstiele, Sternhärchen der Blattoberfläche, eingeschnittene Blättchen u. s. w. — An Zäunen, Hecken,
Wegrändern, seltener in Wäldern. Juni-Aug. — . . . . . .
. . . . Sammelart: *R. dumetorum* Wh. u. N.
., Staubblätter die Griffel überragend 93
93. Schössling oberwärts scharfkantig, drüsenlos, fast gleichstachelig;
Blattstiel gefurcht, Blättchen eingeschnitten-gesägt, die jüngeren
unterseits dicht filzig; Blütenstand ziemlich lang, mit zerstreuten
Stieldrüsen. Griffel grünlich. — Hecken, Gebüsche. In den Land-
strichen längs der ganzen Ostseeküste. Juni-Aug. — . . . . .
. . . . *R. Wahlbergii* Arrhen.
„ Schössling stumpfkantig mit pfriemlichen Stacheln u. zerstreuten
Stieldrüsen. Hierher Mittelformen zwischen *R. caesius* u. den
grösseren drüsenreichen Arten, namentlich *R. radula.* — Ausgeprägte Form vorzüglich in Schlesien. — . . *R. oreogeton* Focke.
94. Drüsenreich; Schössling u. Blütenzweig mit langen, feinen Nadelstacheln. Hierher die Mittelformen zwischen *R. caesius* u. den
kleinen, drüsenreichen Arten. — Ausgeprägte Form namentlich in
Schlesien. — . . . . *R. orthacanthus* Wimm.
„ Schössling u. Blütenstand ohne lange Nadelstacheln 95
95. Kräftig, stark bereift, meist drüsenlos, mit zerstreuten, schwarzroten Stacheln. Hierher Bastarde u. Übergangsformen zu *R. Idaeus.*
Die ausgeprägteste Form mit kahlem Schössling, kegelig-pfriem-
lichen Stacheln, grossen, eingeschnitten-gesägten Blättern, kurzem
Blütenstande u. schwarzroten Früchten in pommerschen Küsten-
waldungen. Ähnliche Formen zerstreut in Norddeutschland.
Juli. — . . . . *R. maximus* Marss.
„ Langkriechend mit ästigen, bereiften, feinstacheligen Schösslingen.
Stieldrüsen spärlich od. zahlreich. Blätter 3zählig, Blättchen grob
u. eingeschnitten-gesägt. Nebenblätter lanzettlich. Blütenstand
locker, kurz, Blütenstielchen lang, oft büschelig gestellt. Kronenblätter breit elliptisch, weiss. Staubblätter die Griffel kaum überragend;
Pollen gleichkörnig. Steinfrüchtchen gross, schwarz, blau bereift.
— An Hecken u. Wegen, an Felsen, auf Küstendünen, im Gebüsch
an Flussufern, auch in feuchten Wäldern, vorzugsweise auf Mergelboden. Sommer. — . . . . *R. caesius* L.
In vorstehender Übersicht sind ausser vielen Bastarden und Mittelformen auch solche Arten nicht aufgeführt worden, welche bisher nur in
lokaler Verbreitung (u. nicht auch ausserhalb des Gebietes) nachgewiesen
worden sind, z B. *R. fragrans* Focke, *R. virescens* G. Braun, *R. myricae*
Focke, *R. Gelertii* Friederchs., *R. Banningii* Focke, *R. Loehri* Wirtg.,
R. macrothyrsos J. Lnge. und andere, wohl charakterisierte Formen.
Einen allgemeinen Überblick über die natürliche Gliederung der ganzen
Formenreihe giebt folgende Zusammenstellung der Hauptarten sowie einer
Anzahl von zugehörigen Mittelgliedern, bei denen die zweite Art, der sie
ähnlich sind, durch die Bemerkung (zu . . .) angedeutet wird.

Hauptarten:

1. *R. plicatus* Wh. u. N., als der im Gebiete am meisten verbreitete
Vertreter der *Suberecti*. Vegetative (d. h. ungeschlechtliche) Vermehrung durch Sprosse aus kriechenden Wurzeln; Schösslinge wenig verzweigt, kahl; Staubblätter nach dem Verblühen der jungen Frucht nicht anliegend; normale Blütenstände traubig, erst die späteren, tief entspringenden
zusammengesetzt. Blütezeit u. Laubfall früh. Eine Parallelart ist *R. sulcatus*;
nahe verwandt: *R. suberectus* (neigt von *R. sulcatus* zu *R. Idaeus*), *R. fissus*
(von *R. plicatus* zu *R. Idaeus*), *R. nitidus.* Ferner *R. carpinifolius* (zu
R. thyrsoideus), *R. affinis* (zu *R. macrostemon*), *R. vulgaris* (zu *R. villicaulis*), *R. hypomalacus* (zu *R. vestitus*), *R. infestus* (zu *R. Schleicheri*).
— Die einzelnen Formen sind durch Mittel- u. z. T. bis Südeuropa verbreitet, *R. sulcatus* z. B. vom südlichen Schweden bis Süditalien.

2. *R. rhamnifolius* Wh. u. N. Charakteristisch: die starke Verzweigung, das lange Stielchen des Endblättchens, die rundliche Blattform
mit ziemlich feinen Sägezähnen. — Der Formenkreis gehört dem nordwestlichen Europa an.

3. *R. thyrsoideus* Wimm. Gleich den *Suberectis* u. dem *R. rhamnifolius* mehr eine Artengruppe als eine einheitliche Art; ein Teil der
Formen fast intermediär zwischen *R. sulcatus* u. *R. tomentosus*. Charakteristisch: hochwüchsige, scharfkantige Schösslinge, oberseits meist kahle,
unterseits weissfilzige, eingeschnitten-gesägte Blättchen u. schmale, verlängerte Blütenstände. Verwandt *R. Silesiacus* Wh. — Vertreter des
Typus sind vom südlichen Schweden bis Mittelitalien verbreitet.

4. *R. ulmifolius* Schott. Schon durch den Blütenstaub als einheitliche
Art charakterisiert. Vegetative Vermehrung. wie bei allen folgenden Arten,
durch wurzelnde Schösslingsspitzen. Schösslinge scharfkantig, bereift.
Blätter klein, oberseits kahl. Blattunterflächen u. Blütenstiele dicht sternfilzig ohne längere Haare; Blütenstand verlängert, mit regelmässigen Trug-
döldchen. Staubblätter die Griffel kaum überragend. — Gehört dem südlichen und westlichen Europa an.

5. *R. gratus* Focke. Nach der Beschaffenheit des Pollens eine einheitliche Art, durch die grossen Blumen, den wenigblütigen Blütenstand
u. die langen Staubblätter ausgezeichnet, von voriger Art auch durch
Blattform u. Behaarung weit verschieden. — Erheblich abweichend, aber
doch näher verwandt sind *R. bifrons*, *R. macrostemon* u. *R. villicaulis*;
ferner gehören hierher *R. pubescens* (zu *R. thyrsoideus*), *R. argentatus*
(zu *R. ulmifolius*), *R. macrophyllus* (zu *R. vestitus*), *R. melanoxylon* (zu
R. rudis). — Vertreter der Gruppe finden sich fast in ganz Süd- und
Mitteleuropa.

6. *R. Arrhenii* Lange. Zarter als die vorigen Arten. Blütenstaub
fast gleichkörnig. Blätter u. Blumen sind charakteristisch (s. oben 41). —
Verbreitung ausserhalb des Gebietes unbekannt.

7. *R. Sprengelii* Wh. Eigenschaften s. oben (42); mit keiner der
anderen Arten nahe verwandt. — Wächst auch in England und Nordfrankreich.

8. *R. tomentosus* Borkh. Pollen gleichkörnig. Ausser durch die
oben hervorgehobenen Eigenschaften auch durch die Früchte und die
ellipsoidischen Fruchtsteinchen von den anderen Arten verschieden. —
Südeuropäisch-orientalische Art.

9. *R. vestitus* Wh. u. N. Charakteristisch ist besonders die Behaarung,
verbunden mit den rundlichen Blättern u. dem entwickelten, an *R. ulmifolius* erinnernden Blütenstande. Schössling kräftig, stumpfkantig, Stacheln
schmal. — Verwandt: *R. pyramidalis* (zu *R. villicaulis*), *R. conspicuus*
(zu *R. bifrons*), *R. cruentatus* (zu *R. Lejeunei*). — Durch Dänemark,
England, Nordfrankreich und bis in die Alpen verbreitet.

10. *R. Lejeunei* Wh. u. N. s. oben (63). — Verbreitet in Frankreich
und Italien.

11. *R. rudis* Wh. u. N. Eigenschaften s. oben (71). Verwandt:
R. radula (zu *R. villicaulis* u. *R. pubescens*), *R. scaber* (zu *R. tereticaulis*),

R. pallidus (zu *R. Bellardii* u. s. w.). — *R. rudis* ist verbreitet durch einen Teil von Frankreich und bis in die Alpen. *R. radula* auch in Skandinavien. 12. *R. rosaceus* Wh. u. N. Mit *R. rudis* in geringer Behaarung, Drüsenreichtum u. selbst im Blütenstande ziemlıch übereinstimmend, aber durch Blattform u. längere ungleiche Stieldrüsen doch wesentlich verschieden, daher wohl als eigentümlich ausgeprägter Typus zu betrachten (82). — Verbreitet durch England und Nordfrankreich.

13. *R. Bellardii* Wh u. N., *R. serpens* Wh., *R. hirtus* W. K. als Vertreter der Gruppe der *Glandulosi* mit kriechenden, rundlichen Schösslingen, an allen Achsen dicht mit Stieldrüsen u feinen Stacheln bedeckt. Blätter beiderseits grün, Blütenstand locker, Kronenblätter schmal, Fruchtkelch aufrecht. — Etwas ferner steht *R. Schleicheri*, während *R. tereticaulis* vielleicht besser einem besonderen Formenkreise eingereiht werden könnte. Verwandt: *R. Koehleri* (zu *R. radula*), *R. hystrix* (zu *R. rosaceus*), *R. Menkei* (zu *R. vestitus*). — *R. hirtus* ist bis Kleinasien u. bis zum Kaukasus verbreitet.

14. *R. caesius* L. Pollen gleichkörnig. In der Fruchtbildung eine Hinneigung zu *R. Idaeus*; auch durch die breiteren Nebenblätter von sämtlichen anderen Arten verschieden, in den ungestielten Seitenblättchen nur mit einigen Arten der *Suberecti* übereinstimmend. Die verwandten Formen sind schon oben kurz charakterisiert. — Verbreitet durch Europa und Berggegenden im nordwestlichen Asien.

4. Fragaria, Erdbeere. Sd.

0. Früchtchen in tiefe Gruben der fleischigen Blütenachse eingesenkt. Die seitlichen Blütenstiele angedrückt-behaart. — Aus Nordamerika. Mai, Juni. —. . . Scharlach-E., *F. virginiana* Mill.

„ Früchtchen an der Oberfläche des Fruchtbodens sitzend . . . 1

1. Kelch an der Frucht wagerecht abstehend od. zurückgeschlagen. 2

„ Kelch an der Frucht angedrückt od. aufrecht. Pflanze oft unvollständig 2 häusig 3

2. Haare der seitlichen Blütenstiele aufrecht od. angedrückt. — Gemein, in Wäldern. Mai, Juni. — . . . . . Wald-E., *F. vesca* L.

„ Haare der Blütenstiele wagerecht abstehend. — Nicht häufig, in Laubwäldern, auch gepflanzt. Mai, Juni. — . . . . Zimmet-E., *F. (elatior* Ehrh.) *moschata* Duchesne.

3. Blütenstiel-, Blattstiel- und Stengel-Haare wagerecht abstehend. Kelch an der Frucht aufrecht. — Aus Südamerika. Mai, Juni. — . . . . . .
. Chili-E., *F. chiloensis* Ehrh.

„ Haare der seitlichen Blütenstiele aufrecht od. angedrückt. Kelch der Frucht angedrückt . . 4

4. Blätter auch oberseits behaart, mit wagerecht abstehend behaarten Stielen; das mittlere Blättchen kurz gestielt. Var. *Hagenbachiana* F. Schultz: Blättchen gestielt; Stiel des mittleren ¹/₄ so lang als die Spreite desselben. — Nicht so häufig wie vesca, gern auf Kalk. Mai, Juni. — . Knackelbeere, *F. (collina* Ehrh.) *viridis* Duch.

„ Blätter oberseits fast kahl, mit aufrecht behaarten Stielen. — Aus Südamerika. Mai, Juni. — Ananas-E., *F. grandiflora* Ehrh.

Fig. 306. Comarum palustre.

5. Comarum. Sd.

Meist nicht selten, auf Sumpfwiesen, an Ufern, in Sümpfen, Mooren.
Juni, Juli. — . . . . Fig. 306, Blut-, Teufelsauge, *C. palustre* L.

6. Potentilla, Fingerkraut, Gänserich. 1j., 2j., Sd., selten Str.

Bearbeitet von Prof. A. Zimmeter.

0. Stengel holzig; Blätter gefiedert; Blumen gelb. Str. — Zuweilen
verwildernde Zierpflanze aus Mitteleuropa. Mai. — *P. fruticosa* L.

„ Stengel krautig 1
1. Blumen weiss 2
„ „ gelb 6
2. Blätter gefiedert, die oberen 3zählig; Blättchen eiförmig-rundlich.
Sd. — Trockene Wälder, sonnige Plätze; sehr zerstreut; besonders
im östlichen Gebiet. Mai, Juni. — . . . . . *P. rupestris* L.

„ Blätter gefingert 3
3. „ nur 3zählig 4
„ „ 3-4-5zählig (nie 3zählig allein) 5
4. Aussenkelch kaum halb so gross als der Innenkelch; Krone den
Kelch überragend; Innenseite der Kelchblätter grün; Blättchen
jederseits mit 4-5 Sägezähnen; Stengel wurzelnd; Stengelblätter
3zählig. Sd. — Sehr zerstreut, Laubwälder, Gebüsche, besonders
im westlichen Gebiet. März-Mai. — . . . .
(*Fragaria sterilis* L), *P.* (*Fragariastrum* Ehrh.) *sterilis* (L.)

„ Aussenkelch fast so lang als der Innenkelch; Krone so lang od.
kürzer als der Kelch; Blätter reichzähnig, meist 6 u. mehr Säge-
zähne jederseits; Stengelblätter einfach; Stengel nicht wurzelnd.
Sd. — Sehr selten. Steinige Orte, Rheinprovinz. April, Mai. —
. . . . *P. micrantha* Ram.
(Wo die beiden vorausgehenden Arten vorkommen, dürfte auch der
Bastard *P. spuria* Kerner zu finden sein.)

5. Wurzelblätter 5zählig; Blättchen länglich-lanzettlich, oben kahl,
unten seidig behaart. Sd. — Zerstreut, trockene Laubwälder,
Wiesen. Mai, Juni. — . . . . *P. alba* L.

„ Wurzelblätter 3-4 u. 5zählig; Blättchen verkehrt-eiförmig-länglich.
Sd. — Sehr selten. — . . . . Bastard
von *P. alba* X *P. sterilis*, *P.* (*splendens* Koch) *hybrida* Wallr.

6. 1-2jährige Pflanzen, nach der Fruchtreife absterbend, kleinblumig.
Stengel am Grunde keine Blätterbüschel treibend 7

„ Ausdauernde Pflanzen. Stengel am Grunde blütenlose Blätterbüschel treibend 8
7. Blätter gefiedert; Deckblätter laubblattartig. 1-2j. u. Sd. — Zerstreut, feuchte Stellen, Dörfer. Juni-Okt. — . . *P. supina* L.

„ Blätter 3zählig; Deckblätter schuppig, klein. 1-2j. — Zerstreut,
meist auf Torfboden. Fehlt in der Rheinprovinz u. ist in Hannover
selten. Sommer. — . . . . *P. norvegica* L.

8. Blumenstiele seitenständig, meist einzeln 9
„ „ endständig, zu einem mehr od. weniger komplizierten
Blütenstande verbunden 13
9. Die grundständigen Blätter „Wurzelblätter" unterbrochen fieder-
schnittig; Stengel niederliegend; Blumen meist 5zählig, Blätter
oben grün, unten silberweiss seidig. Sd. — Gemein, Wiesen,
Wegränder. Mai-Herbst. — . . . . *P. Anserina* L.

(Hierher *P. concolor* Lehm. mit beiderseits grau-seidig behaarten Blättern und *P. viridis* Koch mit beiderseits grünen, oben meist kahlen Blättern.)

„ Blätter gefingert 10

10. Die Grundblätter 3-, sehr selten 4zählig; Blumen meist 4zählig; Stengel nicht wurzelnd, Stengelblätter sitzend; Nebenblätter meist zerschnitten; Blütenstand meist reich verästelt. Sd. — Gemein, Wälder, Wiesen. Juni-Aug. — . . . . . Blutwurz, (*Tormentilla erecta* L.), *P.* (*Tormentilla* Cr., *silvestris* Neck.) *erecta* (L.) (Hierher *P. suberecta* Zimm. (*P. erecta* ✕ *procumbens*) Stengelblätter 10-20 mm lang gestielt, teilweise 4 zählig, unterseits seidig, Nebenblätter 2-5 spaltig und *P. fallax* Mor. mit ganzen od. wenig zerspaltenen Nebenblättern. Stengel in lange peitschenförmige Blütenstiele übergehend; Blättchen kurz gestielt, schmal und lang.)

„ Wurzelblätter meist 5 zählig neben beigemengten 3- u. 4 zähligen; Stengel niederliegend, meist wurzelnd; Nebenblätter ziemlich einfach; Blumenstiele einzeln od. zu zweien 11

11. Wurzelblätter 3-, 4- u. 5 zählig; Blumenblätter h ä u f i g e r 4- als 5 zählig 12

„ Blätter u. Blumen n u r 5 zählig; Stengel einfach. Sd. — Gemein, an Wegrändern. Mai-Aug. — . . . . *P. reptans* L.

12. Mittlere Stengelblätter h ä u f i g e r 3- u. 4- als 5 zählig; Blumen ziemlich gross, meist 4 zählig neben vereinzelten 5 zähligen; Blätter gestielt, Blättchen scharf gesägt, Endzahn vorragend. Sd. — Zerstreut, Wälder. Juni-Aug. — . . . . *P. procumbens* Sibth.

„ Mittlere Stengelblätter häufiger 5 zählig, neben 3- u. 4 zähligen; Blumen ebenfalls häufig 5 zählig neben 4 zähligen; Blättchen reich aber stumpfzähnig; Endzahn nicht vorragend. Stengel meist oberwärts ästig. Sd. — Selten, feuchte Orte. Juli, Aug. — . . . . *P. mixta* Nolte.

13. Stengel steif aufrecht, hohe Pflanzen, langhaarig, nie flaumig od. filzig; Blätter beiderseits grün 14

„ Stengel mehr od. weniger aufstrebend, auch niederliegend, nie von Grund aus steif aufrecht u. wenn scheinbar, dann flaumig-filzig. 15

14. Wurzel u. untere Stengelblätter meist nur 5 zählig; Blättchen vorn verbreitert, langhaarig. Sd. — Thüringen. Sommer. — *P. pilosa* Willd. (Hierher eine stark grau behaarte, schmalblättrige Form: *P. crassa* Tausch. — Böhmen.)

„ Wurzelblätter u. untere Stengelblätter 7 zählig; Blättchen länglich, grob gesägt. Sd. — Nicht häufig. Südliches Gebiet. Juni, Juli. — . . . . *P. recta* L. (Hierher *P. obscura* vieler Autoren, aber kaum Willd., mit dunkler gelben, kleineren Blumen u. reicher gesägten Blättern.)

15. Stengel mehr od. weniger flaumig, filzig od. zottig; Blätter wenigstens an der Unterseite verworren haarig, filzig od. zottig (nicht sternhaarig). Blumen ziemlich klein 16

„ Stengel nicht flaumig-filzig; Blätter unterseits nicht verworren haarig, nur einfach behaart, od. wenn filzig, dann sternhaarig. (Die Sternhaare sind aber nur durch eine gute Lupe, besser durchs Präparier-Mikroskop zu erkennen.) 22

16. Blätter am Rande zurückgerollt, unten weissfilzig; Stengel aufstrebend; Blättchen meist zu 5. Sd. — Gemein, Wiesen, Wegränder, trockene Orte. Sommer. — . . . . . *P. argentea* L.

(Hierher *P. perincisa* Borb. mit auseinandergesperrten, schmalen Blättchen, oberseits dunkelgrün; Blattabschnitte spitz; *P. incanescens* Opiz mit beiderseits grauweiss-filzigen Blättern u. 2 - 3 tiefen Einschnitten; *P. decumbens* Jord. grosse, robuste, sehr breitblättrige Pflanze; Blättchen fiederspaltig, Abschnitte stumpf; flachblättrig.)

„ Blätter am Rande nicht zurückgerollt, unten meist graulich, nicht rein weiss 17

17. Stengel meist steif aufrecht, zottig; Fruchtstiele aufrecht *(Canescentes)* 18

„ Stengel niederliegend, aufstrebend; Fruchtstiele meist zurückgekrümmt *(Collinae)* 19

18. Blattunterseite deutlich grau, filzig-zottig; Blättchen länglich-lanzettlich. Sd. — Zerstreut, sonnige Hügel in Mitteldeutschland. Mai-Juli. — . . . . *P. canescens* Besser.

(Hierher *P. Üchtritzii* Zimmeter (*P. canescens* Var. *fallax* Üchtr.): Stengel schon unter der Mitte sich traubig verästelnd. — Riesengebirge.)

„ Blätter unten grünlich grau, sehr schwach filzig; Stengelblätter gross, mittleres Blättchen sehr breit verkehrt-eiförmig, häufig 3-schnittig. — Norddeutschland, wahrscheinlich eingeschleppt. — . *P. (intermedia* vieler Autoren, aber nicht L.) *Heidenreichii* Zimmeter.

19. Wurzelblätter u. untere Stengelblätter deutlich 6-7 zählig neben 5 zähligen. Pflanze niedrig; Blättchen gesägt; Sägezähne jederseits 4-7, stumpflich; die sekundären Blattnerven deutlich vortretend Sd. — Trockene Orte, Nord-Schlesien. April, Mai. — . . . . *P. silesiaca* Üchtr.

„ Wurzelblätter u. untere Stengelblätter nur 5 zählig 20

20. Blättchen stumpfzähnig, unten dünnfilzig, vorne verbreitert, keilig, der P. argentea näher stehend, unterseits undeutlich nervig. Sd. — Zerstreut, auf sandigem Boden. Mai, Juni. — . *P. collina* Wib.

„ Blättchen spitzzähnig od. mit spitzlichen Abschnitten . . . 21

21. Blätter fast gleichfarbig, unten fast grün, locker filzig; grossblütig; Blättchen weit auseinander gesperrt mit tiefen Einschnitten. Sd. — Rhein- u. Moselgebiet. Mai. — . . *P. rhenana* P. Mueller.

„ Blätter 2 farbig, unten grau od. grünlichgrau; Blättchen verkehrt eilänglich; mittlerer Sägezahn nicht hervortretend; schlanke Pflanze; Fruchtköpfchen klein. Sd. — Zerstreut. Mai, Juni. — . . . . *P. (Güntheri* Pobl) *Wiemanniana* Günth. u. Schumm.

(Hierher noch *P. Schultzii* P. Mueller mit grossen Fruchtköpfchen, sich unter der Mitte verästelndem Stengel u. ziemlich gleichlangen, äusseren u. inneren Kelchblättern; ferner *P. borussica* Üchtr.: äussere Kelchblätter um die Hälfte kleiner als die inneren breiten dreieckigen.)

22. Stämmchen nicht wurzelnd; Blätter beiderseits grün, meist 7- bis 9-zählig; Nebenblätter meist ganz; Blumen in lockeren Blütenständen; Stengel mehr od. weniger schlaff u. wie die Blattstiele horizontal abstehend behaart *(Crysanthae)* 23

„ Stämmchen meist niedergedrückt, meist wurzelnd, meist nur wenig höher als die Wurzelblätter, armblütig, gewöhnlich anliegend od. aufwärts abstehend behaart, meist nur 5 blättrig, seltener auch 3- od. 7 blättrig *(Aureae)* 24

23. Stengel bedeutend höher als die Wurzelblätter; stengelständige Blätter weit hinauf den wurzelständigen ähnlich; Wurzelblätter meist 7 zählig; Blättchen eilänglich, beiderseits 9-12 Sägezähne.

Sd. — Waldige, steinige Orte, Thüringen, Nordböhmen. Mai,
Juni. — . . . . Fig. 307,
P. (heptaphylla vieler Autoren, aber nicht Mill.) *thuringiaca* Bernh.

„ Stengel nicht viel höher als die
Wurzelblätter; kleine Pflanze;
stengelständige Blätter gar bald
einfacher gestaltet als die wurzelständigen; Stengel dicht horizontal abstehend behaart, meist
rötlich; Blätter 7-9zählig. Sd.
— Zerstreut, trockene Wälder,
Hügel. April, Mai. — . .
. . . . *P. (opaca*
Koch nicht L.) *rubens* Crntz.

Fig. 307. Potentilla thuringiaca.

24. Blattunterseite, manchmal auch
die Oberseite mit einem mehr od.
weniger dichten, meist grauen
Filz von Sternhaaren, oft auch
nur mit vereinzelten, nur unter
dem Mikroskope erkennbaren
Sternhaaren versehen . . 25
„ Blattunterseite ohne Spur von
Sternhaaren, nie filzig . 26

25. Blätter unterseits dicht filzig sternhaarig; Blätter 5- u. 3zählig;
Stengel aufrecht abstehend behaart. Sd. — Trockene Orte. April,
Mai. — . *P. (cinerea* der Autoren, nicht Chaix) *arenaria* Borkh.
„ Blätter unten mit zerstreut stehenden Sternhaaren, mehr grün als
grau. Stengel u. Blattstiele mit horizontal abstehenden Haaren;
5-6 blättrig. Sd. — Zwischen den Eltern z. B. bei Staikowo in
Posen u. wohl auch anderwärts. April. — . . . .
. . . . . *P. (rubens* Cr. X *arenaria* Borkh.) *subrubens* Borb.
(Hierher auch *P. subarenaria* Borb. (*P. opaca* L., nicht der an-
deren Autoren X *P. arenaria* Borkh.) mit aufwärts gerichteten
Stengel-Haaren.)

26. Nebenblätter ziemlich breit; Stengel meist mit den Überbleibseln
der vorjährigen Blätter bedeckt; Blätter am Rande silberglänzend,
2zeilig angeordnet. Sd. — Sudeten, Riesengebirge. Sommer. —
. . . . *P. aurea* L.
„ Nebenblätter schmal, Stengel ohne Überbleibsel der vorjährigen
Blätter; Pflanzen der Hügel 27

27. Stengel u. Blattstiele ziemlich deutlich mit horizontal abstehenden
Haaren. Sd — . . . Meist Bastarde von *P. opaca* L., nicht der
anderen Autoren, X *P. rubens* Cr.; die grosse Reihe derselben werden
vorderhand am besten zusammengefasst als *P. subopaca* Zimm.
(Hierher als markanteste Form *P. aurulenta* Gremli, die in der
Schweiz typisch vorkommt; die Pflanzen aus Deutschland weichen
etwas davon ab.)

„ Stengel aufrecht abstehend od. anliegend behaart (nie horizontal
abstehend); Blätter unterseits grün, ohne jede Spur von Sternhaaren;
meist wurzelnde Stämmchen; Pflanzen der Hügel u. Wegränder
(*Vernales*) 28

28. In der Regel neben 5zähligen Blättern auch 6- u. 7zählige; Blattstiele u. Stengel schwach anliegend flaumig behaart; Blättchen

vorn verbreitert, stumpf, eingeschnitten-gezähnt; jederseits mit
3 Kerben; armblütig. Sd. — Böhmen. Frühjahr. — . . . .
. . . . *P. Neumanniana* Rchb.

„ In der Regel nur 5 zählige Blätter 29

29. Zur Blütezeit fast ohne Wurzelblätter; Blättchen keilig, vorn gestutzt, scharf u. zart gesägt; stengelständige Blätter vorwiegend
ausgebildet; Blütenstiele lang. Sd. — Nordböhmen. März,
April. — . . . . *P. porrigens* Reichb.

„ Zur Blütezeit Wurzelblätter vorhanden; die stengelständigen in
geringerer Zahl 30

30. Blättchen gestutzt, nur vorn eingeschnitten gesägt 31

„ „ nicht gestutzt, auch an den Seiten gesägt . . . 32

31. Blättchen grün, anliegend u. spärlich behaart Sd. — Bei Ebers-
walde nordöstlich von Berlin, Nord-Böhmen u. wohl auch anderwärts, aber bisher mit P. opaca zusammengeworfen. Frühjahr. —
. . . . *P. serotina* Vill.

„ Blättchen oben u. unten mit langen, einfachen, weissen Haaren dicht
bedeckt, graulichweiss. Sd. — Böhmen. April. — *P. albescens* Opiz.

32. Blumen klein od. mässig gross; Blättchen länglich, einfach gesägt,
jederseits etwa 4 Sägezähne an den Herbstblättern; Blätter dunkelgrün. Sägezähne nicht tief. Sd. — Wiesen, Wegränder. Mai, Juni. —
P. (*verna* der Autoren, nicht L.) *opaca* L. (nicht der anderen Autoren).

„ Blumen ziemlich gross; Blättchen verkehrt-eiförmig, keilig, vorn
deutlich verbreitert; Sägezähne tiefer. Stengel u. Blattstiele anliegend schwach behaart; Stengel meist rötlich, sich aufrichtend,
jederseits circa 3 Sägezähne. Sd. — Harz: Steigerthal; Böhmisches
Mittelgebirge, wohl auch anderwärts, aber bisher mit P. opaca L.
zusammengeworfen. Frühjahr. — . . *P. Amansiana* F. Schultz.

7. Alchemilla. Sd. u. 1 j.

0. Blätter 7-9 lappig 1

„ „ fingerig 3 teilig, kurzgestielt mit keilförmigem Grunde.
Stengel niederliegend, etwa 4-6 cm lang. Blüten nicht selten 1-
männig. 1 j. — Meist häufig, gern auf sandigen Lehmäckern.
Mai-Herbst — . . . (*Aphanes arvensis* L.), *A. arvensis* Scop.

1. Blattlappen am ganzen Rande
gesägt, $^1/_3$ der ganzen Blattlänge einnehmend. Var. *montana* Willd.: Blätter, Hochblätter und Kelche dicht seiden-
haarig-zottig. Var. *glabrata*
Wimm.: Pflanze kahl od. fast
kahl. Var. *truncata* Tausch:
Blätter am Grunde gestutzt. —
Wälder, Wiesen, zerstreut bis
häufig. Mai-Juli. — . . .
Fig. 308, Sinau, *A. vulgaris* L.

„ Blattlappen am Grunde ganzrandig, $^1/_2$ von der ganzen
Blattlänge einnehmend. Sd. —
Feuchte, quellige Stellen der
westlichen Hochsudeten. Juli,
Aug. — . . . *A.* (*pyre-
naica* Dufour) *fissa* Schummel.

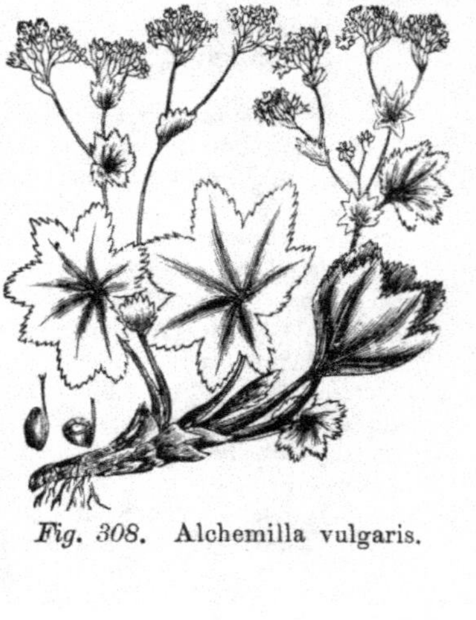

Fig. 308. Alchemilla vulgaris.

d) Poterieae.

0. Blüten dunkelbraun od. grünlich, in kopfig gedrängten Blütenständen 1
   „ Blumen gelb, in lockeren Ähren . . . . . . **3.** **Agrimonia.**
1. Blüten zwitterig, 4- od. mehrmännig, in länglichen, dunkelbraunen,
   kopfigen Ähren . . . . **1.** **Sanguisorba.**
   „ Windblüten, grün, 1geschlechtig, die unteren des meist kugeligen
   Kopfes männlich, vielmännig, die oberen weiblich. **2.** **Poterium.**

1. Sanguisorba, Wiesenknopf, Bibernelle. Sd.

Blättchen herzförmig-länglich. — Zuweilen häufig, auf feuchten Wiesen.
Juni-Aug. — . . . . Fig. 309, *S. officinalis* L.

Fig. 309. Sanguisorba officinalis. *Fig. 310.* Agrimonia Eupatoria.

2. Poterium. Sd.

0. Blättchen kreis-eiförmig od. länglich, bei *glaucescens* Rchb. unterseits bläulich-grün. Fruchtkelch knöchern verhärtet, 4kantig, mit
   stumpfen Kanten. — Nicht häufig, trockene Orte, gern auf Kalk.
   Sommer. — Pimpinelle, (*Sanguisorba minor* Scop.), *P. Sanguisorba* L.
   „ Blättchen länglich, gestielt. Köpfe eiförmig bis walzlich. Fruchtkelch grubig-runzelig, geflügelt. — Leitmeritz in Böhmen. Sommer. —
   . . . . *P. polygamum* W. K.

3. Agrimonia, Odermennig. Sd.

0. Früchte aussen der ganzen Länge nach bis zum Grunde gefurcht. 1
   „ „ nur bis zur Mitte gefurcht, ihre äusseren Stacheln zurückgeschlagen. Blätter unterseits grün, kurzhaarig. — Zerstreut,
   Laubwälder u. s. w. Juni-Aug. — . . . . . . *A. odorata* Mill.
1. Früchte mit abstehenden äusseren Stacheln. Blätter unten mehr
   grau-kurzhaarig. — Häufig, Wegränder, Hecken, Grasplätze. Juni-
   Sept. — . . . . Fig. 310, *A. Eupatoria* L.
   „ Früchte am Grunde mit nach oben gerichteten, zusammen neigen-
   den Stacheln. Blätter unterseits an den Nerven zerstreut-steif-
   haarig, sonst nur drüsig. — An einigen Stellen in Ostpreussen.
   Juli. — . . . . *A. pilosa* Ledeb.

e) Spiraeeae.

0. Etwas holzige Kräuter 1
„ Sträucher 2
1. Blumen zwitterig, fast trugdoldig angeordnet. Blätter unterbrochen
gefiedert . . . . **1. Ulmaria.**
„ Pflanzen meist 2häusig. Blüten in grossen Rispen. Blätter
3zählig doppelt-gefiedert . . . . **2. Aruncus.**
2. Kelchblätter 5zählig 3
„ Kelch-, Kronen- u. Fruchtblätter 4zählig. Die Fruchtblätter von
einem Wulst des Blütenbodens umschlossen. Blumen weiss . .
. . . . **4. Rhodotypus.**
3. Blumen weiss od. rot, selten hellgelblich. Früchtchen mehrsamig.
. . . . **3. Spiraea.**
„ Blumen lebhaft gelb, gross. Früchtchen 1samig. . **5. Kerria.**

1. Ulmaria. Sd.

0. Blättchen gross, eiförmig, ungleich doppelt-gesägt, unterseits weiss-bis graufilzig (*glauca*
Schultz) od. grün (*denudata*
Presl), das endständige grösser,
fingerig 3-5 spaltig. Früchtchen spiralig gedreht, kahl. —
Häufig, Ufer, feuchte Wiesen,
Sommer. — Mädesüss, (*Spiraea
Ulmaria* L.), *U.pentapetala* Gilib.
„ Blättchen klein, länglich, fiederspaltig. Früchtchen gerade,
behaart. Wurzeln mit länglichen Knollen. — Zerstreut,
trockene Wiesen, Wälder, Hügel.
Sommer. — . . . . .
. . Fig. 311, (*Spiraea Filipendula* L.), *U.Filipendula* A.Br.

Fig. 311. Ulmaria Filipendula.

2. Aruncus. Sd.

Im östlichen Teile Mitteldeutschlands, in feuchten Gebirgsthälern.
Sommer. — Geissbart, (*Spiraea Aruncus* L.), *A. silvester* Kosteletzky.

3. Spiraea. Str.

0. Blätter gefiedert. 5 Fruchtblätter. — Zierstrauch aus Sibirien.
Juni, Juli. — . . . . *S. sorbifolia* L.
„ Blätter ganz 1
1. Blumen rot 2
„ „ weiss 3
„ „ gelblich-weiss. Blätter eirund, mehr od. minder gelappt,
doppelt gesägt, unten behaart. — Zierstrauch aus Nordamerika.
Sommer. — . . . . *S. ariaefolia* Sm.
2. Blätter hier u. da mit einzelnen Haaren besetzt, länglich-lanzettlich,
2fach gesägt, unterseits blaugrün. Blütenstand doldenrispig. —
Zierstrauch aus Japan u. China. Juni, Juli. — *S. callosa* Thunb.
„ Blätter kahl, elliptisch, an der Basis etwas verschmälert, gesägt.
— Zierstrauch aus Sibirien. Sommer. — . . . *S. salicifolia* L.

„ Blätter unterseits graufilzig, länglich, in der oberen Hälfte entfernt-
gesägt. — Zierstrauch aus Nordamerika. Juli. — *S. Douglasii* Hook.
Ein Bastard zwischen den zwei letzten Arten ist nicht
gerade selten in Gärten anzutreffen.

3. Blätter ungelappt 4
„ „ 3lappig, kreisförmig, doppelt gesägt, kahl. Früchtchen blasig
aufgetrieben. — Zierstrauch aus Nordamerika. Juni. — *S. opulifolia* L.
4. Blätter ganzrandig od. gekerbt, mehr od. minder deutlich mit drei
Hauptnerven 5
„ Blätter oft gesägt u. mit nur einem Hauptnerven 6
5. „ verkehrt-eiförmig, an der Spitze mit 3 od. 5 Kerbzähnen,
unterseits blaugrün, mit deutlichen 3 Hauptnerven. — Zierstrauch
aus Ost-Europa. April-Anfang Mai. — . . . . *S. crenata* L.
„ Blätter länglich od. verkehrt-eiförmig, zuweilen an der Spitze mit
einigen Kerbzähnen, kahl, undeutlich 3 nervig. — Wie vorige. —
. . . . *S. hypericifolia* L.
6. Blätter behaart 7
„ „ kahl 8
7. „ elliptisch, gezähnelt, unterseits behaart. — Zierstrauch aus
Japan. April - Anfang Mai. — . . *S. prunifolia* Sieb. u. Zucc.
„ Blätter eirundlich, meist 2 fach gesägt, ihr Rand und Stiel etwas
behaart. — Zierstrauch aus dem südöstlichen Deutschland. Mai. —
. . . . *S. ulmifolia* Scop.
8. Blätter elliptisch, am Grunde etwas verschmälert. Blumenboden
grüngelb. — Zierstrauch aus Nordamerika. Sommer. — *S. alba* Dur.
„ Blätter länglich, auch breit-elliptisch. Blumenboden rosa. — Wie
vorige. — . . . . *S. latifolia* Borkh.
„ Blätter eirund-länglich, grob- oft 2 fach gesägt. Blumenboden
gelblich. — Zierstrauch aus Sibirien. März. — *S. chamaedryfolia* L.
„ Blätter schmal-elliptisch, scharf-gesägt. — Zierstrauch aus Japan.
April. — . . . . *S. Thunbergi* Bl.

4. Rhodotypus. Str.

Kelchzipfel gezähnt. Blumen etwa 4 cm im Durchmesser. Blätter eiförmig-lanzettlich, doppelt-gesägt, gegenständig. — Zierstrauch aus
Japan. April. — . . . . *R. kerrioides* Sieb. u. Zucc.

5. Kerria. Str.

Blätter eiförmig-länglich, 2 fach gesägt. Blumen oft gefüllt. — Nicht
seltener Zierstrauch aus Japan. Frühling. — . . . *K. japonica* L.

f) Pruneae.

0. Harter, innerer Fruchtkern aussen unregelmässig gefurcht und
löcherig punktiert. Früchte meist trocken . . **1. Amygdalus.**
„ Fruchtkern glatt oder etwas furchig, aber nicht löcherig. Früchte
immer aussen mit saftigem Fleisch . . . . **2. Prunus.**

1. Amygdalus. B. u. Str.

0. Früchte ohne saftiges Fleisch, aufspringend 1
„ „ mit Fruchtfleisch, nicht aufspringend. — Kulturbaum aus
Asien. April. — . . . . Pfirsich, *A. Persica* L.
1. Blätter drüsig-gesägt. — Aus Südeuropa. April, Mai. — . . .
. . . . Mandelbaum, *A. communis* L.
„ Blätter drüsenlos gesägt. — Zierstrauch aus dem südöstlichen
Europa. März, April. — . . . . *A. nana* L.

2. Prunus. B. u. Str.

0. Frucht meist sammetartig-filzig. Blätter nach den Blumen erscheinend 1
„ Früchte kahl 2
1. Blätter fast kreisförmig. — Obstbaum (aus Vorderasien?). Ende März-April. — . . . . Aprikose, *P. Armeniaca* L.
„ Blätter mehr eiförmig bis elliptisch, zuweilen an der Spitze 3lappig. — Ziergehölz mit gefüllten Blumen aus China. März, April. —
. . . . *P. triloba* Lindl.
2. Früchte bläulich - bereift. Blumen einzeln oder zu zweien, sich meist vor dem Laube entwickelnd 3
„ Früchte unbereift 6
3. Jüngste Zweige behaart 4
„   „   „ kahl 5
4. Blütenstiele meist kahl, meist einzeln. Früchte aufrecht. Blüten vor dem Laube, bei *coaetanea* W.G. gleichzeitig mit dem Laube erscheinend. — Gemein, Waldränder, Hecken, sonnige Hügel. Apr., Mai. — Fig. 312, Schwarzdorn, Schlehe, *P. spinosa* L.
„ Blütenstiele fein - weichhaarig, meist zu zweien. Früchte hängend, gelb u. klein (Mirabelle = *syriaca* Borkh.) od. grün u. gross (Reine-claude = *italica* L.). —Angepflanzt. (Aus Süddeutschland?) April, Mai. — . . .
. . . . Kriechenpflaume, Haferschlehe, *P. insititia* L.

Fig. 312. Prunus spinosa.

5. Blumen meist zu zweien, mit weichhaarigen Stielen. Früchte länglich. — Kulturpflanze aus Vorderasien. April. — . . . . .
. . . . Pflaume, Zwetsche, *P. domestica* L.
„ Blumen einzeln, mit kahlen Stielen. Früchte kugelig. — Aus dem Orient, zuweilen verwildert. April, Mai. — . . . .
. . . . . . Kirschpflaume, Myrobalane, *P. cerasifera* Ehrh.
6. Dolden 2- bis mehrblütig 7
„ Blumen in oft doldigen Trauben 10
7. An der Spitze des Blattstiels nur ausnahmsweise Drüsen . . 8
„   „   „   „   „   „ meist jederseits eine Drüse . . 9
8. Blätter zugespitzt. Kronenblätter mehr kreisförmig. Bei *acida* Ehrh. (Glaskirsche) die Blütenstiele kürzer und der Fruchtsaft farblos, bei *austera* Ehrh. (Morelle) die Blütenstiele länger und der Fruchtsaft rötlich. — Kulturpflanze aus Vorderasien. April, Mai. —
. . . . Saure Kirsche, *P. Cerasus* L.
„ Blätter stumpflich. Kronenblätter verkehrt-eiförmig. — Selten, Laubwälder, Bergabhänge, im südlichen Gebiet. April. — . . . .
. . . . *P. Chamaecerasus* Jacq.
9. Blätter unterseits behaart, etwas runzelig, schlaff, länglich. Var. *juliana* D. C. (Herzkirsche): Frucht grösser, herzförmig, mit weichem Fleisch, schwarz, rot od. gelblich. Var. *duracina* D. C. (Knorpel-

kirsche): Wie vorige, aber mit hartem Fleisch. — Nicht häufig, in Wäldern, oft kultiviert. Ende April - Anfang Mai. — . . .
. . . . Süsse Kirsche, *P. avium* L.
„ Blätter kahl, steif, breit-elliptisch od. länglich. — Zierstrauch (aus Südspanien?). April, Mai. — . Strauchweichsel, *P. acida* Dum.
10. Blattstiele an der Spitze drüsenlos. Blumen in kurzen Doldentrauben, mit länglichen Kronenblättern. — Vom Siebengebirge ab nach Süden, sonst als Zierstrauch. Mai. — . . . .
. . . . Weichselkirsche, *P. Mahaleb* L.
„ Blattstiele an der Spitze mit 2 oder mehr Drüsen. Blumen in deutlichen Trauben 11
11. Blätter dünn, meist 2 fach gesägt 12
„ „ mehr lederig, meist 1 fach-gesägt. — Zierstrauch aus Nordamerika. Juni. — . . . . *P. serotina* Ehrh.
12. Kronenblätter rundlich-verkehrt-eiförmig. Blätter fast kahl; Sägezähne abstehend. Blumen wohlriechend. Var. *petraea* Tausch: Blätter gröber, meist einfach-gesägt; Trauben fast sitzend, höchstens kurz-gestielt, aufrecht. — Zerstreut, feuchte Wälder. Mai. — . .
. . . . Traubenkirsche, Faulbaum, *P. Padus* L.
„ Kronenblätter rundlich. Blumen geruchlos. — Zierstrauch aus Nordamerika. Mai. — . . . . *P. virginiana* L.

19. Leguminosae.
LXII. Fam. Papilionaceae.

In den bei weitem meisten Fällen besitzen die zygomorphen Blumen dieser artenreichen Familie einen gewöhnlich 5zipfeligen Kelch, 5 Kronenblätter, 10 Staubblätter u. 1 Fruchtblatt. Das obere grosse Kronenblatt, die **Fahne**, steht zweien, mehr oder minder zu einem schiffchenförmigen Gebilde verwachsenen Blumenblättern, dem **Schiffchen**, gegenüber; rechts u. links von der Blume, also beiderseits zwischen Schiffchen u. Fahne, finden sich 2 als **Flügel** bezeichnete Kronenblätter, welche die 5 Zahl vervollständigen. Die Staubblätter sind mit ihren Fäden sämtlich zu einer, das Fruchtblatt umgebenden Röhre verwachsen, oder ein Staubblatt — und zwar das der Fahne zugewendete — ist frei, sodass die 9 männige Röhre einseitig aufgeschlitzt erscheint. Das Fruchtblatt stellt ein längliches, an seinen Rändern Samen tragendes Blatt dar, welches derartig in seiner Mittelrippe geknifft erscheint, dass die Ränder zusammenstossen und die Samen im Inneren der so entstehenden, oben und unten verschlossenen Röhre zu liegen kommen. Die aus einem derartig gebauten Fruchtblatt entstehende Frucht wird **Hülse** (**legumen**) genannt.

0. 10 Staubblätter, von denen 9 verwachsene Fäden besitzen, während ein Staubblatt frei ist 9
„ 10 Staubblätter, deren Fäden eine den Fruchtknoten umgebende, allseitig geschlossene Röhre bilden 1
„ Staubblätter frei. Sträucher mit gefiederten Blättern 6
1. Kronenflügel am oberen Rande runzelig. Kelch 2 lippig . 2
„ „ nicht runzelig. Kelch 5 zähnig bis 5 spaltig od. undeutlich 2 lippig 7
2. Blätter aus 5 od. mehr fingerig angeordneten Blättchen zusammengesetzt . . . . **5. Lupinus.**
„ Blätter 3zählig oder einfach 3

3. Kelch sehr deutlich 2 lippig, indem die Teilung bis zum Grunde geht, -sodass er wie 2 blättrig aussieht. Die wenigsamige Hülse ist nicht viel länger als der Kelch. Blätter lineal, fast holzig, sehr spitzig. Gelbblumiger Strauch . . . . . . **1a. Ulex.**

  „ Kelchblätter unten deutlich zusammenhängend. Die Lippenteilung geht höchstens bis zur Mitte 4

4. Griffel pfriemlich, an der Spitze höchstens gekrümmt . . . 5

  „ „ spiralig-kreisförmig eingerollt. Die scharfkantigen Stengel mit ihren Zweigen rutenartig zusammenstehend, mit 3 zähligen oder einfachen Blättern. Kleiner, gelbblumiger Strauch. **2. Sarothamnus.**

5. Blätter einfach. Kelch mit verlängerter Oberlippe, mit 2 grossen Zähnen . . . . **3. Genista.**

  „ Blätter meist 3 zählig. Oberlippe des Kelches kurz, oft wie abgeschnitten, od. 2 zähnig. Meist hohe Sträucher . . **4. Cytisus.**

6. Flügel u. Schiffchen abortiert, Fahne purpurviolett . **15. Amorpha.**

  „ „ „ „ vorhanden . . . . **1. Sophora.**

7. Ein Staubblatt mit dem oberen Teil (etwa der Hälfte) seines Fadens frei. Hülse lineal. Kraut mit gefiederten, aus 9 - 17 länglichlanzettlichen Blättchen bestehenden Blättern u. lila-weissen Blumen. . . . . **14. Galega.**

  „ Alle Staubblätter gleichmässig miteinander verwachsen . . . 8

8. Blumen rötlich od. weiss. Kelch 5 spaltig. Blätter 3 zählig. **6. Ononis.**

  „ „ gelb, selten etwas blutrot, in Köpfen. Kelch 5 zähnig, über der reifen Hülse geschlossen. Blätter gefiedert, mit lineal-länglichen Blättchen, von denen das unpaare, endständige grösser als die übrigen ist . . . . **7. Anthyllis.**

9. Blätter 3 zählig, sehr selten 5 zählig 10

  „ „ gefiedert 16

10. Staubblattröhre mitsamt dem Schiffchen u. dem Griffel schneckenförmig eingerollt . . . . **31. Phaseolus.**

  „ Staubblattröhre u. s. w. nicht eingerollt 11

11. Blumen gelb, in einem Falle scharlachrot. Die Samen sind zum Teil durch Scheidewände fast geschieden 12

  „ Blumen meist nicht gelb. Hülsen meist einsamig, wenn mehrsamig, dann sind die Samen nicht durch Scheidewände geschieden . 13

12. Hülse ungeflügelt. Griffel nach oben allmählich verschmälert. Blumen in doldigen Köpfen . . . . **12. Lotus.**

  „ Hülse geflügelt. Griffel nach oben verdickt. Blumen gross, einzeln od. zu zweien . . . . **13. Tetragonolobus.**

13. Hülse 1- bis 2 samig, vom Kelch eingeschlossen oder diesen doch kaum überragend . . . . **11. Trifolium.**

  „ Hülse 1- bis mehrsamig, den Kelch überragend 14

14.   „ kurz, 1- bis 3 samig. Blumen in Trauben. **10. Melilotus.**

  „ „ länglich oder lineal 15

15.   „ lineal, vielsamig. Blumen einzeln od. doldig. **9. Trigonella.**

  „ „ sichel- oder schneckenförmig gewunden. Blumen kopfigtraubig zusammenstehend . . . . **8. Medicago.**

16. Blätter paarig gefiedert, indem das Endblättchen fehlt oder zu einer Ranke metamorphosiert ist 17

  „ Blätter unpaarig gefiedert 22

17. Hohe Sträucher mit gelben Blumen . . . . . **18. Caragana.**

  „ Strauch mit violetten Blumen und 2 paarig gefiederten silbergrauen Blättern . . . . **18 a. Halimodendron.**

„ Kräuter 18
18. Der freie, obere Staubfadenteil der verschiedenen Staubblätter ungleich lang 19
„ Der freie, obere Staubfadenteil der verschiedenen Staubblätter gleich lang 21
19. Kelch 5teilig. Hülse kahl, elliptisch 4eckig, flach zusammengedrückt, 1- bis 2samig. Trauben langgestielt, mit 1 bis 3 kleinen, bläulich-weissen Blumen . . . . **28. Lens.**
„ Kelch höchstens 5spaltig. Hülse 2- bis mehrsamig 20
20. Griffel gerade, unterhalb der Spitze an der äusseren Seite bärtig behaart . . . . **26. Vicia.**
„ Griffel an der Spitze ringsum gleichmässig fein behaart, nicht bärtig. Blumen in 1- bis mehrblütigen, langgestielten Trauben. **27. Ervum.**
21. Griffel von der Seite her zusammengedrückt, unterseits rinnig, an der Spitze auf der nach innen gewendeten Seite bärtig. Nebenblätter sehr gross . . . . **29. Pisum.**
„ Griffel an der Spitze flach, auf der Innenseite in einer Längslinie, von der Narbe abwärts behaart . . . . . . **30. Lathyrus.**
22. Hülse der Länge nach mehr oder minder 2fächrig 23
„ „ 1fächrig, jedenfalls nicht längsfächrig, oft quer gegliedert. 24
23. Schiffchen stumpf . . . . **20. Astragalus.**
„ „ eine fast grannenartige Spitze besitzend. **19. Oxytropis.**
24. Hülse einfach, 1fächrig. Grosse Bäume oder Sträucher . . . 25
„ „ quergegliedert, aus 1samigen Stücken bestehend, selten ungegliedert und 1samig 26
25. Aufrechte Sträucher mit gelben Blumen . . . . **16. Colutea.**
„ Aufrechter Strauch mit violetten Blumen . . **16a. Indigofera.**
„ Kletternder Strauch mit lila Blumen . . . . . **32. Wistaria.**
„ Bäume mit weissen oder rosa Blumen . . . . . **17. Robinia.**
26. Rote Blumen in kopfigen Trauben oder Ähren 29
„ Blumen einzeln oder doldig 27
27. Schiffchen stumpf . . . . **22. Ornithopus.**
„ „ mit schnabelförmiger Spitze 28
28. Hülsen zusammengedrückt, ihre Glieder flach, hufeisenförmig gebogen. Blumen gelb . . . . . . **23. Hippocrepis.**
„ Hülsen stielrund oder 4kantig . . . . **21. Coronilla.**
29. Blumen rosenrot, in fast ährigen Trauben. Hülsen 1samig, mannigfaltig grubig geadert oder gedornt. **25. Onobrychis.**
„ Blumen purpurrot, in langgestielten, kopfigen Trauben. Hülsen aus rundlich-scheibenförmigen, flachen Gliedern bestehend . . . . **24. Hedysarum.**

1. Sophora. Str.

Bei einer Varietät (*pendula* der Gärtner) hängen die Zweige weit herab. — Zierstrauch aus Japan u. China. Juni-Sept. — *S. japonica* L.

1a. Ulex. Str.

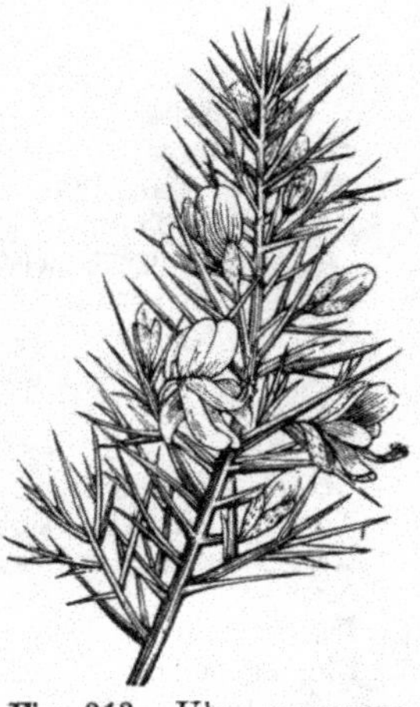

Fig. 313. Ulex europaeus.

Sandige Kiefernwälder, trockene Hügel, besonders im nördlichen u. westlichen Gebiet

von Pommern bis zur Rheinprovinz, nicht häufig. Mai, Juni. — . .
. . . . Fig. 313, Gaspeldorn, Hecksame, *U. europaeus* L.

2. Sarothamnus. Str.

Stellenweise, sandige, trockene Wälder, sonnige Hügel. Mai, Juni. —
. . . . Fig. 314, Hasen-
geil, Besen-Pfriemen, (*Spartium scoparium* L.), *S. scoparius* Koch.

3. Genista, Ginster. Str.

0. Blumen in Trauben, mit hochblatt-
artigen Deckblättern 1
„ Blumen einzeln od. an den Stengel-
enden traubig gehäuft, aber in den
Achseln von Laubblättern. Stengel
dornenlos. Hülse behaart. — Stellenweise, trockne Wälder u. Hügel. Mai,
Juni. — . . . . . *G. pilosa* L.
1. Die älteren Zweige u. ihre Mutter-
sprosse meist gedornt, weder mit
Laubblättern noch mit Trauben; die
letzten Verzweigungen erst tragen
Laubblätter u. Trauben 2
„ Stengel dornenlos, oben mit Trauben,
unten mit Laubblättern. Hülse lineal-
länglich, kahl. — Häufig, trockne
Wälder u. Wiesen. Sommer. — . .
. . . Färberginster, *G. tinctoria* L.

Fig. 314. Sarothamnus
scoparius.

2. Blätter länglich-elliptisch, am Rande nebst den letzten Zweigen,
Blumenstielen, Kelchen u. den eiförmig-länglichen Hülsen rauh-
haarig. Deckblätter pfriemlich. Var. *inermis* Koch: Pflanze dornen-
los. — Stellenweise häufig, Wälder. Mai, Juni. — *G. germanica* L.
„ Blätter länglich bis länglich-lineal u. eiförmig, nebst den letzten
Zweigen, Blumenstielen, Kelchen u. den länglichen Hülsen kahl.
Deckblätter eiförmig. — Torfhaiden, Sandboden, im nordwestlichen
Gebiet. Mai, Juni. — . . . . *G. anglica* L.

4. Cytisus. Str.

0. Stengel nicht geflügelt 1
„ „ blattartig geflügelt; Blät. einfach, ungeteilt. Blumen in dichten,
wenigblütigen, endständigen Trauben. — Sehr zerstreut, Nadelwälder,
Wiesen. Mai, Juni. — (*Genista sagittalis* L.), *C. sagittalis* Koch.
1. Blumen in Trauben 2
„ „ kopfig, büschelig od. einzeln zusammenstehend . . . 5
2. Blätter sehr kurz gestielt, die oberen sitzend. Trauben höchstens
8 blumig, aufrecht. — Zuweilen verwildernder Zierstrauch aus Süddeutschland. Mai, Juni. — . . . . *C. sessilifolius* L.
„ Blätter langgestielt. Trauben vielblumig 3
3. Trauben aufrecht, endständig. — Trockne Wälder, im mittleren
Gebiet, sehr zerstreut. Juni, Juli. — . . . . *C. nigricans* L.
„ Trauben hängend, seitenständig 4
4. Hülsen seidig behaart. — Zierpflanze aus Süddeutschland. Mai,
Juni. — . . . . Goldregen, *C. Laburnum* L.
„ Hülsen kahl. — Wie vorige. — . . . . . . *C. alpinus* Mill.
5. Blumen seitenständig, meist zu zweien, höchstens zu 6 zusammen-
stehend 6

„ Blumen endständig, doldig-kopfig angeordnet 7
6. Blumen gelb, zu 2, auch zu 1 bis 4, kurzgestielt. Äste gestreckt, mit anliegenden Seidenhaaren. — Hin u. wieder, auf Hügeln u. Bergwiesen in Prov. Preussen, Posen, Schlesien u. Böhmen. Juni. —
. . . . *C. (supinus* L. z. T.) *ratisbonensis* Schaeffer.
„ Blumen hellgelb, an den Zweigen traubig gehäuft. — Zierstrauch aus Ungarn. Mai, Juni. — . . . . *C. elongatus* W. K.
7. Blätter anliegend grau behaart. — Bei Melnik in Böhmen. Sommer. —
. . . . *C. austriacus* L.
„ Blätter abstehend behaart. — Wälder, hin u. wieder in Thüringen, Posen, Schlesien, Böhmen, sonst angepflanzt. Juni. — *C. capitatus* Jacq.

5. Lupinus, Lupine, Wolfsbohne, Jelängerjelieber. 1 j.
0. Kelchunterlippe ungezähnt 1
„ „ 3 zähnig. Blumen gelb. — Kultur- u. Zierpflanze aus Südeuropa. Mai-Sept. — . . . . . Gelbe L., *L. luteus* L.
1. Blumen weiss. — Kulturpflanze aus dem Orient. Mai, Juni. —
. . . . Weisse L., *L. albus* L.
„ Blumen blau. — Kulturpflanze aus Südeuropa. Mai, Juni. — . .
. . . . Blaue L., *L. angustifolius* L.

6. Ononis, Hauhechel, Weiberkrieg. Holzige Sd.
0. Hülse kürzer als der Kelch . 1
„ „ so lang od. länger als der Kelch. Stengel 1- od. 2 reihig rauhhaarig. — Häufig, Wiesen, Triften, Wegränder. Juni-Sept.—
. . . . *O. spinosa* L.
1. Stengel ringsum abstehend-behaart, meist oben dornig. Blumen entfernt von einander stehend, meist einzeln, seltener zu zweien. Pflanze bedornt, bei *mitis* Gmel. dornenlos. — Wie vorige. — *O. (arvensis* L. z. T., *repens* der meisten Autoren) *procurrens* Wallr.
„ Stengel ringsum rauhhaarig, dornenlos, bei *spinescens* Ledeb. mehr od. minder dornig. Blumen zu zweien, oben traubig gehäuft. — Wiesen, Triften, stellenweise, im nördlichen u. östlichen Gebiet. Juni, Juli. —

Fig. 315. Ononis hircina.

. . . . Fig. 315, *O. (arvensis* L. z. T.) *hircina* Jacq.

7. Anthyllis. Sd.
Blumen hellgelb. Var. *maritima* Schweigg.: Stengel dünner, länger, verzweigter u. stärker behaart; Blumen schmäler. Var. *Dillenii* Schult.: Blumen blutrot, Flügel z. T. gelb. — Meist häufig, trockne Wiesen u. s. w., gern auf Lehm. Mai-Herbst. — Wundklee, *A. Vulneraria* L.

8. Medicago. 1 j. u. Sd.
0. Trauben vielblumig. Hülsen dornenlos 1
„ „ bis 10 blumig. Hülsen dornig 3
1. Blumen gelb, klein, bis 3 mm lang. Hülsen kahl od. angedrückt behaart, bei *Willdenowii* Bönngh. mit abstehenden Drüsenhaaren. 1 j., auch Sd. — Gemein, Wiesen, Felder. Mai-Herbst. — *M. lupulina* L.

„ Blumen grösser, 7 bis 11 mm lang 2
2. Blumen bläulich od. violett, in länglichen Trauben. Hülsen-
windungen 2-3. Sd. — Aus Südeuropa; gebaut u. verwildert. Juni-
Sept. — . . . . Luzerne, *M. sativa* L.
„ Blumen einfarbig gelb, in kurzen, oft kugeligen Trauben. Hülsen
gerade od. gekrümmt. Sd. — Meist nicht selten, Wiesen, Hügel,
Wegränder, gern auf Kalk u. Lehm   Juni-Herbst. — . . . . .
. . . . Fig. 316, Sichelklee, *M. falcata* L.

Fig. 316. Medicago falcata.

„ Blumenfarben wechselnd, anfangs
gelblich, dann grünlich, endlich bläulich od. violett. Hülsenwindungen $^1/_2$-$1^1/_2$. Sd. — Wege,
Wiesen, Hügel, auch gebaut.
Juni - Herbst.   — Sandluzerne,
M. falcata Χ *sativa* Rchb.
3. Windungen der Hülsen 3-4 mm
im Durchmesser 4
„ Windungen der Hülsen 5-10 mm
im Durchmesser 5
4. Kelchzähne so lang wie die Kelchröhre. Var. *vulgaris* Urban: Dornen
der Hülsen kürzer als der Windungs-
durchmesser, aber länger als der
Windungshalbmesser.   Var. *longiseta* D. C.: Dornen so lang od.
länger als der Windungsdurch-
messer. Var. *brachyodon* Rchb.:
Dornen kürzer als der Windungshalbmesser. 1j. — Stellenweise,
trockne Hügel, Wegränder, auf Sand u. Kalk. Mai, Juni. — . .
. . . . *M. minima* Bartalini.
„ Kelchzähne kürzer als die Kelchröhre. 1j. — Bei Eupen und
Sommerfeld verwildert, aus Südafrika mit Wolle verschleppt. Juni,
Juli. — . . . . *M. Aschersoniana* Urban.
5. Stengel kahl od. mit einfachen Haaren besetzt 6
„ Stengel mit gegliederten Haaren besetzt. Blättchen meist purpurn
gefleckt. 1j. — Zuweilen verwildert. Mai, Juni. — *M. arabica* All.
6. Blätter oben kahl. Hülsen kahl. 1j. — Var. *denticulata* Urb.:
Hülsenwindungen bis 7 mm im Durchmesser, $1^1/_2$-$3^1/_2$; Dornen so lang
od. länger als der halbe Durchmesser der Windungen. Var. *apiculata* Urb.: Ebenso, aber Dornen so lang od. kaum länger als die
Dicke einer Windung. Eingeführt. Var. *Terebellum* Willd.: Windungen 4-6, grösser. Dornen wie vorher. Eingeführt. Var. *nigra*
Willd.: Windungen wie vorher; Dornen länger als der halbe Durchmesser der Hülse. Eingeführt. — Acker, wenig verbreitet, besonders im westlichen Gebiet. Mai-Aug. — . *M. hispida* Gärtn.
„ Blätter auf beiden Seiten behaart. Hülsen kurz-filzig-behaart. 1j.
— Zuweilen eingeschleppt. Mai-Aug. — . . *M. rigidula* Desr.

9. Trigonella. 1j.

0. Blumen einzeln od. zu zweien. — Aus Südeuropa, besonders in
Thüringen u. im Vogtlande gebaut. Juni, Juli. — . . . . . .
. . . . Bockshornklee, *T. Foenum graecum* L.
„ Blumen zu 6 od. mehreren, doldig gehäuft. — Unweit Leitmeritz.
Juni, Juli. — . . . . *T. monspeliaca* L.

10. Melilotus, Steinklee. 1- u. 2j.

0. Blumen gelb od. weiss 1
„ Blumen blau. Hülsen länglich-eiförmig, der Länge nach aderig-
gestreift. 1j. — Aus Süddeutschland, gebaut u verwildert. Juni,
Juli. — . . . . *M. coeruleus* Desr.
1. Blumen gelb 2
„ „ weiss. Hülsen kahl, netzig-runzelig. 2j. — Häufig, Wege,
Hügel, unbebaute Orte. Juli-Sept. — . . . . *M. albus* Desr.
2. Nebenblätter ganzrandig 3
„ „ am Grunde gezähnt 5
3. Nebenblätter mit breitem Grunde, pfriemlich. Hülse kugelig, zugespitzt, grubig-runzelig. 1j. — Aus Südeuropa, bei Aachen verschleppt. Mai, Juni. — . . . . *M. gracilis* D. C.
„ Nebenblätter fast borstig 4
4. Hülsen zugespitzt, anliegend kurzhaarig, meist 2 samig, netzig-
runzelig. Var. *paluster* Spr.: Blättchen kaum gesägt. Fahne
ungestreift. 2j. — Zerstreut, feuchte Orte. Juli-Sept. — . . . .
. . . . *M. (macrorrhizus* Koch) *altissimus* Thuill.
„ Hülsen stumpf, stachelspitzig, kahl, meist 1 samig, quer-runzelig. 2j.
— Wie M. albus. — . . . . . . Fig. 317, *M. officinalis* Desr.
5. Hülsen kugelig-eiförmig od. eiförmig 6
„ „ fast kugelig, sehr stumpf, netzig-runzelig. 1j. — Zuweilen
aus Südeuropa verschleppt. Juni, Juli. — . *M. parviflorus* Desf.
6. Hülse eiförmig, spitzlich, meist
2 samig. Kelch 5 nervig. 2j.
— Sehr zerstreut, auf salz-
haltigem Boden. Juli-Sept. —
. . . . . *M. dentatus* Pers.
„ Hülse kugelig-eiförmig, stumpf,
meist 1 samig, bei der Reife den
10 nervigen Kelch oben ein-
reissend. 1j. — Selten, aus
Südeuropa verschleppt. Juni,
Juli. — . . *M. italicus* Desr.

11. Trifolium, Klee. Sd. u. 1j.

0. Blätter 5 zählig, sitzend. Blätt-
chen kurz gestielt. Blumen
gelblich, weiss od. rot. Sd. —
Trockne Wälder, an einigen
Orten in Prov. Preussen. Juni. —
. . . . . *T. Lupinaster* L.
„ Blätter 3 zählig 1

Fig. 317. Melilotus officinalis.

1. Blumen gelb 2
„ „ rot bis weiss od. gelblich weiss 5
2. Obere Blätter gegenständig. Blumen anfangs goldgelb, bald dunkel
kastanienbraun werdend, in endständigen, walzenförmigen Köpfen.
1j. — Sehr zerstreut, Wiesen, in Prov. Preussen nur unweit Memel.
Juli, Aug. — . . . . *T. spadiceum* L.
„ Alle Blätter wechselständig 3
3. Fahne gefurcht, vorn löffelartig erweitert; Flügel auseinander-
tretend 4
„ Fahne kaum gefurcht, zusammengefaltet; Flügel gerade vorgestreckt.
1j. — Fast gemein, Wiesen, Äcker. Mai-Sept. — *T. minus* Sm.

4. Nebenblätter länglich-lanzettlich. Alle Blättchen sitzend. Griffel
   etwa so lang wie der Fruchtknoten. 2 j. — Nicht selten, Wiesen,
   Wälder. Juni, Juli. — Goldklee, *T. (agrarium* L. z. T.) *aureum* Poll.
„ Nebenblätter eiförmig. Das mittlere Blättchen länger gestielt.
   Griffel mehrmal kürzer als der Fruchtknoten. Blumen kleiner
   (*minus* Koch) od. grösser (*campestre* Schreb.). 1 j. — Gemein,
   Äcker, Wiesen, Wege. Juni-Sept. — . . . *T. procumbens* L.
5. Kelch nicht blasenförmig werdend; wenn dies dennoch der Fall
   ist, so sind die Köpfe sitzend 6
„ Kelch an der Frucht blasenförmig als Flugapparat aufgetrieben,
   behaart . . . . 5 a
5 a. Rosenrote, am Grunde von kleinen Hochblättern umgebene Köpfe,
   mit Stielen, die so lang od. nur etwas länger als ihr Trag-(Laub-)
   blatt sind. 1 j. — Zuweilen aus Südeuropa verschleppt. Juni,
   Juli. — . . . . *T. resupinatum* L.
„ Fleischrote bis purpurrote Blumen in langgestielten, kugeligen
   Köpfen, die am Grunde eine vielteilige Hochblatthülle von der Länge
   der Kelche besitzen. Sd. — Zerstreut, feuchte Orte, gern auf
   Salzboden. Juni-Sept. — . . . Erdbeerklee, *T. fragiferum* L.
6. Köpfe alle endständig 12
„   „   entweder alle seitenständig od. auch endständige vorhanden 7
7. Köpfe alle seitenständig 8
„   „   zum Teil seitenständig, zum Teil endständig 11
8. Krone kürzer als der Kelch. 1 j. — Unweit Halle ·a. S., Böhmen.
   Mai. — . . . . *T. parviflorum* Ehrh.
„ Krone länger als der Kelch 9
9. Stengel niederliegend u. wurzelnd. Die inneren Blumenstiele des
   Kopfes so lang wie die Kelchröhren. Sd. — Gemein, Wiesen, Triften.
   Mai-Herbst. — Fig. 318, Weisser od. Lämmerklee, *T. repens* L.
„ Stengel nicht wurzelnd. Die inneren Blumenstiele 2-3 mal so lang
   als die Kelchröhren 10
10. Stengel aufsteigend, kahl, röhrig.
    Var. *prostratum* Sonder: Stengel
    niedergestreckt, oberwärts weich-
    haarig, fest u. hart. Sd. —
    Meist häufig, Wiesen. Mai-Sept.
    —Bastardklee, *T. hybridum* L.
„   Stengel niederliegend, oben etwas
    behaart, nicht hohl. Sd.—Minde-
    stens sehr zerstreut, Kalkberge,
    Triften; fehlt z. B. in Schlesien.
    Juni, Juli. — *T. elegans* Savi.
11. Köpfe alle endständig . . 12
„   „   teils endständig, teils
    seitenständig 17
12. Die obersten Blätter sehr ge-
    nähert, gegenständig erschei-
    nend 13
„   Die obersten Blätter wechsel-
    ständig. Die purpurroten Blumen   *Fig. 318.* Trifolium repens.
    in eiförmig-walzigen Ähren. 1 j. — Aus Südeuropa, gebaut u.
    verwildert. Juni, Juli. — . . . Inkarnatklee, *T. incarnatum* L.

13. Kelch mit borstenförmigen Zähnen 14
„ „ „ lanzettlichen Zähnen, 10nervig, abstehend rauhhaarig.
Nebenblätter lanzettlich-pfriemlich. Blumen gelblich-weiss. Sd. —
Waldwiesen, Gebüsche, Wegränder, stellenweise in Mitteldeutschland, sehr selten in Norddeutschland, am häufigsten in der Rheinprovinz. Juni, Juli. — . . . . *T. ochroleucum* L.
14. Kelchröhre 10nervig 15
„ „ 20nervig 16
15. „ behaart. Köpfe meist zu zweien, am Grunde mit einer
Laubblatthülle. Var. *brachystylos* Knaf: Blumen deutlich gestielt.
Sd. — Nicht selten, Wiesen, Triften u. gebaut. Juni-Sept. —
. . . . (Roter) Klee, *T. pratense* L.
„ Kelchröhre kahl. Köpfe einzeln, ohne Hochblatthülle. Sd. —
Meist häufig, Wälder, Wiesen. Juni-Aug. — . . *T. medium* L.
16. Kelch behaart. Nebenblätter lanzettlich-pfriemlich. Köpfe kugelig
od. länglich. Blumen purpurn, bei *bicolor* Rchb. hellrosa od. weiss
mit hellpurpurnem Schiffchen. Sd. — Nicht selten, trockne Wälder.
Juni-Aug. — . . . . *T. alpestre* L.
„ Kelch kahl. Nebenblätter eiförmig bis lanzettlich. Ähren länglich-
cylindrisch. Blättchen stachelspitzig gezähnt. Sd. — Hier u. da,
Bergwälder. Juni, Juli. — . . . . *T. rubens* L.
17. Die seitenständigen Köpfe gestielt 18
„ „ „ „ sitzend. Nebenblätter eiförmig, mit einer
haarförmigen Spitze. Fruchtkelch aufgeblasen. 1j. — Sehr zerstreut, Triften u. s. w. Juni, Juli. — . . . . *T. striatum* L.
18. Die weisse Krone viel länger als der Kelch. Blättchen länglich-
lanzettlich, unten behaart, stachelspitig gezähnelt, fast klein gesägt. Sd. — Häufig, Wiesen, Wälder, Hügel. Mai-Aug. — . . .
. . . . *T. montanum* L.
„ Die lang behaarten, feinen Kelchzähne überragen die Krone.
Blättchen lineal-länglich, kurzzottig, gezähnelt. Var. *microcephalum*
Üchtr.: Ähren 2-3mal kleiner, wenigblütig. Pflanze schwach-anliegend behaart. 1j. — Gemein, besonders auf Sand. Juli-Sept. —
. . . . Katzen-, Mäuseklee, *T. arvense* L.

12. Lotus, Horn-, Schotenklee. Sd.

0. Stengel fest, sehr engröhrig od. voll. Kelchzähne vor dem Blühen
zusammenneigend. Köpfe meist 5blumig. Blättchen verkehrt-
eiförmig bis länglich, bei *tenuifolius* Rchb. länglich-lanzettlich bis
lineal. Var. *hirsutus* Koch: Pflanze mehr od. minder rauhhaarig.
— Gemein, Wiesen, Triften, Wege. Mai-Sept. — *L. corniculatus* L.
„ Stengel weich, weitröhrig. Kelchzähne vor dem Blühen abstehend
od sogar zurückgekrümmt. Köpfe 10- bis mehrblütig. — Häufig,
an feuchten Orten. Juni, Juli. — . . . . . *L. uliginosus* Schk.

13. Tetragonolobus, Spargelbohne od. -klee. Sd. u. 1j.

0. Blumen hellgelb. Sd. — Sehr zerstreut, Wiesen, Triften u. s. w.
Mai, Juni. — . . . (*Lotus siliquosus* L.), *T. siliquosus* Rth.
„ Blumen scharlachrot. 1j. — Aus Südeuropa, gebaut. Sommer. —
. . Spargelerbse, (*Lotus Tetragonolobus* L.), *T. purpureus* Mnch.

14. Galega. Sd.

Vereinzelt im südlichen Schlesien u. in Böhmen, sonst angepflanzt u.
verwildert. Sommer. — . . . . Geisraute, *G. officinalis* L.

15. Amorpha. Str.

Zierstrauch aus Nordamerika. Juni. — . . . . . A. fruticosa L.

16. Colutea. Str.

0. Hülsen stark aufgeblasen, geschlossen bleibend. Blumen gelb. — Zuweilen verwildernder Zierstrauch aus Süddeutschland. Juni. Juli. — . . . . Knallschote, Blasenstrauch, *C. arborescens* L.

„   Hülsen an der Spitze offen. Blumen rot-braungelb. — Zuweilen verwildernder Zierstrauch aus dem südöstlichen Europa. Mai, Juni. — . . . . *C. cruenta* Ait.

16 a. Indigofera. Str.

Zierstrauch vom Himalaya. Juni. — . . . . *I. Dosua* Hamilton.

17. Robinia. Allgemein (obwohl eigentlich unrichtig) als Akazie bezeichnet. B.

0. Trauben u. Hülsen kahl. Blumen weiss, wohlriechend. — Verwildernder, sehr häufiger Zierbaum aus Nordamerika. Mai, Juni. — . . . . *R. Pseud-Acacia* L.

„   Trauben, Hülsen u. die jungen Zweige dicht abstehend behaart. Blumen hellrot. — Zierbaum aus Nordamerika. Mai, Juni. — *R. hispida* L.

„   Blattstiele, Hülsen u. junge Zweige klebrig. Blumen rosa. — — Zierbaum aus Nordamerika. Juni. — . . *R. glutinosa* Sims.

18. Caragana. Str.

0. Blumen einzeln. — Zierpflanze aus Südrussland. Frühling. — . . . . *C. frutescens* D. C.

„   Blumen in Dolden. — Zierpflanze aus Sibirien. Mai. — *C. arborescens* L.

18 a. Halimodendron. Str.

Zierstrauch aus Sibirien u. der Tatarei. Juni, Juli. — *H. argenteum* Lmk.

19. Oxytropis. Str.

Sehr zerstreut, trockne Hügel. Juni, Juli. — . . . . (*Astragalus pilosus* L.), *O. pilosa* D. C.

20. Astragalus. Sd.

0. Der unterirdische Stock treibt sehr zottige, 10-20 paarig gefiederte Blätter u. Stiele mit gelben Blumen, sodass oberirdisch von einem Stengel nichts zu sehen ist. — Trockne Hügel, vereinzelt von Thüringen bis Magdeburg, Böhmen. Mai. — . . *A. exscapus* L.

„   Ein oberirdischer, deutlicher Stengel ist vorhanden 1
1. Blumen gelblich-weiss 2
„   „   bläulich od. fleischrot 3
2. Stengel anliegend-behaart. Hülsen kugelig, aufgeblasen, rauhhaarig. — Zerstreut, Wiesen- u. Wegränder. Juni-Aug. — *A. Cicer* L.

„   Stengel fast kahl. Hülsen lineal, kahl. — Häufig, Wälder, Gebüsche. Juni-Sept. — Fig. 319, Lakritzenwicke, Wolfsschote, *A. glycyphyllos* L.
3. Stengel behaart 4
„   „   kahl. Flügel 2 spaltig. — Sonnige Hügel in Böhmen. Juni. — . . . . *A. austriacus* Jacq.
4. Hülsen rundlich-eiförmig oder eiförmig 5
„   Hülsen lineal-länglich, graubehaart. Stengel grauhaarig, bei *glabrescens* Rchb. die Pflanze fast kahl. — Sehr zerstreut, Sandhügel, Kiefernwälder; fehlt westlich von der Provinz Brandenburg. Juni, Juli. — . . . . *A. arenarius* L.

5. Früchte im Kelche gestielt. —
Sehr zerstreut, trockne Orte,
Pfalz und Rheinhessen, fehlt
sonst im westlichen Gebiet sowie im Königreich Sachsen ganz,
in Schlesien sehr selten. Frühling. — . . A. (*Hypoglottis*
vieler Autoren) *danicus* Retz.
„ Früchte im Kelche sitzend. —
Böhmen. Sommer. — . . .
. . . . A. Onobrychis L.

21. Coronilla. Sd.

0. Blumen gelb 1
„   „   weiss, Fahne rot. —
Zerstreut, Hügel, Wald- u. Wegränder. Sommer. — . . .
. . Kronwicke, *C. varia* L.

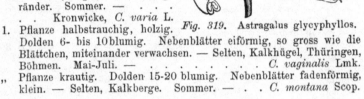

Fig. 319. Astragalus glycyphyllos.

1. Pflanze halbstrauchig, holzig.
Dolden 6- bis 10blumig. Nebenblätter eiförmig, so gross wie die
Blättchen, miteinander verwachsen. — Selten, Kalkhügel, Thüringen,
Böhmen. Mai-Juli. — . . . . *C. vaginalis* Lmk.
„ Pflanze krautig. Dolden 15-20 blumig. Nebenblätter fadenförmig,
klein. — Selten, Kalkberge. Sommer. — . . *C. montana* Scop.

22. Ornithopus. 1 j.

0. Kelchröhre dreimal länger als die eiförmigen Zähne. — Stellen-
weise, Kiefernwälder; fehlt z. B. in Böhmen. Mai-Juli. — . . .
. . . . Fig. 320, Mäusewicke, *O. perpusillus* L.
„ Kelchröhre nicht viel länger als die pfriemförmigen Zähne. — Aus
Südwesteuropa, gebaut. Sommer. — Serradella, *O. sativus* Brotero.

Fig. 320. Ornithopus perpusillus.   *Fig. 321.* Hippocrepis comosa.

23. Hippocrepis. Sd.

Zerstreut, Kalkberge in Mitteldeutschland. Mai-Juli. — Fig. 321, *H. comosa* L.

24. Hedysarum. Sd.

Sehr selten, nasse Felsen, Riesengebirge, Gesenke. Sommer. — . .
. . . . *H. obscurum* L.

25. Onobrychis. Sd.

Hülsen kugelig, behaart, am Rande u. auf den Adern der Seitenflächen
stachlig gezähnt. Var. *arenaria* D. C.: Die mittleren Zähne des Hülsen-
randes pfriemlich. — Nicht häufig, Mitteldeutschland, gern auf Kalk, sonst
gebaut u. verwildert. Mai-Juli. — . . . . Esparsette,
(*Hedysarum Onobrychis* L., *Onobrychis sativa* Lmk.). *O. viciaefolia* Scop.

26. Vicia, Wicke. Sd., 1- u. 2 j.

Bei manchen Pflanzen sind nicht allein die Blumen, sondern auch
die Laubblätter mit Nektarien ausgestattet. Dies ist in ausgezeichneter
Weise bei den Nebenblättern der meisten Wicken (Fig. 322) der Fall.
Diese Nektarien dienen als Mittel, „unberufene", den Stengel hinauf-
kriechende Besucher, etwa Ameisen, welche beim Befruchtungsvorgang
keine Rolle zu spielen vermögen, von den Blumen abzulenken. Solche
zu den Blumen emporkriechende Insekten müssen an den dicht am
Stengel befindlichen Nebenblatt-Nektarien vorbei, wo sie schon Honig
in reichlicher Menge vorfinden. Sie beuten die so leicht gefundene
Nahrungsquelle aus, ohne sich gewöhnlich weiter zu den Blumen zu
bemühen. (Vergl. auch Viscaria p. 196.)

0. Blumen hellgelb. Blättchen lineal u. länglich. Nebenblätter mit
   Nektarien. 1 j. — Unter der Saat, besonders am Mittelrhein.
   Sommer. — . . . . *V. lutea* L.
  „ Blumen violett, rot, blau od. weiss (sehr selten blassgelb) . 1
1. Blumen violett, rot od. blau 2
  „ Blumen weiss, die Flügel mit einem schwarzen Fleck. Neben-
   blätter mit Nektarien. 1 j. — Kulturpflanze aus Asien. Sommer. —
   . . . . Saubohne, *V. Faba* L.
2. Blumen in langgestielten Trauben. Endblättchen zu einer Ranke
   metamorphosiert. Nebenblätter ohne Nektarien 3
  „ Blumen in kurzgestielten Trauben, od. einzeln od. zu zweien.
   Nebenblätter mit Nektarien 6
3. Griffel von der Seite zusammengedrückt 4
  „ Griffel von oben nach unten zusammengedrückt. Nebenblätter
   halbmondförmig, buchtig-gezähnt. Sd. — Stellenweise, Wälder.
   Sommer. — . . . . *V. dumetorum* L.
4. Platte der Fahne ½ so lang als ihr Nagel. Pflanze gewöhnlich
   zottig, selten spärlich behaart, mit fast kahlem Stengel (*glabrescens*
   Koch). 2 j. — Nicht selten, namentlich im östlichen u. nördlichen Gebiet, auf Äckern. Mai-Juli. — . . . *V. villosa* Roth.
  „ Platte der Fahne mindestens so lang wie ihr Nagel . . . 5
5. Platte der Fahne so lang wie ihr Nagel. Stengel angedrückt-
   weichhaarig. Sd. — Meist häufig, Wiesen, Äcker. Sommer. — .
   . . . . Vogelwicke, *V. Cracca* L.
  „ Platte der Fahne meist 2 mal so lang als ihr Nagel. Stengel
   meist kahl. Sd. — Zerstreut, Gebüsche, Bergwiesen. Sommer. —
   . . . . *V. tenuifolia* Roth.
6. Kelchzähne ungleich, die oberen mehrmal kürzer als die Röhre.
   Blumen schmutzig-violett, selten blassgelb (*ochroleuca* Bast.). Sd. —
   Häufig, Wälder, Gebüsche u. s. w. Sommer. — Fig. 322, *V. sepium* L.

„   Kelchzähne ziemlich gleich, etwa so lang wie die Röhre   .   .   7
7.   Blätter 3-7 paarig gefiedert. Stengel meist kletternd   . . .   8

„   Blätter 2-3 paarig gefiedert, an
Stelle des Endblättchens eine
einfache Stachelspitze. Stengel
sich meist am Grunde in viele
niederliegende u. aufsteigende
Zweige teilend. Hülsen lineal,
kahl. Blumen fast sitzend,
einzeln. 1 j. — Zerstreut, Wälder, Grasplätze. April-Juni. —
. . . . . V. *lathyroides* L.
8.   Hülsen aufrecht, länglich, kurzhaarig, gelbbraun. Bei *impari-
pinnata* Potonié fehlt die Ranke
an der Spitze des Blattes. 1 j.
— Aus Süd-Europa? Kultur-
pflanze, oft verwildert. Mai-Juli.
— . Futterwicke, *V. sativa* L.

„   Hülsen abstehend, lineal bis
länglich - lineal, bei der Reife
kahl, schwarz. Kommt zuweilen   *Fig. 322.*   Vicia sepium.
mit unterirdischen, cleistogamen Blüten vor. 1 j. — Häufig, in
Wäldern, auf Äckern u. Grasplätzen. Mai, Juni. — . . . . . .
. . . . *V. angustifolia* All.
V. angustifolia ist wohl die Stammart von V. sativa.

27. Ervum. Sd. u. 1 j.

0.   Endblättchen zu einer Ranke metamorphosiert   1
„   Blätter ohne Endranke, mit einfacher Stachelspitze, meist 10-
paarig gefiedert. Hülse perlschnurartig eingeschnürt. Blumen
weisslich. 1 j. — Unter der Saat, namentlich in Flussthälern der
Rheinprovinz. Juni, Juli. — . . . . *E. Ervilia* L.
1.   Blättchen lineal. Blumen einzeln od. in wenigblumigen Trauben. 2
„   „   eiförmig od. eiförmig-länglich. Trauben vielblumig. 5
2.   Nebenblätter halbpfeilförmig. 3
„   „   ungleich, das eine sitzend, lineal und ungeteilt, das
andere gestielt u. gespalten. Blumen einzeln, bläulich-weiss. 1 j. —
Sehr zerstreut, Äcker; an einigen Stellen der Rheinprovinz häufig;
in Schlesien fehlend. Sommer. — . . . . . *E. monanthos* L.
3.   Blätter 2-4 paarig gefiedert. Hülsen kahl 4
„   „   meist 6 paarig. Hülsen 2 samig, weichhaarig. 1 j. —
Häufig, Äcker, Grasplätze. Juni, Juli. — . . *E. hirsutum* L.
4.   Blätter 3-4 paarig. Hülsen meist 4 samig. 1 j. — Nicht gerade häufig.
Wiesen, Gebüsche, Grasplätze. Juni, Juli. — *E. tetraspermum* L.
„   Blätter 2-4 paarig. Hülsen meist 6 samig. 1 j. — Selten, Äcker,
Provinz Sachsen, Thüringen, Rhein- u. Maingegend. Juni, Juli. —
. . . . *E. gracile* D. C.
5.   Blattranke ungeteilt, stachelspitzig. Sd. — Wiesen, Schleswig,
früher im Spessart. Mai, Juni. — . . . .
. . . . (*Orobus silvaticus* L.), *E. Orobus* Kittel.
„   Blattranke verzweigt 6
6.   Blumen weiss bis gelb. Nebenblätter gezähnt 7

„ Blumen violett-rot. Blätter 9-13 paarig. Nebenblätter ganzrandig.
Sd. `— Stellenweise, trockene Wälder, Hügel. Juni, Juli. — . .
. . . . (*Vicia cassubica* L.), *E. cassubicum* Peterm.
7. Blätter 3-5 paarig. Die grossen Nebenblätter halbpfeilförmig.
Blumen gelblich-weiss. Sd. — Sehr zerstreut, Berglaubwälder.
Juni, Juli. — . . (*Vicia pisiformis* L.), *E. pisiforme* Peterm.
„ Blätter 7-9 paarig. Nebenblätter halbmondförmig. Sd. — Stellenweise,
Berglaubwälder. Juli, Aug. — (*Vicia silvatica* L.), *E. silvaticum* Peterm.

28. Lens. 1 j.
Kulturpflanze aus Südeuropa. Juni, Juli. — . . . .
. . . . Linse, (*Ervum Lens* L.), *L. esculenta* Mnch.

29. Pisum, Erbse, Schote. 1 j.
0. Samen kugelig, hellgelb. Die Hülsen gewöhnlich gerade, klein u.
die Samen gedrängt (*vulgare* Schübler u. Martens.). Bei *saccharatum* Rchb. (Zuckererbse) die Hülsen grösser, zusammengedrückt, etwas sichelförmig gebogen u. die Samen etwas entfernt.
Bei *umbellatum* Mill. die Blütenstände mehr als 2 blütig. — Kulturpflanze. Mai-Juli. — . . . . . Brech-Erbse, *P. sativum* L.
„ Samen eckig, braun u. graugrün punktiert. — Wie vorige Art. —
. . . . Graue od. preussische Erbse, *P. arvense* L.

30. Lathyrus. Sd., 1- u. 2 j.
0. Blätter ohne Ranken . . . 14
„   „ mit   „ . . . 1
1. Hauptblattspreiten des oberen u.
mittleren Stengelteils fehlen.
Nebenblätter mit grossen Spreiten
. . . . 2
„ Hauptblätter spreitenartig entwickelt 3
2. Nebenblätter sehr gross. Die
Hauptblätter des mittleren u. oberen
Stengelteils in Ranken metamorphosiert. Blumen gelb. 1 j. —
Stellenweise im südlichen u. westlichen Gebiet unter der Saat;
fehlt z. B. in Schlesien u. Böhmen.
Juni. — . . . *L. Aphaca* L.
„ Nebenblätter klein. Hauptblätter
zu einfachen Stielen verkümmert.   *Fig. 323.* Lathyrus pratensis.
Blumen rot. Hülsen angedrückt-behaart, bei *gramineus* Kerner
kahl. 1 j. — Sehr zerstreut, Acker u. Wiesenränder, besonders in
Mitteldeutschland. Mai-Juli. — . . . . *L. Nissolia* L.
3. Stengel kantig, ungeflügelt 4
„   „ geflügelt 6
4. Blumen rot 5
„   „ gelb. Pflanze weichhaarig, bei *sepium* Scop. kahl u. Kelchzähne fast gleichlang. Sd. — Gemein, feuchte Orte. Juni, Juli. —
. . . . Fig. 323, *L. pratensis* L.
5. Blättchen 1 paarig. Sd. — Zerstreut, Lehmäcker. Sommer. — .
. . . . Erdnuss, *L. tuberosus* L.
„ Blätter meist 4 paarig. Sd. — Stellenweise, Küste. Sommer. —
. . . . . . (*Pisum maritimum* L.), *L. maritimus* Bigelow.

6. Blumen einzeln od. zu zweien od. dreien. Blätter 1paarig . 7
.. Trauben vielblumig, so lang od. länger als ihr Deckblatt. . 9
7. Blumen zu zweien od. dreien. Hülsen rauhhaarig 8
„ ., einzeln. Hülsen kahl, 2 flügelig. 1 j. — Gebaut, aus Südeuropa. Mai, Juni. — . . . . . Kicherling, *L. sativus* L.
8. Blättchen lanzettlich-lineal. 1- u. 2 j. — Sehr zerstreut, unter der Saat, Mitteldeutschland. Juni, Juli. — . . . . *L. hirsutus* L.
„ Blättchen elliptisch-eiförmig. 1 j. — Zierpflanze aus Sicilien. Sommer. — . . . . . . Spanische Wicke, *L. odoratus* L.
9. Blätter 1 paarig gefiedert, sehr selten die oberen 2 paarig gefiedert. 10
„ Blätter 2-5 paarig gefiedert 12
10. Blättchen elliptisch bis lanzettlich. Traube mehrmal länger als das Deckblatt. Sd. — Harz, sonst als Zierpflanze verwildert. Sommer. — . . . . *L. latifolius* L.
„ Blätter länglich bis lanzettlich 11
11. Flügel des Stengels 2 mal so breit als die der Blattstiele. Blättchen lanzettlich, bei *ensifolius* Buek lineal-lanzettlich. Sd. — Zerstreut, Wälder, Gebüsche. Sommer. — . . . . . . *L. silvester* L.
„ Flügel des Stengels fast ebenso breit wie die der Blattstiele. Sd. — Wie vorige, zu der sie als Var. gestellt werden kann, aber seltener, fehlt z. B. in der Rheinprovinz. — *L. platyphyllos* Retz.
12. Obere Blätter 2-3 paarig gefiedert 13
„ Blätter 3-5 paarig gefiedert; Nebenblätter fast grösser als die Blättchen, ei-halbpfeilförmig. Sd. — Unweit Marienwerder u. Podiebrad. Juni, Juli. — . . . . *L. pisiformis* L.
13. Untere Blätter 1 paarig, selten auch die oberen 1 paarig (*unijugus* Koch). Blumen purpurrot. Sd. — Selten, Gebirgswälder, Abhänge, Thüringen, Harz, Schlesien, Nordböhmen, Polen. Sommer. — . . . . *L. heterophyllos* L.
„ Alle Blätter 2-3 paarig. Blumen blau. Sd. — Fast häufig, nasse Wiesen. Sommer. — . . . . *L. paluster* L.
14. Stengel nicht geflügelt 15
„ „ deutlich geflügelt. Blättchen 2-3 paarig, länglich-lanzettlich od. sehr schmal-lineal (*tenuifolius* Rth.). Var. *emarginatus* Hertsch: Blättchen zum Teil breit-oval, ausgerandet. Sd. — Häufig, trockene Wälder. April-Juni. — (*Orobus tuberosus* L.), *L. montanus* Bernh.
15. Blätter meist 6 paarig gefiedert mit eiförmig-länglichen Blättchen. Var. *heterophyllos* Üchtr.: Blättchen der unteren Blätter schmallineal. Sd. — Fast zerstreut, Laubwälder. Juni, Juli. — . . . . (*Orobus niger* L.), *L. niger* Bernh.
„ Blätter 2-4 paarig gefiedert 16
16. Blumen purpurrot, später blau. Blättchen eiförmig, lang zugespitzt. Sd. — Nicht selten, Laubwälder. Frühling. — . . . . (*Orobus vernus* L.), *L. vernus* Bernh.
„ Blumen weiss bis gelb. Blättchen lineal od. lineal-lanzettlich. 17
17. Blättchen lineal od. lineal-lanzettlich. Sd. — Böhmen. Mai, Juni. — . . . . *L. pannonicus* Gcke.
„ Blättchen elliptisch, spitz. Sd. — Eichwaldener u. Brödlaukener Forst bei Insterburg. Mai, Juni. — (*Orobus luteus* L.), *L. luteus* Gren.

31. Phaseolus, Bohne. 1 j. u. Sd.

0. Traube länger als ihr Deckblatt. Hülsen rauh. Blumen weiss, bei *coccineus* L. (türkische od. Feuerbohne) scharlachrot u. die Samen

22*

gefärbt.   1j. u. Sd. — Kulturpflanze aus Südamerika.   Juni-
Sept.— . . . . *P. multiflorus* Willd.
„ Traube kürzer als ihr Deckblatt. Hülsen glatt. Stengel windend
(*communis* d. A. = Stangenbohne), bei *nanus* L. (Zwerg-, Busch-
oder Krupbohne) nur 0,30-0,60 m hoch, nicht windend. 1j. —
Kulturpflanze aus Amerika. Juni-Aug. — . . . *P. vulgaris* L.

32. Wistaria. Str.

Schlingendes Ziergehölz aus China. Juni. — . . *W. chinensis* D. C.

LXIII. Fam. Caesalpiniaceae.

Staubblätter frei, höchstens am Grunde etwas verwachsen, sonst im
allgemeinen wie bei der vorigen Familie.

0. Blumen 10 männig 1
„   „   5 männig. Blätter einfach- od. 2fach gefiedert. **1. Gleditschia.**
1.   „   weiss od. grünlich-weiss 2
„   „   rot. Blätter nierenförmig . . . . **2. Cercis.**
2. Blätter mit Ausnahme eines od. mehrerer der untersten Fiederpaare
doppelt-gefiedert . . . . **3. Gymnocladus.**
„   Blätter einfach-gefiedert . . . . **4. Cladrastis.**

1. Gleditschia. B.

Zierbaum aus Nordamerika. Juni, Juli. — . . . . . *G. triacantha* L.

2. Cercis. Str.

Zierstrauch aus Süd-Europa. Ende März, Apr. — . . . .
. . . . Judasbaum, *C. Siliquastrum* L.

3. Gymnocladus. B.

Zierbaum aus dem nördlichen Nordamerika. Mai, Juni. — *G. canadensis* Lmk.

4. Cladrastis. B.

Zierbaum aus Nordamerika. Mai. — . . . . . . *C. lutea* Michaux.

---

20. Hysterophyta.

Als Anhang zu den Choripetalen folgen hier
einige, meist aus Schmarotzergewächsen gebildete
Familien von zweifelhafter Verwandtschaft.

LXIV. Fam. Aristolochiaceae.

Frucht unterständig, 6 fächrig, mit mehrsamigen
Fächern, aufspringend.

0. Perigon langröhrig, am Grunde bauchig. Die
6 Staubbeutel sind dem Griffel dicht unter der
Narbe angewachsen . . **1. Aristolochia.**
„   Perigon glockig, mit 3spaltigem Saum. 12
oberständige Staubblätter. Mit kriechendem
Rhizom . . . . **2. Asarum.**

1. Aristolochia. Sd. u. Str.

Die Osterluzei, Aristolochia Clematitis, welche
erstweiblich ist, zeigt eine bemerkenswerte Blumen-
einrichtung für die Insektenbestäubung. Das röhrige
Perigon ist anfangs an seiner Innenfläche, so lange
sich die Blume im weiblichen Zustande befindet,

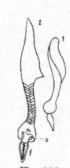

Fig. 324.
1. Blume der Aristo-
lochia Clematitis, *2.*
Längsschnitt durch
dieselbe; *n* Narbe,
s Staubbeutel,
f Fruchtknoten. —
Beschreibung im
Text.

mit nach dem Blütengrunde gerichteten Haaren besetzt, 2 in Fig. 324, welche — wie die Falle der Maus oder wie die Reuse den Fischen — den Insekten zwar den Eingang in die Blume gestatten, ihnen aber den Austritt unmöglich machen. Das Insekt kriecht daher, einen Ausgang suchend, in dem erweiterten Blumengrunde umher, wo die Narbe *n*, umgeben von darunter befindlichen, sitzenden Staubblättern *s*, ihren Platz hat. Angenommen, das Insekt brächte nun von einer anderen Blume Pollen mit, so tritt die erstweibliche Blume, nachdem die wegen des Herumkriechens in dem engen Raume unvermeidliche Befruchtung stattgefunden hat, in den männlichen Zustand, was sich durch das Aufbrechen der Staubbeutel kundgiebt. und es beginnt das Perigon zu welken. Letzteres wird durch das Schwinden der absperrenden Haare eingeleitet, und das Insekt kann nunmehr, beladen mit neuem Pollen, die Blume wieder verlassen, denselben eventuell einer anderen, im weiblichen Zustande befindlichen Blume zuführend.

O. Stengel aufrecht nebst den rundlichen bis eiförmigen stumpfen Blättern kahl. Perigon gerade, einlippig. Sd. — Zerstreut, namentlich in der Nähe von Ortschaften. Mai, Juni. — . . . . Fig. 324, Osterluzei, *A. Clematitis* L.

„ Stengel windend. Blätter kurz-zugespitzt, sparsam behaart. Perigonröhre pfeifenkopfartig gekrümmt, mit regelmässig 3 lappigem Saum. Str. — Zierpflanze aus Nordamerika. Juni, Juli. — . . . . Pfeifenkopf, *A. Sipho* L'Hérit.

2. Asarum. Sd.

Zerstreut, Laubwälder, Gebüsche. Frühling. — . . . . Fig. 325, Haselwurz, *A. europaeum* L.

LXV. Fam. Santalaceae.

Blüten mit 4-5 zähligem Perigon u. Staubblattkreis. Das 1 fächrige Fruchtblatt mit einigen mittelständigen Eichen. Die Stiele der 1- bis mehrblütigen Gruppen mit od. ohne Vorblättchen bekleidet, in beiden Fällen findet sich aber ein Hochblättchen an dem Zweig, welches als sein im Laufe der Generationen hinaufgerücktes Deckblatt gilt. Sind 2 Vorblätter vorhanden, so steht dieses Deckblatt in gleicher Höhe mit ihnen.

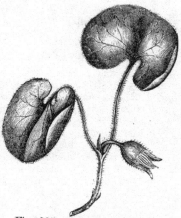

Fig. 325. Asarum europaeum.

Die hierher gehörigen Gewächse sind Schmarotzer, welche sich durch ihre Wurzeln in organischen Zusammenhang mit den in ihrer Nähe wachsenden Pflanzen setzen. An ihren Wurzeln entstehen Wärzchen, Haustorien, welche in die Nährpflanzen eindringen und ihnen Nährstoffe entziehen. Da diese Pflanzen wohlentwickelte, grüne Laubblätter besitzen, machen sie sich auch die Kohlensäure der Luft als Nahrung zu Nutze.

Thesium. Sd.

O. Unter jeder Blüte 3 Blättchen, nämlich das „hinaufgerückte" Deckblatt u. 2 Vorblätter. (Vergl. Fig. 326.) 1

„ Unter jeder Blüte nur das hinaufgerückte Deckblatt; sehr selten
sind ein od. auch 2 Vorblätter vorhanden (*tribracteatum* Madauss).
Frucht etwa so lang wie das Perigon. An der Spitze des frucht-
tragenden Stengels finden sich Hochblätter, welche ihm ein schopfiges
Ansehen geben. — Selten, grasige Hügel, lichte Waldplätze, besonders im östlichen Gebiet. Mai, Juni. — *T. ebracteatum* Hayne.

1. Perigonzipfel zur Fruchtzeit ganz eingerollt 2
„   „   „   „   nur an der Spitze eingerollt . . 3
2. Pflanze zuletzt vielstengelig, ohne Ausläufer. Blätter lanzettlich, lang zugespitzt,
3- bis 5 nervig. — Sehr zerstreut, Bergwälder, Mitteldeutschland. Juni, Juli. —
T. (Linophyllum L. z. T.) *montanum* Ehrh.
„ Pflanze Ausläufer treibend. Blätter lineal,
spitz, undeutlich 3 nervig. Var. *latifolium*
Wimmer: Blätter lanzettlich, 3-5 nervig.
— Zerstreut, Bergwiesen, grasige Hügel
u. s. w , nach Westen seltener werdend.
Juni, Juli. — . . Fig. 326, *T.* (*Linophyllum* L. z. T.) *intermedium* Schrad.
3. Fruchtzweige wagerecht abstehend. Blätter schwach 3 nervig. — Sehr zerstreut,
Bergwiesen, besonders in Mitteldeutsch-
land. Juni, Juli. — *T. pratense* Ehrh.
„ Fruchtzweige aufrecht-abstehend. Blätter
1 nervig. — Selten, Bergabhänge. Juni,
Juli. — . . . . *T. alpinum* L.

Fig. 326.
Thesium intermedium.

LXVI. Fam. Loranthaceae.

Auf Bäumen schmarotzende Gewächse, welche grüne Laubblätter
besitzen und daher auch die Kohlensäure der Luft für den Aufbau
ihres Leibes zu verwerten imstande sind.

0. Pflanzen 2 häusig. Die männlichen Blüten
(Fig. 327[3]) bestehen meist aus 4 Perigonblättern, denen je ein löcherig aufspringender,
vielfächeriger Staubbeutel (Fig. 327[4]) an-
sitzt. Die weiblichen Blüten (Fig. 327[2])
besitzen einen unterständigen Fruchtknoten,
der an der Spitze ein 4 zipfeliges Perigon
trägt. Beeren weiss . . . . . 1. **Viscum.**
„ Blüten zwitterig od. die Pflanzen 2 häusig.
Blütendecke 6 zählig, selten 4- od. 8 zählig,
Staubblätter am Grunde derselben eingefügt.
Beeren gelb . . . . . . 2. **Loranthus.**

Fig. 327.
1. Zweigstück von Vis-
cum album mit 4 Laub-
blättern und 3 reifen
Beeren. — *2.* Weib-
liche, *3.* männliche
Blüte, *4.* ein von innen
gesehenes Perigonblatt
der letzteren mit dem
ansitzenden Staub-
beutel.

1. Viscum. Str.

Blätter länglich. Beeren meist weiss. Var. *laxum*
Boissier u. Reuter: Blätter lineal-länglich, obere
an der Spitze sichelförmig einwärts gekrümmt.
Beeren kleiner u. hellgelb. — Zerstreut, auf den
Zweigen verschiedener Bäume schmarotzend, be-
sonders auf Kiefern, Pappeln, Kernobstbäumen u. a. März, April. — . .
. . . . Fig. 327, Mistel, *V. album.*

2. Loranthus. Str.

Auf Eichen schmarotzend. Sachsen, Böhmen. Frühling. — . . . . .

. . . . *L. europaeus* Jacq.

Unterklasse Sympetalae.

Pflanzen mit im allgemeinen, wenigstens am Grunde, verwachsenen, also nicht freien Kronenblättern.

1. Bicornes.

LXVII. Fam. Ericaceae.

Kelch- u. Kronenblätter meist 4- od. 5 zählig mit 2 mal so viel Staubblättern als Kronenblätter. Früchte 4-5 fächrig, Kapseln od. Beeren.

0. Kronenblätter frei 3
„ „ verwachsen 1
1. Fruchtknoten oberständig 2
., „ unterständig, zu einer Beere werdend. **a) Vaccinieae.**
2. Kapsel sich in der Mitte der Aussenwandungen der einzelnen Fächer öffnend, d. h. **fachspaltig**. Frucht selten beerig. Ein Kelchblatt liegt der Achse zugewandt. Blätter zuweilen sehr klein u. schmal, mehr od. minder nadelförmig . . . . **b) Ericeae.**
„ Kapsel sich an den Scheidewänden der Fächer öffnend, d. h. **wandspaltig**. Ein Kelchblatt ist dem Deckblatt der Blume zugewandt, liegt also genau über demselben. **c) Rhodoreae.**
3. Pflanzen mit grünen Laubblättern . . . . . **d) Piroleae.**
„ „ „ schuppenförmigen, bleichen Blättern . . . .
. . . . **e) Monotropeae.**

a) Vaccinieae.

Vaccinium. Str.

0. Stengel aufrecht. Blumen kugelig, krug- od. glockenförmig. 1
., „ kriechend. Krone tief 4 teilig mit zurückgeschlagenen Zipfeln 4
1. Blätter krautig, flach, im Herbste abfallend. Blumen meist 5 zählig 2
„ Blätter mehr od. minder lederig u. am Rande zurückgerollt, den Winter über stehen bleibend. Blumen meist 4 zählig 3
2. Zweige scharfkantig, mit eiförmigen, spitzen, kleingekerbt-gesägten, hellgrünen Blättern. Kelchsaum ungeteilt. — Häufig, Haiden. Mai, Juni. . . . . Heidel- od. Blaubeere, *V. Myrtillus* L.
„ Zweige stielrund, mit elliptischen od. verkehrt-eiförmigen, stumpflichen, ganzrandigen, blaugrünen Blättern. Kelchsaum 5 teilig. — Stellenweise, Torf- u. Moorstellen. Mai, Juni. — . . . . . .
. . . . Rausch-, Trunkelbeere, *V. uliginosum* L.
3. Blätter verkehrt-eiförmig, stumpf, schwach gekerbt, am Rande deutlich zurückgerollt u. unterseits punktiert. — Meist häufig, Haiden. Mai, Juni, häufig zum 2. Mal im Aug. . . . . . .
. . . . Preissel- od. Kronsbeere, *V. Vitis idaea* L.
„ Blätter eiförmig, spitz, stumpf gezähnelt, am Rande etwas zurückgerollt u. unten sparsam punktiert. — Seltener Bastard, zwischen den Eltern. — *V. (intermedium* Ruthe) *Myrtillus* ✕ *Vitis idaea* Ruthe.

4. Blätter eiförmig, spitz mit deutlich umgeschlagenem Rande, unterseits etwas heller als oberseits. Staubfäden etwa so lang wie die Beutel. Var. *microcarpum* Turcz.: Blumen meist einzeln, mit fast kahlen Stielen, nebst den Früchten $^1/_2$ so gross wie bei der Hauptform. — Zerstreut, Torfsümpfe. Sommer. — . . Torf-, Moosbeere, *V. Oxycoccos* L.

„ Blätter länglich, Rand kaum zurückgerollt, unterseits blaugrün. Staubfäden kaum von $^1/_3$ der Länge der Beutel. — Aus Nordamerika. Angepflanzt u. verwildert am Steinhuder Meer. Juni. — . . . . Fig. 328, Cransbeere, *V. macrocarpum* Ait.

Fig. 328. Vaccinium macrocarpum.　　*Fig. 329.* Erica Tetralix.

b) Ericeae.

0. Blütenteile 4 zählig 1
„ „ 5 zählig 2
1. Kelch blumenblattartig rosa od. weiss gefärbt, etwa 2 mal so lang als die Krone. Die kleinen, lineal-lanzettlichen Blätter stehen dicht gedrängt 4 reihig . . . . 1. **Calluna.**
„ Kelch grün, kürzer als die Krone . . . . . . 2. **Erica.**
2. Frucht beerig. Blätter verkehrt-eirund bis elliptisch . . . . .
. . . . 3. **Arctostaphylos.**
„ Frucht kapselig. Blätter länglich od. lineal-lanzettlich, mit den Rändern zurückgerollt . . . . 4. **Andromeda.**

1. Calluna. Str.
Pflanze kahl od. etwas kurzhaarig, bei *hirsuta* Presl: abstehend graubaarig. — Gemein, Kiefernwälder, Hügel. Aug.-Okt. — . . . . .
. . . . Haidekraut, (*Erica vulgaris* L.), *C. vulgaris* Salisb.

2. Erica. Str.
0. Staubbeutel mit 2 grannenartigen Verlängerungen an ihrem Grunde, in der Krone eingeschlossen 1
„ Staubbeutel unbegrannt, aus der Krone hervorsehend. Blätter kahl. — Haiden, Vogtland, Böhmen. April, Mai. — *E. carnea* L.
1. Blätter steifhaarig-gewimpert. — Torfige u. moorige Haiden, namentlich im nordwestlichen Gebiet. Sommer. — . . . .
. . . . Fig. 329, Moorhaide, *E. Tetralix* L.
„ Blätter kahl. — Unweit Bonn. Juni, Juli. — . *E. cinerea* L.

3. Arctostaphylos. Str.

Haiden Norddeutschlands, seltener in Mitteldeutschland. Frühling. —
. . . . . . Bärentraube, (*Arbutus Uva ursi* L.), *A. Uva ursi* Spr.

4. Andromeda. Str.

0. Blätter lineal - lanzettlich, unterseits
weiss bis blaugrünlich. — Zerstreut,
Torfsümpfe. Mai, Juni. — . Fig.
330, kleine Grantze, *A. poliifolia* L.
„ Blätter oval - länglich, beiderseits
ˌschuppig. — Unweit Labiau und
Ragnit. Frühling. — *A. calyculata* L.

c) Rhodoreae.

0. Blumen weiss 1
ˌ„ „ nicht weiss, gross. Sträucher
mit länglich - lanzettlichen, ganzrandigen Blättern 2
1. Blätter lineal, am Rande zurückgerollt, unterseits rotbraun-filzig . .
. . . . 1. **Ledum.**
„ Blätter elliptisch bis spitz - ei - keil-

Fig. 330. Andromeda poliifolia.

förmig, am Grunde ganzrandig, sonst scharf gesägt. Blütenstände
bilden aufrechte Trauben . . . . 4. **Clethra.**
2. Blätter krautig, länglich-lanzettlich, behaart, am Rande gewimpert.
Blumen gelb od. rot . . . . 2. **Azalea.**
„ Blätter lederig, elliptisch, kahl, mehrjährig. Blumen matt-violett.
. . . . 3. **Rhododendron.**

1. Ledum. Str.

Zerstreut, Torfsümpfe, besonders im nördlichen, fehlt im westlichen
Gebiet. Mai-Juli. — . . . Porst, Post, Mottenkraut, *L. palustre* L.

2. Azalea, Azalie. Str.

Zierstrauch aus dem nördlichen Orient. Im ersten Frühjahr. — . . . .
. . . . *A. pontica* L.

3. Rhododendron. Str.

Zierstrauch aus dem Orient. Mai, Juni. — . . . . . *R. ponticum* L.

4. Clethra. Str.

Zierstrauch aus dem östlichen Nordamerika. Spätsommer u. Herbst. —
. . . . *C. alnifolia* L.

d) Piroleae, Wintergrün.

0. Blumen einzeln od. in Trauben 1
ˌ„ „ doldig zusammenstehend. Blätter lederig, länglich-lanzettlich, zum Stiel keilförmig verschmälert, gesägt. 3. **Chimophila.**
1. Blumen locker-traubig, allseitswendig od. einzeln . . 1. **Pirola.**
ˌ„ „ dicht-traubig, einseitswendig. Blätter eiförmig, spitz, ihre
Spreite meist länger als ihr Stiel. Griffel gerade, aus der Krone
herausragend . . . . 2. **Ramischia.**

1. Pirola. Sd.

ˌ0. Stengel 1 blütig. Blätter rundlich - spatelförmig. — Nicht häufig,
feuchte Wälder. Mai, Juni. — . . . . *P. uniflora* L.

„   Blumen in Trauben 1
1. Griffel gerade od. fast gerade. Krone geschlossen, kugelig. 2
., „ gekrümmt. Krone offen, glockig 3
2. Kelchzipfel eiförmig - lanzettlich, an der Spitze etwas abstehend.
    Griffel aus der Krone hervorragend. Der Ring unter der Narbe
    breiter als letztere. — Sehr zerstreut, Wälder, fehlt z. B. in der
    Rheinprovinz. Juni, Juli. — . . . . *P. media* Sw.
„   Kelchzipfel dreieckig-eiförmig, angedrückt. Griffel kürzer als die
    Krone. Narbe doppelt so breit als der Griffel. — Häufig, Wälder.
    Juni, Juli. — . . . . *P. minor* L.
3. Krone hellgrün, 4 mal länger als der Kelch, dessen Zipfel eiförmig,
    so breit wie lang u. an der Spitze anliegend sind. — Zerstreut,
    trockene (Kiefern-) Wälder. Juni, Juli. — . *P. chlorantha* Sw.
., Krone weiss, 2 mal länger als der Kelch, dessen Zipfel lanzettlich
    zugespitzt u. an der Spitze zurückgekrümmt sind. Die Blumen-
    deckblätter sind bei dieser Art besonders gross. Var. *arenaria*
    Koch: Pflanze kleiner; Blätter $\frac{1}{2}$ so gross, spitz; Blütenstiele kaum
    so lang wie der Kelch, dessen längliche Zipfel breiter u. ziemlich
    stumpf sind. — Zerstreut, (Laub-) Wälder. Juni, Juli. — . .
  . . . . Fig. 331, *P. rotundifolia* L.

2. Ramischia. Sd.

Häufig, Wälder. Juni, Juli. — (*Pirola secunda* L.), *R. secunda* Grcke.

3. Chimophila. Sd.

Zerstreut, Wälder. Juni, Juli. — (*Pirola umbellata* L.), *C. umbellata* Nutt.

Fig. 331. Pirola rotundifolia.   *Fig. 332.* Monotropa Hypopitys.

e) Monotropeae.

Monotropa. Sd.

Ein Parasit u. Saprophyt. — Pflanze weichhaarig (*hirsuta* Rth.), so
besonders in Kiefernwaldungen, od. kahl (*glabra* Rth.), so besonders
in Laub- (Buchen-) Wäldern. — Häufig. Sommer. — . . . . . .
. . . . Fig. 332, Fichtenspargel, *M. Hypopitys* L.

2. Primulinae.

LXVIII. Fam. Primulaceae.

Blumen gewöhnlich 5 männig, mit meist 5 teiligem Kelch und 5 teiliger Krone. Der Fruchtknoten ist 1 fächrig, 1 grifflig und besitzt — wie Fig. 333 zeigt — eine mittelständige, vielsamige Placenta. Die Blumen sind bei manchen Arten, namentlich der Gattungen Primula und Hottonia, 2 gestaltig, dimorph. Die einen Pflanzen besitzen nämlich langgrifflige, Fig. 333², die anderen kurzgrifflige Blumen, Fig. 333¹, sie sind also ungleichgrifflig, heterostyl. Bei den kurzgriffligen Blumen (1) sitzen die 5 Staubblätter am Eingang der Kronen-röhre, während sie bei den langgriffligen (2) etwa in mittlerer Höhe der Röhre zu finden sind. Das Eigentümliche ist nun, dass der Pollen der höher stehenden Staubblätter, auf die Narben kurzgrifliger Blumen gebracht, nicht fruchtbar wirkt, oder doch kein günstiges Resultat liefert: illegitime Befruchtung, während die langgriffligen Blumen durch solchen Pollen vollkommen befruchtet werden: legitime Befruchtung. Ebenso bleibt der Blumenstaub der tiefer stehen-den Staubblätter, auf die Narben lang-

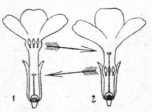

Fig. 333. — 1. Kurzgrifflige, *2.* langgrifflige Blume von Pri-mula elatior, beide im Längs-schnitt. Vergrössert. — Be-schreibung im Text.

griffliger Blumen gebracht, mehr oder minder unwirksam, befruchtet jedoch kurzgrifflige Blumen vollkommen. Selbstbestäubung oder Be-stäubung von Blumen desselben Stockes untereinander ist daher resultat-los oder doch fast resultatlos, während Kreuzbefruchtung von den besten Folgen in Hinsicht auf die Ausbildung und Anzahl der Samen begleitet ist. Es kommt bei der Übertragung des Pollens von einem Stock zum andern inbetracht, dass ein Insekt in allen Blumen derselben Art dieselbe Stellung einzunehmen pflegt. Es wird hierdurch ganz wesentlich die legitime Befruchtung begünstigt, indem dieselbe Körperstelle des Tieres, welche vorher mit Pollen in Berührung kam, beim Besuch einer anders gestalteten Blume derselben Species notwendig mit der fraglichen Körperstelle die an dem entsprechenden Orte befindliche Narbe berühren wird. Überdies kommt noch hinzu, dass die Pollenkörner der ver-schiedenen Blumenformen sich häufig durch ihre Grösse unterscheiden und dass die Narben in ihrem Bau den Pollenkörnern in der Weise angepasst erscheinen, als sie diejenigen Körner besser festzuhalten imstande sind, welche eine legitime Befruchtung herbeiführen. Durch diese ganze Vorkehrung ist die Fremdbestäubung gesichert. — Dimorphe Arten kommen noch mehrfach in unserer Flora vor; wir haben die Erscheinung hier beschrieben, weil sie sich bei den Primeln bequem beobachten lässt. (Vergl. auch p. 290: Lythrum.)

0. Fruchtknoten oberständig 1
  „   „   halboberständig. Krone weiss, 5 lappig, zwischen je 2 Lappen ein Zahn. Die unter den Blüten sitzenden ·Hochblätt-chen werden als im Laufe der Generationen hinaufgerückte Deck-blätter angesehen . . . . **9. Samolus.**
1. Wasserpflanze mit fiederteiligen Blättern mit linealen Abschniten. Blumen weiss od. rosa in endständigen Trauben. **7. Hottonia.**

„   Landpflanzen 2
2.   Blätter grundständig 3
„   „   am ganzen Stengel verteilt 5
3.   Krone purpurrosenrot, mit langen, zurückgeschlagen Zipfeln. Am
     Grunde der Pflanze eine Stengelknolle . . . . . . **8. Cyclamen.**
„   Krone röhrig, mit mehr od. minder wagrecht abstehenden Zipfeln.   4
4.   Blumen weiss od. rosa . . . . **5. Androsace.**
„   „   gelb od. rot . . . . **6. Primula.**
5.   „   ohne Krone, der Kelch hellrosa, klein, in den Blattachseln
     sitzend . . . . **10. Glaux.**
„   Blumen mit Kelch u. Krone 6
6.   „   4- bis 6-, seltener 7 zählig 7
„   „   7 zählig, weiss, Staubblätter 6-8.   Die Laubblätter sind unter
     dem Blütenstande quirlig gehäuft . . . . **1. Trientalis.**
7.   Blumen 5- od. 6 (7) zählig.   Blätter gegen- od. quirlständig.   8
„   „   4 zählig, weiss od. rötlich. Blätter wechselständig. Kleines,
     gewöhnlich etwa 2, selten bis 6 cm hohes Pflänzchen. **4. Centunculus.**
8.   Blumen rot od. blau. Kapsel mit einem Deckel aufspringend . .
     . . . . **3. Anagallis.**
„   Blumen gelb. Kapsel mit 5 od. 10 Klappen aufspringend . . .
     . . . . **2. Lysimachia.**

1. Trientalis. Sd.

Zerstreut, Wälder.   Mai, Juni. — Fig. 334, Siebenstern, *T. europaea* L.

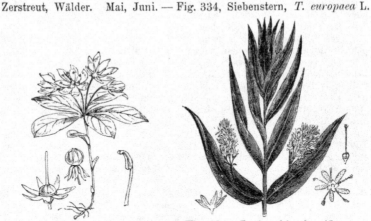

Fig. 334.   Trientalis europaea.   *Fig. 335.*   Lysimachia thyrsiflora.

2. Lysimachia. Sd.

0.   Blumen meist 6-, aber auch 5- od 7 zählig, in blattwinkelständigen,
     ährenförmigen Trauben.   Blätter lanzettlich. — Zerstreut, nasse
     Orte. Mai-Juli. — . . . . . . Fig. 335, *L. thyrsiflora* L.
„   Blumen rispig od. einzeln 1
1.   5 fruchtbare Staubblätter, die mit 5 Staubfäden ohne Beutel ab-
     wechseln. — Zuweilen verwildernde Zierpflanze aus Nordamerika.
     Sommer. — . . . . *L. ciliata* L.
„   Nur 5 fruchtbare Staubblätter 2
2.   Staubfäden etwa bis zur Mitte miteinander verbunden. Blumen
     rispig am Gipfel des aufrechten Stengels zusammenstehend . 3

„ Staubfäden frei od. nur am Grunde etwas verbunden. Blumen
einzeln od. zu zweien am kriechenden Stengel 4

3. Kronenzipfel am Rande kahl. Ausläufer, namentlich im Schlamm, oft
sehr lang (*paludosa* Baumg.). Bei
guestphalica Weih. an der Endtraube
grosse, untere Blätter. — Gemein,
nasse Stellen. Juni-Aug. — . . .
. . . . . .Fig. 336, *L. vulgaris* L.

„ Kronenzipfel drüsig-gewimpert. Bei
verticillata M. B. in den unteren
Blattwinkeln des traubigen Blüten-
standes statt einer Blume ein 2-3blütiges
Zweigchen. — Zuweilen verwildernde
Zierpflanze aus Südostdeutschland.
Juni, Juli. — . . . *L. punctata* L.

4. Kelchabschnitte herz-eiförmig. Krone
mit spitzen Abschnitten. Blätter
rundlich, stumpf. — Gemein, feuchte
Wiesen u. Wälder. Juni, Juli. —
. . Pfennigkraut, *L. Nummularia* L.

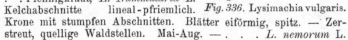

Fig. 336. Lysimachia vulgaris.

„ Kelchabschnitte lineal - pfriemlich.
Krone mit stumpfen Abschnitten. Blätter eiförmig, spitz. — Zerstreut, quellige Waldstellen. Mai-Aug. — . . . *L. nemorum* L.

3. Anagallis. 1j. u. Sd.

0. Kelch mehr als $\frac{1}{2}$ so lang als die Krone 1

„ Kelch 3mal kürzer als die Krone. Blumen rosenrot. Sd. — In
einigen Torfmooren Westfalens, der Rheinprovinz u. Ostfrieslands.
Sommer. — . . . . *A. tenella* L.

1. Kronenzipfel verkehrt-eiförmig, fein drüsig gewimpert, meist fleischrot
(*carnea* Schrk.), lila (*lilacina* Alefeld), weiss mit purpurnem Grunde (*bicolor* Fiek) od. trübblau (*decipiens* Üchtr.). 1j. — Gemein, Äcker. Juni-
Okt. —Fig. 337, Gauchheil, rote Miere, *A.*(*phoenicea* Lmk.) *arvensis* L.

„ Kronenzipfel eiförmig, fast ganz drüsenlos, himmelblau. 1j. —
Gern auf Kalk, wie vorige, aber seltener. — . *A. coerulea* Schreb.
Kann als Varietät zu A. arvensis gestellt werden.

Fig. 337. Anagallis arvensis.   *Fig. 338.* Centunculus minimus.

4. Centunculus. 1j.

Zerstreut, feuchte Äcker u. Brachen. Juni-Sept. — Fig. 338, *C. minimus* L.

5. Androsace. Sd., 1- u. 2 j.

0. Stengel einzeln 1
„   „   rasenbildend; der den Blütenstand tragende Teil u. die
     Blumenstiele sternhaarig. Blumen rosa. Sd. — Basalt der kleinen
     Schneegrube im Riesengebirge. Juni, Juli. — *A. obtusifolia* All.
1. Blumenstiele länger als die darunter befindlichen Hochblätter. 2
„   Blumenstiele kürzer als die darunter befindlichen Hochblätter, zur
     Fruchtzeit jedoch etwa 2 mal so lang. Blätter elliptisch od.
     lanzettlich. Kelch länger als die Krone, zur Fruchtzeit sehr gross.
     1 j. — Unter der Saat, hier u. da in der mittleren Rheingegend.
     Frühling. —. . . . . *A. maxima* L.
2. Kelch länger als die Krone. Fruchtstiele fast so lang wie der
     Stiel des Blütenstandes. 2 j. — Selten, Brachäcker, besonders im
     südlichen u. westlichen Gebiet. Mai. — . . . . . *A. elongata* L.
„   Kelch kürzer als die Krone. Fruchtstiele mehrmal kürzer als der
     Stiel des Blütenstandes. 2 j. — Selten, sandige Brachäcker. Mai,
     Juni. — . . . . *A. septentrionalis* L.

6. Primula, Schlüsselblume, Aurikel. Sd.

0. Blätter flach 1
„   „   runzelig, unten behaart 3
1.   „   länglich-verkehrt-eiförmig od. verkehrt-eiförmig, stumpf,
     mehr od. minder weissmehlig bestäubt 2
„   Blätter keilförmig, an der vorderen Kante gezähnt. Rosenrote
     Blumen einzeln od. zu zweien. — Grasplätze, Felsen des Riesen-
     gebirges. Mai, Juni. — . . . . *P. minima* L.
2. Blätter fleischig, drüsig-gewimpert, verkehrt-eiförmig, höchstens am
     Rande mehlig-bestäubt. Blumen gelb, purpurn od. bunt. — Zierpflanze
     aus den Alpen. März-Juni. — *P. pubescens* Jacq. u. *P. Auricula* L.,
     sowie auch Bastarde zwischen beiden.
„   Blätter länglich - verkehrt - eiförmig,
     unterseits dicht mehlig - bestäubt.
     Blumen fleischrot. — Hier u. da auf
     Torf - Moorwiesen; fehlt z. B. in
     Schlesien u. Böhmen. Mai, Juni. —
     . . . Fig. 339, *P. farinosa* L.
3. Blumen doldig 4
„   „   einzeln, grundständig. —
     Wälder der nordwestdeutschen
     Küstengegenden und bei Deutz.
     März, April. — . *P. acaulis* Jacq.
4. Pflanze kurzhaarig. Zipfel der
     Krone flach. Kelch cylindrisch.
     — Meist nicht selten, Wiesen,
     Wälder. März, April. — Fig. 333,
     P. (veris L. z. T.) *elatior* Jacq.
„   Pflanze dünn - filzig. Zipfel der
     Krone glockig. Kelch bauchig.
     — Häufig, Wiesen, Wälder. April,   *Fig. 339.*   Primula farinosa.
     Mai. — . . . . *P. (veris* L. z. T.) *officinalis* Jacq.

7. Hottonia. Sd.
Zerstreut, in Gräben u. Sümpfen. Mai, Juni. — . . . .
. . . . Fig. 340, Wasserfeder, *H. palustris* L.

8. Cyclamen. Sd.

Bergwälder, zweifelhaft in Böhmen; sonst Zierpflanze. Sommer. —
. . . . Alpenveilchen, Saubrot, *C. europaeum* L.

9. Samolus. Sd.

Zerstreut, Salzwiesen u. s. w.; fehlt in Schlesien u. Hessen. Juni-
Sept. — . . . . Fig. 341, Bunge, *S. Valerandi* L.

Fig. 340. Hottonia palustris.   *Fig. 341.* Samolus Valerandi.

10. Glaux. Sd.

Salzige Orte, an der Nord- u. Ostsee u. an Salzstellen des Binnenlandes. Mai-Juli. — . . . . Milchkraut, *G. maritima* L.

LXIX. Fam. Plumbaginaceae.

Blumen in Kelch, Krone u. Androeceum 5zählig. Fruchtknoten
5grifflig, mit einem am Grunde stehenden Eichen, kapselig werdend.
0. Blumen in Köpfen . . . . **1. Armeria**.
„   „   in rispig-doldentraubig angeordneten Ähren. Blätter
länglich-verkehrt-eiförmig . . . . **2. Statice**.

1. Armeria, Grasnelke. Sd.

0. Blätter lineal-lanzettlich, 3-7nervig. — Oberstein a. d. Nahe u.
unweit Mainz. Juni, Juli. — . . . . . . *A. plantaginea* Willd.
„ Blätter lineal, 1nervig. Stiel des Kopfes kahl. Var. *maritima*
Willd.: Pflanze höchstens 0,15m hoch. Blätter schmal-lineal,
äussere Hochblätter des Blütenkopfes nicht stachelspitzig od. mit
kurzer, dicker Stachelspitze; Stengel fein behaart. Var. *Halleri*
Wallr.: Blätter schmal-lineal; äussere Hochblätter des Blütenkopfes aus breitem, eiförmigem Grunde kurz zugespitzt, viel kleiner
als die inneren, kaum $\frac{1}{2}$ so breit als die nächstfolgenden kreis-
eiförmigen u. 2mal kürzer als die inneren verkehrt-eiförmigen ab-
gestutzten. Var. *breviscapa* Üchtr.: Stengel 0,08-0,10m hoch,
höchstens so lang wie die Blätter. — Zerstreut, gern auf Sand,
trockene Stellen. Mai-Herbst. — . . . .
. . . . . . Fig. 342, (*Statice Armeria* L.), *A. vulgaris* Willd.

2. Statice. Sd.

Stellenweise, am Seestrande. Aug., Sept. — Fig. 343, *S. Limonium* L.

Fig. 342. Armeria vulgaris.   *Fig. 343.* Statice Limonium.

3. Diospyrinae.

LXX. Fam. Styracaceae.

Halesia. Str.

Blätter elliptisch, mit ausgezogener Spitze, fein-gesägt, zuletzt kahl. Krone gross-glockenförmig, weiss. Früchte 4flügelig. — Zierstrauch aus Nordamerika. Mai. — . . . . *H. tetraptera* L.

4. Contortae.

LXXI. Fam. Oleaceae.

Kelch u. Krone 2-4blättrig. Androeceum 2männig. Frucht eine 2fächrige Kapsel, Flügelfrucht oder Beere mit 1- bis mehrsamigen Fächern.
0. Krone 2-4blättrig od. fehlend. Bäume mit Flügelfrüchten . . .
. . . . 4. Fraxinus.
„ Krone im unteren Teile deutlich röhrig, oben 4spaltig . . . 1
1. Blumen weiss od. lila 2
„ „ gelb, vor den Blättern erscheinend . . . 3. Forsythia.
2. Frucht eine Beere. Krone weiss. Blätter länglich-elliptisch, spitz, lederig . . . . 1. Ligustrum.
„ Frucht eine Kapsel. Krone lila od. weiss . . . 2. Syringa.

1. Ligustrum. Str.

Wälder, Gebüsche, häufig in Mittel-, selten in Norddeutschland, oft angepflanzt u. verwildert. Juni, Juli. — Liguster, Rainweide, *L. vulgare* L.

2. Syringa, Flieder. Str.

0. Blätter rundlich od. eiförmig, am Grunde herzförmig. — Zuweilen verwildernder Zierstrauch aus dem Banat, Siebenbürgen u. s. w. Mai, Juni. — . . . . *S. vulgaris* L.
„ Blätter am Grunde verschmälert 1

1. Blätter eiförmig-lanzettlich. — Zierstrauch (aus China?). Mai,
Juni. — . . . . *S. chinensis* Willd.
„ Blätter lanzettlich, ganz od. 3spaltig bis fiederspaltig (*laciniata*
Vahl). — Aus dem Orient. Mai, Juni. — . . . *S. persica* L.

3. Forsythia. Str.

0. Blätter eiförmig, gesägt, oft 3zählig. — Zierstrauch aus China. März,
Apr. — . . . . *F. suspensa* Thunb.

4. Fraxinus, Esche. B.

0. Eine Blütendecke fehlt 1
„ Kelch u. Krone vorhanden; 2 od. 4 lineal-längliche Kronenblätter.
Blätter 3-4 paarig gefiedert. — Seltener Zierbaum aus Südeuropa.
Mai. — . . . . Blumen- od. Manna-E., *F. Ornus* L.
1. Blätter 4-6 paarig gefiedert, nach den Blüten erscheinend. — Zer-
streut, Wälder, oft gepflanzt. Frühling. — . . *F. excelsior* L.
„ Blätter meist ganz, eiförmig, eingeschnitten gesägt, od. am Grunde
gefiedert. — Zierbaum. In England wild. Frühling. — . . .
. . . . *F. heterophylla* Vahl.

LXXII. Fam. Gentianaceae.

Kelch, Krone u. Androeceum meist 4-5zählig. Kapsel meist deutlich
1fächrig, mit 2 wandständigen, vielsamigen Placenten, sich 2klappig öffnend.

0. Wasser- u. Sumpfpflanzen 1
„ Landpflanzen mit ganzen, gegenständigen Blättern 2
1. Blumen gelb. Blätter schwimmend, herzförmig-kreisrund . . .
. . . . **1. Limnanthemum.**
„ Blumen weisslich-fleischfarben, an einer langgestielten Traube. Blätter
3zählig, mit verkehrt-eiförmigen Blättchen . . **2. Menyanthes.**
2. Blumen 8männig, gelb . . . . **3. Chlora.**
„ „ 4-5männig 3
3. 2 Narben. Griffel sehr kurz od. fehlend 4
„ Griffel deutlich vorhanden, fadenförmig 5
4. Kronenzipfel mit 2 gewimperten Nek-
tarien, violettblau, selten grün od. gelb.
Untere Blätter elliptisch, gestielt . .
. . . . .4. Sweertia.
„ Kronenzipfel ohne Nektarien . . .
. . . . .5. Gentiana.
5. Blumen 4zählig, gelb. Kleines, etwa
4 cm hohes Pflänzchen. 6. Cicendia.
„ Blumen 5zählig . . 7. Erythraea.

1. Limnanthemum. Sd.
Sehr zerstreut, in stehenden und langsam
fliessenden Gewässern; fehlt in Thüringen u.
im Königreich Sachsen. Sommer. — Fig.
344, (*Menyanthes nymphaeoides* L., *Villarsia
nymphaeoides* Vent.), *L. nymphaeoides* Lk.

2. Menyanthes. Sd.
Blumen dimorph. — Zerstreut, in Sümpfen
u. Gräben. Mai, Juni. — . . Fig. 345,
Bitter- oder Fieberklee, *M. trifoliata* L.

Fig. 344. Limnanthemum
nymphaeoides.

3. Chlora. 1j.

0. Mittlère Blätter 3 eckig-eiförmig, die gegenüberstehenden mit ihrem ganzen Grunde verwachsen. — Nasse Stellen, Kalkboden, vereinzelt im Rheinthal. Sommer. — . . . Fig. 346, *C. perfoliata* L.

„ Mittlere Blätter eiförmig od. lanzettlich-eiförmig, am Grunde nur wenig verwachsen. — Wie vorige, zu der sie als Var. gestellt werden kann. Aug.-Okt. — . . . . *C. serotina* Koch.

Fig. 345. Menyanthes trifoliata.   *Fig. 346.* Chlora perfoliata.

4. Sweertia. Sd.

Sehr zerstreut, Torf-Moorwiesen im Gebirge, und in der Ebene, Riesengebirge häufig, Rheinprovinz fehlend. Juni-Aug. — . *S. perennis* L.

5. Gentiana, Genzian, Enzian. Sd. u. 1j.

0. Der Eingang zur Kronenröhre bärtig 1
„   „   „   „   „   kahl 4
1. Perianth 4 zählig. Kelchzähne ungleich, die 2 äusseren breit-elliptisch. 1j. — Zerstreut, Triften u. s. w. Juli-Sept. — . .
. . . . *G. campestris* L.
„ Blumen meist 5 zählig 2
2. Kelchzähne fast gleichgestaltet 3
„   „   deutlich ungleich, die 2 äusseren grösser und breit-eiförmig gestaltet. 1j. — Selten, Bergwälder. Aug.-Okt. — . .
. . *G. (campestris* X *germanica* Griseb.) *chloraefolia* N. v. E.
3. Blätter länglich, die unteren stumpf. Kelchzähne lanzettlich-eiförmig. 1j. — Selten, Bergwälder und Torfwiesen, Thüringen, Sachsen, Schlesien. Juni, Juli. — . . . . *G. obtusifolia* Willd.
„ Blätter spitz. Kelchzipfel lineal-lanzettlich . . . . 3 a
3 a. Krone bis etwa 18 mm lang, cylindrisch-röhrig, nach oben kaum erweitert. Kapseln sitzend. Die längeren Kelchzipfel bei der typischen Form: *uliginosa* Willd. mehr als 2 mal so lang als die Kelchröhre, den Grund der Kronenzipfel erreichend od. etwas überragend. Var. *axillaris* Rchb.: Kelchzipfel 2 mal so lang als die Kelchröhre u. reichlich ¹/₂ so lang als die Krone. Var. *pyramidalis* Willd.: Kelchzipfel 2 mal so lang als die Kelchröhre, aber

kaum $^1/_2$ so lang als die Krone und den Grund der Kronenzipfel nicht erreichend. 1 j. — Wiesen, Triften, Kalkberge, besonders im nördlichen u. mittleren Gebiet. Aug.-Okt. — *G. Amarella* L.

„ Krone etwa 2 mal länger als bei Amarella, cylindrisch-glockenförmig, also nach oben erweitert. Kapseln meist langgestielt. 1 j. — Wie vorige, aber besonders im südlichen Gebiet. — *G. germanica* Willd.

4. Kronenzipfel nicht gefranst 5

„ „ 4, gefranst. Blumen endständig, blau. Sd. — Sehr zerstreut, Kalkberge, fehlt in Norddeutschland. Aug.-Okt. — . . . . *G. ciliata* L.

5. Blumen quirlig zusammenstehend 6

„ „ einzeln. Krone meist blau-violett 8

6. Krone gelb 7

„ „ blau, 4 spaltig. Die gegenüberstehenden Blätter am Grunde scheidig verbunden. Sd. — Stellenweise, trockene Stellen. Sommer. — . . . . *G. Cruciata* L.

7. Krone 5 teilig, radförmig, die Zipfel 3 mal kürzer als die Röhre. Die elliptischen, gegenüberstehenden Blätter sind wie bei Dipsacus am Grunde miteinander verwachsen und wirken in Bezug auf das Abhalten unberufener Gäste wie daselbst geschildert. Sd. — Arnstadt, Würzburg. Sommer. — . . . . . . *G. lutea* L.

„ Krone 6 spaltig, glockig, die Zipfel 4 mal kürzer als die Röhre. Sd. — Gebirgskämme im mährischen Gesenke. Sommer.— . . . . . *G. punctata* L.

8. Mittlere Blätter lineal - lanzettlich, die untersten schuppenförmig. Var. *latifolia* Scholler: Blätter (namentlich die unteren) länglich-eiförmig bis eiförmiglanzettlich. Sd. — Zerstreut, Moor- u.Torfwiesen. Juli-Okt.— Fig. 347, *G. Pneumonanthe* L.

„ Blätter lanzettlich, elliptisch, eiförmig oder länglich . . 9

9. Kelch einfach 10

„ „ aufgeblassen, kantiggeflügelt. 1 j. — Feuchte Wiesen unweit Mainz. Mai, Juni. — . . . . . *G. utriculosa* L.

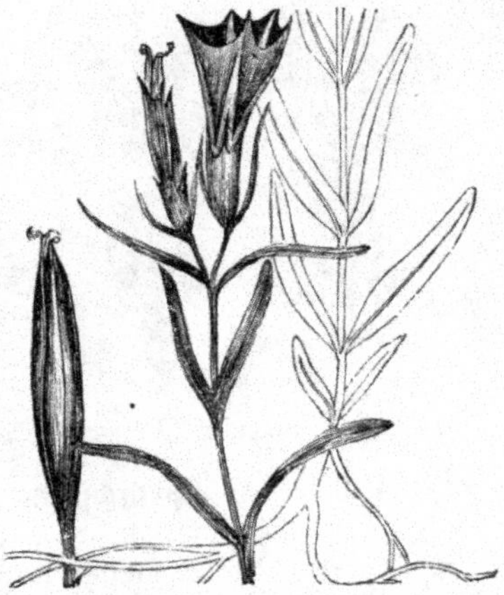

Fig. 347. Gentiana Pneumonanthe.

10. Stengel vielblumig. Blumen gegenständig. Sd. — Tafelfichte (Lausitz), Riesengebirge. Aug., Sept. — . . *G. asclepiadea* L.

„ Stengel einblumig. Pflanze höchstens 1 cm hoch. Unterste Blätter stumpf. Kronenröhre cylindrisch. Blumen kleiner. Pflanze 5 bis höchstens 8 cm hoch. Sd. — Feuchte Orte höherer Gebirge selten und auf Wiesen in der Ebene sehr selten. Frühling. — . . . . *G. verna* L.

6. Cicendia. 1 j.

Feuchter Sandboden, in der Ebene vom Niederrhein bis zur Elbe und Holstein, Lausitz. Juli-Sept. — . . . . . . Fig. 348, (*Gentiana filiformis* L.), *C. filiformis* Delarbre.

7. **Erythraea**, Tausendgüldenkraut. 1- u. 2j.

0. Untere Blätter nicht rosettenförmig zusammenstehend, eiförmig bis länglich - eiförmig. Kronenzipfel lanzettlich, spitz. Var. *Meyeri* Bunge: Stengel höher, erst über der Mitte verzweigt, Blätter schmäler. 1-2j. — Zerstreut, feuchte Äcker, Wiesen, Triften. Juli-Sept. — . . . . . . *E.* (*ramosissima* Pers.) *pulchella* Fr.

„ Untere Blätter eine Rosette bildend. Kronenzipfel eiförmig bis eiförmig-lanzettlich, stumpflich 1

1. Blätter eiförmig-länglich. Blumen in Trugdolden. Var. *capitata* Chamisso: Blütenstand auch nach dem Verblühen dicht. 1- u. 2j. — Nicht selten, Wiesen, Triften, Wegränder. Juli-Sept. — . . . . Fig. 349, (*Gentiana Centaurium* L.), *E. Centaurium* Pers.

„ Blätter lineal. Blumen zuletzt rispig - trugdoldig. Var. *capitata* G. Mey.: Blütenstand nach dem Verblühen dicht. 1- u. 2j. — Salzwiesen u. Triften, Seeküste u. hier u. da im mittleren Gebiet. Aug., Sept. -— . . . . *E. linariifolia* Pers.

Fig. 348. Cicendia filiformis.   *Fig. 349.* Erythraea Centaurium.

LXXIII. Fam. Apocynaceae.

Blumen mit 5 Kelch-, Kronen- u. Staubblättern. Die mehreiigen Fruchtblätter nur durch den Griffel verbunden, zu 2 getrennten Kapselfrüchtchen werdend.

1. **Vinca**, Immergrün, Singrün. Str. Blätter lederig. Pflanze kriechend. Früchte bilden sich nur selten aus. — Zerstreut, Wälder, Felsen, oft als Zierpflanze. Frühling. — . . . . Fig. 350, *V. minor* L.

2. **Apocynum**, Mückenfänger, Fliegenfangender Hundskohl. Sd.

Namentlich Fliegen werden von dem honigartigen Geruch der Blumen an-

Fig. 350. Vinca minor.

gelockt. Sie setzen sich auf den Rand der Krone und gelangen mit ihrem Rüssel zwischen die Staubfäden, die ziemlich genähert stehen und einen nach den verklebten Staubbeuteln zu keilig auslaufenden Raum bilden, in welchen sich die Tiere, wenn sie davonfliegen wollen, mit ihrem Rüssel einklemmen. Man sieht daher häufig tote und auch noch lebende Fliegen in den Blumen hängen.

Blätter krautig. Pflanze aufrecht. — Zierpflanze aus Nordamerika. Juli-Sept. — . . . . *A. androsaemifolium* L.

LXXIV. Fam. Asclepiadaceae.

Blumen mit 5 Kelch-, Kronen- u. Staubblättern. Frucht kapselig werdend, vielsamig, 2fächrig. Der Pollen einer jeden Staubbeutelhälfte ist zu einem Pollenpäckchen verklebt.

0. Krone weiss, mit abstehenden Zipfeln. Blätter herz-eiförmig, spitz.
. . . . **1. Vincetoxicum.**
„ Krone fleischrot, mit zurückgeschlagenen Zipfeln. Blätter elliptisch, stumpflich, unten graufilzig . . . . **2. Asclepias.**

1. Vincetoxicum. Sd.

Häufig, Hügel, trockene Wälder. Juni-Aug. — . . . .
. . . . Schwalbenwurz, (*Asclepias Vincetoxicum* L.), *V. officinale* Mnch.

2. Asclepias. Sd.

Zuweilen verwildernde Zierpflanze aus Nordamerika. Juni-Aug. — . .
. . . . Seidenpflanze, *A. syriaca* L.

---

5. Tubiflorae.

LXXV. Fam. Convolvulaceae.

Blumen meist in Kelch, Krone u. Androeceum 5zählig. Kapseln meist 2fächrig, mit 1- bis 2samigen Fächern.

0. Stengel mit grünen Laubblättern. Blumen gross, einzeln, trichterförmig . . . . **1. Convolvulus.**
„ Stengel ohne grüne Laubblätter, fadenförmig, mit kleinen Saugnäpfen versehen, vermöge welcher diese Pflanzen den Arten, auf denen sie schmarotzen, die Nahrung entziehen. Blüten klein, knäuelförmig zusammensitzend . . . . **2. Cuscuta.**

1. Convolvulus, Winde. Sd. u. 1j.

0. Narbe 2lappig 1
„ „ ungeteilt, kopfig. Die unter der violetten, purpurnen oder weissen Blume befindlichen kleinen Vorblätter von derselben entfernt. Kapsel meist 3- bis 5fächrig. 1j. — Zuweilen verwildernde Zierpflanze aus dem tropischen Amerika. Juli-Herbst. — . . .
. . . . *C. purpureus* L.
1. Die 2 Vorblätter gross, der Blume derartig genähert, dass sie wie ein Aussenkelch erscheinen 2
„ Vorblätter klein, von der Blume entfernt 4
2. Blätter nierenförmig. Sd. — Meeresstrand der Inseln Wangeroog u. Norderney. Sommer. — . . . . *C. Soldanella* L.
„ Blätter spitz 3
3. Pflanze kahl. Vorblätter nur wenig länger als der Kelch. Sd. — Gemein, in feuchten Gebüschen. Juli-Okt. — Fig. 351, *C. sepium* L.

„   Pflanze kurzhaarig. Vorblätter 1¹/₂ mal so lang als der Kelch. Sd.
  — Zierpflanze aus der Tartarei u. Sibirien. Juli-Herbst. — . .
  . . . . *C. dahuricus* Sims.
4.   Blätter gestielt. Kelchabschnitte rundlich, stumpf od. ausgerandet.
  Kapsel kahl. Var. *auriculatus* Desr.: Blätter lineal mit herab-
  gebogenen Öhrchen. Sd. — Gemein, Äcker, Wegränder. Juni-
  Herbst. — . . . . *C. arvensis* L.
„   Blätter sitzend. Kelchabschnitte länglich-eiförmig, stachelspitzig.
  Kapsel rauhhaarig. 1J. — Zierpflanze aus Südeuropa. Juni-
  Sept. — . . . . *C. tricolor* L.

Fig. 351. Convolvulus sepium.   *Fig. 352.* Cuscuta europaea.

2. Cuscuta, Teufelszwirn. 1j.

Die Cuscuta-Arten schmarotzen auf vielen Pflanzen, wie z. B.
auf Hanf, Nesseln, Flachs, Hopfen, Klee, Luzerne u. Wiesenkräutern.
Mit ihren dünnen Stengeln schlingen sie sich um ihre Nährpflanzen u.
treiben in das Gewebe derselben kleine Wärzchen, Haustorien, hinein,
durch welche ihnen die organische Nahrung zugeführt wird. Da die
Aufnahme der Kohlensäure der Luft als Nahrung hier vollständig
zurücktritt, entwickeln diese Pflanzen keine Laubblätter, welche ja bei
den anderen Gewächsen die Apparate für die Kohlensäure-Verarbeitung
darstellen.

0.   Kronenröhre so lang wie die Zipfel 1
„   „   2 mal so lang als die Zipfel 2
1.   Griffel länger als der Fruchtknoten. Die 5 in der Krone an der
  Röhre sitzenden Schuppen schliessen die Röhre. Var. *Trifolii*
  Babingt.: Blüten grösser, zu vielen zusammensitzend. Staubblätter
  weit aus der Krone hervorragend; Griffel kürzer. — Nicht selten,
  namentlich auf Haidekraut, Ginster und Klee schmarotzend.
  Sommer. — . . . . *C. Epithymum* L.
„   Griffel höchstens so lang wie der Fruchtknoten. Die Schlundschuppen an der Röhre aufrecht angedrückt. Var. *Viciae* Koch
  u. Schönheit: Blüten grösser. Besonders auf Vicia sativa. Var.
  Schkuhriana Pfeiffer: Schuppen der Krone sehr klein, kaum bemerkbar. — Häufiger als vorige, auf Brennesseln, Hopfen, Hanf,
  Weiden u. s. w. schmarotzend. Sommer. — Fig. 352, *C. europaea* L.

2. Schlundschuppen zerschlitzt, die Röhre schliessend. — Mit französischem Samen eingeführt, zuweilen auf Luzerne. Aug., Sept. —
. . . . *C. racemosa* Mart. Var. *suaveolens* Ser.
„ Schlundschuppen aufrecht der Röhre anliegend 3
3. Frucht 1 grifflig. — Selten auf Weiden, Pappeln, Schneeball, Ahorn u. s. w. schmarotzend; fehlt z. B. in der Rheinprovinz. Sommer. —
. . . . *C. lupuliformis* Krocker.
„ Frucht 2 grifflig. — Zerstreut, auf Lein. Sommer. — . . . . .
. . . . Flachsseide, *C. Epilinum* Weihe.

LXXVI. Fam. Polemoniaceae.

Gleichnamige Blumenorgane in der 5 Zahl vorhanden, nur die Kapsel 3 fächrig, mit 1- bis mehrsamigen Fächern.
0. Krone glockig od. radförmig, mit kurzer Röhre. 1. **Polemonium.**
„   „   langröhrig 1
1. Staubblätter aus der Krone hervorragend . . . 2. **Collomia.**
„   „   „   „   „ nicht hervorragend . . 3. **Phlox.**

1. Polemonium. Sd.

Selten, feuchte Wiesen u. Wälder, Nordostdeutschland u. mitteldeutsche Gebirge, sonst als Zierpflanze u. verwildert. Juni, Juli. — . . . . .
. . . . Fig. 353, Jakobs-, Himmelsleiter, *P. coeruleum* L.

2. Collomia. 1 j.

Zierpflanze aus Nordamerika, bei uns namentlich an einigen Flussufern eingebürgert. Juni, Juli. — . . . . .
. . . . . *C. grandiflora* Douglas.

3. Phlox. Sd.

0. Stengel drüsig behaart. — Zierpflanze aus Texas. Juli-Sept. —
. . . . *P. Drummondii* Hook.
„ Stengel kahl. — Aus Nordamerika. Aug., Sept. — . *P. paniculata* L.

LXXVII. Fam. Asperifoliaceae.

Kelch, Krone, Androeceum 5 zählig. Fruchtknoten 2 blättrig, 2 fächrig, mit 2 samigen Fächern, unter demselben ein Nektarium-Wulst. Die Fächer teilen sich durch Einschnürung in je 2 einsamige Schliessfrüchtchen.

Fig. 353. Polemonium coeruleum.

Die Erscheinung der Ungleichgrifligkeit, die wir bereits bei den Primeln und bei Lythrum zu betrachten Gelegenheit genommen haben, wird in der Form der heterostylen Dimorphie auch bei Arten dieser Familie beobachtet. In dieser Hinsicht sind namentlich die Pulmonaria-Arten zu erwähnen. — Unberufene Gäste werden oft durch hohle Aussackungen der Krone, Hohlschuppen, welche den Schlund mehr od. minder verschliessen, abgehalten.
0. Schlund der Krone mit Hohlschuppen besetzt 6
., Schlund der Krone ohne Hohlschuppen (nur bei Lithospermum officinale mit kleinen!) 1

1. Heliotropium. 1j.

Blätter filzig-rauh. — Bebaute Orte, Weinberge, selten. Rhein-, Main-,
Nahe- u. Moselthal. Juli, Aug. — . Sonnenwende, *H. europaeum* L.

2. Asperugo. 1j.

Die Pflanze ist mit Haken besetzt, sodass Stücke derselben beim
Vorbeistreifen von Tieren leicht abgerissen u. davongetragen werden:
ein Mittel, durch welches diese Art verbreitet wird.
Am Fusse alter Mauern, Wege, Zäune, nicht selten. Mai-Aug. — . .
. . . . Schlangenäuglein, *A. procumbens* L.

3. Lappula. 1- u. 2j.

0. Blätter angedrückt behaart. Blütenstiele zuletzt aufrecht. Früchtchen am Rande mit 2 Reihen Widerhaken. 2j. — Trockene Hügel, Wegränder, Mauern, nicht selten. Mai-Sept. — . . . . .
. . . . (*Myosotis Lappula* L.), *L. Myosotis* Mnch.

„ Blätter abstehend behaart. Blütenstiele zuletzt zurückgebogen. Früchtchen am Rande mit 1 Reihe Widerhaken. 1j. — Steinige, schattige Orte im Gebirge, selten. Unterharz, mährisches Gesenke, Karlsbad, häufig bei Teplitz. Juni-Aug. — . *L. deflexa* Grcke.

4.ᵀCynoglossum. 2j.

0. Blätter dünn-graufilzig. Früchtchen mit wulstigem, hervortretendem Rande. Pflanze mäuseartig riechend. Blumen braunrot, selten weiss od. rosa. — Unbebaute Orte, Wegränder, zerstreut. Mai, Juni. —
. . . . Hundszunge, *C. officinale* L.

„ Blätter zerstreut behaart, oberseits fast kahl, glänzend. Früchtchen ohne hervortretenden Rand. Blumen rot-violett. — Gebirgswälder, selten. Kassel, Harz, Hameln. Juni, Juli. — *C. germanicum* Jacq.

5. Omphalodes. Sd., 1- u. 2j.

0. Pflanze ausdauernd. Blumen himmelblau. Sd. — Zierpflanze aus Süddeutschland, selten verwildert, z. B. bei Berlin. April, Mai. —
. . . . Grosses Vergissmeinnicht, *O. verna* Mnch.

„ Pflanze nach der Fruchtreife absterbend 1

1. Stengel schlaff, niederliegend. Blätter zart, dunkelgrün. Blütenstände beblättert. Früchtchen am Rande ungezähnt. Blumen hellblau. 2j. — Feuchte Gebüsche, nicht häufig, fehlt in Pommern u. ganz Nordwestdeutschland. April, Mai. — . . . . .
. . . . *O. scorpioides* Schrnk.

„ Stengel aufrecht-ästig; Blätter blaugrün. Blütenstände unbeblättert. Früchtchen am Rande mit dicken, stumpfen Zähnen. Blumen weiss od. bläulich-weiss. 1j. — Zierpflanze aus Spanien, bisweilen verwildert. Mai-Sept. — . . . . . . *O. linifolia* Mnch.

6. Cerinthe. 2j., auch Sd.

Äcker, Wege, selten. Schlesien, Sachsen, Thüringen, Böhmen. Mai-Juli. — . . . . *C. minor* L.

7. Borrago. 1j.

Kulturpflanze aus dem Orient, auf Schutt u. s. w. verwildert. Juni, Juli. — . . . . Borretsch, *B. officinalis* L.

8. Anchusa. 1- u. 2j., auch Sd.

0. Pflanze steifhaarig. Kronenröhre gerade. Blumen ziemlich gross, purpur-violett. 2j., zuweilen Sd. Var. *glabrescens* W. Gr.: Pflanze nur schwach behaart; Kelche ganz od. fast kahl. — Wegränder, Abhänge, nicht selten. Mai-Okt. —
. . . . Fig. 354, Ochsenzunge, *A. officinalis* L.

„ Pflanze borstig, Kronenröhre knieförmig gebogen. Blumen klein, hellblau. 1-, auch 2j. — Äcker, Brachen, häufig. Mai-Okt. — .
. . . . (*Lycopsis arvensis* L.), *A. arvensis* M. B.

9. Nonnea. Sd. u. 1j.

0. Kelchzipfel 3eckig-lanzettlich, zugespitzt. Früchtchen mit einem von einem stark gefurchten Ringe umgebenen, vertieften Felde.

Blumen dunkel-purpurbraun, sehr selten hellgelb od. rosa. Sd. —
Äcker, Wegränder, zerstreut. Häufig von Thüringen bis zum
Harze, selten in Schlesien, Prov. Preussen, Brandenburg u. Böhmen.
Mai-Sept. — . . . . (*Lycopsis pulla* L.), *N. pulla* D. C.

„ Kelchzipfel länglich-lanzettlich, stumpf. Früchtchen mit einem
kleinen, von einem schwach gefurchten Ringe umgebenen, vertieften Felde. Blumen rosa, Röhre hellgelb od. nur mit 10 hell-
gelben Streifen. 1 j. — Zierpflanze aus Südrussland u. Kaukasien,
bisweilen verwildert. Juni-Aug. — . . . . . . *N. rosea* Lk.

Fig. 354. Anchusa officinalis.   *Fig. 355.* Symphytum officinale.

10. Symphytum. Sd.

0. Wurzel spindelförmig, ohne knollige Anschwellungen; Stengel
verzweigt; Blätter herablaufend. Blumen weisslich (*bohemicum*
Schmidt), od. rosa bis violett (*patens* Sibth.). Var. *lanceolatum*
Weinmann: Blätter lanzettlich. — Ufer, Gräben, nasse Wiesen,
häufig. Mai-Juli. — . Fig. 355, Schwarzwurzel, *S. officinale* L.

„ Wurzel mit knolligen Anschwellungen; Stengel einfach od. oberwärts einfach gegabelt; Blätter halb herablaufend. Blumen gelblich-
weiss. — Feuchte Wälder, selten. In Schlesien häufig, Dresden
u. Lenzen an der Elbe, Teplitz, Prag. April, Mai. — *S. tuberosum* L.

11. Echium. 1- u. 2 j.

0. Kronenröhre kürzer als der Kelch. Blätter 1nervig, lanzettlich,
nicht stengelumfassend. Blumen blau, selten rosa od. weiss. 2j.
— Hügel, wüste Plätze, Brachfelder, gemein. Juni-Sept. — . .
. . . . Natterkopf, *E. vulgare* L.

„ Kronenröhre mehrmal länger als der Kelch. Blätter mit Seitennerven, mit fast herzförmigem Grunde stengelumfassend. Blumen
blauviolett, selten weiss. 1- u. 2j. — Aus Südeuropa, öfter mit
Serradella eingeschleppt. Juni-Aug. — Ochsenmaul, *E. plantagineum* L.

12. Onosma. 2 j.

Sandige Kiefernwälder zwischen Mainz u. Ingelheim. Juni, Juli. — .
. . . . *O. arenarium* W. K.

13. Pulmonaria, Lungenkraut. Sd.

0. Äussere Blätter der nicht blühenden Rhizomköpfe herzeiförmig, gestielt, gefleckt, 1 ½ mal länger als breit (*maculosa* Hayne) od. herzförmig-länglich, zugespitzt, 2 mal länger als breit u. meist ungefleckt (*obscura* Du Mortier). Blattstiel schmal geflügelt. Blumen erst rot, dann violett. — Laubwälder, zerstreut. März, April. — . . . . *P. officinalis* L.

„ Äussere Blätter der nicht blühenden Rhizomköpfe nicht herzförmig. 1

1. Äussere Blätter der nicht blühenden Rhizomköpfe eiförmig, plötzlich in den schmal geflügelten Blattstiel zusammengezogen, weissgefleckt. Blumen lila od. weiss. — Aus Südeuropa, zuweilen kultiviert u. verwildert. März, April. — . . . . *P. saccharata* Mill.

„ Äussere Blätter der nicht blühenden Rhizomköpfe elliptisch bis lanzettlich, nicht weiss gefleckt 2

2. Pflanze weich- u. drüsenhaarig. Blätter länglich-ei-lanzettförmig. Blumen blau. — Simmer- u. Kyllthal in der Rheinprovinz, bei Lüdenscheid in Westfalen u. bei Würzburg. April. — *P. montana* Lej.

„ Pflanze borstenhaarig . . . 3

3. Grundblätter lineal-lanzettlich od. länglich-lanzettlich, etwa 8 mal länger als breit, oberseits mit gleich langen Borsten besetzt. Blumen erst rot, dann azurblau od. violett. — Laubwälder, zerstreut, besonders im südlichen u. östlichen Gebiet. April, Mai. — . . . Fig. 356, *P. (azurea* Bess.) *angustifolia* L.

„ Grundblätter länglich-lanzettlich, 4-5 mal länger als breit, oberseits mit ungleich langen Borsten besetzt. Blumen dunkelviolett. — Schattige Orte u. Gebüsche, nicht häufig, Rheinprovinz, Hessen, Pfalz. April, Mai. — *P. tuberosa* Schrank.

Fig. 356. Pulmonaria angustifolia.

14. Lithospermum. Sd. u. 1 j.

0. Pflanze ausdauernd 1

„ „ einjährig. Stengel einfach od. oberwärts verzweigt. Früchtchen runzlig. Blumen weiss, selten blau. 1j. — Äcker, gemein. April-Juni.— . . Schminkwurz, *L. arvense* L.

1. Blumen grünlich-weiss. Sd. — Steinige Orte, Gebüsch, zerstreut. Mai-Juli. — . . *L. officinale* L.

„ Blumen erst rot, dann blau. Sd. — Gebirgswälder, zerstreut. Mitteldeutschland: in Thüringen u. am Harz nicht selten, Niederhessen, Rheinprovinz, Westfalen und Böhmen. In Sachsen und

Fig. 357. Lithospermum purpureo-coeruleum.

Schlesien wie in ganz Norddeutschland fehlend. Mai, Juni. —
. . . . Fig. 357, *L. purpureo-coeruleum* L.

15. **Myosotis**, Vergissmeinnicht. Sd., 1- u. 2j.

0. Kelch angedrückt behaart 1
„   „   abstehend   „   2
1. Stengel kantig, mit abstehenden (*genuina* Aschs.) od. angedrückten
   (*strigulosa* Rchb.) Haaren od. dicht-rauhhaarig (*hirsuta* A. Br.).
   Griffel so lang wie der Kelch. Sd. — Wiesen, Ufer, gemein.
   Mai-Okt. — . . . . *M. palustris* With.
„ Stengel rund; Griffel halb so lang als der Kelch. 2j. — Gräben,
   Ufer, zerstreut. Mai-Sept. — . . . . . *M. caespitosa* Schultz.
2. Fruchtstiele kürzer als der Kelch 3
„ Fruchtstiele länger als der Kelch 4
3. Trauben am Grunde beblättert. Blütenstiele stets aufrecht. Blumen
   hellblau. 2- u. 1j. — Äcker, gemein. April-Juni. — . . . .
   . . . . *M. (stricta* Lk.) *arenaria* Schrad.
„ Trauben nicht beblättert. Blütenstiele zuletzt wagerecht. Blumen
   erst gelb, dann bläulich, zuletzt dunkelblau. 1j. — Wegränder,
   Brachen, zerstreut. Mai, Juni. — . . . . . *M. versicolor* Sm.
4. Fruchtstiele so lang od. wenig länger als der Kelch 5
„   „   wenigstens doppelt so lang als der Kelch . . . 6
5. Grundblätter wie die übrigen Blätter länglich. Blumen klein.
   Fruchtkelch offen. 1j. — Sonnige Hügel, Felder, zerstreut. Mai-
   Juli. — . . . . *M. hispida* Schl.
„ Grundblätter spatelförmig. Blumen ziemlich gross, blau, bei *lactea*
   Bönngh. weiss. Sd. — Laubwälder, zerstreut. Mai-Juli. — . .
   . . . . *M. silvatica* Hoffm.
„ Wie vorige, zu der sie als Varietät gestellt werden kann, aber der
   Stengel niedriger. Kelch weissgrau, Haare schwach abstehend. Sd.
   — Am Basalt der kleinen Schneegrube im Riesengebirge u. am Radel-
   stein bei Teplitz, häufig kultiviert u. verwildert. Mai-Juli. — . .
   . . . . *M. alpestris* Schmidt.
6. Fruchtkelch geschlossen; Fruchtstiele doppelt so lang als der
   Kelch. Trauben vielblütig. 2j., auch 1j. u. Sd. — Feuchte Äcker,
   Wälder, zerstreut. Mai-Okt. — . . . . . *M. intermedia* Lk.
„ Fruchtkelch offen; Fruchtstiele vielmal länger als der Kelch.
   Trauben wenigblütig. Blumen hellblau, seltener weiss. 1j. —
   Wälder, Gebüsche, sehr zerstreut. Fehlt im westlichen u. teilweise
   auch im nördlichen Teil des Gebiets. Mai, Juni. — *M. sparsiflora* Mik.

LXXVIII. Fam. Solanaceae.

Blumen mit meist 5 Kelch-, Kronen- und Staubblättern. Frucht
meist 2fächrig, aber auch bis 5 fächrig, mit vielsamigen Fächern.

0. Beerenfrüchte 1
„ Kapselfrüchte 6
1. Staubbeutel zusammenneigend 3
„   „   nicht zusammenneigend 2
2. Dorniger Strauch mit violett-purpurnen Blumen u. länglich-lanzettlichen Blättern . . . . 1. **Lycium**.
„ Pflanzen drüsig-weichhaarig. Blätter eiförmig bis eiförmig-elliptisch.
   Blumen schmutzig-rotbraun . . . . 7. **Atropa**.

3. Staubbeutel an der Spitze vermittelst zweier Löcher aufspringend.
. . . . **2. Solanum.**
„ Staubbeutel in 2 Längsspalten aufspringend 4
3a. ⌠Krone weiss od. violett. Blätter eiförmig bis herzeiförmig,
  ⌡ganzrandig . . . . **11. Petunia.**
4. ⌠„ ⌠Krone hellblau. Blätter eiförmig-elliptisch, buchtig. Staub-
  ⌡ ⌡fäden am Grunde verbreitert . . . . **5. Nicandra.**
„ ⌊Kelch 5- bis 6zähnig. Krone weiss 5
5. Kelch sich an der kugeligen Frucht sehr vergrössernd, dieselbe
  blasig umgebend . . . . **4. Physalis.**
„ Kelch umgiebt die längliche Frucht nur am Grunde. **3. Capsicum.**
6. Kronensaum kniffig gefaltet 7
„ „ nicht gefaltet 9
7. Kelch an der stacheligen Frucht abfallend. Blätter eiförmig, ungleich buchtig-gezähnt . . . . **10. Datura.**
„ Kelch bleibend 8
8. Kelch 5spaltig. Blumen rosa od. grüngelb . . . **9. Nicotiana.**
„ Kelch 5teilig 3a
9. Krone breit-trichterförmig, schmutziggelb, meist mit violettem
  Adernetz . . . . **8. Hyoscyamus**
„ Krone röhrig-glockig, aussen braun, innen olivengrün. 6. **Scopolia˙**

1. Lycium. Str.

Zuweilen verwildernder Zierstrauch aus der Berberei. Juni-Aug. —
. . . . Bocksdorn, *L. barbarum* L.

2. Solanum. 1j., Sd. u. Str.

0. Blätter gefiedert 4
„ „ nicht gefiedert 1
1. „ 3zählig zusammengesetzt od. einfach, nebst dem geschlängelten
  Stengel kahl. Blumen violett. Var. *assimile* Friv. u. Grisebach:.
  Blätter alle ungeteilt. Str. — Häufig, feuchte Gebüsche u. Ufer.
  Juni-Aug. — . . . . Bittersüss, *S. Dulcamara* L.
„ Blätter einfach, nebst dem Stengel (zuweilen nur schwach) behaart. 2
2. Stengel u. Blätter mit einwärts-ge-
  krümmten, aufrechten Haaren. Beeren
  schwarz, bei *chlorocarpum* Spenner
  dunkelgrün. Zuweilen Pflanze fast
  kahl u. Beeren grünlichgelb (*humile*
  Bernh.). Krone zuweilen bis fast zum
  Grunde gespalten, mit linealen Zipfeln
  (*stenopetalum* A. Br.). Var. *alatum*
  Mnch.: Stengel dichter behaart, die
  Kanten stärker u. mit zahnartigen
  Höckern; Früchte mennig- bis blassrot. 1j. — Häufige Ruderalpflanze.
  Juli-Okt. — . . . .
  Fig. 358, Nachtschatten, *S. nigrum* L.
„ Pflanze zottig 3
3. „ fast filzig-zottig. Beeren gelb.
  1j. — Wie vorige, aber zerstreut, fehlt
  z. B. in Schlesien. — *S. villosum* Lmk.
„ Pflanze abstehend-zottig. Beeren rot.
  1j. — Nicht häufig, sonst wie S. nigrum. — *S. miniatum* Bernh.

Fig. 358. Solanum nigrum.

4. Krone gelb od. weiss, wenig länger als der Kelch.   Mehr als 5
Kelch-, Kronen- u. Staubblätter.   1j.   — Zuweilen verwildernde
Zier- u. Kulturpflanze aus dem tropischen Amerika.   Juli-Okt. —
   . . . . Tomate, Liebesapfel, *S. Lycopersicum* L.
„ Krone weiss od. blau   5
5. Staubblätter alle gleich lang.   Krone actinomorph, 2 mal so lang
als der Kelch.   Sd. — Bekanntes Kulturgewächs aus Südamerika.
Juni-Aug. —   . . . Kartoffel, Tüffel, Erdapfel, *S. tuberosum* L.
„ Ein Staubblatt doppelt so lang als die übrigen.   1j. — Zuweilen
verwildernde Zierpflanze aus Texas.   Juli-Herbst. — . . . . . .
  . . . . *S. citrullifolium* A. Br.

3. Capsicum.   1j.

Zier- u. Küchenpflanze aus Mexiko.   Juni-Sept. —   . . . Spanischer
Pfeffer, Pfefferschote, Cayennepfeffer, Paprikapflanze, *C. annuum* L.

4. Physalis.   Sd.

Zerstreut, Weinberge, Wälder.   Mitteldeutschland, sonst als Zierpflanze
u. verwildert.   Juni, Juli. —   . . . . . Judenkirsche, *P. Alkekengi* L.

5. Nicandra.   1j.

Zuweilen verwildernde Zierpflanze aus Peru.   Juli-Sept. —   . . . .
  . . . . *N. physaloides* Gaertn.

6. Scopolia.   Sd.

Aus Krain, zuweilen verwildert.   April, Mai.   —   *S. carniolica* Jacq.

7. Atropa.   Sd.

Zerstreut bis sehr zerstreut.   Laubwälder.   Juni, Juli. — . . . . . .
  . . . . Fig. 359, Tollkirsche, Belladonna, *A. Belladonna* L.

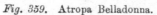

Fig. 359.   Atropa Belladonna.   *Fig. 360.*   Hyoscyamus niger.

8. Hyoscyamus.   2-, auch 1j.

Blätter eiförmig bis länglich, buchtig-gezähnt.   Var. *agrestis* Kit. 1j.,
niedriger; Blätter weniger buchtig. Blumen bei *pallidus* Kit. blassgelb
ohne od. mit undeutlicher violetter Aderung. — Fast häufig, Ruderalpflanze.
Juni-Okt. — . . . . Fig. 360, Bilsenkraut, *H. niger* L.

9. Nicotiana, Tabak. 1j.

0. Kronenzipfel rundlich, stumpf. Blumen gelblich-grün. — Gebaute (türkischer Tabak) u. zuweilen verwilderte Pflanze aus Mexiko. Juli-Sept. — . . . . Bauern-T., *N. rustica* L.
„ Kronenzipfel spitz. Blumen rosenrot 1
1. Blätter länglich-lanzettlich. — Kulturpflanze aus Südamerika. Juli-Herbst. — . . . . (Gewöhnlicher) T., *N. Tabacum* L.
„ Blätter breit ei-lanzettförmig. —
Wie vorige. — . . . .
. . Maryland-T., *N. latissima* Mill. Kann als Varietät der vorigen angesehen werden.

10. Datura. 1j.

Krone schneeweiss. Var. *Tatula* L.: Krone blauviolett; Stengel, Blumenstiele u. Blattnerven violett. — Häufige, wahrscheinlich aus Gärten verwilderte Ruderalpflanze. Juni-Okt. — . . . . . .
Fig. 361, Stechapfel, *D. Stramonium* L.

11. Petunia. 1j.

0. Kronenröhre 3-4 mal länger als der Kelch; Zipfel abgerundet, stumpf. — Zuweilen verwildernde Zierpflanze vom Rio de la Plata. Juni-Herbst. — *P. nyctaginiflora* Juss.

Fig. 361. Datura Stramonium.

„ Kronenröhre etwa 2 mal so lang als der Kelch; Zipfel eiförmig, spitz. — Wie vorige. — . . . . *P. violacea* Lindl.
Zwischen beiden in Gärten auch Bastarde.

---

6. Labiatiflorae.

LXXIX. Fam. Scrophulariaceae.

Blumen zygomorph. Kelch und Krone 5 blättrig. Die Kronenröhre wird vorn oft durch die bauchig aufgeblasene Unterlippe verschlossen (maskierte Blumen). Auch das Androeceum wird bei den Vorfahren dieser Familie 5 blättrig angenommen, jedoch verkümmern in den meisten Fällen 1 oder 3 Staubblätter, oder sie schlagen ganz fehl, sodass wir 4- resp. 2 männige Blumen erhalten. Im ersten Falle sind 2 Staubblätter kürzer als die 2 anderen. Die Frucht stellt fast immer eine 2 klappige, vielsamige Kapsel dar.

0. Pflanze nur 3-6 cm, Blätter in grundständiger Rosette, viel länger als die Blütenstiele. Krone weiss. (Fig. 366.). **9. Limosella.**
„ Stengel auch über dem Grunde beblättert, aber die Blätter schuppenförmig, ohne besondere grüne Spreite; die ganze Pflanze rötlichweiss. (Fig. 372.) . . . . **18. Lathraea.**
„ Stengel auch über dem Grunde beblättert; Blätter mit deutlicher, grüner Spreite 1
1. Kräuter { Blätter alle gegenständig 2
„ wechselständig od. nur die unteren gegenständig, letztere auch bisweilen in Quirlen 10

„ Baum mit grossen, herzförmigen, zuweilen 3 lappigen Blättern und
　hellblau-rosa, duftenden Blumen . . . . . . 19. Paulownia.
2. Von den 4 Staubblättern sind 2 unfruchtbar od. abortiert. Blumen
　weiss mit hellgelber Röhre . . . . 6. Gratiola.
„ Blumen 4 männig, zuweilen mit einem schüppchenförmigen Rudiment
　eines 5. Staubblattes 3
3. Kelch 5 zähnig od. 5 spaltig resp. -teilig 4
„　　　„　4　„　　„ 4 „ 7
4.　　„　5 zähnig. Krone gelb 5
„　　　„　5 spaltig od. -teilig 6
5. Krone gross. Untere Blätter langgestielt, obere sitzend od. stengel-
　umfassend . . . . 7. Mimulus.
„ Krone klein. Alle Blätter sitzend . . . . 12. Tozzia.
6. Fruchtknoten 1 fächrig . . . . 8. Lindernia.
„　　　„　　　2 „ . . . . 2. Scrophularia.
7. Kelch bauchig aufgeblasen . . . . . 15. Alectorolophus.
„　　„ nicht aufgeblasen, röhrig 8
8. Krone lila . . . . 16. Bartschia.
„　　„ gelb, rosenrot od. purpurn 9
9. Blätter (nicht aber die meist buntgefärbten Hochblätter) ganz-
　randig, höchstens am Grunde etwas gezähnt. 13. Melampyrum.
„ Alle od. doch die unteren Blätter gezähnt od. gesägt . . . .
　. . . . . 17. Euphrasia.
10. Krone radförmig 11
„　　„ rachenförmig, meist 2 lippig 12
11.　„　5 spaltig, gross od. mittelgross. Staubblätter 5. 1. Verbascum.
„　　„ 4 lappig, klein od. sehr klein. Staubblätter 2. 11. Veronica.
12. Blätter fiederspaltig od. 5-7 teilig 13
„　　„ nicht fiederspaltig od. zerteilt 14
13. Alle Blätter fiederspaltig. Sumpfpflanzen . . . 14. Pedicularis.
„ Untere Blätter länglich-verkehrt-eiförmig, gesägt, mittlere Blätter
　5-7 teilig. Pflanzen auf trockenem Boden . . 5. Anarrhinum.
14. Krone eine lange, weitgeöffnete Röhre bildend . . 10. Digitalis.
„　　„ lippenförmig 15
15.　„ am Grunde mit einem längeren Sporn . . . 4. Linaria.
„　　„　　„　　„ nur mit einer sackartigen Vertiefung . . . .
　. . . . . 3. Antirrhinum.

1. Verbascum, Königskerze, Wollkraut. 2 j., seltener Sd.

Die weniger bemerkenswerten Bastarde blieben unberücksichtigt.

0. Blumen in 4- bis vielblütigen Knäueln zusammengestellt . . 1
„　　„ einzeln, selten zu 2, od. in armblütigen Knäueln (in
　letzterem Fall laufen die Blätter nicht herab) 16
1. Staubbeutel der längeren Staubblätter mehr od. weniger herab-
　laufend 2
„ Staubbeutel aller Staubblätter gleich, nicht herablaufend . . 9
2. Blätter völlig von Blatt zu Blatt herablaufend 3
„　　„ kurz- od. halb herablaufend 4
3. Die beiden längeren Staubfäden 4 mal länger als ihr Staubbeutel.
　Krone mittelgross, dunkler gelb als die der folgenden Art, zuweilen
　ganz blassgelb (*pallidum* Nees.) od. weiss (*elongatum* Willd.). 2 j.
　— Steinige Orte, Waldplätze, zerstreut. Juli, Aug. — . . . .
　. . . . . Fig. 362, *V. Thapsus* L.

„ Die beiden längeren Staubfäden $1\frac{1}{2}$-2 mal länger als ihr Staubbeutel. Krone gross, gelb, selten weiss. Var. *cuspidatum* Schrad.:
Hochblätter u. obere Laubblätter
in eine lange Spitze ausgehend.
2 j. — Hügel, steinige Orte, nicht
selten. Juli, Aug. — . . . .
. . . . *V. thapsiforme* Schrad.
4. Krone gelb 5
„ „ rotbraun. Wolle der Staubfäden violett. Stengel rund. Blätter graufilzig. Blütenstiele länger
als der Kelch. Hauptbüschel der
Scheintraube 3- bis 5 blütig. 2 j.
Sehr selten. Sommer. — . .
V. Thapsus ✕ *phoeniceum* Koch.
5. Wolle der Staubfäden weiss. 6
„ „ „ „ violett. 8
6. Die 2 längeren Staubfäden $1\frac{1}{2}$
bis 2 mal so lang als ihr auf der
einen Seite lang herablaufender
Staubbeutel. Blätter beiderseits   *Fig. 362.* Verbascum Thapsus.
dicht gelblich-filzig, eiförmig od. länglich-eiförmig, bei *nemorosum*
Schrad. länglich-lanzettlich. 2 j. — Hügel, wüste Plätze, zerstreut.
Sommer. — . . . . *V. phlomoides* L.
„ Staubbeutel an der einen Seite des Staubfadens kurz herablaufend. 7
7. Blütenstiele kürzer als der Kelch. Blätter gekerbt, gelbfilzig. Die
2 längeren Staubfäden 3-4 mal länger als ihre Staubbeutel. 2 j. — Berge,
Felsen. Mittelrhein u. an der Mosel. Juli, Aug. — *V. montanum* Schrad.
„ Blütenstiele länger als der Kelch; Blätter graufilzig; Krone gelb,
gross. 2 j. — Hügel, stellenweise. Sommer. — . . . .
. . . *V. (ramigerum* Schrad.) *thapsiforme* ✕ *Lychnitis* Schiede.
8. Stengel stielrund; Blätter mit gelblich-grauem Filze bedeckt, obere
lang-haarspitzig. Büschel der Zweige reichblütig. Staubbeutel
der längeren Staubfäden etwas herablaufend. 2 j. — Hügel, Wege.
Mainz u. Coblenz. Sommer. — *V. nigrum* ✕ *thapsiforme* Wirtg.
„ Stengel oberwärts scharfkantig. Blätter oberseits weichhaarig,
unterseits schwach-graufilzig. Büschel nur 5-7 blütig; Staubbeutel
der längeren Staubfäden herablaufend. 2 j. — Flussufer, Triften, zerstreut. Sommer. — . . . . *V. thapsiforme* ✕ *nigrum* Schiede.
9. Staubfäden weisswollig 10
„ „ violett- od. purpurwollig 13
10. Blätter kurz- od. halbherablaufend; Krone gelb 11
„ „ nicht herablaufend; Krone gelb od. weiss 12
11. Stengel oberwärts scharfkantig. Blätter mit angedrücktem, grauem
Filz bedeckt. 2 j. — Unbebaute Hügel, zerstreut. Lahnthal, Wetterau,
Thüringen, Hannover, Posen. Sommer. — . . . .
. . . . *V. Thapsus* ✕ *Lychnitis* M. u. K.
„ Stengel rund od. sehr schwachkantig, wie die dünnfilzigen Blätter weiss-
flockig. 2 j. — Moselthal. Sommer. — *V. Thapsus* ✕ *pulverulentum* Gcke.
12. Zweige stielrund. Blätter dicht weissfilzig, flockig, obere langzu-
gespitzt, halbstengelumfassend. 2 j. — Sonnige Hügel. Main-,
Rhein-, Mosel- u. Nahethal. Sommer. — . . . .
. . . . . . *V. (pulverulentum* d. A. nicht Vill.) *floccosum* W. K.

„ Zweige scharfkantig. Blätter oberseits fast kahl, unterseits staubig-
filzig, grau; obere sitzend, eiförmig, zugespitzt. Krone gelb, bei
album Mill. weiss. 2 j. — Trockene Hügel, Sandfelder, Waldplätze,
häufig. Sommer. — . . . . *V. Lychnitis* L.
13. Krone rotbraun. Traube rispig; Blütenstiele vielmal länger als der
Kelch. Sd. — Rogätz unweit Magdeburg, Bernburg, Friedrichshain
bei Berlin, Prag. Juni, Juli. — *V. nigrum* ✕ *phoeniceum* Schiede.
„ Krone gelb 14
14. Blätter kurz- od. halb herablaufend. Stengel oberwärts scharfkantig.
Büschel der Traube meist 5 blütig. Blütenstiele so lang wie der
Kelch. 2j. — Steinige Hügel, zerstreut. Sommer. — . . . .
. . . . . . *V. (collinum* Schrad.) *nigrum* ✕ *Thapsus* Wirtg.
„ Blätter nicht herablaufend 15
15. Untere Blätter länglich-eiförmig, am Grunde stumpf u. in den Stiel
zusammengezogen. Stengel oberwärts kantig. Traube verlängert.
2j. — Unbebaute Orte, sehr zerstreut. Sommer. — . . . . .
. . . . . *V. (Schiedeanum* Koch) *nigrum* ✕ *Lychnitis* Schiede.
„ Untere Blätter länglich-eiförmig, am Grunde herzförmig, sonst wie
vorige. Var. *lanatum* Schrad.: Blätter besonders unterseits weiss-
wollig-filzig. Var. *bracteatum* G. Mey.: Hochblätter der Blumenregion sehr schmal, pfriemlich-zugespitzt, die Blütenknäuel 3-4 mal
überragend. 2 j. u. Sd. — Gebüsche, Wege, Ufer, zerstreut.
Sommer. — . . . . *V. nigrum* L.
16. Blumen dunkelviolett, selten weiss. Blütenstiele viel länger als
die Deckblätter. Sd. u. 2j. — Trockene Hügel, Waldränder, sehr
zerstreut. In Provinz Preussen, Posen u. Brandenburg sehr selten;
häufiger in Böhmen, Schlesien, Sachsen u. von Thüringen bis zum
Unterharz. Mai, Juni. — . . . . *V. phoeniceum* L.
„ Blumen gelb; Staubfäden violett-wollig. Blütenstiele 1¹/₂-2 mal
länger als die Deckblätter. 2 j. — Flussufer, Wege, zerstreut.
Juni, Juli. — . . . . *V. Blattaria* L.

2. Scrophularia, Braunwurz. Sd. u. 2 j.

0. Blumen zu mehreren blattwinkelständig, gelblich-grün, zuweilen
einzelne 5 männig. Stengel, Blattstiele u. Blätter, letztere besonders
unterseits zottig-weichhaarig. 2 j. — Aus Süddeutschland; zuweilen
an feuchte Orte verschleppt. April-Juni. — . . *S. vernalis* L.
„ Blumen in endständiger Rispe 1
1. Blätter gefiedert-vielteilig. Blumen klein, violett, Zipfel weiss-
randig. Sd. — Selten u. unbeständig, am Mittelrhein. Juni,
Juli. — . . . . *S. canina* L.
„ Blätter eiförmig oder herzförmig 2
2. Stengel u. Blattstiele zottig; Blätter beiderseits weichhaarig; Kelch
u. Blütenstiele drüsig. Krone braungrün. Sd. — Trockene Bergwälder Schlesiens. Sommer. — . . . . *S. Scopolii* Hoppe.
„ Stengel u. Blätter wie die übrige Pflanze kahl 3
3. Stengel u. Blattstiele breitgeflügelt 4
„ Stengel u. Blattstiele ungeflügelt. Krone trüb-olivengrün, am Rücken
braun. Sd. — Feuchte Wälder, Gräben, Bäche, häufig. Mai-
Aug. — . . . . *S. nodosa* L.
4. Blätter scharf gesägt, die unteren Sägezähne kleiner. Var. *Neesii* Wirtg.:
Untere Blätter stumpf, gekerbt; Rudiment des 5. Staubblattes 3 mal
breiter als lang. Sd. — Flüsse, Bäche, Gräben, nicht selten. Juli-
Okt. — . Fig. 363, *S. (Ehrharti* Stevens) *umbrosa* Du Mortier.

„ Blätter stumpf-gekerbt. Blumen grösser als bei voriger. Sd. —
Einzeln im Rheinthal, häufig bei Aachen u. Eupen. Juni, Juli. —
. . . . S. (*Balbisii* Hornem.) *aquatica* L.

Fig. 363. Scrophularia umbrosa. *Fig. 364.* Antirrhinum Orontium.

3. Antirrhinum, Löwenmaul. Sd. u. 1j.

0. Blumen in dichter Traube, sehr gross. Kelchzipfel viel kürzer als
die purpurne od. weisse Krone. Sd. — Alte Mauern, steinige
Waldstellen, selten; häufig verwildert. Juni-Sept. — *A. majus* L.

„ Blumen entfernt stehend. Kelchzipfel länger als die blassrote
Krone; sonst wie vorige. 1j. — Äcker, Brachen, zerstreut. Juli-
Okt. —. . . . . Fig. 364, *A. Orontium* L.

4. Linaria. 1j. u. Sd.

0. Stengel fadenförmig, rankend u. niederliegend. Blumen einzeln,
blattwinkelständig 1

„ Stengel aufrecht. Blumen in oft sehr lockeren Ähren od. Trauben. 3

1. Blätter herz - kreisförmig, 5-
lappig, kahl. Krone hellviolett,
Gaumen mit 2 gelben Flecken.
Sd. — An Felsen u. alten
Mauern, eingebürgert; stammt
aus Italien. Mai-Okt. — .
Fig. 365, (*Antirrhinum Cym-
balaria* L.), *L. Cymbalaria* Mill.

„ Blätter spiessförmig od. kreis-
eiförmig. Krone weisslich-gelb,
Oberlippe innen violett, Unterlippe gelb 2

2. Blätter spiessförmig, untere
eirund; Sporn gerade. Blütenstiele meist kahl. 1j. — Kalk-
u. Lehmäcker. Juli-Okt. — .
. . . . . . (*Antirrhinum
Elatine* L.), *L. Elatine* Mill.

Fig. 365. Linaria Cymbalaria.

„ Blätter kreis - eiförmig; Sporn
bogenförmig gekrümmt. Blütenstiele meist zottig; sonst wie vorige.

24*

1 j. — Oft mit der vorigen; in Norddeutschland fehlend. Juli-
Sept. — . . . . (*Antirrhinum spurium* L.), *L. spuria* Mill.
3. Blumen einzeln, blattwinkelständig, eine sehr lockere Traube bildend.
Pflanze drüsig behaart. Krone hellviolett mit gelblich-weissen
Lippen. 1 j. — Äcker, Mauern, zerstreut. Juli-Okt. — . . . .
. . . . (*Antirrhinum minus* L.), *L. minor* Desf.
„ Blumen eine mehr od. weniger dichte, endständige Traube od. Ähre
bildend 4
4. Untere Blätter gegenständig od. in Quirlen 5
„ Blätter wechselständig 7
5. Samen mit einem Hautrande geflügelt 5b
„ „ ungeflügelt. Pflanze kahl. Blätter schmal-lanzettlich od.
lineal 5a
5a. Fruchtstiel länger als die Kapsel. Sporn bis 1 cm lang. Blumen
meist violett mit orangefarbenem Gaumen. Blätter etwa 5 cm lang.
1 j. — Zuweilen verwildernde Zierpflanze aus Marokko. Juni-
Aug. — . . . . *L. bipartita* Willd.
„ Fruchtstiele etwa so lang od. wenig länger als die Kapsel. Sporn
2-3 mm lang. Blumen meist bläulich mit violetten Streifen.
Blätter etwa 2 cm lang. Sd. — Unbebaute Orte, alte Mauern,
sehr selten u. nur verwildert. Aus Westeuropa. Juli, Aug. — .
. . . . *L. striata* D. C.
5b. Kelchzipfel spitz. Sporn so lang od. länger als die gelbe Krone.
Samen mit körnig punktiertem Mittelfelde u. sehr schmalem Haut-
rande, braunschwarz. 1- u. 2 j. — Zuweilen verschleppt. Aus
Spanien. Juni-Herbst. — . . . . *L. saxatilis* Benth.
„ Blütenstiele u. Kelch drüsig behaart 6
6. Samen glatt. Untere Blätter zu vieren, lineal. Krone klein, hellblau. 1 j. — Äcker, Sandhügel, zerstreut. Juli, Aug. — . . . .
. . . . (*Antirrhinum arvense* L.), *L. arvensis* Desf.
„ Samen knotig-rauh. Krone hellgelb, fein violett gestreift, sonst wie
vorige. 1 j. — Äcker, eingeschleppt, sehr selten. Juli, Aug. —
. . . . *L. simplex* D. C.
7. Samen geflügelt 8
„ „ ungeflügelt, 3 kantig. Blätter wechselständig. Krone gelb.
Var. *chloraefolia* Rchb.: 1 bis 2 m hoch; Blätter eiförmig oder
breit-lanzettlich. Sd. — Sonnige Hügel, Felsen. Bei Bieber-
stein im Erzgebirge und hier und da in Schlesien, zuweilen verschleppt. Juli, Aug. — . . . .
. . . . (*Antirrhinum genistaefolium* L.), *L. genistaefolia* Mill.
8. Pflanze völlig kahl. Blätter von einander entfernt. Traube locker.
Krone schwefelgelb, Sporn rötlich. Samen flach, glatt. Sd. —
Sandige Orte, an der Ostsee von Hinterpommern bis Memel. Juni,
Juli. — . . . . *L. odora* Chavannes.
„ Stengel, besonders die Blumenstiele drüsig-weichhaarig. Blätter
gedrängt. Traube gedrungen, dicht. Krone gelb. Samen flach,
in der Mitte knotig rauh. Sd. — Sandfelder, Wege, gemein.
Juli-Okt. — . . . . Leinkraut, Frauen-
flachs, Löwenmaul, (*Antirrhinum Linaria* L.), *L. vulgaris* Mill.

Einige Arten — besonders die letztere — kommen nicht gerade
selten mit aktinomorphen Blumen (Pelorien) vor, indem dann die
spornlose od. 5 spornige Krone 5 spaltig erscheint.

5. Anarrhinum. Sd.

Untere Blätter verkehrt-eiförmig, stumpf, gesägt, mittlere 5-7 teilig mit linealen Zipfeln. Krone klein, violett, mit schlankem, aufstrebendem Sporn. — Sonnige Abhänge an der Mosel u. Saar unweit Trier. Juli, Aug. — . . . . *A. bellidifolium* Desf.

6. Gratiola. Sd.

Blätter gegenständig, sitzend, lanzettlich, fein gesägt. Blütenstiele blattwinkelständig, 1blütig. Schmarotzt auf den Wurzeln von Kräutern. — Sumpfwiesen, Ufer, Teichränder. Juni-Aug. — . . . .
. . . . Gottes-Gnadenkraut, *G. officinalis* L.

7. Mimulus. Sd.

Krone gross, gelb, öfter mit grossen, blutroten Flecken. — Stammt aus Amerika, jetzt bei uns an Flussufern eingebürgert, so in Schlesien an mehreren Orten, an der Nuthe bei Luckenwalde u. Havel bei Potsdam, bei Boitzenburg in der Uckermark, in der Rheinprovinz an mehreren Orten. Juni-Aug. — . . . . *M. luteus* L.

8. Lindernia. 1j.

Stengel liegend od. schief-aufrecht. Blätter länglich-eiförmig, ganzrandig, sitzend. Blüten einzeln, blattwinkelständig. — Entensee zwischen Bürgel u. Rumpenheim in Hessen, sonst nur in Schlesien, dort aber sehr zerstreut. Flussufer, Teichränder. Juli-Sept. — *L. Pyxidaria* L.

9. Limosella. 1j.

Krone klein, weisslich. Blätter länglich, spatelförmig, bei *tenuifolia* Hoffm. schmal-lineal. — Überschwemmte Plätze, Teichränder. Juli-Sept. — .
. . . . . Fig. 366, *L. aquatica* L.

10. Digitalis, Fingerhut. 2j. u. Sd.

0. Krone purpurrot, mit dunkleren, weiss berandeten Flecken, selten ganz weiss. Stengel, Blütenstiel u. Blätter (unterseits) filzig. 2j. — Gebirgige, waldige Orte, seltener in der Ebene. Rheinprovinz, Hessen, Westfalen, Hannover (noch bei Stade), Harz, Thüringer Wald, in der Rhön

Fig. 366. Limosella aquatica.

bei Lengsfeld, in Sachsen bei Tharandt u. Königstein. Häufige Zierpflanze. Juni-Sept. — . . Roter Fingerhut, *D. purpurea* L.
„ Krone gelb od. gelb mit rötlichem Anflug 1
1. Blätter kahl. Krone aussen kahl 2
„ Blätter, Stengel u. Blütenstiele drüsig-behaart. Krone aussen drüsig-weichhaarig 3
2. Blätter ganz kahl. Krone röhrig-glockig, gelb mit hellrotem Anstrich. — Auf Porphyr u. Basalt im Glan- u. Nahethal, selten. Juni-Aug. — *D.* (*purpurascens* Rth.) *purpurea* ✕ *lutea* G. Mey.
„ Blätter kahl, gewimpert. Krone röhrig, rein gelb. 2j. — Steinige, hügelige Orte. Im Glan-, Nahe-, Mosel- u. Saargebiet, bei Mayen u. an der Maas bei Lüttich. Juni, Juli. — . . . *D. lutea* L.

3. Krone erweitert- glockig, trüb - schwefelgelb, innen mit braunem
  Adernetz; die Zipfel ihrer Unterlippe spitz (*acutiflora* Koch) od.
  stumpf (*obtusiflora* Koch). Sd. — Bergwälder, trockene Wälder.
  Juni, Juli. — . . . . *D. ambigua* Murr.
  „ Krone röhrig-glockig, sonst wie D. lutea, von der sie sich durch
  grössere, breitere Kronen, die innen am Bauche schwach braun-
  netzig u. an der Einfügung der Staubblätter beiderseits mit einer
  breiten, rostfarbigen Binde versehen sind, unterscheidet. — Gebirgswälder; im Glan- u. Nahethal u. auf dem Mayenfelde, selten.
  Juli, Aug. — . . . *D.* (*media* Rth.) *ambigua* ✕ *lutea* G. Mey.

11. Veronica. Sd. u. 1j.

0. Blumen in Trauben 1
„   „   einzeln 20
1. Trauben blattwinkelständig 2
„   „   endständig 10
2. Kelch 4 teilig 3
„   „   5 teilig 9
3. Blätter kahl 4
„   „   behaart 6
4. Trauben gegenständig 5
„   „   nicht gegenständig, sehr locker. Krone weisslich, mit
  rötlichen od. bläulichen Adern; Blätter lanzettlich od. lineal.
  Stengel kahl, seltener nebst den Blütenstielen u. Kelchen zottig
  (*pilosa* Vahl). Sd. — Gräben, Sümpfe, Teiche, häufig. Juni-
  Sept. — . . . . *V. scutellata* L.
5. Stengel fast 4 kantig. Mittlere u. obere Blätter mit herzförmigem
  Grunde halbstengelumfassend 5a
„ Stengel fast stielrund. Blätter alle kurzgestielt, oval, stumpf, bei
  major Schldl. grösser u. länger, bei *minor* Schldl. kleiner u. mehr
  kreisförmig. Trauben kahl. Krone himmelblau. Sd. — Gräben,
  Ufer, Teichränder, häufig. Mai-Sept. — . . *V. Beccabunga* L.
5a Stengel hohl 5b
„   „   fest, ausgefüllt. Fruchtstiele gerade, fast wagerecht od.
  unter einem wenig spitzen Winkel abstehend. Kapsel länglich-
  elliptisch, fast 2 mal so lang als breit. Sd. — Selten, feuchte
  Orte des südlichen Gebiets. Juni-Herbst. — *V. anagalloides* Guss.
5b. Fruchtstiele schlank, spitzwinklig-abstehend, der Fruchtstand daher
  gedrungen erscheinend, dieser bei *anagalliformis* Boreau drüsenhaarig. Sd. — Häufig, feuchte Orte. Juni-Herbst. — *V. Anagallis* L.
„ Fruchtstiele derber, ziemlich gerade, wagerecht-abstehend, der
  Fruchtstand daher locker. Kapsel kreisförmig - elliptisch. Var.
  dasypoda Üchtr.: Stengel am Grunde von gekräuselten Haaren
  mehr od. weniger zottig. Sd. — Weniger häufig als vorige,
  feuchte Orte. Juni-Herbst. — . . . . . *V. aquatica* Bernh.
6. Blätter lang-gestielt; Stengel am Grunde kriechend, zerstreut-behaart.
  Kapseln platt, sehr breit, an der Spitze u. am Grunde ausgerandet,
  gewimpert. Krone weisslich-blau mit dunkleren Streifen. Sd. —
  Schattige Laubwälder, zerstreut. Mai, Juni. — *V. montana* L.
„ Blätter kurz-gestielt od. fast sitzend 7
7. Gebirgspflanze. Blätter kurz-gestielt, verkehrt-eiförmig, schwach
  gesägt. Traube meist einzeln, 2-4 blütig. Die verkehrt-herzförmige
  Kapsel kürzer als ihr Stiel. Krone dunkelblau. Sd. — Babia Gora.
  Juli. — . . . . *V. aphylla* L.

„ Pflanzen der Ebene, auf trockenen Wiesen, in Wäldern, häufig. 8

8. Stengel 2 reihig behaart, bei *pilosa* Schmidt ringsum behaart mit 2 stärkeren Haarreihen; Blätter fast sitzend, eiförmig, gekerbt-gesägt. Kapsel 3 eckig, verkehrt-herzförmig. Traube wenigblütig. Krone lebhaft blau mit dunkleren Adern. Sd. — Wiesen, Wälder, gemein. April-Juni. — . . . . . Männertreu, *V. Chamaedrys* L.

„ Stengel am Grunde kriechend, rauhhaarig. Blätter kurz-ge-stielt, elliptisch bis länglich, gesägt. Traube reichblütig. Krone hellblau u. dunkler ge-streift, selten weiss. Sd. — Wälder, Wiesen, Triften, ge-mein. Mai-Aug. — Fig. 367, Ehrenpreis, *V. officinalis* L.

9. Unfruchtbare Stengel nieder-liegend, blütentragende auf-strebend. Blätter kurz-gestielt, lineal-lanzettlich, gekerbt-ge-sägt. Kapsel schwach-ausge-randet. Krone hellblau. Sd. — Sonnige Abhänge, Hügel, Wegränder, zerstreut. Im Erz-gebirge u. in einigen anderen

Fig. 367. Veronica officinalis.

Gegenden ganz fehlend, in Schlesien selten. Mai, Juni. — . .
. . . . *V. prostrata* L.

„ Stengel sämtlich aufrecht od. aus bogenförmigem Grunde auf-strebend. Kapsel spitz-ausgerandet. Krone schön blau. Blätter lanzettlich od. schmal lanzettlich, bisweilen ganzrandig, meist entfernt-gekerbt-gesägt, kurz gestielt. Sd. — Bromberg, Thorn, im Netzegebiet Posens, bei Karlstein u. Tetin in Böhmen, bei Kottwitz in Schlesien. Trockene, sonnige Hügel. Juni, Juli. —
. . . . *V. dentata* Koch.

„ Stengel sämtlich aufrecht, am Grunde bogenförmig aufstrebend. Blätter entweder eiförmig bis eiförmig-länglich, sitzend (*latifolia* d. A. nicht L.) od. eiförmig - länglich bis lanzettlich, oberste lineal (*minor* Schrad.), am Grunde schwach-herzförmig, einge-schnitten-gesägt. Kapsel spitz-ausgerandet. Krone schön blau. Sd. — Trockene Wiesen, sonnige Hügel, Waldränder. Juni-Aug. —
. . . . *V. Teucrium* L.

10. Trauben am Hauptstengel endständig; Kronenröhre walzenförmig. 11

„ „ „ „ u. an den Zweigen endständig. Kronen-röhre sehr kurz. Stengelblätter allmählich in Hochblätter übergehend. 12

11. Trauben ziemlich locker. Blätter gegenständig od. zu 3-4 quirlig, länglich-lanzettlich, spitz, einfach od. fast doppelt gesägt. Kapsel kreisförmig, ausgerandet, gedunsen. Krone blau. Sd. — Berg-wälder, sehr selten. Hoppelberg am Harz, bei Halle a. S., in Thüringen am Kaffberg gegenüber der Wanderslebener Gleiche. Kommotau in Böhmen. Juli, Aug. . . . . *V. spuria* L.

„ Trauben sehr gedrungen; Blätter scharf doppelt-gesägt mit herz-förmigem (*vulgaris* Koch) od. keilförmigem (*media* Schrad.) Grunde, bei *glabra* Schrad. kahl. Krone blau. Sonst wie vorige Art. Var. *maritima* L. mit schmalen, am Grunde abgerundeten Blättern. Sd.

— Feuchte Wiesen, Gräben, Ufer, Gebüsche, zerstreut. Juni-Aug. —
. . . . *V. longifolia* L.
„ Trauben ährig, sehr gedrungen 11b
11a. Blätter kurzgestielt. Blumen sitzend, weiss, fleischrot od. purpurn.
Sd. — Zierpflanze aus Nordamerika. Juli, Aug. — *V. virginica* L.
„ Blätter fast sitzend. Blumen sehr kurz gestielt, hellblau. Sd. —
Zierpflanze aus Daurien. Juni, Juli. — . . . . *V. sibirica* L.
11b. Blätter in Quirlen. Kronenröhre länger als ihr Saum u. als der
Kelch 11a
„ Blätter meist gegenständig. Kronenröhre länger als breit, so lang
od. etwas kürzer als ihr Saum u. als der Kelch. Blätter ei- od.
lanzettförmig, gekerbt-gesägt, an der Spitze ganzrandig, untere
stumpf. Krone blau. Var. *squamosa* Presl: Untere Blätter läng-
lich, am Grunde keilförmig. Kelche kahl, gewimpert. Var. *hybrida*
L.: Untere Blätter ei-, fast herzförmig. Var. *cristata* Bernh.:
Stengel höher, oberwärts weichhaarig; Blätter länglich; Kronenzipfel länger, verschmälert, oft zusammengedreht. Sd. — Trockene
Anhöhen, Triften, Wegränder, zerstreut. Sommer. — *V. spicata* L.
12. Alle Blätter ungeteilt, ganzrandig od. mit gekerbtem od. gezähntem
Rande 13
„ Mittlere Blätter tief eingeschnitten 18
13. Traube armblütig, behaart 14
„ „ reichblütig, ährenförmig 15
14. Blätter verkehrt-eiförmig, stumpf, schwach gekerbt, untere grösser,
dicht zusammenstehend. Krone trübblau. Sd. — Schneekoppe u.
im Kessel des mährischen Gesenkes. Juli, Aug. — *V. bellidioides* L.
„ Blätter elliptisch, ganzrandig od. gekerbt, unterste kleiner. Krone
klein, blau. Sd. — Riesengebirge am kleinen Teich u. auf der
Schneekoppe. Juli, Aug. — . . . . *V. alpina* L.
15. Blütenstiele so lang od. länger als der Kelch 16
„ „ höchstens halb so lang als der Kelch 17
16. Blütenstiele wenig länger als der Kelch; Krone bläulich-weiss,
dunkler gestreift; Kapsel stumpf ausgerandet. Var. *tenella* All.:
Blätter meist kreisförmig; Traube wenigblütig; Blütendeckblätter
laubblattartig. Sd. — Wiesen, Sandplätze, gemein. Mai-Sept. —
. . . . *V. serpyllifolia* L.
„ Blütenstiele noch einmal so lang als der Kelch; Krone blau;
Kapsel zweispaltig. 1j. — Äcker, sehr selten. In der Wetterau;
einmal bei Kreuznach gefunden. April, Mai. — *V. acinifolia* L.
17. Pflanze behaart; Blätter herz-eiförmig, kerbig-gesägt; Kapsel verkehrt-herzförmig, 2lappig, gewimpert. Krone hellblau. 1j. —
Äcker, Wegränder, häufig. April-Okt. — . . . *V. arvensis* L.
„ Pflanze kahl, höchstens oberwärts mit kleinen Drüsen. Untere Blätter
verkehrt-eiförmig, schwach-gekerbt, obere lineal-länglich, ganzrandig,
alle nach dem Grunde hin keilförmig verschmälert. Kapsel verkehrt-herzförmig, kahl. Krone weiss od. blau. 1j. — Bebaute
Orte, hier u. da eingeschleppt. Mai, Juni. — . *V. peregrina* L.
18. Mittlere Blätter fiederteilig, oberste lanzettlich. Samen flach,
schildförmig. Krone sehr klein, blau. Eine Varietät mit fleischigen,
oberwärts ganzrandigen Blättern (*succulenta* All.) findet sich an
Felsen des Bodethales im Unterharz. 1j. — Äcker, Sandhügel,
häufig. Frühling. — . . . . *V. verna* L.
„ Mittlere Blätter nicht fiederteilig; Samen vertieft, beckenförmig. 19

19. Untere Blätter gestielt, kreisförmig, mittlere u. obere sitzend, fingerförmig, 3- bis 5 teilig, oberste lanzettlich. Krone dunkelblau. 1 j.
— Äcker, Mauern, gemein. März-Juni. — . . *V. triphyllos* L.
„ Alle Blätter gestielt, untere u. mittlere herz-eiförmig, gekerbt; sonst
wie vorige. 1 j. — Äcker, zerstreut; fehlt im Königreich Sachsen und
im grössten Teil des östlichen Gebiets. April-Juni. — *V. praecox* All.
20. Fruchtstiele aufrecht. Kapsel fast kugelig, 4 lappig. Blätter schwach
herzförmig, 3-, 5- od. 7 lappig. Krone hellblau, seltener dunkelblau
u. dann Blätter fleischig u. Blütenstiele kürzer (*triloba* Opitz). 1 j.
— Äcker, Hecken, Gebüsche, häufig. März-Mai. — *V. hederifolia* L.
„ Fruchtstiele zurückgebogen; Kapsel 2 lappig 21
21. Obere Blütenstiele länger als ihre Deckblätter, diese herz-eiförmig,
tief kerbig-gesägt. Kapsel von erhabenen Adern netzförmig, mit
abstehenden Lappen. Krone blau, gross. 1 j. — Äcker, gern
auf Lehm, stellenweise; in Schlesien z. B. meist gemein. Febr.-
Nov. — *V.* (*persica* Poir., *Buxbaumii* Ten.) *Tournefortii* Gmel.
„ Blütenstiele so lang od. wenig länger als die Blätter . . . 22
22. Kelchzipfel spitz, wenig behaart, Adern daher deutlich hervortretend, breit, sodass sie sich an der Frucht mit den Rändern
decken. Blätter kreisförmig, tief kerbig-gesägt, glänzend grün.
Krone dunkelblau. Kapsel schwach ausgerandet. 1 j. — Äcker,
Mauern, Wege, zerstreut. März-Okt. — . . . . . *V. polita* Fr.
„ Kelchzipfel stark behaart, schmal, daher sich an der Frucht nicht
mit den Rändern deckend 23
23. Pflanze dunkelgrün, zottig behaart. Kapsel fast doppelt so breit als
lang, tief (fast rechtwinklig) ausgerandet; Kelchzipfel fast spatelförmig. Krone dunkelblau. 1 j. — Lehmäcker, sehr zerstreut.
März-Mai u. Juli-Okt. — . . . . *V. opaca* Fr.
„ Pflanze hellgrün. Kapsel wenig breiter als lang, spitzwinklig ausgerandet; Kelchzipfel elliptisch. Krone hellblau mit dunkleren
Adern, unterer Abschnitt weiss. 1 j. — Äcker, bebauter Boden,
zerstreut. April-Juni u. Juli-Okt. — . . . . . *V. agrestis* L.

12. Tozzia. Sd.

Blätter breit-eiförmig, kerbig-gesägt. Krone gelb, Unterlippe rot punktiert.
— Moosige, quellige Gebirgsabhänge. Auf dem Malinow u. an der
Barania bei Teschen. Juli, Aug. — . . . . *T. alpina* L.

13. Melampyrum. 1 j.

0. Ähren allseitswendig 1
„ „ einseitswendig 2
1. Ähren kurz, 4 kantig, dicht dachziegelig. Hochblätter halb-herz-
förmig, kammförmig gezähnt, grünlich-weiss mit hellpurpurnem
Anflug, bei *pallidum* Tausch bleichgrün. Krone rötlich-weiss mit
gelber Unterlippe. — Wälder, trockene Wiesen, zerstreut. Juni-
Sept. — . . . . *M. cristatum* L.
„ Ähren locker; Hochblätter lanzettlich, borstenförmig gezähnt, hellpurpurn, selten weiss. Krone purpurn, mit weissem Ringe, am
Gaumen gelb. — Äcker, Hügel, nicht selten. Juni-Sept. — . .
. . . . Wachtelweizen, *M. arvense* L.
2. Hochblätter herzförmig, borstenförmig gezähnt, die oberen blauviolett, purpurn, zuweilen weisslich. Krone goldgelb mit rostbrauner
Röhre. — Wälder, Haine, nicht selten, fehlt jedoch in Westfalen
u. im Rheinthal. Juni-Sept. — Tag- u. -Nacht, *M. nemorosum* L.

„ Hochblätter lineal - lanzettlich, ungefärbt, am Grunde jederseits
2 zähnig. — Neu-Königgrätz u. Pardubitz. Juni-Sept. — . . . .
. . . . M. (*bohemicum* Kerner) *subalpinum* Cel.
„ Hochblätter lanzettlich, ungefärbt, jederseits am Grunde mit 1 Zahn
od. ganzrandig 3
3. Kelch viel kürzer als die ge-
schlossene od. wenig geöffnete,
blassgelbliche od. weisse Krone.
Kronenröhre gerade. Im Riesengebirge u. am Glatzer Schneeberg eine Var. (*saxosum*
Baumg.), deren Blumendeck-
blätter am Grunde breiter, jederseits 2 zähnig sind, u. die Pflanze
kräftiger. Var. *integerrimum*
Döll: Hochblätter meist ganzrandig, ungezähnt; Blätter
schmal-lineal. — Waldwiesen,
Gebüsche, häufig. Juni-Sept. —
. . Fig. 368, *M. pratense* L.
„ Kelch so lang od. wenig kürzer
als die weit geöffnete, gold-
gelbe Krone. Kronenröhre ge-

krümmt. — Wälder, Böhmen, *Fig. 368.* Melampyrum pratense.
Schlesien, Vogtland, Lausitz,
Erzgebirge, Provinz Preussen, Westfalen, Thüringer Wald, Harz,
Schleswig, Trittau in Holstein. Juni, Juli. — *M. silvaticum* L.

14. Pedicularis. Sd. u. 2j.

0. Kronenröhre in einen glockigen, durch die Lippen geschlossenen
Schlund erweitert. Blätter fiederspaltig, mit stumpfen, doppelt ge-
kerbten Fiedern. Krone gross, schwefelgelb; Rand der Unterlippe
blutrot. Sd. — Torfwiesen, selten. Mecklenburg, Pommern u.
Preussen. Juni-Aug. — Karlsscepter, *P. Sceptrum Carolinum* L.
„ Kronenröhre nicht glockig.
Krone rot 1
1. Kelch 2 lappig, mit einge-
schnitten-gezähnten, krausen
Lappen. Blätter gefiedert.
Krone rosenrot. 2j. — Sumpf-
wiesen, Moorboden, zerstreut.
Mai-Juli. — . . . . .
Läusekraut, *P. palustris* L.
„ Kelch 5 zähnig od. 5 spaltig. 2
2. Kelch 5 zähnig, Zähne oben
blattartig, gezähnt. Stengel
ästig. Blätter gefiedert. Krone
hell-rosenrot. Meist 2j., auch Sd.
— Moorwiesen, feuchte Wald-
stellen, zerstreut. Mai-Juli. —
. . Fig. 369, *P. silvatica* L.
„ Kelch 5 spaltig, an den Kanten
zottig, mit lanzettlichen, klein-

Fig. 369. Pedicularis silvatica.

gesägten Zähnen. Stengel einfach. Blätter fiederspaltig. Krone
purpurrot. Sd. — Auf den höchsten Kämmen des Riesengebirges.
Juni-Aug. — . . . . *P. sudetica* Willd.

15. Alectorolophus. 1 j.

Auf den Wurzeln von Wiesenkräutern schmarotzende Arten mit
grünen Laubblättern.

0. Deckblätter der Blumen grün od. braun 1
„ „ bleich 2
1. Blätter länglich-lanzettlich, obere Deckblätter eingeschnitten gesägt.
Oberlippe mit 2 kurzen Zähnen. Var. *fallax* W. G.: Stengel höher,
braun gestrichelt, zuweilen etwas behaart; Blätter etwas breiter. —
Wiesen, häufig. Mai, Juni. — . . . .
. . . (*Rhinanthus Crista galli* L. z. T.), *A. minor* W. u. Grab.
„ Blätter lineal-lanzettlich. Deckblätter am eiförmigen Grunde kammförmig gesägt, mit langen, schmalen, borstenförmigen Zähnen. Ober-
lippe mit 2 schmal-länglichen od. linealen Zähnen. — Steinige
Abhänge, Waldplätze, meist auf Kalkboden. Unterharz, Coblenz,
Schlesien, Böhmen u. s. w. Juli-Sept. — *A. angustifolius* Heynhold.
2. Deckblätter schwarz-gefleckt od. punktiert. Oberlippe aufstrebend,
mit 2 länglichen Zähnen, Unterlippe abstehend, mit blauen Flecken.
— Gebirgswiesen, selten. Im Riesengebirge häufig, Glatzer Schnee-
berg, Altvater, Peterstein u. s. w. Juli, Aug. — *A. alpinus* Gcke.
„ Deckblätter ungefleckt Oberlippe mit 2 hellvioletten, eiförmigen
Zähnen. Blätter länglich bis länglich-lanzettlich, bei *angustifolius*
Fr. lineal-lanzettlich. Kommt bisweilen, besonders in Mitteldeutsch-
land, mit zottigen Kelchen vor (*hirsutus* All.). — Wiesen, häufig.
Mai-Juli. — Klapper, (*Rhinanthus Crista galli* L. z. T.), *A. major* Rchb.

16. Bartschia. Sd.

Diese Art nimmt ihre Nahrung auf viererlei Weise zu sich: nämlich
(1) durch Aufnahme von Kohlensäure vermittelst der Laubblätter, ferner
durch die Wurzeln, die (2) sowohl aus der Erde als auch (3)
schmarotzend aus Pflanzen ihrer Umgebung Nährstoffe beziehen und
endlich (4) durch Tierfang. Letzterer wird von unterirdischen Schuppenblättern bewerkstelligt, welche im Herbste entstehende Sprösschen bekleiden, die im nächsten Frühjahr zu einem oberirdischen Stengel aus-
wachsen. Bestimmte Zellen an den nach rückwärts rinnig zurückgebogenen beiden seitlichen Rändern der Schuppen senden zarte protoplasmatische Fäden aus, welche die Tierchen umschlingen und verdauen.
Die Schuppenrinnen werden von den tieferstehenden Schuppen gedeckt,
sodass von oben her für die Tierchen zugängliche Kämmerchen gebildet
werden. (Vergl. Lathraea pag. 380.) —
Quellige Stellen des Riesengebirges, im Kessel des mährischen Gesenkes
und auf der Babia Gora. Juni, Juli. — . . . . . *B. alpina* L.

17. Euphrasia, Augentrost. 1 j.

0. Krone rot, selten weiss 1
„ Krone dottergelb. Blätter lineal-lanzettlich. Staubblätter kahl,
länger als die bärtig-gewimperte Krone. — Trockene Hügel, Kalkberge, zerstreut bis sehr zerstreut. Fehlt in Schlesien, östlich
der Oder äusserst selten. Aug., Sept. — . . . . *E. lutea* L.
„ Krone weiss-blau-violett, ihre Oberlippe 2lappig, die Zipfel der
Unterlippe ausgerandet 2

1. Kronen-Oberlippe ungeteilt, höchstens seicht ausgerandet, die Zipfel der Unterlippe stumpf. Staubblätter am Gipfel etwas wollig. Blätter aus breiterem Grunde lanzettlich bis lineal-lanzettlich, entfernt gesägt Hochblätter länger als die Blumen. Var. *serotina* Lmk.: Blätter am Grunde verschmälert; Hochblätter kürzer als die Blumen. — Wiesen, feuchte Äcker, gemein. Juni-Okt. — *E. Odontites* L.

„ Blätter aus eiförmigem Grunde länglich-lanzettlich, kerbig-gezähnt. Hochblätter so lang od. nur wenig länger als die Blumen; letztere grösser als bei voriger Art. — Am Strande der Nord- u. Ostsee u. auf den benachbarten Inseln, auch auf Salzwiesen bei Saarbrücken. Mai, Juni. — . . . . *E. verna* Bell.

2. Blattzähne der oberen Blätter meist spitz 3

„   „   stumpflich. Blätter mit sehr verschmälertem Grunde sitzend, eiförm.-länglich, beiderseits mit 2 bis 3 fast senkrecht übereinander gestellten Zähnen. — Wiesen u. grasige Orte des Riesen- u. Isergebirges. Juni-Aug. — *E. coerulea* Tausch.

3. Stengel oberwärts, oberste Blätter u. Kelche drüsenhaarig. Zähne der breit-eiförmigen Blätter stachelspitzig. Var. *picta* W.: Blätter kreisförmig, nebst den Kelchen von sehr kurzen, drüsenlosen Haaren zerstreut behaart od. fast kahl. — Häufig; Wiesen, Wälder. Juli-Sept. — Fig. 370, *E.* (*officinalis* L. z. T.) *pratensis* Fr.

Fig. 370. Euphrasia pratensis.

„ Stengel mit krausen, drüsenlosen Haaren besetzt. Mittlere Blätter am Grunde keilförmig, beiderseits mit 4-5 haarspitzigen, schief gestellten Zähnen, obere 3 eckigeiförmig, wie die Kelche spärlich behaart, drüsenlos. Var. *gracilis* Fr.: Blätter klein, gekerbt, beiderseits mit 3 Zähnen, oberste am Grunde keilförmig-verschmälert. — Wie vorige. — . . . . *E.* (*officinalis* L. z. T.) *nemorosa* Mart.

18. Lathraea. Sd.

Schmarotzt auf Wurzeln von Bäumen und besonders von Corylus, nimmt aber daneben auch tierische Nahrung zu sich, sodass die Lathraea zu den „insektenfressenden Pflanzen" gehört. Die unterirdischen Stengelteile, Fig. 371 [1], sind mit dickfleischigen Schuppenblättern besetzt, welche von 5-13 von dem Blattgrunde nach der Spitze verlaufenden, länglichen Kammern, Fig. 371 [3], durchzogen werden, deren Eingangsöffnungen sich, wie Fig. 371 [2] zeigt, auf der Unterseite des Blattes am Grunde befinden.

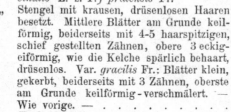

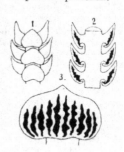

Fig. 371. — 1. Rhizomstück mit 9 sichtbaren Schuppenblättern. — 2. Längsschnitt durch dasselbe, um die (schwarz ausgeführten) Fangkammern in den Schuppen zu zeigen. — 3. Ein Schuppenblatt von aussen gesehen mit seinen durchscheinenden Kammern.

Durch diese Öffnungen gelangen kleine, im Erdboden lebende Tierchen in die Kammern, in welchen sie durch protoplasmatische Fortsätze aus gewissen Zellen festgehalten und verdaut werden. (Vergl. auch Bartschia p. 379). —

Stellenweise. März-Mai. — . . .
. . . . . . Fig. 371 u. 372,
Schuppenwurz, *L. Squamaria* L.

19. Paulownia. B.

Zierbaum aus Japan. Blütenstand sich im Hochsommer entwickelnd, jedoch erst im nächsten Frühjahr erblühend. — *P. tomentosa* Aschs.

Fig. 372. Lathraea Squamaria.

LXXX. Fam. Labiatae.

Die **Lippenblütler**, wie diese Gewächse wegen der eigenartigen Ausbildung der Kronen genannt werden, unterscheiden sich von der vorigen Familie vor allen Dingen durch ihre Fruchtbildung. Die Frucht besteht in der Jugend aus 2 zweisamigen Fächern, welche durch allmähliche Einschnürung in 4 einsamige Schliessfrüchtchen übergehen. Die in der Vier- oder Zwei-Zahl vorhandenen Staubblätter, von denen im ersten Falle 2 länger und 2 kürzer sind, werden oft durch die dann einen Schirm bildende, helmartige Oberlippe vor Regen geschützt. Die Unterlippe dient als Sitz für das Honig suchende, die Blume befruchtende Insekt. Der unterhalb der Frucht befindliche Teil des Torus, Fig. 374, ist zum Nektarium metamorphosiert.

Wir wollen ein interessantes Beispiel des Vorganges der Befruchtung herausgreifen und näher betrachten. — Fig. 373[1] stellt eine Blume der Wiesen-Salbei, Salvia pratensis, von der Seite gesehen dar. Die Kronenoberlippe überdeckt die 2 eigentümlich gestalteten — in der Fig. 373[2] besonders abgebildeten — Staubblätter, welche in 1 punktiert in ihrer gewöhnlichen Lage unter ihrem Schutzdach angedeutet wurden. Zwei weitere Staubblätter sind, wie Fig. 374[1] zeigt, im Innern der Krone nur als Rudimente vorhanden. Jedes fruchtbare Staubblatt besitzt, Fig. 373[2], einen nur sehr kurzen Staubfaden *f*, welcher gelenkig mit einem langen Balken verbunden ist. Der letztere kann sich wippschaukelartig auf dem Faden bewegen und trägt an dem einen Ende einen halben Staubbeutel *b* und am anderen eine Platte *p*, die mit derjenigen des anderen

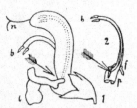

Fig. 373. — 1. Eine etwas vergrösserte Blume von Salvia pratensis, 2. das Androeceum. — Beschreibung im Text.

Staubblattes verbunden ist und den Eingang zur Kronenröhre verschliesst. Jede dieser beiden Platten wird als eine metamorphosierte Staubbeutelhälfte angesehen, welche durch das in unserem Falle ausserordentlich verlängerte Verbindungsstück, den Balken, das **Mittelband** oder **Connectiv**, mit der anderen, Pollen erzeugenden Staubbeutelhälfte *b* ver-

bunden ist. Wenn sich nun ein Insekt behufs Einsammlung des im
Grunde der Kronenröhre befindlichen Honigs auf der Unterlippe *l* der
erstmännlichen Blume niederlässt, so findet es die Kronenröhre durch
die erwähnte Doppelplatte verschlossen. Vermittelst seiner Mundwerk-
zeuge und des Kopfes drückt es, um zur Beute zu gelangen (in
Richtung des Pfeiles auf unserer Abbildung), die Doppelplatte in das
Innere der Röhre, wobei — infolge des beschriebenen Baues — die am
anderen Ende des Mittelbandes unter der Oberlippe versteckten, fruchtbaren Staubbeutelhälften, in der Art, wie dies bei *b* Fig. 373 [1] zeigt,
heraustreten und notwendig mit dem behaarten Rücken des bienenartigen
Insekts in Berührung kommen, um demselben Pollen mitzuteilen. Nach
Entfernung des Insekts federt der Apparat in seine frühere Lage zurück.
Wie beschrieben verhält sich also eine im männlichen Zustande befindliche Blume; tritt dieselbe in den weiblichen Reifezustand ein, so verlieren die Staubblätter ihre Funktion, und die Spitze des Griffels senkt
sich so weit bogig hinab, dass bei einem jetzt erfolgenden Insekten-
besuch die nunmehr auseinander klaffenden beiden klebrigen Narben-
zipfel *n* den Rücken des Tierchens berühren müssen und so eventuell
den mitgebrachten Pollen aufnehmen können.

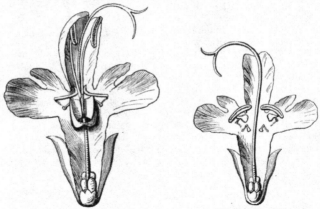

1. Hermaphrodite Blume.　　　　*2.* Weibliche Blume.

Fig. 374. Vergrösserte Blumen von Salvia pratensis, deren Kelche u. Kronen
vorn der Länge nach aufgeschnitten und ausgebreitet dargestellt sind. Im
Grunde der Krone das Nektarium, darüber die 4 Früchtchen u. s. w.

Wie wir auch an diesem Beispiel wieder sehen, wird eine Selbstbefruchtung so gut wie unmöglich gemacht, und man möchte fast
glauben, dass diese vermiedene Selbstbestäubung ausnahmslos sei: dem
ist aber nicht so. Denn es giebt Fälle, in denen Selbstbestäubung
durch besondere Vorkehrungen herbeigeführt wird und auch eine aus-
giebige Befruchtung nach sich zieht, und da wir gerade bei den Labiaten
sind, können wir ein derartiges leicht zu beobachtendes Beispiel aus
dieser Familie hier erwähnen. Es findet sich bei der häufigen Bienen-
saug-Art: Lamium amplexicaule. Neben Blumen mit offenen Kronen,
bei welchen eine Befruchtungsvermittelung durch Insekten erwünscht
erscheint, chasmogamen (offen ehigen) Blumen, kommen hier —
namentlich bei ungünstigerem, kälterem Wetter, also wenn die Aus-

führung der Kreuzbestäubung durch Insekten unwahrscheinlich ist —
auch solche vor, deren Kronen verkümmert sind und sich niemals
öffnen, cleistogame (verschlossen ehige) Blüten. In diesen Fällen
nun findet eine Selbstbefruchtung statt, die also nur als Notbehelf dient.

Noch eine andere — als Gynodioecismus bezeichnete — Erscheinung wollen wir hier besprechen, da sie sich ebenfalls bei den
Labiaten leicht beobachten lässt. Bei manchen Arten, z. B. bei
Glechoma hederacea, Salvia pratensis, Fig. 374, und S. Sclarea, sowie bei
Arten der Gattungen Thymus, Origanum, Brunella und Mentha finden sich
neben Stöcken mit grossen zwitterigen Blumen (Fig. 374¹) Stöcke mit
kleineren, rein weiblichen Blumen mit verkümmerten Staubblättern (Fig.
374²). Die rein weiblichen Stöcke liefern die besseren Samen. Wenn-
gleich Selbstbefruchtung oder Befruchtung von Blumen desselben Stockes
miteinander auch bei den Zwitterblumen fast vermieden ist, so ist eine
solche Befruchtung doch bei den weiblichen Stöcken natürlich vollständig
unmöglich. Hier kann überhaupt nur Fremdbestäubung stattfinden.

0. Krone 1 lippig oder lippenlos 1
" " 2 " 5
1. " 1 " 2
" " lippenlos, mit 4 untereinander fast gleichen Lappen. . 3
2. Lippe 3 lappig . . . . 30. Ajuga.
" " 5 " . . . . 31. Teucrium.
3. 4 fruchtbare Staubblätter 4
" 2 " " oder daneben noch 2 beutellose Fäden.
. . . . 5. Lycopus.
4. 2 längere u. 2 kürzere Staubblätter. Blumen in einseitswendigen
Scheinähren. Deckblätter breit - eiförmig, gewimpert, am verschmälerten Grunde besitzt je ein Blatt eines Paares eine schwielige
Anschwellung . . . . 3. Elssholzia.
" Staubblätter fast gleichlang . . . . 4. Mentha.
5. 2 fruchtbare Staubblätter, die 2 anderen höchstens als Rudimente
vorhanden 6
" 4 fruchtbare Staubblätter 7
6. Kelch glockig, 2 lippig . . . . 6. Salvia.
" " röhrig, 5 spaltig . . . . 7. Monarda.
7. Die Staubblätter in der Kronenröhre eingeschlossen 8
" Die Staubblätter ragen aus der Röhre hervor 9
8. Kelch kurz 5 zähnig. Blumen blau. Blätter lineal bis länglich .
. . . . 2. Lavandula.
" Kelch mit 5 - 10 gleichen, zuletzt abstehenden od. hakenförmigen
Zähnen. Blumen weiss . . . . 24. Marrubium.
9. Staubblätter der Unterlippe anliegend. Krone weiss bis schwach
rötlich; Oberlippe 4 spaltig, Unterlippe ganz . . . 1. Ocimum.
" Staubblätter der Unterlippe nicht anliegend 10
10. " parallel unter der schützenden Oberlippe verlaufend;
zuweilen nach dem Verstäuben auseinander tretend, sich nach abwärts biegend 17
" Staubblätter nicht parallel verlaufend, entweder oben auseinander
tretend oder unten abstehend und nach oben unter der Oberlippe
zusammengehend 11
11. Staubblätter unter der Oberlippe hervorragend 12
" " von der Oberlippe vollständig bedeckt 14

12. Mittlerer Zipfel der 3spaltigen Unterlippe grösser als die seitlichen
    Zipfel. Kelch 5zähnig . . . . **14. Hyssopus.**
„   Mittlerer Zipfel der Unterlippe kaum grösser als die seitlichen Zipfel,
    ganz 13
13. Kelch 5zähnig oder zahnlos, nicht 2lippig . . . . **8. Origanum.**
„   „   deutlich 2lippig . . . . **9. Thymus.**
14.   „   2lippig 15
„   „   5zähnig, glockig. Blätter lineal-lanzettlich. Blumen lila
    oder weiss . . . . **10. Satureja.**
15. Kelch cylindrisch. Zipfel der Kronen-Unterlippe untereinander
    fast gleich 16
„   Kelch glockig. Blumen weiss; Mittelzipfel der Unterlippe grösser
    als die seitlichen Zipfel . . . . **13. Melissa.**
16. Die den Blütenstand zusammensetzenden Blütengruppen an ihrem
    Grunde ohne kleine Hochblätter . . . . . . **11. Calamintha.**
„   Blütengruppen mit vielen pfriemlichen, langzottigen Hochblättern.
    . . . . **12. Clinopodium.**
17. Die der Unterlippe näher stehenden, vorderen Staubblätter sind die
    kürzeren 18
„   Die vorderen Staubblätter sind die längeren 20
18. Oberlippe gewölbt, ausgerandet. Der hintere Kelchzipfel bedeutend
    grösser als die 4 vorderen . . . . . . **17. Dracocephalum.**
„   Oberlippe flach, fast 2spaltig. Kelch mit 5 gleichen Zähnen. 19
19. Der sehr grosse kreisförmige Mittellappen der Unterlippe vertieft,
    d. h. concav. Blumen weiss od. rötlich, selten hellviolett. **15. Nepeta.**
„   Mittellappen der Unterlippe verkehrt-herzförmig, flach. Blumen lila,
    selten fleischrot. Alle Blütengruppen in den Achseln von nieren-
    förmigen gekerbten Laubblättern . . . . . **16. Glechoma.**
20. Kelch 2lippig 21
„   „   5zähnig, mit fast gleichen Zähnen 23
21.   „   mit 2 ganzen Lippen, auf dem Rücken der Oberlippe eine
    abstehende Schuppe . . . . **28. Scutellaria.**
„   Kelchlippen nicht ganz 22
22. Hochblätter der Blumenregion häutig, fast kreisrund. Kronenröhre
    unter der Einfügung der Staubblätter mit einem Haarring . . .
    . . . . **29. Brunella.**
„   Die Blumengruppen in den Achseln von Laubblättern. Kronen-
    röhre ohne Haarring . . . . **18. Melittis.**
23. Schliessfrüchtchen am Gipfel flach 24
„   „   „   „   mehr oder minder gewölbt, abge-
    rundet 27
24. Schliessfrüchtchen am Gipfel kahl 25
„   „   „   „   behaart. Kelchzähne stachelig . 26
25. Mittellappen der Kronen-Unterlippe gross, verkehrt-herzförmig.
    Seitenzipfel sehr klein. Blumen rot od. weiss . . **19. Lamium.**
„   Die 3 Unterlippenzipfel alle deutlich entwickelt, spitz. Blumen
    gelb . . . . **20. Galeobdolon.**
26. Kronenröhre im Innern mit Haarring. Untere Blätter fingerig
    5spaltig . . . . **26. Leonurus.**
„   Kronenröhre ohne Haarring. Untere Blätter kreis-eiförmig . . .
    . . . . **27. Chaiturus.**
27. Kronen-Unterlippe am Schlunde jederseits mit einem hohlen, auf-
    rechten Zahn . . . . **21. Galeopsis.**

„ Kronen-Unterlippe ohne solche Zähne 28
28. Kronenröhre im Innern mit Haarring 29
„ „ ohne Haarring. Blätter länglich-eiförmig, mit herzförmigem Grunde, meist gekerbt. Blumen rot, selten weiss . .
. . . . **23. Betonica.**
29. Staubblätter nach ihrem Verblühen gewunden, nach auswärts gebogen. Kelch röhrig-glockig . . . . **22. Stachys.**
„ Staubblätter auch später gerade u. unter der Oberlippe verlaufend.
Kelch trichterig. Blätter eiförmig, grobkerbig-gesägt, am Grunde
abgerundet und gerade. Blumen schmutzig-rosa, selten weiss . .
. . . . **25. Ballote.**

1. Ocimum. 1j.
Zierpflanze aus Ostindien. Juni-Herbst. — Basilikum, *O. Basilicum* L.

2. Lavandula. Str.
Zierpflanze aus Südeuropa. Juli-Herbst. — . . . .
. . . . Lavendel, Spike, *L.* (*Spica* L. z. T.) *officinalis* Chaix.

3. Elssholzia. 1j.
Aus Centralasien. Stellenweise aus botanischen Gärten u. s. w. verwildert. Sommer. — . . . . *E. Patrini* Grcke.

4. Mentha, Minze od. Münze. Sd.
0. Kelch 2 lippig, im Innern am Eingang behaart, zur Fruchtzeit
durch einen Haarkranz geschlossen. Blätter eiförmig, sparsam
gezähnt. Scheinquirle alle von einander getrennt. — Zerstreut, feuchte
Orte; fehlt im nordöstlichen Gebiet. Sommer. — *M. Pulegium* L.
„ Kelch 5 zähnig, im Innern unbehaart 1
1. Scheinquirle zu Scheinähren vereinigt 2
„ „ kopfig zusammenstehend od. einzeln in den Laubblattachseln 4
2. Blätter sitzend od. gestielt, eiförmig od. lanzettlich 3
„ Blätter sitzend, kreis-eiförmig,
oben runzelig, unten weissfilzig. Kelchzähne lanzettlich.
— Zerstreut, wie vorige, fehlt
z. B. wild in Schlesien. Juli-
Okt. — . . . .
Fig. 375, *M. rotundifolia* L.
3. Blätter, wenigstens die oberen,
sitzend, eiförmig od. lanzettlich,
bei *undulata* Willd. am Rande
wellig u. eingeschnitten gezähnt. Pflanze behaart, bei
einer Var. (*viridis* der Autoren)
kahl od. nur sehr schwach
behaart, bei einer anderen
(*crispata* Schrad.) die Blätter
kahl u. blasig runzelig, sonst
wenigstens unterseits graufilzig, bei *tomentosa* W. G.
sogar weissgrau-filzig. Kelch-

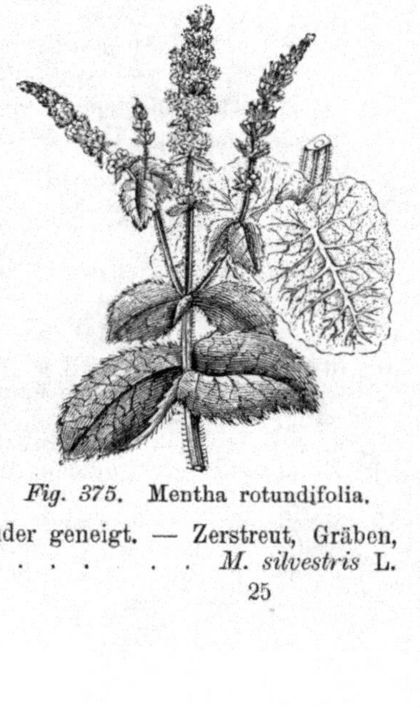

Fig. 375. Mentha rotundifolia.

zähne zur Fruchtzeit gegeneinander geneigt. — Zerstreut, Gräben,
Ufer, feuchte Orte. Sommer. — . . . . *M. silvestris* L.

„   Blätter gestielt. Kelchzähne an der Frucht gerade vorgestreckt.   4
4. Blätter eiförmig. Kelchzähne lineal-borstenförmig. — Wie vorige. —
. . . . . . M. (nepetoides Lej.) aquatica ✕ silvestris G. Mey.
„   Blätter länglich, spitz.   Kelchzähne lanzettlich - pfriemenförmig.
Bei einer Varietät (Krauseminze, crispa L.) sind die Blätter
kraus, eingeschnitten u. eiförmig. — Wild in England, bei uns
gebaut u. verwildert. Sommer. — . Pfefferminze, M. piperita L.
„   Auch die oberen Scheinquirle in den Achseln von Laubblättern.   5
5. Kelchzähne länger als breit. Die obersten Scheinquirle oft kopfig
zusammenstehend 6
„   Kelchzähne etwa so lang wie breit, 3 eckig-eiförmig. Alle Scheinquirle in den Achseln von Laubblättern. Var. parietariifolia
Becker: Blätter länglich-elliptisch, beiderseits verschmälert. —
Gemein, feuchte Orte. Sommer. — . . . . . M. arvensis L.
6. Blätter gestielt, eiförmig. Kelchröhre gefurcht. Bei capitata W. G.
die Scheinquirle zu einem end-
ständigen, kopfförmigen Blütenstand zusammengedrängt u. die
Pflanze fast kahl (glabrata W.)
od. rauhhaarig (hirsuta L.).
Bei verticillata L. die Scheinquirle sämtlich getrennt; auch
in diesem Falle die Pflanze entweder fast kahl (glabra Koch)
od. behaart (hirsuta Koch). —
Wie vorige. — M. aquatica L.
„   Blätter alle gestielt od. die
oberen sitzend, elliptisch, Sägezähne nach vorwärts gerichtet,
bei sativa L. abstehend. Scheinquirle alle entfernt. — Zerstreut, sonst wie vorige. — .
. . . . . . M. gentilis L.

Fig. 376. Lycopus europaeus.

5. Lycopus. Sd.

0. Die unfruchtbaren Staubblätter sind vollkommen abortiert. Blätter
eiförmig-länglich, die untersten fiederspaltig. — Gemein, feuchte
Orte. Sommer. — . . . . Fig. 376, Wolfstrapp, L. europaeus L.
„   Die unfruchtbaren Staubblätter fadenförmig, verkümmert. Untere
Blätter breit-eiförmig, obere lanzettlich, alle tief fiederspaltig. —
Feuchte Orte, an der Vereinigung des Rheins u. Mains, unweit
Dresden u. Magdeburg u. an der Elbe im nördlichen Böhmen.
Sommer. — . . . . L. exaltatus L. fil.

6. Salvia. 2j., Sd. u. Str.

0. Blumen blau, rot, violett od. weiss 1
„   „   gelb. Stengel oben nebst Hochblättern u. Kelchen drüsig-
zottig. Sd. — An Bächen, Bergabhängen, in Wäldern, Schlesien
u. zwar fast nur im südöstlichen Teil. Sommer. — S. glutinosa L.
1. Kronenröhre inwendig mit einem Haarkranz 2
„   „   „   ohne Haarkranz 3
2. Scheinquirle bis 6 blumig. Zweige u. jüngere Blätter graufilzig.
Blätter länglich. Str. — Zuweilen verwildernde Arznei- u. Küchenpflanze aus Südeuropa. Juni, Juli. — Salbei, S. officinalis L.

„ Scheinquirle bis 20 blumig. Obere Blätter fast 3 eckig. Sd. — Sehr zerstreut, Hügel, Wege; Weichselgebiet, Posen, Schlesien, Sachsen, Thüringen, Würzburg, Böhmen, zuweilen verschleppt. Sommer. — . . . . *S. verticillata* L.

3. Kelchzähne untereinander fast gleich, dornig-begrannt. Blumen weiss od. bläulich 4

„ Kelchzähne nicht begrannt, lippig 5

4. Hochblätter häutig, breit-eiförmig, rosenrot. Blumen hellbläulich. 2 j. — Weinberge, Wege; Warburg in Westfalen, Kreuznach, Verviers, Luxemburg. Juni, Juli. — Muskatellerkraut, *S. Sclarea* L.

„ Hochblätter krautig, grünlich. Blumen weiss. 2 j. — Auf dem Bielstein im Höllenthal am Fusse des Meissners in Hessen. Juni, Juli. — *S. Aethiopis* L.

5. Stengel nebst Hochblättern u. Blumen klebrig-behaart. Die oberen Hochblätter klein, grün, kürzer als die Kelche. Var. *rostrata* Schmidt: Blätter besonders am Grunde fiederspaltig - eingeschnitten. Sd. — Nicht selten, sonnige, trockene Orte. Mai-Juli. — Fig. 373, 374, 377, Wiesen-Salbei, *S. pratensis* L.

„ Stengel, Unterseite der Blätter u. Kelche grau-weichhaarig. Hochblätter gross, purpur-violett, länger, resp. mindestens so lang wie die Kelche. Var. *nemorosa* L.: Haare am Stengel länger, abstehend. Sd. — Zerstreut, Mitteldeutschland, oft verschleppt. Sommer. — *S. silvestris* L.

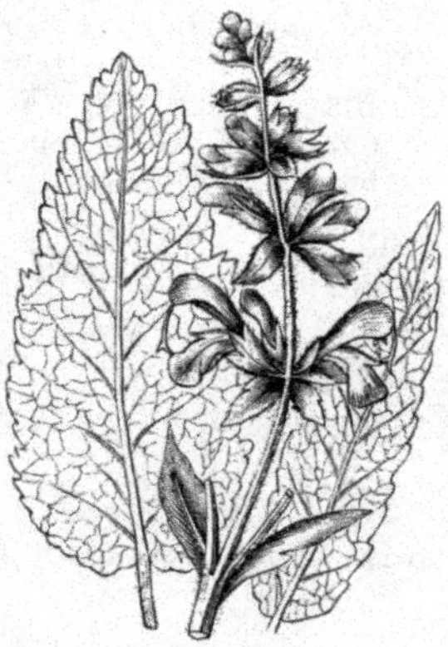

Fig. 377. Salvia pratensis.

7. Monarda. Sd.

0. Kelchschlund fast kahl, scharlachrote Krone kahl. — Zierpflanze aus Nordamerika. Juli-Sept. — . . . . . . *M. didyma* L.

„ Kelchschlund u. die hellrosa od. purpurne Krone behaart. — Wie vorige. — . . . . *M. fistulosa* L.

8. Origanum. Sd., auch 1j.

0. Blätter eiförmig, spitz. Kelch 5 zähnig. Sd. — Meist nicht selten, lichte Waldstellen u. s. w. Juli-Okt. — . Dost, *O. vulgare* L.

„ Blätter elliptisch, stumpf, Kelch zahnlos. 1 j. u. Sd. — Küchenpflanze aus Nordafrika. Sommer. — Majoran, Mairan, *O. Majorana* L.

9. Thymus. Str.

0. Stengel aufrecht od. aufsteigend, sehr ästig. Blätter länglich bis lineal, am Rande stark umgerollt, in den Winkeln mit Blumenbüscheln. — Küchenpflanze aus Südeuropa. Mai, Juni. — . . . . Thymian, *T. vulgaris* L.

„ Stengel niederliegend od. aufsteigend 1

1. „ oberwärts deutlich 4 kantig, auf den Kanten abstehendbehaart. Blätter rauhhaarig (*lanuginosus* Schk.) od. fast kahl (*citriodorus* Schreb.), kreisförmig-elliptisch, am Rande etwas umgerollt, bei *nummularius* M. B. (Sudeten) kreisförmig od. kreiseiförmig u. Blumen 2 mal grösser. — Häufig, trockene Hügel, lichte Waldstellen, Triften. Juni-Herbst. — . *T. Chamaedrys* Fr.

25*

„ Stengel ringsum kurzhaarig od. zottig. Blätter lineal bis länglich, keilförmig in den Blattstiel verschmälert. Var. *lanuginosus* Mill.: Stengel oberwärts nebst den Kelchen rauhhaarig od. zottig; Blätter 3-4 mal länger als breit. — Wie vorige. — *T.* (*angustifolius* Pers.) *Serpyllum* L.

10. Satureja. 1j.

Küchenpflanze aus Südeuropa. Juli-Herbst. — . . . .
. . . . Kölle, Pfeffer- od. Bohnenkraut, *S. hortensis* L.

11. Calamintha. Sd., auch 1- u. 2j.

0. Blume hellviolett. Kelch unten bauchig, mit 3 zähniger Oberlippe. Sd., auch 1- u. 2j. — Häufig, trockene Orte. Mai-Okt. — . .
. . . . (*Thymus Acinos* L.), *C. Acinos* Clairv.

„ Blume purpurrot. Kelch mit 3 breiten oberen u. 2 schmalen unteren Zipfeln. Sd. — Bergabhänge der Rheinprovinz u. Luxemburgs. Juli-Herbst. — (*Melissa Calamintha* L.), *C. officinalis* Mnch.

12. Clinopodium. Sd.

Häufig, Wälder. Juli-Herbst. — . . . .
. . . . (*Calamintha Clinopodium* Spenner), *C. vulgare* L.

13. Melissa. Sd.

Gartenpflanze aus Süddeutschland. Sommer. — . . . .
. . . . (Citronen-) Melisse, *M. officinalis* L.

14. Hyssopus. Str.

Zuweilen verwildernde Gartenpflanze aus Süddeutschland. Sommer. —
. . . . Ysop, *H. officinalis* L.

15. Nepeta. Sd.

0. Kelchmündung schief, die oberen Zähne derselben länger . . 1
„ „ gerade, ihre Zähne ziemlich gleich lang. Blätter stumpf, kahl. Schliessfrüchtchen knotig-rauh, mit behaarter Spitze. Blumen weiss, bei *pannonica* Jacq. hellviolett, dunkler punktiert. — Selten, Dörfer; Benzingerode am Harz, unweit Erfurt, Schlesien, Böhmen. Juni, Juli. — . . . . *N. nuda* L.

1. Kelch eiförmig, wenig gekrümmt. Blumen gelblich od. rötlichweiss. Blätter spitz, unten graufilzig, bei *subincisa* Aschs. fast eingeschnitten gesägt. Früchtchen glatt u. kahl. — Zerstreute Ruderalpflanze. Juni-Aug. — . . . Katzennessel, *N. Cataria* L.

„ Kelch cylindrisch, gekrümmt. Blumen blau. — Zuweilen verwildernde Zierpflanze aus Kaukasien. Juli-Sept. — *N. grandiflora* M. B.

16. Glechoma. Sd.

Gemein, Wälder, Gebüsche, Wiesen. April-Juni. — . . . .
. . . . Gundermann, (*Nepeta Glechoma* Bentham), *G. hederacea* L.

17. Dracocephalum. Sd. u. 1j.

0. Staubbeutel wollig. Blumen in Scheinähren 1
„ „ kahl. Scheinquirle einzeln. Blätter stumpf, tief-gekerbt. 1j. — Zuweilen verwildernde Küchenpflanze aus Südosteuropa. Sommer. — . . . . . . Türkische Melisse, *D. Moldavica* L.

1. Blätter ganzrandig u. ganz. Sd. — Sehr selten, Wälder; am häufigsten in Ostpreussen. Sommer. — . . *D. Ruyschiana* L.

„ Blätter gefiedert-5 teilig. Sd. — An einigen felsigen Orten Böhmens. Mai, Juni. — . . . . *D. austriacum* L.

18. Melittis. Sd.

In Bergwäldern Mitteldeutschlands zerstreut, in Norddeutschland sehr selten. Mai, Juni. — . . . . *M. Melissophyllum* L.

19. Lamium, Bienensaug, Taubnessel 1 j. u. Sd.

0. Kronenröhre gerade od. doch nur sehr schwach gekrümmt . 1
„ „ deutlich gekrümmt 4
1. Die oberen Blätter stengelumfassend. Kelchzähne über der Frucht zusammenschliessend. Var. *fallax* Junger: die unteren Deckblätter der Scheinquirle deutlich gestielt. 1j. — Häufig, Äcker, Brachen, bebauter Boden, an Zäunen u. s. w. März-Herbst. — *L. amplexicaule* L.
„ Blätter nicht stengelumfassend 2
2. Oberste Blätter mit verbreitertem Blattstiel 3
„ „ „ „ kurzem, einfachem Stiel, herz-eiförmig. Kronenröhre mit Haarring. Var. *decipiens* Sonder: Blätter ungleich eingeschnitten-gekerbt. 1j.— Gemein, sonst wie vorige.— *L. purpureum* L.
3. Obere Blätter nieren-herzförmig. 1j. — Selten, sonst wie vorige. —
. . . . *L. intermedium* Fr.
„ Obere Blätter fast 4 eckig, eiförmig. 1j. — Wie vorige. — . .
. . . . *L. hybridum* Vill.
4. Blumen rot, selten rein weiss. Haarring in der Kronenröhre gerade verlaufend. Sd. — Meist häufig, aber stellenweise fehlend, Wälder, feuchte Gebüsche. April-Okt. — . . . . . *L. maculatum* L
„ Blumen weisslich-gelb. Haarring in der Kronenröhre schräg verlaufend. Sd. — Gemein, Wege, Zäune u. s. w. April-Herbst. — *L. album* L.

20. Galeobdolon. Sd.

Blätter kreis-eiförmig bis eiförmig. Bei der Var. *montanum* Pers. schliesst der Stengel an der Spitze mit einem Laubblattpaar ab u. die oberen Blätter sind länglich bis lanzettlich. — Zerstreut, Wälder. Mai, Juni. — . . . (*Lamium Galeobdolon* Crntz.), *G. luteum* Huds.

21. Galeopsis. 1j.

0. Stengel unter den Knoten nicht verdickt, mit weichen, abwärts anliegenden Haaren besetzt 1
„ Stengel unter den Knoten verdickt, steifhaarig 2
1. Blumen hellgelb. Blätter des Hauptstengels eiförmig, der Zweige ei-lanzettförmig, bei *umbrosa* Aschs. zart u. sparsam kurzhaarig.
— Auf Sand- u. Felsboden des westlichen Gebiets meist häufig, sonst zuweilen verschleppt. Juli-Sept. — . *G. ochroleuca* Lmk.
„ Blumen purpurrot . . . . 1 a
1a. Blätter länglich-lanzettlich. — Häufig, Äcker. Juli-Herbst. — .
. . . . *G. (Ladanum* L. z. T.) *latifolia* Hoffm.
„ Blätter lineal-lanzettlich. — Nicht häufig, Äcker, Brachen, im südlichen Gebiet. Juli-Herbst. — . . . . *G. angustifolia* Ehrh.
2. Kronenröhre länger als der Kelch 4
„ „ höchstens so lang wie der Kelch 3
3. Mittelzipfel der Unterlippe fast 4 eckig, flach. — Häufig, Äcker, Wege u. s. w. Sommer. — . . . . *G. Tetrahit* L.
„ Mittelzipfel der Unterlippe länglich, meist ausgerandet, später am Rande zurückgerollt. — Wie vorige. — . . . *G. bifida* Bönngh.
4. Blumen schwefelgelb, mit bunter, weiss, gelb u. violett gefärbter Unterlippe. — Zerstreut, feuchte Äcker, Wälder u. s. w. Sommer. —
. . . . *G. (versicolor* Curt.) *speciosa* Mill.

„ Blumen purpurrot, selten einfarbig gelbweiss.   Stengel mit nach
  abwärts anliegenden, weichen, an den Knoten steifen Haaren besetzt. — Zerstreut, Äcker, Wege, Waldränder; nur im östlichen
  Gebiet. Sommer. — . . . . *G. pubescens* Bess.

22. Stachys. Sd., 1- u. 2j.

0. Blumen rot 2
„ „ gelb 1
1. Kelch zottig, seine Zähne mit weichhaariger Stachelspitze. Obere
   Blätter lanzettlich. 1j. — Zerstreut, Kalk- u. Lehmäcker, Weinberge. Juli - Herbst. — . . . . *S. annua* L.
„ Kelch rauhhaarig, seine Zähne mit kahler Stachelspitze. Obere
   Blätter eiförmig. Sd. — Zerstreut, sonnige Hügel, trockene Wälder
   u. s. w. Juni-Herbst. — . . . . Ziest, *S. recta* L.
2. Hochblätter in der Blütenregion so lang od. länger als die Kelche.
   Scheinquirle reichblütig 3
„ Hochblätter sehr klein 4
3. Stengel nebst den Blättern dicht-wollig-filzig. Blumen hellpurpur-
   rot. 2j., selten Sd. — Zerstreut, sonnige Hügel, Dörfer, Wegränder,
   gern auf Kalk. Juli-Herbst. — . . . . . . *S. germanica* L.
„ Stengel rauhhaarig, oben drüsig behaart. Blumen dunkelpurpurrot.
   Sd. — Selten, Gebirgswälder, mährisches Gesenke, Schlesien,
   Hannover, Nassau, Hessen, Westfalen, Rheinprovinz, Erzgebirge.
   Sommer. — . . . . *S. alpina* L.
4. Pflanze Ausläufer treibend. Kelchzähne pfriemlich. Krone rot,
   selten weiss, etwa 2 mal so lang als der Kelch 5
„ Pflanze ohne Ausläufer. Kelchzähne lanzettlich. Krone blassrosa,
   kaum länger als der Kelch.
   Blätter gestielt, kreis - herz-
   eiförmig, stumpf. 1j. — Sehr
   zerstreut, feuchtere Äcker. Juli-
   Herbst. — . *S. arvensis* L.
5. Auslaufende Rhizome an der
   Spitze keulig verdickt od. nicht
   verdickt. Blätter ei-lanzettförmig od. lanzettlich . 6
„ Auslaufende Rhizome an der
   Spitze nicht verdickt. Stengel
   oben drüsig behaart. Blätter
   lang-gestielt, breit-herz-eiförmig,
   zugespitzt. Sd. — Häufig,
   feuchte Laubwälder. Sommer.
   — Fig. 378, *S. silvatica* L.
6. Blätter gestielt. Blumen purpurn. Sd. — Sehr zerstreut,
   sonst wie vorige. — . . . .
   S. palustris X *silvatica* Schiede.

Fig. 378. Stachys silvatica.

„ Blätter lanzettlich, die unteren kurz gestielt, die oberen halbstengelumfassend. Blumen schmutzig-rosa. Sd. — Häufig, Ufer, feuchte
   Äcker u. Wiesen. Sommer. — . . . . *S. palustris* L.

23. Betonica.

Stengel u. Kelche behaart (*hirta* Leyss.) od. kahl (*officinalis* Leyss.). — Häufig,
Wälder, Wiesen. Sommer. — (*Stachys Betonica* Bentham), *B. officinalis* L.

24. Marrubium. Sd.

0. Kelchzähne 5-10, an der Spitze kahl 1
„   „   5, bis zur Spitze filzig, stets aufrecht. Blätter dicht-
weissfilzig, elliptisch-lanzettlich, in den Stiel verschmälert. — Sehr
selten, an unbebauten Orten, aus Südeuropa verschleppt. Sommer. —
. . . . *M.* (*peregrinum* L. z. T.) *creticum* Mill.
1. Blätter kreis-eiförmig. Kelchzähne von der Mitte ab kahl, an
der Spitze hakig-zurückgerollt. — Sehr zerstreut, Dörfer, trockene
Hügel. Juli-Sept. — . . . . Andorn, *M. vulgare* L.
„ Blätter eiförmig bis länglich. Kelchzähne fein-dornig, an der Frucht
abstehend. — Sehr selten, unbebaute Orte. Sommer. — . . . .
. . . . *M.* (*peregrinum* L. z. T.) *pannonicum* Rchb.

25. Ballote. Sd.

Kelchzähne lang-begrannt (*ruderalis* Sw. u. Fr.), kurzspitzig (*borealis*
Schweigg.) od. abgerundet u. kurz-stachelspitzig (*foetida* Lmk.). —
Gemeine Ruderalpflanze. Sommer. — . . . . *B. nigra* L.

26. Leonurus. Sd.

Meist häufig, Dörfer u. s. w. Sommer. — Herzgespan, *L. Cardiaca* L.

27. Chaiturus. 2- u. 1j.

Sehr zerstreut, Schutt, Dörfer u. s. w. Sommer. — . . . .
. . . . . (*Leonurus Marrubiastrum* L.), *C. Marrubiastrum* Rchb.

28. Scutellaria. Sd.

0. Blumenstiele höchstens so lang wie der Kelch. Kronenröhre am
Grunde gekrümmt 1
„ Blumenstiele länger als der drüsenlose, kurzhaarige Kelch. Kronen-
röhre gerade, am Grunde etwas bauchig. — Selten, Sumpf- u.
Moorboden; Rheinprovinz, Westfalen, Hannover, Oldenburg, Holstein,
Perleberg, Oranienbaum, Dresdener Heide. Juli-Sept. — *S. minor* L.
1. Kelch kahl. Blätter länglich-lanzettlich, mit herzförmigem Grunde.
Var. *pubescens* Bentham: Stengel, Blattunterseite u. Kelch kurz-
haarig. — Häufig, feuchte Orte. Juni-Sept — *S. galericulata* L.
„ Kelch drüsig-weichhaarig. Blattspreite am Grunde beiderseits
1- bis 2zähnig, fast spiessförmig. — Wie vorige, aber seltener. —
. . . . *S. hastifolia* L.

29. Brunella (resp. Prunella), Brunelle. Sd.

Jede der 3 Arten kann ganze od. fiederspaltige Blätter besitzen.
0. Längere Staubfäden an der Spitze mit einem dornförmigen Zahn. 1
„   „   „   „ „   „ „ kleinem, stumpfem Höcker.
Blumen gross, blauviolett. Var. *pinnatifida* Koch u Ziz.: Blätter
fiederspaltig. — Zerstreut, gern auf Kalk, Wiesen, Hügel, Wegränder. Sommer. — . . . . *B. grandiflora* Jacq.
1. Blumen gross, gelblich-weiss, bei *hybrida* Knaf violett-blau. —
Selten, gebirgige Orte des Rhein-, Nahe- u. Moselgebiets, Unterharz, Thüringen, Schlesien, Böhmen. Sommer. — *B. alba* Pallas.
„ Blumen kleiner, violett od. rötlich, selten weiss. Var. *laciniata* L.
z. T. mit fiederspaltigen Blättern. — Häufig, Wiesen, Triften,
Wälder. Juli-Okt. — . . . . *B. vulgaris* L.

30. Ajuga. Sd., 1j.

0. Gelbe Blumen einzeln in den Achseln von 3teiligen, aus linealen,
ganzrandigen Abschnitten zusammengesetzten Blättern. 1j. —

Stellenweise in Mitteldeutschland, gern auf Kalk, Brachen, Hügel.
Mai-Sept. — (*Teucrium Chamaepitys* L.), *A. Chamaepitys* Schreb.
„   Scheinquirle mehrblütig. Blätter ganz 1
1. Pflanze ohne Ausläufer 2
„   „   mit beblätterten, kriechenden Ausläufern. Sd. — Gemein,
Laubwälder, Wiesen, Triften. Mai, Juni. — Günsel, *A. reptans* L.
2. Untere Hochblätter 3lappig, die oberen kürzer als die Blumen.
Var. *macrophylla* Schübl. u. Mart.: Die grundständigen Blätter
grösser als die darüber befindlichen. Sd. — Häufig, trockene
Wälder, Triften, Hügel. Mai-Juli. — . . . . . *A. genevensis* L.
„   Hochblätter völlig ganzrandig, die oberen etwa 2 mal so lang als
die Blumen. Sd. — Zerstreut bis sehr zerstreut, lichte Waldstellen.
Mai, Juni. — . . . . *A. pyramidalis* L.

31. Teucrium. Sd., 2j.

0. Kelch 2lippig, mit ungeteilter Oberlippe u. 4zähniger Unterlippe.
Blätter herz-eiförmig od. herzförmig-länglich. Blumen blass grüngelb. Sd. — Trockene Wälder, im westlichen Gebiet häufig, nach
Osten zu allmählich verschwindend. Juli-Sept. — . . . . .
. . . . Fig. 379, *T. Scorodonia* L.
„   Kelch 5zähnig 1
1. Blumen rot, selten weiss . 2
„   „   hellgelb, einen endständigen Kopf bildend. Blätter
ganzrandig, lineal - lanzettlich.
Sd. — Kalkberge, sehr zerstreut,
in Mitteldeutschland; fehlt in
Schlesien, im Königreich Sachsen
u. in Böhmen. Juni-Aug. — .
. . . . . *T. montanum* L.
2. Blätter ganz 3
„   „   fast doppelt-fiederspaltig.
2j. — Kalkberge u. -äcker, zerstreut in Mitteldeutschland. Juli-
Herbst. — . . *T. Botrys* L.
3. Blätter sitzend, länglich-lanzettlich, grob-gesägt. Sd. — Meist
häufig, feuchtnasse Orte. Juli-
Sept. — . . . . Fig. 379. Teucrium Scorodonia.
Lachenknoblauch, *T. Scordium* L.
„   Blätter gestielt, länglich, am Grunde keilförmig, eingeschnitten-
gekerbt. Sd. — Gern auf Kalkhügeln, zerstreut in Mitteldeutschland. Juli-Sept. — . . . . . . Gamander, *T. Chamaedrys* L.

LXXXI. Fam. Lentibulariaceae.

Der Hauptunterschied dieser Familie von den anderen Labiatifloren
besteht in dem Besitz einer im Mittelpunkt der einfächrigen Frucht
befindlichen, mehrsamigen, kugelförmigen Placenta. Die Blumen sind
2männig. — Eigentümlich ist den Lentibulariaceen das Vermögen,
kleine Tiere, meist Insekten, fangen zu können, um dieselben als
Nahrung zu verwerten: sie sind also „insektenfressende Pflanzen".
0. Landpflanze mit grundständigen, ganzen, fleischigen Blättern.
Blumen violett, einzeln, mit 5spaltigem Kelch . 1. **Pinguicula.**

„ Wasserpflanzen mit zerteilten Blättern. Blumen in Trauben, mit
2 teiligem Kelch . . . . **2. Utricularia.**

1. Pinguicula. Sd.

Die ganze Blattoberfläche ist drüsig-klebrig und vermag daher
kleine Tierchen, die unversehens darüber hinwegkriechen wollen, festzuhalten. Im Verlauf einiger Stunden wölbt sich der Blattrand über
die Beute und bedeckt sie, indem gleichzeitig das Blatt an der Stelle,
wo das Tierchen liegt, eine Flüssigkeit aussondert, welche verdauende
Eigenschaften besitzt. —
Blumen etwa 12 mm lang, bei *gypsophila* Wallr. kleiner. — Sehr zerstreut, Torf- und Moorwiesen. Mai, Juni. — Fig. 380, *P. vulgaris* L.

Fig. 380. Pinguicula vulgaris.   *Fig. 381.* Utricularia minor.

2. Utricularia, Wassergarbe. Sd.

Die an den Blättern sitzenden, blasenartigen Gebilde (Fig. 381),
welche metamorphosierte Blattzipfel darstellen, sind in ihrem Innern
hohl und besitzen einen Eingang mit einer Reusen-Vorrichtung, die
kleinen Wassertieren zwar den Eingang gestattet, ihnen aber den Ausgang versperrt. Die Tiere kommen nach längerer oder kürzerer Zeit
in diesen Fangapparaten um, und ihr verwesender Körper bietet den
Pflanzen stickstoffhaltige Substanzen, welche als Nahrung aufgenommen
werden. Die Blasen haben vielleicht noch eine andere Bedeutung für
die Utricularia-Arten, insofern als sie vermöge ihres Luftgehaltes den
Pflanzen das Schwimmen erleichtern. Gegen Ende der Vegetations-
periode füllen sie sich mit Wasser und die Pflanze sinkt zu Boden,
um hier bis zum nächsten Frühling auszudauern.

0. Blattzipfel borstig-gewimpert 2
„   „   ungewimpert 1
1. Kronenunterlippe eiförmig, am Rande zurückgerollt. — Zerstreut,
   in Gräben, Sümpfen und Torflöchern. Sommer. — . . . . .
   . . . . Fig. 381, *U. minor* L.
„ Kronenunterlippe kreisrund, flach. — Selten, Frankfurt a. M.,
   Hessen, sonst wie vorige. — . . . . . *U. Bremii* Heer.
2. Blätter 2zeilig, Zipfel gabelspaltig-vielteilig. Trauben 2- bis 6blumig. 3
„   „ nach allen Seiten hin abstehend, fiederig-vielteilig. Trauben
   5- bis 10blumig 4

3. Schläuche teilweise zwischen den Zipfeln der Laubblätter, teilweise an besonderen Zweigen. Zipfel der Laubblätter spitz, beiderseits mit einigen Zähnen. Sporn der hell- bis weissgelben Krone stumpf, stets viel kürzer als die Unterlippe, von derselben abstehend. Fruchtstiele abstehend. — Sehr zerstreut, sonst wie U. minor. — . . . . *U. ochroleuca* R. Hartm.

„ Schläuche nur an besonderen Zweigen. Zipfel der Laubblätter spitz oder auch oft stumpflich (*Grafiana* Koch), beiderseits mit Borstenzähnen. Sporn der schwefelgelben Krone pfriemlich, meist so lang wie die Unterlippe, derselben angedrückt. Fruchtstiele aufrecht. — Zerstreut, sonst wie U. minor. — *U. intermedia* Hayne.

4. Blumenstiele 3 mal länger als ihr Deckblatt. Oberlippe kreis-eiförmig. — Nicht selten, sonst wie U. minor. — . *U. vulgaris* L.

„ Blumenstiele 4-5 mal länger als ihr Deckblatt. Oberlippe eiförmiglänglich. — Wie U. minor. — . . . . . . *U. neglecta* Lehm.

LXXXII. Fam. Gesneraceae.

Unsere einheimischen Gesneraceen sind alle Schmarotzergewächse, deren Stengel mit schuppenartigen Blättern besetzt sind. Die zygomorphen Blumen sind 4 männig, mit 2 längeren und 2 kürzeren Staubblättern. Die 1 fächerigen, vielsamigen Kapseln besitzen auf jedem der beiden Fruchtblätter 2 wandständige, oft vereinigte Placenten.

Das Fehlen typischer Laubblätter bei diesen Gewächsen deutet darauf hin, dass eine Aufnahme von Kohlensäure aus der Luft als Nahrung nicht oder doch nur in ganz untergeordneter Weise stattfindet. Der angeschwollene, im Boden steckende Grund ihres Stengels sitzt der Wurzel einer Nährpflanze auf und entzieht dieser organische Nahrung.

Orobanche, Sommerwurz, Würger.

Mehrjährig, seltener 1 j.; in allen Fällen nur einmal blühend.

Bearbeitet von Dr. G. Beck.

Bei der Bestimmung der Orobanchen wähle man stets eine solche Blüte zur Untersuchung aus, welche sich gerade vollständig geöffnet hat. Man beachte sodann an derselben: ob Vorbätter vorhanden, ferner in der Seitenansicht derselben den Verlauf der Rückenlinie (jener Linie, welche in der vertikalen Mittelebene der Blüte gelegen vom Grunde der Blumenkrone bis zur Spitze der Oberlippe verläuft), weiter die Einfügung und Bekleidung der Staubfäden und die Farbe der Narbe. Auf letztere lege man aber kein zu grosses Gewicht, da die Mehrzahl der mit dunkelfarbiger Narbe versehenen Arten bleiche und gelbe Farbenspielarten aufweisen, bei denen auch die Narbenfarbe alteriert wird. Bei getrockneten Exemplaren ist zur Erzielung eines Resultates das Aufkochen einer vollständig entwickelten Blumenkrone und die Beobachtung derselben unter Wasser erforderlich.

1. Blüten kurz gestielt, von einer grösseren Deckschuppe u. 2 gegenständigen kleineren Schüppchen (Vorblättern), welche dem Kelche anliegen, gestützt. Blumenkrone blauviolett. (Section Trionychon.). 2

„ Blüten meistens sitzend, bloss von einer Deckschuppe gestützt. (Section Osproleon.) 4

2. Stengel ästig, dünn (bloss bei kleineren Exemplaren einfach). Ähre sehr lockerblütig. Blüten klein (1-1,2 cm). 1 j. — In Hanffeldern, seltener auf Nicotiana- u. Solanum-Arten. Hochsommer. — Hanfwürger, (*Phelipaea ramosa* C. A. Mey.), *O. ramosa* L.

„ Stengel einfach, kräftig (bloss bei sehr üppigen Exemplaren ästig). Blüten gross (2-3,5 cm) 3
3. Stengel in der Mitte spärlich beschuppt, pulverig-drüsig. Ähre gewöhnlich locker; Kelchzähne meistens kürzer als ihre Röhre. Zipfel der Unterlippe elliptisch, meistens etwas spitz. Staubbeutel kahl od. etwas schopfig. — Auf Achillea-Arten, auch auf Artemisia campestris (und dann mit dichterer Ähre = *O. bohemica* Cel.). Selten. Juni. — . . . . (*Phelipaea coerulea* C. A. Mey., *O. coerulea* der Autoren), *O. purpurea* Jacq.
„ Stengel reichlich beschuppt, drüsenhaarig; Ähre gewöhnlich dichtblütig; Kelchzähne länger als ihre Röhre. Zipfel der Unterlippe breit elliptisch, abgerundet. Staubbeutel rundum wollig. — Auf Artemisia-Arten besonders A. campestris. Juli. — . . . . . .
. . . . . (*Phelipaea arenaria* Walpers), *O. arenaria* Borkh.
4. Blumenkrone stark gekrümmt, unter der Einfügung der Staubfäden bauchig erweitert, in der Mitte stark verengt, gegen den Saum bläulich. Ähre sehr dichtblütig, Narbe weisslich. — Auf Artemisia campestris im östlichen Gebiet. Juni. — . . . . . .
. . . . *O. coerulescens* Steph.
„ Blumenkrone unter der Einfügung der Staubfäden verschmälert, über derselben allmählich erweitert od. mit am Grunde eingefügten Staubfäden 5
5. Rückenlinie in der Mitte ziemlich gerade, auf der Oberlippe abschüssig u. winkelig gebrochen, selten am Ende derselben wieder etwas aufgebogen od. aus gekrümmtem Grunde gegen die Oberlippe verflacht 6
„ Rückenlinie vom Grunde aus bis zur Oberlippe bogig gekrümmt, auf derselben nicht winkelig gebrochen, am Ende manchmal wieder aufgebogen. Blumenkrone weitröhrig, über der Einfügung der Staubfäden etwas bauchig erweitert. Narben stets gelb . . 11
6. Staubfäden im ersten Dritteile der Blumenkronenröhre eingefügt. 7
„ Staubfäden fast am Grunde der Blumenkronenröhre eingefügt, im unteren Teile reichlich behaart; Narben carmin- od. braunrot. 10
7. Blumenkrone gegen den Schlund erweitert 8
„ „ unter dem Schlunde etwas zusammengeschnürt, weiss, an der Oberlippe lila überlaufen, klein, 1,3-1,5 cm lang; Narben gelb. — Auf Hedera in den Rheinländern. Mai-Juli. — *O. Hederae* Duby.
8. Kelchblätter derb, lanzettlich, gewöhnlich mehrnervig u. etwas kürzer als die Blumenkronenröhre. Blumenkrone braunlila, gegen den Grund oft gelblich, gross (2,5-3 cm lang) 9
„ Kelchblätter zart, gegen die Spitze lang pfriemlich, gewöhnlich 1 nervig, so lang wie die Blumenkronenröhre. Blumenkrone weiss od. weisslichgelb, gegen die Oberlippe namentlich auf den Nerven lila od. purpurfarbig überlaufen, getrocknet am Grunde papierartig. Narben purpurn od. rötlichbraun 15
9. Narbe gelb. Blüten aufrecht abstehend, Kelchzähne lanzettlich. Stengelschuppen schmal, lanzettlich, gross (2-3 cm lang), abstehend. — Auf Medicago-Arten, seltener auf Trifolium, häufig. Mai, Juni. — . . . . . . (*O. rubens* Wallr.), *O. lutea* Baumg. (Rückenlinie in der Mitte gerade od. konkav = *O. lutea* Bmg.; od. stärker gekrümmt = *O. Buekiana* Koch.)
„ Narbe purpurrot. Blüten mit dem unteren Teile an die Ähren-Achse angelehnt; Kelchzähne kurz; Stengelschuppen fast eirund,

klein (1-1,5 cm lang). — Auf Teucrium-Arten in den Rheingegenden. Selten. Juli. — . . . . O. Teucrii Hol.
10. Kelchabschnitte zweizähnig, vorn oft verwachsen. Blumenkrone braunlila od. rötlich-
gelb, trocken schwarzbraun, auf der Oberlippe hell drüsenhaarig. — Auf Galium- u.
Asperula-Arten. Juni-Juli. — Fig. 382,
(O. Galii Duby), O. caryophyllacea Sm.

„ Kelchabschnitte ganzrandig, lanzettlich, frei.
Blumenkrone weisslich, gegen die Oberlippe rötlich-lila u. dunkel-drüsenhaarig. —
Auf Thymus-, Origanum-, Calamintha-Arten
u. anderen Labiaten. Juni. — . . . . .
(O. Epithymum D. C.), O. alba Steph.
11. Staubfäden im ersten Dritteile der Blumenkronenröhre eingefügt, im unteren Teile
stets behaart 12

„ Staubfäden fast am Grunde eingefügt, im
unteren Teile kahl. Fruchtknoten vorne
am Grunde mit 3 Höckern. Blumenkronen
bräunlich-gelb. Riecht widerlich. — Auf
Sarothamnus, in den Rheinländern, Westfalen,
bis an den Harz   Mai, Juni. — . O. Rapum Genistae Thuill.

Fig. 382. Orobanche caryophyllacea (auf Galium).

12. Stengel dick, bis zur Ähre sehr reichlich beschuppt. Schuppen
anliegend, gewöhnlich länger als die Internodien, breit-lanzettlich.
Blumenkrone rosa, später gelb, vertrocknet dunkler. Ähre walzen-
förmig, dichtblütig, an der Spitze oft schopfig. — Auf Centaurea-
Arten, bes. C. Scabiosa. Juni. — . . . . (O. elatior
Sutt., O. stigmatodes W. G., O. Kochii Schultz.), O. major L.

„ Stengel unten reichlich, gegen die Mitte spärlicher beschuppt,
Schuppen abstehend, lanzettlich, gewöhnlich kürzer als die Internodien. Blumenkrone gelblich gegen die Oberlippe u. an den
Nerven bräunlich-violett überlaufen, vertrocknet braun. Kelchabschnitte 2zähnig. Zähne lanzettlich 13
13. Staubfäden im oberen Teile drüsenhaarig. 4-6 mm hoch in der
Blumenkronenröhre eingefügt. Oberlippe zweilappig, mit anfangs
kappenförmig vorgezogenen u. später zurückgeschlagenen Lappen.
Ähre bald verlängert u. locker. — Auf Petasites-Arten. Sonnen-
berg im Eulengebirge, Babia-Gora. Juni, Juli. — O. flava Mart.

„ Staubfäden im oberen Teile fast kahl od. sehr spärlich drüsig.
Oberlippe ausgerandet od. 2lappig, mit abstehenden Lappen. Ähre
ziemlich dichtblütig 14
14. Kelchabschnitte vorne zusammenstossend. Blüten circa 2 cm lang.
Staubfäden 4-7 mm hoch eingefügt. — Auf Peucedanum Cervaria
u. Libanotis. Selten. Juni. — . . . . . O. alsatica Kirschl.

„ Kelchabschnitte vorn meistens verwachsen. Blüten kaum 2 cm
lang. Staubfäden 1-3 mm hoch eingefügt. — Auf Libanotis u.
anderen Umbelliferen, bloss auf der Hörnerkuppe bei Allendorf in
Hessen. Juni. — . . . . O. Libanotidis Rupr.
15. Blumenkrone nach dem ersten Drittel in ein Knie gebogen, fast
wagerecht abstehend, mit gegen den Saum verflachter Rückenlinie.
Staubfäden im oberen Teile kahl. — Auf Eryngium campestre, in
den Rheinländern. Juni, Juli. — . . . O. amethystea Thuill.

„ Blumenkrone aufrecht abstehend, seltener vorwärts gekrümmt. 16
16. Blüten klein (0,8-1,5 cm lang). — Auf Trifolium-Arten, besonders in Kleefeldern in den Rheingegenden. Juni. — . *O. minor* Sm.
„ Blüten grösser, gewöhnlich 2 cm od. darüber lang 17
17. Kelchabschnitte ganzrandig od. bei üppigen Exemplaren 2 zähnig, getrocknet schwärzlich, $\frac{1}{2}$ so lang als die Blumenkronenröhre. Oberlippe mit dunklen Drüsenhaaren besetzt. Staubfäden im unteren Teile kahl od. sehr spärlich behaart. Ähre dichtblütig, oft walzlich. 1 j. — Auf Cirsium arvense u. Carduus-Arten. Hier u. da. Juni. — . . . (*O. procera* Koch), *O. pallidiflora* Wimm. Grab.
„ Kelchabschnitte ganzrandig od. 2 zähnig, so lang wie die Blumenkronenröhre. Oberlippe helle Drüsenhaare tragend. Staubfäden im unteren Teile reichlich behaart 18
18. Kelchabschnitte ganzrandig od. bis zur Mitte 2 zähnig. Staubfäden im oberen Teile kahl od. fast kahl. Deckschuppen so lang wie die Blumen. 2 j.? — Auf Picris. Juni. — *O. Picridis* F. Schultz.
„ Kelchabschnitte schmäler, ganzrandig od. tief, oft bis zum Grunde 2 zähnig. Staubfäden im oberen Teile drüsig. Deckschuppen länger als die Blumen. — Auf Artemisia campestris. Selten. Juni. — . . . . *O. loricata* Reich.

LXXXIII. Fam. Bignoniaceae.

1. Catalpa. B.

Blätter gross, herzförmig, ganzrandig, unterseits behaart. Krone weiss mit rotbraunen Punkten. Kapsel sehr lang, schotenförmig. Samen mit einem häutig-haarigen zerschlitzten Rande. — Zierbaum aus Nordamerika. Mai, Juni. — . . . . Trompetenbaum, *C. bignonioides* Walt.

2. Tecoma. Str.

Blätter gefiedert mit gesägten Blättchen. Krone scharlachrot. — Zier-Kletterstrauch aus dem östlichen Nordamerika. Juni, Juli. — *T. radicans* L.

LXXXIV. Fam. Selaginaceae.

Blumen 4 männig. Schliessfrucht 1 samig.

Globularia. Sd.

Selten, sonnige Kalkberge; Rheinprovinz, Nassau, Rheinhessen, Thüringen, unweit Halle a. S., Böhmen. Mai, Juni. — . . . .
Kugelblume, *G.* (*vulgaris* der meisten Floristen) *Willkommii* Nyman.

LXXXV. Fam. Verbenaceae.

Blumen 4 männig, mit 2 längeren u. 2 kürzeren Staubblättern, Fruchtknoten 2 blättrig, aber an der Frucht in 2-4 einsamige Schliessfrüchtchen zerfallend.

Verbena. Sd.

Nicht selten, Dörfer. Juni-Herbst. — Fig. 383, Eisenkraut, *V. officinalis* L.

Fig. 383. Verbena officinalis.

LXXXVI. Fam. Plantaginaceae.

Diese durch lange, dünne Staubfäden ausgezeichneten Windblütler besitzen 4 entwickelte Kelch-, Kronen- u. Staubblätter.

0. Blüten eingeschlechtig, 1 häusig. Männliche Blüten langgestielt, weibliche sitzend, eine 1 samige Schliessfrucht hervorbringend. Blätter lineal-pfriemenförmig . . . . **1. Litorella.**

„ Blüten zwitterig, in Ähren. Kapsel quer aufspringend, 2 fächrig; Fächer 1- bis mehrsamig, zuweilen jedes durch eine „falsche Scheidewand" geteilt . . . . **2. Plantago.**

1. Litorella. Sd.

Zerstreut, Ufer des Meeres u. von Seen u. Teichen, überschwemmter Boden; am häufigsten im nordwestlichen Gebiet; selten in Thüringen u. Schlesien. Juni, Juli. — Fig. 384, *L. (lacustris* L.) *juncea* Bergius.

Fig. 384. Litorella juncea. — Links unten eine einzelne weibl. Blüte.

Fig. 385. Plantago maritima.

2. Plantago, die häufigeren Arten: Wegerich, Wegebreit, Wegeblatt. Sd., auch 1j.

0. Stengel oberirdisch verzweigt, lineale, gegenständige Blätter u. mehrere Ähren tragend. 1j. — Sehr zerstreut, Sandplätze; am häufigsten in Norddeutschland u. im Rheinthal. Juni-Herbst. — . . . . *P. arenaria* W. K.

„ Stengel nicht verzweigt, nur mit grundständigen Blättern, aus deren Achseln die einzelnen Ähren kommen 1

1. Blätter ganz 2

„ Blätter fiederspaltig od. fiederspaltig-gezähnt. Var. *maritima* Godr.: Blätter lineal-lanzettlich, gezähnt od. fast fiederspaltig, mit linealen Zähnen. Var. *integrata* Godr.: Blätter fast od. völlig ganzrandig. 1j. u. Sd. — Sehr zerstreut, Meeresufer, Wiesen, Triften; besonders im nördlichen Gebiet. Sommer. — . . . . . *P. Coronopus* L.

2. Blätter eiförmig, elliptisch oder lanzettlich 3

„ „ lineal, fleischig, rinnig. Var. *Wulfenii* Bernh.: Blätter sehr schmal. Var. *dentata* Roth: Blätter mit einigen entfernten Zähnen. Sd. — Zerstreut, Salzboden, besonders am Meere; fehlt z. B. in der Rheinprovinz. Juni-Okt. — . . . Fig. 385, *P. maritima* L.

3. Blätter lanzettlich 4
„ „ eiförmig oder elliptisch 5
4. Deckblätter der Blütenregion kahl. Var. *dubia* Liljeb.: Blätter abstehend wollig-behaart. Var. *sphaerostachya* D. C.: Pflanze zwergig; Blätter schmal, rauhhaarig; Ähren fast kugelig. Sd. — Gemein, Wiesen, Acker-, Wegränder u. s. w. April-Sept. — *P. lanceolata* L.
„ Deckblätter an der Spitze bärtig. Sd. — Grasplätze im Kessel des mährischen Gesenkes. Sommer. — . . *P. montana* Lmk.
5. Blätter eiförmig, deutlich gestielt, kahl od. schwach behaart. Var. *microstachya* Wallr.: Blätter niederliegend. meist länger od. so lang wie die niederliegenden od. aufsteigenden Ährenstiele, mit 3 Hauptnerven. Var. *leptostachya* Wallr.: Blätter dünner, 3- bis 5nervig. Var. *psilostachya* Wallr.: Pflanze 3 bis 8cm hoch; Ähren 3- bis 10blütig; Blätter mit 3 Hauptnerven. Sd. — Wie P. lanceolata. — *P. major* L.
„ Blattspreite elliptisch, in einen kurzen, breiten Stiel übergehend, beiderseits kurzhaarig. Sd. — Häufig, Wiesen, Triften. Mai, Juni. — . . . . *P. media* L.

7. Campanulinae.

LXXXVII. Fam. Campanulaceae.

Kelch, Krone und Androeceum 5zählig. Der unterständige Fruchtknoten 2- bis 5fächrig, vielsamig, zu einer durch Ritzen oder Löcher aufspringenden Kapsel werdend.

0. Kleine Blumen, in endständigen Köpfen oder Ähren 1
„ Grössere Blumen, rispig, seltener geknäuelt angeordnet . . . 2
1. Staubfäden einfach. Köpfe flach, mit hellblauen Blumen. **1. Jasione.**
„ „ am Grunde breiter. Köpfe kugelig-kopfig bis ährig. .
. . . . **2. Phyteuma.**
2. Krone glockig od. trichterig. Staubfäden am Grunde verbreitert. 3
„ „ radförmig. Staubfäden einfach . . . . **5. Specularia.**
3. Früchte sich seitlich mehrlöcherig öffnend 4
„ „ „ an ihrer Spitze klappig öffnend. Stengel niederliegend, mit kreis-herzförmigen Blättern . . . . . **6. Wahlenbergia.**
4. Die Nektarscheibe auf dem Fruchtknoten umgiebt den Griffel röhren- oder becherartig. **4. Adenophora.**
„ Nektarscheibe flach. **3. Campanula.**

1. Jasione. 2j. u. Sd.

0. Pflanze ohne Ausläufer. Am Sandstrande des Meeres die Varietät *litoralis* Fr. mit niederliegendem Stengel u. kleineren Köpfen. Var. *major* Koch: Vielstengelig, bis 0,60 m hoch, Köpfe über 2 cm breit. 2j. — Häufig, trockene sandige Orte. Juni-Sept. . . . . . .
. . . Fig. 386, *J. montana* L.
„ Pflanze mit Ausläufern. Sd. — Rheinpfalz. Sommer. — . . . .
. . . . *J. perennis* Lmk.

Fig. 386. Jasione montana.

2. **Phyteuma.** Sd.

0. Blumen dunkelblau, in kugeligen Köpfen mit ei-lanzettförmigen Deckblättern. — Wiesen, Kalkberge, zerstreut, in Mitteldeutschland. Mai, Juni. — . . . . *P. orbiculare* L.

„ Blumen weiss, mit grüngelber Spitze oder im südlichen Gebiet zuweilen, in der nordwestdeutschen Ebene, im Ems- u. Wesergebiete ausschliesslich, ferner in den westdeutschen Gebirgen und am Harz oft in höheren Lagen vorherrschend dunkelblau (*nigrum* Schmidt), in länglichen, ährigen Köpfen, mit linealen Deckblättern. — Zerstreut, Wälder. Mai, Juni. — . . . .
. . . Fig. 387, *P. spicatum* L.

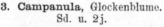

3. **Campanula,** Glockenblume. Sd. u. 2j.

0. Kelchbuchten aussen mit herabgebogenen, lappigen Anhängseln. 1
„ Kelchbuchten ohne Anhängsel. 3
1. Krone innen an der Spitze dichtbärtig. Kelchzipfel ei-lanzettförmig.

Fig. 387. Phyteuma spicatum.

Var. *strictopedunculata* Rchb. Sohn: Blumen aufrecht, kleiner. Sd. — Gebirgswiesen der Sudeten. Sommer. — . . *C. barbata* L.
„ Krone nicht bärtig 2
2. Kelchanhängsel ei-lanzettförmig, spitz. Krone am Saum aufrecht. Blumen langgestielt, mittelgross. 2j. — Nicht häufig, sehr sonnige Hügel des östlichen Gebiets. Juni. — . . . . . *C. sibirica* L.
„ Kelchanhängsel eiförmig, stumpf. Krone mit umgebogenem Saum. Blumen kurzgestielt, gross. 2j. — Zierpflanze aus Südeuropa. Juni-Sept. — . . . . . Marienglockenblume, *C. Medium* L.
3. Blumen gestielt 5
„ „ sitzend 4
4. Untere Blätter lanzettlich, in ihren Stiel verschmälert. Kelchzipfel stumpf. Pflanze steifhaarig. 2j. — Hier und da, Bergwälder. Sommer. — . . . . *C. Cervicaria* L.
„ Untere Blätter eiförmig oder ei-lanzettlich, mit abgerundetem oder herzförmigem Grunde. Kelchzipfel lang zugespitzt. Stengel und Blätter unten graufilzig (*salviifolia* Wallr.) oder grasgrün, mit geflügelten Blattstielen der mittleren Blätter (*aggregata* Willd.) oder endlich grasgrün, mit lauter ei-herzförmigen Blättern und grossen Blumen (*speciosa* Hornem.). Sd. — Zerstreut, gern auf Kalk und Lehm; Hügel, Gebüsche, lichte Wälder. Sommer. — . . . . .
. . . . Büschelglockenblume, *C. glomerata* L.
5. Kapseln aufrecht, sich aussen über der Mitte od. oben öffnend. 6
„ „ hängend, sich am Grunde öffnend 9
6. Kelchbuchten stumpf. Krone länger als breit, trichterig oder cylindrisch-glockig 8
„ Kelchbuchten spitz. Krone etwa so breit wie lang, weitglockig. 7
7. Untere Blätter länglich-keilförmig, in den Stiel verschmälert, mittlere Blätter lanzettlich bis lineal. Var. *eriocarpa* M. u. K.: Frucht-

knoten mit farblosen schuppenförmigen Anhängen besetzt. Sd. —
Nicht selten, Wälder, Hügel. Juni-Sept. — . *C. persicifolia* L.
„ Blätter gestielt, herz-eiförmig, gekerbt-gesägt. Sd. — Zuweilen
verwildernde Zierpflanze aus Ungarn. Juni-Sept. — *C. carpatica* Jacq.
8. Blütenstand fast doldenrispig; die seitlichen Blumenstiele über
ihrer Mitte mit 2 Hochblättern. 2j. — Meist häufig, Wiesen,
Wälder; fehlt am linken Rheinufer. Mai-Sept. — . *C. patula* L.
„ Blütenstand schmalrispig; die seitlichen Blumenstiele nahe ihrem
Grunde mit 2 Hochblättern. 2j. — Zerstreut, zuweilen nur verwildert,
Hügel, Acker- u. Wegränder; in Westfalen u. der Rheinprovinz meist
gemein, sonst nicht häufig. Mai-Aug. — Rapunzel, *C. Rapunculus* L.
9. Kelchzipfel lineal-pfriemlich. Grund-
blätter kreis-nierenförmig od. herzförmig; obere Blätter lineal. In den
Sudeten mit 1 bis 5 grossen, tief-
glockigen, dunkelblauen Blumen
(*Scheuchzeri* Vill.). Bei Joachims-
thal u. Elbogen in Böhmen eine
Var. (*Decloetiana* Ortmann) mit
niederliegendem, beblättertem, weich-
haarigem, 1 blumigem, 0,13-0,15 m
langem Stengel, nierenförmigen
grundständigen u. eiförmig-lanzettlichen stengelständigen, sämtlich
gezähnelten Blättern u. lanzettlichen
Kelchzipfeln, die fast so lang sind
wie die violette Krone. Sd. —
Häufig, Wälder, Wiesen, Hügel.
Juni-Okt. — . . . .

. . Fig. 388, *C. rotundifolia* L. *Fig. 388.* Campanula rotundifolia.
„ Kelchzipfel lanzettlich oder ei-lanzettförmig 10
10. „ „ 12
„ „ ei-lanzettförmig. Die unteren Zweige des Blütenstandes
in Laubblattachseln 11
11. Stengel scharfkantig. Blätter steifhaarig, die unteren herz-eiförmig.
Krone 3 cm lang u. darüber. Var. *urticifolia* Schmidt: Kelch
steifhaarig. Var. *parviflora* Cel.: Krone ¹/₂ so gross. Sd. —
Meist häufig, Laubwälder. Juli-Sept. — . . . *C. Trachelium* L.
„ Stengel stumpfkantig. Blätter weichhaarig, eiförmig-länglich, lang
zugespitzt. Var. *macrantha* Fischer: Pflanze grösser, steifer; Stengel
kurzhaarig; Blätter derber; Kronenröhre oft dicht-zottig. Sd. —
Sehr zerstreut, Laubwälder, Schluchten. Juni, Juli. — *C. latifolia* L.
12. Stengel stielrund, weichhaarig. Blätter unten graufilzig; die unteren
herzförmig. Sd. — Sehr zerstreut, sonnige Hügel, trockene Wiesen;
fehlt z. B. in der Rheinprovinz. Sommer. — . *C. bononiensis* L.
„ Stengel stumpfkantig. Blätter kurzhaarig; die unteren langgestielt,
länglich. Krone 3 cm lang u. darüber. Var. *parviflora* Üchtr.:
Krone ¹/₂ so gross. Sd. — Häufig, Hügel, Äcker, Zäune. Juli-
Sept. — . . . . *C. rapunculoides* L.

4. Adenophora. Sd.

Sehr selten, Bergwälder; Prov. Preussen, bei Posen, Schlesien, Böhmen.
Sommer. — . . . . . (*Campanula liliifolia* L.), *A. liliifolia* Ledeb.

5. Specularia. 1j.

0. Kelchzipfel lineal, so lang od. länger als der Fruchtknoten u. die violette Krone. — Lehmäcker, zerstreut in Mitteldeutschland, sehr selten im übrigen Gebiet. Juli-Herbst. — . . . . Venusspiegel, (*Campanula Speculum* L.), *S. Speculum* D. C. fil.

„ Kelchzipfel lanzettlich, länger als die Krone, $^1/_2$ so lang als der Fruchtknoten. — Sehr zerstreut, Äcker; im westlichen Gebiet. Juni, Juli. — . . (*Campanula hybrida* L.), *S. hybrida* D. C. fil.

6. Wahlenbergia. Sd.

Selten, Torfwiesen, feuchte Wälder u. Äcker; im westlichen Gebiet. Juni-Aug. — . . . . (*Campanula hederacea* L.), *W. hederacea* Rchb.

LXXXVIII. Fam. Lobeliaceae.

Die zygomorphen Blumen resupinieren. Krone röhrig, an der nach oben gewendeten Seite der Länge nach gespalten, wie der Kelch 5zipfelig. Die 5 Staubblätter mit röhrig verwachsenen Beuteln. Vielsamige, unterständige Kapsel 2- bis 3fächrig.

Lobelia. Sd. u. 1j.

0. Blume weiss. Blätter lineal. Sd. — In Seen u. Sümpfen unter Wasser, Trauben an der Luft entfaltend, stellenweise im nördl. Gebiet. Sommer. — Fig. 389, *L. Dortmanna* L.

„ Blume blau. Untere Blätter breitbis länglich-verkehrt-eiförmig, obere lanzettlich bis lineal. 1j. — Zuweilen verwildernde Zierpflanze aus Südafrika. Juni-Herbst. — *L. Erinus* L.

Fig. 389. Lobelia Dortmanna.

LXXXIX. Fam. Cucurbitaceae.

Monoecische, krautige, vermittelst Ranken kletternde Pflanzen mit meist 1geschlechtigen Blumen. Kelch und Krone meist 5zipfelig. Das Androeceum wird meist durch 5 gekrümmte, miteinander verwachsene Staubbeutelhälften zusammengesetzt, welche zwei und einem halben Staubblatt entsprechen. Beere meist vielsamig, unterständig und gewöhnlich 3fächrig.

0. Staubbeutel mit einander verwachsen 1
„   „   frei 3
1. Krone 5spaltig 2
„   „   5teilig . . . . 2. Lagenaria.
2. „   gelb. Beere 3fächrig, vielsamig . . . . 1. Cucurbita.
„   „   grünweiss. Beere 1fächrig, einsamig . . . 5. Sicyos.
3. „   gelb. Beerenfächer vielsamig . . . . . 3. Cucumis.
„   „   gelblichweiss. Beerenfächer 2samig . . . 4. Bryonia.

1. Cucurbita, Kürbis. 1j.

0. Blätter mehr od. minder seicht 5eckig-lappig 1
„   „   tief 5- bis 9lappig. Frucht länglich. Samen schwarz. — Zierpflanze. Juni-Sept. — . . . . . *C. melanosperma* A. Br.

1. Frucht kugelig bis länglich, glatt. — Kultur- u. Zierpflanze aus Mittelasien. Juni-Sept. — . . . (Gemeiner) Kürbis, *C. Pepo* L.
„ Frucht niedergedrückt-kugelig, oben mit höckerigem Rande. — Zierpflanze. Juni-Sept. — . Türkenbund-Kürbis, *C. Melopepo* L.

2. Lagenaria. 1 j.

Zierpflanze aus den Tropen. Juli-Sept. — . . . .
. . . . Flaschenkürbis, *L. vulgaris* Ser.

3. Cucumis. 1 j.

0. Blattlappen spitz. Beere länglich. — Kulturpflanze aus Asien. Mai-Sept. — . . . . Gurke, *C. sativus* L.
„ Blattlappen abgerundet. Beere kugelig od. eiförmig. — Wie vorige. Juni-Sept. — . . . . Melone, *C. Melo* L.

4. Bryonia, Zaunrübe. Sd.

0. Kelch der weiblichen Blumen so lang wie die Krone. Narben kahl. Beeren schwarz. — Zerstreut, Zäune, Hecken; fehlt in der Rheinprovinz, in Westfalen sehr selten. Juni, Juli. — .
. . . . *B. alba* L.
„ Kelch der weiblichen Blumen $\frac{1}{2}$ so lang als die Krone. Narben rauhhaarig. Beeren rot. — Wie vorige, aber im ganzen seltener; im Westen häufiger, dagegen im östlichen Gebiet fehlend. Juni, Juli. — . .
. . Fig. 390, *B. dioica* Jacq.

5. Sicyos. 1 j.

Zuweilen verwildernde Zierpflanze aus Nordamerika. Juli-Sept. — .
. . . Haargurke, *S. angulata* L.

Fig. 390. Bryonia dioica.

---

8. Rubiinae.

XC. Fam. Rubiaceae.

Blüten actinomorph. Kelch-, Kronenzipfel, Staubblätter meist 4- od. 5 zählig; Kelchrand blattartig od. sehr unscheinbar od. fehlend; Staubblätter der Krone eingefügt. Fruchtknoten unterständig, 2 fächrig; bei der Reife lösen sich die beiden je 1 samigen Fruchtblätter als trockene od. steinfruchtartige Schliessfrüchtchen von einander.

Aus theoretisch-morphologischen Gründen ist anzunehmen, dass die einen Quirl bildenden, ungeteilten, ganzrandigen Blätter teils Haupt-, teils Nebenblätter sind, welche letztere bei den Rubiaceen ebenso gross erscheinen wie die Hauptblätter. Oft sind die sich berührenden, zu 2 verschiedenen Hauptblättern gehörigen Nebenblätter im Laufe der Generationen miteinander verwachsen, sodass bei vielen der heutigen Arten zwischen den Hauptblättern Blätter stehen, von denen angenommen wird, dass zu ihrer Bildung 2 Nebenblätter beigetragen haben. Erblicken wir also bei einer Galium-Art einen 4 blättrigen

Quirl, so müssten wir nach dem Gesagten 2 dieser Blätter, welche sich
gegenüberstehen u. in ihren Achseln Sprosse tragen können, als Hauptblätter ansehen; die 2 anderen wären dann homolog 4 paarig verwachsenen Nebenblättern. Man könnte jedoch auch annehmen, dass
in diesem Falle je ein Nebenblatt abortiert und das andere erhalten
worden sei. Er fragt sich nur, für welche Ansicht sich in jedem
Einzelfalle die meisten und triftigsten Gründe beibringen lassen. —
In den folgenden Diagnosen werden Haupt- und Nebenblätter nicht
unterschieden, sondern übereinstimmend schlechtweg Blätter genannt.

0. Krone trichter- od. glockenförmig, weiss, rötlich od. blau . . 1
 „   „   radförmig, flach, weiss bis goldgelb od. grünlich . . . 2
1.   „   blau. Die den Blütenstand umhüllenden Blätter nicht
      borstig gewimpert. Kelchzähne 4-6, bleibend . . 1. **Sherardia**.
 „   Krone weiss, rötlich od. blau, im letzten Falle aber die Deckblätter
      des Blütenköpfchens weiss-borstig-gewimpert. Kelchzähne undeut-
      lich, abfallend . . . . 2. **Asperula**.
2. Frucht etwas saftig. Krone gelb. Blätter einnervig. Stengel u.
      Blattrand rückwärts-stachelig-rauh . . . . 3. **Rubia**.
 „   Frucht ganz trocken. Krone weiss od. gelb, aber in letzterem Falle
      die Blätter 3nervig od. der Stengel nicht stachelig-rauh. 4. **Galium**.

1. Sherardia. 1- u. 2j.

Stengel an den Kanten u. Blatträndern stachelig-rauh. Var. *hirta* Üchtr.:
Stengel mit ziemlich dicht stehenden, steifen Haaren besetzt. — Äcker,
Wegränder, besonders auf schwererem Boden, stellenweise; zuweilen
verschleppt. Juni-Herbst. — . . . . *Sh. arvensis* L.

2. Asperula. Sd., 1j.

0. Krone blau. Frucht kahl. 1j. — Lehm- u. Kalk-Äcker, sehr
      zerstreut in Mitteldeutschland, in Norddeutsland nur eingeschleppt.
      Mai, Juni. — . . . . *A. arvensis* L.
 „   Krone weiss od. rötlich 1
1. Blätter lanzettlich 2
 „   „   schmal-lineal. Frucht nie borstig 3
2. Frucht körnig-rauh, nicht borstig. Stengel sehr ästig, ausgebreitet,
      rückwärts-stachelig-rauh. Sd. — Feuchte Gebüsche, buschige Ufer,
      nur in Prov. Preussen u. Ober-Schlesien. Juli, Aug. — . . . .
      . . . . *A. Aparine* M. B.
 „   Frucht mit hakigen Borsten besetzt. Stengel wenig ästig, an den
      Kanten fast glatt. Sd. — Schattige (Laub-) Wälder, besonders in
      Buchenwaldgegenden, zerstreut. Mai, Juni. — . . . .
      . . . . Waldmeister, *A. odorata* L.
3. Pflanze blaugrün. Stengelblätter zu 8. Sd. — Sonnige Hügel,
      aber auch in Ufergebüsch, in Mitteldeutschland stellenweise, sehr
      selten in Norddeutschland. Anfang Juni-Juli. — . . . . . .
      . . . . (*Galium glaucum* L.), *A. glauca* Bess.
 „   Pflanze grasgrün. Stengelblätter zu 4 od. bei A. tinctoria die
      unteren zu 6 4
4. Deckblätter der Blumen kreis-eiförmig, spitz, ohne Stachelspitze.
      Krone meist 3spaltig, weiss. Sd. — Sonnige Hügel, trockene
      Wälder, stellenweise. Juni, Juli. — Wilde Färberröte, *A. tinctoria* L.
 „   Deckblätter lanzettlich, spitz u. stachelspitzig. Krone meist 4spaltig,
      aussen in der Regel rötlich. Sd. — Wie vorige, zerstreut. Juni,
      Juli, aber auch noch später. — . . . . . . *A. cynanchica* L.

3. Rubia. Sd.

Blätter zu 6, untere zu 4, lanzettlich, mit unterseits stark vorspringenden Nerven. — In Südeuropa wild; bei uns ziemlich selten gebaut u. verwildert. Juni, Juli. — . (Echte) Färberröte, Krapp, *R. tinctorum* L.

4. Galium, Labkraut. Sd. u. 1j.

0. Blätter 3 nervig, zu 4 1
„ „ 1 nervig 5
1. Trugdolden sämtlich in den Blattwinkeln 2
„ „ in endständigen Rispen. Krone weiss 3
2. Trugdolde mit länglich-lanzettlichen Deckblättern. Blütenstiele steifhaarig, bei *laevipes* M. u. K. kahl. Stengel rauhhaarig. Krone gelb. Sd. — Laubwälder, Hecken, schattige Orte, in Mitteldeutschland verbreitet, in Norddeutschland nur im Elbthal bis Lenzen u. in Provinz Preussen. Anfang Mai bis Juni. — . . . . . .
. . . . (*Valantia Cruciata* L.), *G. Cruciata* Scop.
„ Trugdolde ohne Deckblätter. Stengel (meist) kahl. Krone grünlichgelb. Sd. — Wie vorige, aber nur in Böhmen u. Schlesien, namentlich Oberschlesien. Mai. — (*Valantia glabra* L), *G. vernum* Scop.
3. Blätter stachelspitzig, oval. Sd. — Schattige, frische Wälder; in Mitteldeutschland (bis auf den Fläming) ziemlich verbreitet, im nördlichen Gebiet nur bei Stettin. Juli. — *G. rotundifolium* L.
„ Blätter ohne Stachelspitze 4
4. „ lanzettlich. Frucht meist steifhaarig od. borstig. Var. *latifolium* W. Gr.: Stengel 0,80-1,00 m hoch; Blätter grösser u. breiter, eiförmig-lanzettlich. Var. *linearifolium* Üchtr.: Mittlere u. obere Blätter schmal-lineal. Sd. — Trockene Wiesen u. Gebüsche, meist häufig. Juni-Sept. — . . . . *G. boreale* L.
„ Blätter eiförmig bis länglich-lanzettlich. Frucht kahl od. kurzborstig. Sd. — Gebüsche, Wiesen, früher bei Prag. Ob wild? Mai, Juni. — . . . . *G. rubioides* L.
5. Stengel rückwärts-stachelig-rauh 6
„ „ ohne rückwärts gerichtete Stachelchen 11
6. Blätter stumpf, ohne Stachelspitze, meist zu 4. Krone weiss. Var. *humifusum* Reuter: Pflanze dichtrasig; Stengel niedergestreckt; Blätter kleiner, am Rande fast glatt. Var. *caespitosum* G. Mey.: Wie vorige, aber Blätter verkehrt-eiförmig. Var. *elongatum* Presl: Stengel mit zuletzt aufrechten, nicht zurückgebogenen Zweigen, namentlich an den Knoten schwach-durchscheinend-geflügelt. Sd. — Feuchte Wiesen u. Gebüsche, häufig. Mai-Herbst. — *G. palustre* L.
„ Blätter stachelspitzig 7
7. Durchmesser der weissen Krone grösser als der der entwickelten Frucht; letztere körnig-rauh. Sd. — Sumpfwiesen, feuchte Gebüsche, meist häufig. Juni-Herbst. — . . . . . . *G. uliginosum* L.
„ Durchmesser der Krone kleiner als der der entwickelten Frucht. Pflanzen an trockenen Stellen wachsend, nur G. Aparine bisweilen auch in feuchten Gebüschen, diese Art hat dann aber stets hakigborstige Früchte 8
8. Blätter am Rande rauh durch vorwärts gerichtete Stachelchen. 9
„ „ „ „ „ rückwärts gerichtete Stachelchen. 10
9. Trugdolden 3 blütig, nur seitenständig (in den Blattachseln). Frucht dicht-weisswarzig (wie überzuckert), länger als der Blütenstiel. Krone gelblich-weiss. 1j. — Auf Äckern, selten u. meist unbeständig. Juni-Aug. — . . . . *G. saccharatum* All.

„ Trugdolden vielblütig, end- u. seitenständig. Frucht steifhaarig, bei *anglicum* Huds. feinkörnig-rauh (nicht weisslich), kahl, mehrmal kürzer als der Blütenstiel. Krone grünlichgelb. 1 j. — Auf Äckern in Mitteldeutschland, stellenweise. Juni-Aug. — *G. parisiense* L.

10. Trugdolden meist 3 blütig, kürzer als das Blatt. Fruchtstiel nach abwärts gekrümmt. Frucht warzig. Krone weisslich. 1 j. — Äcker, in Mitteldeutschland stellenweisse, in Norddeutschland zuweilen eingeschleppt. Juli-Okt. — . . . . *G. tricorne* With.

„ Trugolden mehrblütig, länger als das Blatt. Fruchtstiel gerade. Frucht meist hakig-borstig, selten kahl u. feinkörnig (*spurium* L.). Krone weiss. Var. *tenerum* Schleich.: Stengel zart, niederliegend; Blätter verkehrt-ei-lanzettförmig. Var. *Vaillantii* D. C.: Früchte steifhaarig, ¹/₂ so gross als bei der Hauptform; Stengel an den Knoten meist kahl. 1 j. — Hecken, Zäune, Laubwälder, Äcker, gemein. Juni - Okt. — Fig. 391, Klebkraut, *G. Aparine* L.

11. Krone weiss, ihre Zipfel spitz, ohne Stachelspitze 12

„ Kronenzipfel spitz od. stumpflich, aber mit Stachelspitze od. Granne 13

Fig. 391. Galium Aparine.

12. Untere Blätter verkehrt-eiförmig, obere lanzettlich. Frucht dicht mit spitzen Höckerchen besetzt. Pflanze beim Trocknen leicht schwarz werdend. Sd. — Zerstreut, frische Waldstellen, Sudeten, Harz, stellenweise in der norddeutschen Tiefebene. Juni, Juli, im Gebirge später. — *G.* (*saxatile* L. der Autoren) *hercynicum* Weig.

„ Untere Blätter länglich-, obere lineal-lanzettlich. Frucht schwachstumpfhöckerig. Pflanze beim Trocknen grün bleibend. Var. *Bocconei* All.: Pflanze dicht kurzhaarig. Var. *sudeticum* Tausch: Pflanze rasig, kahl; Trugdolden wenigblütig. Var. *anisophyllum* Vill.: Pflanze kahl; Blätter von ungleicher Länge u. Breite, je 2 eines Quirls breiter. Sd. — Trockene Wälder u. Abhänge, stellenweise häufig. Juni-Aug. — . . . . *G. silvestre* Poll.

13. Rispe mit verlängerten Seitenachsen. Blütenstiele haarfein. Blätter unterseits blaugrün. Stengel etwas schlaff, krautig. Krone rein weiss. 14

„ Rispe mit verlängerter Hauptachse u. kurzen Seitenachsen. Blütenstiele stärker. Stengel steif, meist stark verholzt 15

14. Stengel deutlich 4 kantig. Krone flach mit schmalen, langbespitzten Zipfeln. Blütenstiele stets gerade. Sd. — Laubwälder, buschige Hügel, im östlichen Gebiet. Juli, Aug. — . . . . *G.* (*aristatum* vieler Autoren nicht L.) *Schultesii* Vest.

„ Stengel rundlich, mit 4 erhabenen Linien. Krone beckenförmig-vertieft mit breiteren, kurz-stachelspitzigen Zipfeln. Blütenstiele vor dem Aufblühen nickend. Sd. — Wie vorige, im westlichen Gebiet meist häufig, nach Osten seltener werdend. Juli, Aug. — *G. silvaticum* L.

15. Krone gold- bis citronengelb. Stengel rundlich (mit 4 hervorragenden Linien). Blätter lineal, unterseits weisslich, weichhaarig.

Var. *Wirtgeni* F. Schultz: Stengel oberwärts stielrund, unterwärts deutlicher 4kantig; Blätter breiter, unterseits kahl; Frucht runzelig. Sd. — Grasige, trockene Plätze, meist gemein. Ende Juni-Okt. —
. . . . Marien-Bettstroh, *G. verum* L.
„ Krone weiss (zuweilen schwach gelblich). Stengel 4kantig. Blätter länglich- bis lineal-lanzettlich, beiderseits grün. Bei der Form *elatum* Thuill. der Stengel schlaff; Blätter länglich-lanzettlich, stumpf; Rispenzweige u. Fruchtstiele abstehend. Bei *erectum* Huds. der Stengel steif, aufrecht; Blätter länglich-lineal bis lineal, spitzlich; Rispenzweige u. Fruchtstiele aufrecht. Sd. — Wie vorige. Mai-Aug. — . . . . *G. Mollugo* L.
„ Krone hellgelb. Stengel rundlich - 4kantig. Blätter lineal bis lineal-lanzettlich. — Unter den Eltern, nicht selten. Juni-Okt. —
. . . . . *G.* (*ochroleucum* Wolf) *verum* ✕ *Mollugo* Schiede.

XCI. Fam. Caprifoliaceae.

Kelch u. Krone nach der 5 Zahl gebaut, die Krone bei Lonicera zygomorph. Staubblätter 5, bei Linnaea 2 lange u. 2 kurze. Fruchtknoten unterständig, 3- bis 5fächrig. Fächer 1- bis mehr- (Lonicera, Weigelia, Diervillea) eiig. Kapseln (Weigelia, Diervillea) od. Steinfrüchte od. Beeren 1- bis mehrfächrig, ersteres, indem sich oft einige Fruchtknotenfächer nicht weiter entwickeln; bei Lonicera u. a. kommen nur 1 bis wenige Samen zur Entwickelung. Blätter gegenständig, mit fehlenden od. freien Nebenblättern.

0. Pflanze mit fadenförmigem, kriechendem, holzigem Stengel u. kleinen, etwa kreisförmigen, gekerbten Blättern. Blütenzweige aufrecht, bis 10 cm hoch, 2 ziemlich kleine, rötlich weisse Blumen tragend, blattlos, nur mit Hochblättchen . . . . . . 7. **Linnaea**.
„ Pflanzen aufrecht od. kletternd, holzig od. seltener krautig; blühend mindestens 60 cm hoch 1
1. Blätter unpaarig gefiedert. Blumen in Doldenrispen. 1. **Sambucus**.
„ „ einfach, ungeteilt od. lappig 2
2. Narben 3lappig, fast od. ganz sitzend. Blumen schneeweiss, in Doldenrispen, actinomorph, mit Ausnahme grösserer, strahlender Randblumen bei V. Opulus (Fig. 393) . . . . . 2. **Viburnum**.
„ Narbe auf einem ungeteilten, fadenförmigen Griffel sitzend. Blumen meist zygomorph 3
3. Fruchtknoten länglich, mit 5 linealen Kelchzipfeln. Blumen in gestielten, blattstachelständigen, meist 3blumigen Trugdolden. 4
„ Fruchtknoten kugelig od. eiförmig, mit kurzem Kelchsaum . . 5
4. Blumen grünlich-gelb. Pflanzen mit zahlreichen, einfachen, aus den unterirdischen Organen entspringenden Stengeln. 3. **Diervillea**.
„ Blumen weiss od. rot. Pflanzen mit reichlich verästeltem, oberirdischem Hauptstamm . . . . 4. **Weigelia**.
5. Blumen in endständigen, unterbrochenen Ähren, ziemlich actinomorph, rosa. Aufrechte Sträucher . . . 6. **Symphoricarpus**.
„ Blumen kopfig-quirlig od. zu zweien, meist zygomorph. 5. **Lonicera**.

1. Sambucus. Str. u. Sd.

0. Pflanze krautig, blühend 60-125 cm hoch, mit eiförmigen Nebenblättern. Doldentrauben flach. Blumen weiss. Sd. — Feuchte, lichte Waldstellen, Gebüsche, stellenweise in Mitteldeutschland, in Nord-

deutschland zuweilen gepflanzt u. verwildert.   Juli, Aug. —   . .
. . ˇAttich, Zwergholunder, (*Ebulum humile* Gcke.), *S. Ebulus* L.
„ Pflanze holzig, blühend 1,50-10 m hoch, mit warzenartigen oder
   fehlenden Nebenblättern 1
1. Doldenrispen flach. Blütenstiele kahl.   Mark der Äste weiss.
   Blumen gelblich - weiss.   In
   Gärten zuweilen eine Var.
   (*laciniata* Mill.) mit doppelt-
   gefiederten Blättern.   Str. —
   Feuchte Gebüsche, Ufer, häufig.
   Auch gepflanzt. Juni, Juli. —
   . . . . Fig. 392,
   Holunder, Flieder, *S. nigra* L.
„ Rispen eiförmig. Blütenstiele
   behaart.   Mark der Äste
   bräunlich.   Blumen gelblich-
   od. grünlich - weiss.   Str. —
   Buschige Abhänge, Wälder,
   in Mitteldeutschland meist
   häufig, in der Ebene nur in
   Oberschlesien, der   oberen
   Lausitz u. im Drömling; öfter
   gepflanzt. April, Mai. — .
   . . . . . . *S. racemosa* L.

Fig. 392.   Sambucus nigra.

2. Viburnum. Str.

0. Blätter elliptisch bis eiförmig. Blumen alle gleich gestaltet . 1
„   „   3 lappig. Randblumen grösser strahlend,geschlechtslos, nur
   als „Wirtshausschild" für die
   Insekten dienend. — Feuchte
   Gebüsche; häufig gepflanzt,
   besonders die Var. *roseum* L.
   mit sämtlich grossen, ge-
   schlechtslosen Blumen. Juni.
   — . . . . . . Fig. 393,
   Schneeball, *V. Opulus* L.
1. Blätter oberseits locker-stern-
   haarig, unterseits grauweiss-
   filzig. — Lichte Bergwälder,
   besonders auf Kalkboden, wild
   in Mitteldeutschland u. im
   Elbgebiet Nordböhmens. Oft
   gepflanzt. Mai. — . . . .
   . . Schlinge, *V. Lantana* L.
„ Blätter kahl. — Seltener Zierstrauch aus Nordamerika.
   Mai, Juni. — . . . . . .
   . . . . . *V. Lentago* L.

Fig. 393.   Viburnum Opulus.

3. Diervillea. Str.

Blätter länglich-eiförmig bis lanzettlich, zugespitzt, am Rande gewimpert,
sonst kahl. — Zuweilen verwildernder Zierstrauch aus Nordamerika. Juni,
Juli. — . . . . *D. trifida* Mnch.

4. Weigelia. Str.

0. Blätter unterseits nur auf den Adern behaart 1
„ „ „ silbergrau behaart. Die Krone sich allmählich erweiternd. — Zierstrauch aus Japan. Mai. — *W. hortensis* Sieb. u. Zucc.
1. Blätter kurz-gestielt. Kelchabschnitte am Rande steifhaarig. Krone sich plötzlich erweiternd. — Zierstrauch aus Japan. Mai, Juni. —
. . . . *W. amabilis* Carr.
„ Blätter sehr kurz- od. nicht gestielt. Kelchabschnitte kahl. — Zierstrauch aus China. Juni. — . . . . *W. rosea* Lindl.

5. Lonicera, Geissblatt. Str.

0. Stengel windend 1
„ Aufrechte Sträucher. Blumen zu 2, auf blattachelständigem Stiel. 2
1. Blätter sämtlich getrennt. Blumen in einem gestielten Kopfe, gelblich-weiss, selten rötlich. In Gärten zuweilen eine Var. (*quercifolia* Ait.) mit buchtigen Blättern. — Feuchte Gebüsche, stellenweise, zuweilen gepflanzt u. verwildert. Juni-Aug. u einzeln noch später. — Fig. 394, *L. Periclymenum* L.
„ Obere Blätter am Grunde breit verwachsen. Blumen in Scheinquirlen u. in einem endständigen Kopfe, gelblich-weiss bis rot. — Bei Prag wild, sonst häufig an Lauben u. s. w. u. zuweilen verwildert. Mai, Juni. — Jelängerjelieber, *L. Caprifolium* L.

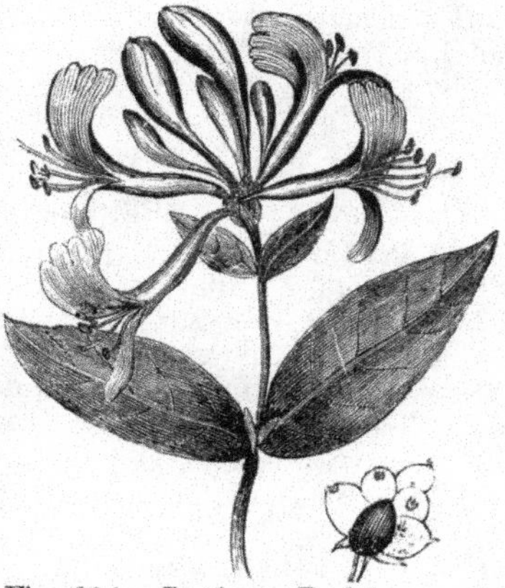

Fig. 394. Lonicera Periclymenum.

2. Fruchtknoten der beiden Blumen vollständig verwachsen. Stiel des Blütenstandes weichhaarig, mehrmal kürzer als die weisslichen Blumen. Beeren blauschwarz. — Zierstrauch aus den Alpen. April, Mai. — . . . *L. coerulea* L.
„ Fruchtknoten getrennt od. nur am Grunde verwachsen . . . 3
3. Stiel des Blütenstandes länger als eine Blume 4
„ Stiel des Blütenstandes etwa so lang od. nur wenig länger als eine Blume 5
4. Blumen gelbrot, drüsenhaarig. Beeren rot. — Zierstrauch aus dem nordwestlichen Nordamerika u. Kalifornien. Juni. — . . . .
. . . . *L. Ledebourii* Eschsch.
„ Blumen hellrosa od. weisslich. Beeren schwarz. Blätter kahl. — Wälder der östlichen Gebirge, westlich bis zum Thüringer Wald; seltener angepflanzt. Mai. — . . . . *L. nigra* L.
5. Blätter behaart. Krone weiss u. gelb 6
„ Die meist stumpfen Blätter u. Äste, Stiel des Blütenstandes u. die rosa od. gelblich-weisse Krone kahl. Beere gelb od. rot. — Zuweilen verwildert; sehr häufiger Zierstrauch aus Osteuropa. Mai, Juni. — . . . . *L. tatarica* L.
6. Blätter unterseits graugrün, eiförmig, spitz. Stiel des Blütenstandes an Länge fast die Mitte des zugehörigen Deckblattes erreichend. — Zerstreut, Gebüsche, häufig gepflanzt. Mai, Juni. — *L. Xylosteum* L.

„ Blätter unterseits hellgrün, elliptisch, lang-zugespitzt. Stiel des Blütenstandes an Länge nur den Grund der Blattspreite erreichend. — Zierstrauch aus dem südlichen Sibirien. Mai. — *L. chrysantha* Turtsch.

6. Symphoricarpus. Str.

0. Blätter kreis-eiförmig mit schwach bewimpertem Rande, sonst kahl. Früchte weiss. — Sehr häufiger Zierstrauch aus Nordamerika. Sommer. — . . . . . . Schneebeere, *S. racemosus* Mchx.

„ Blätter breit-elliptisch, unterseits graufilzig. Früchte rot. — Zierstrauch aus Nordamerika. Spätsommer u. Herbst. — . . . . .
. . . . *S. orbiculatus* Mnch.

7. Linnaea. Str.

Früchte sich bei uns wohl nie entwickelnd. — Moosige, frische Stellen hochstämmiger, etwas lichter Kiefernwälder der norddeutschen Ebene; am Brocken, im Isergebirge u. in der kleinen Schneegrube im Riesengebirge. Mitte Juni, im Gebirge später. — . . . . . *L. borealis* L.

---

9. Aggregatae.
XCII. Fam. Valerianaceae.

Kelch unscheinbar. Die röhrige, mehr od. minder zygomorphe Krone 5zipfelig. Blumen 1 bis 3männig. Fruchtknoten unterständig, 1 bis 3fächrig, aber nur in einem Fach ein Eichen; zu einem trockenen Schliessfrüchtchen werdend.

0. Blumen 1männig ,mit gespornter roter od. hellroter Krone. **1. Centranthus.**

„ Blumen 3männig, mit ungespornter, höchstens am Grunde etwas bauchiger Krone 1

1. Krone auf der einen Seite etwas bauchig ausgeweitet. Kelchsaum an der Frucht zu einem haarig-federigen Flugapparat auswachsend . . . .
. . . . **2. Valeriana.**

„ Krone unten einfach röhrig, nicht einseitig bauchig ausgeweitet. Kelchsaum ohne Flugapparat. **3. Valerianella.**

1. Centranthus. Sd.

Zuweilen verwildernde Zierpflanze aus Südtirol u. s. w. Juni-Sept. — . . . .
. . . . . . Fig. 395, *C. ruber* D. C.

Fig. 395. Centranthus ruber.

2. Valeriana, Baldrian. Sd.

Manche Arten dieser Gattung sind polygam.

0. Blätter alle unpaarig-gefiedert. Blumen zwitterig, alle gleichförmig. 1

„ Untere od. alle Blätter ungeteilt 2

1. Rhizom kurz, mit kurzen od. fehlenden Ausläufern. Blättchen 13–21, ziemlich derb, bei *angustifolia* Tausch lineal-lanzettlich bis lineal, sonst lanzettlich od. länglich. Var. *exaltata* Mikan: Pflanze mehrstengelig; Blättchen grösser, breiter u. tiefer eingeschnitten. — Häufig, feuchte Wälder, Wiesen, Ufer. Juni, Juli. — . . . . .
. . . . Fig. 396, *V. officinalis* L.

„ Rhizom stets verlängerte Ausläufer treibend. Blättchen 7-11, zart, länglich-eiförmig bis eiförmig-lanzettlich, gezähnt-gesägt, bei *angustifolia* Üchtr. lineal bis schmal-lanzettlich u. meist ganz-randig. — Zerstreut, sonst wie vorige. — *V. sambucifolia* Mikan.

2. Rhizom mit Ausläufern; mittlere u. obere Blätter sitzend . . 3

„ Rhizom verzweigt, ohne Ausläufer; mittlere Blätter gestielt . 4

Fig. 396. Valeriana officinalis.　　　*Fig. 397.* Valeriana dioica.

3. Stengel gefurcht. Blätter eiförmig od. elliptisch; mittlere u. obere leierförmig-fiederspaltig. Kronen der männlichen Pflanzen grösser u. weiss, der weiblichen kleiner u. rosa. — Häufig, feuchte Wiesen. Mai, Juni. — . . . . Fig. 397, *V. dioica* L.

„ Stengel häutig-geflügelt. Blätter sehr gross, zart, kreis-eiförmig, am Grunde oft herzförmig; Stengelblätter alle ungeteilt. — Nicht häufig, Wald- u. Wiesensümpfe, namentlich östlich der Oder, besonders in Schlesien u. Provinz Preussen. Mai. — . . . . .
. . . . *V. (simplicifolia* Kabath) *polygama* Bess.

4. Blätter der nicht blühenden Laubtriebe herzeiförmig, mittlere u. obere 3zählig; Blättchen eiförmig bis lanzettlich. Bei *intermedia* Vahl: die Blätter alle ungeteilt. — An nassen Stellen in Bergwäldern der südöstlichen schlesischen Gebirge. Mai-Juli. — *V. tripteris* L.

„ Blätter der nicht blühenden Laubtriebe sowie die unteren Blätter der blühenden Stengel kreisförmig od. kreis-eiförmig, mittlere Blätter kürzer gestielt, eiförmig od. eiförmig-lanzettlich. — Feuchte Felsen unweit Teschen. Juni, Juli. — . . . . . . *V. montana* L.

„ Mittlere Blätter 3- bis 4paarig gefiedert, die unteren länglich-lanzett-lich, ganz od. eingeschnitten. — Selten verwildernde Zierpflanze aus Südeuropa. Mai, Juni. — . . . . *V. Phu* L.

3. Valerianella. 1j.

0. Kelchsaum undeutlich 1- od. 3zähnig 1

„ „ deutlich gezähnt 2

1. Frucht kugelig, etwas zusammengedrückt. Var. *oleracea* Schl.: Pflanze grösser, kahler, mit gezähnten Blättern. — Häufig, gern auf Lehm; Äcker, Wegränder. April, Mai. — . . . .
. . . . Fig. 398, Rapunzel, *V. olitoria* Mnch.

„ Frucht lineal-länglich, 4 kantig, auf der einen Seite tief rinnig. —
Äcker, Weinberge; fast gemein im Rheingebiet, nach Nordosten
seltener werdend u. endlich ganz fehlend, in Schlesien selten;
zuweilen verschleppt. April, Mai. — . . . *V. carinata* Loisl.

2. Kelchrand schief, mit mehreren
kleinen u. einem grösseren Zahn. 3
„ Kelchrand in 6 gleiche, borsten-
förmige Zähne endigend . . 5
3. Kelchrand weniger breit als die
Frucht 4
„ Kelchrand so breit wie die ei-
förmige Frucht. — Selten, Äcker;
Rheinprovinz. April, Mai. — .
. . . . . *V. eriocarpa* Desv.
4. Kelchrand $^1/_2$ so breit als die
Frucht. Var. *lasiocarpa* Koch:
Früchte kurzhaarig. — Häufig,
Acker. Juni-Aug. — . . . .
. . . . . . *V. dentata* Poll.
„ Kelchrand $^1/_3$ so breit als die fast
kugelige Frucht. — Zerstreut, Äcker.
Juni, Juli. — . *V. rimosa* Bast.   *Fig. 398.*   Valerianella olitoria.

5. Kelchrand an der Frucht mit eiförmigen, begrannten, an der Spitze
hakenförmigen Zähnen. — Sehr selten, aus Südeuropa auf Äcker
verschleppt. Mai-Juli. — . . . . *V. coronata* D. C.
„ Kelchrand an der Frucht kugelig aufgeblasen, mit begrannten,
geraden, wagerecht einwärts gerichteten Zähnen. — Wie vorige. —
. . . . *V. vesicaria* Mnch.

XCIII. Fam. Dipsacaceae.

Blumen in Köpfen. Kelchsaum unscheinbar. Krone oft etwas
zygomorph, 4 lappig. Androeceum 4 blättrig. Fruchtknoten unterständig,
1 fächrig, zu einem trockenen einsamigen Schliessfrüchtchen werdend.
Die ganze Blume wird von einem aus Vorblättern gebildeten Aussenkelch umgeben.

0. Blütenstandsboden mit grossen, stachelspitzigen Blüten-Deckblättern
besetzt. Stengel stachelig od. steifborstig. Saum des Innenkelches
ganzrandig od. vielzähnig gewimpert . . . . . 1. **Dipsacus**.
„ Blütenstandsboden mit od. ohne spreuige Deckblätter. Stengel
nicht stachelig. Kelchsaum borstig 1
1. Boden des Blütenstandes mit Deckblättern. Saum des Innenkelches
5 borstig 2
„ Boden des Blütenstandes ohne Deckblätter, aber behaart. Kelch
8- bis 16 borstig . . . . 2. **Knautia**.
2. Krone aller Blumen actinomorph, mit 4 spaltigem Saum. Aussenkelch mit krautigem, 4 zipfeligem Saum. Innenkelch 5 borstig.
Blätter ganz . . . . 3. **Succisa**.
„ Krone der Randblumen zygomorph, der übrigen Blumen actinomorph,
5 spaltig. Aussenkelch mit trockenhäutigem Saum. 4. **Scabiosa**.

1. Dipsacus. 2 j., auch Sd.

Bei den Arten mit sitzenden Laubblättern — namentlich bei
D. laciniatus — verwachsen die gegenständigen Blätter mit ihrem

Grunde derartig, dass um den Stengel herum ein Becken gebildet wird, welches sich bei jedem Regen mit Wasser füllt. In diesen Behältern ertrinken viele ankriechende u. anfliegende Insekten, welche sonst vielleicht in die Blumen zu gelangen suchen würden, um dort „unberufen" vom Honig zu naschen.

0. Blätter sitzend 1

„ „ gestielt, die unteren elliptisch, ganz, die oberen 3teilig u. mit sehr grossem, zugespitztem Endabschnitt. Köpfe weisslich. 2j. — Zerstreut, feuchte Gebüsche u. Wälder. Sommer. — . .
. . . . (*Cephalaria pilosa* Gren.), *D. pilosus* L.

1. Deckblätter der Blumen länglich-verkehrt-eiförmig, gerade, länger als die Blumen 2

„ Deckblät. steif, länglich, an der Spitze gekrümmt, so lang wie die Blumen. 2j. u. Sd. — Zuweilen verwildernde Kulturpflanze aus Südeuropa. Som. — Fig. 399, Weberkarde, *D.* (*Fullonum* L. z. T.) *Fullonum* Mill.

2. Blätter am Rande kahl od. zerstreut-stachelig, die mittleren länglich-lanzettlich, ganz, bei *pinnatifidus* Koch fiederspaltig. 2j. — Stellenweise, gern auf Lehm; Hügel, Weg- u. Waldränder. Sommer. —
. . . . . Wolfsdistel, *D.* (*Fullonum* L. z. T.) *silvester* Huds.

„ Blätter borstig-gewimpert, die unteren lappig-gekerbt, die übrigen fiederspaltig. 2j. — Sehr zerstreut, Grabenränder, feuchte Triften; besonders im südlichen u. östlichen Gebiet. Sommer. — *D. laciniatus* L.

Fig. 399. Dipsacus Fullonum.   *Fig. 400.* Knautia arvensis.

2. Knautia. Sd.

0. Stengel grau kurzhaarig u. von längeren Haaren steifhaarig. Mittlere Blätter fiederspaltig, bei *integrifolia* G. Meyer ganz. Randblumen deutlich zygomorph, bei *campestris* Bess. actinomorph. — Häufig, Wiesen, Wald- u. Ackerränder. Mai-Aug. — . . .
. . . . . Fig. 400, (*Scabiosa arvensis* L.), *K. arvensis* Coult.

„ Stengel ziemlich kahl, am Grunde von zwiebelartig verdickten Haaren steifhaarig. Mittlere Blätter elliptisch - lanzettlich, ganz od. am Grunde eingeschnitten. — Selten, Gebirgswälder Mitteldeutschlands, fehlt jedoch z. B. in Schlesien. Juli-Sept. — . .
. . . . (*Scabiosa silvatica* L.), *K. silvatica* Dub.

3. Succisa. Sd.

0. Blätter gestielt, eirund od. elliptisch, ganzrandig. Stengel mit
1-5 kugeligen, blauen Köpfen. Var. *glabrata* Schott: Blätter meist
kahl, grossgezähnt. — Häufig,
Wiesen, Waldränder. Juli-Sept. —
Fig. 401, Teufelsabbiss, (*Scabiosa
Succisa* L.), *S. pratensis* Mnch.

„ Grundblätter elliptisch, kurz zugespitzt, in den geflügelten Blattstiel verschmälert. Köpfe erst
kugelig, später eiförmig, hellblau.
— In Gebüschen von Salix cinerea
am Rande der Katzbachniederung
bei Pfaffendorf, unterhalb Lieg-
nitz. Juli, Aug. — . . . .
. . . . . *S. australis* Rchb.

Fig. 401. Succisa pratensis.

4. Scabiosa. Sd., 1- u. 2j.

0. Saum des Aussenkelches häutig. 1
„   „   „   „   knorpelig,
des Innenkelches gewissermassen
gestielt erscheinend. Blumen
schwarzpurpurn, seltener rosa
od. weiss. 1j. — Zuweilen verwildernde Zierpflanze aus Südeuropa. Juli-Herbst. — . . Sammetblume, *S. atropurpurea* L.

1. Kelchborsten 3-4 mal so lang als der Aussenkelch 2
„   „   etwa 2 mal so lang als der Aussenkelch, gelblich.
Mittlere Blätter mit linealen bis lineal-lanzettlichen, ganzrandigen
Abschnitten. Sd. — Stellenweise, trockene Hügel u. Wälder, nach
Westen selten werdend. Juli-Nov. — . . . *S. suaveolens* Desf.

2. Die oberen Blätter fiederteilig mit fiederspaltigen Abschnitten u.
linealen Zipfeln. Bei der Hauptform (*genuina* Fiek) die Kelchborsten braunschwarz u. die Kronen lila, selten weiss, bei der Var.
ochroleuca L. die Kelchborsten anfangs fuchsrot mit bleicherem
Grunde u. die Kronen hellgelb, selten weiss. Sd. u. 2j. —
Zerstreut, trockene Wiesen u. Wälder. Juni-Herbst. — . . . .
. . . . *S. Columbaria* L.

„ Die oberen Blätter fiederteilig, mit fiederspaltigen Abschnitten u.
lineal-lanzettlichen Zipfeln. Kelchborsten innen mit einem hervortretenden Nerven, dunkelbraun, kräftiger als bei voriger. Krone
rosa- od. lilapurpurn, selten weiss. Sd. — Selten, Fels- u. Gras-
Lehnen des Riesengebirges u. mährischen Gesenkes. Juli-Sept. —
. . . . *S. lucida* Vill.

XCIV. Fam. Compositae.

Von den Ausnahmen abgesehen bilden die meist 2 geschlechtigen
Insekten-Blüten (bei Artemisia: Windblüten) kopfige Gesellschaften, hier
speciell — wegen des mehr oder minder flach ausgebildeten Blütenstand-
bodens, des Receptaculums, welches entweder nackt oder mit Blüten-
deckblättern besetzt ist — als Körbchen bezeichnet. Die Körbchen
werden von Hochblättern kelchartig umgeben, die wir in den Bestimmungs-Tabellen zusammengenommen kurz Hülle nennen wollen, während
als Aussenhülle die oft sehr kleinen Hochblättchen, welche nicht

selten in oft ganz geringer Anzahl die Hülle aussen bekleiden, zusammengefasst werden sollen. An den Einzelblüten ist ein Kelchsaum kaum bemerkbar, oder der Kelch entwickelt sich schuppig; oftmals erscheint er haarig bis federig und wird dann Pappus genannt. In diesen Fällen dient er, da er gewöhnlich an der Frucht stehen bleibt, bei der Verbreitung der 1 samigen, unterständigen, trockenen Schliessfrüchte als Flugorgan (Fig. 402, 409, 410 u. s. w.). Die meist 5 zipfelige Krone ist entweder actinomorph od. zygomorph. Im letzteren Falle ist sie entweder 2 lippig od. zungenförmig, d. h. die Krone bildet, wie es z. B. die Einzelblüte auf Fig. 425 zeigt, eine kurze Röhre, welche an einer Seite einen zungenförmigen, langen Lappen trägt. Nicht selten besitzen die Körbchen strahlende Randblüten: die Mittelblüten sind dann actinomorph, die randständigen zygomorph gebaut, u. die letzteren übernehmen hier specieller die Funktion als Wirtshausschild für die Insekten. Die Staubblätter in der Zahl von 5 besitzen gewöhnlich freie Staubfäden, aber röhrig miteinander verwachsene Staubbeutel, welche den Griffel umschliessen, dessen Narbe durch Streckung des Griffels durch die Staubbeutelröhre hindurchwächst und endlich am Gipfel derselben hervorsieht, indem sie den in die Staubbeutelröhre entleerten Pollen vor sich her nach aussen schiebt. Erst nachdem dies geschehen ist, entfernen sich die beiden Narbenschenkel von einander und bieten ihre zwischen denselben befindliche empfängnisfähige Stelle der Aussenwelt dar. Bei manchen Compositen, besonders Centaurea-Arten, geht die Herausbeförderung des Pollens aus der Röhre ruckweise von statten. Diese Erscheinung kommt dadurch zu stande, dass die fünf Staubfäden sich infolge irgend einer mechanischen Reizung z. B. durch ein Insektenbein plötzlich verkürzen und erst allmählich ihre vorige Länge wieder annehmen.

Die Arten dieser grossen Familie machen an Zahl etwa den 8. Teil aller Phanerogamen unseres Gebietes aus.

„ Früchte mit dem kleinen, häutigen, röhrigen Kelch gekrönt . 36
7. Blüten meist nicht gelb. Röhre der Randblüten oft in einen
    trichterförmigen Saum verlängert 8
„ Blüten safrangelb. Früchte fast 4kantig. Blätter ungeteilt,
    dornig-gezähnt, nebst dem Stengel kahl . . . **52. Carthamus.**
    8. ⌠Kronensaum kleinzähnig. Blüten klein. Die kahlen Hüll-
       ⎪blättchen trockenhäutig, stachelspitzig, sich dachziegelig deckend,
       ⎪die inneren länger, purpurrot, strahlend. **55. Xeranthemum.**
  9. ⌠ „ ⎪Kronensaum deutlich 4- od. 5zipfelig, bei⌉
        ⎪den meist grösseren Randblüten trichter-⎪
        ⎪förmig erweitert. Receptaculum mit borsten-⎪
        ⎪förmigen Deckblättern . . . .⎰ **54. Centaurea.**
    „ ⎪ „ ⌠Hüllblätter sich dachziegelig deckend, mit⎪
       ⎪trockenhäutigem Anhängsel od. mit einem⎪
       ⎩Stachel. Im Übrigen wie vorher . . . .⌡
    „ Hüllblätter — abgesehen von ganz aussen zuweilen vorhandenen,
    sehr kleinen Schüppchen — einreihig, mit einander verwachsen. 48
    „ Hüllblätter dachziegelig od. 1- bis 2reihig, nicht mit einander
    verwachsen 10
10. Köpfe sehr klein, gewöhnlich gehäuft 11
  „ „ mindestens 12 mm gross u. gewöhnlich einzeln . . . 13
11. Hüllblätter nicht flach, ausgehöhlt od. gekielt, krautartig od. nur
    am Rande trockenhäutig. Köpfchen kopfig gehäuft. **25. Filago.**
  „ Hüllblätter flach, trockenhäutig 12
12. „ schön citronengelb. Die weiblichen Randblüten 1-
    reihig. Köpfe scheindoldig zusammengestellt. Die verkehrt-
    eiförmig-lanzettlichen bis lineal-lanzettlichen Blätter filzig . . .
    . . . . **27. Helichrysum.**
  „ Köpfe rot, weiss bis gelblich-weiss, zuweilen 2häusig. Weibliche
    Randblüten mehrreihig . . . . **26. Gnaphalium.**
13. Randblüten weiblich, 1- bis mehrreihig. Stengel im ganzen nur
    am Grunde mit grossen Laubblättern besetzt, sonst schuppenförmige
    Hochblätter tragend 14
  „ Alle Blüten gleichgestaltet, od. die Randblüten grösser und
    strahlend 15
14. Köpfe zu Blütenständen vereinigt 52
  „ „ einzeln, purpurrot. Grundblätter lang-gestielt, herz-nieren-
    förmig, gezähnt-gekerbt, kahl, nur unten an den Nerven weich-
    haarig . . . . **3. Homogyne.**
15. Kelch an der Frucht bleibend, aus freien, ihrerseits nicht wieder
    behaarten, d. h. nicht federigen Haaren gebildet 16
  „ Kelch hinfällig 18
16. Receptaculum mit Deckblättern. Der ganze purpurrote Kopf
    cylindrisch, mit dachziegeligen Hüllblättern, von denen die äusseren
    kürzer u. stachelspitzig, die inneren länger u. etwas trockenhäutig
    sind. Früchte länglich, zusammengedrückt. Haarkelch mehrreihig,
    Haare gezähnt . . . . **50. Serratula.**
  „ Receptaculum deckblattlos 17
17. Hülle einfach, mit schwacher Aussenhülle. Blätter nieren-herz-
    förmig, grob-ungleich-2fach-gezähnt, unten etwas graufilzig . . .
    . . . . **2. Adenostyles.**
  „ Hülle dachziegelig. Blätter meist 3- bis 5teilig, mit lanzettlichen,
    gesägten Zipfeln . . . . **1. Eupatorium.**

„ Köpfe gelb. Blätter lineal-pfriemenförmig . . *Aster Linosyris.*
„ „ „ „ elliptisch . . . . *Inula Conyza.*
18. Kelch aus freien, sehr kurzen, gezähnelten Haaren gebildet. Hüllblätter mit Hakenspitze . . . . **48. Lappa.**
„ Kelchhaare meist im Bündeln od. am Grunde verbunden . . 19
19. Kelch aus 3 Kreisen bestehend, innere Reihe kurz-, mittlere lang-
borstig, jede 10- bis 12 haarig, äussere einen ringförmigen, gekerbten
Saum darstellend. Köpfe gelb. Blätter buchtig, stachelspitzig.
. . . . **53. Cnicus.**
„ Kelch aus zahlreichen gezähnten, federigen od. bündelig verbundenen
Haaren bestehend 20
20. Kelch aus zahlreichen, bündelig verbundenen Haaren gebildet
Hüllblätter sich dachziegelig deckend, die äusseren fast laubblattartig, abstehend, gezähnt-dornig, die inneren verlängert, unbewehrt,
strahlend, trockenhäutig. Früchte behaart . . . **49 Carlina.**
„ Die am Grunde durch einen Ring verbundenen Kelchhaare glatt,
gezähnt od. federig 21
21. Kelchhaare glatt od. gezähnelt 22
„ „ federig behaart 24
22. „ glatt, einfach, an einen auf der 4 kantigen, fast glatten
Frucht befindlichen Knopf angewachsen u. mit diesem abfallend.
Die dachziegelige Hülle die purpurroten Blüten kugelig umschliessend. Blätter unten weissfilzig, fiederspaltig mit linealen,
ganzen Zipfeln . . . . **51. Jurinea.**
„ Kelchhaare gezähnelt 23
23. Staubfäden frei 24
„ Staubfäden verwachsen. Blüten purpurrot. Hüllblätter eiförmig,
an der Spitze in ein 3 eckiges, stachelig gezähntes, in einen derben
Stachel endigendes Anhängsel ausgehend. Die unteren Blätter
länglich, buchtig-eckig, gezähnt, dornig, die mittleren stengelumfassend, fiederspaltig, alle glänzend, kahl, weiss-geadert . . .
. . . . **45. Silybum.**
24. Receptaculum mit am Rande gezähnelten Vertiefungen. Hüllblätter
dornig-lanzettlich. Stengel etwas wollig, durch die herablaufenden,
elliptisch-länglichen, buchtigen, locker spinnwebig-wolligen, stachelspitzigen Blätter sehr breit geflügelt erscheinend. Blüten purpurrot.
. . . . **47. Onopordon.**
„ Receptaculum mit deutlichen, oft borstigen Deckblättern . . 25
25. „ fleischig, mit borstenförmigen Deckblättern. Hüllblätter lederig, am Grunde ebenfalls fleischig, ganz, mit lanzettlicher,
stacheliger Spitze. Früchte (zusammengedrückt) 4 kantig. **44. Cynara.**
„ Hüllblätter mit stechender Spitze, mehr krautig. Früchte zusammengedrückt . . . . 25 a
25 a. Kelchhaare federig behaart . . . . **43. Cirsium.**
„ „ gezähnelt . . . . **46. Carduus.**
26. Blüten alle zungenförmig 56
., Nur die Randblumen zungenförmig u. meist strahlend . . . 27
27. Kelch aus einigen rückwärts stacheligen, starren Borsten bestehend.
Blätter gegenständig . . . . **22. Bidens.**
„ Haarkelch 45
„ Kelch fehlend, od. röhrig-häutig od. aus Schüppchen gebildet 28
28. Kelch: mehrere hinfällige Schüppchen 29
„ „ fehlend od. röhrig 30

29. Hülle einreihig, in einen an der Spitze gezähnten Becher ver-
     wachsen . . . . **21. Tagetes.**
„   Hülle unregelmässig dachziegelig, ihre äusseren Blätter laubblatt-
     artig, abstehend . . . . **23. Helianthus.**
30. Receptaculum nackt 31
„   „   mit Deckblättern 37
31. Früchte mehr od. minder bogig gekrümmt, ihre konkave Seite
     stachelig. Receptaculum höckerig . . . . . . **41. Calendula.**
„   Früchte gerade 32
32.   „   alle gleichgestaltet u. allseitig regelmässig ausgebildet. 34
„   „   des Randes anders als die in der Mitte gestaltet . . 33
33.   „   des Randes blattartig flach. Blüten gelb. Stengel
     liegend, mit 1 kopfigen Ästen. Blätter lanzettlich-lineal, stengel-
     umfassend, fiederspaltig-gezähnt . . . . **29. Cotula.**
„   Früchte des Randes 2 fach geflügelt, 3 kantig, die mittelständigen
     cylindrisch . . . . **35. Chrysanthemum.**
34. Frü hte nicht gerippt od. auf der einen Seite höckerig u. auf der
     anderen 3 bis 5 rippig 35
„   Früchte auf allen Seiten mit Längsrippen 36
     35. Blätter ganz, grundständig, verkehrt-eiförmig-spatelig. Hülle
        gewöhnlich aus 2 reihigen, gleichlangen Blättern gebildet.
        Früchte flach zusammengedrückt. Randblumen zungenförmig.
        . . . . **8. Bellis.**
36.   „   Blätter geteilt. Hülle dachziegelig, vielreihig. Früchte mit
           ungleich entfernten, auf der einen Seite genäherten Längs-
           rippen. Körbchen strahlend od. nicht strahlend. **33. Matricaria.**
„   Früchte gleichmässig 5- bis 10 streifig, ohne od. die randständigen mit
     Kelchsaum. Randblumen zungenförmig, weiss. Köpfe einzeln
     stehend. Die unteren Blätter langgestielt, verkehrt-ei-spatelförmig,
     gekerbt, obere sitzend, lineal-länglich, gesägt. **36. Leucanthemum.**
„   Früchte wie vorher, aber sämtlich mit röhrigem Kelchsaum. Ohne
     od. mit weissen zungenförmigen Randblumen . **34. Tanacetum.**
37. Hüllblätter 1- bis mehrreihig, von einander getrennt u. nicht dach-
     ziegelig 38
„   Hüllblätter dachziegelig 41
38.   „   1 reihig. Köpfe klein 39
„   „   2- bis mehrreihig 40
39. Blütendeckblätter federig-fransig. Stengel kahl, mit gegenständigen,
     herz-eiförmigen, gezähnt-gesägten, ziemlich kahlen Blättern. Strahl-
     blumen weiss . . . . **18. Galinsogaea.**
„   Blütendeckblätter in der Mitte fehlend. Blätter lineal-lanzettlich,
     nur die unteren gegenständig, die oberen halbstengelumfassend.
     Pflanze drüsig-klebrig . . . . **19. Madia.**
40. Die grossen Köpfe mit flachem Receptaculum u. mit einer etwa
     5 blättrigen abstehenden Aussenhülle u. einer 12- bis 16 blättrigen, am
     Grunde verwachsenen Hülle . . . . **16. Dahlia.**
„   Receptaculum kegelförmig-walzig, mit kahnförmigen Deckblättern
     besetzt. Untere Blätter fiederspaltig, mit eiförmigen, spitzen,
     3 lappigen Zipfeln, mittlere fast 3 teilig, obere eiförmig, gezähnt.
     Mittelblüten bräunlich, Strahlblumen gelb, mit sehr langer Zunge.
     . . . . **24. Rudbeckia.**
41. Kelch röhrig, aus Schüppchen gebildet 42
„   Kelchsaum fehlend 43

42. Kelch aus gezähnelten Schüppchen bestehend. Randfrüchte 3seitig. Blätter lanzettlich, etwas gezähnelt, weichhaarig. Köpfe gelb . . . . 13. **Buphthalmum**.

„ Kelchsaum gekerbt. Alle Früchte stielrund, vielrillig. Blätter gestielt, herzförmig, 2 fach gesägt. Köpfe gelb. 12. **Telekia**.

43. „ Die mittleren Früchte verkümmert, unfruchtbar, die äusseren fruchtbar, auffallend flach, beiderseits geflügelt, oben mit 2, zuweilen mit dem Flügel verwachsenen, öfter undeutlichen Zähnen. Blüten gelb. Blätter sämtlich gegenständig, die unteren 3 eckig-eiförmig, spitz, entfernt-gezähnelt, alle am Grunde mehr od. minder mit einander verwachsen. . 20. **Silphium**.

.. Zunge der Randblumen kreisförmig, weiss; die Kronen der mittleren Blüten ebenfalls weisslich, Köpfe klein, scheindoldig zusammenstehend . . . . 30. **Achillea**.

.. Zunge der Randblumen länglich; Kronen der mittleren Blüten gelb, oft flach-zusammengedrückt, 2 flügelig. Köpfe grösser, einzeln stehend 44

44. Früchte flügellos . . . . 31. **Anthemis**.

.. „ geflügelt. Stengel meist 1 kopfig. Blätter 2 fach-fiederspaltig, mit linealen Zipfeln . . . . 32. **Anacyclus**.

45. Kelch der Randfrüchte fehlend od. anders gestaltet als bei den übrigen Früchten 46

.. Alle Früchte mit gleichem Kelch 47

46. Randblumen mit gelber Zunge. Randfrüchte ohne, die übrigen mit einem Haarkelch . . . . 37. **Doronicum**.

.. Randblumen mit weisser Zunge, ihr Kelch einfach, aus kurzen Borsten bestehend, der der übrigen Blüten doppelt, u. zwar der äussere Kreis aus kurzen, der innere aus längeren Haaren gebildet. Köpfe an der Spitze des Stengels scheindoldig zusammenstehend. Untere Blätter verkehrt-eiförmig, grobgesägt, obere lanzettlich. . . . . 9. **Stenactis**.

47. Fruchtkelch haarförmig, die äussere Haarreihe kurz, zu einem Ring verwachsen . . . . 15. **Pulicaria**.

.. Fruchtkelch aus lauter gleichlangen od. fast gleichlangen Haaren zusammengesetzt 48

48. Hülle aus 7-9 gefärbten, freien Blättern bestehend, einreihig, aussen am Grunde des Kopfes mit einer aus 2 linealen Blättern gebildeten Aussenhülle. Blätter fast pfeil-herzförmig. Die gelben Köpfe in einer endständigen Traube . . . . 39. **Ligularia**.

.. Hüllblätter 1 reihig, zum Teil verwachsen. Mit od. ohne Aussenhülle . . . . 40. **Senecio**.

.. Hüllblätter frei, mehrere Reihen bildend 49

49. Blüten gelb 53

.. „ nicht gelb 50

50. Receptaculum mit am Rande häutig gezähnelten Vertiefungen. . . . . 6. **Aster**.

„ Receptaculum mit Vertiefungen, aber nackt 51

51. Körbchen sehr gross, einzeln. Mittelblüten gelb, Randblumen blau, rot od. weiss u. s. w. . . . . 7. **Callistephus**.

„ Körbchen kleiner, zu Gesellschaften vereinigt 52

52. Früchte glatt . . . . 10. **Erigeron**.

„ „ allseitig gerippt. Laubblätter grundständig, darüber nur schuppenförmige Hochblätter . . . . 5. **Petasites**.

27*

53. Der oberirdische Stengel mit breiten, grünen Laubblättern . . 54
   „   „   „   blühende Stengel nur mit schuppenförmigen Hochblättern besetzt, 1kopfig. Erst nach dem Blühen erscheinen aus
   dem Rhizom herzförmig-eckige, gezähnte, unterseits weissfilzige
   Laubblätter . . . . 4. Tussilago.
54. Die mittleren Blätter wechselständig 55
   „   „   „   gegenständig, meist in der 2Zahl vorhanden.
   Stengel 1-5 Körbchen tragend, am Grunde mit länglich-verkehrt-
   eiförmigen Blättern . . . . 38. Arnica.
55. Staubbeutel am Grunde mit kleinen haarförmigen Anhängseln,
   „geschwänzt“. Receptaculum nackt, kaum grubig . . 14. Inula.
   „   Staubbeutel „ungeschwänzt“. Receptaculum mit am Rande gezähnt-
   häutigen Vertiefungen . . . . 11. Solidago.
56. Mindestens die mittleren Blüten mit einem Haarkelch . . . 60
   „   Kein Haarkelch (höchstens einige Borsten) 57
57. Kronen blau, rosenrot od. weiss . . . . . . 59. Cichorium.
   „   „   (wenigstens die der randständigen Blüten) gelb . . 58
58. Laubblätter eine grundständige Rosette bildend. Die Stiele der
   Körbchen auffallend keulenförmig verdickt u. hohl . . . . .
   . . . . 57. Arnoseris.
   „   Stengel auch über dem Grunde mit Laubblättern 59
59. Hüllblätter länglich-lineal, stumpf, von einer regelmässig ausgebildeten, kurzen, mehrblättrigen Aussenhülle umgeben. Kelch ein
   einfacher, kaum hervorragender Rand . . . . 56. Lampsana.
   „   Äussere Hüllblätter borstenförmig, bogig abstehend, so lang od.
   länger als die linealen, spitzen inneren Hüllblätter. Kelch ein
   kurzes, gefranstes Häutchen, welches an den mittleren Blüten einige
   Borsten trägt . . . . 58. Tolpis.
60. Kelchhaare einfach, wenn auch zuweilen gezähnelt 69
   „   „   , wenn auch nicht immer alle, mit Haaren besetzt, d. h.
   gefiedert od. federig 61
61. Receptaculum mit Deckblättern besetzt 62
   „   „   ohne Deckblätter 63
62. Kelchhaare 2reihig, die kürzeren der äusseren Reihe rauh, die
   längeren federig . . . . 67. Hypochoeris.
   „   Kelchhaare 1reihig, alle Haare federig . . 68. Achyrophorus.
63. Fiederhärchen der Kelchhaare frei 64
   „   „   „   „   ineinander verflochten 67
64. Die am Grunde durch einen Ring verbundenen Kelchhaare hinfällig. Die scheindoldig verzweigte Pflanze nebst den länglich-
   lanzettlichen, buchtig-gezähnten Blättern von borstigen, wider-
   hakigen Haaren steifhaarig . . . . 62. Picris.
   „   Haarkelch bleibend 65
65.   „   aller Blüten gleichförmig 66
   „   Kelch der Randfrüchte kurz, häutig, jener der Mittelblüten weit
   länger u. federig-haarig. Blätter grundständig, lanzettlich, meist
   durch 2gabelige Haare kurzhaarig. Blätter der Hülle schwarz
   berandet. Blumenzungen gelb, unterseits mit einem breiten, blaugrünen Streifen . . . . 60. Thrincia.
66. Blätter grundständig, eine Rosette bildend . . 61. Leontodon.
   „   Die Hülle wird aussen von 4 bis 5 breit-herzförmigen Blättchen
   umgeben, die man mit zur Hülle rechnen kann. Die Blätter sind
   lanzettlich, ausgeschweift od. kurz gezähnt, sehr rauh, die unteren

am Grunde verschmälert, die oberen stengelumfassend u. etwas
herablaufend . . . . **63. Helminthia.**
67. Hüllblätter 1 reihig, am Grunde miteinander verwachsen. Früchte
mit gekerbten Rippen, meist mit langem Schnabel an der Spitze
. . . . **64. Tragopogon.**
„ Hüllblätter dachziegelig, frei. Früchte nicht geschnäbelt . . 68
68. Früchte allmählich verschmälert, ihre Anheftungsstelle wird von
einer sehr kurzen Schwiele umgeben . . . . **65. Scorzonera.**
„ Früchte nicht verschmälert, ihre Anheftungsstelle wird von einer
verlängerten Schwiele umgeben, welche dicker ist als die Frucht
selbst . . . . **66. Podospermum.**
69. Früchte oben lang ausgezogen, „geschnäbelt", weshalb der
Kelchsaum gestielt erscheint 70
„ Früchte oben wie abgeschnitten od. nur sehr wenig verschmälert. 73
70. Frucht an der Spitze mit Höckern, Schuppen od. Borsten besetzt. 71
„ Schnabel der Frucht am Grunde ohne Höcker od. Schuppen,
höchstens ganz fein gezähnelt 72
71. Stengel nur am Grunde eine Laubblatt-Rosette besitzend, 1 kopfig.
Körbchen reichblütig . . . . **69. Taraxacum.**
„ Stengel von unten bis oben beblättert, mehrköpfig. Körbchen
höchstens etwa 12 blütig . . . . **70. Chondrilla.**
72. Früchte zusammengedrückt. Körbchen wenigblütig, mit dachziegeliger Hülle . . . . **72. Lactuca.**
„ Früchte stielrund. Körbchen vielblütig, mit Hülle u. kürzerer
Aussenhülle 76
73. Blüten rot od. blau, seltener weiss 74
„ „ gelb 75
74. Körbchen vielblütig, mit dachziegeliger Hülle, in Trauben od.
Doldenrispen . . . . **73. Mulgedium.**
„ Körbchen 3- bis 5 blütig, mit etwa 8 blättriger Hülle, in Rispen.
Blätter mit herzförmigem Grunde stengelumfassend, kahl, unten
blaugrün, untere länglich-lanzettlich, winkelig buchtig, obere
lanzettlich, ganzrandig . . . . **71. Prenanthes.**
75. Früchte zusammengedrückt.
Blätter stachelig-gezähnt . .
. . . . . . **74. Sonchus.**
„ Früchte stielrund od. nur schwach
zusammengedrückt . . . 76
76. Hülle meist annähernd 1 reihig,
mit Aussenhülle. Früchte oben
verschmälert. Kelchhaare mehrreihig, weich, nicht zerbrechlich
u. schneeweiss, bei C. paludosa
u. sibirica zerbrechlich u. gelblich bis schmutzig-weiss . .
. . . . . . **75. Crepis.**
„ Hülle 2- od. mehrreihig, dachziegelig, meist ohne Aussenhülle. Früchte nicht ver-
schmälert. Kelchhaare 1 reihig,
meist steif u. zerbrechlich, schmutzig-weiss . . **76. Hieracium.**
77. Blätter ganz od. gelappt . . . . **17. Xanthium.**
„ „ doppelt fiederteilig . . . . **17a. Ambrosia.**

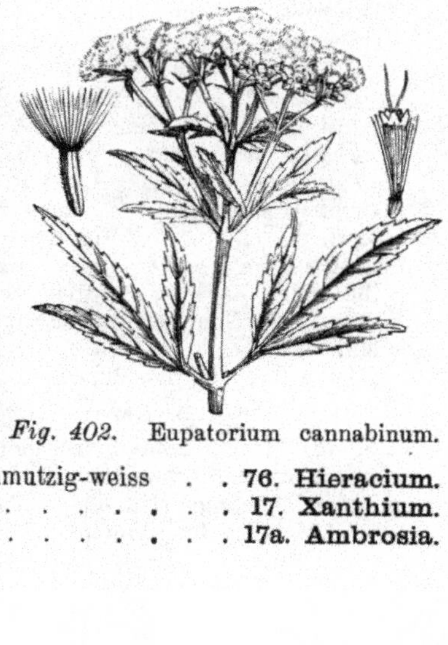

Fig. 402. Eupatorium cannabinum.

1. Eupatorium. Sd.

Blätter 3- bis 5teilig, bei *indivisum* D. C. ungeteilt. — Nicht selten, an feuchten Orten. Juli, Aug. — . . . Fig. 402, *E. cannabinum* L.

2. Adenostyles. Sd.

Selten, feuchte Wälder u. Schluchten im schlesisch-böhmisch-mährischen Hochgebirge. Sommer. — . . A. (*Alliariae* Kerner) *albifrons* Rchb.

3. Homogyne. Sd.

Stengel 1köpfig, bei *multiflora* Grab. 2- bis 3 köpfig. — Torfwiesen, feuchte Wälder, im Hochgebirge; schlesisch-böhmisch-mährisches Gebirge, im höchsten Erzgebirge, auch einmal unweit Görlitz. Mai-Juli. — . . . . (*Tussilago alpina* L.), *H. alpina* Cass.

4. Tussilago. Sd.

Zerstreut, auf feuchtem Thon, Lehm, auch Kalk; Äcker, Wegränder. März-Mai. — . . . . Huflattich, *T. Farfara* L.

5. Petasites. Sd.

Bei allen 3 Arten tragen die Blütenstände entweder vorzugsweise zwitterige oder 1geschlechtige, weibliche Blüten.

0. Laubblätter kreis-herzförmig;
   Lappen des Grundes abgerundet 1

   „ Laubblätter 3eckig-herzförmig,
   unterseits schneeweiss-filzig;
   Lappen des Grundes einwärts
   gekrümmt, verbreitert, 2- bis 3-
   lappig. Blüten hellgelb. —
   Sehr zerstreut, Meeresstrand,
   Flussufer, besonders in Nordostdeutschland. April. — *P.*
   (*spurius* Rchb.) *tomentosus* D. C.

1. Blätter ungleich gezähnt, unterseits grau-wollig. Blüten rot.
   Die 2geschlechtige Pflanze mit
   eiförmigem Blütenstand und
   grösseren Körbchen (*Tussilago*
   Petasites L.), die weibliche
   Pflanze mit länglichem Blütenstand u. kleineren Körbchen

Fig. 403. Petasites officinalis.

(*Tussilago hybrida* L.). Var. *fallax* Üchtr.: Blätter unterseits ziemlich stark filzig. — Meist häufig, Ufer, feuchte Wiesen. März, April. — . . . . Fig. 403, Pestilenzwurz, *P. officinalis* Mnch.

   „ Blätter stachelspitzig-gezähnt, unterseits wollig-filzig. Blüten gelb-lich-weiss. — Sehr zerstreut, Flussufer, feuchte Waldstellen, meist in höheren Gebirgen, namentlich also in Mitteldeutschland. März-Mai. — . . . .
(Die 2geschlechtige Pflanze = *Tussilago alba* L.), *P. albus* Gärtn.

6. Aster. Meist Sd., auch 2j.

0. Stengel 1köpfig, mit 3nervigen, weichhaarigen, länglichen od. lan-zettlichen Blättern. Zungen der Randblumen blau. Sd. — Selten, felsige Abhänge Mitteldeutschlands u. Nordböhmens; fehlt jedoch z. B. in der Rheinprovinz. Mai-Aug. — . . . . A. *alpinus* L.

.. Stengel oben mehr od. minder doldenrispig od. rispig, mit mehreren
od. vielen Köpfen 1
1. Randblüten ohne Zunge, also nicht strahlend.   Körbchen gelb.
Blätter lineal. Sd. — Sehr zerstreut, trockene Sandhügel, fehlt im
nördlichsten Gebiet. Juli-Sept. — . . . .
. . Goldhaar, (*Chrysocoma Linosyris* L.), *A. Linosyris* Bernh.
.. Randblumen strahlend, mit Zunge 2
2.   „   geschlechtslos, mit lila Zungen, welche zweimal so
lang als die lanzettlichen Hüllblätter sind. Sd. — Zuweilen ver-
wildernde Zierpflanze aus Süd- u. Osteuropa. Aug., Sept. — . .
. . . . *A. acer* L.
.. Randblumen weiblich 3
3. Pflanze nach der Fruchtreife absterbend, 2jährig, kahl, etwas
fleischig. Haarkelch weich.   Mittlere Blätter lineal-lanzettlich.
Hüllblätter angedrückt.   Zungen blaulila, selten weiss.   2j. —
Sehr zerstreut, Meeresstrand u. Salzorte des Binnenlandes. Juli-
Sept. — . . . . *A. Tripolium* L.
.. Pflanze durch unterirdische Stengelteile ausdauernd.   Haarkelch
mehr od. minder steif 4
4. Hüllblätter abstehend, gewimpert, die äusseren krautig, die inneren
wenigstens an der hautrandigen Spitze gefärbt.   Früchte dicht-
behaart 5
.. Hüllblätter locker u. oft an der Spitze zurückgebogen, od. dicht
angedrückt, alle hautrandig, mit grünem, nach oben breiter werden-
dem Rückenstreifen; die inneren an der Spitze gefärbt od. ungefärbt.   Stengel Ausläufer treibend 6
5. Pflanze drüsenlos.   Äussere Hüllblätter spatelig, innere länglich-
lanzettlich, die äusseren weit überragend. Sd. — Zerstreut, gern
auf Kalk, sonnige Hügel; fehlt im nördlichsten Gebiet. Juli-
Sept. — . . . . *A. Amellus* L.
.. Pflanze oberwärts drüsenhaarig.   Hüllblätter lineal-lanzettlich, die
inneren überragen die äusseren nicht. Sd. — Zuweilen verwildernde Zierpflanze aus Nordamerika. Sept.-Nov. — . . . .
. . . . *A. Novae Angliae* L.
6. Die unteren Blätter gestielt, alle mit abstehenden, zugespitzten
Sägezähnen.   Hüllblätter lanzettlich, spitz, locker, aufrecht, fast
alle gleich lang. Sd. — Zuweilen verwildernde Zierpflanze zweifelhafter Herkunft.   Sommer. — . . . . . . *A. praecox* Willd.
.. Die unteren Blätter mit verschmälertem, die oberen mit breitem
Grunde sitzend 7
7. Hüllblätter locker, entweder von etwa gleicher Länge, aufrecht abstehend od. am Grunde locker dachziegelig, an der Spitze ab- od.
zurückgebogen 8
.. Innere Hüllblätter die äusseren überragend, wenigstens am Grunde
dachziegelig 12
8. Stengel traubig verzweigt.   Blätter lanzettlich od. lineal-lanzettlich,
gesägt.   Hüllblätter gleich, zugespitzt od. lineal-spatelig, die
inneren oft gefärbt.   Köpfe gross, meist einzeln, an den Spitzen
der Zweige stehend. Sd. — Wie vorige. Okt., Nov. — . . .
. . . . *A. brumalis* Nees.
„ Stengel doldenrispig verzweigt.   Blätter am Rande rauh . . 9
9. Die mittleren Hüllblätter länglich-lanzettlich bis lanzettlich . 10
„ ..   „   „   lineal-lanzettlich bis lineal 11

10. Innere Hüllblätter aufrecht. Köpfe meist traubig od. doldenrispig angeordnet. Sd. — Zuweilen verwildernde Zierpflanze aus Nordamerika. Sept., Okt. — . . . . *A. Novi Belgii* L.
,, Hüllblätter an der Spitze zurückgebogen, die äusseren meist blattartig, verlängert, abstehend. Stengel oberwärts abstehend doldenrispig, mit einzelnen entfernten Köpfen. Sd. — Zuweilen verwildernde Zierpflanze unbekannter Herkunft. Sept., Okt. — . . .
. . . . *A. tardiflorus* L.
11. Hülle kreiselförmig, ihre Blätter, wenigstens die äusseren, weit abstehend. Zungen hellblau. Sd. — Zuweilen verwildernde Zierpflanze aus Nordamerika. Sept. — . . . . *A. eminens* Willd.
,, Hülle locker dachziegelig. Zungen weiss, zuletzt bläulich od. rosa. 11a
11a. Blätter schmal-lanzettlich, beiderseits lang verschmälert. Zweige des Blütenstandes meist traubig, kurz. Hüllblätter mehr od. weniger von ungleicher Länge. Sd. — In Schlesien an Flussufern im Weidengebüsch hier u. da. Aug.-Okt. — *A. frutetorum* Wimmer.
,, Blätter lanzettlich. Zweige des Blütenstandes doldenrispig, verlängert. Hüllblätter meist fast gleichlang. Sd. — Zerstreut bis sehr zerstreut, in Weidengebüschen an Flussufern. Aug., Sept. —
. . . . *A. salicifolius* Scholler.
12. Blätter stengelumfassend. Hüllblätter lanzettlich bis lineal-lanzettlich, dreieckig zugespitzt. Zungen blau. Frucht etwas behaart. Sd. — Zuweilen verwildernde Zierpflanze aus Nordamerika. Sept., Okt. — . . . . *A. laevis* L.
,, Blätter mit verschmälertem Grunde sitzend. Hüllblätter lineal, spitz, locker dachziegelig 13
13. Mittlere Blätter lanzettlich, zugespitzt 14
,,   ,,   ,, lineal-lanzettlich, zugespitzt, am Rande rauh. Blätter der letzten Zweige lineal. Köpfe zu 1-4 zusammensitzend. Sd. — Häufiger verwildernde Zierpflanze aus Nordamerika. Aug., Sept. — . . . . *A. leucanthemus* Desf.
14. Blätter der jüngsten Zweige länglich-lanzettlich. Zungen der Randblumen so lang wie die Hülle. Sd. — Wie vorige. — . . . .
. . . . *A. parviflorus* Nees.
,, Blätter der letzten Zweige lanzettlich, spitz. Zungen kürzer als die Hülle. Sd. — Wie vorige. Sept., Okt. — *A. Lamarckianus* Nees.

7. Callistephus. 1j.

Zuweilen verwildernde Zierpflanze aus China. Aug.-Nov. — . . . . .
. . . . Aster, (*Aster chinensis* L.), *C. chinensis* Nees.

8. Bellis. Sd.

Meist gemein, Wiesen, Triften, Grasplätze. Oft als Zierpflanze mit „gefüllten" Körbchen -(Tausendschönchen). Blüht das ganze Jahr mit Ausnahme des Frostes. — Gänseblume, Massliebchen, *B. perennis* L.

9. Stenactis. 1-, 2j. u. Sd.

Nicht selten verwildernde Zierpflanze (aus Nordamerika?). Juli-Sept. —
. . . . (*Erigeron annuus* L.), *S. annua* Nees.

10. Erigeron, Dürrwurz. 1j., 2j., Sd.

0. Zweige traubig. Köpfe zahlreich, gedrängt, sehr klein. Alle weiblichen Randblüten mit Zungenkrone. 1j. — Sehr gemeiner, auf Sand u. s. w. wachsender Ankömmling aus Kanada. Sommer. —
. . . . *E. canadensis* L.

„ Zweige meist 1köpfig, eine lockere unregelmässige Doldenrispe bildend. Köpfe mittelgross. Die inneren weiblichen Blüten röhrig, die äusseren zungenförmig. Pflanze rauhhaarig, seltener die Blätter kahl (*droebachiensis* O. F. Müller). 2j. u. Sd. — Häufig, Sandplätze, Hügel, Weg-, Acker- u. Waldränder. Sommer. — . . .
. . . . Berufkraut, *E. acer* L.

11. Solidago. Sd.

0. Körbchen in aufrechten, nicht einseitswendigen Trauben, 5-10 mm lang. Zungen lineal-länglich, länger als die Hülle. Blätter am Grunde des Stengels eiförmig, die darüber befindlichen länglich-elliptisch, gestielt, die oberen lanzettlich. Im Hochgebirge ist der Stengel niedriger, die Blätter sind schmal u. fast kahl u. die Köpfe grösser (*alpestris* W. K.). — . Häufig, trockene Wälder, Hügel. Juli-Herbst. — . . .
. . . . . Fig. 404, Goldrute, St. Petristab, *S. Virga aurea* L.

„ Körbchen in Doldenrispen, 5-10 mm lang. Blätter sehr schmal lanzettlich. — Zuweilen verwildernde Zierpflanze aus Nordamerika. Aug.-Okt. — . . .
. . . . *S. lanceolata* L.

„ Körbchen kleiner, in weit abstehenden, einseitswendigen Trauben od. Rispen, die meist an der Spitze des Stengels rispig gehäuft sind 1

Fig. 404. Solidago Virga aurea.

1. Stengel kurzhaarig 2
„   „   unterwärts kahl, mit lanzettlichen, gesägten Blättern. Zungen der Randblumen etwas länger als die mittleren Blüten. — Wie vorige. — . . . . *S. serotina* Ait.
2. Blätter länglich-lanzettlich bis lanzettlich. Zungen sehr kurz, etwa so lang wie die Mittelblüten 3
„ Blätter lineal-lanzettlich. — Wie vorige. — *S. longifolia* Schrad.
3.   „   namentlich unterseits fast kahl od. etwas behaart. — Wie vorige. — . . . . *S. canadensis* L.
„ Blätter namentlich unterseits zottig behaart. — Wie vorige. — .
. . . . *S. procera* Ait.

12. Telekia. Sd.

Selten verwildernde Zierpflanze aus den Karpathenländern. Aug. —
. . . . *T. speciosa* Baumg.

13. Buphthalmum. Sd.

Wiesen unweit Saalfeld (Thüringen) u. bei Veitshöchheim (bei Würzburg). Sommer. — . . . . *B. salicifolium* L.

14. Inula. Meist Sd., auch 2j.

0. Innere Blätter der Hülle an der Spitze verbreitert, spatelig. Blätter ungleich-gezähnt, unten filzig, die mittleren herz-eiförmig, stengel-

umfassend. Sd. — Nicht häufig, feuchte Wiesen, Waldränder
u. s. w.; von der Rheinprovinz u. Westfalen durch Niedersachsen,
Mecklenburg, Pommern, Posen, Schlesien, Mittelböhmen; oft nur
von früherem Anbau verwildert. Sommer. — . . . .
. . . . (Echter) Alant, *I. Helenium* L.
„ Innere Blätter der Hülle zugespitzt 1
1. Früchte kahl 2
„ „ rauh- od. weichhaarig 5
2. Randblüten kaum länger als die Mittelblüten. Körbchen gedrängt-
doldenrispig. Sd. — Sehr zerstreut, sonnige Abhänge, Mitteldeutschland, fehlt jedoch z. B. in Schlesien. Sommer. — . . .
. . . . *I. germanica* L.
„ Randblumen viel länger als die Mittelblüten 3
3. Blätter rauhhaarig, obere mit verschmälertem Grunde sitzend.
Stengel mit wagerecht abstehenden Haaren besetzt. Sd. — Sehr
zerstreut, gern auf Kalk, sonnige Hügel, Gebüsche; fehlt im nordwestlichen Gebiet. Mai, Juni. — . . . . *I. hirta* L.
„ Blätter fast kahl 4
4. Scheindolde 1- bis mehrköpfig. Obere Blätter herzförmig, stengelumfassend. Var. *subhirta* C. A. Meyer: Pflanze kurzhaarig. Sd.
— Fast zerstreut, Wiesen, Wälder. Sommer. — *I. salicina* L.
„ Zwischen beiden vorigen Arten wird zuweilen ein in der Gestaltung
zwischen beiden Eltern stehender Bastard beobachtet . . . . .
. . . . *I. hirta* ✕ *salicina* Ritschl.
„ Scheindolde meist vielköpfig. Zungenblumen etwa 2 mal so lang
als die Mittelblüten. Sd. — Triften, Ackerränder, bei Lauben-
heim (bei Kreuznach) u. zwischen Kröllwitz u. Wettin (bei Halle
a. S.). Juni-Aug. — . . . . *I. media* M. B.
5. Stengel oben scheindoldig, vielköpfig. Randblüten mit 3spaltiger,
rötlicher Krone, kaum zungenförmig, so lang wie die Hülle. 2j.,
auch Sd. — Zerstreut, an Bergabhängen, Waldplätzen Mitteldeutschlands, sehr selten in der Ebene. Sommer. — . . . . .
. . . . (*Conyza squarrosa* L.), *I. Conyza* D. C.
„ Stengel zottig behaart, 1- bis vielköpfig. Äussere Hüllblätter so
lang wie die inneren, die Mittelblüten etwas überragend, aber bedeutend kürzer als die Randblumen. Var. *glabrescens* Kabath: Pflanze
fast kahl. Var. *Oetteliana* Rchb.: Blätter fast ganzrandig. Var.
discoidea Tausch: Ohne Strahlblüten. Sd. — Stellenweise, feuchte
Wiesen, Ufer. Juli - Sept. — . . . . *I. Britannica* L.

15. Pulicaria. 1 j., Sd.

0. Blätter mit abgerundetem Grunde sitzend, kaum stengelumfassend.
Randblüten wenig länger als die schmutziggelben Mittelblüten.
1 j. — Häufig bis zerstreut, feuchte Triften, Ufer, überschwemmte
Stellen. Sommer. — . . . .
. . . . . Flöhkraut, (*Inula Pulicaria* L.), *P. vulgaris* Gärtn.
„ Blätter mit breiterem, tief-herzförmigem Grunde stengelumfassend.
Randblumen goldgelb, weit länger als die Mittelblüten. Sd. —
Zerstreut, Wiesen, an Gräben u. Zäunen. Sommer. — . . . .
. . . Ruhrkraut, (*Inula dysenterica* L.), *P. dysenterica* Gärtn.

16. Dahlia, Georgine. Sd.

0. Stengel unbereift. Randblumen mit Fruchtknoten. — Zierpflanze
aus Mexiko. Aug.-Herbst. — . . . . . . *D. variabilis* Desf.

„ Stengel bereift. Randblumen ohne Fruchtknoten. — Wie vorige. —
. . . . *D. coccinea* Cav.
Diese 2 Arten bilden Bastarde und finden sich in Gärten meist gefüllt.

17. Xanthium. 1j.

0. Stengel am Grunde der Blattstiele mit je 1 od. 2 gelben, 3 teiligen
Stacheln. — Aus Süd- u. Südosteuropa verschleppt (ursprünglich
aus Südamerika?). Juli-Sept. — . Wollklette, *X. spinosum* L.

„ Stengel stachellos 1

1. Hülle bei der Fruchtreife grün,
an der Spitze mit den Früchten
gerade, stachelig, zwischen den
Stacheln weichhaarig. Blätter
herzförmig. Var. *arenarium* Lasch:
Pflanze kleiner; Fruchthüllen länglich-eiförmig, ziemlich dicht mit
zerstreut-behaarten Stacheln besetzt. — Zerstreut, Schutt, Wege,
Ufer. Juli-Okt. — . . . . . .
. . . . Fig. 405, Spitzklette,
Bubenlaus, *X. strumarium* L.

„ Hülle bei der Fruchtreife braun,
an der Spitze mit den Früchten
gekrümmt 2

Fig. 405. Xanthium strumarium.

2. Hülle an den Früchten mit von
der Mitte an gebogenen u. an der
Spitze eingerollten Stacheln. —
Aus Südeuropa, zuweilen als Gartenflüchtling auftretend. Sommer. —
. . . . *X. macrocarpum* D. C.

„ Hülle an den eiförmig-länglichen Früchten zwischen den Stacheln
steifhaarig. Blätter am Grunde keilförmig. Var. *riparium* Lasch:
Blätter deutlicher gelappt; Stacheln schwächer, oft gerade, $1/2$ so
lang als der Durchmesser der Fruchthülle — Elbufer von Böhmen
bis Hamburg, Oderufer von Frankfurt nach Norden, Netze, Warthe,
Weichsel, Schlesien sehr zerstreut, sonst verschleppt. Juli-Sept. —
. . . . *X. italicum* Moretti.

17a. Ambrosia. Sd.

Mit nordamerikanischer Kleesaat hier u. da verschleppt. Sommer. —
. . . . *A. artemisiifolia* L.

18. Galinsogaea. 1j.

Bei einer seltenen Varietät (*discoidea* Aschs. u. Gcke.) fehlen die Zungen
der Randblüten. — Aus Peru, stellenweise z. B. bei Berlin sehr verbreiteter
Flüchtling aus botanischen Gärten. Sommer. — . *G. parviflora* Cav.

19. Madia. 1j.

Kulturpflanze aus Chile. Sommer. — . . . . . . *M. sativa* Mol.

20. Silphium. Sd.

Zuweilen verwildernde Zierpflanze aus Nordamerika. Juli-Herbst. — .
. . . . *S. perfoliatum* L.

21. Tagetes. Studentenblume. 1j.

0. Stiele unter den Körbchen wenig verdickt. — Zierpflanze aus
Mexiko. Aug.-Herbst. — . . . . *T. patulus* L.

„ Stiele unter den Körbchen keulig verdickt.   Hülle etwas kantig.
— Wie vorige Art. — . . . . *T. erectus* L.

22. Bidens. 1j.

0. Blätter (meist) geteilt 1
„   „ ungeteilt, lanzettlich, gesägt, die gegenüberstehenden am
Grunde etwas zusammengewachsen. Ohne (*discoideus* Wimm.), od.
mit (*radiatus* D. C.) zungenförmigen Randblüten. Zuweilen der
Stengel höchstens 0,10 m hoch, mit meist nur einem kleinen Körbchen (*minimus* L.). — Meist häufig, Sümpfe, feuchte Wiesen, an
Gräben. Juli-Okt. — . . . . *B. cernuus* L.
1. Blätter 3teilig od. fiederspaltig-5teilig, dunkelgrün. Körbchen so
hoch od. höher als breit, mit breit-linealen, nur den Grund der
Fruchtgrannen erreichenden Deckblättern. Var. *integer* C. Koch:
Blätter alle od. die meisten ungeteilt. Var. *pumilus* Rth.: Pflanze
0,05-0,30 m hoch; Blätter wie bei integer; Körbchen wenige od.
einzeln, klein. — Wie vorige, aber häufiger. — . . . . .
. . . . Priesterlaus, *B. tripartitus* L.
„ Blätter 3- bis 5teilig, gelblich-grün. Körbchen fast 2mal so breit
als hoch, mit sehr vielen Blüten u. schmal-linealen, fast die Spitzen
der Fruchtgrannen erreichenden Deckblättern. — Feuchte Orte, bei
Tilsit, Lausa (unweit Dresden), Peilau (Schlesien) u. hier u. da
in Böhmen. Aug.-Okt. — . . . . . . *B. radiatus* Thuill.

23. Helianthus. Sd. u. 1j.

0. Pflanze 1jährig. Blätter wechselständig, meist 3nervig. Köpfe
sehr gross, einzeln, nickend. Hüllblätter eiförmig. 1j. — Zier-
u. Kulturpflanze aus Peru. Juli-Sept. — Sonnenblume, *H. annuus* L.
„ Pflanze durch unterirdische Stengelteile ausdauernd 1
1. Blätter gestielt, 3nervig, nebst dem Stengel rauh, die oberen eiförmig. Körbchen einzeln, aufrecht. Hüllblätter lanzettlich. Sd. —
Zuweilen verwildernde Kulturpflanze aus Nordamerika. Okt., Nov.
— Topinambur, Unterartischocke, Erdapfel u. -birne, *H. tuberosus* L.
„ Stengel glatt, mit sitzenden, linealen, 1nervigen Blättern. Körbchen
meist doldenrispig angeordnet. Hüllblätter lineal. Sd. — Zierpflanze (aus Arkansas?). Okt., Nov. — . . *H. orgyialis* D. C.

24. Rudbeckia. Sd.

0. Stengel kahl. Untere Blätter gefiedert, mit eiförmigen Blättchen,
obere 3- bis 5teilig od. auch ganz. — Zuweilen verwildernde Zierpflanze aus Nordamerika. Juli-Sept. — . . . *R. laciniata* L.
„ Stengel u. Blätter rauhhaarig. Untere Blätter spatelförmig, obere
länglich bis länglich-lanzettlich, alle ganzrandig. — Zuweilen verwildernd. Aus Nordamerika. Aug., Sept. — . . . *R. hirta* L.

25. Filago, Ruhrkraut. 1j.

0. Hüllblätter gelb-bräunlich, mit einer kahlen, meist purpurnen Haar-
spitze. Stengel gabelig verzweigt. Körbchen meist zu 20 - 30
in kugeligen Knäueln. Var. *spatulata* Presl: Körbchen zu 12-15
in halbkugeligen Knäueln; Blätter etwas abstehend, länglich-spatelig.
Bei der Form *canescens* Jord. die Pflanze weiss-wollig-filzig; Stengel
oben gabelästig u. die Hüllblätter länglich-lanzettlich, kahl. Bei
apiculata G. E. Smith (*lutescens* Jord.): Pflanze gelblich-filzig;
Stengel meist vom Grunde an gabelästig; Hüllblätter schwach-filzig. —
Zerstreut, Äcker, Hügel. Sommer. — Schimmelkraut, *F. germanica* L.

„ Hüllblätter mit kahler, stumpflicher Spitze 1
1. Blätter lineal-pfriemlich, die obersten die Körbchenknäuel weit überragend. — Hier u. da auf Äckern im westlichsten Gebiet.
Sommer. — . . . . *F. gallica* L.
„ Blätter lineal bis lineal-lanzettlich 2
2. Stengel traubig- od. rispig-verzweigt, mit einfachen Zweigen. Hüllblätter nicht gekielt, die äusseren lineal. Pflanze mehr weisswollig. — Häufig, gern auf Sand, Äcker, Triften. Sommer. —
. . . . (*F. arvensis* u. *montana* L.), *F. arvensis* Fr.
„ Stengel mit gegabelten Zweigen. Hüllblätter gekielt, die äusseren
eiförmig. Pflanze mehr grau-filzig. — Wie vorige. — *F. minima* Fr.

26. Gnaphalium, Ruhrkraut. Sd. u. 1j.
0. Randblüten weiblich, Mittelblüten 2 geschlechtig. Kelchhaare
fädlich 1
„ Pflanze 2 häusig, die männlichen Blüten mit unfruchtbarem Gynoeceum u. mit an der Spitze verdickten Kelchhaaren 5
1. Pflanze mit unterirdisch ausdauernden Stengelteilen, welche blühende,
längere u. kurze, nicht blühende Stengel treiben 2
„ Pflanze 1 jährig, mit schwacher Hauptwurzel 4
2. Hüllblätter dachziegelig, die äussersten 3 mal kürzer als das
Körbchen 3
„ Hüllblätter fast 2 reihig, die äusseren über ½ so lang als das
Körbchen. Stengel fadenförmig, mit kriechenden Ausläufern. Sd.
— Steinplätze der Gebirgskämme des Riesengebirges, mährischen
Gesenkes, der Babia Gora. Sommer. — . . . *G. supinum* L.
3. Untere Blätter lanzettlich, grösser als die mittleren, unten weissfilzig, oben zuletzt kahl werdend. Sd. — Häufig, Wälder, Triften,
Hügel. Sommer. — . . . . *G. silvaticum* L.
„ Blätter lanzettlich, oben dünn-, unten dichtfilzig, die mittleren so
lang od. länger als die unteren. Sd. — Auf Wiesen u. an Abhängen höherer Gebirge; Riesengebirge, mährisches Gesenke, Erzgebirge. Sommer. — . . . . *G. norvegicum* Gunner.
4. Die Körbchenknäuel unbeblättert. Stengel vom Grunde ab reich
verzweigt. Früchte zuweilen kurz-weichstachelig (*pilulare* Whlnbg.)
od. glatt u. die ganze Pflanze kahl (*nudum* Ehrh.). 1j. — Gemein,
feuchte Äcker, Ufer. Juni-Okt. — . . . . *G. uliginosum* L.
„ Körbchenknäuel beblättert. Stengel meist mehr einfach, mit halb-
stengelumfassenden Blättern. 1j. — Stellenweise, Sandfelder, Ufer.
Juli-Herbst. — . . . . *G. luteo-album* L.
5. Stengel mit langen, wurzelschlagenden Ausläufern; untere Blätter
verkehrt-ei-spatelförmig. Männliche Körbchen meist weiss, weibliche meist rosa. Sd. — Meist gemein, gern auf Sand, Wälder,
Wiesen, Hügel. Mai, Juni. — . Katzenpfötchen, *G. dioicum* L.
„ Stengel aufrecht, mit linealen, lang zugespitzten Blättern. Körbchen
weiss. Sd. — Zuweilen verwildernde Zierpflanze aus Nordamerika.
Sommer. — . . . . *G. margaritaceum* L.

27. Helichrysum. Sd. u. 1j.
0. Pflanze wollig-filzig. Blätter flach, die unteren länglich-verkehrt-
eiförmig, stumpflich. Körbchen klein, kugelig, mit citronengelben,
bei *aurantiacum* Pers. orangefarbenen, locker anliegenden Hüll-
blättern. Sd. — Sandfelder u. Hügel, trockene Wälder, meist häufig,
in Thüringen, Hessen u. in der Rheinprovinz wie überhaupt im

nordwestlichen Gebiet selten, im Erzgebirge fehlend. Juli-Herbst. —
. . . . Immer-
schön u. s. w., (*Gnaphalium arenarium* L.), *H. arenarium* D. C.
„ Pflanze nebst den lanzettlichen, spitzen, ausgeschweiften Blättern
etwas rauh. Körbchen etwas breiter als hoch, einzeln. Die
mittleren Hüllblätter strahlend. 1j. — Zierpflanze aus Australien.
Juli-Herbst. — . . Immortelle, Strohblume, *H. bracteatum* Willd.

28. Artemisia. Sd., auch Str. u. 2- bis 1j.

0. Randblüten weiblich 1
„ Alle Blüten 2geschlechtig. Receptaculum nackt. Blätter 2- bis
3fach fiederteilig, mit linealen, stumpfen Zipfelchen. Körbchen
länglich, filzig. Bei *maritima* Willd. die Körbchen aufrecht,
aber die Zweige an der Spitze nickend, bei *gallica* Willd. die
Körbchen aufrecht u. die Zweigspitzen steif, bei *salina* Willd. die
Körbchen nickend. Sd. — Salzorte, auf Wiesen u. Sand der Nordseeküste; Holstein, Mecklenburg, Pommern, am salzigen See unweit
Eisleben, Artern. Herbst. — . . . . *A. maritima* L.
1. Receptaculum zottig 10
„ „ kahl 2
2. Blätter vielspaltig od. -teilig 4
„ „ ungeteilt, nur die ersten, untersten meist spaltig od. geteilt,
kahl, lanzettlich-lineal 3
3. Blätter stachelspitzig, ganz, an den nicht blühenden, grundständigen
Stengeln mit 3spaltiger Spitze. Körbchen sehr klein, kugelig. Sd.
— Küchengewächs aus Südrussland. Aug.-Okt. — . . . . .
. . . . Estragon, *A. Dracunculus* L.
„ Untere Blätter fiederteilig. Sd. — Sehr selten, aus Kaukasien verschleppt. — . . . . *A. Tournefortiana* Rchb.
4. Blattstiele nicht geöhrt, d. h. also am Grunde rechts u. links ohne
Läppchen 9
„ Blattstiele geöhrt 5
5. Körbchen kugelig-eiförmig od. kugelig 6
„ „ länglich-eiförmig, filzig; Blätter unten weissfilzig, fiederspaltig, mit lanzettlichen, zugespitzten, meist eingeschnittenen od.
gesägten Zipfeln. Sd. — Nicht selten, unbebaute Stellen, Gebüsche.
Aug, Sept. — . . . . Beifuss, *A. vulgaris* L.
6. Hülle kahl 7
„ „ aussen behaart 8
7. Stengel rasenartig zusammenstehend. Blätter seidenhaarig-grau od.
kahl. Bei einer besonders am Meeresufer auftretenden Varietät
(*sericea* Fr.) ist die seidige Behaarung bleibend. Sd. — Mit Ausnahme des höheren Gebirges häufig, Äcker, Hügel, Wege. Sommer. —
. . . . *A. campestris* L.
„ Stengel einzeln, nebst den Blättern von etwas abstehenden Haaren
rauh, aber auch kahl. 2-, auch 1j. — Selten, auf Sand, Nordböhmen, Landskrone (bei Görlitz), Weichselufer. Aug., Sept. —
. . . . *A. scoparia* W. K.
8. Blätter oben graugrün, unten glanzlos, weisslich-filzig, die mittleren
2fach-fiederteilig. Körbchen kugelig, mit aussen graufilziger Hülle.
Sd. — Sehr zerstreut, Steinhügel, Weg- u. Waldränder, fehlt im
nördlichsten Gebiet, zuweilen angepflanzt u. verwildert. Sommer. —
. . . . Römischer Beifuss, *A. pontica* L.

,, Blätter seidenartig-graufilzig. Körbchen meist eiförmig, mit abstehend kurzhaariger Hülle. Sd. — Zuweilen aus Unterösterreich verschleppt. Aug., Sept. — . . . . *A. austriaca* Jacq.
9. Pflanze krautig. Blattzipfel lanzettlich bis lineal-lanzettlich, spitz, stachelspitzig. Die Blätter der Blütenregion lineal-lanzettlich. Alle Hüllblätter länglich-eiförmig, zerschlitzt-hautrandig. Sd. — Salzorte zwischen Stassfurt u. Bernburg, sowie zwischen Artern und Kahstedt u. bei Borksleben (in Thüringen). Sommer. — *A. laciniata* Willd.
,, Pflanze strauchig. Blätter unten grau behaart, die unteren mit sehr schmal-linealen Abschnitten. Die äusseren Hüllblätter länglich-lanzettlich, spitz. Str. — Zuweilen verwildernde Gartenpflanze aus Südeuropa. Sept.-Nov. — Eberreis, Erberraute, *A. Abrotanum* L.
10. Blätter seidenhaarig-weissgrau, 2-3fach fiederteilig, mit lanzettlichen, stumpfen Zipfelchen. Sd. — Zerstreut, Schutt, Weinberge, Wege, Waldränder, auch gepflanzt u. verwildert. Juli-Sept. — . . . .
. . . . Wermut, *A. Absinthium* L.
,, Blätter kahl, 2fach-fiederteilig, obere u. blütenständige einfach, kammförmig-fiederspaltig. Sd. — Salztriften, wie A. laciniata, ausserdem bei Klein-Gussborn im Lüneburgischen. Sept. — *A. rupestris* L.

29. Cotula. 1 j.

In Dörfern u. in der Nähe von Dungstätten im nordwestdeutschen Küstengebiet. Juli, Aug. — . . . . *C. coronopifolia* L.

30. Achillea. Sd.

0. Meist 10 lange Zungenblumen 1
,, 5 Zungenblumen; Zunge $^1/_2$ so lang als die Hülle 2
1. Blätter lanzettlich-lineal, vom Grunde bis zur Mitte klein- u. dicht-. über der Mitte tiefer u entfernter gesägt; Zähne ziemlich angedrückt. Die äussersten Hüllblätter 3eckig-lanzettlich, etwa so lang wie das aufbrechende Körbchen. — Häufig, feuchte Orte. Sommer. —
. . . . *A. Ptarmica* L.
,, Blätter schmal-lanzettlich, eingedrückt-durchscheinend punktiert, vom Grunde bis zur Spitze gleichmässig gesägt; Zähne abstehend. Die äussersten Hüllblätter kurz-3eckig, kaum $^1/_2$ so lang als das erblühende Körbchen. — Hier u. da in Preussen u. am Wartheufer bei Posen. Juli-Sept. — . . . .
. . . . *A. cartilaginea* Ledebour.

2. Blattfiederchen 2- bis 3spaltig od. fiederteilig-5spaltig. Pflanze zuweilen wollig-zottig (*lanata* Koch) u. mit schmal-borstenförmigen Blattzipfeln (*setacea* W. K.). Hüllblätter zuweilen schwarzrandig (*alpestris* W. u. Grab.). — Gemein, Wiesen, Triften, Wege. Juni-Okt. — . . . . . Fig. 406, Schafgarbe, *A. Millefolium* L.

Fig. 406. Achillea Millefolium.

,, Fiederchen schwach-fiederteilig-gezähnt. Blattmittelrippe gezähnt. — Sehr zerstreut, gern auf Kalk, sonnige Hügel, unbebaute Orte, fehlt im nordöstlichen Gebiet u. in Schlesien, zuweilen verschleppt. Sommer. — . . *A. nobilis* L.

31. Anthemis, Kamille. Sd., 1-, auch 2j.

0. Receptaculum flach bis fast halbkugelig 1
„   Receptaculum kegelförmig od. cylindrisch 3
1. Deckblätter auf dem Receptaculum länglich od. lanzettlich mit starrer Stachelspitze 2
„   Deckblätter lanzettlich-lineal, stachelspitzig od. schmal-länglich mit langer Stachelspitze. Blätter 2 fach fiederspaltig, mit kammförmig gestellten, linealen od. lineal-lanzettlichen Zipfeln. Zungen hellgelb. — Seltener Bastard. — *A. Cotula* ✕ *tinctoria* Haussknecht.
2. Zungen citronengelb, selten weiss (*pallida* D. C.). Früchtchen beiderseits 5 streifig. Sd. — Stellenweise, sonnige Hügel, Weg- u. Ackerränder. Sommer. — . . Färberkamille, *A. tinctoria* L.
„   Zungen weiss, selten gelb od. fehlend. Früchtchen beiderseits 3 streifig. 1j. — Sehr zerstreut, Äcker, namentlich in Böhmen. Sommer. — . . . . *A. austriaca* Jacq.
3. Deckblätter der Blüten spitz 4
„   „   stumpf od. stumpflich, aber starr-stachelspitzig 6
„   Deckblätter trockenhäutig, lineal-lanzettlich, zugespitzt od. öfter oben wie abgeschnitten u. „ausgefressen-gezähnt". Stengel unten filzig, rasenartig wachsend. Sd. — Stein-Abhänge in Böhmen. Sommer. — . . . . . *A. montana* L.
4. Zungen ganz weiss 5
„   „   weiss, am Grunde gelb. 1j. — Aus Südeuropa. Zuweilen verschleppt, besonders unter Serradella. Sommer. — . . . . *A. mixta* L.
5. Deckblätter schmal-lanzettlich bis lanzettlich. Hüllblätter zuletzt an der Spitze zurückgeschlagen. 1- u. 2j. — Gemein, Äcker, Wegränder. Mai-Okt. — . . . . Fig. 407, *A. arvensis* L.
„   Deckblätter lineal-borstenförmig. Hüllblätter stets aufrecht. 1j. — Nicht selten, Äcker, Ufer, Wege. Juni-Okt. — . . . . Stink- od. Hundskamille, *A. Cotula* L.

Fig. 407.
Anthemis arvensis.

6. Deckblätter breit-lanzettlich, stumpflich, etwas gezähnt, starr-stachelspitzig. Früchte stumpf-4kantig. 1j. — Selten, Äcker, sonnige Hügel; wohl oft nur verschleppt. Mai-Okt. — *A. ruthenica* M. B.
„   Deckblätter länglich, am Rande u. an der Spitze trockenhäutig, zerschlitzt. Früchte fast 3kantig. Sd. — Zuweilen verwilderte Arzneipflanze aus Südeuropa. Sommer. — . . . .
. . . . . . Römische Kamille, Garten-Kamille, *A. nobilis* L.

32. Anacyclus. 1j.

Im Vogtlande u. bei Magdeburg gebaut. Juli. — . . . .
. . . . Bertramwurzel, *A. officinarum* Hayne.

33. Matricaria, Kamille. 1j. u. Sd.

0. Receptaculum kegelförmig, hohl 1
„   „   halbkugelig, nicht hohl. Blattzipfel lineal-fadenförmig, unten gefurcht. Frucht querrunzelig. An salzigen Orten

sind die Blattzipfel fleischig, stumpflich (*maritima* L.). 1j., auch
2j. u. Sd. — Häufig, Äcker, Wege. Juni-Herbst. — *M. inodora* L.
1. Randblumen mit Zunge. Kronen der Mittelblüten mit 5zähnigem
Saum. 1j. — Häufig, gern auf Lehm, Äcker, Wege. Mai-Aug. —
. . . . (Echte) Kamille, *M. Chamomilla* L.
„ Randblüten ohne Zunge. Kronen der Mittelblüten mit 4zähnigem
Saum. 1j. — Flüchtling botanischer Gärten aus dem östlichen
Asien u. westlichen Nordamerika. Juni, Juli. — *M. discoidea* D. C.

34. Tanacetum. Sd.

0. Randblüten ohne Zunge 1
„   „   mit   „ 2
1. Blätter 2fach-fiederteilig, bei *crispum* D. C. ihre Zipfel eingeschnitten, kraus. — Häufig, gern auf Lehm, Acker-, Wiesenränder,
Ufer. Juli-Herbst. — . . . . Rainfarn, *T. vulgare* L.
„ Blätter ganz, elliptisch, gesägt. — Zuweilen verwildernde Gartenpflanze aus Südeuropa. Aug.-Herbst. — Marienblatt, *T. Balsamita* L.
2. Mittelblüten gelblich - weiss. Blätter am Grunde gefiedert, oben
fiederspaltig, mit zugespitzten, herablaufenden Abschnitten. Zungen
breiter als lang. — Zuweilen verwildernde Zierpflanze aus Südostdeutschland. Juni, Juli. — . . . *T. macrophyllum* Schultz bip.
„ Mittelblüten gelb 3
3. Blätter länglich; Fiedern der unteren Blätter fiederspaltig, mit scharf
gesägten Zipfeln. — Gern auf Kalk, sonnige Hügel, trockene Wälder,
in Mitteldeutschland häufiger, in Norddeutschland sehr selten. Sommer.
— (*Chrysanthemum corymbosum* L.), *T. corymbosum* Schultz bip.
„ Blätter eiförmig; Fiedern elliptisch länglich; Zipfel etwas gezähnt.
— Zuweilen verwildernde Zierpflanze aus Südeuropa. Juni-Sept. —
. . . (*Matricaria Parthenium* L.), *T. Parthenium* Schultz bip.

35. Chrysanthemum. 1j.

0. Alle Früchte ohne Kelchsaum 1
„ Randfrüchte mit einem grossen, häutigen Saum. — Zuweilen unter
Serradella. Frühling. — . . . . *C. Myconis* L.
1. Blätter gezähnt, 3spaltig eingeschnitten, die oberen mit herzförmigem Grunde stengelumfassend. — Äcker, stellenweise fehlend,
zuweilen verschleppt. Juli-Okt. — Wucherblume, *C. segetum* L.
„ Blätter doppelt-fiederspaltig. — Zierpflanze aus Südeuropa, öfters
verwildernd. Juli, Aug. — . . . . *C. coronarium* L.

36. Leucanthemum. Sd.

Die Früchte der Strahlblumen bei der typischen Form (*pratense* Fenzl)
ohne Kelchsaum, bei *auriculatum* Peterm. alle od. die meisten mit
unvollständigem u. bei *montanum* L. mit schief kronenförmigem Kelchsaum. Var. *discoideum* Koch: Ohne Strahlblüten. Var. *breviradiatum*
Üchtr.: Strahlblüten nur etwa ¹/₃ länger als die inneren Hüllblätter. —
Gemein, Wiesen, Wälder. Mai-Herbst. — . . . .
. . Käseblume, (*Chrysanthemum Leucanthemum* L.), *L. vulgare* Lmk.

37. Doronicum. Sd.

0. Pflanze mit grundständigen Blättern 1
„   „ ohne grundständige Blätter. Stengel ohne Ausläufer; die
unteren Blätter viel kleiner als die übrigen. — Abhänge und
Schluchten der östlichen Sudeten u. der Beskiden. Sommer. —
. . . . *D. austriacum* Jacq.

1. Pflanze zottig. Blätter gezähnelt, 1 od. 2 mittelständige derselben
   auf breit geöhrtem Grunde sitzend. — Selten, Gebirgswälder des west-
   lichen Gebiets. Zuweilen Zierpflanze u. verwildert. Mai, Juni. —
   . . . . *D. Pardalianches* L.
   „ Pflanze zerstreut-behaart. Blätter grob-gezähnt. — Zierpflanze aus
   Südost-Europa. April, Mai. — . . . *D. cordatum* Schultz bip.

   38. Arnica. Sd.
   Stellenweise, Torf-, Wald-, Gebirgswiesen, Triften. Juni, Juli. — . .
   . . . . Wohlverleih, *A. montana* L.

   39. Ligularia. Sd.
   Auf einigen Sumpfwiesen in Böhmen. Juni, Juli. — . . . . . .
   . . . . (*Cineraria sibirica* L.), *L. sibirica* Cass.

   40. Senecio. 1j., 2j. u. Sd.
   Die meisten Bastarde wurden weggelassen.

0. Ohne Aussenhülle od. diese doch nur durch einige unscheinbare
   Schüppchen angedeutet 1
   „ Aussenhülle in mehr od. minder vollkommener Weise vorhanden. 4
1. Untere Blätter kreisförmig bis eiförmig. Stengel einfach, fast kahl
   od. spinnwebig-wollig 2
   „ Untere Blätter länglich bis lanzettlich. Stengel meist verzweigt,
   dick u. hohl, zottig. Blätter lanzettlich, halbstengelumfassend, die
   unteren buchtig-gezähnt. 1- u. 2j. — Meist zerstreut, (Torf-)
   Sümpfe, Ufer. Juni, Juli. — (*Cineraria palustris* L.), *S. paluster* D. C.
2. Früchte kurz behaart 3
   „   „ kahl. Untere Blätter herz-eiförmig, bei der typischen Form
   (*genuinus* W. Gr.) alle kraus-gezähnt. Bei *rivularis* Rchb. erw.:
   Spreiten u. Blattstiele ziemlich flach, nicht wellig u. dann die
   Kronen hellgoldgelb (*rivularis* [W. Kit.]), od. dottergelb u. die Hüllblätter an der Spitze od. ganz purpurn (*sudeticus* [Koch]), od.
   endlich orangefarben u. die Hüllblätter dunkelpurpurn (*croceus*
   [Tratt.]). Sd. — Selten, feuchte Wiesen, Torfstiche, im südlichen
   Gebiet, fehlt jedoch z. B. in der Rheinprovinz. Mai, Juni. —
   . . . . (*Cineraria crispa* Jacq.), *S. crispatus* D. C.
3. Unterste Blätter eiförmig, am Grunde fast wie abgeschnitten, die
   folgenden eiförmig-länglich, in den breit-geflügelten, keilförmigen
   Blattstiel zusammengezogen; Blattspreiten so lang wie die Blattstiele; Blätter unterseits weisswollig. Hülle wollig. Sd. — Selten,
   gern auf Kalk. Bergwälder Mitteldeutschlands, fehlt jedoch z. B.
   in Schlesien. Mai. — . . . .
   . . . . (*Cineraria spathulifolia* Gmel.), *S. spathulifolius* D. C.
   „ Unterste Blätter eiförmig bis kreisförmig, in den Blattstiel zusammengezogen, welcher kürzer als die Spreite ist, die folgenden Blätter
   länglich. Zuweilen sind die meist kahlen Hüllblätter ganz od. nur
   an der Spitze rot u. die Kronen rotpomeranzengelb (*aurantiacus*
   D. C.). Bei *capitatus* Wahlnbg. die Strahlblumen fehlend. Sd. —
   Sehr selten, Hügel u. Berge, gern auf Kalk, z. B. in Thüringen.
   Mai, Juni. — (*Cineraria campestris* Retz.), *S. campester* D. C.
4. Randblüten mit Zungen 5
   „   „ ohne, bei *radiatus* Koch mit Zungen. Aussenhülle
   meist 10schuppig, mit schwarzen Spitzen. 1j. — Gemein, Schutt,
   Acker, Wege. Blüht das ganze Jahr mit Ausnahme des Frostes. —
   . . . . Kreuz- (Greis-) kraut, Baldgreis, *S. vulgaris* L.

5. Zungen flach ausgebreitet 7
„   „   während der Mitte u. gegen Ende der Blütezeit zurückgerollt 6
6. Pflanze klebrig-drüsig-behaart. Blattzipfel lanzettlich, buchtig-gezähnt. 1j. — Häufig, Sandfelder, Waldblössen, Schutt. Juli-
Herbst. — . . . . *S. viscosus* L.
„ Pflanze drüsenlos, zerstreut-wollhaarig. Blattzipfel lineal, gezähnt.
Blätter tief- u. unterbrochen-fiederteilig. Pflanze 0,30-0,60m hoch,
bei *denticulatus* O. F. Müller niedriger, die Blätter buchtig-fiederspaltig u. die Strahlblüten meist nicht zurückgerollt. Var. *auriculatus* G. Meyer: Pflanze kahler, mit breiteren Blattabschnitten
u. deutlicheren Öhrchen. 1j. — Häufig, gern auf Sand, Wälder.
Sommer. — . . . . *S. silvaticus* L.
7. Blätter ungeteilt 13
„   „   geteilt 8
8. Aussenhülle selten mehr als 2 blättrig 10
„   „   mindestens 4 blättrig 9
9. Aussenhülle 6- bis 12 blättrig, fast die ganze obere Hälfte schwarz,
$^1/_4$ so lang als die Hülle. Pflanze wollig; Blätter kraus. Randblüten
selten ohne Zungen. Bei *glabratus* Aschs. Pflanze kahl od. fast
kahl u. die Blätter flach. 2-, selten 1j. — Auf Sand; Äcker,
Wälder u. s. w. Ankömmling aus dem Osten, dringt allmählich
nach dem westlichen Gebiet vor, wo diese Art noch fehlt. Mai,
Juni u. Herbst. — . . . . . Wucherblume, *S. vernalis* W. K.
„ Wie vorige, aber weniger behaart u. durch kleinere Randblumen
ausgezeichnet. — Zuweilen zwischen den Eltern od. in ihrer Nähe
sich findender Bastard. — . . . . *S. vulgaris* $\times$ *vernalis* Ritschl.
„ Aussenhülle 4- bis 6 blättrig, angedrückt, $^1/_2$ so lang als die aus verkehrt-eiförmigen Blättern gebildete Hülle. Bei *tenuifolius* Jacq.
die Blattabschnitte schmal-lineal, mit abwärts rolltem Rande.
Sd. — Feuchte Wiesen, Gebüsche. Sehr zerstreut im südlichen
Gebiet, nach Norden seltener werdend. Juli-Sept. — *S. erucaefolius* L.
10. Früchte der Mittelblüten wenig
behaart od. kahl . . . 11
„ Früchte der Mittelblüten kurzhaarig. Obere Blätter mit viel-
teiligen Öhrchen stengelumfassend, fiederteilig. Die Zungen
fehlen zuweilen (*discoideus* W.
u. Grab.). 2j. — Meist gemein,
Hügel, trockene Wiesen u. s. w.
Juli-Sept. — . . . . . .
. . Fig. 408, *S. Jacobaea* L.
11. Blätter länger als breit . 12
„   „   so lang wie breit, herz-
eiförmig, die obersten lanzettlich. Sd. — Waldsümpfe, Sumpfwiesen, Schluchten; Beskiden,
Babia Gora. Sommer. — . .
. . . . . *S. subalpinus* Koch.
12. Die seitenständigen Blattfiedern
länglich bis lineal, schief von

Fig. 408. Senecio Jacobaea.

der Mittelrippe ausgehend. Die unteren Blätter länglich-elliptisch, ungeteilt. Bei *sinuatidens* Peterm. die mittleren u. oberen Blätter buchtig-fiederspaltig, der Mittelstreif so breit wie die Länge der Seitenabschnitte. Bei *pratensis* Richter die unteren Blätter leierförmig, mit länglich-eiförmigem, sehr grossem Endabschnitt u. die Köpfchenstiele ausgebreitet, eine unregelmässige, lockere Doldenrispe bildend. 2 j. — Meist häufig, Wiesen; fehlt jedoch in Schlesien u. Böhmen. Sommer. — . . . . *S. aquaticus* Huds.

„   Seitenständige Blattfiedern weit abstehend, verkehrt-eiförmig-länglich, Endabschnitt des Blattes sehr gross, herz-eiförmig od. eiförmig. 2j. — Zerstreut, feuchte Wiesen, Ufer, Gebüsche des östlichen Gebietes. Sommer. — . . . . *S. erraticus* Bertol.

13. Blätter gestielt 14

„   „   verlängert-lanzettlich, sitzend, unterseits dicht-filzig (*riparius* Wallr.) od. oben u. unten kahl u. grün (*bohemicus* Tausch). Meist 13 Randblumen in jedem Körbchen. Sd. — Stellenweise, Sumpfwiesen, Ufer. Sommer. — . . . . *S. paludosus* L.

14. Stengel mit kriechendem Rhizom, Ausläufer treibend. Blätter länglich - lanzettlich, ungleich gezähnt - gesägt, mit vorwärts gekrümmten Spitzchen der Sägezähne. Etwa 7-8 Randblumen. Hülle cylindrisch-glockenförmig. Sd. — Zerstreut, Flussufer, besonders in Weidengebüschen. Sommer. — . . . . *S.* (*saracenicus* L. z. T.) *fluviatilis* Wallr.

„   Stengel mit kurzem Rhizom u. ohne Ausläufer. Mit meist 5 Randblumen. Blattsägezähne senkrecht vom Rande abstehend. Hülle cylindrisch 15

15. Blätter mit verdickten, gewimperten Zahnspitzen, die unteren breitkreis - eiförmig, die oberen ei - lanzettlich, alle mit breit geflügeltem halbstengelumfassendem, am Grunde geöhrtem Stiel, unter-, oft auch unterseits zerstreut feinhaarig. Hülle 10- bis 20blättrig. Sd. — Sehr zerstreut, Bergwälder u. -wiesen im südlichen Gebiet. Juli. — . . . . *S. nemorensis* L.

„   Blätter mit meist ungewimperten Zahnspitzen, die unteren eiförmig, die oberen schmal-lanzettlich, alle mit schmal-geflügeltem, kaum geöhrtem Stiel, kahl. Hülle 8blättrig. Sd. — Wälder, zerstreut, nach Norden sehr selten werdend. Sommer. — *S. Fuchsii* Gmel.

41. Calendula. 1 j.

0. Blätter alle länglich-lanzettlich. Früchte lineal, einige kahnförmig. — Sehr zerstreut, Weinberge, Äcker, Schutt, fehlt z. B. in Schlesien u. im nördlichen Gebiet, zuweilen verschleppt. Juni-Herbst. — . . . . *C. arvensis* L.

„   Blätter länglich-verkehrt-eiförmig, vorn breiter, die unteren spatelförmig. Die meisten Früchte kahnförmig geflügelt, die inneren kreisförmig eingerollt. — Zuweilen verwildernde Zierpflanze aus Südeuropa. Juni-Herbst. — Toten-, Studenten- od. Ringelblume, *C. officinalis* L.

42. Echinops. Sd.

Hier u. da eingebürgerte frühere Zierpflanze; wild in Mittelböhmen. Sommer. — . . . . Kugeldistel, *E. sphaerocephalus* L.

43. Cirsium, Distel. Sd. u. 2j.

Es sind von dieser Gattung eine grosse Zahl Bastarde bekannt geworden, von denen hier um so mehr abgesehen werden kann, als sie bei Kenntnis der reinen Arten unschwer bestimmbar sind. Die 3 erstgenannten Arten kreuzen sich übrigens selten, sowohl unter sich als mit den übrigen, wogegen letztere sehr häufig bastardieren.

0. Blätter oberseits kurz-dornig 1
  „   „   nicht dornig 2
1. Blätter herablaufend, der Stengel daher dornig-flügelig. Unterseite der Blätter dünn-spinnwebig-wollig, selten weisswollig (*nemorale* Rchb.). Körbchen eiförmig, wenig spinnwebig, 3-5 cm dick. 2j. — Gemein, auf unbebauten Stellen. Juni-Herbst. — . . . . . .
. . . . (*Carduus lanceolatus* L.), *C. lanceolatum* Scop.
„ Blätter stengelumfassend, nicht herablaufend, unterseits filzig. Stengel ungeflügelt. Körbchen kugelig, dicht wollig, 4-7 cm dick. 2j. — Selten, gern auf Kalk; Waldränder, Wege, Hügel Mitteldeutschlands u. Mittelböhmens. Juli-Sept. — . . . .
. . . . (*Carduus eriophorus* L.), *C. eriophorum* Scop.
2. Pappus nach der Blüte die Krone bis 1 cm überragend; Blüten durch Fehlschlagen zweihäusig; Saum der Krone bis zum Grunde 5teilig; Staubfäden fast kahl. Pflanze buschig, mit beblätterten, nicht blühenden Ästen. Körbchen klein, blühend 1 cm dick, eiförmig, rispig-doldig gestellt. Blätter meist wellig kraus u. buchtig bis fiederspaltig (*horridum* Wimm.) od. flach u. fast ganzrandig (*setosum* M. B.), zuweilen unterseits weissfilzig (*argenteum* Vest). Sd. — Gemein, auf unbebauten Stellen. Juli, Aug. — Fig. 409, (*Serratula arvensis* L.), *C. arvense* Scop.
„ Pappus nach der Blüte nicht länger als die Krone; Blüten zwitterig; Saum der Krone 5spaltig; Staubfäden behaart; alle Äste Körbchen tragend . 3
3. Blätter herablaufend, auch wenn nur teilweise, der Stengel dann flügelig-dornig 4
„ Blätter nicht herablaufend, Stengel ungeflügelt . . 6
4. Blätter ganz, ganzrandig od. feinzähnig, halbstengelum-

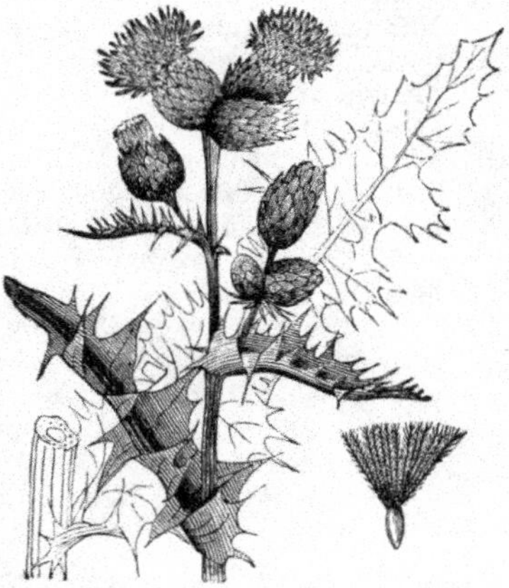

Fig. 409. Cirsium arvense.

fassend; Stengel von der Mitte ab laubblattlos, 1- bis 3köpfig. Sd. — Sehr selten, Gebirgswiesen in Schlesien u. Böhmen. Juni, Juli. — . . . . . (*Carduus pannonicus* L.), *C. pannonicum* Gaud.
„ Blätter fiederspaltig od. grosszähnig 5
5. Stengel bis zur Spitze flügelig-dornig; Körbchen in Knäueln an den Zweigspitzen, ca. 1 cm dick. Bei *seminudum* Neilreich: der Stengelteil unter dem Blütenstand ganz od. teilweise nackt. 2j. — Häufig, Sumpfwiesen. Sommer. — . . . .
. . . . (*Carduus palustris* L.), *C. palustre* Scop.
„ Stengel oben ungeflügelt, 1köpfig od. in einige lange 1köpfige Zweige geteilt. Körbchen ca. 2 cm dick. Sd. — Selten, feuchte Wiesen des östlichen Gebiets. Juli-Sept. — . . . .
. . . . (*Carduus canus* L.), *C. canum* M. B.
6. Blätter unterseits grün, höchsten spinnwebig-wollig 7

„ Blätter unterseits schneeweiss-filzig, mittlere fiederspaltig-einge-
schnitten, bei *helenoides* All. ungeteilt. Stengel vielblättrig, 1- bis
3köpfig. Sd. — Sehr zerstreut; feuchte Wiesen, namentlich in
Gebirgsgegenden. Juni, Juli. — . . . .
. . . . . . (*Carduus heterophyllus* L.), *C. heterophyllum* All.
7. Körbchen von grossen, eiförmigen, laubblattartigen, bleichen Hochblättern umhüllt, endständig gehäuft. Pflanze gelbgrün, Blüten
gelblich-weiss, selten rot (*amarantinum* Lang). Blätter kahl od.
zerstreut behaart, stengelumfassend. Sd. — Häufig, feuchte Wiesen,
Gebüsche. Sommer. — . . . .
. . . . Wiesenkohl, (*Cnicus oleraceus* L.), *C. oleraceum* Scop.
„ Hochblätter nicht od. kaum laubblattartig. Pflanze grasgrün.
Blüten rot, selten weiss 8
8. Oberirdischer Stengel fast fehlend, sodass das eine od. die 2 bis
3 Körbchen fast am Boden sitzen; selten der Stengel höher bis
etwa 0,3 m lang u. beblättert (*caulescens* Pers.). Sd. — Stellenweise,
trockene Wiesen, Hügel, Waldränder. Juli-Sept. — . . . . .
. . . . (*Carduus acaulis* L.), *C. acaule* All.
„ Stengel länger, 0,3 bis über 1 m hoch, oben laubblattlos . . 9
9. Stengel 1 köpfig. Blätter unterseits spinnwebig-wollig. Sd. —
Nur auf einer feuchten Wiese bei Hüls unweit Crefeld u. in Oldenburg. Juni. — . . . . *C. anglicum* D. C.
„ Stengel meist mehrköpfig. Blätter unterseits nicht od. schwach
spinnwebig-wollig 10
10. Wurzeln fadenförmig. Blätter beiderseits gleichartig, zerstreut
weichhaarig, den Stengel geöhrt umfassend. Körbchen auf weiss-
filzigen Stielen zu 2-4 endständig gehäuft, selten einzeln u. langgestielt (*salisburgense* Willd.). Hüllblätter lanzettlich, gefärbt,
äussere mit drüsig-klebrigen Kielnerven. Sd. — Stellenweise,
feuchte Wiesen, im Nordwesten fehlend. Sommer. — *C. rivulare* Lk.
„ Wurzeln rübenförmig verdickt. Blätter unterseits etwas spinnwebig-
wollig, den Stengel nicht od. halb umfassend. Körbchen 1 bis 3,
einzeln auf langen grau-spinnwebig-filzigen Stielen. Hüllblätter
eiförmig bis lanzettlich, äussere mit schwachen Kielnerven. Sd. —
— Selten, Wiesen, Triften, im Nordosten fehlend. Juni, Juli,
auch später. — (*Carduus tuberosus* L. z. T.), *C. bulbosum* D. C.

44. Cynara. Sd.

0. Hüllblätter stachelig. Receptaculum wenig fleischig. Blattzipfel
lanzettlich. — Kultur- u. Zierpflanze aus Südeuropa. Aug.-Herbst. —
. . . . Kardun, Kardi, *C. Cardunculus* L.
„ Hüllblätter nicht od. wenig stachelig. Receptaculum sehr fleischig.
— Wie vorige, von der sie abstammt. — Artischocke, *C. Scolymus* L.

45. Silybum. 2j.

Zuweilen verwildernde Zier- u. Arzneipflanze aus Südeuropa. Sommer. —
. . . Mariendistel, (*Carduus Marianus* L.), *S. Marianum* Gaertn.

46. Carduus, Distel. 2j. u. Sd.

Die Bastarde lassen wir unberücksichtigt.
0. Hüllblätter dem Körbchen angedrückt od. zurückgekrümmt . 1
„ Die mittleren Hüllblätter über dem eiförmigen Grunde verschmälert,
in eine lanzettlich-pfriemliche, stechende, zurückgeknickt-abstehende
Spitze ausgehend. Blätter tief-fiederspaltig, nebst den Stengel-

flügeln derb- u. ziemlich langstachelig. Körbchen nickend, einzeln, auf langen, ungeflügelten Stielen. Var. *microcephalus* Wallr.: Körbchen kaum ¹/₂ so gross. 2 j. — Gemein, Triften, Acker- u. Waldränder, Wege. Sommer. — . . . Eseldistel, *C. nutans* L.
1. Zweige nebst Kopfstielen meist bis zur Mitte stachelig-geflügelt. Blätter fiederspaltig bis fiederteilig 2
„ Zweige u. Kopfstiele an der Spitze blattlos. Blätter lanzettlich. Köpfe einzeln, nickend. Sd. — Selten, auf Kalk, Thüringen, Eichsfeld, Niederhessen. Sommer. — . . . . *C. defloratus* L.
2. Köpfe meist gehäuft. Blätter unterseits mehr od. minder spinnwebig-wollig 3
„ Köpfe mehr einzeln, kugelig, mit kurzen, gekräuselten, dornigen, bei *subnudus* Neilreich ungeflügelten Stielen. Blätter meist fast kahl, daher beiderseitig grün. 2 j. — Stellenweise, gern auf Lehm, Triften, Ackerränder, Wege. Juli-Okt. — . . . . *C. acanthoides* L.
3. Köpfe zahlreich, sitzend, fast cylindrisch. 2 j.? — Selten, Wege u. dergl.; Westfalen?, Schleswig. Sommer. — *C. tenuiflorus* Curt.
„ Köpfe mit kurzen, dornigen Stielen. Blätter unterseits wolligfilzig, buchtig-fiederspaltig, bei *intermedius* W. G. nur buchtiggezähnt. 2 j. — Häufig, Wiesen, Ufer, Wälder, Wege. Sommer. —
. . . . *C. crispus* L.
„ Blätter unten spinnwebig-wollig, bis zur Mittelrippe fiederspaltig, obere ei- od. lanzettförmig, ganz. Var. *microcephalus* Üchtr.: Körbchen nur ¹/₂ so gross. 2 j. — Wiesen, feuchte Waldstellen, gewöhnlich im Gebirge; Saale-Ufer bei Ziegenrück, unweit Zittau, Schlesien, mährisches Gesenke, Böhmen. Sommer. — . . . . .
. . . . (*Arctium Personata* L.), *C. Personata* Jacq.

47. Onopordon. 2 j.

Häufig, Schutt, Wege, Ackerränder. Sommer. — Eseldistel, *O. Acanthium* L.

48. Lappa, Klette. 2 j.

Die Bastarde wurden weggelassen.

0. Fast alle Köpfe in einer Ebene stehend 1
„ Köpfe übereinander stehend. 2
1. Hüllblätter alle grün, pfriemlich u. hakenförmig. — Meist häufig, Schutt, Wege, Wälder. Sommer. — . (*Arctium Lappa* L. z. T.), *L. officinalis* All.
„ Hülle meist stark spinnwebigwollig, die inneren Blätter derselben lineal-lanzettlich, stumpflich, mit gerader Stachelspitze, gefärbt. — Gern auf Lehm, sonst wie vorige, aber etwas häufiger. Sommer — . (*Arctium Lappa* L. z. T.), *L. tomentosa* Lmk.
2. Hülle meist etwas spinnwebigzottig, die inneren Blätter derselben an der Spitze oft purpurn, kürzer als die Blüten. — Nicht selten, Schutt, unbebaute Orte. Sommer. — . . Fig. 410, *L.* (*glabra* Lmk. z. T.) *minor* D. C.

Fig. 410. Lappa minor.

„ Hüllblätter etwa so lang wie die Blüten. Köpfe sehr gross, die oberen gedrängt übereinander stehend. — Sehr zerstreut, Wälder. Sommer. — . . . . *L. nemorosa* Körnicke.

49. Carlina. Sd. u. 2 j.

0. Stengel sehr kurz od. länger, bei *caulescens* Lmk. bis 0,30 m hoch, meist 1 köpfig. Blätter tief fiederspaltig. Bei *purpurascens* Aschs. die inneren Hüllblätter dunkelrosa. Sd. — Nicht häufig, gern auf Kalk, Hügel, fehlt im westlichen u. nordwestlichen Gebiet. Sommer. — . . . . Eberwurz, *C. acaulis* L.

„ Stengel 1- bis mehrköpfig. Blätter länglich-lanzettlich. Hüllblätter zum Teil strahlend u. bis zur Mitte gewimpert 1
1. Blätter buchtig-gezähnt, dornig. Hochblätter kürzer als die Körbchen. 2 j., selten Sd. — Zerstreut, dürre Orte, Wege, Hügel, Wälder. Sommer. — . . . . *C. vulgaris* L.

„ Blätter nicht buchtig, gewimpert. Hochblätter länger als die Körbchen. 2 j. — Im Kessel im mährischen Gesenke. Sommer. — . . . . *C.* (*nebrodensis* Guss.) *longifolia* Rchb.

50. Serratula. Sd.

Blätter ungeteilt (*integrifolia* Wallr.), od. untere ungeteilt, obere am Grunde eingeschnitten u. fiederspaltig (*heterophylla* Wallr.), od. alle od. doch die meisten mehr od. minder tief-fiederspaltig (*dissecta* Wallr.). — Häufig, Wiesen, Gebüsche. Juli-Sept — . . Scharte, *S. tinctoria* L.

51. Jurinea. Sd.

Sehr zerstreut, Sandhügel, fehlt z. B. in Schlesien u. der Rheinprovinz. Juli-Sept. — *Carduus cyanoides* Var. *monoclonos* L.), *J. cyanoides* Rchb.

52. Carthamus. 1 j.

Kulturpflanze aus Ägypten. Sommer. — . . Saflor, *C. tinctorius* L.

53. Cnicus. 1 j.

Arzneipflanze aus Südeuropa. Sommer. — . . . . Benediktenwurz, (*Centaurea benedicta* L.), *C. benedictus* L.

54. Centaurea. Sd., 1- u. 2 j.

0. Blumen citronengelb. 2 j. — Äcker, namentlich unter Medicago, zuweilen aus Südeuropa verschleppt. Juli-Sept. — *C. solstitialis* L.
„ Blumen rot, blau od. weiss 1
1. Laubblätter fiederspaltig 2
„ Die mittleren Laubblätter ganz, zuweilen die untersten fiederspaltig. 4
2. Hüllblätter kahl, in einen starken, abstehenden Dorn ausgehend. Blätter tief fiederspaltig mit gezähnten Zipfeln. Die seitenständigen, blass-purpurroten, selten weissen Köpfe meist sitzend. 2 j. — Sehr zerstreut, Hügel, Wege; fehlt in Norddeutschland u. Schlesien, zuweilen jedoch verschleppt. Juli-Herbst. — . *C. Calcitrapa* L.
„ Hüllblätter an der Spitze trockenhäutig 3
3. Haarkelch so lang wie die Frucht. Blattzipfel lanzettlich. Köpfe einzeln, mit kugeliger Hülle. Var. *discoidea* Üchtr.: Randblumen nicht strahlend. Var. *integrifolia* Gaud.: Blätter gross, ungeteilt. Var. *spinulosa* Rochel: Hüllblätter mit schmalem Hautrande, in einen Stachel zugespitzt. Sd. — Meist zerstreut, Hügel, Wege. Sommer. — . . . . *C. Scabiosa* L.

„ Haarkelch ½ so lang als die Frucht. Blattzipfel lineal. Köpfe meist zahlreich, mit kugelig-eiförmiger Hülle. 2 j. — Zerstreut, Hügel, Wege, Mauern; nach Westen u. Nordwesten seltener werdend u. endlich fehlend. Juli-Sept. — . . . .
. . . . . C. (*paniculata* Jacq., *rhenana* Boreau) *maculosa* Lmk.

4. Blätter lineal-lanzettlich, die untersten am Grunde gezähnt. Hüllblätter fransig-gesägt. 1- u. 2 j. — Gemein, unter der Saat. Juni-Herbst. . . . . Kornblume, *C. Cyanus* L.

„ Blätter breiter, mehr lanzettlich 5

5. Blätter herablaufend, länglich-lanzettlich. Hüllblattfransen so lang od. kürzer als der schwarzbraune Rand. Var. *axillaris* Willd.: Pflanze niedriger; Blätter schmal-lanzettlich; Hüllblattfransen oft weisslich, länger als der bräunliche Rand. Sd. — Stellenweise, Kalkberge, Gebirgswiesen; Mitteldeutschland. Zuweilen Zierpflanze u. verwildert. Mai-Herbst. — . . . . *C. montana* L.

„ Blätter nicht herablaufend 6

6. Endanhängsel der Hüllblätter lanzettlich - pfriemlich, borstiggefranst 7

„ Endanhängsel der Hüllblätter bei der Hauptform (*vulgaris* Koch) kreis-eiförmig, gewölbt, ganz od. die der meisten äusseren Hüllblätter gefranst, bei *decipiens* Thuill. zerrissen-gefranst, bei *pratensis* Thuill. Anhängsel verlängert, entfernt gefranst, öfter zurückgekrümmt, bei *nigrescens* Willd. kammförmig-fiederteilig, klein, dreieckig, schwärzlich. Sd. — Gemein, Wiesen, Triften, Wege. Juni-Herbst. — . . . . *C. Jacea* L.

7. Hüllblattanhängsel zurückgekrümmt, lineal-lanzettlich, mit pfriemlicher Spitze 8

„ Anhängsel aufrecht, meist schwarz, selten gelblich - hellbraun (*pallens* Koch), lanzettlich, fiederig-fransig, mit borstigen Fransen, welche zweimal so lang als die Breite ihres Mittelfeldes sind. Blätter lanzettlich. Sd. — Gebirgige Orte der Rheinprovinz, bis nach den Niederlanden u. durch Nassau u. Westfalen bis Münden, zuweilen verschleppt. Sommer. — . . . . *C. nigra* L.

8. Anhängsel pfriemlich, fiederig gefranst, die der 3 inneren Reihen etwa kreisförmig, rissig-gezähnt, die äusseren überragend. Köpfe eiförmig. Sd. — Sehr zerstreut, hier u. da häufiger, Wiesen; namentlich im östlichen Gebiet. Sommer. — . . . .
. . . C. (*austriaca* Willd. bei den meisten Floristen) *phrygia* L.

„ Anhängsel der innersten Reihe von den Fransen der folgenden, äusseren bedeckt. Köpfe kugelig. Sd. — Zerstreut, Gebirgswiesen, Wälder. Sommer. — . . . . . . C. *pseudo-phrygia* C. A. Mey.

55. Xeranthemum. 1 j.

Bei Prag wild, an sonnigen, trockenen Orten; Zierpflanze aus Südeuropa. Juni, Juli. — . . . . Papier-, Strohblume, *X. annuum* L.

56. Lampsana. 1 j.

Häufig, Wälder, Gebüsche, Zäune. Sommer. — . . . .
. . . . Hasenkohl, *L. communis* L.

57. Arnoseris. 1 j.

Zerstreut, Sand- u. Lehm-Äcker. Juni-Sept. — . . . .
. . . Fig. 411, Lammkraut, (*Hyoseris minima* L.), *A. minima* Lk.

58. Tolpis. 1 j.

Zuweilen˘vĕrwildernde Zierpflanze aus Südeuropa. Juni, Juli. —   . .
. . . .   *T. barbata* Gaertn.

Fig. 411. Arnoseris minima.   *Fig. 412.* Cichorium Intybus.

59. Cichorium. 2 j. u. Sd.

O. Die Blätter der Blütenregion aus breiterem, etwas stengelumfassen-
dem Grunde lanzettlich. Var. *subspicatum* Üchtr.: Stengel einfach;
Körbchen sehr kurz gestielt od. sitzend. Sd. — Meist gemein,
gern auf Lehm, Wege, Triften. Auch gebaut. Sommer. —   . .
. . . . Fig. 412, Cichorie, Wegewarte, *C. Intybus* L.
„ Blätter der Blütenregion breit-eiförmig, mit herzförmigem Grunde
stengelumfassend. 2 j. — Küchenpflanze aus Indien. Sommer. — .
. . . . Endivie, *C. Endivia* L.

60. Thrincia. Sd.

Zerstreut bis sehr zerstreut, gern auf Salzboden, Wiesen, Triften; in Schlesien nur
in der nordwestlichen Ebene, fehlt sonst
im östlichen Gebiet. Juli-Sept. — Fig. 413,
(*Leontodon hirtus* L.), *T. hirta* Rth.

61. Leontodon, Löwenzahn. Sd.

O. Köpfe vor dem Erblühen aufrecht.
Haare des Kelches fast gleich, alle
federig. Stiele der Köpfe allmählich
verdickt, oben mit schuppigen Hochblättern besetzt. Stengel 1- bis mehrköpfig, nur am Grunde eine Laub-
blattrosette tragend. Blätter meist
buchtig-fiederspaltig, kahl od. einfach-
haarig. Zungen der Randblumen
aussen mit meist deutlichem dunklen
Längsstreifen. Var. *pratensis* Koch:
Stengel einfach, 1 köpfig. Var. *integrifolius* Üchtr.: Blätter ungeteilt. —

Fig. 413. Thrincia hirta.

Gemein, Wiesen, Triften, Wälder, Hügel. Juli-Okt. — . . . . .
. . . . Fig. 414, *L. autumnalis* L.
„ Köpfe vor dem Erblühen nickend. Kelchhaare ungleich, die inneren
federig, die äusseren kurz u. rauh. Kopfstiele an der Spitze dicker.
Stengel 1 köpfig, nur am Grunde Laubblätter tragend; diese gezähnt od. fiederspaltig, bei der Hauptform mit 2- bis 3 gabeligen,
kurzen Haaren besetzt (*hispidus* L., Fig. 415), od. aber kahl od.
doch nur schwach behaart (*hastilis* L.). Auf Gebirgswiesen des
Harzes der Stengel sehr niedrig u. nebst Hülle kahl, auch die
buchtig-gezähnten Blätter fast kahl (*alpinus* Hampe). Auf den
Sudeten kurzhaarig mit breiten Blättern und grossen Köpfen mit
stark verdickten Stielen (*opimus* Koch). — Wie vorige. Juni-
Herbst. — . . . . *L. proteiformis* Vill.

Fig. 414. Leontodon autumnalis.   *Fig. 415.* Leontodon hispidus.

62. Picris. 2j.

Häufig bis zerstreut, gern auf Lehm, Wiesen, an Gräben u. Wegen.
Juli-Herbst. — . . . . *P. hieracioides* L.

63. Helminthia. 1j.

Zuweilen aus Süd- u. Westeuropa verschleppt, besonders unter Luzerne.
Juli-Sept. — . . . . Wurmkraut, *H. echioides* Gaertn.

64. Tragopogon, Haferwurz, Bocksbart. 2j.

0. Stiele der Köpfe oben auffallend keulig verdickt 1
„ „ „ „ nur unmittelbar unter den Köpfen etwas verdickt. 2
1. Kronen blau. Hülle 8 blättrig. Die randständigen Früchte knotig.
— Zuweilen verwildernde Küchenpflanze aus Südeuropa. Juni,
Juli. — . . . . *T. porrifolius* L.
„ Kronen gelb. Hülle meist etwa 12 blättrig. Oberfläche des blühen-
den Kopfes in der Mitte vertieft. Die Randfrüchte kurz-stachelig.
Var. *graminifolius* Ritschl: Blätter schmal-lineal; Hüllblätter
weniger zahlreich, etwa 8. — Zerstreut, gern auf Kalk u. Lehm,
Hügel, Wege. Juni, Juli. — . . . . *T. major* Jacq.

2. Früchte knotig-rauh. Staubbeutel unterwärts goldgelb, oberwärts
dunkelbraun. Hülle so lang wie die Blumen od. fast 2mal kleiner
(*minor* Fr.) od. länger (*orientalis*
L.); bei letzterer die Staubbeutel
goldgelb mit 5 dunkelbraunen
Längsstreifen. — Meist gemein,
Wiesen, Hügel, Wege. Mai-Aug.
— . Fig. 416, *T. pratensis* L.
„ Randfrüchte oberwärts am Kelch
zieml. feinschuppig-weichstachelig,
sehr kurz geschnäbelt. — Grasplätze am Meere bei Memel u. an
der kurischen Nehrung. Juni,
Juli. — . . *T. floccosus* W. K.

65. Scorzonera. Sd. u. 2j.

0. Blumen gelb 1
„   „   lila-rosenrot. Blätter lineal.
Hüllblätter stumpf. Zunge 2mal
so lang als die oben behaarte
Röhre. Fruchtrippen glatt. Sd.   *Fig. 416.* Tragopogon pratensis.
— Sehr zerstreut, gern auf Kalk,
Hügel, Wälder; fehlt im nordwestlichen Gebiet. Mai, Juni. — .
. . . . *S. purpurea* L.
1. Früchte glatt 2
„   „   fein-weichstachelig. Stengel oben verzweigt. Blätter bei
der Hauptform eiförmig bis länglich-lanzettlich (*denticulata* Lmk.)
od. lanzettlich (*glastifolia* Willd.) od. schmal-lineal (*asphodeloides*
Wallr.). Sd. — Sehr zerstreut, Grasplätze, Hügel, Gebüsche; im
westlichen Gebiet, in Nordböhmen bei Leitmeritz; auch gebaut u.
verwildert. Juni, Juli. — . . . Schwarzwurz, *S. hispanica* L.
2. Stengel meist 1köpfig. Hülle meist wollig, ½ so lang als die
Blumen. Sd. — Zerstreut, Wiesen, Wälder; fehlt in Westfalen, in
der Rheinprovinz nur bei Kreuznach. Mai, Juni. — *S. humilis* L.
„ Stengel 1- bis 3köpfig. Hülle so lang wie die Blumen. 2j. —
Wiesen im nördlichen Böhmen. Mai-Juli. — *S. parviflora* Jacq.

66. Podospermum. 2j. u. Sd.

0. Randblumen so lang od. nur wenig länger als die Hülle. Blätter
fiederteilig, bei *subulatum* D. C. lineal u. ungeteilt. Var. *muri-
catum* D. C.: Pflanze von kleinen Knötchen rauh. Var. *calcitrapi-
folium* D. C.: Mittelstengel aufrecht u. kürzer; seitliche Stengel
lang, liegend, aufstrebend. 2j. — Sehr zerstreut, Hügel, Acker-
u. Wegränder Mitteldeutschlands; fehlt z. B. in Schlesien. Mai-
Juli. — . . (*Scorzonera laciniatum* L.), *P. laciniatum* Bischoff.
„ Randblumen 2mal so lang als die Hülle. Sd. — Wege, unbebaute
Orte in Böhmen. Sommer. — . . . *P. Jacquinianum* Koch.

67. Hypochoeris. 1j. u. Sd.

0. Blumen so lang wie die Hülle. Randfrüchte ungeschnäbelt, bei
Loiseleuriana Godr. alle Früchte geschnäbelt. 1j. — Nicht
selten, Äcker, Sandfelder, Wege. Sommer. — . . . .
. . . . Fig. 417,. *H. glabra* L.

„ Blumen länger als die Hülle, Zungen der randständigen aussen blaugrau. Früchte alle lang-geschnäbelt. Sd. — Fast gemein, Wiesen, Wälder, Wege. Sommer. — . Fig. 418, *H. radicata* L

Fig. 417. Hypochoeris glabra.   *Fig 418.* Hypochoeris radicata.

68. Achyrophorus. Sd.

0. Stengel 1- bis 3köpfig. Hüllblätter ganzrandig. Grundblätter buchtig-gezähnt, bei *pinnatifidus* Üchtr. fiederspaltig. — Zerstreut, gern auf Lehm, Hügel, Wälder, Wiesen. Juni, Juli. — . . . . .
. . . . . . (*Hypochoeris maculata* L.), *A. maculatus* Scop.
„ Stengel 1köpfig, oben verdickt. Die äusseren Hüllblätter zerrissen-fransig. Var. *crepidifolius* Wimm.: Stengel vielblättrig; Blätter stärker buchtig-gezähnt. Var. *biflora* Grab.: Stengel 2köpfig. — Gebirgskämme Schlesiens, des mährischen Gesenkes u. der Babia Gora. Sommer. — . . . . . . *A. uniflorus* Bluff u. Fing.

69. Taraxacum, Butter-, Kuhblume, Löwenzahn. Sd.

0. Früchte an der Spitze schuppig-kurzweichstachelig od. höckerig; der ungefärbte Teil des Schnabels ziemlich dick, kaum so lang als der gefärbte mit der Frucht zusammen. — Triften u. grasige Plätze des Riesengebirges. Juli-Sept. — . *T. nigricans* Rchb.
„ Früchte an der Spitze weichstachelig; der weisse Teil des Schnabels dünn, 2- bis 3mal so lang als der gefärbte mit der Frucht zusammen. Variiert stark:
a) Äussere Hüllblätter lineal bis lanzettlich, nicht angedrückt. b
„   „   „   eiförmig bis eiförmig-lanzettlich, angedrückt c
b) Hauptform: Blätter buchtig-fiederspaltig, mit 6-12, öfter ge-zähnten Abschnitten. Hüllblätter sämtlich lineal od. lineal-lanzettlich, äussere abwärts gebogen . . . *genuinum* Koch.
„ Blätter tief-fiederspaltig. Äussere Hüllblätter lanzettlich od. breit-lineal, wagerecht-abstehend . . . . . *glaucescens* D. C.
c) Äussere Hüllblätter eiförmig-lanzettlich . . *Scorzonera* Rth.

„ Äussere Hüllblätter breit-eiförmig, angedrückt, bei *salinum* Presl
die Blätter lineal-lanzettlich, gezähnt bis fast ganzrandig, bei
erectum Hoppe die Blätter lanzettlich, grob-gesägt od. buchtig-
fiederspaltig . . . . *palustre* D. C.
— Sehr gemein, Wiesen, Triften, Wege, Wälder. April-Herbst. —
. . . . . . (*Leontodon Taraxacum* L.), *T. officinale* Web.

70. Chondrilla. Sd.

Mittlere Blätter lineal-lanzettlich bis lineal, seltener länglich-lanzettlich
(*latifolia* M. B.). Zuweilen der Stengel unten, nebst den Blatträndern
fast stachelig-steifhaarig (*acanthophylla* Borkh.). — Zerstreut, besonders
auf Sand, Hügel, Äcker, Wege. Sommer. — Krümelsalat, *C. juncea* L.

71. Prenanthes. Sd.

Zerstreut in Gebirgswäldern Mitteldeutschlands, selten in der Ebene;
fehlt im Harz. Sommer. — . . . . Berglattich, *P. purpurea* L.

72. Lactuca, Lattich. Sd., 1- u. 2j.

0. Blumen gelb. Früchte auf 2 Seiten mit mehreren erhabenen
   Rippen 1
„ Blumen lila. Früchte mit einer Rippe. Sd. — Sehr zerstreut,
   Weinberge, Steinhügel; fehlt im nördlichen u. östlichen Gebiet.
   Mai, Juni. — . . . . *L. perennis* L.
1. Blätter nicht herablaufend 2
„   „   herablaufend, die unteren tief-fiederspaltig, mit linealen
   Zipfeln. 2j. — Auf Steinboden, unweit Dresden, Böhmen.
   Sommer. — . . . (*Prenanthes viminea* L.), *L. viminea* Presl.
2. Blätter sitzend 3
„   „   gestielt, unterbrochen
   gefiedert, mit etwa kreisförmigen,
   eckig-gezähnten Abschnitten.
   Sd. — Nicht selten, Wälder,
   Schutt, an Mauern. Sommer. —
   . . . Fig. 419, (*Prenanthes
   muralis* L.), *L. muralis* Less.
3. Blätter am Grunde eher pfeilförmig 4
„ Blätter mit herzförmigem Grunde
   stengelumfassend. Körbchen in
   einer Doldenrispe. 1j. — Zuweilen verwildernde Küchenpflanze unbekannter Herkunft.
   Sommer. — . . . .
   . (Kopf-) Salat, *L. sativa* L.
4. Stengel nicht hohl . . . 5

Fig. 419. Lactuca muralis.

„   „   hohl. Blätter fiederspaltig. Früchte schwarz, 2 mal
so lang als ihr Schnabel. 2j. — Selten, Wälder, von Thüringen
bis zum Unterharz u. Barby, Böhmen. Sommer. — *L. quercina* L.
5. Früchte an der Spitze kurzborstig behaart 6
„   „   „   „   „   kahl, schwarz, so lang wie der weisse
   Schnabel. Die grossen, stengelumfassenden Öhrchen der Hochblätter dieser Art spritzen während des Blühens bei der leisesten
   Berührung Tröpfchen eines dicken, milchigen Saftes aus. Kleine

Tierchen werden — wenn sie beim Emporklettern die Öhrchen berühren — durch den ausgeschiedenen, schnell zu einer festen Substanz eintrocknenden Milchsaft festgeklebt (u. vergiftet?), sodass
diese Vorrichtung wohl als Schutz gegen „unberufene Gäste" auf-
zufassen ist. 2j. — Selten, steinige Orte u. s. w., Rheinprovinz,
Thüringen, selten gebaut u. verwildert. Sommer. — *L. virosa* L.

6. Früchte etwa so lang wie der Schnabel. Die unteren Blätter meist
buchtig-fiederspaltig, bei *integrifolia* Bischoff ungeteilt, gezähnelt.
Besonders an sonnigen, freien Standorten sind die Blätter derartig
gedreht, dass sie senkrecht gestellt erscheinen, und zwar sind die
Flächen im allgemeinen nach Osten u. Westen gewendet (K o m -
p a s s p f l a n z e). 2j. — Häufig bis zerstreut, gern auf Lehm,
Hügel, Wege, unbebaute Orte. Sommer. — . . *L. Scariola* L.

„ Früchte ¹/₂ so lang als der Schnabel. Blätter lineal, zugespitzt.
2j. — Sehr zerstreut, Weinberge, Salzplätze, Wege; Mitteldeutschland, besonders in Thüringen; fehlt z. B. in Schlesien. Sommer. —
. . . . *L. saligna* L.

73. Mulgedium. Sd.

0. Köpfe in einfachen od. zusammengesetzten, drüsig-behaarten Trauben.
Endabschnitt der fiederspaltigen Blätter sehr gross, 3 eckig-spiess-
förmig, lang zugespitzt. Var. *leptocephalum* Üchtr.: Körbchen nur
¹/₂ so gross. — Sehr zerstreut, feuchte Wälder höherer Gebirge,
Schlesien, Erzgebirge, Thüringer Wald, Rhön, Oberharz, südöstliches
Westfalen, Waldeck, Hessen. Sommer. — . . . .
. . . . (*Sonchus alpinus* L.), *M. alpinum* Cass.

„ Köpfe doldenrispig angeordnet. Endabschnitt der Grundblätter sehr
gross, herz-eiförmig. — Zuweilen verwildernde Zierpflanze (aus
Armenien?). Sommer. — . . . . . *M. macrophyllum* D. C.

74. Sonchus, Saudistel. Sd. u. 1j.

0. Stengel meist von unten ab verzweigt. Einjährige Pflanzen . 1
„ „ „ unten einfach. Ausdauernde Pflanzen . . . 2

1. Blattgrund pfeilförmig. Früchte
fein querrunzelig und rippig.
Blätter bei *integrifolius* Wallr.
ungeteilt, buchtig-gezähnt, bei
triangularis Wallr. leierförmig-
fiederspaltig mit sehr breitem,
3 eckigem Endabschnitt, bei
lacerus Wallr. fiederteilig, mit
lanzettlichen, zugespitzten, ziemlich gleichen Abschnitten. 1j.
— Gemein, Äcker, Schutt. Juni-
Herbst. — . . . .
. . Fig. 420, *S. oleraceus* L.

„ Blattgrund herzförmig. Früchte
nicht querrunzelig, glatt. 1j.
— Häufig, sonst wie vorige,
aber auf feuchterem Boden. —
. . . . . . *S. asper* All.

2. Früchte dunkelbraun, deutlich
zusammengedrückt, oberwärts

Fig. 420. Sonchus oleraceus.

verschmälert. Blätter am Grunde herzförmig. Doldenrispe u. Hülle
gelblich-drüsenhaarig, bei *uliginosus* M. B. kahl. Sd. — Gemein,
Äcker, Wiesen. Sommer. — . . . . *S. arvensis* L.

„ Früchte gelbbraun, prismatisch, kaum zusammengedrückt, oben wie
abgeschnitten. Blätter am Grunde tief pfeilförmig. Sd. — Sümpfe,
Ufer, Rheingegend u. von Westfalen durch Norddeutschland bis
Provinz Preussen, sonst sehr zerstreut od. fehlend, wie z. B. in
Schlesien. Sommer. — . . . . *S. paluster* L.

75. Crepis. Sd., 1- u 2 j.

0. Kelchhaare schneeweiss, weich u. biegsam 1
„   „   gelblich od. schmutzig-weiss, steif u. zerbrechlich. 11
1. Die mittleren od. alle Früchte an der Spitze langgeschnäbelt. 2
„ Früchte nicht od. sehr kurz geschnäbelt 5
2. Köpfe vor dem Erblühen nickend 3
„   „   „   „   „   aufrecht 4
3. Stengel weichhaarig. Hülle überall grau u. zottig, mit einfachen
u. drüsentragenden Haaren. 1j. — Gern auf Kalk, Weinberge,
unbebaute Orte, zerstreut in Mitteldeutschland, fehlt jedoch in
Schlesien, sehr selten in Norddeutschland. Sommer. — . . . .
. . . . (*Barkhausia foetida* D. C.), *C. foetida* L.
„ Stengel oben borstig-rauhhaarig. Hülle mit starren, am Grunde
breiteren Borsten besetzt, meist drüsenlos u. etwas grau. 1j. —
Böhmen. Sommer. — . . . .
. . . . (*Barkhausia rhoeadifolia* D. C.), *C. rhoeadifolia* M. B.
4. Hülle u. Körbchenstiele steifborstig. 1j. — Selten, aus Süd-
deutschland verschleppt u. zuweilen ganz eingebürgert. Sommer. —
. . . . (*Barkhausia setosa* D. C.), *C. setosa* Hall. fil.
„ Hülle nach dem Verblühen von dem Haarkelch weit überragt, die
äusseren Blätter ei-lanzettlich, nach der Spitze verschmälert. 2j.
— Zuweilen aus Westeuropa verschleppt. Mai, Juni. — . . . .
. . . (*Barkhausia taraxacifolia* D. C.), *C. taraxacifolia* Thuill.
5. Früchte 10- bis 13rippig 6
„   „   20rippig 10
6. Stengel von unten bis zur Spitze beblättert 7
„   „   nur mit grundständigen, länglich-verkehrt-eiförmigen Blättern. Köpfe in Trauben. Sd. — Wiesen, Wälder, zerstreut in
Mitteldeutschland, nordöstlich durch Brandenburg nach Provinz
Preussen. Mai, Juni. — . . . .
. . . . . (*Hieracium praemorsum* L.), *C. praemorsa* Tausch.
7. Die äusseren Hüllblätter mehr od. minder abstehend . . . 8
„   „   „   „   anliegend 9
8. Blätter fiederspaltig-teilig-gesägt, bei *lodomiriensis* Bess. an der
Spitze ganzrandig u. die Zipfel nach dem Blattgrunde zu allmählich
kleiner werdend, bei *integrifolia* Üchtr. ungeteilt. Die mittleren
Blätter mit kurz-geöhrt-gezähntem Grunde etwas stengelumfassend.
2j. — Meist häufig, gern auf Lehm, Wiesen, Weg- u. Ackerränder.
Juni-Okt. — . . . . *C. biennis* L.
„ Blätter mit zugespitzten, abwärts gerichteten Öhrchen. Äussere
Hüllblätter etwas abstehend, innere am Rücken steifhaarig u. innen
kahl. 2j. — Zuweilen aus Süd- u. Westeuropa verschleppt. Mai-
Juli. — . . . . *C. nicaeensis* Balb.

„ Mittlere Blätter lineal, pfeilförmig, am Rande umgerollt. Die untersten Blätter zuweilen ungeteilt, schwach gezähnt (*integrifolia* Lk.). 1 j. — Häufig, Sandäcker, Wegränder, Mauern. Mai - Herbst. — . . . . Pippau, Grundfeste, *C. tectorum* L.

9. Blätter kahl, obere lineal, flach, am Grunde pfeilförmig. Var. *agrestis* W. K : Körbchen 2 mal so gross; Hüllblätter oft drüsenhaarig. 1 j. — Häufig, Wiesen, Äcker, Wege. Juli-Herbst. — . . . . . Fig. 421, *C. virens* Vill.

„ Blätter klebrig-harzig, mittlere lanzett-lich, am Grunde wie abgeschnitten. 1 j. — Sehr selten, Weinberge u. Hügel der Rheingegend. Juni. — . . . . *C. pulchra* L.

Fig. 421. Crepis virens.

10. Blätter länglich, undeutlich gezähnt, mittlere stengelumfassend. Hülle und Kopfstiele drüsig-behaart. Pflanze bei *integrifolia* Hoppe kahl od. fast kahl, bei *mollis* Jacq. kurzhaarig. Sd. — Zerstreut, Wiesen, Wälder, fehlt im nordwestlichsten Gebiet. Juni-Aug. — . . . . . *C. succisifolia* Tausch.

„ Blätter drüsig-weichhaarig, mittlere pfeilförmig. Hülle rauhhaarig u. dicht drüsenhaarig, die äusseren Blätter kurz, locker, spitz. Sd. — Wiesen des Riesengebirges, Glatzer Schneeberges u. des mährischen Gesenkes. Sommer. — . . . . . . *C. grandiflora* Tausch.

11. Früchte 10 rippig, mit schmutzig-weissem, unten bräunlichem Haarkelch. Obere Blätter eiförmig, herzförmig-stengelumfassend, lang-zugespitzt. Hülle drüsig-behaart. Sd. — Nicht selten, Sumpfwiesen, feuchte Wälder u. Gebüsche. Sommer. — . . . . (*Hieracium paludosum* L.), *C. paludosa* Mnch.

„ Früchte 20- bis 30 rippig. Blätter länglich-elliptisch, die unteren in einen ungleichmässig gesägten, geflügelten, stengelumfassenden Stiel verschmälert. Sd. — Buschige Lehnen im Kessel des mährischen Gesenkes. Sommer. — . . . . *C. sibirica* L.

76 Hieracium. Sd.

Bearbeitet von Dr. A. Peter.

Hieracien lassen sich, wie eine langjährige Erfahrung gelehrt hat, nur dann mit Sicherheit und wissenschaftlichem Gewinn bestimmen, wenn folgende Regeln beim Sammeln und Studieren beachtet werden:

es sind von jeder Form stets mehrere (wenigstens 8 bis 10) vollkommen normal entwickelte Exemplare für die Bestimmung zu verwenden;

dieselben müssen mit Sorgfalt aus dem Boden gehoben (nicht bloss abgerissen) sein, damit die Beschaffenheit der unteren Blätter, die Anwesenheit von unterirdischen Ausläufern oder Knospen etc. festgestellt werden könne;

wenn bei einer Form verschiedene Modifikationen bezüglich der Verzweigung, Beblätterung oder eines anderen Merkmales Platz greifen, ohne dass im allgemeinen die Erscheinung der Pflanze sich ändert, so ist beim Sammeln nicht nur auf alle diese Verschiedenheiten Rücksicht zu nehmen, sondern auch darauf, welche Modifikation morphologisch und numerisch hervorragt: diese ist in erster Linie zur Bestimmung zu benutzen;

beim Einlegen darf nichts entfernt werden, auch nicht die vertrockneten Blätter, die unbequemen Ausläufer etc.;

am zweckmässigsten verfährt man, wenn man sich zuerst eine ganz genaue Kenntnis der typischen Formen der Hauptarten zu verschaffen sucht, um dann mit Hilfe derselben die nicht hybriden Zwischenarten und die Bastarde richtig erfassen zu können; — diese Hauptarten sind für das Gebiet unter den Piloselloiden: H. Peleterianum, Pilosella, Auricula, aurantiacum, collinum, cymosum, echioides, florentinum, magyaricum, — unter den Archieracien: H. villosum, alpinum, silvaticum, vulgatum, silesiacum, prenanthoides, tridentatum, boreale, umbellatum;

minder Geübte sollten sich zunächst mit der Bestimmung der Art resp. der Stellung einer in Frage kommenden Pflanze zwischen zwei oder mehr Arten begnügen und erst nach Erlangung grösserer Erfahrung auch an die Feststellung der Varietäten gehen;

es ist unwesentlich, ob man die im folgenden aufgeführten Subspecies als solche oder als Arten oder auch etwa nur als Varietäten gelten lassen will, denn es besteht kein principieller Unterschied zwischen diesen systematischen Wertstufen, sondern ein relativer, z. T. auf subjectivem Ermessen beruhender: Hauptsache ist die Erkenntnis des systematischen Verhältnisses der Pflanzenformen zu einander;

bezüglich der Angaben über die systematische Stellung der Zwischenformen ist ausdrücklich hervorzuheben, dass es sich nur dann um Bastarde handelt, wenn das Zeichen X verwendet ist; wird das Zeichen — gebraucht, so ist damit nur gemeint, dass die Pflanze ihren äusseren Merkmalen nach der angegebenen Combination von Hauptarten entspricht, ohne jedoch nachweislich oder wahrscheinlich hybrid zu sein. Bastarde sind innerhalb der Gattung Hieracium minder häufig als von Manchen angenommen wird.

In der folgenden Tabelle herrscht eine leicht ersichtliche Ungleichmässigkeit der Behandlung zwischen Piloselloiden und Archieracien, welche darauf beruht, dass bisher nur für die ersteren eine ausführliche Monographie vorliegt, welche für die letzteren noch im Erscheinen begriffen ist. Es wurde daher die zweite Hälfte der Tabelle im Anschluss an hervorragendere floristische Werke hergestellt, ein Verfahren, welchem wohl zunächst die Billigung nicht versagt werden wird, das aber bei späteren Auflagen einer einheitlicheren Behandlung Platz zu machen hat.

Fig. 422. Fruchtspitze von　　　　*Fig. 423.* Fruchtspitze von
Hieracium Besserianum. (Stark verg.)　Hieracium boreale. (Stark verg.)

0. Früchte höchstens 2,5 mm lang, schwarz, Rippen derselben am oberen Ende in kurze Zähne auslaufend (Fig. 422). Rhizom meist ausläufertreibend (Fig. 424). Blätter fast immer eine grundständige Rosette bildend. Stengel meist blattlos od. wenigblättrig: **Piloselloidea** 1

„ Früchte mehr als 3 mm lang, strohfarbig bis rotbraun od. schwarz, Rippen derselben am oberen Ende in eine Ringwulst vereinigt (Fig. 423). Rhizom stets ohne Ausläufer. Blätter seltener eine Rosette bildend, dafür der Stengel oft mehr- bis reichblättrig: **Archieracia** 64

Piloselloidea.

1. Pflanze unverzweigt, über der Rosette ist also ein einfacher 1 köpfiger Schaft vorhanden; oder es entspringen einige Nebenschäfte aus den Blattachseln der Rosette. Blattrücken stark filzig. A c a u l i a.   2

„ Pflanze tief verzweigt, demnach A k l a d i u m, d. h. das Stück des Stengels vom Köpfchen erster Ordnung bis zum obersten Ast, vielmals länger als das endständige Köpfchen, und der Kopfstand gabelig od. eine sehr grosse Dolde bildend, nach abwärts nicht od. undeutlich abgegrenzt. Blattrücken filzig bis reichflockig, niemals ganz flockenlos. F u r c a t a   3

„ Pflanze hoch verzweigt, demnach Akladium höchstens einigemal länger als das Köpfchen, u. der Kopfstand mehr od. minder abgesetzt, straussig od. doldig. Blattrücken armflockig od. öfters flockenlos. T h y r s o i d e a   21

A c a u l i a.

2. Hüllschuppen aus (bis 3 mm) breiter Basis zugespitzt. Rhizom und Ausläufer kurz, dick. Hülle drüsenlos, lang-seidenhaarig. — Steingeröll. Nur in den südlicheren Rheingegenden (Coblenz bis zur Pfalz), sonst in Deutschland nur noch bei Regensburg. Mai. — . . . . *H. Peleterianum* Mér.

„ Hüllschuppen 1 bis 2 mm breit, einfach spitz. Ausläufer verlängert, dünn bis dicklich. Hülle drüsig, oft auch haarig (aber nicht lang-seidig). — Wiesen, Heiden, Wegränder, Moore, gemein. Mai, Juni. — . . Fig. 424, *H. Pilosella* L.

a) Köpfe sehr gross, Hüllschuppen breit. Behaarung besonders an Schaft u. Blättern sehr reichlich, lang. — Westpreussen, Böhmen. — . . . Subspec. *trichoscapum* N. u. P.

„ Köpfe mittelgross, Hüllschuppen breitlich. Behaarung reichlich u. lang. — Ost- u. Westpreussen,

Fig. 424. Hieracium Pilosella.

Sudeten. — . . . . Subsp. *trichophorum* N. u. P.

„ Köpfe mittelgross, Hüllschuppen schmal, Behaarung an Hülle u. Schaft mässig od. gering . . . . b.

„ Köpfe klein, Hüllschuppen schmal. Behaarung an Hülle u. Schaft mässig bis fehlend. Blattrücken weissfilzig. — Ost- preussen, Böhmen. — . . . . . Subsp. *minuticeps* N. u. P.

b) Hüllschuppen stark filzrandig, dicht kurzhaarig, armdrüsig. — West- u. Ostpreussen. — . . . Subsp. *tricholepium* N. u. P.

„ Hüllschuppen nicht filzrandig, meist armhaarig, reichdrüsig. Blattrücken grau- bis weissfilzig. — Überall; ob auch in Ostpreussen? — . . . . Subsp. *vulgare* Monn.

„ Hüllschuppen armflockig, reichdrüsig. Blattrücken- grünlich-grau. Schaft öfters gabelig. — Mittel- u. Süddeutschland. — . . . . Subsp. *subvirescens* N. u. P.

Furcata.

3. Vegetative Vermehrung ausschliesslich durch sitzende Rosetten.
Verzweigung gabelig od. öfters tief doldig 4
„ Vegetative Vermehrung ausschliesslich durch verlängerte ober- od.
unterirdische Ausläufer, od. gleichzeitig auch durch sitzende
Rosetten 5
4. Blätter oberseits sternflockig. Hüllschuppen zugespitzt. — Bisher
nur bei Regensburg unter den Eltern beobachtet, am Rhein auf-
zusuchen. Mai, Juni. — . . . .
. . . . *H. calophyton* Pet. = cymosum ╳ Peleterianum.
„ Blätter oberseits flockenlos. Hüllschuppen einfach spitz. — Ver-
breitung noch festzustellen; Harz? Juni. — . . . .
. . . . *H. Rothianum* Wallr. = echioides — Pilosella.
(Auch bei H. germanicum kommen Exemplare vor ohne verlängerte
Ausläufer.)
5. Kopfstand ganz od. teilweise (im oberen Teil) doldig . . . 6
„ Kopfstand durchaus gabelig 9
6. Blattoberseite flockenlos 7
„ Blattoberseite flockig, mindestens an der Mittelrippe mit zerstreuten
Sternhärchen 8
7. Hülle 9 bis 10 mm lang, bauchig-kuglig, reichdrüsig. Behaarung
am Stengel lang, weiss. — . . . . . H. Rothianum Wallr. 4
„ Hülle 7 bis 9 mm lang, eiförmig od. cylindrisch, später mehr od.
minder kuglig, mässig drüsig. Stengel mässig lang behaart. —
Schlesien, Nordböhmen, Pfalz, Elsass. Mai, Juni. — . . . . .
H. germanicum N. u. P. = (florentinum — Pilosella) — cymosum.
8. Stengelblätter 0 oder 1 (bis 2). Behaarung nach oben meist sehr
kurz. Drüsen wenig entwickelt. Blattrücken meist leicht filzig.
— Schlesien, Mark, Westpreussen, Nordböhmen, unter den Eltern.
Mai, Juni. — . . . . . H. canum Pet. = cymosum ╳ Pilosella.
Kopfstand locker rispig od. hochgablig od. gegen die Spitze
doldig. — Schlesien. — . . . . Subsp. *Krausii* N. u. P.
Kopfstand gablig od. tiefdoldig. — . . . Subsp. *canum* Pet.
„ Stengelblätter 1 bis 3 (bis 7). Behaarung nach oben hin lang.
Drüsen mässig entwickelt. Blattrücken nur reichflockig — . . . .
. . . . H. Rothianum Wallr. 4
9. Blütenfarbe purpurn od. orange 10
„ „ gelb, höchstens die Randblüten aussen mehr od. minder
rotstreifig 11
10. Stengelblätter 2 bis 4. Hülle armdrüsig. Blüten purpurn, Griffel
dunkel. Verzweigung meist hoch beginnend. — Nur im Riesengebirge auf Alpweiden u. Wiesen. Juli. — . . . .
. . . . *H. rubrum* Pet. = aurantiacum > Pilosella.
„ Stengelblätter 0 oder 1 (bis 2). Hülle reichdrüsig. Blüten orange,
Griffel hell. Verzweigung meist tief beginnend. — Bisher nur bei
Rinteln in Westfalen mit den Eltern. — . . . .
. . . . *H. stoloniflorum* W. u. Kit. = aurantiacum ╳ Pilosella.
11. Blattoberseite flockig 12
„ „ flockenlos 13
12. Blätter mit langen dicken, oft krummen Borsten bekleidet. —
Böhmen, südwestliches Ostpreussen. Juni, Juli. — . . . . . .
H. bifurcum M. B. = echioides ╳ Pilosella od. setigerum ╳ Pilosella.
„ Blätter mit weichen od. steifen geraden Haaren. — H. canum Pet. 8

13. Hüllschuppen breit (über 1,3 mm), sehr reichdrüsig, schwarz, mit nackten Rändern. Köpfe gross. — Sudeten 800-1380 m. Juni. —
. . . . . *H. piloselliflorum* N. u. P. = floribundum < Pilosella.
  „ Hüllschuppen schmaler, heller, Köpfe meist kleiner 14
14. Hülle niedergedrückt, bauchig, mit breiter gestutzter Basis. —
Schlesien, Beskiden, Sudeten 1100-1360 m. Juni. — . . . .
. . . . *H. flagellare* Willd. = collinum — Pilosella.
  „ Hülle eiförmig od. kugelig od. kurz cylindrisch, aber später weder
niedergedrückt noch bauchig 15
15. Hülle grau- bis weissfilzig, öfters drüsenlos. Blattrücken filzig. —
. . . . *H. bifurcum* M. B. 12
  „ Hülle reichflockig bis graufilzig, niemals drüsenlos 16
  „   „   wenig flockig, drüsig. Behaarung meist gering. Blattrücken
wenig bekleidet. — Böhmen, Mark, Provinz Sachsen, Schlesien,
?Posen. Mai. — *H. auriculiforme* Fr. = Auricula ⨉ Pilosella.[1])
Hüllschuppen breit od. breitlich, stark hellrandig. — . . .
. . . . Subsp. *Schultesii* F. Schultz.
Hüllschuppen schmal, schwarz od. dunkel, wenig berandet. —
. . . . Subsp. *Schultziorum* N. u. P.
Hüllschuppen schmal, hellrandig. Blätter mehr od. minder
lanzettlich. — . . . . Subsp. *coryphodes* Pet.
Hüllschuppen schmal, schmal berandet. Blätter lanzettlich od.
lineal-lanzettlich. Stengel niedrig. — Subsp. *auriculiforme* Fr.
16. Stengel aufrecht 17
  „   „   am Grunde aufsteigend 18
17. Caulome meist dick od. dicklich. Wuchs höher. Verzweigung
meist hochgablig. Kopfzahl 3 bis 15 (bis 100). Stengelblätter
1 bis 3 (bis 7). — . . . . . . *H. germanicum* N. u. P. 7
  „ Caulome schlank bis dünn. Wuchs niedriger. Verzweigung höher
od. tiefer gabelig. Kopfzahl 2 bis 5 (bis 12). Stengelblätter
0 oder 1. — Wiesen, Moore, grasige Abhänge. Juni, Juli. —
. . . . *H. brachiatum*
Bertol. = florentinum ⨉ Pilosella od. magyaricum ⨉ Pilosella.
Blüten alle röhrig. — Rheingegenden. — . . . . . .
. . . . Subsp. *Villarsii* Schultz.-Bip.
Ausläufer sehr lang u. dünn. Blätter lineal-lanzettlich, nur ge-
wimpert. — Schlesien. — . . Subsp. *longisarmentum* N. u. P.
Blätter länglich bis lanzettlich, über die ganze Fläche ziemlich
reichhaarig. — Thüringen. — . Subsp. *pedunculatum* Wallr.
18. Verzweigung im oberen ⅓ des Stengels beginnend 19
  „   „   tiefer beginnend 20
19. Ausläufer schlank bis dünn, mit entfernten kleinen Blättern. Blattrücken reichflockig od. filzig. Hüllschuppen grau bis schwärzlich. —
. . . . *H. brachiatum* Bertol. 17
  „ Ausläufer schlank bis dicklich, mit genäherten Blättern. Blattrücken
reichflockig od. leicht filzig. Hüllschuppen dunkel od. grau. —
Moore u. Wiesen. Ist im Gebiete noch aufzusuchen. Juni, Juli. —
. . . . *H. leptoclados* Pet. = arvicola ⨉ Pilosella.
  „ Ausläufer dicklich bis dick, mit entfernten od. genäherten ansehn-
lichen Blättern. Blattrücken mässig- bis reichflockig, aber nicht filzig.

---

[1]) Wenigstens die norddeutschen Formen, die nordeuropäischen können öfters nicht als Bastarde angesehen werden.

Hüllschuppen schwarz. — Wiesen. Schlesien, Riesengebirge 1215m,
Mark. ˋJuni. — *H. apatelium* N. u. P. = floribundum ✗ Pilosella.
20. Blätter hellgrün bis blaugrünlich, oberseits meist reichlich weich-
    haarig. Blätter der Ausläufer ziemlich ansehnlich. Hüllschuppen
    schwarz. — . . . . H. piloselliflorum N. u. P. 13
„ Blätter blaugrünlich bis blaugrün, oberseits steif- bis borstlich-
    behaart. Blätter der Ausläufer klein. Hüllschuppen grau bis
    schwärzlich. — . . . . H. brachiatum Bertol. 17
                        Thyrsoidea.
21. (1) Vegetative Vermehrung ausschliesslich durch sitzende (od. kurzge-
    stielte) Rosetten od. durch überwinternde geschlossene Knospen. 22
„ Vegetative Vermehrung ausschliesslich durch ober- od. unterirdische
    Ausläufer, oder durch Rosetten u. Ausläufer zugleich 30
22. Randblüten aussen ungestreift 23
„   „   aussen mehr od. minder rotstreifig. Kopfstand niemals
    doldig 29
23. Kopfstand in der Regel rispig, seltener doldig 24
„   „   völlig od. doch im oberen Teil doldig (es giebt aber
    immer einzelne Exemplare ohne alle Doldenbildung, diese sind hier
    nicht berücksichtigt.) 26
24. Kopfstand gedrungen-rispig (selten doldig) 25
„   „   locker-rispig (auch hoch-gablig), grenzlos. Stengel
    sehr reichlich-langborstig, 4- bis 9 blättrig. — Felsen u. Sandboden,
    selten. Böhmen, Mark, Westpreussen, Harz. Juli. — . . . . .
    . . . . H. setigerum Tausch = echioides > Pilosella.
25. Blätter blaugrün, beiderseits nackt od. unterseits armflockig. Stengel
    gerade, 1- bis 3 (bis 5) blättrig. Drüsen reichlich entwickelt. —
    Wiesen, Moore, Heiden, Raine, häufig, in sehr zahlreichen Formen.
    Juni. Juli. — . . . . H. florentinum All.
    a) Kopfstand rispig . . . . b
    „   „   wenigstens im oberen Teil mehr od. minder doldig. g
    b) Kopfstiele während der Blütezeit dick od. dicklich . . . c
    „   „   immer schlank od. dünn . . . . e
    c) Hüllschuppen dunkel, kaum od. schmal berandet. — Ver-
       breitet. — . . . . Subsp. obscurum Rchb.
       * Hüllschuppen breitlich, tiefschwarz. Kopfstiele dünner. —
       Sudeten 690-1400 m. — . . . . Subsp. Berninae Griseb.
    „ Hüllschuppen mehr od. minder breit hellrandig, daher Hülle als
       ganzes hell erscheinend . . . . d
    d) Hülle ausser den Drüsen mit einfachen Haaren besetzt. — Ver-
       breitet, interessante Formen besonders in Ostpreussen. — . .
       . . . . Subsp. praealtum Vill.
    „ Hülle nur drüsig, haarlos. Hochblätter weisslich od. auffallend hell
       gefärbt. — Bisher nur bei Prag. — Subsp. albidobracteum N. u. P.
    e) Blattrücken völlig od. nahezu flockenlos . . . . f
    „   „   ziemlich reichflockig. — Prag. — . . . . . .
       . . . . Subsp. floccosum N. u. P.
    f) Rosette zur Blütezeit wenigblättrig. Drüsen fast fehlend. —
       Sachsen. — . . . . Subsp. floccipedunculum N. u. P.
    „ Rosette zur Blütezeit reichblättrig. Drüsen ziemlich reichlich. —
       Isergebirge. — . . . . Subsp. basiphyllum Pet.
    g) Kopfstiele filzig, Hülle meist haarlos. — Posen, Schlesien, Böhmen,
       Westfalen. — . . . . Subsp. poliocladum N. u. P.

„ Kopfstiele armflockig. Hülle meist behaart. — Mark, Schlesien. —
. . . . Subsp. *radiatum* N. u. P.

„ Blätter blaugrünlich, oberseits oft etwas flockig, unterseits mässig-
bis reichflockig. Stengel gerade od. verbogen, 3- bis 6- (bis 11-)
blättrig. Drüsen schwach entwickelt, zuweilen an den Caulomen
od. überall fehlend. — . . . . . . H. calodon Tausch. 28

„ Blätter blaugrünlich od. grün, oberseits mehr od. minder flockig,
unterseits höchstens mässig flockig. Stengel gerade, 2- bis 5-
(bis 8)blättrig, die obersten Stengelblätter oft an der Spitze drüsig.
Drüsen im allgemeinen mässig od. schwach entwickelt. — . . .
. . . . H. Zizianum Tausch. 28

26. Rosettenblätter zur Blütezeit alle od. fast alle vertrocknet. Stengelblätter zahlreich. Borsten am Stengel aufrecht-anliegend.—Pommern.
Mark, Posen, Schlesien, Böhmen, Thüringen. Felsen, sonnige Abhänge. Juni, Juli. — . . . . H. echioides Lumn.

* Dolde sehr gross, übergipflig, d. h. untere Äste über die oberen
u. namentlich über den Gipfel der Hauptachse hinaus verlängert.
Behaarung etwas locker anliegend. — Usedom, Templin. — .
. . . . Subsp. *macrocymum* N. u. P.

„ Rosettenblätter immer vorhanden, oft zahlreich. Behaarung meist
abstehend 27

27. Blattoberseite flockenlos. — . . . . . H. florentinum All. 25

„   „   flockig 28

28. Stengelblätter 1 bis 4 (bis 8), die obersten od. alle od. auch die
obersten Rosettenblätter an Spitze u. Rand (od. sogar Unterseite)
mehr od. minder drüsig. Blattrücken mehr od. minder reichflockig.
Behaarung der Blätter mehr od. minder steiflich bis borstlich, an
den Caulomen abstehend, oft sehr kurz. Blattfarbe mehr od. minder
gelblichgrün. — Wälder, grasige Abhänge, trockene Wiesen.
Durch das ganze Gebiet mit Ausnahme Ostpreussens. Mai, Juni. —
. . . . H. cymosum L.

a) Kopfstand später locker-doldig . . . . b

„   „   immer geknäuelt-doldig. — Nur Striegau in
Schlesien. — . . . . . Subsp. *sphaerophoron* N. u. P.

„ Kopfstand rispig. Blätter schmal- u. lineal-lanzettlich. — Graudenz. — . . . . Subsp. *vistulinum* N. u. P.

b) Kopfstand mit langer heller Behaarung. Drüsen spärlich. —
. . . . Subsp. *cymosum.*

„ Kopfstand ohne od. mit sehr kurzer dunkler Behaarung. Drüsen
zahlreich. — Mehr im Osten u. Norden des Gebietes. — . .
. . . . Subsp. *cymigerum* Rchb.

„ Stengelblätter 2 bis 5 (bis 8), die obersten oft an der Spitze
drüsig. Blattrücken höchstens mässig flockig. Behaarung der
Blätter mehr od. minder steif, an den Caulomen abstehend. Blattfarbe grün od. etwas blaugrünlich. — Böhmen, Schlesien, Sudeten
bis 1040 m. Mai, Juni. — . . . .
. . . . . . H. Zizianum Tausch = cymosum — florentinum.

„ Stengelblätter 3 bis 6 (bis 11), alle drüsenlos. Blattrücken
mässig- bis reichlich flockig. Behaarung der Blätter steif od.
borstlich, an den Caulomen oft aufwärts gekrümmt. Blattfarbe
blaugrünlich. — Westpreussen, Mark, Böhmen. Juli. — . . .
. . . . . . H. calodon Tausch = echioides — florentinum.

29. Hülle mehr od. minder eiförmig, später am Grunde gestutzt. Stengel
    schlank bis dünn, oft steif, fest. Erneuerungssprosse nur in Form
    von sitzenden Rosetten. — Im Gebiete noch nicht festgestellt.
    Juni, Juli. — *H. adriaticum Naeg.* == florentinum > Pilosella.
    „   Hülle mehr od. minder kugelig, od. zuerst eiförmig u. dann dicker
    werdend. Stengel schlank bis dicklich, etwas zusammendrückbar.
    Erneuerungssprosse zuweilen auch in Form von gestielten Rosetten
    od. kurzen dicklichen Ausläufern. — Moore, Raine, Heiden, in Süd-
    deutschland an den Fundstellen gewöhnlich in Menge auftretend,
    im Gebiete aufzusuchen. Mai, Juni. —
    H. montanum N. u. P. = collinum — florentinum — Pilosella.
30. (21) Blüten orange bis purpurn gefärbt. Kopfstand gedrungen-
    rispig 31
    „   Blüten gelb, höchstens die randständigen aussen rotgestreift. 32
31. Blätter grün, länglich od. lanzettlich, oberseits reichhaarig, unter-
    seits armflockig. — Gebirgswiesen (Sudeten 760-1490 m, besonders
    im Gesenke massenhaft; Paschenberg bei Rinteln in Westfalen),
    Moore (Lübeck, Bremen, Uckermark). Mai, Juni, im Gebirge
    Juli. — . . . . *H. aurantiacum* L.
    a) Hüllschuppen schmal . . . . b
    „   „   breitlich, Blüten heller rot. — . . . . .
    . . . . Subsp. *porphyranthes* N. u. P.
    b) Blüten sattpurpurn. Kopfstand geknäuelt. — . . . . . .
    . . . . Subsp. *aurantiacum* L.
    „   Blüten hellpurpurn. Kopfstand locker, grenzlos. Hüllschuppen
    tiefschwarz. — . . . . . Subsp. *porphyromelanum* N. u. P.
    „   Blätter blaugrün, mehr od. minder spatelig-länglich, oberseits zer-
    streut-behaart, unterseits fast nackt. — Nur bei den Grenzbauden
    im Riesengebirge 1000 m. — . . . . *H. pyrrhanthes*
    Pet. Subsp. *latibracteum* Pet. = aurantiacum χ Auricula.
32. Kopfstand mehr od. minder gedrungen-rispig 33
    „   „   locker-rispig od. hoch-gablig 47
    „   „   ganz od. doch im oberen Teil doldig 53
33. Blattoberseite flockenlos 34
    „   „   flockig. Kopfstand mehr- bis reichköpfig . . . 43
34. Blattrücken ebenfalls flockenlos 35
    „   „   flockig 40
35. Stengelblätter 1 bis 3 36
    „   „   mehrere, (2 bis) 3 bis 6 39
36. Wuchs niedriger (bis 30 cm). Kopfstand 2 bis 5 köpfig. Ausläufer
    mit gegen die Spitze grösser werdenden Blättern. Hüllschuppen
    stumpf, meist weisslich berandet, reichdrüsig. Behaarung gering.
    Blattfarbe blaugrün. — Auf jedem Boden, auch auf feuchten Wiesen
    und Mooren überall häufig, in den Gebirgen bis 1360 m. Mai,
    Juni. — . . . . *H. Auricula* Lmk. u. D. C.
    Hüllschuppen breitlich, dunkel, kaum deutlich berandet. — Mehr
    Bergform. — . . . . Subsp. *melaneilema* Pet.
    Hüllschuppen schmal, stark hellrandig. — Mehr Ebenenform. —
    . . . . Subsp. *Auricula* Lmk. u. D. C.
    „   Wuchs höher (bis über 80 cm). Blütenstand reicher (bis 80 köpfig).
    Hüllschuppen spitz od. stumpflich 37
37. Blätter gegen die Spitze des Ausläufers mehr od. minder grösser
    werdend, Rosettenblätter spatelig, länglich od. lanzettlich, mehr od.

minder blaugrünlich. Kopfzahl 4 bis 8. Hüllschuppen mehr od.
minder schwarz, stark hellrandig. — Schlesien, Erz- u. Riesengebirge. Ende Mai, Juni. — . . . .
. . . . . . *H. spathophyllum* Pet. = Auricula X collinum.
„ Blätter der Ausläufer gleichgross od. allmählich kleiner werdend. 38
38. Blätter lanzettlich bis lineal-lanzettlich. Drüsen schwach entwickelt. Tracht florentinum-artig. — Trockene Rasenplätze, Abhänge; verbreitet, nach Westen seltener werdend. Juni. Juli. —
. . . . *H. magyaricum* Pet.
a) Kopfstiele armflockig . . . . b
„ „ reichflockig bis filzig . . . . d
b) Kopfstand übergipflig c
„ „ gleichgipflig. — Böhmen, Sudeten, West- u. Ostpreussen. — . . . . Subsp. *magyaricum* Pet.
c) Kopfstand rispig, Akladium länger. — Graudenz. — . . . .
. . . . Subsp. *Besserianum* Spreng.
„ Kopfstand mehr od. minder doldig, Akladium kürzer. — Schlesien,
Riesengebirge. — . . . . . . Subsp. *megalomastix* N. u. P.
d) Kopfstand doldig. — Böhmen, Westpreussen. — . . . . . .
. . . . Subsp. *cymanthum* N. u. P.
„ Kopfstand rispig . . . . e
e) Hülle durch Sternhaare grau. — Böhmen. — . . . . . .
. . . . Subsp. *rodnense* N. u. P.
„ Hülle dunkel od. (nicht durch Flocken) hell. — Weit ver-
breitet. — . . . . Subsp. *Bauhini* Schult.
„ Blätter spatelig bis länglich od. lanzettlich. Drüsen reichlich.
Tracht collinum- od. fast Auricula-artig. — Wiesen, Moore; Ost-
preussen, Mark, Schlesien, Sudeten, Böhmen, Erzgebirge. Juni, Juli. —
H. floribundum W. u. Gr. = florentinum — Auricula — collinum. —
a) Randblüten aussen rotstreifig. — Nur Sudeten 880-1215 m. —
. . . . Subspec. *erubescens* N. u. P.
„ Randblüten aussen ungestreift . . . . b
b) Kopfstand locker rispig. Hülle lang-weisshaarig. — Nur im
südlichen Ostpreussen. — . . Subspec. *sudavicum* N. u. P.
„ Kopfstand abgesetzt rispig od. nach oben hin doldig. Hülle
ohne auffällige Behaarung c
c) Kopfstand immer knäuelig. Hüllschuppen weisslich berandet,
reichlich dunkelhaarig. Stengel ziemlich reichhaarig. — Nur bei
Königsberg in Preussen. — Subsp. *regimontanum* N. u. P.
„ Kopfstand bald locker werdend. Haare an Hülle u. Stengel
höchstens mässig zahlreich . . . . d
d) Kopfstand wenigköpfig. Hüllschuppen weisslich berandet.
Pflanzen zart. — Ostpreussen, Mark. — . . . .
. . . . Subsp. *subauricula* N. u. P.
„ Kopfstand mehrköpfig . . . . e
e) Hüllschuppen weisslich berandet. Pflanzen ziemlich kräftig.
Hülle dick, cylindrisch. Blätter spatelig od. spatelig-lanzettlich.
— Nur im Riesengebirge. — . . . . Subsp. *suecicum* Fr.
„ Hüllschuppen stark hellrandig. Blätter länglich, stark borstig-
gewimpert. — Mark. — . . . . . . Subsp. *Golenzii* Aschs.
„ Hüllschuppen dunkel od. hellrandig. Blätter lanzettlich, höchstens
die äusseren mehr od. minder spatelig. Behaarung meist dunkel.
— Verbreitet. — . . . . . Subsp. *floribundum* W. u. Gr.

„ Hüllschuppen randlos. Blätter spatelig od. lanzettlich-spatelig.
Hülle kurz cylindrisch. — Erz- u. Riesengebirge 900-1050 m. —
. . . . .Subsp. *teplitzense* N. u. P.
39. Behaarung gering. Drüsen schwach entwickelt. Flocken der Hülle
meist gering an Zahl. — . . . . . . .H. magyaricum Pet. 38
„ Behaarung reichlich. Drüsen bis mässig entwickelt. Flocken der
Hülle spärlich bis mässig an Zahl. — Böhmen, Schlesien. Juni,
Juli. — . . . *H. pannonicum* Pet. = echioides ✕ magyaricum.
40. (34.) Behaarung überall reichlich 41
„ Behaarung gering bis mässig 42
41. Blätter grün, länglich bis lanzettlich. Ausläufer unterirdisch od.
oberirdisch, dann mit grossen genäherten Blättern, leicht abbrechend.
— Wiesen, Waldblössen, grasige Orte. Durch das Gebiet verbreitet,
nach Westen seltener werdend. Mai, Juni. — *H. collinum* Gochn.
a) Hülle schlank cylindrisch, Schuppen schmal, spitz, kaum berandet. — Nur in Hannover. — Subsp. *stenocephalum* N. u. P.
„ Hülle kurz cylindrisch, dicklich . . . . b
b) Behaarung auffallend kurz u. dicht (bürstenartig). Kopfstand
geknäuelt. Hüllschuppen stark hellrandig. — Nur in Ostpreussen. — . . . . Subsp. *brevipilum* N. u. P.
„ Behaarung mehr od. minder reichlich, aber minder dicht u.
länger c
c) Kopfstand locker . . . . d
„ „ immer geknäuelt . . . . e
d) Kopfstand stark übergipflig. Blätter grün. — Ostpreussen,
Schlesien. — . . . . Subsp. *dissolutum* N. u. P.
„ Kopfstand nicht übergipflig. Blätter blaugrünlich. — Schlesien,
Gesenke. — . . . . Subsp. *Üchtritzii* N. u. P.
e) Hüllschuppen schmal, spitz, oft kaum berandet. — Verbreitet. —
. . . . Subsp. *collinum* Gochn.
„ Hüllschuppen mehr od. minder breitlich u. stumpflich, hell
berandet. — Schlesien. — . . . . Subsp. *colliniforme* Pet.
* Randblüten aussen rötlich gespitzt od. -angelaufen. Behaarung
ganz schwarz. — Nur im Riesengebirge 760-1380 m. — . .
. . . . Subsp. *sudetorum* Pet.
„ Blätter blaugrünlich bis blaugrün, mehr od. minder lanzettlich.
Ausläufer stets oberirdisch, sehr verlängert, kleinblättrig. — .
H. pannonicum Pet. (borstlich behaart) 39; H. Obornyanum N. u. P.
(weichhaarig) 46.
42. Ausläufer verlängert, mit gleichgrossen od. grösser werdenden
Blättern. Blätter mehr od. minder spatelig. Kopfzahl 4 bis 8. —
. . . . H. spathophyllum Pet. 37
„ Ausläufer verlängert, mit kleiner werdenden Blättern. Blätter mehr
od. minder spatelig bis lanzettlich. Kopfzahl bis 20. — . . .
. . . . H. floribundum W. u. Gr. 38
„ Ausläufer meist unterirdisch od. sehr kurz. Blätter lanzettlich od.
länglich-lanzettlich. Kopfzahl 3 bis 9. — Wiesen, Brachäcker.
Schlesien, Sudeten, Böhmen. Juni. — . . . .
. . . . . *H. arvicola* N. u. P. = collinum — florentinum.
43. (33.) Ausläufer kurz od. verlängert, unterirdisch, dünn, zerbrechlich,
od. oberirdisch mit genäherten, ansehnlichen, gleichgrossen Blättern.
Rosettenblätter länglich od. lanzettlich, reichhaarig. — . . . .
. . . . H. collinum Gochn. 41

„ Ausläufer dünn, nur unterirdisch 44
„ Ausläufer schlank od. dünn, oberirdisch, sehr verlängert, mit entfernt
stehenden, allmählich kleiner werdenden Blättern 45
44. Blätter mehr od. minder spatelig, mehr od. minder blaugrünlich,
stengelständige öfters an der Spitze drüsig. Hülle armflockig. —
Im Gebiete noch aufzusuchen. Mai. — . . . .
. . . . . . *H. sciadophorum* N. u. P. = Auricula ✕ cymosum.
„ Blätter mehr od. minder lanzettlich, grün, drüsenlos. Hülle reichflockig od. filzig. — Thüringen, Sachsen, Schlesien, Böhmen.
Juni, Juli. — . . . . *H. fallax* Willd. = cymosum ✕ echioides.
45. Stengel gerade. Behaarung abstehend 46
„ „ häufig verbogen, Behaarung oft etwas aufwärts gerichtet, reich-
lich, lang. Stengelblätter 3 bis 6, drüsenlos. — H. pannonicum Pet. 39
46. Stengelblätter 2 bis 3, drüsenlos. Behaarung reichlich, lang.
Tracht etwas collinum-artig. — Wiesen. Bisher nur in Ostpreussen.
Juni. — . *H. Obornyanum* N. u. P. = collinum — magyaricum.
„ Stengelblätter 2 bis 4 (bis 6), öfters an der Spitze drüsig.
Behaarung geringer, meist kürzer. Tracht mehr magyaricum-artig.
— Böhmen, Sachsen. Mai, Juni. — . . . .
. . . . . *H. umbelliferum* N. u. P. = cymosum — magyaricum.
47. (32.) Ausläufer mit grösser werdenden od. gleichgrossen Blättern. 48
„ Ausläufer mit kleiner werdenden od. zuerst grösser werdenden,
dann rasch kleiner werdenden Blättern 49
48. Behaarung reichlich. Blätter grün, unterseits mehr od. minder
flockig. Hüllschuppen spitz. — Schlesien, Ostpreussen, Mark,
Böhmen. Juni. — H. prussicum N. u. P. = collinum ✕ Pilosella.
* Blätter blaugrünlich, oberseits sehr zerstreut behaart, unterseits
wenig flockig. Hüllschuppen breit, schwärzlich, breit grünlich-
berandet, schwarz behaart. — Nur Ostpreussen. — . . . . .
. . . . Subsp. *Casparyanum* N. u. P.
** Pflanze hochwüchsig, mehr collinum-artig, vielköpfig. Blätter
sehr gross. — Westpreussen, Schlesien, Mecklenburg. — . . .
. . . . Subsp. *Scharlokianum* N. u. P.
„ Behaarung gering. Blätter blaugrün, unterseits flockenlos. Hüllschuppen stumpf. — . . . . H. Auricula Lmk. u. D. C. 36
49. Blattrücken flockenlos, od. Stengelblätter an der Spitze drüsig. —
. . . . H. floribundum Wimm. u. Gr. 38
„ Blattrücken flockig. Stengelblätter drüsenlos 50
50. Kopfstand abgesetzt, mehrköpfig 51
„ „ unbegrenzt, wenig- od. mehrköpfig 52
51. Stengel mehr od. minder steif. Blattrücken wenig- bis reichflockig.
Blätter lanzettlich. — Westpreussen, Schlesien, Mark. Juni. —
. . . . *H. leptophyton* N. u. P. = magyaricum > Pilosella.
„ Stengel weich. Blattrücken armflockig. Blätter mehr od. minder
spatelig bis lanzettlich. — . . . H. floribundum W. u. Gr. 38
52. Stengel schlank. Blätter mehr od. minder blaugrünlich. Hülle
(wenigstens später) kuglig od. kuglig-eiförmig. Drüsen reichlich
vorhanden, öfters bis zur Stengelbasis herabgehend. — Schlesien,
Riesengebirge. Mai, Juni. — . . . .
. . . . . *H. nigriceps* N. u. P. = floribundum > Pilosella.
* Blätter etwas blaugrünlich-hellgrün, oberseits sehr zerstreut-
behaart. Randblüten aussen oft rötlich gestreift. — Nur Sudeten
800-1400 m. — . . . . Subsp. *iseranum* Üchtr.

Archieracia.

Phyllopoda.

65. Hüllschuppen regelmässig dachziegelartig, von aussen nach innen allmählich länger werdend 66
„ Hüllschuppen ungleichmässig dachziegelartig, von aussen nach innen sehr rasch an Länge zunehmend 72
66. Stengel u. Köpfchen ohne Drüsen, sehr langhaarig. Hüllschuppen sparrig, äussere blättchenartig. Köpfe sehr gross. — Nur im Gesenke an Felsen im grossen Kessel 1400-1460 m. Juli. —
. . . . *H. villosum* L. Subsp. *undulifolium* N. u. P.
„ Stengel u. Köpfchenhüllen mit Drüsenhaaren. Blütenzähnchen mehr od. minder gewimpert 67
67. Stengelblätter mit verschmälertem Grunde od. die unteren gestielt 68
„ Stengelblätter mit gerundeter od. halbumfassender Basis . . 71
68. Blätter der Rosette spatelig bis schmal-lanzettlich, in den Stiel verschmälert. Stengel 1köpfig od. wenigköpfig-gablig. Pflanze reichhaarig 69
„ Blätter der Rosette eiförmig bis länglich. Pflanze mässig behaart bis fast kahl. Stengel meist gablig; wenig- od. mehrköpfig.
. . . . . . (Zwischenformen von H. alpinum u. silvaticum.) 70
69. Blätter mehr od. minder spatelig, ganzrandig. Äussere u. innere Hüllschuppen meist ungleich gestaltet. Blütenzähnchen reichlich behaart. — Alpenwiesen. Sudeten, Harz. Juli, August. — . .
. . . . *H. alpinum* L.
a) Blüten zungenförmig . . . . b
„ „ röhrig. Stengel 2- bis 3blättrig. — . . . . . .
. . . . Subsp. *tubulosum* Tausch.
b) Stengel 1- bis 2blättrig; äussere Hüllschuppen öfters blattartig. — . . . . Subsp. *alpinum* L.
„ Stengel 3- bis 8blättrig; Hüllschuppen fast gleichgestaltet. —
. . . . Subsp. *Fritzei* Schultz.
„ Blätter lanzettlich od. länglich-lanzettlich, oft grobgezähnt. Hüllschuppen gleichgestaltet. Blütenzähnchen schwach behaart. — Gesenke, Glatzer Schneeberg. — . . . .
H. rhaeticum Fr. Subsp. *eximium* Backh. = alpinum > silvaticum.
70. Hülle ziemlich langhaarig. Blätter ganzrandig od. gezähnt. — Verzweigung gabelig. — Sudeten. Juli-Sept. — *H. nigrescens* Willd.
Blätter grob-drüsenlos- od. drüsig-gezähnt. — Subsp. *nigrescens*.
Blätter ganzrandig od. gezähnelt od. etwas buchtig-gezähnt. — . . . . Subsp. *decipiens* Tausch.
„ Hülle kurzhaarig, reichdrüsig. Blätter ungleich-gezähnt mit Stieldrüsen tragenden Zähnen. Verzweigung locker-rispig. — Riesengebirge. Juli-Sept. — . . . . . *H. glandulosodentatum* Üchtr.
71. Kopfstand rispig. Hülle reichdrüsig, kurzhaarig. — Riesengebirge. Juli, Aug. — . . . . *H. bohemicum*
Fr. (H. sudeticum Sternbg.) = alpinum — prenanthoides.
„ Kopfstand gabelig. Hülle armdrüsig, langhaarig. — Riesengebirge. Juli, Aug. — . . . . *H. sudeticum*
d. A. (H. pedunculare Tausch) = alpinum — prenanthoides.
72. (65) Blätter, wenigstens am Rande, mehr od. minder drüsig. 73
„ „ drüsenlos 74
73. Behaarung weich. Blätter lanzettlich od. länglich. — Riesengebirge, Glatzer Schneeberg. Juli, Aug.—*H. atratum* Fr.=alpinum <silvaticum.

„ Behaarung steif. Blätter lanzettlich od. lineal. — Hunsrück, selten.
Juni, Juli. — . . . . *H. saxifragum* Fr.
74. Obere Stengelblätter mit mehr od. minder umfassender od. breiter
Basis sitzend 75
„ Obere Stengelblätter mit verschmälertem Grunde. 82
75. Früchte schwarzbraun od. schwärzlich. Köpfe grösser . . . 76
„ „ hell braunrot od. kastanienbraun. Köpfe kleiner . . 79
76. Rosetten- u. untere Stengelblätter eiförmig-länglich bis länglich-
lanzettlich 77
„ Rosetten- u. untere Stengelblätter lanzettlich. 78
77. Hülle gestutzt, Schuppen breitlich, breitrandig, armdrüsig. Kopf-
stand rispig-mehrköpfig. — Sudeten, selten. Juli-Sept. — . .
. . . . . . *H. pallidifolium* Knaf (H. chlorocephalum Wimm.)
„ Hülle gerundet. Schuppen schmal, schmalrandig, reichdrüsig.
Kopfstand fast gabelig-wenigköpfig. — Sudeten. Juli, Aug. —
. . . . *H. nigritum* Üchtr.
78. Kopfstiele zerstreut-drüsig. Hüllschuppen breit, schwarz, randlos.—
Glatzer Schneeberg, Gesenke. Juli, Aug. — *H. stygium* Üchtr.
„ Kopfstiele drüsenlos. Hüllschuppen schmal, schwärzlich, hellgrün
gerandet. — Sudeten, sehr selten. Juli, Aug. — *H. Engleri* Üchtr.
79. Früchte kastanienbraun od. dunkelrotbraun. Hüllschuppen graulich-
flockig. Kopfstiele armdrüsig 80
„ Früchte mehr od. minder braunrot. Hüllschuppen schwarz. Kopfstiele reichdrüsig 81
80. Rosettenblätter in den Stiel vorgezogen. Griffel gelb. Blütenzähnchen kahl. — Schlesien, Sudeten, selten. Mai, Juni. — . .
. . . . *H. bifidum* W. u. Kit.
„ Rosettenblätter am Grunde abgerundet. Griffel dunkel. Blütenzähnchen gewimpert. — Riesengebirge. Juli-Sept. — . . . . .
. . . . . *H. Wimmeri* Üchtr. (H. anglicum Wimm. nicht Fr.).
81. Äussere Hüllschuppen etwas abstehend. Stengelblätter eiförmig-
länglich. Kopfstand wenigköpfig. — Sudeten. Juli, Aug. — . .
. . . . *H. albinum* Fr.
„ Äussere Hüllschuppen angedrückt. Stengelblätter etwas geigenförmig. Kopfstand mehrköpfig. — Riesengebirge. Aug., Sept. —
. . . . *H. asperulum* Freyn.
82. (74) Stengelblätter 0 oder 1 (bis 2) 83
„ „ 2 od. mehr, bis zahlreich 89
83. Blätter blaugrün, borstig od. gewimpert Griffel gelb . . . 84
„ „ grasgrün od. blaugrünlich, weich behaart. Griffel wenigstens
zuletzt dunkel 85
84. Blätter nur gewimpert. — Felsen u. steinige Abhänge. Riesengebirge. Juli-Sept. — . . . . *H. rupicolum* Fr.
„ Blätter überall borstig. — Felsen, steinige Hänge. Zerstreut.
Juni, Juli. — . . . . *H. Schmidtii* Tausch.
85. Grundblätter an der Basis herzförmig od. gerundet od. gestutzt. 86
„ „ , wenigstens innere, in den Stiel herablaufend . . 87
86. Blätter grün, behaart. Hülle reichdrüsig. — Gemein, besonders
in Wäldern. Mai, Juni. — . . . . *H. silvaticum* L.
a) Blätter besonders gegen die Basis hin grob- od. eingeschnitten-
gezähnt . . . . b
„ Blätter ganzrandig od. mit kleinen, wenig hervortretenden
Zähnen c

b) Hülle reichdrüsig, armflockig. — . . . Subsp. *silvaticum* L.
„   „   fast drüsenlos, reichlich filzig. — Subsp. *subcaesium* Fr.
c) Blätter zerstreut-behaart, grün. — . . . Subsp. *murorum* L.
„   „   beiderseits u. am Rande reichhaarig, graulichgrün. —
. . . . Subsp. *cinerascens* Jord.
„ Blätter bläulichgrün, ziemlich kahl. Hülle drüsenlos. — . . .
. . . . H. bifidum W. Kit. 80
87. Hülle schwarz . . . . • 88
„   „   mehr od. minder graufilzig. — Zerstreut. Juni-Aug. — . .
. . . . *H. caesium* Fr.
88. Hülle drüsenlos. Blütenzähnchen kahl. — Gesenke. Juni-
Aug. — . . . . *H. plumbeum* Fr.
„ Hülle reichdrüsig. Blütenzähnchen gewimpert. — H. atratum Fr. 73
89. Hüllschuppen spitz. Blätter
grün. Hülle reichlich be-
kleidet. Kopfstand rispig,
Stiele gerade. — Gemein,
überall, auch auf nasseren
Stellen. Juni, Juli. — . .
Fig 425, *H. vulgatum* Fr.
*Pflanze zart, wenigköpfig,
2- bis 3 blättrig. Blätter
schmaler. Hülle armdrüsig.—
Hochgebirge 1000-1500 m. —
. . . Subsp. *alpestre* Üchtr.
„ Hüllschuppen stumpf . . 90'
90. Blätter blaugrünlich od. blaugrün 91
„ Blätter grün, am Stengel
zahlreich. Kopfstand gedrängt-
rispig. Hülle schwarzgrün,
drüsenlos. — Wälder; Mark,   *Fig. 425.* Hieracium vulgatum.
Rhein, Hannover, Spessart. Juni. — *H. ramosum* W. u. Kit.
91. Blätter blaugrünlich, am Stengel wenige. Kopfstand locker-rispig.
Hülle leicht filzig, drüsenlos. Kopfstiele gerade. — Felsen. Böhmen.
Juni, Juli. — . . . . *H. canescens* Schl.
„ Blätter blaugrün, am Stengel mehrere. Kopfstand fast traubig. Hülle
wenig bekleidet, etwas drüsig. Kopfstiele vor der Blütezeit etwas
nickend. — Nur im Gesenke. Aug., Sept. — *H. silesiacum* Krause.
        A c c i p i t r i n a.
92. (64.) Kopfstand ganz od. im oberen Teil doldig, mehrköpfig . 93
„ Kopfstand niemals deutlich doldig 94
93. Hüllschuppen schwärzlich, mit sparrig- abstehenden od. zurückgebogenen Spitzen. Blätter sehr zahlreich, mehr od. minder lineal
bis lanzettlich, mit umgebogenen Rändern. — Waldränder, Gebüsche, häufig. Juli, Aug. — . . . . *H. umbellatum* L.
a) Pflanze ganz mit kurzen steifen Haaren bedeckt. Blätter ganzrandig. — Schlesien. — . . . . . Subsp. *Radula* Üchtr.
„ Pflanze nicht kurzborstig . . . . b
b) Blätter länglich od. elliptisch-lanzettlich, ganzrandig od. wenig
gezähnelt. — . . . . Subsp. *Lactaris* Bertol.
„ Blätter mehr od. minder lanzettlich, ganzrandig od. gezähnelt. —
. . . . Subsp. *umbellatum* L.

„ Blätter lineal, mit 2- bis 4 groben Zähnen jederseits. — . .
. . . . Subsp. *coronopifolium* Bernh.
„ Blätter schmal-lineal bis fädlich, ganzrandig. Kopfstand öfters
eine einfache Dolde — . . Subsp. *linariifolium* G. Meyer.
*Stengel kurz, niedergestreckt. — . . . Form *dunense* Reyn.
„ Hüllschuppen dunkel, anliegend. Blätter minder zahlreich, mehr
od. minder lanzettlich, oft grob gezähnt. — H. tridentatum Fr. 105
94. Blütenzähnchen meist gewimpert. Mittlere Blätter mehr od. minder
geigenförmig, mit umfassender od. breiter Basis sitzend, alle oberseits behaart 95
„ Blütenzähnchen ungewimpert. Blätter nicht geigenförmig . . 98
95. Kopfstand viel od. mehrköpfig. Köpfe klein. Blätter ganzrandig
od. gezähnelt, kurzhaarig 96
„ Kopfstand wenigköpfig. Köpfe ansehnlich 97
96. Stengel reichblättrig. Blätter deutlich geigenförmig. Köpfchen zahlreich. Blütenzähnchen reichlich gewimpert. — Gebüsche, Schluchten,
Gebirgswiesen. Sudeten. Aug., Sept. — *H. prenanthoides* Vill.
a) Blätter mehr od. minder länglich, breit, fein gezähnelt, tief umfassend, reichhaarig. Köpfchen klein. Kopfstand gespreizt. b
„ Blätter länglich-lanzettlich, gezähnelt bis gezähnt, undeutlicher
geigenförmig, oft nur halbumfassend. Köpfchen grösser. Kopfstand mit mehr od. minder aufrechten Stielen c
b) Blätter gross, breit-länglich, mit grossen, sich deckenden Basal-
lappen stengelumfassend. — . . . Subsp. *perfoliatum* Froel.
„ Blätter kleiner, eiförmig-länglich od. länglich, nicht so stark
umfassend. — . . . . . . Subsp. *prenanthoides* Vill.
c) Blätter weich, überall behaart. — Subsp. *angustifolium* Tausch.
„   „   steif, oberseits ziemlich kahl, aber gewimpert. — . .
. . . . Subsp. *parvifolium* Üchtr.
„ Stengel mehrblättrig. Blätter: unterstes stielartig verschmälert,
mittlere etwas geigenförmig. Köpfchen 4 bis 9. Zähnchen zer-
streut-gewimpert. — Riesengebirge. Aug., Sept. — . . . . .
. . . . . *H. asperulum* Freyn = prenanthoides — silvaticum.
97. Hülle u. Kopfstiele lang-hellhaarig. Blätter gezähnelt bis gesägt-
gezähnt, obere mit herzförmiger od. gerundeter Basis. — Nur im
Gesenke unter den Eltern. Juli. —
. . *H. Grabowskianum* N. u. P. = prenanthoides X villosum.
„ Hülle u. Kopfstiele kurz- dunkel (drüsen-)haarig. Blätter gezähnelt,
obere mit gerundeter od. gestutzter Basis. — Nur im Riesengebirge
auf Alpenwiesen. Juli, Aug. — . . . .
. . . . . *H. riphaeum* Üchtr. = alpinum — prenanthoides.
98. Blätter mit herzförmiger Basis umfassend, oberseits ausser am
Rande fast od. völlig kahl. Kopfzahl 3 bis 6. — Nur im Riesengebirge. Aug., Sept. . . . . *H. Fiekii* Üchtr.
„ Blätter mit gerundeter od. verschmälerter Basis 99
99. Alle Blätter fast gleichgestaltet. Hülle drüsig, selten drüsenlos,
dann überhaupt kahl . . . . . (H. Tauschianum Üchtr.) 100
„ Untere u. obere Blätter verschieden: untere mit verschmälerter od.
stielartiger Basis, obere sitzend 102
100. Kopfstiele schlank, drüsenlos. Stengel undeutlich- od. wenig
gestreift 101
„ Kopfstiele dick, drüsig. Stengel stark gestreift. — Nur Gesenke
u. Glatzer Schneeberg. Aug., Sept. — *H. pachycephalum* Üchtr.

101. Blätter ziemlich kahl, Kopfstiele wenig flockig. Früchte hell-
rötlichbraun. — Sudeten, besonders im Gesenke. Aug., Sept. —
. . . . *H. inuloides* Tausch (crocatum Fr.).
„ Blätter behaart. Kopfstiele reichflockig. Früchte dunkel-schwarz-
braun. — Sudeten, besonders im Gesenke. Aug., Sept. — . . .
. . . . *H. corymbosum* Fr. (striatum Tausch).
102. Basis der mittleren u. oberen Blätter breit od. etwas umfassend.
Hülle drüsenlos 103
„ Blattbasis überall schmal 105
103. Früchte blassbraun. Hüllschuppen grün, dunkelspitzig. Kopf-
stand fast traubig. — Wälder, Gebüsche; Schlesien, Böhmen.
Aug.-Okt. — . . . . *H. barbatum* Tausch.
„ Früchte mehr od. minder schwarz 104
104. Mittlere u. obere Blätter deutlich umfassend. Hüllschuppen breit,
grün, oft rot überlaufen, etwas behaart. — Gebüsche, sehr selten.
Aug., Sept. — . . . . *H. sabaudum* L.
„ Mittlere od. nur die oberen Blätter mit gerundeter Basis. Hüllschuppen breitlich, dunkel bis schwärzlich, kahl. — Wälder, Gebüsche. Aug.-Okt. — . . . . *H. boreale* Fr.
105. Blätter mit mehr od. minder gleichmässigen Zähnen . . . 106
„ „ in der Mitte mit grösseren Zähnen od. nur mit wenigen
sehr groben Zähnen versehen. — Wälder, Gebüsche, verbreitet.
Juli, Aug. — . . . . *H. tridentatum* Fr.
106. Hüllschuppen schmal, hellgrün, flockig, behaart. Pflanze höher.
Köpfe ziemlich zahlreich. — Gebüsche, Waldränder, zerstreut. Juli,
Aug. — . . . . *H. rigidum* Hartm.
„ Hüllschuppen breitlich, grün, nackt. Pflanze höher. Köpfe ziemlich
zahlreich. Hülle kreiselförmig. — Hamburg, Kiel, Ratzeburg.
Juli, Aug. — . . . . *H. virescens* Sond.
„ Hüllschuppen breitlich, bis schwärzlich, fast nackt. Pflanze
niedriger. Blattzähne öfters sehr klein. Köpfe wenige. — Berg-
wiesen. Schlesien, Böhmen, Thüringen. Juli, Aug. — . . . .
. . . . *H. gothicum* Fr.

Anhang.

Die medicinisch - pharmaceutischen Pflanzen des Gebiets.

Bearbeitet von Oberstabs-Apotheker Dr. W. Lenz.

Die zweite Auflage der „Pharmacopoea germanica", das Arznei-Gesetzbuch des Deutschen Reiches führt als Arzneistoffe aus dem Pflanzenreiche Teile, bezw. Lebensprodukte folgender Pflanzen unseres Gebietes auf.

A. Kryptogamae.

Lycopodium clavatum. Gebraucht werden die Sporen hiervon, aber auch von anderen Arten unter dem Namen „Lycopodium".
Polystichum Filix mas. Der Wurzelstock: „Rhizoma Filicis".

B. Phanerogamae.

1. Abteilung Gymnospermae.

Juniperus communis. Die Beerenzapfen: „Fructus Juniperi" und das ätherische Öl derselben: „Oleum Juniperi".
Sabina officinalis. Die beblätterten Zweigspitzen: „Summitates Sabinae".
Pinus Laricio und andere *Abietineen.* Der Balsam: „Terebinthina", das ätherische Öl: „Oleum Terebinthinae"; das vom Terpentinöl befreite Harz der Coniferen (besonders allerdings von *Pinus australis* und *Pinus Taeda*): „Colophonium".

2. Abteilung Angiospermae.

A) Klasse Monocotyleae.

Colchicum autumnale. Die Samen: „Semen Colchici".
Veratrum Lobelianum. Der Wurzelstock mit Wurzeln: „Rhizoma Veratri".
Iris pallida, germanica und *florentina.* Der geschälte Wurzelstock: „Rhizoma Iridis" (Veilchenwurzel).
Acorus Calamus. Der Wurzelstock: „Rhizoma Calami".
Triticum repens. Der Wurzelstock: „Rhizoma Graminis".
Triticum vulgare und die anderen Kultur-Arten von Triticum. Das Stärkemehl der Samen: „Amylum Tritici".
Verschiedene Orchidaceen, wie *Orchis mascula, Morio, ustulata,* sowie *Platanthera bifolia* und *Anacamptis pyramidalis* liefern Wurzelknollen: „Tubera Salep".

B) Klasse Dicotyleae.

Unterklasse Choripetalae.

Quercus Robur, sessiliflora und *pubescens.* Die Rinde: „Cortex Quercus".

Juglans regia. Die Blätter: „Folia Juglandis".

Cannabis sativa. Die Stengelspitzen mit den reifenden Früchten, oder die Blätter der im nördlichen Indien eingesammelten weiblichen Pflanzen: „Herba Cannabis Indicae" .

Humulus Lupulus. Die Drüsen der Fruchtstände: „Glandulae Lupuli" (Lupulin).

Aconitum Napellus. Die Wurzelknollen: „Tubera Aconiti".

Papaver somniferum. Der eingedickte Milchsaft junger Früchte: „Opium". Die unreifen Früchte: „Fructus Papaveris immaturi". Die Samen: „Semen Papaveris" und das fette Öl der letzteren: „Oleum Papaveris".

Brassica nigra. Die Samen: „Semen Sinapis" und das aus denselben gewonnene ätherische Öl: „Oleum Sinapis."

Brassica Rapa und *Napus.* Das fette Öl der Samen: „Oleum Rapae" (Rüböl).

Cochlearia officinalis. Das Kraut: „Herba Cochleariae".

Viola tricolor. Das Kraut: „Herba Violae tricoloris".

Tilia ulmifolia und *platyphyllos.* Die Trugdolden: „Flores Tiliae".

Malva silvestris. Die Blumen: „Flores Malvae vulgaris". Die Blätter derselben und von *Malva neglecta:* „Folia Malvae."

Althaea officinalis. Die geschälte Wurzel: „Radix Althaeae" und die Blätter: „Folia Althaeae".

Linum usitatissimum. Die Samen: „Semen Lini", das fette Öl derselben: „Oleum Lini" und die von letzterem befreiten Presskuchen der Samen: „Placenta Seminis Lini".

Rhamnus cathartica. Die Früchte: „Fructus Rhamni catharticae".

Frangula Alnus. Die Rinde: „Cortex Frangulae".

Carum Carvi. Die Früchte: „Fructus Carvi" und das ätherische Öl derselben: „Oleum Carvi".

Pimpinella Anisum. Die Früchte: „Fructus Anisi" und das ätherische Öl derselben: „Oleum Anisi".

Pimpinella Saxifraga und *magna.* Die Wurzeln: „Radix Pimpinellae".

Oenanthe aquatica. Die Früchte: „Fructus Phellandrii".

Foeniculum capillaceum. Die Früchte: „Fructus Foeniculi" und das ätherische Öl derselben: „Oleum Foeniculi".

Levisticum officinale. Die Wurzel: „Radix Levistici".

Archangelica officinalis. Der Wurzelstock mit Wurzeln: „Radix Angelicae".

Imperatoria Ostruthium. Der Wurzelstock: „Rhizoma Imperatoriae".

Conium maculatum. Das Kraut: „Herba Conii".

Rosa centifolia. Die Kronenblätter: „Flores Rosae". Verschiedene Arten Rosa liefern ätherisches Öl: „Oleum Rosae".

Potentilla erecta. Der zum grössten Teile von den Wurzeln befreite Wurzelstock: „Rhizoma Tormentillae".

Amygdalus communis. Die Samen: „Amygdalae dulces" (süsse Mandeln) und „Amygdalae amarae" (bittere Mandeln) sowie das fette Öl derselben: „Oleum Amygdalarum".

Ononis spinosa. Die Wurzel: „Radix Ononidis".

Trigonella Foenum graecum. Die Samen: „Semen Faenugraeci".

Melilotus officinalis und *altissimus.* Das Kraut: „Herba Meliloti".

Unterklasse Sympetalae.

Arctostaphylos Uva ursi. Die Blätter: „Folia Uvae Ursi".
Fraxinus Ornus. Der erhärtete, aus Rinden-Einschnitten aus-
geflossene Saft: „Manna".
Menyanthes trifoliata. Die Blätter: „Folia Trifolii fibrini".
Gentiana lutea und andere. Wurzelstöcke und Wurzeln: „Radix
Gentianae".
Erythraea Centaurium. Das Kraut: „Herba Centaurii".
Capsicum annuum. Die Früchte: „Fructus Capsici".
Atropa Belladonna. Die Blätter: „Folia Belladonnae".
Hyoscyamus niger. Das Kraut: „Herba Hyoscyami".
Nicotiana Tabacum. Die Blätter: „Folia Nicotianae".
Datura Stramonium. Die Blätter: „Folia Stramonii."
Verbascum phlomoides und *thapsiforme.* Die Blumen: „Flores
Verbasci" (Wollblumen).
Digitalis purpurea. Die Blätter: „Folia Digitalis".
Lavandula officinalis. Die Blumen: „Flores Lavandulae" und
das ätherische Öl derselben: „Oleum Lavandulae".
Mentha piperita. Die Blätter: „Folia Menthae piperitae" und
das aus denselben gewonnene ätherische Öl: „Oleum Menthae pipe-
ritae". Von einer Var. der vorigen, der *M. crispa* L., werden ebenfalls
die Blätter benutzt: „Folia Menthae crispae".
Salvia officinalis. Die Blätter: „Folia Salviae".
Thymus Serpyllum. Die blumentragenden Zweige: „Herba Serpylli".
Thymus vulgaris. Die blumentragenden Zweige: „Herba Thymi"
und das ätherische Öl derselben: „Oleum Thymi".
Melissa officinalis. Die Blätter: „Folia Melissae".
Sambucus nigra. Die Trugdolden: „Flores Sambuci".
Valeriana officinalis. Der Wurzelstock mit Wurzeln: „Radix Vale-
rianae".
Tussilago Farfara. Die Blätter: „Folia Farfarae".
Inula Helenium. Der Wurzelstock mit Wurzeln: „Radix Helenii".
Artemisia Absinthium. Die Blätter und die blühenden Zweigspitzen:
„Herba Absinthii".
Matricaria Chamomilla. Die Blütenkörbchen: „Flores Chamomillae".
Arnica montana. Die Blüten: „Flores Arnicae".
Cnicus benedictus. Das Kraut: „Herba Cardui benedicti".
Taraxacum officinale. Die ganze Pflanze (vor der Blüte gesammelt):
„Radix Taraxaci cum Herba".
Lactuca virosa. Der getrocknete Milchsaft: „Lactucarium".

Die Giftpflanzen des Gebiets.

Die am heftigsten wirkenden Arten sind mit †, bloss verdächtige mit ?
bezeichnet.

Fam. Coniferae: *Sabina officinalis, Taxus baccata* (das Laub).
„   **Liliaceae:** † *Colchicum autumnale, Convallaria majalis, Fritillaria
imperialis, Nartheccium ossifragum,* ? *Paris quadrifolius,* ? *Poly-
gonatum,* † *Veratrum Lobelianum.*
„   **Amaryllidaceae:** ? *Leucoïum, Narcissus Pseudo-Narcissus.*
„   **Dioscoreaceae:** *Tamus communis.*
„   **Araceae:** † *Arum maculatum, Calla palustris.*
„   **Gramineae:** ? *Lolium temulentum.*
„   **Alismaceae:** *Alisma.*
„   **Myricaceae:** ? *Myrica Gale.*
„   **Urticaceae:** *Cannabis sativa.*
„   **Caryophyllaceae:** ? *Agrostemma Githagog* (die Samen).

Fam. Ranunculaceae: Fast alle Arten dieser Familie führen mehr oder minder scharfe Säfte; Giftpflanzen sind besonders: *Anemone narcissiflora*, *A. nemorosa*, *A. ranunculoides*, † *Aconitum*, *Actaea spicata*, *Batrachium aquatile*, *B. fluitans*, *B. hederaceum*, *Caltha palustris*, *Clematis recta*, *C. Vitalba*, † *Helleborus*, *Pulsatilla patens*, *P. pratensis*, *P. vernalis*, *P. vulgaris*, *Ranunculus acer*, *R. bulbosus*, *R. Flammula*, *R. Lingua*, † *R. sceleratus*.

„ **Papaveraceae:** *Chelidonium majus*, *Papaver somniferum* (mit giftigem Milchsaft).

„ **Fumariaceae:** ? *Corydalis lutea*.

„ **Cruciferae:** *Erysimum crepidifolium* (den Gänsen sehr schädlich).

„ **Violaceae:** *Viola canina*, *V. hirta*, *V. odorata*, *V. palustris*, *V. tricolor*.

„ **Droseraceae:** ? *Drosera*.

„ **Balsaminaceae:** ? *Impatiens Noli tangere*.

„ **Anacardiaceae:** † *Rhus Toxicodendron*.

„ **Celastraceae:** *Evonymus europaea* (die Früchte), *E. verrucosa*, ? *Staphylaea pinnata*.

„ **Rhamnaceae:** *Frangula Alnus* (die Rinde u. die Früchte), *Rhamnus cathartica* (die Früchte).

„ **Euphorbiaceae:** *Mercurialis annua*, *M. perennis*. Ausser Euphorbia dulcis führen alle Arten der Gattung *Euphorbia* einen weissen, scharfen Milchsaft; besonders giftig ist *E. Lathyris*.

„ **Umbelliferae:** Viele Arten mit scharfen Säften; giftig: *Aethusa Cynapium*, † *Cicuta virosa*, † *Conium maculatum*, *Hydrocotyle vulgaris*, ? *Oenanthe fistulosa* u. *Sium latifolium*.

„ **Araliaceae:** *Hedera Helix*.

„ **Crassulaceae:** *Sedum acre*.

„ **Saxifragaceae:** ? *Chrysosplenium*.

„ **Thymelaeaceae:** *Daphne Cneorum*, † *D. Mezereum*.

„ **Rosaceae:** *Prunus Padus* (die Rinde). Ausserdem sind die Samen aller *Pruneen* wegen ihres Gehalts an Blausäure giftig.

„ **Papilionaceae:** ? *Colutea arborescens*, ? *Coronilla varia*, *Cytisus Laburnum*, ? *Ervum Ervilia*, *Sarothamnus scoparius*.

„ **Aristolochiaceae:** *Aristolochia Clematitis*, *Asarum europaeum*.

„ **Ericaceae:** ? *Andromeda poliifolia*, *Ledum palustre*.

„ **Primulaceae:** *Anagallis arvensis*, *Cyclamen europaeum*.

„ **Apocynaceae:** *Apocynum androsaemifolium*.

„ **Asclepiadaceae:** *Asclepias syriaca*, *Vincetoxicum officinale*.

„ **Solanaceae:** † *Atropa Belladonna*, *Capsicum annuum*, † *Datura Stramonium*, † *Hyoscyamus niger*, *Lycium barbarum*, † *Nicotiana*, *Solanum*, besonders *S. nigrum* (das Kraut und besonders die Beeren aller Arten, auch der Kartoffel, giftig).

„ **Scrophulariaceae:** † *Digitalis*, † *Gratiola officinalis*, *Pedicularis*.

„ **Lobeliaceae:** *Lobelia Dortmanna*.

„ **Cucurbitaceae:** † *Bryonia*.

„ **Caprifoliaceae:** ? *Lonicera Periclymenum*, *L. Xylosteum*, *Sambucus Ebulus*, ? *Viburnum Opulus*.

„ **Compositae:** ? *Eupatorium cannabinum*, ? *Lactuca perennis*, *L. saligna*, *L. sativa* (in ausgewachsenem Zustande), *L. Scariola*, *L. virosa*.

Erklärung der nicht von selbst verständlichen Abkürzungen.

1 j. = Einjährige Pflanze resp. Pflanzen.
2 j. = Zweijährige „ „
B. = Baum resp. Bäume.
erw. = erweitert.
G. F. = Gutes Futtergras resp. Gute Futtergräser.
Hz. = Holzgewächs resp. Holzgewächse.
M. F. = Mittelmässiges Futtergras resp. Mittelmässige Futtergräser.

Sd. = Staude resp. Stauden.
Sch. F. = Schlechtes Futtergras resp. Schlechte Futtergräser.
S. g. F. = Sehr gutes Futtergras resp. Sehr gute Futtergräser.
Str. = Strauch resp. Sträucher.
Subsp. = Subspecies.
Var. = Varietät resp. Varietäten.
z. T. = zum Teil.

Erklärung der wichtigsten abgekürzten Autoren-Namen.

A. Br. = Alexander Braun.
Adans. = Adanson.
Adr. Juss. = Adrien de Jussieu.
Afz. = Afzelius.
Ait. = Aiton.
Alfld. = Alefeld.
All. = Allioni.
Anders. = Anderson.
Andrzj. = Andrzejowsky.
Ard. = Arduino.
Arrhen. = Arrhenius.
Aschrsn. u. Aschs. = Ascher-
Babingt. = Babington. [son.
Balb. = Balbis.
Balding. = Baldinger.
Bartl. = Bartling.
Bast. = Bastard.
Baumg. = Baumgarten.
Bechst. = Bechstein.
Benth. = Bentham.
Bernh. = Bernhardi.
Bertol. = Bertoloni.
Bess. = Besser.
Biv. = Bivona-Bernardi.
Blox. = Bloxam. [hut.
Bl. u. Fing. = Bluff u. Finger-
Bönngh. = Bönninghausen.
Boerh. = Boerhaave.
Borkh. = Borkhausen.
Britt. = Brittinger.
Brot. = Brotero.
Camb. = Cambessèdes.
Casp. = Caspary.
Cass. = Cassini.
Cav. od. Cavan. = Cavanilles.

C. Bauh. = Caspar Bauhin.
Celk. = Celakowsky.
Cham. u. Schldl. = Chamisso u. Schlechtendal.
Clairv. = Clairville.
Coss. u. Germ. = Cosson u. Germain.
Coult. = Coulter.
Crntz. = Crantz.
Curt. = Curtis.
Cuss. = Cusson.
d. A. = der Autoren.
D. C. = De Candolle.
D. C. fil. = De Candolle-Sohn.
Delarb. = Delarbre.
Desf. = Desfontaines.
Desp. = Desportes.
Desr. = Desrousseaux.
Desv. = Desvaux.
Dill. = Dillenius.
Dougl. = Douglas.
Drej. = Drejer.
Dub. = Duby.
Dumort. = Dumortier.
Ehrh. = Ehrhart.
E. Mey. = Ernst Meyer.
Favr. = Favrat.
Fl. Wett. = Flora der Wetterau, verfasst von Gärtner, Meyer u. Scherbius.
Forsk. = Forskal.
Fr. = Fries.
Friderchsn. = Friderichsen.
Froel. = Froelich.
F. Wett. = siehe: Fl. Wett.

Gärtn. = Gärtner.
Gaud. = Gaudin.
Gcke. = Garcke.
Gilib. = Gilibert.
Gmel. = Gmelin.
G. Mey. = G. F. W. Meyer.
Gochn. = Gochnat.
Godr. u. Gren. = Godron u. Grenier.
Good. = Goodenough.
Grcke. = Garcke.
Gren. = Grenier.
Grisb. = Grisebach.
Haenk. = Haenke.
Hall. = Haller.
Hartm. = Hartman.
Haw. = Haworth.
Hayn. = Hayne.
H. B. K. = Humboldt, Bonpland u. Kunth.
Hegetsch. = Hegetschweiler.
Heist. = Heister.
Hoffm. = Hoffmann.
Hoffmsg. = Hoffmannsegg.
Hornem. = Hornemann.
Huds. = Hudson.
Jacq. = Jacquin.
J. Bauh. = Johann Bauhin.
J. Lnge. = J. Lange.
Juss. = Ant. Laur. de Jussieu.
Kaltnb. = Kaltenbach.
Kit. = Kitaibel.
Kl. = Klotzsch.
Koehl. = Koehler.
Koel. = Koeler.

Kth. = Kunth.
Kütz. = Kützing.
L. = Linné.
Lag. = Lagasca.
Lap. = Lapeyrouse.
Ledeb. = Ledebour.
Lefv. = Lefèvre.
Lehm. = Lehmann.
Lej. = Lejeune.
Less. = Lessing.
Lestib. = Lestiboudois.
Leyss. = Leysser.
L. fil. = Linné-Sohn.
L'Hérit. = L'Héritier.
Lib. = Libert.
Lightf. = Lightfoot.
Liljeb. = Liljeblad.
Lindl. = Lindley.
Lk. = Link.
Lmk. = Lamarck.
Lnge. = Lange.
Loisl. = Loiseleur.
Lumn. = Lumnitzer.
Marss. = Marsson.
M.B. = Marschall von Bieber-
Mchx. = Michaux. [stein.
Med. = Medicus.
Mer. = Merat.
Mett. = Mettenius.
Mich. = Micheli.
Mik. = Mikan.
Mill. = Miller.
Mnch. = Mönch.
Möhr. = Möhring.
Mol. = Molina.
Moq. Tand. = Moquin-Tan-
Müll. = Müller. [don.
M. u. K. = Mertens u. Koch.
Murr. = Murray.
N. = Nees von Esenbeck.
Näg. = Nägeli.
Nestl. = Nestler.
Neum. = Neuman.

Nutt. = Nuttall.
N. u. P. = Nägeli u. Peter.
N. v. E. = Nees von Esenbeck.
Pall. = Pallas.
Patr. Br. = Patrick Browne.
P. B. = Palisot de Beauvois.
Pers. = Persoon.
Peterm. = Petermann.
Pfr. = Pfeiffer.
P. J. Müll. = P. J. Müller.
P. M. E. = Patze, Meyer u.
Poir. = Poiret. [Elkan.
Poll. = Pollich.
Pourr. = Pourret.
R. Br. = Robert Brown.
Rchb. = L. Reichenbach.
  „ fil. = G. Reichenbach.
Rebent. = Rebentisch.
Ren. = Reneaulme.
Retz. = Retzius.
Rich. = Richard.
Rostk. u. Schm. = Rostkovius
  u. Schmidt.
Roz. = Rozier.
Rth. = Roth.
R. u. Pavon = Ruiz u. Pavon.
R. u. Schult. = Roemer u.
  Schultes.
Salisb. = Salisbury.
Schbl. u. Mart. = Schübler u.
Schk. = Schkuhr. [Martens.
Schldl. = Schlechtendal.
Schleich. = Schleicher.
Schmp. u Sp. = Schimper u.
Schrd. = Schrader. [Spenner.
Schreb. = Schreber.
Schrnk. = Schrank.
Schult. = Schultes.
Schultz bip. = Schultz-Zwei-
  brücken.
Schumch. = Schumacher.
Schw. u. Kört. = Schweigger
  u. Körte.

Scop. = Scopoli.
Seb. u. Maur. = Sebastiani u.
Ser. = Seringe. [Mauri.
Sibth. = Sibthorp.
Sm. = Smith.
Soy.-Will. = Soyer-Willemet.
Spr. = Sprengel.
St. = Sturm.
Sternb. = Sternberg.
Stev. = Steven.
St. Hil. = Saint Hilaire.
Sw. = Swartz.
Ten. = Tenore.
Thuill. = Thuillier.
Torr. u. Gray = Torrey u. Gray.
Tourn. = Tournefort.
Trev. = Treviranus.
Trin. = Trinius.
Trn. = Tournefort.
Üchtr. = R. v. Üchtritz.
Vaill. = Vaillant.
Vent. = Ventenat.
Vill. = Villars.
Vis. = Visiani.
Wahlbg. = Wahlberg.
Wallr. = Wallroth.
Web. = Weber.
Weig. = Weigel.
Wender. = Wenderoth.
W. G. = Wimmer u. Gra-
Wh. = Weihe. [bowski.
Whlnbg. = Wahlenberg.
Wib. = Wibel.
Wickstr. = Wickström.
Wigg. = Wiggers.
Willd. = Willdenow.
Wirtg. = Wirtgen.
With. = Withering. [bel.
W. K. = Waldstein u. Kitai-
W. u. Grab. = Wimmer u.
  Grabowski.
W. u. N. = Weihe u. Nees.

Alphabetisches Namen- und Sach-Register.

Die Sterne (*) weisen auf Illustrationen.

(Die Varietäten sind im Folgenden als Arten aufgeführt worden.)

484 Register.

488 Register.

Berichtigungen.

Seite 23 Zeile 24 von oben ist vor „Drosera" hinzuzufügen: B a r t s c h i a,
„ 40 „ 15 „ „ ist anstatt „D. Seguierii" zu setzen: D. s i l v a t i c u s
„ 42 „ 15 „ unten ist anstatt „Hieracium silvestre" zu setzen: H i e r a c i u m
b o r e a l e
„ 45 „ 8 von oben ist anstatt „Polygala depressa" zu setzen: P o l y g a l a
s e r p y l l a c e a
„ 63 ist Figur 15 liegend statt stehend gedruckt.
„ 72 Zeile 19 von oben ist anstatt „europea" zu setzen: e u r o p a e a
„ 92 „ 7 „ „ ist anstatt „noltei" zu setzen: N o l t e i
„ 116 „ 2 „ unten muss der Name „Döll" eingeklammert werden.
„ 116 „ 6 „ „ ist anstatt „Roth" zu setzen: P. B.
„ „ „ „ „ „ „ „ „Lmk." „ „ R. u. S c h u l t.
„ „ „ 7 „ „ ist vor „longiseta" zu setzen: d e r H a u p t f o r m
„ 124 „ 3 „ oben muss der Name „Aschs." eingeklammert werden.
„ 125 „ 6 u. 7 von unten ist anstatt „glabratua" g l a b r a t a und anstatt
„bulbosua" b u l b o s a zu setzen.
„ 159 „ 17 von unten ist anstatt „Kapselfrucht" zu setzen: T r o c k e n-
f r u c h t, m e i s t K a p s e l
„ 172 „ 19 ⎫ von unten ist anstatt „Artrocarpeae" zu setzen: A r t o c a r p e a e
„ 173 „ 8 ⎭
„ 182 „ 28 u. 29 von oben ist anstatt „pedunculata. L" zu setzen: p e d u n-
c u l a t u m L.
„ 193 „ 6 von unten ist anstatt „grandiflora" zu setzen: g r a n d i f l o r u s
„ 201 „ 10 „ „ „ „ „sulphurea L." zu setzen: s u l p h u r e a (L.)
„ 205 „ 19 „ oben muss es anstatt „nicht häufig" heissen: m i n d e r
h ä u f i g a l s v o r i g e
„ 294 „ 9 von oben ist hinter „Weissdorn," hinzuzufügen: H a g e d o r n,
„ 344 „ 3 „ „ „ der Name „Turcz." einzuklammern.
„ 387 letzte Zeile ist vor „Thymus Chamaedrys" zu setzen: Q u e n d e l,
„ 431 Zeile 12 von oben ist anstatt „Erberraute" zu setzen: E b e r r a u t e
„ 444 „ 8 „ unten ist anstatt „laciniatum" zu setzen: l a c i n i a t a
„ 445 „ 20 „ „ ist anstatt „biflora" zu setzen: b i f l o r u s

☞ Infolge eines Versehens ist der Anhang unregistriert geblieben.

Druck von C. H. Schulze & Co. in Gräfenhainichen.

CPSIA information can be obtained
at www.ICGtesting.com
Printed in the USA
LVHW100954030223
738428LV00019B/51